James Hamilton-Paterson

Der Traum des Gerontius

Roman

Aus dem Englischen übersetzt
von Wolfgang Krege

Klett-Cotta

Für Ronald Blythe

Vorbemerkung des Verfassers

Dieser Roman geht aus von einer sechswöchigen Reise zum Amazonas, die der sechsundsechzigjährige Sir Edward Elgar Ende 1923 tatsächlich unternommen hat. Fast nichts ist darüber bekannt. Warum er sich dazu entschlossen hatte, bleibt ungewiß, auch wenn Impulsivität und Rastlosigkeit für ihn bezeichnend waren. Man kann nur darüber spekulieren, was er in diesen Wochen sagte und tat. Dies ist ein Ansatzpunkt für die Fiktion, ähnlich wie ihn vor fast 140 Jahren Eduard Mörike vor sich hatte, als er seine Erzählung *Mozart auf der Reise nach Prag* begann.

Was wahr oder unwahr ist, läßt sich für einen Roman, dessen zentrale Figur ein Mensch ist, der einst wirklich gelebt hat, nicht leicht entscheiden. Elgar war ein Künstler, dessen Leben und Werk von modernen Biographen und Gelehrten wie Percy M. Young, Michael Kennedy, Jerold Northrop Moore und Diana McVeagh beschrieben worden ist. Ihre Bücher waren meine Quellen.

Am meisten verdanke ich jedoch seiner Musik. Es ist oft – und bis zum Überdruß – erörtert worden, ob es zulässig ist, biographische Fakten aus der Musik eines Komponisten zu erschließen. Doch dieser krankhaft empfindliche Engländer, der jede Note, die er schrieb, erlebt hatte und der eines seiner Werke als »die leidenschaftliche Pilgerfahrt einer Seele« bezeichnen konnte, ist jemand, in dem der Hörer, der ich bin, sich ohne Anmaßung manchmal mehr oder weniger heimisch zu fühlen glaubt. Solche Wahlverwandtschaften mit Menschen, denen wir nie begegnet sein können, werden durch den Anteil, den die Erfindung an ihnen hat, nur um so bestimmender. Von diesen Voraussetzungen ausgehend, kann sich der Erzähler so unbekümmert wie möglich bewegen. So habe ich mir wohlweislich erlaubt, die schattenhafte Helen Weaver, mit der Elgar als junger Mann kurze Zeit verlobt war, in eine ergiebigere, für die Erzählung tragfähigere Gestalt zu verwandeln. Dabei habe ich ihr auch eine andere Nationalität und ganz andere Lebensumstände zugeschrieben als die einer Schuhhändlerstochter aus Worcester. Im übrigen habe ich versucht, mich an die Fakten zu halten, soweit sie mich interessierten.

Als ich in den Akten der Reederei Booth diese besondere Schiffsreise recherchierte, kamen zwei eigentlich belanglose Ungenauigkeiten in den bisherigen Elgar-Biographien ans Licht. Sie betreffen das Kreuzfahrtschiff, die RMS *Hildebrand.* Erstens, die Logbücher des Schiffs und andere noch erhaltene Dokumente weisen den Namen des Kapitäns als J. Maddrell aus, während die Elgar-Biographen, sofern sie die Reise überhaupt erwähnen, ihn übereinstimmend mit »Mandrell« angeben. Zweitens, es wird gelegentlich berichtet, das Wetter sei an den ersten Tagen der Ausfahrt so schlecht gewesen, daß der Lotse nicht in Holyhead abgesetzt werden konnte, sondern bis Madeira mitgenommen werden mußte. Das ist sonderbar, weil Madeira erst der dritte Anlaufhafen war. Der erste war Oporto, der zweite Lissabon, beides große Häfen, in denen regelmäßig Schiffe der Booth-Linie und anderer britischer Reedereien verkehrten. Madeira liegt siebenhundert Meilen weiter entfernt; dorthin mitzufahren, hätte keinen Sinn für einen Lotsen aus Liverpool, der möglichst schnell wieder nach Hause wollte. Man müßte also annehmen, daß das Schiff bei dieser Gelegenheit die ersten beiden Häfen ausließ und direkt nach Madeira fuhr. Aber so war es nicht. Das Logbuch der *Hildebrand* (das die Ankunfts- und Abfahrtszeiten für jeden Hafen genau angibt), zeigt, daß sie nicht nur sehr wohl Oporto und Lissabon anlief, sondern dafür auch die gleiche Fahrzeit brauchte wie immer – was man nicht erwarten dürfte, wäre das Wetter so schlecht wie behauptet gewesen.

Man fragt sich also nach der Quelle dieser merkwürdigen, aber ganz unbedeutenden Unstimmigkeiten. Es sieht so aus, als könnten die Angaben zu allererst von Elgar selbst stammen. Daß er den Namen des Kapitäns nicht genau behalten hätte, wäre kein Wunder; und die Gewalt auf See überlebter Stürme haben auch jüngere Männer schon übertrieben, wenn sie die eigene Standhaftigkeit ins rechte Licht rücken wollten. Niemand macht sich die Mühe, die Geschichten, die ein eben heimgekehrter Reisender erzählt, sofort auf ihren Wahrheitsgehalt zu überprüfen, schon gar nicht im Hinblick auf so triviale Details. Also darf ein Romanschriftsteller vierundsechzig Jahre später wohl mit liebevollen Spekulationen an sie anknüpfen.

Zu meiner eingestandenen Schuld gegen die oben genannten Autoren möchte ich noch meinen aufrichtigen Dank an David Peate von der Booth Steamship Company und Janet Smith von den Liverpooler Stadtbibliotheken für ihr großes Entgegenkommen und ihre Hilfe hinzufügen.

wäre kein Wunder, und die Gewalt auf See [illegible] nge
hätten auch [illegible] Marine schon [illegible], wenn [illegible] die
[illegible] ins rechte Licht rücken wollten. Die-
[illegible], die [illegible]
[illegible] Wahr[illegible]
[illegible]
[illegible] Detai[illegible]
[illegible] Spekulationen [illegible]

Zu [illegible] besonderer [illegible] die [illegible]
[illegible] Dank an David
[illegible]
[illegible]
kommen [illegible] Hilfe [illegible]

Ein Zug fuhr von London nordwärts durch die grauen Regenschauer eines Winternachmittags. Von seinem Eckplatz in einem der Abteile verfolgte ein Mann aus der Eilperspektive des Bahnreisenden, wie das Land vorüberrollte: in schrägem Winkel über Felder blickend, ein abgehacktes Stück Berghang, plötzlich angebellt von Backsteinmauern, verschluckt von Tunnels. Öde Vorstädte kamen und gingen, und die geteerten Telegraphenmasten hielten Schritt. Im schwindenden Tageslicht strähnte Regen flach über das Glas, verwischte und verwackelte das Bild, lief in den Ecken der Scheibe zu zitternden Wasserblasen zusammen. Dem Mann (er hatte Hundehaare an seinen im übrigen makellosen Hosenaufschlägen) kam der Gedanke, daß er einen beträchtlichen Teil seines Lebens allein und ziemlich still in Zugabteilen verbracht hatte, während sich draußen der Vorgang abspielte, den man Reisen nannte und dessen Bilder - immer wieder andere und immer wieder dieselben - nicht die überwundene Entfernung, sondern die vorüberflitzende Zeit darstellten. Tage, Monate, Jahre waren so abgerollt, bis er hier nun, wo es aufs Ende seines Lebens zuging, mit sechzig Meilen die Stunde nirgendwohin fuhr.

Nach einer Weile schlief er ein und träumte einen lebhaften Traum. Als die späteren Vorfälle ihm manche Begleitumstände des Traums wieder in Erinnerung riefen, hatten diese Fragmente etwas Befriedigendes, Prophetisches, als gehörten sie wirklich dem Menschen an, der er zu sein glaubte.

Er soll nun endlich hinaufsteigen.

Obwohl die Säule vom Haus seines Vaters aus in dem felsigen Gelände nicht größer als eine Kerze aussieht, hat sie doch einen riesigen Schatten durch sein Leben geworfen.

Er beginnt den Aufstieg. Schon zu dieser frühen Morgenstunde ist die Sonne nackt und weiß. Über ihm entweichen die

Zedernholzsprossen ins blaue Blendlicht, vor dem sich der grobe Stein der Säule aufwärts verjüngt.

»Weiter, mein Junge!« ruft Rahut, dicht unter seinen Fersen. »Denkst wohl, du bist der einzige, was?«

Die Worte dieses korrupten Akolythen sollten dem Träumer eigentlich den letzten Rest von Zuversicht austreiben. Er ist als Tagesbesucher eingestuft worden und ist nun nicht mehr jemand, der unermüdlich jahrelang und bei jedem Wetter diese Kalksteinkerze im Auge behalten muß, aus hinreichendem Abstand, um sich vorstellen zu können, wie die Flamme des Geistes Tag und Nacht unsichtbar züngelnd an der Spitze flackert wie ein Leuchtfeuer, das sie alle herbeiruft, die Andächtigen, die Skeptiker, die Neugierigen, die Bittsteller, die Frömmler von allen Enden der Welt. Wie Weihrauchduft über Syriens und Kilikiens Himmel geweht ist der unsichtbare Rauch, der von der brennenden Seele eines Mannes aufsteigt. An Tagen wie dem Windschnupperfest kommen ganze Horden von Ausflüglern aus Antiochia anmarschiert, setzen sich in respektvollem Abstand auf den Boden, singen gottlose Frühlingslieder, futtern Datteln und spucken lässig die Kerne in kurzer Flugbahn ihrem Heiligen entgegen. Denn Simyun ist nun mal ihr Heiliger; und wenn sie sich auch eine gewisse Vertraulichkeit gegen ihn herausnehmen und auf eine Meile Abstand Dattelkerne nach ihm spucken, so wäre es für Fremde doch ein schwerer Fehler, spöttische Bemerkungen zu machen. Touristen tun gut daran, ihren Witz zu Hause in Athen zu lassen, oder wo immer diese Leute mit ihrem lärmenden Gehabe und den Bündeln voller Sesamzwieback nun herkommen.

Diese Leiter hinaufklettern zu dürfen, ist für den Träumer heute eine Ehre, die ihn ängstigt. Doch die Zurufe von unten erinnern ihn daran, daß zumindest für Rahut dieser Aufstieg nicht der letzte seiner vielen Jahre in Simyuns ruhmreichen Schatten sein wird. Rahut sieht in ihm nur einen Bittsteller mehr, den er für das Pensum seines Herrn ausgelesen hat, nur einen in der Folge der Säulenbesteiger, deren Münzen er eingestrichen hat. Denn dieser Rahut ist der Kassierer an Simyuns Pforte. Er läßt die Welt bei seinem Herrn vor, wobei er bisweilen einer unberechenbaren Laune nachgibt. Wenn er hin und wieder einen bartlosen Niemand vom Lande die Leiter hinaufsteigen läßt, so deshalb, weil er schon einen halbtoten Archimandriten oder einen sagenhaften Weisen abgewiesen hat, der in einem lecken Boot übers Meer gekommen ist, nur um den Heiligen um Rat zu bitten. Die Einheimischen fragen sich oft, ob Simyun weiß, wieviel Geld dabei für Rahut herausspringt. Und zwar nicht nur für die Audienzen. Rahut erteilt auch die Genehmigungen für die Stände und Buden der Händler, die den Sockel der Säule umringen, gerade so weit entfernt, daß ihr Geschrei Simyun nicht in seiner Meditation stört. Rahut schlägt die Splitter von der Säule ab, die sie feilbieten, und niemand anders als er sammelt die überaus raren und kostbarsten aller Reliquien ein, die wohlriechenden schwärzlichen Koprolithen, die der Heilige etwa einmal im Monat in den Sand herabfallen läßt. Menschen nehmen wochenlange Wüstenreisen auf sich, nur um ein kleines Stückchen dieser hochwirksamen, duftenden Trüffel zu erwerben. Sie werden in Medaillons, Ringen und Reliquienschreinen verwahrt, finden Eingang in Arzneien; und es heißt, einer einzigen Darmentleerung Simyuns wohne die Kraft inne, die Gebrechen der ganzen Welt zu heilen.

Warum nun, da dies doch alles ein wenig nach Schwindel riecht, macht sich der Träumer dennoch die Mühe des Aufstiegs? Nachdem er so viele Jahre in diesem Schatten gelebt hat, will er dem Mann, der von manchen als Heiliger, von anderen als Schamane, Verrückter oder Besessener angesehen wird, eine Frage stellen. Freilich, die Geschichten über ihn sind weithin bekannt: Wie er mit sechzehn in ein Kloster ging und die anderen Mönche durch das Übermaß seiner Kasteiungen erschreckte. Es heißt, er habe sich aufrecht in ein Loch im Boden eingraben und den Sand wieder aufschütten lassen, bis er ihm ans Kinn reichte, und so den ganzen langen syrischen Sommer in einem abgelegenen Winkel des Klostergartens verbracht. Immer mehr Zeit soll er darauf verwandt haben, neuartige Entbehrungen zu ersinnen, die er sich auferlegte. Einmal ließ er sich in der Fastenzeit für die vollen vierzig Tage in seiner Zelle einmauern, mit nichts als einem Laib Brot und einem Krug

Wasser, und als man endlich die Mauer wieder einriß, fand man Brot und Wasser unberührt und Simyun immer noch in genau der gleichen Gebetshaltung, in der die Maurer ihn zuletzt gesehen hatten. Allgemein wird angenommen, aus dem Kloster sei er schließlich nicht nur deshalb verwiesen worden, weil die Mönchsbrüder sich im Vergleich zu ihm wie Lebemänner vorkamen, sondern auch weil sein Prior glaubte, daß Simyun bei solchen Darbietungen einer perversen Wollust nachgebe. Was auch der Grund gewesen sein mag, jedenfalls ging er los in die Wüste, setzte sich auf einen hohen Stein, wo er keinen Schatten und nichts zu essen hatte, und verließ sich darauf, daß seine Jünger (denn nun war er schon berühmt) ihm Brot und Wasser brachten. Es heißt, um den Jüngern zu entkommen, habe er seinen Sitz immer höher hinauf verlegt, bis er schließlich, wie heute, auf der Spitze einer achtundfünfzig Fuß hohen Säule lebte. Schon seit siebzehn Jahren steht er dort auf einer runden steinernen Fläche von drei Fuß im Durchmesser, umgeben von einem hölzernen Geländer mit einem darin eingelassenen groben Lesepult, an das er sich lehnen kann, wenn er einschläft, denn dort oben könnte er sonst buchstäblich in den Schlaf fallen und der Fall nähme so bald kein Ende.

Es ist kaum vorstellbar, daß jemand bloß um des theatralischen Effekts willen auch nur einen Bruchteil solcher Entbehrungen ertrüge. Schließlich verdient ja nicht Simyun mit dieser Darbietung Geld, sondern Rahut. Was Simyun davon hat, ist der Weltruhm (an dem ihm nichts liegt) und die Hochachtung der weisesten Männer seiner Zeit, die zu ihm wallfahren (und um derentwillen er zeitweilig von seiner Visionärsqual Abstand nimmt, um auf ihre Ratgesuche einzugehen). Manchmal schreibt er an seinem Pult, statt zu antworten, einen Brief, den er dann schweigend einem der Kirchenfürsten überreicht, der an den obersten Sprossen der Leiter hängt, achtundfünfzig Fuß über dem steinigen Boden, die Augen auf der Höhe seiner Fußknöchel, die Sehnen an den Händen schimmernd in dem schattenlosen Glast, in dem der Heilige lebt. Diese Briefe werden in alle Weltgegenden befördert, nach Kleinasien, Konstantinopel, Athen und Alexandria, um dort in den Kirchen verlesen zu werden.

Warum klettert der Träumer da hinauf? Warum läßt er den Boden unter sich versinken, bis die Krämerbuden wieder in Sicht kommen, mit ihrem Durcheinander von Reliquien und glänzenden Ballen chinesischer Seidenstoffe, die Händlerkarawanen vom andern Ende der Welt herangeschafft haben? Was könnte dieser Mann wissen, das für ihn wissenswert wäre, obwohl doch der Heilige sein Leben zumeist oberhalb der Sphäre gewöhnlicher Sterblicher zugebracht hat? Sprosse für Sprosse geben die Hände und Füße eine dumpfe Antwort. Der Kletterer kann nicht sagen, woher er es weiß, und dennoch weiß er, daß dieser Mann keiner vom Schlage der falschen Anachoreten von Alexandria ist, die auf umgestürzten Obelisken leben und, so heißt es, mit allem, was des Weges kommt, die Schafe und Ziegen nicht ausgenommen, den rohesten fleischlichen Gelüsten frönen. Der Kaiser Julian selbst hat sie als »schmutzig und abergläubisch« bezeichnet. Simyun, von dessen Leben die Menschen sich angezogen fühlen wie die Motten von der Flamme, hat mit solchen Tagedieben nicht das mindeste gemein. Ihn macht die Entsagung stark; seine Leiden haben ihn geläutert.

Der Träumer nähert sich der Spitze. Von oben kommt kein Geräusch, kein Scharren eines Fußes, kein Gebetsgemurmel. Nur, daß die blaue, blendende Leere, die ihn umgibt, von einem leisen, gleichmäßigen Zischen durchdrungen ist, wie von den durch die Luft rasenden Sonnenstrahlen erzeugt. Das Universum ist von seinem Herzschlag erfüllt: kein Laut von unten, keiner von oben. Rechts von ihm, vielleicht nur einen Fuß, vielleicht auch tausend Meilen weit entfernt, verläuft eine vertikale schwarze Linie. Es ist das Seil aus aneinandergeknoteten Riemen ungegerbten Leders, an dem der Heilige sich die Wasserschläuche und seine kargen Mahlzeiten heraufzieht, denn außer an Besuchstagen ist dies seine einzige greifbare Verbindung zur Welt dort unten. An Tagen wie heute, wenn er Audienzen gibt, stellt Rahut die Leiter für die Wallfahrt nach oben an. Die Leiter allein unterwirft schon die Aufrichtigkeit des Bittstellers einer Art Prüfung, denn unter jedem Tritt federt sie und biegt sich durch, und das schmale gerundete Mauerwerk, an das sie oben anlehnt, scheint eher dazu geschaffen, Leitern in die Leere zu beiden Seiten abgleiten zu lassen, als sie zu stützen. Tatsächlich hat es Unfälle gegeben. Der Bürgermeister von Sisan, Simyuns Geburtsort, kam vor ein oder zwei Jahren um, als die Spitze der Leiter wegrutschte. Er war gekommen, Simyuns Segen für ein Vorhaben zu erbitten, die Heimatstadt des Heiligen in eine offizielle Weihestätte zu verwandeln; doch ist unbekannt, ob sich hinter dem frommen Plan nicht ein kommerzielles Interesse verbarg. Wie ein Käfer an die kippende Leiter geklammert, beschrieb er einen weiten Bogen durch den blauen syrischen Himmel, ehe er in die Wüste niederkrachte. Amen. Manche sagten, er sei betrunken gewesen. Simyun hat sich zu der Sache nie geäußert.

Überhaupt wird angenommen, daß Gott den Heiligen vor allem Gewöhnlichen oder Unreinen schützt und daß nur ehrenwerte Männer je das Wort an ihn richten können. Dies aber ist unwahrscheinlich, denn wie könnte er dann über die dunklen Machenschaften dieser Welt soweit auf dem laufenden bleiben, daß sein Rat als klug und praktisch geschätzt wird? Aber vielleicht schützt Gott ihn vor allem, woraus ihm leiblicher Schaden erwachsen könnte, etwa zum Lohn für die fürchterlichen Schmerzen, die er sich selbst zum Opfer zufügt. Schon seine bloße Existenz hat politischen Zwist hervorgerufen, und einmal gab es einen Versuch, ihm die Nahrung zu vergiften. Doch als er sie heraufzog, soll ein großer Falke aus dem leeren Himmel herabgestoßen sein, der die Riemen durchbiß, die Mahlzeit in seinen Klauen davontrug und sie in sicherer Entfernung zu Boden fallen ließ. Und noch heute wächst an derselben Stelle ein knorriger schwarzer Baum von nie gesehener Art, dessen Holz so hart ist, daß selbst ein Skimitar es nicht einkerben kann. Der Träumer hat den Baum selbst gesehen, will sich aber kein Urteil darüber anmaßen, ob die Geschichte wahr ist. Andererseits weiß er immerhin, daß die Jungen aus seinem Dorf, wenn sie sich nachts im Bogenschießen übten, den Heiligen zur Zielscheibe nahmen, wie er klar umrissen vor den Sternbildern stand. Und doch wurde er nicht ein einziges Mal getroffen – fast unglaublich, weil Badur schon mit fünfzehn als der beste Bogenschütze der Drei Städte galt. Bei einem dieser Ausflüge wurde Hadath durch einen Pfeil Badurs verwundet, was nur als eine milde Vergeltung des Heiligen zu erklären ist, denn die Wunde schmerzte die ganze Nacht hindurch ganz abscheulich, war aber am Morgen spurlos verheilt. Also ist es so verfügt, daß niemand außer Simyun selbst Simyun etwas antun kann.

Und nun ist der Träumer angekommen. Seine linke Hand umgreift die oberste Sprosse. In Augenhöhe vor sich sieht er zwei nackte Füße mit angeschwollenen Knöcheln. Mit beiden Händen könnte er nicht einen dieser Knöchel umspannen, so dick und schwarz sind sie. Die Luft ist von einem sonderbaren Duft erfüllt – sonderbar insofern, als es hier keine Blumen gibt. Was dachte er denn, wie ein Heiliger riechen müßte? Gewiß nicht besser als ein krankes Tier, denn abgesehen vom Winterregen ist er seit siebzehn Jahren ungewaschen. Wie jemand riecht, hängt auch davon ab, was er ißt, und Simyun nimmt kein Fleisch zu sich, sondern nur das schlichteste Brot und Hülsenfrüchte. Dennoch duftet er leicht nach Blumen, allerdings nicht nach solchen, die der Träumer kennt. Vielleicht schickt Rahut dann und wann die kostbare Gabe eines Bittstellers hinauf, eine Phiole seltenen Attars, der unbezahlbaren Essenz von Blumen, die in der Tartarei oder in China erblühen, am anderen Ende der großen Karawanenwege.

Die Füße vor seinen Augen sind so dick, daß sie den ganzen Mauerwerkkreis mit Schmerzen zu erfüllen scheinen. Zwischen ihnen in den Stein eingelassen ist ein Eisenring, von dem eine schwarze Kette zu fleckigen Lumpen hinaufreicht, bis zu dem eisernen Kragen um Simyuns Hals, der mit nach innen zeigenden Nägeln gespickt ist. Der Anblick dieses entstellten Tieres, dessen Hals gedunsen und mit Narben von seit siebzehn Jahren nicht verheilten Wunden bedeckt ist, sticht den Träumer ins Herz. Im übrigen ist der Mann schwarz von der Sonne, wo ihn nicht die grauen Haar- und Bartzotteln bedecken.

»Da bist du nun endlich!« Seine Stimme dringt zu dem Träumer herunter, der erstaunt ist, wie sanft und jugendlich sie klingt. Eine Kreatur wie diese, ganz aus Eisen, Sehnen und Qualen bestehend, sollte eine ebensolche Stimme haben – wie Rabengekrächz, die heiseren Rufe eines Propheten. Sind dies etwa Grußworte, die er an jeden Besucher richtet? »Was zögerst du? Komm herauf! Erschrick nicht, mein Junge!«

Er mag zwar allwissend sein, aber wie kann er nur die augenscheinliche Unmöglichkeit verkennen, noch eine zweite Person auf dieser winzigen steinernen Insel unterzubringen? Eine narbige Hand streckt sich herab, am Ende eines Arms, der wie ein vom Blitz versengter Baumast aussieht. Der Arm scheint endlos lang aus einer anderen Welt herauszureichen. Dann faßt die Hand den Träumer ums Handgelenk und zieht ihn hinauf. Erstaunt stellt er fest, daß die Plattform viel geräumiger ist, als er es sich vorgestellt hat, daß man sogar umhergehen kann. Verwunderung, Ehrfurcht erfüllt ihn. Heiligkeit in solcher Nähe wirkt überwältigend. Was für eine Art Mensch ist dies? Denn wenn er nun um sich schaut, sieht der Träumer, daß er in ein anderes Land eingetreten ist. Sie stehen auf einem kleinen Hof, der auf drei Seiten mit einer steinernen Brüstung umgeben ist; die vierte Seite grenzt an einen kühlen weißen Pavillon mit schlanken Türmchen und mit Fenstern, aus denen Damastvorhänge herauswehen. Durch eine offene Pforte blickt man in einen schattigen grünen Garten mit roten und weißen Blumen und einem plätschernden Springbrunnen. Zusammen mit den Wassergeräuschen dringen Vogelstimmen zu ihnen heraus in den Hof.

»Ich verstehe nicht«, sagt er und getraut sich plötzlich nicht mehr, den Heiligen anzublicken, »sind wir im Paradies?«

»Ah, vielleicht«, sagt Simyun. Ein Schmetterling kommt durch die Pforte geflattert und setzt sich ihm auf den Handrücken, klappt die glänzenden Flügel auf und zu, als wollte er das Sonnenlicht atmen. »Was das auch sein mag, das Paradies.«

»Du weißt es nicht?«

»Alles ist das Paradies.«

Der Träumer denkt an Simyuns furchtbare Leiden. Er vermutet, daß er letztlich doch nur einer von diesen Wüstenmystikern ist, egal, was er für Kräfte besitzen mag. Der Mann scheint seine Gedanken lesen zu können.

»Für mich ist Leiden mein Sonderweg, meine Pforte. Für die meisten Menschen ist es das nicht. Früher hat mich das Leid der Welt ebenso bedrückt wie nur irgendwen. Damals behauptete ich, daß ein gnädiger Gott es kaum nötig habe, von seinen oft schuldlosen Kreaturen unfreiwillig erlittene Schmerzen dargebracht zu bekommen. Dieser Gedanke betrübte mich noch mehr, bis ich begriff, daß es keinen Gott gibt, der etwas will oder braucht. Weiter erkannte ich, daß ich selbst der nicht existierende Gott bin, ebenso wie auch du es bist. Darum ist mein Schmerz eine freiwillige Gabe, die ich mir selbst darbringe und die mich in den Stand gesetzt hat, anders zu sehen.«

Der Träumer sollte eigentlich durch diese dunklen und lästerlichen Reden völlig verwirrt sein. Die Frage jedenfalls, die für ihn besteht, und die er wie eine Perle die Leiter hinaufgetragen hat, um sie Simyun vorzulegen, verschwindet aus seinem Sinn. Der Heilige nimmt ihn beim Arm und führt ihn an die Brüstung. Nach allen Seiten dehnt sich der Blick bis zum Horizont: in der Ferne die weißen Bauten von Antiochia, nahebei die rötlichen Hügel, der Wunderberg. Er kann bis zu seinem Haus sehen, mit dem benachbarten Weinberg und Rastuls grasender Herde.

»Bevor ich die Zeit besiegen lernte«, sagt Simyun mit seiner Jünglingsstimme, »stand ich hier und sah zu, wie sich die Welt änderte. Die Stadt zum Beispiel hat sich praktisch um das Doppelte vergrößert, seit ich hierher kam. In den Hügeln ist jetzt weniger Ackerbau, aber mehr Händler kommen mit ihren Karawanen vorüber. Früher war ich oft überwältigt von der Schönheit der Welt. Zu anderen Zeiten, wenn mir die Beine vom Stehen brannten und der Kopf von der Mittagssonne, wenn der Hals entzündet war von dem scheuernden Eisen und den Nägeln, konnte ich mich über meine Schmerzen nicht erheben, und auch die Landschaft wurde mir gleichgültig und verhaßt. Oft habe ich den nicht existierenden Gott für mein selbstauferlegtes Exil verflucht. Ich kann mir denken, daß dir das pervers vorkommt?«

Er kann nicht antworten. Wenn dies Heiligkeit ist, dann fehlen ihm in der Gegenwart ihres Tuns und Redens die Worte. Und doch ist etwas an ihr, das er verstehen kann.

»Aber das hat nachgelassen. So geht es immer, wenn man beharrlich bleibt. Nun sah ich dieselbe Landschaft ganz anders. Du hast geglaubt, mein Leben hier oben sei entweder eine einzige selige Schau oder eine ermüdende Einöde des Leidens? Nein, es ist keines von beidem. Hier ist doch einiges los, nicht? Man achtet auf alles: auf die Ameisen, die über die Steine kriechen, die Eidechsen in den Spalten, die Vögel am Himmel, den Wechsel der Jahreszeiten. Kannst du dir vorstellen, wie aufregend es ist, hier oben im Toben der Winterstürme zu stehen und den Boden unter den dahinfegenden Sandwolken nicht mehr sehen zu können? In solchen Augenblicken fällt es mir leicht, daran zu denken, daß ich eine Kette trage und daß dennoch bisher kein Blitz nahe genug gekommen ist, um mich zu versengen.«

Während er spricht, bemerkt der Träumer, daß es rasch dunkel wird. In der fernen Stadt brennen schwache gelbe Lichter, etwas näher die orangeroten Flammen von den Kameldungfeuern der Händler. Zwischen den grenzenlosen Sternfeldern am Himmel steht eine strahlende Neumondsichel.

»Hin und wieder strich ein seltsames Tier unten herum«, sagt Simyun. »Es sah halb wie ein Löwe, halb wie eine Gazelle aus. Von ihm ging ein erstickender, bräunlicher Geruch aus, wie von Moschus und brennenden Teppichen. Es kam sehr selten, aber wenn es kam, dann legte es sich am Fuß dieses Turms auf den Boden und blickte hoch, und ich sah, daß seine Augen glühten. Dann lösten die Augen sich von seinem Körper und kamen sich langsam drehend zu mir heraufgeschwommen – wie Edelsteine, Rubin oder Granat, ich weiß nicht, was. Als sie bei mir waren, pflückte ich sie aus der Luft, und sogleich konnte ich durch meine Fäuste hindurch alles sehen, was das Tier je gewesen war. Ich konnte ferne Länder sehen und ihr rauhes Klima spüren; ich kostete Aas und frisches Lammfleisch; ich war die Musik, die ein Schäfer für sich allein in der Wüste macht; ich verstand fremde Sprachen. Mit Sehnsucht erfüllten mich diese Dinge, mit einer heißen Begierde, alle Gemarken der Welt zu durchwandern, unversehrt, ganz allein, und alles so zu machen und zu kosten, zu hören und zu sehen wie mein Tier.«

»Wann ist es zuletzt gekommen?«

»Vor drei Jahren. Es kommt nie wieder, weil ich nun weiß, wer es ist.«

»Und wer ist es?«

»Ich selbst. Ich kann mit seinen Augen sehen und mit seinen Ohren hören, wann ich nur will. Ich hatte es nie begriffen, das ist alles. Ich dachte, ich müsse auf es warten. Ich glaube, ich habe mein Wahrzeichentier getötet.«

Der Träumer versteht nicht, warum der Heilige halb wie in Trauer spricht, als hätte er wirklich ein lebendes Geschöpf getötet. Er wendet sich von der Brüstung ab, und als er zu dem dunklen Pavillon hinblickt, sieht er zu seiner Überraschung Licht in einem der Fenster, mit einer Andeutung von Leben hinter dem Vorhang. Sogleich denkt er an eine Braut, die dort in der Kammer wartet, aber kaum daß diese törichte und frevelhafte Idee sich abzeichnet, verwirft er sie wieder. Ein Anachoret hat keine Braut, einen Heiligen verlangt es nicht nach einer Geliebten, ein Visionär, der zwischen den Tieren und den Engeln im Himmel wandeln kann, hat gewiß keinen Bedarf nach Gesellschaft. Der Nachtwind, der aus dem Hof hinter der Pforte heranweht, bringt etwas so Liebliches mit sich, daß er nicht sagen kann, ob es seine Ohren oder seine Nase berührt oder ob er es in der Luft schmeckt. So sehr umspült es ihn, daß seine Haut es aus allen Richtungen aufsaugt, ein Entzücken, wie er es nie gekannt hat.

»Was ist das?« fragt er.

»Was es ist. Nenn es, wie du willst! Musik, meinetwegen.«

Und sofort sammelt es sich in seinen Ohren, und er erkennt, daß es in der Tat Musik ist. Aber eine ganz andere, als er je gehört hat, so schön und fremd und neu. Sie weckt eine Sehnsucht, die dem Schmerz nahekommt, und nichts erscheint ihm mehr beachtenswert als dieser Klang, dem er lauschen möchte und lauschen, immerfort.

»Kannst du es hören?«

»Ich *bin* es«, sagt Simyun. »Du auch, selbstverständlich.«

In der schimmernden Nacht steht der Heilige strahlend neben ihm, nicht länger ein Gequälter auf schwarzen, geschwollenen Füßen und mit einer Kette am Hals wie ein Hund. Er ist stark und geschmeidig. Seine Hände ruhen auf der Brüstung wie die eines Kapitäns auf dem Ruder des Schiffs, wenn er es aufs ruhige Meer hinaussteuert. Er ist die Zuversicht selbst.

»Kannst du dich an deine Frage erinnern?« sagt er. »Nein, du hast sie vergessen. Macht nichts. Erspare dir das Grübeln! Statt dessen will ich dir erzählen, wie es mir ergangen ist; das wird sie beantworten. Ich war sechzehn, als ich mit meinem Bruder von zu Hause fortging, um Mönch zu werden. Er war ein Jahr oder mehr älter, reifer, verständiger. Er ging zu einem Orden in Tunis in Kilikien; ich trat in die Bruderschaft der Mysterien ein, drüben auf der andern Seite des Wunderbergs.« Ein blasser Ärmel hebt sich und deutet nach Osten. »Aber vom ersten Tag an war ich nicht wie die anderen Novizen. Nicht, daß ich heiliger oder frömmer oder fester im Glauben gewesen wäre. Zumeist war ich es sogar weniger. Während meines ganzen Noviziats hatte ich einen Abscheu davor, etwas mit den anderen zusammen tun zu müssen, ob nun bei den Gottesdiensten oder Gebeten oder bei der Arbeit im Garten und in der Küche. Immer sehnte ich mich nach meiner Zelle oder nach dem Alleinsein in der Wüste. Versteh mich recht, ich hatte nichts gegen meine Mitmenschen, aber ich wußte, daß schon ihre bloße Anwesenheit mich in gewisser Weise trübte. Ich konnte mich nicht konzentrieren. Ich glaubte, eine Aufgabe zu haben, war mir aber nicht im klaren, welche. Meine Oberen trieb ich zur Verzweiflung. Sie befanden mich der Sünde abscheulichen Hochmuts für schuldig, der mich zur Absonderung von der Gemeinschaft bewog. ›Vielleicht bin ich zum Eremiten berufen‹, sagte ich ihnen. ›Vielleicht sollte ich den Orden verlassen und allein in die Wüste zu den Schlangen und den kleinen Füchsen gehn und nachts frierend unter dem Sternenzelt liegen.‹ – ›Du taugst nicht zum Eremiten‹, sagten sie mir. ›Stark genug bist du vielleicht, aber dir fehlt die Demut. Du bist nicht bereit, dich auszulöschen; du hast keine Lust, dich selbst zu verlieren.‹

Sie erteilten mir Strafen und Dispense. Aber selbst damit kamen sie mir entgegen. Ich wurde berüchtigt als der meistbestrafte Novize im ganzen Orden. Diesen Ruf festigte ich noch durch selbsterdachte Kasteiungen, die alles übertrafen, was die Oberen mir zufügen wollten. Schließlich gaben sie mich auf: Ich war unbelehrbar, verrückt, stiftete Unfrieden. Ich wurde ausgestoßen, aber eher mit Lossagungen als mit Verwünschungen, als wäre ich ein tollwütiger Hund, von dem Rache zu befürchten wäre, wenn man ihn allzu hart behandelte. Also war ich kein geradezu musterhafter Mönch, denkst du und hast vollkommen recht. Was war nun aber diese lächerliche Aufgabe, die ich mir gestellt sah? Wenn ich es dir sage, findest du es vielleicht kaum glaublich, so einfach und unbeträchtlich ist sie. Sie bestand nur darin: ich selbst zu sein. Durch *Erschaffung* meiner selbst, durch Entdeckung meiner Göttlichkeit konnte ich der Welt das Göttliche offenbaren. Zu einem Mönch unter anderen Mönchen taugte ich nicht, aber ich taugte dazu, das zu werden, was ein Dichter mich einst heißen wird, ›der Betrachter auf der Säule‹, was natürlich voraussetzt, daß ich meinerseits betrachtet werde. Ich bin also ein Beispiel, eine Offenbarung. Der Schmerz ist eine Pforte, kein Ziel an sich. Es gibt viele Pforten, und dies ist meine. Ich empfehle sie niemandem, aber ich empfehle jedermann den Garten hinter der Pforte.

Die meisten Menschen, die mich aufsuchten, sind Toren. Nein, das ist unbarmherzig ... vielleicht keine Toren, aber noch nicht so weit, daß sie verstünden, welche Fragen zu stellen sind. Sie wollen wissen, wie sie es anfangen sollen, ein gutes Leben zu führen. Das wolltest du nicht wissen? Nein, du denkst schon weiter. Gut und schlecht sind menschliche Werturteile ohne jede Bedeutung. Ja, das ist die Sprache der Heiligen. Ich sehe, daß du einst daran gedacht hast, selbst auf eine unendliche Reise zu gehen, zu einem Land jenseits der Wüste und so weit entfernt, daß unsere ganze Welt am Horizont hinter dir versinkt. Du hast dir vorgestellt, du kämest schließlich zu einer Gruppe Leute oder Kreaturen, die einen ihrer Artgenossen braten und verzehren. Und da dachtest du, endlich hättest du den gemeinsamen Feind, das Anathema, erkannt, bis einer von ihnen sagte: ›Wir haben gehört, daß es anderswo auf der Welt Ungeheuer gibt, die ihren Toten die äußerste Schande antun und sie für die Maden und Füchse in die Erde legen, statt sie ehren- und liebevoll wieder in den Leib der Gemeinschaft zurückzunehmen.‹ Und du hast nicht gewußt, was du sagen solltest.«

»Es stimmt«, gibt der Träumer zu. »So etwas hab ich mir einmal vorgestellt.«

»So, nun mußt du gehen«, sagt Simyun. »Du weißt schon, was du tun mußt, um du selbst zu sein.«

»Wirklich?« Er ist ratlos. Die Nacht ist vorüber, oder zumindest wird es schon hell am Himmel. Er kann sich nicht überwinden, diesen Mann zu verlassen, diese Musik, die noch immer von dem schattigen Garten hinter dem Pavillon ausströmt.

»Es ist keine Musik«, sagt die Stimme. »Du *hörst* es nur als Musik. Ein anderer könnte es als Farbe, wieder ein anderer als Geruch oder als eine Erscheinung außergewöhnlicher Städte auffassen. Es nimmt kein Ende und wird dich nie verlassen. Es ist der Garten selbst. Du mußt nur die Pforte entdecken – doch dabei kann niemand dir helfen. Wir sind einzig. Niemand kann es für uns tun, obwohl manchmal etwas ganz von selbst geschieht, aus heiterem Himmel. Sei wachsam! Nutze die Zwischenzeit und laß dich nicht abschrecken! Jeder, der sucht, muß in die Verbannung, und sei es auch nur auf einem sechzig Fuß hohen Pfeiler. Auf weite Reisen zu gehn, hilft vielleicht doch, denn ich kann dir sagen, daß eines Tages in weit mehr als tausend Jahren ein gewisser Jude aus einem fernen kalten Land kommen und diesen Ort aufsuchen wird. Er ist ein Rabbi, einer von den Chassidim, vielleicht sogar gedankenreicher als die meisten. Er wird auf den Trümmern stehen, von denen man ihm sagt, daß sie von dieser Säule stammen, und bei Sonnenaufgang zum Wunderberg hinüberschauen, genau wie wir jetzt. So überwältigt ist er, daß er unwillkürlich sein Gesicht bedeckt. Und er schreibt: ›Wie die vors Auge gehaltene Hand die höchsten Berge verhüllen kann, so kann das kleine Erdenleben die gewaltigen Lichter und Geheimnisse, deren die Welt voll ist, dem Blick verbergen; und wer es sich von den Augen zu streifen vermag, so wie man eine Hand wegzieht, der erblickt das große Leuchten der inneren Welten.«

Von irgendwo jenseits der Brüstung erschallt ein seltsamer Ton, sehr ähnlich dem des Schofar, des Widderhorns, das die Juden in ihren Synagogen blasen.

»Anscheinend kann ich in die Zukunft sehen, aber über die Vergangenheit bin ich mir oft weniger im klaren«, gesteht Simyun. »Zum Beispiel, *wer hat diesen Turm gebaut*? Ganz gewiß nicht ich; ich bin kein Maurer. Ebenso gewiß ist mir, daß niemand anders es für mich getan hätte. Und wenn doch, wer hat dann die Arbeiter bezahlt? Manchmal frage ich mich sogar, ob ich ihn nicht *erfunden* habe. Vielleicht habe ich ihn ins Dasein geträumt, eines Nachts, als ich auf meinem Felsen dort unten lag. Schon wieder ein Geheimnis, über dem man ins Grübeln kommen kann!« Er lacht leise auf.

Als der Träumer sich zu ihm umwendet, stößt er mit dem Arm an das hölzerne Lesepult, und eine krumme braune Hand gibt ihm Halt. Sein Kopf sinkt auf die Höhe eines monströsen Paars Füße herab, aus deren verfaulenden Zehen gelbe Nagelknoten hervorwuchern. Andächtig blickt er auf, und vor dem plötzlich gleißendhellen Himmel erscheinen im Umriß das zottige Haar und der Bart, der die nässende Halswunde umklammernde Eisenkragen, die herabfallende schwarze Kette. Als er den Abstieg beginnt, ertönt wieder der Schofar. Gleich darauf spürt er Rahuts Hand an seinem Fußknöchel.

»Das ging ja verflucht schnell«, sagt der Akolyth, auf einer frisch eingenommenen Münze herumkauend. »Stracks rauf und stracks wieder runter, was, mein Junge? Glaube auch nicht, daß er *dir* viel zu sagen hatte. Macht ja auch nichts«, fügt er mehr zu sich selbst hinzu, »da können wir vor Mittag noch einen mehr einschieben.«

Noch einmal ertönt der Schofar, und mit einem Ruck kommt die Welt zum Halt.

Der Ruck weckte den Schläfer im Zug. Die Lichter in seinem Abteil, dessen einziger Insasse er war, waren nicht angeknipst worden, vielleicht mit Rücksicht auf seinen Schlaf. Daher hatte sich das Fenster nicht in einen schwarzen Spiegel verwandelt, in dem er sich selbst und die fülligen, knopfbesetzten Polster sehen müßte, die die Nordwest-Bahn als passend für die Reisenden Erster Klasse betrachtete. Statt dessen konnte er vereinzelte Lichter erkennen, Zeichen für eine Stadt, Andeutungen von Hafenanlagen. Und sogleich kam aus der Dunkelheit hinter der regenbetropften Scheibe das traurige Tuten einer Schiffssirene.

»Jetzt müßte es hell werden«, dachte der Mann schläfrig, denn zufällig war es derselbe Ton, den er vor zwanzig Jahren in seinem Oratorium *Die Apostel* für den Schofar geschrieben hatte: ein helles C zur Ankündigung des Sonnenaufgangs, zu Beginn eines neuen Tages. Dieser Gedanke weckte eine andere, weit jüngere Erinnerung, die wie ein verblassender Traum hinter der nun voll ins Licht tretenden Gewißheit verschwamm, wer er war und wo er sich befand: Sir Edward Elgar OM bei der Ankunft in Liverpool an einem Spätnachmittag im November 1923, zur Einschiffung für eine Reise zum Amazonas. In den Netzen des Gepäckhalters über ihm wölbten sich die beiden leichten Lederkoffer, die ihm sein Diener aus dem Club in St. James nach Euston gebracht hatte. Neben ihm auf dem Sitz lagen ein Spazierstock, Hut und Mantel. Im Packwagen hatte er noch einen metallenen Kabinenkoffer voller Dinge, die ein Gentleman auf einer sechswöchigen Kreuzfahrt ins urtümliche Herz des größten unerforschten Tropenwaldes der Welt (Formulierung aus dem Prospekt der Reisegesellschaft) vielleicht benötigen würde. Der Kabinenkoffer war von fester Beschaffenheit, japanisch lackiert. Der Diener, der ihn vor einer Woche im Army & Navy-Laden gekauft hatte, fand, daß er genau richtig aussah: seriös, unverwüstlich. Anders als alle andern See- und Reisekoffer seines Chefs war dieser doppelt versiegelt gegen Termiten, die Schlösser angeblich auch gegen die flinksten Laskar- oder Kulifinger gesichert, die Angeln und Ecken mit Blech verstärkt. Schon leer wog er etliche Kilo. Edward selbst hatte ihn insofern für richtig befunden, als er den Eindruck machte, mit dem Alice zufrieden gewesen wäre. Persönlich hielt er es für ein bißchen absurd, mit soviel Garderobe auf eine so kurze Reise zu gehen. Die Erinnerung an den Koffer im Packwagen bereitete ihm nun eine leise Verdrossenheit in dem Gedanken, daß es sich trotz bester Vorsätze am Ende als unmöglich erwiesen hatte, so auf diese Reise zu gehen, wie er es sich wünschte, nämlich unbehindert und mit leichtem Gepäck. Statt dessen schleppte er nun Sachen mit herum, die weit älteren Datums waren als aus der vorigen Woche und dem Army & Navy-Laden. Aber sechsundsechzig Jahre, dachte er, konnte man nicht einfach loswerden, indem man eine Gewohnheit aufgab wie einen Haufen nach Mottenkugeln riechender Kleider. Außerdem war er nicht sicher, ob er es wirklich wollte.

Unmerklich setzte sich der Zug wieder in Bewegung, diesmal ohne eine höhere Geschwindigkeit als die eines geräuschlosen Vorübergleitens an leeren, dunklen Bahnsteigen ohne Namen zu erreichen, die schon wie Hafenkais aussahen. Er erkannte nichts Bestimmtes wieder, aber schon zu wissen, daß dies Liverpool war, machte ihm die Stadt vertraut aus den alten Tagen, der Hungerzeit vor einem Vierteljahrhundert, als er so oft zu Aufführungen seiner eigenen Sachen hierhergekommen war, in der Hoffnung, sich einen Namen zu machen (einen Namen! wie sinnlos!), und bei Rodewald in der Huskisson Street gewohnt hatte. Es war, fiel ihm plötzlich ein, auf den Tag genau zwanzig Jahre her, daß Rodey gestorben war, der beinah im Alleingang aus der hauptsächlich aus Amateuren bestehenden Liverpooler Orchestergesellschaft ein Orchester gemacht hatte, das imstande war, die besten Modernen zu spielen: Wagner und Strauss und auch ihn selbst, Elgar. Der arme Rodey! Wie typisch, daß ein so starker Förderer der Musik in England ausgerechnet ein Textilmagnat gewesen sein mußte - gerade einer von denen, über die ahnungslose Londoner Snobs ihre Witze gemacht hatten -, vom Handel mit der Musik und der Musik der Händler und so fort. Was für Schwachköpfe, der ganze Haufen, so saudumm und schwerhörig, daß sie jahrzehntelang nicht wahrhaben wollten, daß der Herzschlag der englischen Musik aus der Provinz kam, Hunderte Meilen von der Hauptstadt mit ihren Salon-Äffchen und den eleganten Virtuosen, die ihre Sullivan-Potpourris spielten! Verfluchte Bande, aber Männer wie Rodey hatten dafür gesorgt, daß das anders wurde, obwohl der arme Kerl kaum mehr etwas davon miterlebt hatte: mit dreiundvierzig gestorben, aber immerhin erst, nachdem er ihm *Pomp and Circumstance*, Nr. 1, gewidmet und seinem Orchester bei diesem und dem zweiten Marsch den Vortritt gelassen hatte. Was hatten die Knilche in London mit den Zähnen geknirscht! Wichtiger noch, die furchtbare Plötzlichkeit seines Todes hatte das Largo der zweiten Symphonie inspiriert, die viel eher ihm als dem König ein Denkmal setzte. Nun ja. Das schien jetzt alles so lange her zu sein. Wie konnte er, Edward Elgar, schon sechsundsechzig sein? Ihm war, als tauchte Rodey drüben im Schatten auf der andern Seite des Abteils auf, alterslos, und setzte sich dem alten Knacker, der er nun war, gegenüber.

»Kommst du immer noch öfters nach Liverpool, Edward?«

»Seit Jahren kaum mehr. Jetzt nur auf Durchreise. Fahre nach Südamerika. Zum Amazonas, genau gesagt.«

»Zum Amazonas? Mein lieber Cocky, was in aller Welt willst du denn da? Sag bloß, Gerontius hat bei den Kannibalen eingeschlagen?«

»Lieber Gott, nein! Jedenfalls nicht, soviel ich weiß. Nein, es ist mehr wegen des Abenteuers. Sozusagen zum Spaß. Nur, um alldem mal zu entkommen.«

»Alldem, Cocky? H'hm. Was sagt Alice denn zu *alldem*?

»Ich leb' doch nicht bloß, um ...«, begann er gereizt. Aber dann fuhr er fort: »Alice ist tot.« Wie konnte er das auch nur für einen Augenblick vergessen haben?

»O Cocky, mein Lieber, tut mir so leid! Deinetwegen, mein' ich, nicht ihretwegen. Schließlich bin ich ja auch tot.«

Blöd, solche Gespräche! Aber heutzutage, nach der großen Ausweidung durch den Krieg, fanden Gespräche mit den Toten immerzu und überall statt, so viel wirklicher waren die Hingeschiedenen als die Gespenster, die ihrer gedachten, so viel wahrer die gehörten Worte als die gesprochenen. Und so blieb die warme, fragende Stimme immer noch da, als auf dem Sitz gegenüber die trübe Gestalt längst wieder mit dem Plüschpolster der London-Nordwest-Bahn eins und zum reinen Schatten geworden war: »Oh, Cocky, was schreibst du denn jetzt? Welches große Werk brütest du gerade aus für die undankbare Welt?«

Und darauf gab es nichts zu antworten. Unmöglich konnte er, der Lebende, sagen: »Oh, Rodey ... mein lieber Alter, ich bin am Ende!« Eben in diesem Augenblick hielt der Zug, Türen wurden geöffnet, und Leute riefen nach den Gepäckträgern.

»Sir Edward!« sagte jemand an der Abteiltür. Verflucht, hatten sie ihn schon wieder aufgespürt? Aber es war nur Tom

Shannon, der Sohn des Chorleiters, der gekommen war, um ihn zum Schiff zu begleiten. Als Sir Edward Elgar nun aus dem ansehnlichen Abteil auf den Bahnsteig trat, hätte man ihn in einer Serie Sepia-Photos für die *Pall Mall Gazette* festhalten können: ein offenbar honoriger älterer Herr von etwas militärischem Gehabe, mit grauem Haar und Schnauzbart, wie er sich den Mantel zuknöpfte und den Hut gegen den Novemberregen zurechtrückte, der zwischen dem glitzernden Dach des Zuges und der zerfressenen Plane, die den Bahnsteig schützte, hereingeweht kam. Dies war der Sir Edward Elgar des öffentlichen Lebens - vielleicht nicht mehr so leicht zu erkennen wie in seiner Glanzzeit vor dem Kriege, aber noch immer mit demselben zielbewußten Auftreten. Wer allerdings genauer hingesehen hätte, könnte bemerkt haben, daß er zerstreut den verkehrten Handschuh aufzustreifen versuchte und daß um seine tief verschatteten Augen etwas von Abwesenheit lag, so als habe er sich in ein fremdes Land verirrt.

Erst als die Schiffspassagiere den Kai erreichten, konnten sie spüren, wie schlecht das Wetter tatsächlich war und wie sehr es ihnen bald zu schaffen machen würde. Bahnreisende waren ja gewohnt, unbehelligt durch die schlimmsten Unwetter zu gleiten, ohne den tobenden Güssen vor den Fensterscheiben viel Beachtung zu schenken. Allenfalls stand mal jemand auf und hängte sein Gewicht an den Riemen, der das Fenster dichter zuzog. Hier aber, unter den wandoffenen Wetterdächern wurden die Passagiere daran erinnert, daß sie bald keinen festen Boden mehr unter den Füßen hätten. Im gleißenden Licht der hohen Kran- und Ladelichter sahen sie sekundenlang Takelwerk, das sich im Winde bog, regengepeitschte Ölfarbe, rüttelnde Persenninge und - hinter dem Schiffsrumpf - ein Bild von der aufgewühlten Wasserfläche des Mersey. Manche Passagiere mußten sich schon beim Ankleiden am Morgen auf magische Weise tausend Meilen den Amazonas hinauf unter tropische Himmel voller bunter Vögel versetzt gefühlt haben, denn für einen englischen Winterabend waren sie unsinnig leicht gekleidet. Sie eilten fast rennend an Bord, mit der einen Hand den Hut festhaltend, die Gangway zwischen den knatternden Segeltuchwänden hinauf über die Schwelle ins ruhige, warme Innere, wo es leicht nach Ölfarbe und Messingpolitur roch und sie von den Schiffsoffizieren in makellos sauberen Uniformen empfangen wurden.

In den Schuppen stand Edward ein wenig abseits von den anderen; die Regenböen von der offenen Seite her schienen ihn nicht zu stören. Er war anscheinend von mehreren Mitreisenden erkannt worden, verriet aber durch kein Anzeichen, daß er es bemerkte, wenn sie tuschelnd zu ihm her blickten. Windstöße peitschten ihm die Mantelschöße um die Beine, aber er verschmähte es, auch nur den Kragen hochzuschlagen. Fast schien er am Toben der Elemente seine Freude zu haben, als gäbe es ihm den Beweis für sein Dasein hier, auf diesem Kai, an einem dunklen Winterabend im Norden der Welt. Den Kopf in den Nacken gelegt und das Gesicht naß vom Regen, musterte er die *Hildebrand* vom Bug bis zum Heck: seine Heimat für die nächsten anderthalb Monate. Er sah einen eleganten kleinen Passagierdampfer, nahezu zierlich, mit grauem Rumpf unter dem weißen Plankengang, den weißen Aufbauten und dem tiefschwarzen Schornstein der Booth Steamship Company. Als vielgereister Mann mit hinreichend geübtem Blick schätzte er die Tonnage des Schiffs auf etwa siebentausend und die Länge auf vierhundert und ein paar Fuß. Er war überrascht, daß ein so großes Schiff imstande sein sollte, tausend Meilen weit einen Fluß, wenn auch den Amazonas, hinauf zu fahren, und hätte gern gewußt, wieviel Fuß Tiefgang es hatte.

Er drückte seinem Begleiter kurz die Hand und schritt in soldatischer Haltung die Gangsway hinauf. Als er halb oben war, erfaßte ein Windstoß von der Seite seinen Hut, warf einen Schwall grauen Haars auf und wirbelte den Hut davon. Im Licht einer Lampe vom Kai leuchtete das Firmenetikett in der Kappe für einen Moment blaß auf, ehe es über dem Mersey in Richtung New Brighton verschwand. Die Offiziere der *Hildebrand* zeigten sich überaus betroffen, als sie ihn an Bord begrüßten.

»Es ist ja nur ein Hut«, knurrte er, und dann führte ihn ein Steward das sauber kalfaterte Deck entlang, auf einem grünen

Teppichstreifen in der Mitte. Links waren Bullaugen von Kabinen, mit Vorhängen, hinter denen Licht brannte. Rechts kam eine Reihe größerer, seewärts gelegener Bullaugen, durch die man auf den Rand des Kais und auf Holzpfähle sah. Nach dem stürmischen Wetter draußen war es in dem Gang warm und ruhig; der Boden vibrierte leicht unter den Füßen. An den Wänden auf beiden Seiten führten Geländer aus glänzendem Mahagoni entlang. Nach mehreren Abbiegungen kamen die blanken Hacken des Stewards schließlich vor einer Tür mit der Messingnummer 2 zum Halt.

»Ihre Kabine, Sir Edward!« Er schloß auf und half seinem Passagier über das einige Zoll hohe Süll hinweg. »Steward Pyce, Sir! Ich werde mein möglichstes tun, um dafür zu sorgen, daß Sie eine glückliche und angenehme Reise haben. Wenn Sie etwas brauchen, klingeln Sie nur! Inzwischen lasse ich so schnell wie möglich Ihr Gepäck bringen.«

Bei diesen Worten half er Edward aus dem nassen Mantel, mit besorgtem Räuspern, als er die durchtränkten Velours-Aufschläge befühlte. »Wenn Sie erlauben, nehme ich den gleich mit und lasse ihn gründlich trocknen. Dinner gibt es erst in zwei Stunden, Sir. Captain Maddrell hofft immer noch, mit der Ebbe auslaufen zu können, das ist in etwa vierzig Minuten, aber draußen soll heute abend ganz schön Seegang sein, und vielleicht will er unter den Umständen lieber noch ein bißchen warten.«

»Hoffentlich nicht«, sagte Edward. »Was mich angeht, so möchte ich abfahren und nicht in Liverpool am Kai festsitzen.«

»Ah, dann sind Sie ja ein richtiger Seemann, Sir. Nicht wie manche Leute an Bord, würde ich meinen, nach allem ...«

»Je rauher die See, desto besser finde ich's. Ach, und seien Sie so gut und sagen den Leuten, sie sollen mit meinem Koffer vorsichtig umgehn. Ich habe ein paar Instrumente drin.«

»Gewiß doch, Sir. Sie werden ihn anfassen wie ein rohes Ei.« Steward Pyce machte eine ruckende Bewegung mit dem Oberkörper, alles, was in dieser demokratischen Nachkriegswüste noch an die ehrerbietige Verbeugung eines Dieners erinnerte, dachte Edward, als der Mann hinausging.

Draußen ging Pyce geräuschlos auf der Teppichbahn davon und ahmte flüsternd für sich den knurrigen Schneid seines Passagiers nach. »›Je rauher die See, desto besser finde ich's‹ Ho! Sagt der! Sagen sie doch alle, nicht? Alle denken sie, sie sind die besten Seemänner, die je den Fuß an Deck gesetzt haben, bis es mal ein bißchen bläst, und dann sieh mal an, wer nicht zum Frühstück kommt! Restaurant leer, und in der Kombüse drehn die Köche Däumchen und sehn zu, wie ein halber Zentner Toast kalt wird. N'Abend, Sir, Madam!« sagte er, die Stimme hebend und die Vokale auf Vollklang bringend, als andere Passagiere im Gefolge eines anderen Stewards vorüberkamen. Schließlich erwischte er Hempson und strich mit dem Finger an der Liste herunter, die der Kollege in der Hand hielt. »Elgar. Nummer 2. Sagte, er hat einen Koffer mit Posaunen drin, sollen vorsichtig damit sein.«

»Noch so ein verdammter Musiker? Wir haben doch schon eine Kapelle an Bord, reicht das denn nicht? Auch noch Posaunen!«

»Sei froh, daß es kein Klavier ist, Mann!«

»Das wiegt«, sagte Hempson abgeklärt, »das wiegt! Nicht einer, der nicht wegen sechs Wochen eine Tonne Gerümpel mitbringt! ›Schmeißen Sie mir das bloß nicht herum, Mann! Da sind meine Orden drin.‹« Hempson hatte vor sechs Jahren bei Arras drei Finger verloren und hatte eine ausgeprägte Meinung über die Offiziersklasse.

Unterdessen saß Edward auf dem Rand seiner Koje und blickte durch die offene Tür in seinen kleinen Wohnraum mit den Schirmlampen und dem Schreibtischchen hinüber. In der einen Hand hielt er noch eine Einschiffungskarte, auf der stand: »Sir Edward Elgar OM. Deluxe-Kabine No. 2.«

»›Glückliche und angenehme Reise ...‹«, sagte er zu sich selbst. »Was in aller Welt tu' ich hier?«

Er stand auf und warf die Karte aufs Bett. Im Wohnzimmer trat er an den Schreibtisch und streifte mit dem Daumen über die Oberkanten der in einem Gestell bereitliegenden Bögen, so daß der Briefkopf der Booth-Reederei mit einem leise schnalzenden Geräusch vorüberflimmerte. Es war die müßige Geste eines Mannes, der eben in einem Hotelzimmer angekommen ist und nicht weiß, was er als nächstes tun soll.

Als er auf das Hornsignal hin seinen Platz im Restaurant einnahm, wurde ihm schließlich klar, wie wenig die tatsächlichen Umstände auf dieser Kreuzfahrt, zu der er sich eingeschifft hatte, seinen vorherigen Phantasien entsprachen. Er hatte irgendwie einen kleinen vertraulichen Kreis gesitteter Menschen erwartet, von denen keiner im mindesten etwas mit Musik zu tun hatte und die sich für eine Atempause in ihrem Leben zu einem exotischen Land und wieder zurück befördern ließen. Er hatte sich unterhaltsame, weltläufige Gespräche vorgestellt, Geschichten, wie sie bei Conrad oder Maugham beim Abendessen von Gummipflanzern erzählt werden, die zu ihren Dschungelfestungen zurückkehren. Er hatte sogar darauf spekuliert – doch, warum es leugnen? –, ob nicht ein gewisses Interesse aufflackern mochte, wenn er vielleicht an der Heckreling, in einer Mondnacht am Äquator mit einer unbestimmten weiblichen Erscheinung in Berührung treten und, wie bei der Reibung von Bernstein auf Seide, seine alten Tage durch ein kurzes Knistern beleben könnte. Kurz, er hatte daran gedacht, sich selbst für ein paar Wochen hinter sich zu lassen und in eine kleine Welt einzugehen, die so fesselnd und in sich geschlossen wäre, daß es ihm fast als lästig erschiene, die obligatorischen Briefe und Karten von Bord an die immer kleiner werdende Zahl der Freunde und Angehörigen zu Hause schreiben zu müssen.

Im Restaurant erfuhr er nun, daß die *Hildebrand* fast sechzig Erster-Klasse-Passagiere hatte, von denen achtunddreißig die gesamte Rundfahrt mitmachten. Weitere dreihundert und mehr Zwischendeckspassagiere sollten in Porto und Lissabon aufgenommen werden, in der Hauptsache portugiesische Wanderarbeiter, hörte er, die in Brasilien ihr Glück machen wollten. Es würde nicht nötig sein, daß man sie je zu Gesicht bekäme; aber trotzdem, allein schon zu wissen, daß noch ein paar Hundertschaften von Leuten irgendwo anders auf dem Schiff verstaut würden, machte seine letzten Hoffnungen auf stille Beschaulichkeit zunichte. Er bemerkte jedoch, daß man ihm einen Platz am Tisch des Kapitäns zugewiesen hatte, und im Lauf der Zeit sollte er merken, daß dies allein schon eine Art unsichtbares Schott zwischen den wenigen Auserwählten an diesem Tisch und dem Rest der Ersten Klasse errichtete. An diesem Abend war der Kapitän nicht bei Tisch. Er hatte sich durch den Chefsteward entschuldigen lassen: Er sei sicher, seine Gäste würden verstehen, daß er sehr in Anspruch genommen sei, um mit einem der schwersten Stürme seit Jahren fertigzuwerden. Die Booth-Linie war stolz auf die Pünktlichkeit ihrer Dampfer auf der Strecke zwischen Madeira und Pará, ebenso aber auch auf ihre Sicherheitsstatistik. Schiffahrtsgesellschaften lebten immer im Schatten der letzten Schiffskatastrophe, denn häufig genug passierte etwas, das sie daran erinnerte, daß die moderne Technik nicht unüberwindlich war. Erst vor drei Monaten war der französische Dampfer *Député Emile Driant* vor Dungeness gesunken, mit Verlust von siebzehn Menschenleben. Während Kapitän Maddrell auf der Brücke mit solchen Problemen zu kämpfen hatte, nahmen seine Passagiere die erste Mahlzeit an Bord ein, aber immer noch angedockt in Liverpool.

Edward wurde einem Dutzend Leute vorgestellt, deren Namen in seinem Gedächtnis kaum eine Spur hinterließen. Manche schienen so glatt in einem »Typ« aufzugehen, daß er sich entschuldigt glaubte, wenn er auf den mühsamen Versuch, sich zu merken, wie sie anzureden waren, verzichtete. Einer gehörte zu jenen geheimnisvollen Handelsbaronen, bei denen selbst die Nationalität unbestimmt blieb – Sir Sowieso Pereira, höchstwahrscheinlich Portwein oder Gummi. Aber vielleicht auch Sklaven – wer konnte's wissen? Zwei alte Jungfern auf der Rückreise zu einem trostlosen Missionsposten irgendwo hinterm Mond, ganz erfüllt von resoluter Wohltätigkeit. Ein junger Mann, eigentlich noch ein Junge – Peter? Patrick? – auf dem Weg zum Antritt seiner ersten Stellung im Büro von Alfred Booth & Co. in Manaos. Eine junge Frau unter dreißig, ziemlich modern, eine Miss Air, die sich unheilverheißend als »Künstlerin« bezeichnete. Sogar ein Forschungsreisender oder Botaniker war dabei, unglaublicherweise namens Fortescue, mit rotem

Gesicht und dünnem Schnurrbart: Züge, die erst hervortreten, wenn sie von einem Tropenhelm überdacht werden.

Alle schwätzten, während sie aßen, doch mehr, wie ihm schien, aus Erregung wegen der bevorstehenden Reise als aus einem echten Bedürfnis, sich bekannt zu machen. Ihm gegenüber bezeigten sie jenen übertriebenen Respekt, den er seit langem kannte und sich oft gefallen lassen mußte. Das Essen war gut; er aß die meiste Zeit schweigend und hörte den Gesprächen zu. Aber gegen Ende der Mahlzeit – vielleicht dank dem Wein oder der gehobenen Stimmung der anderen – gab er seine Zurückhaltung soweit auf, daß er bemerkte:

»Ich möchte eine kleine Wette darauf annehmen, daß es morgen um die gleiche Zeit an diesem Tisch um einiges stiller sein wird. Auch ganz so viele werden wir dann wohl nicht sein.«

»Ich denke mir, Sir Edward, daß Sie das in übertragenem Sinn meinen?« sagte eine der beiden alten Jungfern. »Doch wohl nicht, daß Sie darauf *wetten* wollen, wie die Vorsehung über das Wetter zu befinden für richtig hält ...?«

»Wettet jemand dagegen?«

»Aber hören Sie, Sir Edward ...!«

»Sie meinen also, es kann schlimm werden, Sir?« fragte der Jüngling von Booth. Seine merkliche Bangigkeit schien von den meisten am Tisch geteilt zu werden.

»Mein Steward jedenfalls meint es.«

»Ach, so einer von diesen alten Seebären, wie?« fragte der Forschungsreisende skeptisch.

»Eher ein Bärchen, würde ich sagen, in jeder Hinsicht. Aber er beruft sich auf seinen Freund, den Marconi-Mann, und von dem kommt heutzutage alle höhere Weisheit. Selbst die alten Seebären haben's aufgegeben, die Nase in den Wind zu stecken. Statt dessen stecken sie Antennen auf.«

»Es ist schon wunderbar und geheimnisvoll«, sagte die andere alte Jungfer und warf ihm einen spitzen Blick zu, den er nicht recht deuten konnte.

Von irgendwo über ihnen kam ein melancholisches C, laut genug, um die Holztäfelung, den Tisch und den Boden unter ihren Füßen vibrieren zu machen.

»Vielleicht geht's endlich los?«

Aber das Bild des Kais im Laternenschein hinter den Bullaugen blieb unbewegt. Trotzdem nahmen mehrere Gäste dies zum Anlaß, den Tisch zu verlassen. Als Edward seinerseits aufstand, beugte sich die erste der alten Jungfern nervös mit der Brust zu ihm hin, eine Geste, die besagte, daß die etwa acht Fuß Abstand zwischen ihnen für den Augenblick eine Intimsphäre umschlossen.

»Ungeachtet unseres kleinen Contretemps, Sir Edward, muß ich Ihnen doch sagen, wie sehr wir uns geehrt fühlen, Sie unter uns zu wissen!«

Er brummte etwas Verbindliches. »Vielen, äh, sehr freundlich.«

»Aber ich sollte erklären, welche besondere Ehre es für mich ist. Wissen Sie, ich habe bei der ersten Aufführung Ihrer wundervollen *Apostel* in Birmingham im Chor gesungen.«

»Tut mir sehr leid, Madam, daß Sie die kostbaren Stunden Ihrer Jugend mit so was vergeudet haben.«

»Vergeudet? Sir Edward! Es war die höchste mögliche Auszeichnung für mich. Es war vermutlich der denkwürdigste Augenblick meines Lebens. So lange es auch schon her ist, ich habe es in lebhafter Erinnerung. Es war das Jahr neunzehnhundertunddrei.«

»Würde mich nicht wundern. Aber ich glaube, das einzig Erinnernswerte in diesem Jahr waren die Siege von Rock Sand im Derby, in den Zweitausend Guineen *und* im St. Leger. Zwei auf fünf. Keine Chance bei so einem Pferd, einen Coup zu landen. Wenn Sie mich jetzt bitte entschuldigen?«

»Du *Schwein*!« sagte er zu sich selbst, als er durch den Gang zu seiner Kabine ging. »Schwein-Schwein-Schwein!« Aber dann redete er sich zu, daß sie die Abfuhr wohlverdient habe: »Sie ist gräßlich. Hat denn das nie ein Ende mit diesen vertrockneten Weibern, die um die Chorvereine kreisen wie die Geier? Vermutlich singt ihre Freundin Salon-Balladen in Kis-Dur. Verfluchtes Sirenenpärchen!«

»Schwein!«

Er trat in seine Kabine. Sein großer Koffer war angekommen und schien im Schlafzimmer mehr als den halben Boden einzunehmen. Der neue Lack glitzerte tückisch. Sarg, Panzerschrank ...; jedenfalls sah er nach vergrabenen Dingen aus, die entweder darin verrotteten oder verborgen waren. Weil er nicht wollte, daß ein fremder Bediensteter darin herumwühlte, hatte er Pyce den Schlüssel nicht gegeben. Er nahm nun selbst heraus, was er für die Nacht brauchte, und legte zuunterst in dem Koffer mehrere lackierte Mahagonikästchen mit abgerundeten Kanten, Henkeln und Schlüssellöchern von Messing frei. Auf den Deckeln war jeweils ein Elfenbeinplättchen eingelegt, in das der Name geprägt werden konnte, aber alle Plättchen waren leer.

Er zog den Morgenrock an und las noch eine Weile, um sich aus dem Teil seines Gehirns zurückzuziehen, in dem die letzten Ereignisse noch verarbeitet wurden, die Reise heute, die neue Umgebung. Darunter lag das tiefere Aufgewühltsein eines plötzlich ziel- und wurzellos gewordenen Lebens. Obwohl er vor kurzem aus Hampstead wieder nach Worcestershire gezogen war, schien sich sein Dasein jetzt nur noch zwischen dumpfen Club- und Wohnungswänden abzuspielen. Seit Alice nicht mehr da war, hatte das Haus in London seinen Sinn verloren. Erleichtert war er in seinen heimatlichen Landstrich zurückgekehrt, wo er endlich dem ewigen Kommen und Gehen der Metropole den Rücken kehren konnte, das es so schwer gemacht hatte, im Severn House zu arbeiten. Besucher, Dinners, Empfänge, Theaterfeste; Telephon, Telephon, Telephon. Lady Elgar hatte in solchen Dingen geschwelgt. Nur er hatte gewußt, daß jedesmal, wenn der Lakai die Haustür öffnete, wieder ein Takt ungeschrieben blieb und wieder ein paar Pence nicht verdient wurden, von denen er den Lohn für den Lakaien hätte bestreiten können. *Lakaien!* Du lieber Gott, er war doch Komponist! Warum mußte er so leben wie eine Figur aus *Bunbury*, wo betuchte junge Gecken auf dem Klavier herumklimpern konnten, während der Butler die Gurkensandwiches auftrug? Hol euch alle der Teufel! dachte er, versuchte aber nicht, näher zu bestimmen, wen er mit »euch« meinte, oder sich zu entschließen, ob er sich selbst dazuzählen sollte oder nicht. Ein kleiner Knoten von Bitterkeit warf sich für einen Moment auf, rollte von ihm ab und rollte weiter, während der andere, der lesende Teil seines Gehirns, sich dagegen wehrte, in jener Art von heiterer Melancholie gestört zu werden, von der er hoffte, daß sie das Einschlafen erleichtern würde.

Warum hatte er als Lektüre ausgerechnet Tennyson mitgenommen? Kummer, Sehnsüchte, Liebschaften, Schiffe, Kästen, der Tod. Das Rattern von Rädern über dem traumlosen Kopf. Er klappte den Band zu und ging ins Schlafzimmer. Währenddessen übertrug der Teppich von neuem ein C auf die Sohlen seiner Pantoffeln, das die Luft in dem holzgetäfelten Kasten seiner Kabine sogleich gedämpft aufnahm. Obwohl der Ton erstarb, vibrierte der Teppich dieses Mal weiter. Als er schließlich den Kopf aufs Kissen legte, hörte er entfernte Maschinengeräusche, bewunderte die geschmeidigen Bewegungen stählerner Gelenke, die Tonnen von heißem Eisen und wirbelnden Achsen, von denen für die nächsten ein, zwei Monate sein Leben abhinge. Für einen Augenblick kamen ihm gewaltige Drucküberschüsse in den mit Bolzen besetzten Kesseln zu Bewußtsein.

»Ruhige See. Glückliche Reise. Was für ein Quatsch!« Am Abhang des Schlafes kamen ihm noch mehr verdrehte Worte in den Sinn. »Der Seher auf der Säule« und »herbstlicher Mensch«. Das kam davon, wenn man vor dem Schlafengehn im Tennyson blätterte.

Einmal erwachte er in der Nacht und sah einen trüben Lichtkreis, als er die Augen aufschlug. Zuerst dachte er an ein Zimmer in einem Krankenhaus oder Pflegeheim, einen jener Orte voller Unruhe und Vorläufigkeit, wo in die Türen runde Sichtfenster eingelassen sind, in denen von Zeit zu Zeit weißbehaubte Köpfe auftauchen, als würde man von Gespenstern gemustert, die darauf warteten, daß man sich ihnen anschließe. Wieder eine Operation? Das Auf und Ab des Zimmers irritierte ihn noch mehr. Kurz bevor eine schmerzliche stille Panik einsetzte, kam ihm das Bewußtsein, wo er war, und brachte den pyjamaumhüllten Arm zum Halt, ehe er den Schalter der Nachttischlampe erreichte. Er war unterwegs nach Brasilien. *Brasilien?* Er mußte verrückt sein. Also war der Lichtkreis das verhangene Bullauge, das aufs Schutzdeck hinausging. Die Platten der *Hildebrand* bebten unter dem Wellenschlag und dem Maschinentakt. Für einen Moment war die Bewegung unangenehm wie die wiederkehrenden Anfälle der Ménièreschen Krankheit, die ihm während des Krieges so zugesetzt hatte; aber sobald er wußte, daß die Bewegung real und nicht eine Täuschung des inneren Ohrs war, begann sie ihn zu erfreuen. Die See war gewiß rauher als auf allen seinen Überfahrten zum Kontinent, rauher auch als auf seinen Transatlantik-Reisen nach New York mit der *Mauretania*. Nach einem besonders heftigen Ruck, bei dem das Zahnputzglas im Badezimmer gegen seinen Haltering klirrte, dachte er, sie sei vielleicht sogar noch rauher als bei seiner Mittelmeerfahrt von 1905 mit der Royal Navy.

Eine Weile versuchte er, sich zum Aufstehen durchzuringen, aber allmählich beschlich ihn eine Trägheit, die eher einem Sichgehenlassen gleichkam. Was sollte es ihn kümmern? Die Dinge hatten ihren Lauf genommen. Wenn sein entleertes Leben dank irgendeiner willkürlichen Alchemie nun darin bestand, in einer schaukelnden Stahlkiste einem dunklen Erdteil entgegenzufahren, den zu sehen ihn noch nie interessiert hatte, warum nicht? Es war ebensogut wie das trostlose Hin und Her zwischen zwei gleichermaßen unbehaglichen Polen: Kempsey, das immer noch voller Umzugskisten stand, die er sich nun auszupacken fürchtete, und den Londoner Clubs, wo er aus den Koffern lebte. Welch einen öderen Trott konnte es für einen Künstler geben als den Wechsel zwischen demütigem Pantoffeldasein auf dem Lande und den Billardsälen, Rauchsalons und Theaterkneipen der Großstadt? Das Hin-und-Herfahren auf der Suche nach einem stillen Ort, wo die flüchtende Muse wieder bewogen werden könnte, seßhaft zu werden: gerade diese Rastlosigkeit schloß aus, daß sie es je tun würde. Vielleicht also in Brasilien. Vielleicht erwartete ihn dort unter dem urkräftigen Laubdach der riesigen Wälder, die juwelenbesetzten Schwingen angelegt, was ihn im zurückbleibenden England im Stich gelassen hatte. Es war unwahrscheinlich, aber das war alles andere auch.

Es ist der Augenblick zwischen Dämmerung und Dunkelheit, wenn der Wald sich anschickt, nicht mehr ein-, sondern die ganze Nacht lang nur noch auszuatmen. Wenn die Sonnenuntergangsfarbe schwindet, gleitet das Wasser um die Biegung der Ufer wie flüssiger Schiefer, an der Oberfläche mit blassen Klecksen und Schnörkeln bekritzelt. Die ersten Leuchtkäfer blinken über dem Schlamm unter dem fauligen Gestrüpp am Rande des Dschungels. Im letzten Licht kommt und geht ein Schatten auf dem Wasser, obwohl die Luft darüber nichts Festeres zu enthalten scheint als Nachtfalter und Mücken – jedenfalls nichts, das den Umriß gekerbter Flügel unter sich werfen könnte. Ihr langsamer Schlag, wie von Membranen, die ein uraltes Wesen tragen, krebst schräg stromaufwärts und ist fast schon verschwunden, wenn das Auge den Schatten gesehen zu haben glaubt. Ein seltsamer Ruf dringt von der unsichtbaren Flußmitte herüber, und sofort brechen tausend Frösche in anhaltenden Gleichklang aus.

Wer gespürt hat, wie der vom Fluß ausgehende Abendwind unter der feuchten Hitze erstickt, die aus dem Dschungel hervorwogt, wird aus dem aufsteigenden Kreischen, Schreien und Schnattern auch die vereinte Anstrengung der Wimpernmuskeln heraushören, mit der unzählige Augenpaare ihre Pupillen der Dunkelheit auf allen Seiten anpassen. Nur der Mensch wird noch blinder. Doch ein Mensch ist im Augenblick hier und betrachtet die Szene. Besser gesagt, er überblickt sie, denn er steht nicht am Ufer, sondern hoch darüber. Auf einer kleinen Lichtung ragt der astlose Stamm eines abgestorbenen Baums in die Höhe. Um seinen Fuß wachsen Moospolster; der Stamm darüber schimmert glatt, wo sich die Rinde gekräuselt und abgeschält hat. Die Spitze trägt eine Plattform aus recht und schlecht zusammengebundenen Ästen, wie ein riesiges Vogelnest, und darauf steht er.

Um diese Gestalt ist ein großes Aufmerken. Schon die Tatsache, daß sie zusieht, verändert die Szene in gewisser Hinsicht. Auf tausend Meilen im Umkreis verbirgt sich nie Vermerktes, Unfertiges. Doch dieser kleine Fleck von Brasilien ist anders: Er wird beobachtet und erlebt. Er wird sogar geliebt. Denn die Gerüche und Geräusche des Dschungels, die von unten aufsteigen und durch das benachbarte Laubdach dringen, sind dem Mann teuer. Selbst die stechenden Insekten, die sich in Trauben um seine bloße Haut drängen, sind ein vertrauter, notwendiger Teil des mysteriösen Zyklus', der sich um seinen Baum wie um eine Achse dreht. Jahrelange strenge Übung hat seine Nachtsichtigkeit geschärft, und er kann die verschiedenen Tiere, die am Fuß seines Baumes vorüberkommen, unschwer erkennen. Er hat sogar eine Lampe in seinem Adlerhorst, doch die Dunkelheit ist ihm so willkommen, daß er heute nacht, wie so oft schon, einstweilen darauf verzichtet, sie anzuzünden. Sobald er es tut, wird seine Nachtsicht für den Rest seiner Wache zuschanden, und diese Fähigkeit will er ungern einbüßen. Unterdessen flackert der Himmel geräuschlos unter fernen Blitzen. Manchmal lächelt er, wenn er daran denkt, was die Leute wohl sagen würden, wenn sie ihn sehen könnten, wie er hier oben im Dunkeln steht und sich von Insekten auffressen läßt. Wer nicht verstünde, könnte ihn für verrückt halten – vielleicht das Opfer einer selbstauferlegten Buße. Und wer Bescheid wüßte – na, auch der fände wohl ein Verhalten, das solche Mißlichkeiten und sogar Gefahren herausfordert, ein wenig übersteigert.

Ein Lufthauch streicht ihm plötzlich über eine Wange. Er zittert vor Wachsamkeit, bewegt aber den Kopf nicht. Er horcht angespannt, in sehnsüchtiger Erwartung von etwas, das sich, wie er spüren kann, nähert. Ein schwerer Körper streift durchs Unterholz, aber das ist es nicht. Ein Nachtvogel überquert den Fluß; sein Tschack-tschack, Tschack-tschack schwillt an, als er über ihn hinwegfliegt. Dem Ruf mit den Blicken folgend, sieht der Beobachter einen plumpen Kopf vor einem Sternenfeld. Das ist es auch nicht; der Ruf wird leiser und verklingt. Doch nun ist eine neue Spannung in dieser schlaffen Tropenluft. Da draußen ist eine Kreatur, zu der er eine Affinität hat. Sein Gespür hat sich verfeinert und geht selten fehl. Wieder streift ihn der Lufthauch, obwohl die Nacht windstill ist. Er bildet sich ein, auf seinem Handrücken oder an seinem Hals ließe sich ein leichter, pelziger Körper nieder. Er bekommt eine Gänsehaut. Er tastet nach der Lampe und zündet ein Streichholz an.

Der Lichtschein schreckt manche Kreaturen auf. Er hört Flügelschläge; ein verwirrter Vogel stürzt in die Dunkelheit davon. Vom Fuß des Baumstamms kommt entsetztes Knacken von

Zweigen. Doch andere Tiere, die das Licht anzieht, umkreisen es ekstatisch. Käfer prallen vom Glasschirm der Lampe ab und knallen mit den Flügeldecken auf die Plattform. Der Beobachter wird eingesponnen in einen wirbelnden Kokon von Insekten. Er erkennt das Funkeln von Augen, Aufleuchten von Flügeln. Sie sind ein Wunder für ihn, die üppig ausschweifenden Farben, die tigerstreifigen Zeichnungen. Vor allem diesen verschwendeten Reichtum liebt er, diese Überfülle an Farben und Mustern, weder für das Tageslicht noch für Menschenaugen bestimmt. Durch die Entdeckung dieser verborgenen Welt sind die Tage für ihn weniger maßgeblich, weniger seicht geworden.

Und dann spürt er wieder den Anhauch an der einen Wange, und diesmal erkennt er etwas, das am Rande des Lichtscheins vorüberflitzt. Endlich kommt es ganz aus dem Dunkel heraus und zu ihm: ein Nachtfalter, groß wie eine Zwergfledermaus, in weichen, goldenen Flaum gehüllt. Er setzt sich auf seine Hemdbrust, und der Beobachter schaut verwundert und erwartungsvoll auf ihn hinab. Er bemerkt das Vibrieren der Vorderflügel, eine starre Trübung des Umrisses, als es ein, zwei Zoll näher zu seinem Hals heraufkriecht. Nun hält es an und kommt zur Ruhe, und er sieht, daß die Hinterflügel gemustert sind wie gebatikte Seide. Behutsam entläßt der Anus ein bernsteinfarbenes Tröpfchen Flüssigkeit auf sein Hemd. Er blickt ihm in die Augen und denkt an sein eigenes hundertfaches Gesicht in diesen winzigen Goldkörnchen. Die Fühler sind sandfarben und dick wie Federn; der Falter trägt sie hoch wie die Hörner einer Oryxantilope, was ihm ein zugleich spöttisches und kampflustiges Aussehen gibt. Sein Bauch pulsiert langsam.

Vom Fluß aus gesehen strahlt das Licht auf der Spitze des Baumstamms hell, obwohl es kaum etwas beleuchtet. Es steht dort für sich allein hoch oben auf seinem Stengel, wie ein vereinzelter Löwenzahn mit kurzen gelben Blütenblättern. Wenn ein Boot in der Mitte des Flusses vorüberkäme, erschiene die Lampe tatsächlich als eine einsame Blume, vielleicht das einzige Licht in einem ganzen dunklen Erdteil. Durch seine Einzigkeit wird es zum Brennpunkt, zum Zentrum der Aktivität, Knotenpunkt der Kontemplation. Draußen auf der dunklen

Strömung daran vorübergetragen zu werden, hieße, daß alle Aufmerksamkeit, solange es sichtbar bliebe, von nichts Komplexerem gefangengenommen würde als von einem Licht auf einem Baum. Wenn aber das Boot um die Biegung käme und ein Waldstreifen das Licht löschte, bliebe der Anblick doch vom inneren Auge festgehalten, und der Geist könnte nicht davon lassen. Von nun an wäre die Reise eine andere; die Nacht selbst veränderte sich durch die Tatsache, daß man dies gesehen hätte: eine einsame Gestalt auf einem hohen hölzernen Turm mitten in Brasilien, regungslos wartend in der insektendicken Luft.

Am nächsten Morgen konnte Steward Pyce kaum seine Enttäuschung verbergen, den Inhaber der Kabine Nr. 2 geradezu aufgekratzt zu finden. Obwohl er doch ganz wie ein verirrter Landjunker aussah, stapfte Edward vergnügt auf dem Schutzdeck umher und murmelte närrisches Zeug vor sich hin, während das Schiff rollte und schlingerte. Durch die gut abgedichteten Bullaugen war eine zerklüftete Einöde graugrünen Wassers zu sehen, marmoriert von den Spritzern abgerissener Schaumkronen. Die *Hildebrand* hüpfte auf und nieder, ihre zwei Schrauben vibrierten, wenn ihre Blätter die Oberfläche ritzten, und wurden dann leiser, wenn sie wieder unter eine dicke Wasserschicht sanken.

»Donnerwetter, war das ein Hammer! Morgen, Pyce! Frühstück schon in Aussicht?«

»Soviel Sie wollen, würd' ich sagen, Sir! Da wird noch eine Menge übrig bleiben, heute morgen.«

»Liegen alle in ihren Kojen und würgen, was? Angeblich steckt doch eine wackere Teerjacke in jedem Engländer – von wegen! Ich glaube, meine Wette werd' ich gewinnen.«

»Leider haben sie nicht alle solche gesegneten Seebeine wie Sie, Sir Edward. Und der Marconi-Mann sagt, es wird wahrscheinlich noch schlimmer. Ein Funkspruch von einem amerikanischen Schiff draußen im Atlantik ist gekommen, westlich von uns, und denen geht's schon ganz übel. Wir haben nicht mal den Lotsen in Holyhead absetzen können, wo er meistens an Land geht. Er ist noch an Bord und wird wohl auch noch eine Weile dableiben müssen. Der Captain sagt, er hat keine Lust, ihn in Le Havre abzusetzen: möchte einen großen Bogen um die Biskaya machen, und das hör' ich gerne.«

Edward legte mit übermütigen Rollschritten den Weg zum Restaurant zurück, wo der Anblick der leeren Tische seine Laune nur noch verbesserte. Auf den wenigen, die gedeckt waren, hatte man die Tischtücher mit Wasser befeuchtet, und an diesen saß eine Handvoll Frühstücksgäste. Als er vorüberging, grüßten sie einander mit munterem Nicken, in wechselseitiger Anerkennung ihrer Überlegenheit über die unten in ihren Kojen stöhnenden Landratten. An seinem Tisch fand er Kapitän Maddrell selbst und Miss Air, die »Künstlerin«. Sie stieg in seiner Achtung.

»Ich war schon am Verzweifeln, Sir«, sagte der Kapitän, nachdem er sich vorgestellt hatte. »Ich konnte es kaum glauben, daß wir an diesem Tisch nur einen einzigen richtigen Seemann haben. Aber anscheinend haben wir doch zwei. Nun werden Sie es unhöflich von mir finden, Sir, aber ich muß mich wirklich entschuldigen. Dieses Wetter hat uns back bekommen – oder hätte es, wenn wir Segel hätten.«

»Natürlich«, sagt Edward. »Außerdem werden Miss Air und ich uns bestimmt sicherer fühlen, wenn wir wissen, daß Sie jetzt wieder auf die Brücke gehn, um diesen Pott zu steuern.«

»Wenn das so ist, werden Sie mit Bedauern hören, daß ich nicht daran denke. Sondern ich geh' jetzt zu Bett. Ich habe diesen Pott, wie Sie sagen, die ganze Nacht durch gesteuert, und es wird Zeit, daß ich mich aufs Ohr lege. Aber keine Sorge, Sie sind in guten Händen. Warum besuchen Sie uns nicht mal später, wenn Sie's interessiert? Wollen Sie sehn, wie die alte *Hildebrand* läuft?«

»Oh, das säh' ich gern! Wie komme ich auf die Brücke?«

»Fragen Sie einfach einen von den Stewards oder den Offizieren! Ich würde mich freuen. Wenn Ihnen wirklich vor gar nichts bange ist, könnten wir später vielleicht sogar sagen, daß Seiner Majestät Hofkomponist höchstselbst das Ruder übernommen hat.«

»Ich muß schon sagen«, sagte Edward, als der Kapitän gegangen war, »der Kerl ist gradheraus! Nimmt kein Blatt vor den Mund. Ganz famos! Ich mag Schiffsbrücken, besonders wenn ein bißchen Dünung ist ... Tut mir leid, daß wir gestern abend nicht miteinander reden konnten. Sehn Sie, ich tauge nicht viel in Gesellschaft. Von Ihnen weiß ich nur, daß Sie Miss Air, die Künstlerin sind.«

»Bitte, sagen Sie Molly zu mir, Sir Edward! Ich denke mir, es könnte anstrengend werden, auf der ganzen Reise bis Brasilien strikt förmlich zu bleiben; und außerdem will man sich das Recht, auf Förmlichkeit zu bestehen, ja auch für die Fälle vorbehalten, wo man Abstand wahren möchte.«

»Na, Gott sei Dank, ein ehrlicher Mensch! Schon der zweite in zwei Minuten! Wenn das so weitergeht, wird diese Reise ein Vergnügen. Glauben Sie auch, daß es die Nähe des nassen Grabs ist, was den Leuten die Flausen austreibt?«

»In meinem Fall nicht, Sir Edward, aber für den Kapitän kann ich nicht sprechen. Ich fürchte, ich bin selten weniger aufrichtig als jetzt. Offenheit hat mir noch nie im mindesten etwas genützt.« Den Blick, den er ihr zuwarf, konnte sie nicht recht deuten; er schien direkt aus dem Schädel zu kommen, so tief saßen seine Augen.

»Ach, ich ...«, begann er. Dann: »Ich finde Ihren Namen einfach unwiderstehlich. Darf ich Ihnen die *marmalade imaginaire* reichen?« Mit einer artigen Geste stellte er den Steingutnapf mit Marmelade vor ihr auf das feuchte Tischtuch.

»Ich dachte, die hätt' ich alle schon gehört. Ich finde es sehr schneidig von Ihnen, beim Frühstück auf einem sinkenden Schiff Witze zu machen.«

»Ach, meinen Sie wirklich? Hätte der Kapitän uns dann nichts gesagt?«

»Kapitäne haben vor einer Panik mehr Angst als vorm Ertrinken. Aber richtig, ich weiß nicht, ob wir wirklich schon *sinken*. Es geht ständig rauf und wieder runter, aber alles in allem würde ich sagen, weiter runter als rauf. So was geht ganz allmählich.«

Später nahm er aus dem Koffer ein Buch in glattem Ledereinband, mit der schicksalsschwangeren Aufschrift *Journal* in goldenen Lettern auf dem Rücken. Er hatte beschlossen, während der Reise Tagebuch zu führen, obwohl »beschlossen« vielleicht ein zu bestimmtes Wort dafür ist, daß er es aus einer Laune heraus gekauft hatte, als er es in einem Papierladen sah. Es war am gleichen Tag gewesen, an dem er die Reise buchte – ebenfalls einer Laune folgend, und da war er nun auf hoher See, kaum vierzehn Tage später. Die Verzweiflung hatte es so an sich, daß sie einen zu Schritten trieb, die dann einen trügerischen Anschein von Zielstrebigkeit gewannen. Eine Fahrkarte für die Reise in ein fernes Land, eine neue Seite ... Es schien wenig einleuchtend. Und doch ...

I

Bei schlechtem Wetter an Bord gegangen. Hut verloren. Was für eine idiotische Phantasie, daß sich eine kleine stählerne Insel von diesen trostlosen Gestaden lösen & in sonnige Breiten fahren könnte, mit einer erlesenen Schar Seelen an Bord! Das Schiff ist ein Monstrum – gut hundert Meter lang –, allerdings ein elegantes & voller schnoddriger Stewards, scheinheiliger Männer & aufgedonnerter Weiber, die rauchen. Bin mir noch nicht im klaren über meine unmittelbaren Nachbarn, weil die meisten unten noch zu viel damit zu tun haben, ihre Innereien nach außen zu kehren. Molly Air hat Stil und einen schönen Namen (Fig. in der Oper?). Capt. Maddrell versteht Spaß, & ich würde nicht ausschließen, daß er uns veralbert. Schwer, was dagegen zu sagen. Es kommt nicht darauf an, ob er nett und umgänglich, sondern ob er ein tüchtiger Schiffsführer ist. Alte Landratten wie ich müssen ebenso nervtötend sein wie die Leute, die einst (einst!) nach Konzerten zu mir kamen & loslegten: »Ich versteh' ja leider rein gar nichts von Musik, Sir Edward, aber ich muß Ihnen doch sagen ...« Immerhin, Maddrell hat mich für später auf die Brücke eingeladen – seine Orgelbühne –, also müßte ich geschmeichelt sein & bin es.

Hempson und Pyce gönnten sich eine Zigarettenpause und eine an der Bar gemopste Flasche Sherry. Sie hatten es sich auf den Erster-Klasse-Laken und Tischtüchern in der Wäschekammer Nr. 1 bequem gemacht, einem warmen, schaukelnden Nest mit einer Menge Dampfrohre an den Wänden und an der Decke. Jeder lag auf einem Regal zu beiden Seiten des schmalen Durchgangs, der den Raum teilte, Pyce mit den Schuhen auf einem Stapel Gesichtstücher, Hempson mit seinen auf einem Haufen Kopfkissenbezüge. Hin und wieder streckte einer die Hand aus und reichte die Flasche oder eine Zigarette rüber. Dies war nur einer von etlichen über das ganze Schiff verteilten Schlupfwinkeln, wohin die Angehörigen der Mannschaft sich vorschriftswidrig zurückziehen konnten, meistens um zu rauchen, zu trinken und zu philosophieren. An diesem Morgen hatten die beiden Gesellschaft: eine trächtige Katze schlief auf einem tiefen Korb voller frisch gewaschener Servietten.

»Die sind auch wieder da«, sagte Pyce gerade. »Dickins und Jones.« Dies war ihr Spitzname für ein ungleiches Gaunerpaar, das von Zeit zu Zeit unter wechselnden Namen die Kreuzfahrten mitmachte.

»Ich hab sie gesehen. Selbe Kabine wie letztes Mal, wenn ich mich recht entsinne. Hab ihnen auch zugeblinzelt: alte Bekannte.«

»Was haben sie gemacht?«

»Nichts, keine Miene verzogen. Sind doch Profis, nicht? Die machen ihren Job, wir machen unsern. Leben und leben lassen, sag ich nur.«

»Na schön, und viel Glück dabei! Solange sie nur nicht *meine* Passagiere rupfen. Den Ärger kann ich nicht brauchen, auf keinen Fall. Sind immer die Reichen, die am meisten Krach schlagen.«

»Wie dieser Yank, auf den du's abgesehn hattest?«

»Wie zum Teufel sollt' ich das auch wissen, daß der verdammte Kerl hexen konnte, Hemp? Kleines Mißverständnis, weiter nichts.«

»Du sagst es. Trotzdem, diesmal ist es wohl am besten, du hältst deine Nase raus. Sonst schmeißt der Chef dich raus. Nimm dich in acht vor dem, Ernie! Der hat so einen Stich ins Gemeine.«

»Nicht der einzige Stich, den er hat. Hast du den neuen Kellner mit den Haaren schon gesehn, den er an Bord genommen hat? Mann!« Die beiden rauchten eine Weile schweigend, schauten zu den Holzleisten auf, die die Wäschestapel auf den Regalen über ihnen trugen. Als Pyce wieder etwas sagte, kam der Ton so plötzlich, daß die Katze, ohne die Augen zu öffnen, alle vier Beine steif von sich streckte und den Kopf noch tiefer in die Wäsche hineinwühlte, so daß die schläfrig pulsierende Kehle zuoberst lag. »Und was ist mit diesem neuen Doktor, hm? Das ist vielleicht ein komischer Vogel! Bei dem möcht' ich nicht antreten.«

»Douggie sagt, er schneidet gern rum. Soll auch ab und zu gern einen trinken. Und irgendwas soll faul gewesen sein bei seinem Abschied von der Armee. Der ist nicht geheuer.«

»Was war das denn?«

»Weiß anscheinend niemand. Vielleicht auch wieder ein Stich.«

»Ach, die alte *Hildebrand*, das wird ja immer schlimmer ... Hast du dir mal überlegt, was wir eigentlich machen? Ich meine, dieses Hin- und Herzuckeln über den Atlantischen Ozean? Na klar, ich *weiß*, was wir machen, unsern Unterhalt verdienen, aber ...« Pyce blies eine wortlose Rauchwolke über die schlafende Katze hin. »Manchmal muß ich so drüber nachdenken, und dann kommt mir plötzlich alles komisch vor. Aber wenn ich's erklären will, so wie jetzt, dann sieht es wieder ganz einfach aus. Wir verdienen unsern Unterhalt. Aber der Alte ist doch bloß so was wie ein Busfahrer, oder nicht? Das hier ist der Elfer-Bus, nur daß es eben nach Brasilien geht, statt zur Town Hall oder zum Red Lion. Und was soll das ganze Zeug hier?« Er machte eine allumfassende Geste mit der fast leeren Flasche. Eine bernsteinfarbene Sherry-Ejakulation spritzte über die Bettlaken. »Das ganze klasse Zeugs hier, Champagner und Austern und Kaviar und Tanzkapellen! Im Elfer-Bus kriegst du keinen Kaviar und keine Tanzkapellen. Verstehst du, was ich meine?«

»Ich versteh, was du *bist*«, sagte sein Freund wohlwollend. »Bißchen blau.«

»Du weißt doch Bescheid, Hemp! Du weißt genau, was ist, wenn wir drüben ankommen. Die Sonne knallt runter, die Scheißgeier am Himmel, Bäume, so weit das Auge reicht, und die Leute dort leben so in ihrem Trott, und da kommt die *Hildebrand*, wie der gute alte Elfer, genau nach Fahrplan. Ich meine, was halten *die* wohl von all dem? Von uns? Was denken die, wo wir hinfahren? Wir tuckern einfach vorüber, schmeißen Sachen über Bord, lachen und kichern. Du hast sie doch gesehn, Hemp. Keine Erbse kannst du über die Reling schmeißen, ohne daß ein kleines dünnes braunes Kerlchen in einem hohlen Baum angepaddelt kommt, um sie sich zu schnappen. Nichts können wir wegschmeißen, das sie sich nicht holen: leere Dosen, alte Kisten, Tauenden. Alles können sie gebrauchen. Ich weiß nicht! Was machen wir bloß, wenn wir so um den verdammten Globus schippern, tanzen und kichern und Zeug wegschmeißen?«

»Hör schon auf!« sagte Hempson. »Und reich mal die Flasche rüber, ehe du alles verschüttest ... Du blöder Hund, da ist ja nichts mehr drin!«

»Ist ein bißchen verspritzt.«

»Weißt du, was du bist, Ernie?« Hempsons Ton war halb gereizt, halb liebevoll, und etwas wie Neid gab seinem Vorwurf die Schärfe. »Du bist ein Unruhestifter. Aus deinem Hirn kommt nichts als Ärger. Ich jedenfalls, ich hab schon genug Ärger gehabt.« Und er blickte auf seine unvollständige Hand. Aber Pyce sah nicht hin. Er zog sehr sanft mit einer Fingerspitze die Konturen der kleinen Klumpen im Bauch der Katze nach.

»Am-a-zon«, murmelte er im Takt der Fingerbewegung. *»Am-a-zon.«*

Edward, auf einem Erkundungsgang, fand die Schiffsbibliothek leer bis auf einen Mann in weißer Messejacke, der sich mit einem Lappen und einem Topf Bienenwachs zu schaffen machte. Bei allen Anklängen an die Club-Atmosphäre – verstärkt durch den Nachduft einer halben Million Zigarren und Pfeifen, der von den Teppichen und dem Mobiliar des benachbarten Rauchsalons hereinwehte – erweckte die Bibliothek doch den Anschein, eher benutzt als konsultiert zu werden. Ein frischer Seegeruch hing um die Seiten der Bücher, die er zufällig herausgriff. Im Unterschied auch zu den Bänden in den Londoner Clubs (die einen dunkelbraunen Ton anzunehmen pflegten, wie von Düsternis durchtränkt) waren hier die Einbände und Buchrücken verblichen, vermutlich weil man sie auf Deck mitgenommen hatte.

Und ein bizarre Auswahl von Titeln fand er, ohne viel erkennbare Ordnung. Zwischen einer Baronin Orczy und Conan Doyles *Verschollener Welt* fand er dieselbe Longfellow-Ausgabe, die, wie er sich erinnerte, seine Mutter gehabt hatte. Ein Regal mit dem Schildchen »Geographie und Forschungsreisen« wies neben einer Handvoll Romane auch solche Bücher auf, die sich in der Hauptsache mit Südamerika befaßten: *Das tanzende Gold: die Geschichte des Gummis, In den Dschungeln von Venezuela, Wo der kühne Cortez stand, Wirtschafts- und Regionalgeographie Südamerikas* (in sehr gutem Erhaltungszustand), *Geheime Riten der Amazonas-Stämme* (alle Photos herausgerissen).

Belustigt stöbernd und blätternd suchte er sich zwei vielversprechende Abenteuerromane als Gutenachtlektüre aus. Als er hochblickte, sah er ein hübsches Schiffschronometer aus Messing am Schott über den Regalen hängen. Zehn Uhr dreißig, das galt doch sicher als Vormittag, eine angemessene Zeit für einen Besuch auf der Brücke? Er wollte sich schon abwenden, als irgend etwas ihn die Bücher im obersten Regal näher ansehen ließ. Da stand, äußerlich nicht zu unterscheiden von den Dutzenden anderer Bücher zu beiden Seiten, der erste Band von Caroline Alice Roberts' *Marchcroft Manor*. Er stellte sich auf die Zehenspitzen und nahm es herunter. Auf der Innenseite des Umschlags fand er den durchgestrichenen Ex Libris-Aufkleber von jemand in Gloucester, von dem er nie gehört hatte, dann einen mit violetter Tinte eingestempelten Vermerk: NOT FOR TROOPS, wiederum durchgestrichen, und schließlich auf der Seite gegenüber den Aufdruck »The Booth SS Co. Ltd«. Als er es aufs Geratewohl aufschlug, las er Julian de Tressanays Gefühlsausbruch, als er erfährt, daß er soeben das Marchcroft-Gut geerbt hat:

Ich, der ich nie an Grundbesitz gedacht habe, außer um mich über das Verbrecherische solchen Besitzes überhaupt zu verbreiten, ausgerechnet ich werde nun Herr eines großen Gutes und eines alten Baronshauses, an dem wohl jeder Stein für die Schrecken der Gewaltherrschaft und Unterdrückung Zeugnis ablegen könnte, die von den räuberischen feudalen Eigentümern ausgeübt wurden …

Die arme Alice! Wie peinlich, sich an ihren wieder aufgewärmten Radikalismus aus der fernen Epoche Ruskins und Octavia Hills erinnern zu müssen! Noch peinlicher, sich zu fragen, ob nicht er selbst für dessen Erlöschen und auch für das ihrer Schriftstellerei verantwortlich gewesen war. Wieder so eine verdammte Opfertat … Nicht eben übereifrig suchte er nach dem zweiten Band, konnte ihn aber nicht finden. Sie hatte nach ihrer Hochzeit mit dem Romanschreiben aufgehört, und über ihre Gedichte ein Urteil abgeben zu müssen, hatte er seitdem vermieden, indem er von Zeit zu Zeit mal eines vertonte. Beim Verlassen der Bibliothek dachte er drüber nach, was ihm der allmächtige Erzschelm da wieder für einen gemeinen Streich spielte. Warum befand sich ausgerechnet dieses Buch auf ausgerechnet diesem Schiff?

Kurze Zeit später, als Pyce ihn zur Brücke führte, nahmen andere Dinge seine bereitwillige Aufmerksamkeit in Anspruch. Nachdem er aus den holzgetäfelten und teppichbödigen Zonen durch Eisentüren in werktäglichere Bereiche mit klebrigem weißen Farbanstrich gelangt war, erwartete er unbestimmt eine vom Wind durchfegte Brücke und war überrascht, als es dort warm und still war. Niemand stürzte mit triefendem Ölzeug raus oder rein. Teebecher schaukelten ihre kreisrunde braune Lache wohlverwahrt in metallenen Halteringen. Glattgebügelte Hosenbeine hielten sich locker gespreizt im Gleichgewicht; Gesichter unter Mützenschirmen blickten voraus durch die wasserüberströmten rechteckigen Scheiben. Wenn man von der Bewegung in den Teebechern und in den Hüften absah, hätte man denken können, alle schauten sich die tobende See in einem Film an. Er hielt sich an irgendeinem Messingteil fest und versuchte, die wechselnden Stampf- und Sturzbewegungen des Schiffes vorauszusehen.

Kapitän Maddrell, offenbar ein Schnellschläfer, stand ein wenig seitwärts vom Steuermann auf seiner Gräting und blickte ins Kompaßhaus, während der Mann den Bug so genau wie möglich in den südwestlichen Wellengang hineinhielt.

»Ich denke, wir können ein, zwei Punkt südwärts abfallen, Skinner«, sagte er.

»Aye-aye, Sir!« Die Speichen drehten sich.

Der Kapitän ging in den Kartenraum, dessen jalousieverhangene Fenstertür halb angelehnt war, und man konnte sehen, wie er sich über einen beleuchteten Tisch beugte, auf dem Karten, Zirkel, Winkelmesser und Lineal lagen. Als Edward sich umschaute, sah er noch in einen zweiten, ähnlichen Raum, der voller Ebonittafeln, Knöpfe, Schalter und Reihen leuchtender Röhren war. Der Marconi-Mann saß an seinem Funkgerät, mit dem Rücken zur Brücke, Kopfhörer an den Ohren, in eine eigene ätherische Welt entrückt, wo elektrische Pieps- und Kratztöne die Nähe von Menschen anzeigten, die ebenfalls auf der stürmischen Wasserwüste des Ozeans unterwegs waren. Hin und wieder bog sich seine Hand auf der Morsetaste, wenn er die eigene Instrumentalstimme in irgendeinen arkanen Dialog eingab. Unvermittelt tauchte der Kapitän wieder auf, klappte den Deckel eines Sprachrohrs auf, blies hinein und sprach. Auf dem Schild über dem Sprachrohr – einem aus einer ganzen Batterie, aufgereiht wie Orgelpfeifen – stand »Maschinenraum Nr. 2«. Dann drehte er sich um.

»Mr. Mushet, Mr. Mushet! Sie sind ein Glückspilz, können Sie mir glauben! Kostenloser Urlaub auf Madeira. Nächstes Mal richten wir's ein, daß Sie Frau und Kinder mitbringen.«

Aber der Angesprochene, der an einer Seite stand, ein Mann in weißem Pullover und mit fleckiger Mütze, war über die Neuigkeit wohl nicht so glücklich. Beredsam in seinen mißmutig dünnen Bart schweigend, blickte er nur aus einem Seitenfenster dahin zurück, wo vor etlichen Stunden die Spitze von Cornwall gewesen sein mochte.

»Nichts zu machen, Mr. Maddrell«, sagte er endlich. »Nicht, wenn einer nun mal unbedingt auslaufen will, heißt das.«

»Sie sind ein altes Weib, Mushet.« Der Kapitän war offensichtlich nicht verärgert. Die Mütze weit in den Nacken geschoben, so daß der breite schwarze Schirm über ihrem Rand im Licht blinkte, ließ er eine Art mutwillige Schadenfreude erkennen; er war hier zu Hause, dachte Edward, in einem Sinne, wie er es unten im Restaurant beim Frühstück nicht gewesen war. In der Luft, die diese Männer gemeinsam atmeten, lag etwas von einer abgeklärten Leidenschaftlichkeit. Noch die kleinste Bewegung – die Hand am Blech, das Drehen der hölzernen Speichen, das zum Munde Heben des Bechers – verriet ein wenig von ihrer Loyalität gegeneinander und gegen ihre lebende Insel. Sir Sidney Colvin, mit Conrad ebenso befreundet wie mit Edward, hatte ihm vor kurzem eine Stelle vorgelesen, aus der ihm ein Satz des Schriftstellers im Sinn geblieben war als ein richtiger Eindruck von einer Welt, aus der er selbst sich ausgeschlossen fühlte. »Das Schiff, dieses Schiff, unser Schiff, das Schiff, dem wir dienen, ist das moralische Symbol unseres Lebens.« *Moralisch!* Wo gab es etwas Vergleichbares in dem einsamen Geschäft, mit dem er seine Jahre hingebracht hatte? Wo blieb die Moral bei so hemmungslosem Egoismus? Er knurrte innerlich vor Neid auf die prägenden Erfahrungen, die dieser Schriftsteller, mit dem er das Geburtsjahr gemeinsam hatte, mit Muskeln, Auge und Instinkt irgendwie gemacht haben mußte. Man konnte ja so leicht der inneren Stimme überdrüssig werden, die einen wie ein ewig unzufriedener Sklaventreiber hetzte und schurigelte. Ein wehmütiger Sklaventreiber, denn nun wünschte er sich, er hätte bedachtsamer gelebt, mit mehr Zeit zur freien Verfügung in den Eindeutigkeiten der Tat.

»Sir Edward«, unterbrach ihn der Kapitän von der andern Seite der Brücke her in seinen Selbstanklagen, »kommen Sie und sehn Sie einen Mann in einer erbärmlichen Lage!«

Das, ja *das* war es, fiel ihm ein, als er zu ihm hin ging: Seit vielen Jahren war ihm das nicht mehr passiert, daß er so lange, ohne begrüßt zu werden, in einem Raum stand oder daß ihn ein Fremder so freundschaftlich zu sich rief. Etwas an dem Kapitän erinnerte ihn an den alten Gärtner in Birchwood, der ihm das Heckenbeschneiden, Böttchern und ein Dutzend anderer Grundfertigkeiten beigebracht hatte: bald schweigsam, bald geringschätzig und nur selten mal ein lobendes Wort hinwerfend wie eine überzählige Münze. Aber Edward – mit Schrammen und Blasen an den Händen, schwitzend in seiner dornenfesten Hose –, wie hatte ihm der Kopf geglüht bei dem Wort! Solchen Männern war nun ihr Leben anvertraut; sie trugen die Verantwortung für alles, was ihnen zustieß. Die konnten wirklich jedem ungestraft alles sagen. Er verspürte ein absurdes Verlangen nach ihrer Anerkennung, wie er es nach dem Applaus nie verspürt hatte, wie es ihn nie gelockt hatte, sich in die nach hinten im Schatten des Konzertsaals verschwimmenden Gemüsebeete von Pelz und Federn zu stürzen, ins Geflatter der behandschuhten Hände vor glitzernden Brüsten, das wie das Rascheln trockener vergilbter Kräuter in einer Gartenhecke klang.

»Mr. Mushet, ich möchte Ihnen unseren berühmtesten Passagier vorstellen: Sir Edward Elgar, Master of the King's Musick – Mr. Mushet! Der unglückliche Mushet ist unser Lotse – oder war es, solange wir ihn brauchten. Normalerweise wird er bei Holyhead von einem Kutter abgeholt, aber unter diesen Bedingungen ging es nicht. Wir hätten ihn nach Le Havre bringen können, aber an der französischen Küste sieht es im Moment ebenso schlecht aus wie bei uns. Bei dem, was der Funker zu erzählen hat, hätten wir fast Lust, Oporto und Lissabon auszulassen und geradewegs nach Madeira zu dampfen. Seine beste Gelegenheit zu einem Kurzurlaub ist Madeira.«

»Aber sagen Sie, hätten Sie ihn nicht östlich von der Wight-Insel an der Südküste sicher absetzen können?«

»Lieber Himmel, Sir Edward, unsere Reederei ist ein kommerzielles Unternehmen. Den Mushets dieser Welt zuliebe machen wir keine weiten Umwege, verheizen kostbare Kohle und nehmen für unsere Passagiere Verspätungen in Kauf. Er ist sowieso ein Vagabund, nicht wahr, Mushet? Kommt nie ohne Zahnbürste, ein Paar Socken zum Wechseln und seine Papiere an Bord. Denn er weiß genau, eine Stunde Fahrt den Mersey runter kann an der Elfenbeinküste enden. So ist das Leben, nicht?«

»Nicht, wenn einer zweiundfünfzig ist und die Sonne nicht verträgt«, sagte der Lotse, immer noch zum Fenster hinausspähend, als erwarte er, am Horizont endlich die Umrisse von Liverpool auftauchen zu sehen.

»Mr. Mushet«, erklärte der Kapitän, »ist in nicht allzu ferner Zeit auf diesem Schiff fast fünf Jahre mitgefahren, Sir Edward, und nicht einmal, soweit ich mich erinnern kann, hat er darüber geklagt, die Sonne nicht zu vertragen.«

»Und wie sollte man auch, wenn es zwischen Island und Norwegen hin und her ging?«

»Sie hatten eine andere Route damals?«

»Der Kapitän meint, im Krieg.«

Edward schaute sich auf der Brücke um, als erwartete er noch Spuren dieses gewaltigen Konflikts zu erkennen, ein paar angetrocknete Blutspritzer oder eine in der Ecke vergessene Granatenhülse. »Dieses Schiff hat gedient?«

»Freilich, Sir Edward, und zwar sehr wacker. Drei von uns, die jetzt auf der Brücke stehn, sind während der ganzen Zeit auf ihr Blaujacken gewesen: da drüben ist noch unser Erster Leutnant Simon Givens. Nehmen Sie was Warmes, und ich erzähl' es Ihnen! Tee oder Kakao? Kaffee rühren wir hier auf der Brücke nicht an, aber wenn Sie wollen, können wir einen Steward in die frivoleren Bereiche hinunterschicken, um welchen zu holen. Aber unsere Kombüse weiß, was Kakao ist. Kakao macht sie im Schlaf.«

»Kakao wäre ausgezeichnet. Übrigens, und wenn es auch ein bißchen spät ist, ich muß etwas richtigstellen, was Sie schon beim Frühstück sagten und jetzt eben wieder, als sie uns bekanntmachten. Ich bin nicht Master of the King's Musick, müssen Sie wissen. Dergleichen Titel sind in England den richtigen Leuten vorbehalten. Meistens Professoren aus Cambridge, glaube ich, *richtigen* Komponisten.«

Nach dem raschen Aufblicken des Kapitäns zu urteilen, war ihm der Stachel in diesen Worten nicht entgangen, aber er sagte nur leichthin, »dann hab ich mich geirrt, Sir«. Wie um die kurze Verlegenheit zu überspielen, trat er wieder näher zu dem Steuermann, blickte auf die Wellen und den Kompaß, in der

Haltung eines stummen, aufmerksamen Arztes bei einem Patienten, dem er wohlweislich nicht den Puls fühlt, während er auf alle Geräusche des lebendigen Körpers lauscht.

»Das hat sie gern!« sagte er zufrieden. »Spüren Sie, wie straff! Sie brummt. Nirgendwo ächzt etwas. Als ich sie zum erstenmal gesehn hab, dachte ich: ›H'm, hübsches Schiff. Bißchen weichlich, vielleicht.‹ Aber ich hatte mich geirrt. Geirrt, was die Weichlichkeit anging, aber das war Ende '13, als sie in zivilem Trimm und die alte Welt noch im Schwange war. Damals war sie ein junges Schiff, keine drei Jahre nach ihrer Jungfernfahrt. Schwarzer Rumpf, Plankengang und Aufbauten weiß, Schornstein schwarz. Schnittig, elegant, nirgendwo etwas Plumpes. Hatte sogar ein bißchen was von einer Dampfjacht, wegen dem hohen, leichten Heck. Die Masten« – und durch die getrübten Fenster sah man die Vormarsstenge in den wolkenfetzigen Himmel ragen – »waren beide bis zur halben Höhe weiß, die Topmasten nacktes gefirnißtes Holz. So hätte man sie lassen sollen, meiner Ansicht nach. Vielleicht wird es noch mal geändert.

Ach, das lief sich gut, damals. Erst zehn Jahre her, aber es ist nicht mehr dieselbe Welt, in der wir herumfahren, und die Häfen, die wir anlaufen, sind nicht mehr dieselben. Nicht, daß äußerlich viel zu sehen wäre, denn Pará zum Beispiel oder Manaos, da hat sich kaum etwas verändert. Ein paar Motorfahrzeuge überall, ja, aber sonst kein großer Unterschied. Es ist der Charakter, ich weiß auch nicht, wie ich's nennen soll. Hat alles keine klare Linie mehr, heute.« Er blickte bestätigungheischend seinen prominenten Passagier an, als hätte er sich, halb schuldbewußt, eben erst daran erinnert, daß er es hier mit einem Mann zu tun hatte, der zur Jahrhundertwende schon über vierzig gewesen war und der zweifellos das Wegbrechen von allem, das einmal dauerhaft erschienen war, noch schärfer empfand.

»Jedenfalls, wie schon gesagt, ein hübsches Schiff war sie. Aber dann kam der Krieg, und die Admiralität riß sie sich unter den Nagel.«

»Hatten Sie Geschütze?«

»Acht Stück. Bei der Umrüstung zur HMS *Hildebrand* wurde sie ganz schön verändert. Alle Aufbauten wurden grau gestrichen, und später auch der Rumpf. So elegant war sie.« Es war, als ob der Kapitän an eine Frau dächte, die er in seiner Jugend kurz zu Gesicht bekommen hatte und die augenblicklich zum Modell für das Ungreifbare geworden war, das Objekt, das einen schmerzhaft verwundet, bevor es verschwindet. »Ich sehe sie noch vor mir, wie sie in Scapa Flow auf dem Wasser saß, leicht wie eine Taube. Aber sie hatte Krallen. Sie haben ihr sechs Schnellfeuer-Kanonen verpaßt und zwei 11-Zoll-Haubitzen, bevor sie uns der Nordwache zuteilten: entweder von Island nach St. Kilda oder 20 Grad westlich bis zur norwegischen Küste. Wir sollten die Blockade gegen Deutschland sichern, was hieß, Bordinspektion jedes Schiffs, das wir abfingen. Wenn wir auf ein deutsches Kriegsschiff trafen, sollten wir es ins Gefecht verwickeln.«

»Und kam es dazu?«

»Oh, einige Mal! Das schlimmste war 1917. Wir fuhren inzwischen Geleitzug, als U-Bootfalle. Wir brachten einen Konvoi in die Clyde, als plötzlich die Torpedos durchs Wasser flitzten. Wohin man auch blickte, überall ihre weißen Spuren. Die Bucht wimmelte von deutschen U-Booten. Gleich neben uns fing die *Drake* mittschiffs einen Fisch ein, während wir eines der aufgetauchten U-Boote unter Feuer nahmen. Bis heute glaube ich, wir haben es versenkt, denn es verschwand in einer Rauch- und Dampfwolke.«

»Klar haben wir es erwischt«, sagte Mr. Mushet. »Sonst wären wir ja nicht solche Helden, wie wir überall herumerzählen.«

In seinem Ton war nichts von Mißbilligung. Der Kapitän sagte gelassen, »ach, Helden, h'm! Es war doch eine schöne Zeit, nicht?«

»Die *Drake* ist untergegangen«, wandte der Lotse ein.

»Vor Anker gekentert. Sie hat es schließlich doch bis Rathlin Sound geschafft. Warnung genügte. Minimale Verluste.«

»Aber dieses Schiff, wurde es je getroffen?«

»Nicht ein einziges Mal, Sir Edward. Oh, Schrapnells jede Menge und Einschüsse dieser oder jener Art, kleine Schäden an den Aufbauten. Aber nie etwas Schlimmes. Es war nicht zu glauben, ein zierliches Tropenkreuzfahrtschiff mit geborgten Zähnen auf einer See voller U-Boote, und kein einziges Loch abgekriegt! Und auch noch durch arktisches Wetter, ohne sich zu verkühlen. Von unseren Schwesterschiffen auf dieser Brasilien-Route hatte keines so viel Glück. Alle drei sind 1917 gesunken. Die *Hilary* wurde in der Nordsee torpediert, ebenso die *Antony*; und die *Lanfranc* wurde auch versenkt, obwohl sie zum Lazarettschiff umgebaut worden war. Als die alte *Hildebrand* aus dem Dienst entlassen wurde, war sie als einzige noch übrig. Und die einzige ist sie immer noch, bis jetzt, obwohl vom Bau einer neuen *Hilary* schon die Rede ist. Aber ich bin mir nicht sicher, ob das Geschäft noch so geht wie vor dem Krieg. Das war unsere große Zeit. Sie sind wirklich an Bord einer Überlebenden, Sir Edward. Die *Hildebrand* ist die letzte aus der alten Welt, *unserer* alten ...« Er ließ den Satz unvollendet. »Sie sehen's mir hoffentlich nach, Sir«, setzte er wieder an. »Ich hab eine Schwäche, ich rede gern über mein Schiff. Verflucht selbstgefällig von mir. Leider bin ich beklagenswert ahnungslos in Sachen Musik.«

»Gott sei Dank! Ich auch.«

Mehrere Männer auf der Brücke schauten sich erstaunt nach ihm um, ehe die Blicke wieder in die alte Richtung zurückpendelten, auf die See vor ihnen, an der sie so aufmerksam festhingen, als wäre sie von dem, was ihr Kapitän erzählte, kaum zu unterscheiden.

»Sie und ahnungslos, Sir Edward? Sie scherzen. Oder vielleicht ... Wenn man's genau nimmt, dann, glaube ich, bin ich mir auch über meine Unkenntnis der See im klaren. Niemand kann die See je wirklich kennen. Sicherlich könnte man dasselbe von der Musik sagen. Das sind Dinge für ein ganzes Leben.«

»Ein gräßlicher Gedanke. Für mein Teil hab ich einfach einen Broterwerb draus gemacht – und keinen besonders üppigen, viele Jahre lang. Es war ein Gewerbe, weiter nichts. Ich bin eine Zeitlang damit zurechtgekommen. Inzwischen langweilt es mich ganz und gar. Wenn Sie mich fragen, gibt es im Leben doch noch einiges mehr, als an einem Tisch zu sitzen und sich über eine Melodie den Kopf zu zerbrechen. So was wie hier, zum Beispiel.«

Kapitän Maddrell, der ihn nun groß ansah, fand etwas Knabenhaftes an diesem würdigen und ein wenig stattlichen alten Herrn, den es offenbar erregte, an der Stirn eines Schiffs zu stehen, das über Wasserschluchten hinwegsetzte, hinunterstürzte, aufprallte und wieder hochkam.

»Ich verstehe, warum Sie uns verachten«, sagte dieser Mann.

»Ich Sie verachten, Sir? Wie kommen Sie auf den Gedanken?«

»Ich meine, uns Passagiere. Wir sind eine Fracht, weiter nichts. Eine quengelnde, stöhnende Fracht, die man beruhigen muß. Leute, die sich zu oft am Tag umziehen, als daß man sie ernstnehmen könnte.«

»Nein, Sir! Keiner von uns sieht das so. Allerdings, weil Sie so offen sind, will ich zugeben, daß ich im allgemeinen ein bißchen nervös bin, wenn ich meine Salonmütze aufsetze. Ich bin kein Mann für Tischgeplauder, wie Sie sicher heute morgen beim Frühstück schon bemerkt haben. Ich ... na ja, unser Zahlmeister, der ist der Richtige für so was. Nichts freut ihn mehr, als wenn er helfen kann, Gesellschaftsspiele vorzubereiten oder der Kapelle ein bestimmtes Stück für die Tanzpaare nahezubringen.«

»Kapelle? Sie wollen doch nicht sagen, Sie haben so eine verflixte Bordkapelle?«

»Doch, Sir. Zum Tanzen. Tommy Hawtree and the Melodeers, ich glaube, so nennen sie sich.«

»Großer Gott! Wie entsetzlich!«

II

Wahrhaftig, zu erfahren, daß es eine Kapelle an Bord gibt, hat mich doch sehr ernüchtert. Erst Alices Buch ... Nächstens legen sie dann mitten in einer ansonsten untadeligen Sole meunière mit »Salut d'amour« oder »Rosemary« los. Bordkapellen auf Passagierschiffen, ganz neu ist die Idee ja nicht – denk nur an die unglückliche »Titanic« & an die Reisen zu Sanford nach Amerika –, aber es war wohl wieder so ein törichtes Hirngespinst von mir, daß ich meinte, hier bekäme ich ein paar tausend Meilen Abstand von aller Musik. Die Zeit kann nicht mehr fern sein, wo es so gut wie unmöglich sein wird, Stille zu hören. Überall Automobile und Flugzeuge, überall Kapellen, & vielleicht findet der Rundfunk noch einen Weg, auch die letzten vernünftigen Menschen auf Erden tagaus, tagein mit einem Niggerbarden zu verfolgen. Ach, was könnte ich meckern & will es doch nicht! Das bin gar nicht ich, es läßt sich nur so als Ich gebrauchen, für mich wie für jeden, der alt genug & zu verschlissen und müde ist, um alles wieder an seinen Platz rücken zu können.

Die Brücke – erhebend! Ich fühlte mich ent-ehrt vor so schlichten Männern wie Maddrell. All die verfluchten Auszeichnungen, die ich bekommen habe – diese bedeutungslosen Stückchen Golddraht und Seidenband, an denen ich Alice zuliebe ein Interesse heucheln mußte –, die sanken in den Staub, als er vom Kriegsdienst an Bord der Hildebrand erzählte. Nur durch den OM habe ich mich geehrt gefühlt, obwohl der Orden damals so neu war, daß sich niemand in Worcester etwas draus machte. Das war 1911, in dem Jahr, nachdem Florence Nightingale ihn auf dem Totenbett bekommen hatte. »Zu liebenswürdig, zu liebenswürdig ...«, hat sie gemurmelt, aber die Leute, die dabei waren, schworen, daß sie keine Ahnung hatte, was das war; soweit sie wußte, war es die letzte Ölung. Aber als ich hörte, daß der König mich damit in die Krönungs-Ehrenliste aufnehmen wollte – da tickte mir als erstes dieser furchtbare Gedanke wie eine Telegraphenmeldung durchs Hirn: Oh, die wollen nicht, daß ich noch irgendwas schreibe & dann erst die Freude &sw. Zehn oder fünfzehn Jahre früher hätte so eine Ehrung mich ermutigt; so wie sie kam, fiel sie in mein Leben mit dem Bleigewicht eines Schlußpunkts. Ich weiß, es ist dumm, mein Leben mit dieser Auszeichnung von 1911 für beendet zu halten, aber das war der Gedanke, der mir kam & mich getrogen hat. Wahrscheinlich im gleichen Moment, als dieses Schiff vom Stapel lief, nach dem, was der Kapitän gesagt hat. Wie solche Nebenumstände verschränkt sein können ...! Darum hatte ich, als er vom Krieg sprach, das Gefühl, neutralisiert gewesen zu sein – hatte ja nicht mal einen Sohn, der ruhmlos im Stacheldraht verfaulen konnte wie so viele Tausende, war selbst schon zu alt, als daß mein Kadaver noch einen Platz im Massengrab verdient gehabt hätte – ich hatte einfach nur Melodien zu machen. (Die beste Melodie der Kriegszeit war jedenfalls »Keep the Home Fires Burning« von Ivor Novello, glaube ich, obwohl ich mir unbescheidenerweise nicht aus dem Kopf schlagen kann, daß er auf eine so gute wohl nie gekommen wäre, hätte ich nicht vorher Pomp & Circumstance geschrieben – die fallenden Quarten sind zwar von ihm, aber verschleiert als fallende Terzen, die eigentlich Arpeggiaturen sind.) Was für ein Hohn, daß ich einen Degen bekommen mußte! Welche bessere amtliche Ohnmachtsbestätigung gäbe es als die Verleihung einer unmodernen Waffe? Vielleicht verteilt der König eines Tages noch diamantenbesetzte Mills-Bomben oder vergoldete Webleys an rotbäckige Tattergreise. Der Degen kam natürlich vor drei Jahren mit Alice unter die Erde; ich konnte das dumme Ding nicht mehr sehen. Da ist es in jedem Sinne am richtigen Platz. Es war etwas, das sie für mich haben wollte, & darum kann sie's von mir aus behalten.

Jedenfalls, am Ende scheint mir, ich habe mein Leben vergeudet. Die Einsicht schmeckt bitter in diesem Alter, aber ich muß sie schlucken. Heute vormittag auf der Brücke spürte ich plötzlich, wie durch und durch fadenscheinig ich bin, aber nicht so sehr, weil mir etwas fehlte. Im Gegenteil, wegen etwas, wovon ich nur allzu viel hatte: mir selbst. Ich bezweifle, daß es Leuten, die nicht mit diesem »Trieb, etwas (was auch immer) zu schaffen« geschlagen sind, jemals klar wird, wie weit man davon entfernt ist, in erhabener Eintracht mit seiner Muse zu leben, und sie vielmehr gründlich hassen lernt. Oh, ich hasse diese vertraute Stimme – ihre Stimme, meine Stimme –, die immer schon, soweit ich zurückdenken kann, zu allem ihren Kommentar abgegeben hat, was ich anschaute, was ich tat, zu jedem Moment meines Lebens. Als Kind ist man wie gebannt von einer Stimme, die so unmittelbar zum Ohr, zum Auge & zur Nase spricht. »Übersetze mich!« sagte sie öfters, & die Sonne spielte eine Melodie auf der Haut meiner Unterarme, als ich in Klassenzimmern mit hohen Fenstern saß. »Schreib es auf!« sagte sie, unruhig zitternd wie Espenlaub, dessen Weiß immer den dunklen spätnachmittäglichen Wolkenbänken entgegenzuweben schien – Rieselwiesen mit einigen vereinzelten Kühen und mir. Immer war es eine Stimme von Begeisterung & Traurigkeit zugleich. Die Traurigkeit behält man im Fortgang der Jahre am besten in Erinnerung; die Begeisterung kommt einem schließlich wie eine leere Geste vor. Die alten Notizbücher, die ich immer noch manchmal herunternehme und anschaue, diese vielerlei kindlichen Kritzeleien, die noch nicht verwendet wurden (allerdings nur wenige) – rufen mir nicht mehr so unmittelbar diese Tage in Erinnerung wie früher, trotz allem, was ich mir selbst & meinen Freunden erzähle. Sie rufen nur all die anderen Gelegenheiten zurück, wenn ich versucht habe, sie nachzuerleben. Nicht mehr der echte Augenblick, der fauchende Imperativ, der Schrei, mit dem etwas anzeigte, daß es reif war fürs Diktat. Aber noch immer heischt diese verkalkte Stimme meine verkalkte Aufmerksamkeit. Nicht mal Wordsworth hatte die Kraft aufzuhören, sobald er das Ganze zu einem Gewerbe erniedrigt hatte. Wir werden es nie verstehen. Man erzählt mir, was für »unvergängliche Geschenke« ich der Menschheit gemacht habe – was freundlich gemeint sein soll. Um so besser für die Menschheit, sag' ich. Aber wir anderen, die von dieser brüchigen alten Stimme heimgesucht & denen diese Heulsuse in den Ohren liegt, die immer mehr Aufmerksamkeit will – uns bleibt dabei nur die Asche.

Dieser unglaubliche Pyce ist eben dagewesen, um zu fragen, ob er meine Posaunen auspacken und blankputzen soll. Ich verstehe nicht, warum der Kerl so unverschämt ist – ich mache ihm doch viel weniger Mühe als die anderen Passagiere, die immer noch in ihren Kojen flachliegen und unablässig nach Soda oder Fleischbrühe klingeln, aber ausgerechnet mir kommt er mit solchen dummen Späßen. Ich muß mir etwas überlegen, womit ich ihn in seine Schranken weise. Posaunen, so so! Er hat was von einem Spitzbuben.

Jedenfalls, allerhand Leute werden namhafte literarische Gentlemen. Warum sollte ich nicht mit meiner Muse soweit zurechtgekommen sein, daß ich einen namhaften musikalischen Gent aus mir hätte machen können? Dem Aussehen nach bin ich's wohl, ich höre mich vielleicht auch so an, aber im Grunde weiß ich doch, daß ich's nicht bin. Mit der Klasse oder dergleichen hat das nichts zu tun – Parry ist ein musikalischer Gent nicht, weil er Eton besucht hat, sondern weil er wie so einer Musik schreibt. Ich bin anfangs störrisch gewesen, und am Ende hatte ich Krieg. Warum? Ich hab nicht genug geschrieben. Stanford schreibt in einem Jahr mehr als ich in zehn Jahren. Mackenzie auch, obwohl mit einschläfernden Ergebnissen. (Wie nett von diesem Zeitungskritiker, der den »Troubadour« besprach und schrieb, die Zuhörer seien nachher nur widerstrebend bereit gewesen, das Theater zu verlassen. Wobei er davon absah zu erklären, daß es draußen schneite, während es im Theater angenehm warm war und das ganze Publikum behaglich schlief.) Meine Bemühungen sind anscheinend zumeist in den Krieg mit mir selbst eingegangen. Aber warum?

Der Sturm hielt während des ganzen zweiten und dritten Reisetags an, und der Kapitän, durch Funk über die Wetterverhältnisse vor der spanischen und portugiesischen Küste unterrichtet, spielte weiter mit dem Gedanken, direkt nach Madeira zu fahren. Die Entscheidung fiel ihm nicht leicht, denn elf Passagiere wollten nach Oporto, unter ihnen der Handelsbaron an Sir Edward Elgars Tisch, weitere achtzehn nach Lissabon. Auch die anderen Passagiere gedachten an beiden Orten kurze Landausflüge zu machen, zur rituellen Weinprobe mit dem zehnjährigen Port in den Weinstuben von Leixoes, von Lissabon in Wagen zur alten Maurenstadt Sintra. Noch wackelig auf den Beinen, würden sie dort zum Schloß von Pena auf dem Hügel und durch die in den Hang eingegrabenen Grottengärten von Monserrate wandern.

Am Ende hielt die *Hildebrand* den vorgesehenen Kurs ein und erreichte am 18. November mittags die Mündung des Douro. So sehr jedoch hatte das Wetter die Passagiere mitgenommen, daß fast niemand an Land ging, um mit den von Booth gestellten Straßenbahn-Gutscheinen die sieben Meilen nach Oporto hineinzufahren. Sogar Edward war nicht ganz auf dem Posten, eher wegen der ansteckenden Wirkung eines Schiffs voller Invaliden als wegen irgendeiner echten Krankheit. Um 11 Uhr abends fuhr das Schiff wieder ab und erreichte Lissabon am nächsten Mittag. Edward blieb mißmutig in seiner Kabine, außer als er zum Tee in das Café hinter dem Rauchsalon ging. Dort traf er Molly Air. Durch die Bullaugen sah man weiße subtropische Gebäude unter einem grauen, wenig einladenden Himmel.

»Wir können uns damit trösten, daß wir es nicht zur besten Zeit versäumen«, sagte sie zu ihm, als sie sich zusammen an einen Tisch setzten. »Sintra und das Drumherum, meine ich. Ich habe den Ausflug vor noch nicht langer Zeit einmal Anfang Juni gemacht, und da war es entzückend, genau wie von Byron beschrieben. Man kühlt sich ab in den Höfen und Hallen des Schlosses, alles voll glitzernder Arabesken, Springbrunnen und Arkaden. Dann geht es schnell hinunter zu den Estorils, heißen Riviera-Stränden, dahinter Gärten mit Orangen, Pfefferbäumen, Mimosen und Eukalyptus. Überall Geranien und Bougainvilleen: nichts als satte Farben und grelle Hitze, daß man dran erinnert wird, wie herrlich viele Meilen weit man von England weg ist. Aber im November wäre das anders, besonders bei diesem Wetter. Sintra wäre bloß kalt, das Schloß finster, die Strände verödet. Ich habe Angst vor diesem Gefühl, in die falsche Jahreszeit geraten zu sein, Sie auch? Da spürt man die vorüberrauschende Zeit und die Leere. Es scheint immer auch zu besagen, daß alle andern etwas wissen, was man selbst nicht weiß, und darum anderswo sind.«

Verblüfft durch die Lebhaftigkeit ihrer Schilderung und ihres Tons, wußte er kaum, was er antworten sollte. Der kleine rhetorische Schnörkel, das »Sie auch«, war locker genug, um eine gewisse Vertraulichkeit anzudeuten, aber nicht im mindesten anmaßend. Ganz beiläufig tat sie so, als wären sie schon seit Jahren befreundet – normalerweise genau das, was ihn auf die Palme brachte.

»Ich wußte nicht, daß Sie diese Reise schon mal gemacht haben.«

»Vor achtzehn Monaten. Auf diesem Schiff bin ich nach Manaos gefahren, aber zurück mit einem anderen. Abenteuer, könnte man sagen. Als ich in Manaos war, fand ich es zu blöd, den ganzen Weg gemacht zu haben, um nur fünf Tage zu bleiben und dann gleich wieder heimzufahren. Also habe ich einfach einen Flußdampfer genommen und bin weitergefahren nach Iquitos in Peru. Das sind noch mal dreizehnhundert Meilen stromaufwärts. Ein seltsames Gefühl: Man kommt immer weiter weg von Atlantik und immer näher dem Pazifik. Sozusagen der Durchbruch in die andere Hälfte des Erdballs, die mit all den unbekannten Ortsnamen. Darien natürlich ausgenommen.«

»Sie wollen doch nicht sagen, daß Sie diese Reise ganz allein gemacht haben? Sicher war doch ... äh, Ihr Mann ...?«

»Wenn Sie meinen, ohne Begleitung, doch! Aber es war nicht schlimm, wissen Sie. Die Iquitos-Dampfer gehören auch Booth.«

»Aber was hat Sie denn überhaupt dazu gebracht, auf eine solche Reise zu gehen?«

»Sir Edward, sind Sie so gut darin, persönliche Fragen zu beantworten?«

»Kein bißchen, nein! Ich hatte kein Recht zu fragen. Bitte entschuldigen Sie!«

»Gar nicht nötig. Ich meinte nur, es würde lange dauern, Ihnen genug zu erzählen, daß es nicht mehr ganz so nach willkürlichem Davonlaufen aussieht. Eine Erklärung wäre ganz einfach: Ich bin Künstlerin und Botanikerin. Ich male gern exotische Pflanzen. Je tiefer wir nach Brasilien hineindampften, desto klarer wurde mir, wie sehr ich tropische Landschaften liebe. Die großartige Düsternis, die jähen Farben, die weiten Himmel voller Wolken, die eben aus den Lungen des Waldes aufsteigen. Ich dachte mir, wenn Marianne North Pflanzen und Landschaften in Sarawak malen konnte, dann könnte ich es doch am Amazonas. Er ist immer noch viel weniger erforscht als Borneo, und das Gebiet ist hundertemal größer. Ich wollte die erste sein, die bestimmte Orchideen malte und tiefe Schluchten mit namenlosen Wasserfällen, deren Sprühregen wie Nebel meilenweit dahintreibt. Ich wollte Sachen sehen, die in England oder Europa noch niemand gesehn hat. Das hört sich für Sie sicherlich närrisch an, aber das sind nun mal meine Gründe.«

»Alle Gründe?«

»Hm, nein, natürlich nicht. Ich habe mich mit meiner Familie auseinandergelebt. Meinungsverschiedenheiten, nicht? Außerdem war ich vor dem Waffenstillstand ein Jahr lang als Schwester in Frankreich. Sie können sich vorstellen, danach war es fast unmöglich, wieder fügsam und unselbständig zu werden – unschuldig, wenn Sie so wollen. Seitdem bin ich nie mehr ganz zur Ruhe gekommen – und Tausenden von anderen, glaube ich, geht es ebenso. Aber vom Krieg brauche ich Ihnen ja wohl nichts zu erzählen, Sir Edward.«

Ganz die moderne Frau, dachte er; aber wie meinte sie das mit dem Krieg? Doch wohl nicht, daß er am Burenkrieg teilgenommen hätte? Vielleicht, daß er einen Sohn oder zwei bei Ypern oder an der Somme verloren hätte? Vielleicht hieß es einfach, daß sie noch jung genug war, um jemandem seines Alters keine bestimmte Vergangenheit zuschreiben zu können; in einem gewissen Rahmen fände sie jede persönliche Lebensgeschichte gleichermaßen glaubhaft. Soweit sie wüßte, wäre er vielleicht nicht immer Komponist, sondern mit vierzig Offizier bei den Dragonern gewesen; vielleicht hätte er sogar schon – meine Güte! – auf der Krim gedient, obwohl er da ja eigentlich noch nicht geboren war.

»Ich finde Sie sehr tapfer«, sagte er.

»Ganz und gar nicht.« Die Falten von der Nase zu den Mundwinkeln traten stärker hervor, wenn sie ernst war, eine natürliche Maske, entlang der von einem alten Schrecken oder Entschluß gezogenen Linien. »Ich tu' ja schließlich, was ich will. Ich würde meinen, dazu gehört eher abscheulich viel Eigennützigkeit als Mut.«

Das Café war so gut wie leer. Die fortwährende Abwesenheit der meisten Passagiere wurde nur noch unterstrichen durch ein blasses Pärchen oder einen munteren Fremden hier und da, die Zerstreuung suchend auf dem Schiff herumliefen. Manchmal schienen Molly Air und Edward die einzigen Menschen an Bord eines Schiffs zu sein, das sie zu einem nicht erratbaren Zweck an einen unbestimmten Ort davontrug – vielleicht, um eine neue Rasse zu begründen oder an einem neuen Ballett zu arbeiten, außer Reichweite der Störungen und der Neugier der metropolitanen Welt.

»Und wie ist es in Manaos, wenn wir einmal da sind? Sofern wir je hinkommen?«

»Wundervoll. Dort geht es bergab. Sie wissen vielleicht, es war das Zentrum des Gummi-Booms vor zwanzig Jahren? Leider hat ein Bösewicht von einem Engländer, ein Mr. Wickham, dem ein Ende gemacht, schmuggelte Gummi-Sämlinge nach Malaya hinaus oder irgendwohin da im Osten, wo das Klima ähnlich ist. Oder vielleicht hieß er auch Wickstead, und es war Ceylon? Ich habe so viele Leute darüber schimpfen gehört, daß ich die Einzelheiten vergessen habe. Jedenfalls, Manaos' Herrlichkeit verblaßt. Es hat jetzt schon einen prachtvollen Nimbus von Dekadenz und Nostalgie, obwohl die Wirtschaft noch nicht ganz am Boden liegt. Die Leute trödeln herum, stöhnen, wie pleite sie sind, tun aber nicht viel dagegen. Lungern bloß in den Cafés herum, spucken in den Fluß, wischen sich den Schweiß von der Stirn und lachen. Die meisten echten Raubritter haben sich verzogen oder sind seriös geworden. Die ausländischen Geschäftsleute am Ort werden sichtlich älter. Zwischen der älteren Generation von Unternehmern - besonders Deutschen: die müssen Sie sehn, bei den Konzerten im Schiller-Institut - und jungen Burschen wie dem einen - Peter? - an unserem Tisch, die alle Heimweh haben, klafft eine Lücke. Fieberanfälligkeit, glaub' ich. Binnen sechs Monaten werden sie als Invaliden nach Hause geschickt. Den ganzen Tag hocken sie schwitzend auf ihren Bürostühlen und leben von Chinin. Arme Kerle?« Sie beendete ihre schwungvolle Skizze im Frageton, als wollte sie nun herausfinden, was Edward am Herzen lag.

Pünktlich um elf Uhr an diesem Abend lief die *Hildebrand* aus nach Madeira. Am nächsten Morgen fühlte sich Edward wieder völlig wohlauf, obgleich die See noch alles andere als ruhig war. Als er beim Frühstück saß, stampfte das Schiff, Holz knarrte, und irgendwo in einer entfernten Anrichtekammer zersplitterten Gläser. Nach kurzer Zeit kam Molly zu ihm an den im übrigen leeren Kapitänstisch, und ihre Anwesenheit belebte ihn noch mehr. Wie alt mochte sie sein? Schwer zu sagen. Daß sie als Schwester im Krieg gedient hatte, gab einen Aufschluß über ihr Mindestalter, aber als sie am vorigen Nachmittag von den fieberkranken jungen Büroangestellten gesprochen hatte, hörte es sich an, als lägen zwischen ihr und ihnen mehrere Generationen. Von Fremden lebhaft und ungezwungen angesprochen zu werden, war er in seiner selbstauferlegten Steifheit so wenig mehr gewöhnt, daß er sich nun, nach der beruhigenden Stagnation des Club- und Provinzdaseins, ein wenig entwurzelt vorkam. Wenn dergleichen für den zeitgemäßen Umgang an Bord eines Schiffs typisch war, dann müßte er in dieser Hinsicht erst einmal seetüchtig werden.

Unterdessen hütete ein Großteil der anderen Passagiere immer noch die Kabinen, gepflegt und betreut von Stewards und Stewardessen, einer gehetzten Krankenschwester, einem ehemaligen Heeressanitäter mit rotem Schnauzbart und schließlich dem Schiffsarzt Dr. Ashe persönlich. Nach früheren Erfahrungen hatte Edward als Schiffsarzt einen freundlichen, vielleicht jovialen oder sogar polternden Mann erwartet. Statt dessen strich Dr. Ashe mit spöttischer, säuerlicher Miene durch die Korridore des Schutzdecks, gefolgt von seinem rotbärtigen Sanitäter, der ihm ein leeres Nierenbecken aus weißem Email nachtrug. Er sah ganz so aus, als sei er drauf gefaßt, demnächst den Leichnam eines Passagiers, in Segeltuch gehüllt und mit alten Belegnägeln beschwert, über eine schräge Planke ins Meer gekippt und beim Aufschlagen aufs Wasser sich selbst den schnell vergänglichen Grabstein errichten zu sehen. Edward, der Ärzte als Menschenrasse ohnehin wenig anziehend fand, nahm sich fest vor, im weiteren Verlauf der Reise unverschämt gesund zu bleiben.

Einige Zeit nach dem Frühstück bekam er eine Nachricht von Kapitän Maddrell, daß auf der Brücke Bedarf nach einem neuerlichen Gespräch herrsche und ob er nicht hinaufkommen wolle? Also verbrachte er den fünften Vormittag auf See wieder dort, einen Kakaobecher in der Hand, durch die dicken Glasscheiben über den aufgewühlten Atlantik hinblickend. Der Kapitän zeigte keinerlei Reue, die ersten beiden Anlaufhäfen nicht ausgelassen zu haben.

»Ich weiß, wenn wir direkt nach Madeira gelaufen wären, hätten wir dieses Wetter einige Tage früher hinter uns gehabt«, sagte er. »Aber wir müssen ans Geschäft denken. Es hätte bedeutet, zweihundertfünfzig portugiesische Wanderarbeiter nicht zu befördern, ein erheblicher Verlust für die Firma. Allerdings, ich möchte wetten, daß es den armen Teufeln jetzt leid tut, mit uns abgefahren zu sein, so eingepfercht unter Deck. Auf manchen Linien ist die Reise für sie nicht viel besser als ein Viehtransport, und sie sind trotzdem noch froh, sich das leisten zu können. Man kann sich an die Reling stellen und zusehen, wie sie an Bord kommen: schwarze Filzhüte, lange, formlose Jacken, billige Kunstfaserkoffer und diese jung-alten Gesichter – der echte mediterrane Typ. Dann und wann denke ich, es ist eigentlich eine Art moderner Sklavenhandel, was wir hier machen. Ich weiß, sie werden nicht mit Brachialgewalt gezwungen zu gehen, aber trotzdem ... Es gibt Sachen, die können einen Menschen ebenso wirksam zwingen wie Ketten und Peitschen, scheint mir. Der Unterschied ist nur, daß Leute wie ich imstande sein sollen, sie mit reinem Gewissen in ihr Exil zu befördern. Aber ich kenne die brasilianische Küste, Sir Edward. Sie kann in einem halben Jahr aus einem gesunden Mann ein klappriges Skelett machen, und oft sind diese Burschen schon zu Anfang nicht gesund. Jedenfalls, so ist es.«

»Unser Kapitän ist ein Menschenfreund, finden Sie nicht, Sir Edward?« Mushet, der Lotse, wandte sich fort von seinem gewohnten Platz in der einen Ecke, wo er bei aller Unstetigkeit seines Lebens doch hinzugehören schien, so wie man die Schiffskatze meistens in dem ihr zugebilligten Schlupfwinkel auf einem alten Handtuch zusammengerollt findet.

Edward antwortete nicht gleich, aber schließlich sagte er: »Ich nehme an, wer in verzweifelter Lage ist, muß etwas riskieren. Brasilien muß entwickelt werden, und aus unserer eigenen Geschichte wissen wir, daß die Art Leute, die Kolonien gründen und die Zivilisation ausbreiten, selten lieb und lammfromm sind. Nehmen Sie Australien, das ein Gesindel von Sträflingen und Deportierten erobert hat. Aber ich muß dem Kapitän beipflichten. Wenn wir Zuschauer sind, bemänteln wir die Dinge durch die Ausdrücke, in denen wir über sie reden. ›Ein neues Leben anfangen‹ geht uns ebenso leicht von den Lippen wie ›eine ungesunde Gegend‹, auch wenn beides todbringend sein könnte. Ich selbst war einmal ganz hingerissen von einem Ereignis, bei dem tatsächlich Menschen getötet wurden.«

»Im Krieg, Sir Edward?« Der Kapitän blickte sich verständnisvoll zu ihm um, als habe auch er einst bei der Explosion von Granaten an ihren Farben seine Freude gehabt.

»In gewisser Weise. Aber nicht einem von unseren. Wir verbrachten den Winter in Italien, meine Familie und ich, Anfang neunzehn--- ich denke, neunzehnacht muß es gewesen sein. Ich schrieb an einer Symphonie oder irgend so einem Quatsch. Wir waren gerade in Rom, als Unruhen ausbrachen. Ich glaube, es war ein Generalstreik - ich erinnere mich dunkel, daß alle Läden zu waren, die Züge fuhren nicht, und ich bekam kein Manuskriptpapier, weder für Geld noch für gute Worte. Eines Morgens hörten wir eine wilde Schießerei, und meine Tochter Carice bestand darauf, mit mir hinzugehen und zu sehn, was los war. Es stellte sich heraus, daß die Truppen auf einen Demonstrationszug geschossen hatten. Es ist etwas Furchtbares für eine Armee, auf die eigenen Landsleute schießen zu müssen. Die Demonstranten waren Sozialisten, aber trotzdem ... Als wir zur Piazza di Gesù kamen, war alles vorüber - ich kam zu spät, wie üblich. Aber wissen Sie, daß die Nachwehen dramatischer Ereignisse manchmal ebenso aufregend sind wie die Ereignisse selbst? Die Straßen waren voller Soldaten, bei hellem Sonnenschein: die Bajonette, aufgepflanzt, blitzten nur so, und all die blanken Knöpfe und Abzeichen! Der Platz selbst war leer, nur auf der einen Seite war Kavallerie postiert. Die leuchtenden Uniformen, der schimmernde Stahl unter dem tiefblauen italienischen Himmel: es konnte einem zu Kopf steigen. Die Luft, weiß ich noch, war ganz unbewegt. Manche von den armen Pferden waren unruhig, und ihr Hufgeklapper hallte auf der Piazza wider; und aus den Nebenstraßen, die von allen Seiten darauf zu führten, hörte man das Brodeln der aufgeregten, gestauten Menge. Überall roch es nach Pulver. Das Ganze hatte etwas *Historisches*, sogar Barbarisches, das ich, wie ich zugebe, zutiefst erregend fand. Ich meine, da war es nicht mehr schwer, sich das Colosseum vor zweitausend Jahren vorzustellen, das Blitzen von Stahl, das Schreien und Stöhnen der Menge und dann die piepsenden Schreie von Einzelnen, die in diesem unversöhnlichen Gebrüll untergehen. Dann bemerkten wir mit einmal Blutflecken auf den Pflastersteinen: an einer Stelle eine richtige Blutlache, auf der sich Staub absetzte, und allerlei rote Schleif- und Tropfspuren, als ob man die Blutenden in aller Eile weggeschleppt hätte. Und überall an den Wänden waren weiße Narben im alten Mauerwerk. Aber erst später konnte ich mich dafür schämen, daß ich eine ganze Weile – bis ich die menschlichen Folgen sah – meine Freude dran gehabt hatte.«

Eine Zeitlang starrte Edward einigermaßen erschrocken voraus; er begriff nicht, wie aus der Reminiszenz, mit der er angefangen hatte, durch die Einflüsterungen einer boshaften inneren Stimme ein Geständnis hatte werden können. Aber der Kapitän sagte beschwichtigend: »Das Tier im Menschen, Sir Edward! Steckt in uns allen, sicher!« Dann: »Würde Sie der Maschinenraum auch interessieren? Unser Chefingenieur da unten freut sich immer, wenn er sein Inferno jemandem vorführen kann.«

Edward schrak auf. »Ich meine, schon. Aber erst mal das eine, da ich nun mal hier bin ...«

Und für fünfzehn Minuten übernahm Sir Edward Elgar das Ruder der *Hildebrand.* Der Steuermann stand in lockerer Haltung mit dem Rücken zum Schott und sah nicht hin, als Edward zuerst einige Mal nervös an den Speichen ruckte, bis er schließlich das Gewicht des Schiffes und sein Bedürfnis nach Kopfwendungen zu spüren begann und das Rad drehte. Kapitän Maddrell nahm seine gewohnte Stellung hinter dem Mann am Ruder ein, so weit seitlich, daß er über seine Schulter den Kompaß ablesen konnte, und gab Ratschläge.

»Tasten Sie sie ab, Sir Edward! Sehen Sie die Reihe von Wellen voraus? Die ersten beiden wird sie glatt durchschneiden, aber die nächste wird sie ein wenig drehen. Sie müssen ein paar Punkt nach Steuerbord weggehen ... bißchen mehr noch ... und sie da halten. Oh, spüren Sie, wie sie sie nimmt? Dieses Schiff hat wirklich ein Herz. Aber das Wetter schlafft ab. Ich glaube, wir haben das Schlimmste hinter uns.«

»Ich sehe noch keinen Unterschied. Aber hören Sie, das macht ja Spaß!« Denn unter welchen bitteren Nöten und Mutlosigkeiten auch immer dieser Graukopf sich dem Bild eines Höflings anbequemt haben mochte, jetzt glänzten seine tiefliegenden Augen in einem sehr jugendlichen Vergnügen. Wie er den aus der verformbaren Wüste vor ihm sich abzeichnenden Weg verfolgte, mochte er vor fünfzig Jahren auf dem Severn ein Boot an einem berüchtigten Wehr vorüberlaviert haben, mit derselben begierigen, kindlichen Miene, mit derselben Freude an der Griffigkeit des beweglichen Holzes unter den Händen, in der betörenden Illusion, Kapitän seines unmittelbaren oder endgültigen Schicksals zu sein.

In dieser Nacht flaute der Wind ab, der Seegang ließ nach, und die *Hildebrand* kam unter dem westlichsten Rand einer Wolkendecke hervor, die wie eine Grabplatte auf Europa drückte. Die ersten Regungen eines Nachtlebens machten sich bemerkbar, als die spannkräftigeren Passagiere das Unwohlsein von sich abstreiften und sich in Abendkleidung warfen. Über die teppichbedeckten Korridore und Treppen, wo man bisher nur einige Unverwüstliche und den düster dahinschreitenden Arzt gesehen hatte, tröpfelten nun blankgeputzte Lackschuhe, als der Kreislauf durch die Adern des Schiffs wieder in Gang kam. Manchen dieser Schuhe - die nicht sämtlich Damenschuhe waren - hing ein Wölkchen Guerlain an den Fersen.

»Komisch, wie schnell man sich wieder aufrappelt ... Hörst du, Bernard, es ist komisch, wie schnell man sich wieder aufrappelt.«

»Ich hab's gehört.«

»Mein Lieber, du *siehst* aber noch ein bißchen klapprig aus. Aber auch schrecklich tapfer. Wie ein Weekend an der Westfront. Steht dir gut, meine ich. Lieber Himmel, wenn ich nur dran denke, wie ich heute nachmittag noch am liebsten gestorben wäre, und jetzt wär' ich zu *allem* bereit.«

»Kann ich mir denken. Aber wenn du auf mich schwaches Weib Rücksicht nimmst, dann steht *alles* heute nicht auf der

Speisekarte.« Eben da kam ein großer Kellner aus einer Tür und eilte vorüber, ein Nachbild von öligem Haar und langen Wimpern hinterlassend. »Aber *anders* betrachtet ...«

»Aber anders betrachtet, könntest du, wenn *das* auf der Karte steht, dich vielleicht doch zu einem Häppchen überwinden.«

»Ich denke eher, es könnte schon ein kleines Portiönchen werden ... Zum erstenmal kann ich mich freuen, daß ich mitgekommen bin. *Was für ein Scheich!*«

»Na, das kannst du dir jetzt nicht gönnen, du bist noch zu wacklig. In deiner jetzigen Verfassung könntest du dabei total kentern. Ein Seebegräbnis ist kein bißchen schick. Nicht wenn du doch feierlich in St. Michael's am Chester Square bestattet werden könntest, umgeben von treuen Untertanen in tiefster Trauer. Jedenfalls, hast du gesehn, wie er mich beäugt hat?«

»Hab ich. Das schiere Entsetzen! Ich werde ihn bei nächster Gelegenheit beruhigen und trösten.«

»Ich finde wirklich, Bernard, den solltest du mir überlassen. Denk an deine Gesundheit!«

»Du bist so *gemein*, Desmond!«

»Es schreit zum Himmel!«

Das Gekicher und der Guerlain-Duft verwehten.

Anderswo, in einem nicht zu altmodischen Salon hatten zwei noch nicht so alte Damen sich überreden lassen, ihr Glück in einem harmlosen Kartenspiel zu versuchen.

»Ich denke, nur mal die eine Partie«, sagte die eine, voller Bedenken.

»Ein Spielchen hat noch niemand wehgetan«, behauptete ihr eben gefundener Partner, dessen operettenhaftes Monokel einen gewissen Zug von Abgebrühtheit beinah verbarg. »Wir spielen nicht um Geld. Um Streichhölzer oder irgend so was. Na, meinetwegen *Pennies*.«

»Ich bin so ein dummes Schaf mit Karten«, sagte die andere noch nicht so alte Dame. Die beiden Männer wechselten einen Blick.

»Sie kriegen den Bogen schnell heraus«, redete der Herr mit dem Monokel ihr zu. »Machen wir doch einen Probelauf, damit alles klar ist!«

Eine Stunde später war festzustellen, daß seine strahlende Miene sich verdüstert hatte.

»Allmählich lern' ich's wieder«, sagte seine Partnerin.

Noch etwas später hingen unausgesprochene Vorwürfe wie kleine schwarze Wölkchen über dem Tisch.

»Ein Kartenspiel vergißt man eigentlich nie, stimmt's? Es ist wie mit dem Radfahren. Es setzt vielleicht ein bißchen Staub an, aber wenn man den Dreh mal heraus hatte, kommt es einem nie ganz abhanden, finde ich.«

»Ich wollte, das könnte man auch von dem Geld sagen, das wir verloren haben«, sagte der Herr mit Monokel säuerlich.

»Ach je, ach je, es tut mir furchtbar leid, daß ich so ein Schaf bin!« Und wären die beiden Herren weniger zerstreut gewesen, hätten sie den Blick bemerkt, den die Damen rasch wechselten: Er verriet die reine Schadenfreude. »Ich will Ihnen was sagen, warum machen wir nicht mal etwas ganz und gar Undamenhaftes und spielen statt dessen Poker? Da spielt jeder für sich.«

Aber kein Zweifel, das Glück war an diesem Abend nicht mit dem Monokelträger im Bunde. Die Unbeholfenheit, die seine frühere Partnerin beim Bieten gezeigt hatte, schien sich nun in einige wenige Momente der Unbekümmertheit hinein verflüchtigt zu haben. Ansonsten machte sie ansehnliche kleine Gewinne, und am Ende des Abends hatte sie ziemlich gut abgeschnitten.

»Lieber Himmel«, sagte sie, »Sie *hatten* aber auch ein paar trostlose Blätter, Mr. Barstow, Sie Ärmster! Ich weiß gar nicht, was heute nur in die Karten gefahren ist. Normalerweise bin ich immer diejenige, die mit einem Paar Vieren so tun muß, als hätte sie einen Straight Flush, oder wie das heißt, auf der Hand. Warum versuchen wir's nicht alle morgen noch mal? Bis dahin wird das Glück sich gewendet haben. Ja, machen wir!«

Derselbe Abend sah auch die Anfänge einiger Bordromanzen. Die gemeinsam erlittene Bedrückung und erzwungene Zurückgezogenheit der ersten Reisetage schlug um in ein Gestöber prüfender, bündnissuchender Blicke, die sich begegneten. Herren in voller Abendrüstung betrafen einander dabei, wie sie sich vor den Spiegeln im Waschraum sorgfältig zurechtzupften; und Bemerkungen über ein »Mordsweib im blauen Kleid, die mit dem Hündchen«, waren zu hören. In den jüngeren Kreisen fand man bald in den Kabinen zueinander (von wo allerlei übermütiges Geschrei und Gekreisch durch die sich öffnenden und schließenden Türen auf die Korridore hinausdrang), während die jüngsten von allen, zwei verdrossene zehnjährige Knaben, sich nur beim Abendessen trafen und einander auf den ersten Blick nicht ausstehen konnten.

Aber alles war noch ungewiß, erst im Stadium der Anbahnung. Die Frage, die jeder sich stellte, lautete: »Werde ich meinen Spaß haben? Und wenn ja, wann geht er endlich los?« – eine Frage, die nicht nur neu zusammengekommene Schiffspassagiere interessiert.

»Was meinst du?« fragte die eine der beiden Kartenspielerinnen die andere, als sie sich in ihrer gemeinsamen Kabine zum Schlafengehn fertigmachten, »mein Mr. Monokel gefällt mir nicht übel. *Barstow* – so ein ehrlicher, solider Name, und wenn ich mich nicht sehr irre, auch ein ehrlicher Gentleman. Ehrlich geldgierig, meine ich. Hast du seine Krawattennadel gesehn?«

»O ja, und seine Manschettenknöpfe. Meiner dagegen ...«

»Es tut mir leid, aber der *hatte* irgend so was ein bißchen Heruntergekommenes an sich, nicht? Wie er angegeben hat: mal schnell rüber nach Brasilien, Verträge unter Dach und Fach bringen! Hast du auf seine Hände geachtet? Der ist es gewöhnt, viel schwerere Sachen zu tragen als eine Aktentasche.«

»Meine Güte, wir werden noch Detektive auf unsere alten Tage!«

»Meine Liebe, ein Handlungsreisender bleibt ein Handlungsreisender, egal wie man ihn anzieht und ob man ihn auf die andere Seite der Welt schickt. Nein, ich glaube, das ist kein gemachter Mann. Pech!«

»Schadet nichts. War ja nur ein Anfang, nicht?«

»Ich mach' jetzt das Licht aus. Aua! Wie heiß diese Glasschirme werden!« Die beiden Damen lagen still und lauschten den Maschinen und den Wellen, die an die Nietenköpfe schlugen, nur durch ein, zwei Zoll Stahlplatten von ihren zugedeckten Füßen getrennt. Von irgendwo, vielleicht vom Deck über oder vom Deck unter ihnen kamen hin und wieder ein paar Takte gedämpfter Tanzmusik, ein schläfriger langsamer Walzer, wie es sich zu der späten Stunde geziemte. »Ja, es ist nur ein Anfang. Ich finde, das sieht alles ganz gut aus. Du kennst doch das Gefühl? Es wird eine interessante Reise.«

»Mmh! Und was hältst du denn von Sir Edward Elgar?«

»Unter keinen Umständen!« Die Stimme kam mit solcher Entschiedenheit aus dem Dunkeln, als hätte sich die Sprecherin zu dieser Verlautbarung eigens auf die Ellbogen erhoben.

»Herzchen, denk doch mal ...! Stellung, Vermögen, und ich bin mir sicher, ich hab gehört, seine Frau ist vor kurzem gestorben.«

»Auf keinen Fall!«

»Na, wär aber doch schade! Da entgeht dir was, mein' ich. Er hat den Blick, hast du's bemerkt? Und tu nicht so sittsam, das ist langweilig! Und ein bißchen heuchlerisch auch.«

»Ich glaube schon, er hat ihn, ja. Ja, natürlich, bemerkt hab ich's, wenn du drauf bestehst.«

»Und ob ich drauf bestehe! Ich bestehe auch auf dem Recht, mir vorzustellen, daß du im Lauf der Reise noch *gefräßiger* wirst. Jedenfalls dachte ich, wir sind uns längst darüber einig, daß jeder in Frage kommt, der den Blick hat.«

Aus beiden Betten kamen Laute stillen Vergnügens: ein Witz unter alten Freundinnen, die wenig Geheimnisse voreinander hatten.

»Ich verbiete dir, dein Auge auf den Königlichen Hofkomponisten zu werfen!«

Erneutes Lachen. Ringsum im Sternenschein rangen die Wellen ungesehen die Hände und flohen stetig achteraus.

Nicht ahnend, wie seine Anwesenheit sich schon auf die Pläne zumindest zweier Menschen an Bord auszuwirken begann, begab sich Edward in diesem Augenblick nach einem lauten Abend mit neuen Bekannten zurück zu seiner Kabine. Noch aufgekratzt vom Rauchen und Schwatzen, schob er das Schlafengehn eine Weile hinaus und setzte sich mit seinem Tagebuch an den Schreibtisch.

III

Maddrell sagte mir auf eine knurrige Art, daß ich kein übler Steuermann wäre. Ich hab ihm gesagt, es sei nicht viel anders als Dirigieren & das ist es auch nicht. Als Anfänger hatte man das Gefühl, mit weggerissen zu werden, dann von ungeheurer Macht & daß von der kleinsten Bewegung abhängt, ob alles singt oder wegrutscht. Vielleicht hätte ich Kapitän Maddrell werden sollen; nur ist mir überhaupt nicht klar, was für eine Art Komponisten er abgeben würde. Wahrscheinlich keinen schlechten: gut gemachte leichte Musik, die jeder gern vor sich hin summt und die Geld bringt.

Na, das könnte ich auch und hab's auch schon gemacht, nur daß ich nie in der Lage sein wollte, es zu müssen. Hätte ich mit den »ernsten« Sachen nur ein halbwegs anständiges Auskommen gefunden, hätte ich wohl mit dem größten Vergnügen hier und da auch mal was »Populäres« zusammengeschustert – & warum auch nicht? Ein Liedermacher zu sein, ist ganz ehrenwert. Damals, als ich jemanden auf der Straße die Bratschenmelodie aus Alassio pfeifen hörte – wer das war und woher er's kannte, keine Ahnung, aber oh, was für eine Freude! Das ist das höchste Lob, das man einem Komponisten spenden kann (aber für Lob kann er sich nichts kaufen), und ich hab mir gedacht, ja, ich hab die Melodie so weit heruntergeholt, daß andere sie auch hören können. Ich hätte gewiß viel lieber Salonstücke geschrieben, die man pfeifen kann, als all die Glees und Part-Songs zur ernsten Abschlachtung in gräßlichen kleinen Vereinschören. Bei einer dieser widerlichen Auftragsarbeiten (für einen Hungerlohn natürlich) war ich wie gelähmt vor Haß. Meine Hand wollte einfach nicht über die Seite wandern. Fünf Tage brauchte ich für eine Zeile, einen Mist, den kein Mensch je würde pfeifen wollen, & Brot hatten wir noch in der Woche, aber verflucht wenig Butter drauf.

Eingebildet, wie ich bin, hab ich mal zu jemand gesagt: Ich bin Volksmusik, hauptsächlich als Retourkutsche auf ihre ewigen Fragereien, was ich von der »neuen Musik« (bes. V. Williams) und all diesen Folkloreleien hielte. Vielleicht war das gar nicht so weitab von der Wahrheit. Wenn alte Volkslieder Destillate einer Kultur & ihrer Sprache waren, dann wäre es doch ein Wunder, wenn ich, der ich den Ton des Windes auf den Malvern Hills doch genausogut kannte wie Piers Plowman, nicht gelegentlich etwas von der Grundharmonie unter der bloßen Melodie erfaßt hätte. Und ohnehin, wenn Volkslieder Lieder sind, die das Volk singt, dann gehört »Land of Hope & Glory« – verflucht sei jeder seiner Takte! – mit Sicherheit dazu. Nicht, daß ich es je wieder hören möchte, nicht mal auf der Straße gepfiffen. Wie ich das Ding verabscheuen gelernt habe! Mit dem Publikum ist nicht zu spaßen: Die Leute wissen nichts, aber was sie wissen, genügt ihnen immer noch, um dich dran aufzuhängen. Meine ganze Musik ist jetzt auf dies eine Lied zusammengeschrumpft, obendrein unverdientermaßen, denn es war ja nicht meine Idee, zu der Melodie einen Text zu machen, sondern das kam vom König. Er paßt gar nicht – der arme Jaeger hatte natürlich recht in bezug auf diesen Abfall zu E: egal, was man da für Worte hineinzwängte, es würde vulgär klingen. Aber der gute alte Nimrod hatte natürlich nicht so viel Gewicht wie das Haus Sachsen-Coburg-Gotha, nur die Schwindsucht hatte er, und die nimmt einem Mann auch die Scheu vor Königen. Dabei bereue ich nicht die ursprüngliche Melodie, wie sie in P & C war, die haute die Leute um, wie mir von vornherein klar war – aber ich hatte nie beabsichtigt, daß aus einer Sache, die mir mal eines Morgens eingefallen ist, wahrscheinlich beim Holzsägen oder etwas Ähnlichem (der Rhythmus?), eine ewige Entschuldigung für nationales Geblök werden sollte.

Nun ja, es machte Kasse, & ich machte mit, & Gott weiß, ich hatte es nötig. Hungerleidenden Künstlern kann man es kaum verdenken, wenn sie mal ein bißchen Zaster sehn wollen, vielleicht sogar ihr Auskommen finden, wenn sie können, aber auf lange Sicht zahlt es sich nie aus, denn du wirst abgestempelt vom Geschmack des Publikums, launisch & ahnungslos wie es nun einmal ist. Niemand macht sich heute mehr viel aus meiner Musik, nur noch eine Handvoll lieber Menschen, die der großen Zeiten gedenken, eine Gemeinde von Dinosauriern, die noch nicht zu den Fossilen aus vergessenen Zeitaltern in die Kohlenflöze gekrochen sind, wo sie hingehören. Aber ich lebe & atme ja noch, schlage mit dem Schwanz um mich, kann noch beißen & tue es mit Vergnügen. Ausgenommen vom Schicksal alles dessen, was ich geschrieben habe, ist anscheinend nur »Land of Hope« in seinem schwülstigen Arrangement, das schon zum nationalen Kulturerbe gehört – es ist gar nicht mehr von mir, sondern einfach einer von diesen obszönen Gesängen wie »Rool, Britanyah« und »Gawd Save«, bei denen die Leute auf die Bänke steigen und mit einer Träne im Auge (oder mit zweien, wenn sie genug Bier intus haben) losbrüllen. O wie töricht! Ein Leben in Geringschätzung für den musikalischen Geschmack des britischen Publikums hinzubringen & jetzt zu begreifen, daß meine Verachtung fehlgeleitet war! Es war eigentlich Ekel vor mir selbst, davor, daß ich mich um solche Dinge überhaupt kümmerte. Man ist Künstler & dann Schluß damit! Hat keinen Sinn, sich bei der Nachwelt einschleimen zu wollen – die Nachwelt ist undurchschaubar und zahlt einem nicht die letzte Gasrechnung. Wenn Träumer zu Nationalhelden werden, kann man verdammt sicher sein, daß ihre Träume mißverstanden werden. Der arme alte Kipling heute – auch so ein Fall. Er beklagt sich, daß man von ihm zwar eine berühmte Verszeile hier und eine Zeile da kennt, aber niemals auch die nächste Zeile, die die vorige wieder aufhebt, & schon gar nicht all die Hunderte von Gedichten, die ungelesen in seinen Gesammelten Werken stehen. Ach, genauso geht es mir & wahrscheinlich uns allen. Die Leute, von denen man ganze Seiten hintereinander kennt, sind entweder seit hundert Jahren tot, oder sie heißen Arthur Sullivan, was auf dasselbe hinausläuft. Ich weiß, daß manche von meinen Sachen lebendig sind und sich halten werden, aber wer die Erträge erntet, das werde nicht ich sein – und bin es nie gewesen –, sondern ein Haufen eingebildeter Äffchen, die noch gar nicht geboren sind, Dirigenten & Fiedler & Maulaufreißer, von denen man mehr hält als von den Komponisten, ohne deren Musik sie niemand wären. Oder Steuermänner.

Später

Wir haben alle unseren Glauben verloren, in unserer Generation – Hardy, Kipling, Conrad –, wir haben mechanisch weiter

Sachen produziert, als ob alles in Ordnung oder wenigstens noch möglich wäre – als ob das himmlische Auge immer noch mitleidig herniederblickte. Aber so ist es nicht, & seit diesem schmutzigen Krieg wissen wir alle, daß es nie so gewesen ist – was für Gemetzel hätte es sonst mit ansehen müssen, ohne mit der Wimper zu zucken – & nun schrecken wir auf bei der Tatsache, daß es tot ist. Es ist so tot wie die alles niederbrüllenden Maschinen (bald keine Pferde, kein Hufgeklapper mehr auf den Straßen, kein frischer Schweißgeruch & kein ehrlicher Dung). Ich bin wie einer, der als Kind einmal einen herrlichen Vogel in einem Wunderbaum singen gehört & sein Leben lang versucht hat, das Lied aufzuschreiben – nur um viel zu spät zu erfahren, daß es eine Kuckucksuhr war, aus Federn, Walzen und Rädchen.

Was für ein Narr!

Erleichtert, nicht immer wieder in dicke Filzbänke hineinstoßen zu müssen, flog die *Hildebrand* später in der Nacht mit ihrer Ladung schlafender Menschen hoch über ein ungesehenes Gelände von Bergen, Schluchten und sumpfigen Ebenen. Von den freischwebenden Schläfern wußte im Moment niemand, wo er war oder wohin es ging, und mindestens einer hätte selbst im Wachen nicht den Wunsch gehabt, seine langsam und ruhelos um die eigene Achse kreisende Verdrossenheit auf irgendeine bestimmte Landschaft abzuladen.

Als die Dämmerung sich an Backbord bemerkbar machte, führte eine graue Spur glattleibiger Wogen vom Schiff zu einem weißgoldenen Brennpunkt am Horizont. Bis die Sonne am Himmel aufgestiegen war, der nur noch wenige Wolkenfetzen zeigte, hatte der Seegang sich beruhigt. Das Wasser hatte nun auch Schattierungen von durchscheinendem Indigoblau angenommen, wie sie für die wärmeren Breiten bezeichnend sind und auf denen blendendweißer Schaum liegt, so lange es dauert, bis der Schiffsrumpf vorüber ist. Nach und nach erschienen die ersten Passagiere an Deck, bleich und auf wackligen Beinen, unentschlossen, was sie anziehen sollten, und blinzelten dem Ozean zu. Ermutigt bei dem Anblick, verschwanden sie alle wieder unter Deck, und zusammen mit dem Duft von frischem Toast drang leises Geklapper von Geschirr und Besteck herauf. Die erste feste Nahrung seit beinah sechs Tagen verdrängte die albtraumhaften Erinnerungen an Fleischbrühe und Schiffszwieback. Das Schiff saß beim Frühstück, als Edward mit Molly über die Decks schlenderte.

»Ich weiß, die Bemerkung ist nicht neu, daß wir jeder ein anderer Mensch werden, wenn wir auf Reisen gehn«, sagte sie, »aber ich fühle mich wirklich wie neugeboren. Zu einem gefeierten Patrioten sollte ich so was wohl nicht sagen, aber jetzt, wo wir den Sturm hinter uns haben, glaube ich erst, daß wir endlich aus Englands Klauen entronnen sind. Leider hat das Land für mich eine Aura von bösartiger Düsternis, die weit über die Küsten hinausreicht, ähnlich wie Hoheitsgewässer. Jetzt hab ich Sie sicher schockiert?«

»Nur mit der Neuigkeit, ich sei ein gefeierter Patriot. Das wußte ich nicht.«

»Aber Sie scherzen, Sir Edward? Für besondere Verdienste geadelt, Freund des Königshauses, Komponist vaterländischer Lieder?«

»Ich meine, ich liebe mein Land - jedenfalls die paar Fleckchen, die noch nicht mit Beton, Asphalt und anderen industriellen Schandmalen besudelt sind. Und vielleicht liebe ich auch meine Landsleute - wenigstens manche. Aber als Künstlerin müßten Sie wissen, daß Künstler kein Heimatland haben, jedenfalls nicht so, wie andere Menschen eines haben. Wenn einer so viel Pech hat wie ich, dann werden Teile aus seinem Werk - und zwar unvermeidlich nicht die besten - aufgegriffen, und Leute gehn damit hausieren und erzählen, wie genau sie die nationale Sinnesart treffen. Auf einmal wird dann ein ganz gewöhnlicher Kleinstädter aus Worcestershire, denn das bin ich, als der leibhaftige John Bull angepriesen. Das ist keine Rolle, in der ich mir gefalle.«

»Ach ... Aber ich dachte, na ja, Master of the King's ----«

Die Schärfe, mit der er ihr das Wort abschnitt, ließ sie mit einem Ruck den Blick aufs Meer hinauswenden, wie ein Kind, das dem Erwachsenen, der es beschimpft, nicht in die Augen sehn will.

»Zum letzten Mal, ich bin nicht der Master of the King's Musick! Den Posten hat zur Zeit und schon seit den neunziger Jahren Sir Walter Parratt inne. Ich kann nicht mal mehr über meine eigene Musik verfügen, geschweige denn über die des Königs.«

Die schiere Schmerzlichkeit dieses letzten Satzes, bei dem er sich jäh abwandte, um den schwarzen Schornstein zu betrachten, der seine davonwehenden schwarzen Kringel ausstieß, brachte sie zum Schweigen. Ihr Einwand, der sich aufdrängte, daß sie dies alles nun wirklich zum erstenmal hörte, blieb unausgesprochen.

»Es tut mir überaus leid, wenn ich Sie gekränkt habe.« Das sagte sie nicht in sonderlich beschwichtigendem Ton, sondern eher mit der Gelassenheit, die daraus erwächst, daß man schlechtes Benehmen als normal zu betrachten gewöhnt ist. Dergleichen sagte man eben, wenn man ein Versöhnungsangebot machen wollte.

»Gekränkt? Ich bin nicht gekränkt! Es ödet mich nur über alle Maßen an, daß die Leute, wohin ich auch komme, denken, sie müßten über Musik, Musik, Musik reden. Zum Teufel mit aller Musik! Warum sich einen wunderschönen Morgen mit diesem ewigen Geschnatter über *Musik* verderben?«

Die Ungerechtigkeit dieses neuen Ausbruchs, der viele andere zum Verstummen gebracht hätte, stachelte Molly vielmehr dazu auf, etwas Unerhörtes zu sagen. Ohne zu wissen oder wissen zu wollen, ob dieser Mann neben ihr nun das britische Königreich oder dessen Musik verkörperte oder nur eine würdevoll aussehende Puppe darstellte, sagte sie:

»Das ist wohl das Kindischste, was ich von einem Erwachsenen je gehört habe. Wir sprachen über Patriotismus; wer plötzlich zu einer Tirade über Musik ansetzte, waren Sie. Vor fünf Jahren habe ich schrecklich verwundete Männer sterben sehn – Jungen, die meisten, sogar Knaben –, und von denen hat sich nicht einer so infantil betragen. Ihnen ist offenbar im Leben sehr vieles nachgesehen worden, Sir Edward.«

Sie ging über das Deck davon und verschwand auf einer Kajütentreppe nach unten. Er blickte auf das teilnahmslos vorübergleitende Wasser, und die Geschwindigkeit der zischenden Spitzendecke von Schaumblasen erinnerte ihn daran, wie schnell er immer weiter vom Bekannten oder zumindest Geläufigen davongetragen wurde. *Was in aller Welt tat er hier?* Er hatte doch nie auf diese blöde Reise gehen wollen. Wer hatte für ihn diese verrückte Entscheidung getroffen? Wer hatte ihm gerade diese Schiffahrtslinie empfohlen? Sybil, hol sie der Teufel! Und viel zu schnell, um in Worte gefaßt zu werden, wie ein mißtönender Akkord, kam und ging der Gedanke, »wie konnte Alice mich so im Stich lassen?« während derselbe flüchtige Ton auch noch ihre scheltende Stimme mittrug: »Südamerika? O Edu, ich glaube *kaum* ...« Plötzlich sah er die erschreckende, leere Beliebigkeit, der ein Leben anheimfiel, sobald die gewohnten häuslichen Zwänge aufgelöst waren. Was sollte ihn hindern ...? Und die Antwort lautete immer: nichts. Nichts konnte ihn an irgend etwas hindern. Und die blendende Wunde, die vor seinen Augen ins Wasser geschnitten wurde, schloß sich irgendwo unter der roten Flagge am Heck zur fransigen Narbe des Kielwassers, die weiter und weiter bis zu dem leeren Grenzstreifen zwischen Himmel und Meer zurückreichte.

Übellaunigkeit oder Selbstmitleid, die ihn für den Rest des Tages sonst nicht mehr losgelassen hätten, verscheuchte Steward Pyce, der in weißer Messejacke neben ihm auftauchte.

»Ich habe eine Nachricht für Sie, Sir Edward. Chefingenieur Stanford würde sich freuen, Sie im Maschinenraum begrüßen zu können, wann immer es Ihnen beliebt.«

Edward blickte immer noch ins Wasser hinunter. »Stanford? Heißt er wirklich so?«

»Chefingenieur Stanford, Sir. Ja, Sir.«

»Du lieber Gott! Dann gibt es wohl auch einen Kajütenjungen namens Delibes, wie? Oder einen Mechaniker Dvořák? Vielleicht einen Saint-Saëns im Heizraum?«

»Nein, Sir.« Pyce war verdutzt. »Keine Ausländer an Bord. Wenigstens nicht in der Mannschaft. Und natürlich keine Deutschen. Ich wüßte nicht, wer von den Jungs sich mit einem Hunnen in die Koje legen möchte.« Dann, offenbar im Zweifel, ob das nicht ein bißchen unbedacht gewesen war (Elgar? Der

Name klang ja auch nicht so ganz britisch), fügte er noch etwas Versöhnliches hinzu: »Vorbei ist vorbei, Sir, versteht sich. Viel Wasser unter der Brücke. Leben und leben ...«

»Führen Sie mich hin!«

Als Pyce die Treppe hinab voranging, sagte Edward: »Ich wüßte gern, ob Sie so gut sein könnten, mir ein paar Dinge zu besorgen?«

»Natürlich, Sir. Alles Teil des ...«

»Ich brauche einen kleinen Eimer – na, oder eine große Büchse mit festem Henkel und eine leichte Schnur. Sagen wir, so etwa dreißig Fuß. Könnten Sie das machen?«

»Feste Schnur, Sir. Leichter Eimer. Läßt sich machen, Sir. Irgendwelche besonderen ...?«

»Nur das, danke, Pyce! Wenn ich Eimer sage – das wäre vielleicht ein bißchen groß. Mehr so was wie eine Büchse mit Henkel. Wo so etwa ein Liter reingeht.« Und als sie beide gebückt durch die erste einer Reihe von rundwinkligen, ziemlich hoch in die Wand eingelassenen Metalltüren traten, glaubte Pyce die Worte »meine Instrumente« zu hören. Seine verfluchten Posaunen, dachte der Steward. Was in aller Welt kann er damit vorhaben? Er versuchte sich irgendeine Tätigkeit vorzustellen, ob sinnvoll oder nicht, zu der solche Gerätschaften möglicherweise erforderlich wären. Er gab es auf und steuerte seinen Passagier durch eine letzte Luke, mit einer ausgestreckten Hand an der Oberkante, damit der würdige Graukopf schlimmstenfalls an nichts Härteres als seine Knöchel anstieße.

Edward trat ein in eine tosende Höhle, wo Töne und Gerüche zu einer einzigen Ausdünstung von Energie verschmolzen. Der Lärm selbst war ein anhaltendes tiefes Brüllen und ungeheuerliches Keuchen, als wogten die metallenen Flanken der *Hildebrand* unter der Anstrengung, sich durch den Ozean zu wühlen. Nach einer Stunde ging er wieder hinauf an die Luft, ein wenig taub und mit dem unsicheren Tritt eines Invaliden. Sobald er den frischen Wind spürte, wurde ihm wieder das Vorwärtsstürmen des Schiffs bewußt, ein Gefühl, das sich nun vom Bild der unbezähmbar starken Maschinen nährte. Macht nichts, dachte er, ist ja nur für ein paar Wochen. Aber als die Erinnerung an jenes bedrückende Vormittagsgespräch mit Molly Air wieder auftauchte, brandete von unten eine Woge der gewohnten Verzweiflung herauf, wich wieder zurück und ließ ihn gestrandet wie einen Schiffbrüchigen auf dem Sonnendeck stehen. »Keiner von uns hätte voraussehen können, wie wir stranden würden«, dachte er; »wir gehören hier nicht hin.«

Doch wieder einmal schreckte ihn Steward Pyce durch sein plötzliches Erscheinen aus seiner Niedergeschlagenheit auf. Diesmal hielt der Mann eine Rolle leichte Schnur und eine metallene Büchse in der Hand, die am Rand durchbohrt und mit einem Drahthenkel versehen worden war!

»Hatten Sie an so was gedacht, Sir?« Nach einigem Nachdenken und einem grüblerischen Gespräch mit Hempson war er zu dem Ergebnis gekommen, daß sein Passagier diese Utensilien für ein neues, von ihm erfundenes Spiel brauchen, etwas Ähnliches wie Ringwerfen, wobei aber Dinge nicht auf einen Stock, sondern in eine Büchse zu werfen wären. Die Schnur diente vermutlich dazu, die Büchse aus einiger Entfernung vom Fleck zu ziehen, damit der Gegner sie nicht so leicht treffen konnte. Noch nicht klar war ihm, womit diese Leute werfen würden – mit Münzen vermutlich, bis hin zu goldenen Sovereigns, verdammt noch mal, nach dem zu urteilen, was manche, die es sich wohl leisten konnten, auf ihren Toilettentischchen herumliegen ließen. Na ja, man mußte schon zum Verfaulen reich sein, um überhaupt auf so eine Tour gehn zu können, nicht? Achtundvierzig Pfund war der Mindestpreis für die Rundreise pro Person Erster Klasse. Achtundvierzig Pfund!

»Genau das Richtige!« sagte sein Passagier und schaute zum erstenmal frohgemut drein. Sauertöpfischer Kerl, dachte Pyce. Häte man nicht denken sollen, daß eine alte Marmeladenbüchse aus der Kombüse seine Laune so heben könnte. »Ist das Ding sauber?«

»Sauber, Sir?« Was sollte das heißen? »O ja, Sir! Der Koch hat es gut ausgewaschen.«

»Na, dann ist es ja sehr gut. Das wäre alles.«

Demnach, wie der Mann sich die Büchse und die Schnur zu Füßen niederlegte, ließ er keine weiteren Mitteilungen erwarten. Etwas enttäuscht zog Pyce sich zurück, aber nur bis in den geräumigen Schutz eines Lüftungsrohrs, das beständig den kühlen Fahrtwind in den Maschinenraum hinabsog. Er machte sich am Sperrmechanismus, mit dem der Winkel der Rohrmündung verstellt werden konnte, zu schaffen, so daß jeder Passagier an Deck, der ihn etwa beobachtete, annehmen müßte, daß er einer sinnvollen Beschäftigung nachging; und zugleich warf er hin und wieder verstohlene Blicke zu der Gestalt an der Reling hinüber. Plötzlich bückte sich Sir Edward in der steifen Art stattlicher älterer Herren und band das eine Ende der Schnur am Henkel der Büchse fest. Dann, nach einem raschen Blick in die Runde offenbar vergewissert, daß man ihn nicht beobachtete, begann er die Büchse über Bord hinabzulassen. Eine Weile geschah nichts, außer daß der Wind ihm das graue Haar zauste; dann drang ein heftiges »Gottverflucht!« bis ans Ohr des Stewards. Man sah Sir Edward sehr schnell die Schnur einholen. Am Ende hing nur noch ein Stück verbogenen Drahts.

Pyce, der gleich, als sein Passagier die Büchse hinabließ, gewußt hatte, was dabei herauskommen würde, grinste in sich hinein. »Dussel!« dachte er. »Wie hat er sich das vorgestellt, bei vierzehn Knoten?« Er ging auf einen anderen Teil des Decks, aber nicht so weit, daß Sir Edward ihn nicht gleich finden könnte. Er war nicht im mindesten überrascht, als der gute Mann binnen weniger Minuten neben ihm auftauchte.

»Ich fürchte, Sie werden mich für einen Vollidioten halten, Pyce«, sagte Sir Edward und hielt ihm den verbogenen Draht hin. »Ich hab mit dieser Büchse herumgefummelt, und da hat sie sich irgendwie losgerissen und ist über Bord gefallen. Könnte ich Sie noch mal bemühen, mir etwas Festeres zu besorgen? Vielleicht doch einen Eimer?«

Als er einen holen ging, grübelte der Steward darüber nach, was diese plumpe kleine Schwindelei zu bedeuten habe, und mehr noch darüber, welches Ende wohl der Versuch nehmen würde, einen schweren Eimer aus verzinktem Eisen in die brausende See hinabzulassen. »Reißt ihm vermutlich glatt die Arme aus«, sagte er voll Genugtuung zu dem Mann im Magazin.

»Verlieren wir auf jeden Fall einen guten Eimer. Gib ihm den hier, da, der ist geflickt. Ich laß mich aufhängen, eh ich einen neuen rausgebe.«

»Keine Sorge, ich mach' das für ihn! Gib gleich noch ein ordentliches Seil her, wenn du schon dabei bist!«

Oben im Sonnenschein ging er aufgeräumt zu Edward, den Eimer in der Hand schwenkend.

»Na dann, Sir, Sie wollen Meerwasser.«

»Oh, Pyce! Äh, na ja, weil Sie mir schon einen Eimer bringen, davon hätt' ich *auch* gern ein bißchen.« Und der würdige Passagier warf ihm aus seinen tiefliegenden Augen einen scharfen, unerforschlichen Blick zu. »Aber nicht von hier.«

»Nein, Sir, es geht leichter, wenn wir's vom Heck holen.«

»Leider nicht. Nein, ich brauche welches von vorn.«

»Sie brauchen Wasser vom Bug, nicht vom Heck?« Das ist keine Schrulle mehr, dachte er, das ist heller Wahnsinn! »Ich glaube, Sie werden feststellen, es ist so ziemlich genau dasselbe Wasser, Sir. Meerwasser vorn und Meerwasser hinten.«

»So kommt es Ihnen wohl vor, Pyce, aber ich kann Ihnen versichern, für meine Instrumente ist es nicht dasselbe.«

»Nein, Sir?« Der Mann wollte seinen Posaunen zu trinken geben – die einzig mögliche Erklärung. Er überlegte, ob er mal mit dem Schiffsarzt sprechen sollte, unverbindlich natürlich, nur um zu hören, ob damit zu rechnen wäre, daß dieser Bursche ganz überschnappte. Letztes Jahr hatte er es mit diesem Amerikaner zu tun gehabt, der versucht hatte, übers Wasser zu laufen. Man konnte nie wissen. Meistens waren es gar nicht die lauten, polternden Typen, auf die man achtgeben mußte, sondern die stillen, manierlichen, zielbewußten.

»Also, wenn es vom Bug sein soll, Sir, dann lassen Sie's vielleicht lieber mich holen. Geht ganz schön tief runter bis zum Wasser, da oben, und dieser Eimer wird einiges wiegen, wenn er voll ist.«

Zusammen gingen sie nach vorn, an der Brücke vorüber, bis an den Bug, wo sich das Deck zu einem Pferch voller Eisenzeug verengte – Winden, Kettenkisten, ein kleiner Ladebaum – und der vertikal abfallende Steven wie eine scharfe graue Klippe tief unter ihnen das Wasser durchschnitt.

»Sie dürften eigentlich nicht hier herauf, Sir«, sagte Pyce, als er den Eimer aufs Wasser fallen und an einem tadellos bemessenen Stück Leine nachschleppen ließ, ehe er ihn mit einem geschickten Ruck wieder herausriß, als er eben begonnen hatte, sich zu füllen. Es hatte nur den Bruchteil einer Sekunde gedauert. Gleich darauf kam der Eimer über die Reling, voll mit noch strudelndem Atlantikwasser, das eben erst die letzten Schaumbläschen verlor. »Da haben wir's!«

Aus einer Innentasche zog Edward eine silberne Feldflasche, die er entkorkte und in den Eimer tauchte. Als sie voll war, setzte er den Korken wieder drauf.

»Sehr verbunden, Pyce. Den Rest können Sie wieder wegschütten, ich habe nun, was ich brauche.«

Von seinem Ausguck auf der Brücke hatte Kapitän Maddrell mit Befremden zugesehen.

»Dieser Steward Pyce, was zum Teufel denkt der, was er da macht?« sagte er, vermutlich zu Mr. Mushet, der in der Nähe auf seinem gewohnten Platz in der Ecke hockte.

»Ist das nicht dieser Musikus, den er da bei sich hat?«

»Wissen Sie doch ganz genau, der ist es. Pyce hätte keinen Passagier dort hinbringen dürfen. Und wenn er der Prinz von Wales ist, er hat keinen unbeschränkten Zutritt zu allem auf *meinem* Schiff. Die Reederei hat dazu ganz klare Bestimmungen. Wenn ein Passagier mit einem Kopfsprung vom Bug im Salzwasser verschwindet, haben wir vor Gericht einen schweren Stand. Gäbe eine schöne Schlagzeile im *Echo*, nicht? ›Englands größter Komponist von Booths ermordet‹.«

Er ließ eine Schonfrist von zehn Minuten verstreichen, ehe er nach ihm schickte, und dann kam Pyce mit einem unguten Gefühl die Treppe zur Brücke herauf. Dies war ganz und gar nicht sein Territorium; normalerweise hatte er mit den Schiffsoffizieren nichts zu tun, er unterstand dem Chef-Steward. Auf der Brücke angekommen, nahm er Haltung an. Es war ihm bewußt, wie fehl am Platz seine weiße Messejacke zwischen den blauen Serge-Uniformen und den Strickpullovern der echten Seeleute wirkte.

»Stehn Sie bequem, Pyce. Wieder mal Sie, was? Ich wünsche eine Erklärung.«

»Sir, Sir Edward hat darauf bestanden, Sir.«

»So so, du lieber Himmel! Und wenn er drauf bestanden hätte, verdammt noch mal, sich nackt auszuziehen und den Mast hochzuklettern, dann hätten Sie ihm hinaufgeholfen, wollen Sie sagen?«

»Sir, natürlich nicht, Sir. Aber er ist mein Passagier, Sir ...«

»Zum Teufel mit Ihren Passagieren! Was in Gottes Namen ist bloß in Sie gefahren? Dieser Amerikaner! Ein Skandal! Sie kennen doch die Schiffsbestimmungen.«

»Sir.«

»Klarer Verstoß. Ich werde dem Chef sagen, er soll Ihren Lohn kürzen. Jetzt verschwinden Sie von meiner Brücke! Wenn das noch mal vorkommt, könnte ich den alten Seemannsbrauch wiederbeleben, Kielholen. Wissen Sie, was Kielholen ist?«

»Nein, Sir.«

»Kein reines Vergnügen, Steward. Nein, alles andere als ein Vergnügen. Gehn Sie!«

Aber Pyce, sehr zu seiner eigenen Überraschung, ließ sich noch nicht verscheuchen.

»Es geht um meinen Passagier, Sir.«

Kapitän Maddrell, der sich schon abgewendet hatte, blies überzeugend die Backen zu einer Miene strafenden Zorns auf.

»Sind Sie taub, Pyce?«

»Nein, Sir. Aber Mr. Elgar, das heißt, Sir Edward ...«

»Mein lieber Mann, wer hat das Sagen auf diesem Schiff?«

»Sie, Sir.«

»Denken Sie wohl, ein Kapitän möchte sich die unverschämten Beschwerden eines Stewards über einen Passagier anhören? Können Sie sich nicht denken, daß er Besseres zu tun hat, zum Beispiel uns alle heil nach Madeira zu bringen?«

»Sir. Aber ich glaube doch, er ist verrückt.«

»Na, das wäre das einzige, was Sie mit ihm gemein haben.« Am Fenster schnob der Lotse ätzend durch die Nase. »Egal, was ist, ich will nichts davon hören. Zum letztenmal, raus!«

Na schön, Kaiser Maddrell, dachte Pyce, als er unseemännisch salutierte und hinausging, ich hab meine Pflicht getan. Wenn der alte Idiot anfängt, brabbelnd auf dem Schiff rumzurennen und den Leuten mit Messern vor der Nase zu fuchteln, dann bin ich der erste, der mit Hempson in die Kombüse geht und die Beine hochlegt.

Die *Hildebrand* war schon ein, zwei Meilen weitergedampft, ehe Kapitän Maddrell wieder einen Laut von sich gab. »Was glauben Sie, was dieser dämliche Steward mit ›verrückt‹ gemeint hat? Ist Sir Edward noch jemandem hier auf der Brücke verrückt vorgekommen?«

Die anderen kannten ihren Kapitän lange genug, um zu wissen, daß die Frage rhetorisch war, und keiner sagte etwas. Aber ihre Antworten hingen unausgesprochen in der Luft: »Nicht verrückter als die meisten Zivilisten«; »sind das nicht alle Passagiere?«; »was liegt schon daran?« Der Kapitän beantwortete sich seine Frage selbst mit der Lebensweisheit, daß jemandem wie dem Steward Pyce wohl jeder Mensch von höherem gesellschaftlichen Rang oder mit künstlerischen Neigungen wie ein Wesen von einem anderen Stern vorkam.

In der Kabine Nr. 2 machte Edward freudig die blanken Mahagonikästchen auf, die er mitgebracht hatte. Er hätte sie gleich am ersten Abend ausgepackt, doch aus Sorge um ihre Sicherheit auf dem heftig durchgeschüttelten Schiff hatte er sie einstweilen unter den Hemden, Anzügen und der Unterwäsche liegen lassen, die den massigen Kabinenkoffer zum großen Teil ausfüllten. Nun endlich hatte er sie auf dem Schreibtisch aufgereiht. Durch das Bullauge darüber strömte gleißendes Licht ein, das zuerst vom Meer und dann von dem weißgestrichenen Schutzdeck draußen reflektiert worden war, und fiel auf die hölzernen Flächen. Die Maserung schien auf, die elfenbeinernen Namensschildchen schimmerten, das Messing funkelte. Eine Eigenschaft des Lichtes in diesen Spiegelungen, ein anhaltendes Nachleuchten aus den vergessenen Sommern eines ganzen Lebens erfüllte ihn mit einem stillen Übermut. Er öffnete das größte Kästchen und zog die Hülle von einem Mikroskop ab, ein hübsches Instrument aus Messing, mit drei Objektivlinsen zur Auswahl. Darübergebeugt vergewisserte er sich, daß es bei der stürmischen Fahrt keinen Schaden genommen hatte, und verstellte den Hohlspiegel darunter, um das Licht auf ein einziges Plättchen zu bündeln. Zufrieden öffnete er das zweite Kästchen, einen Behälter für gläserne Objektträger, jeder in einer Rille für sich gehalten. Er nahm einige heraus und hielt sie hoch. Keines der Plättchen war gesprungen. Licht blitzte an ihren geschliffenen Rändern und verwandelte die Farbpunkte in der Mitte für einen Moment in Juwelen: Rubine, Topase und Amethyste. Das letzte Kästchen enthielt ein kompaktes Reiselabor: Kleine Fläschchen mit Farben und Reagenzien, verschiedene Pinzetten, Ersatzplättchen und Deckgläser, kleine gummierte Etikette, eine Zeichenfeder und ein fingerhutgroßes Fläschchen Ausziehtusche.

Die ganze Ausrüstung umgab ein Fluidum fachmännischen Gebrauchs, denn obwohl vorzüglich gepflegt und erhalten, war doch offenbar nichts davon neu. Mancherlei Kleckse und Verschmierungen in den einzelnen Fächern zeugten von langjähriger Verwendung, und innen unter dem Deckel jedes Kästchens klebte ein altes Papieretikett mit der Beschriftung »Ruthven Jevons, MD, Bombay«. Edward hatte die Etikette nicht entfernen mögen; es wäre ihm zu wichtigtuerisch erschienen für einen, der die Mikroskopie nur als Steckenpferd betrieb. Außerdem hatte er immer die unbestimmte Absicht gehabt, diesen Arzt ausfindig zu machen und zu erfahren, wann – und ob – er gestorben war und wie so persönliche Gegenstände in die Anonymität des Auktionssaals gelangt sein mochten.

Nicht in den Sinn kam ihm, daß der unbekannte Arzt vielleicht wie er selbst schließlich seines lebenslang ausgeübten Berufs überdrüssig geworden war und sein Handwerkszeug bereitwillig gegen das Zubehör irgendeiner ihn neuerdings interessierenden Tätigkeit ausgetauscht hatte. So hatte er, kurz nachdem sie ins Severn-Haus gezogen waren, rasch entschlossen, aber ohne es zu bereuen, seine Gagliano-Geige verkauft und den Erlös für einen Billardtisch ausgegeben. Was war Alice böse geworden ...! Und jetzt, während der letzten anderthalb Jahre hatte ihn eine Leidenschaft für die Mikroskopie gepackt, so sehr, daß sie die mancherlei Hobbies, die er zeitlebens gepflegt hatte, nahezu verdrängte – oder vielleicht auch ergänzte. Wehe dem Künstler mit einer wissenschaftlichen Neigung! hätte er früher vielleicht gesagt, im Gedanken an die verfluchte Ablenkung und an Saint-Saëns, der unter anderem ein fähiger Astronom gewesen war, immerhin imstande, sich nach seinen eigenen Angaben ein Teleskop bauen zu lassen. Wehe dem Künstler, dessen Talente als Minderungen seines Genies angesehen werden! Für Edward hatte es nie eine Zeit gegeben, wo Perioden des Aufgehens in schöpferischer Arbeit nicht mit solchen der Müdigkeit, voller Widerwillen gegen Musik, abgewechselt hätten. Zu solchen Zeiten waren ihm die Gartenarbeit, die chemischen Versuche, das Radfahren, Böttchern, Drachensteigenlassen und Automobilfahren wie Erholungen von einer langen und lästigen Krankheit erschienen, Spannen der Normalität, in denen unbefangenes Leben wieder möglich wurde. Doch immer, wie ein böser Geist, hatte sich dieser halb verhaßte, halb geliebte Imperativ wieder geltend gemacht, der mit monströsem Egoismus den Anspruch zu erheben schien, daß all die kleinen Marotten unter einem Anstrich von Ernsthaftigkeit nur dasjenige in ihm verhüllten, das wahrhaft todernst wäre und ihn verzehrte.

Mit ungetrübtem Vergnügen kippte er nun den Inhalt seiner Feldflasche in ein sorgfältig ausgespültes Zahnputzglas und entnahm mit einer Pipette eine Probe Meerwasser. Eine halbe Stunde saß er über seinem in Sonnenlicht getauchten Mikroskop, ab und zu vor sich hin brummend. »Da sieh an!« murmelte er. »Das ist ja perfekt!« Tief unter ihm vollführten die Maschinen friedlich ihre abgemessenen Bewegungen, und das Schiff schnurrte so gleichmäßig dahin, als liefe es auf Rädern. Schatten trieben am Bullauge vorüber, als die letzten Passagiere, Gesprächsfetzen hinter sich herziehend, zu den oberen Decks ausschwärmten.

»›... na, jedenfalls nicht in *dem* Kleid‹, hab ich ihr gesagt ...«

»... in Funchal noch ein bißchen was dazukaufen ...«

Manchmal präparierte der grauhaarige Mann am Tisch einen Objektträger, und die silberne Pinzette blitzte im Licht, wenn er behutsam ein Glasplättchen über das Tröpfchen Feuchtigkeit deckte. Schließlich lehnte er sich zurück und rieb sich die Augen, ehe er zum Kabinenkoffer ging und darin wühlte wie ein Schuljunge, ohne Rücksicht auf die glattgebügelten Hemdbrüste. Er brachte zwei Bücher zum Vorschein, das eine davon augenscheinlich neu: Minchins *Introduction to the Study of Protozoa*. Das andere war *The Depths of the Ocean* von Murray und Hjort. Wieder am Tisch, verbrachte er die nächste Stunde damit, in ihnen zu blättern, wobei er oft ins Mikroskop blickte, um seine Bestimmungen zu überprüfen.

Als das Signalhorn zum Mittagessen rief, war Edward wieder bester Laune und ging hin, voller Erwartung, Molly Air zu sehen und sich bei ihr entschuldigen zu können. Aber sie war nicht da, ihr leerer Stuhl sah ihn spöttisch an. Zum erstenmal war das Restaurant einigermaßen voll. Wie immer war ihm beim Hinausgehen bewußt, daß die Blicke der Leute auf ihm ruhten und die Gespräche kurz unterbrochen wurden, wenn er vorüberkam. Dies allein schon versteifte ihm den Rücken und sträubte ihm den Schnauzbart. Neugieriges Pack! Er marschierte hinaus, nun wieder verdrossen. In seiner Kabine nahm er ein Blatt mit dem Briefkopf des Schiffs und schrieb:

Liebe Miss Air,
ich habe Sie beim Essen vermißt, wo ich gehofft hatte, mich für das entschuldigen zu können, was Ihnen heute vormittag wie Grobheit erschienen sein muß. Ich hatte kein Recht, meine üble Laune an einer unschuldigen Mitreisenden auszulassen. Könnten Sie einem einsamen alten Komponisten zu seiner Beruhigung gestatten, sich zu bessern?

Ihr
Edward Elgar

Er läutete nach dem Steward, aber kein Pyce ließ sich blicken. Dafür steckte ein Kabinenjunge den kurzgeschorenen Kopf zur Tür herein.

»Wären Sie so freundlich, dies hier Miss Air zu bringen? Leider weiß ich ihre Kabinennummer nicht.«

»Miss Hare, Sir?«

»Nicht Hare, Air.«

»Miss Hair, Sir. Gleich.«

Edward drückte dem Jungen feierlich Sixpence in die Hand. Der Junge verschwand, und man hörte ihn pfeifend auf dem Deck davongehen. Edward gestattete sich ein zufriedenes Lächeln; dann setzte er sich wieder an den Tisch, um mit dem Mikroskopieren fortzufahren, fiel aber statt dessen in einen leichten Schlummer, aus dem er mißgestimmt erwachte. In einer melancholischen Nachmittagslaune graute es ihn plötzlich vor dem Gedanken, mit Strohhut hinauszugehen und an Deck zu paradieren, ein alter Witwer unter ringewerfenden oder flirtenden Pärchen. Er rief sich in Erinnerung, daß ja auch genug Alleinstehende an Bord waren, darunter Molly, um von den Missionsjungfern gar nicht zu reden. Bei dieser Vorstellung wurde seine Laune nicht besser. Er fragte sich, was er nur tun könnte. Er vermißte die Telegraphenstreifen-Meldungen aus Epsom und Sandown, Thirsk und Doncaster. Er vermißte die *Times* und die Theaterkritiken. Er vermißte seine Hunde.

Als er seine Runden durch die verdunkelten Kabinen voller übler Ausdünstungen gemacht hatte, konnte Dr. Ashe an nichts anderes denken als an das Unglück, das über ihn hereingebrochen war. In all seinen zwanzig Dienstjahren beim Heer – in den vielerlei Irrfahrten, Stellungen und zuletzt Dezimierungen seines Regiments – hatte er sich nie so verlassen und fehl am Platz gefühlt. Mindestens so sehr wie alles andere vermißte er die Geräusche, die vertrauten Töne, nach denen seine innere Uhr gestellt war: das Knirschen von Stiefeln vor dem Fenster, Kommandorufe aus der Ferne, den Hall der Pferdegeschirre auf den Kasernenhöfen. Und vor allem waren es die Trompeten, die die Sonne begrüßten und verabschiedeten, den Auf- und Abstieg der Fahne am Mast begleiteten, mahnend, weckend, aufrufend, begeisternd. In dieser Blechbüchse zwischen den Wellen dagegen war das Hornsignal nur ein einziger Ton, geblasen von irgendeinem nichtsnutzigen Matrosen, um die ohnehin Überernährten zu weiteren Mahlzeiten zu bitten.

Was hatte er mit diesen Leuten zu schaffen? Gewiß, viele von ihnen hatten bis jetzt sehr wenig gegessen, aber daran, wie schlaff sie stöhnend in ihren Kojen herumlagen, sah man schon, wie sie im Sichgehenlassen verweichlicht waren. Unmöglich mit solchem Geziefer Umgang zu pflegen, das partout keine Verantwortung für sich selbst übernehmen wollte. Tröstlich zu wissen, daß wenigstens er selbst die Verantwortung für die Affäre in Aldershot nicht gescheut hatte. Nach so vielen Jahren ehrenvollen Dienstes zu demissionieren, hatte ihm die verdutzte Sympathie von Offizierskameraden eingetragen, die zwar den echten Grund nicht erraten konnten, sich aber mit der Ausflucht der »persönlichen Umstände« zufriedengegeben hatten, der Allzweckerklärung, hinter der sich tausend verschiedene Nötigungen verbergen konnten. Seitdem hatte er einen Brief erhalten, der ihn glauben ließ, daß keine weiteren Untersuchungen angestellt würden. Beim Militär hatte man einen sechsten Sinn für alles Anrüchige, und sein Regiment war keine Ausnahme. Man würde die Wirbel an der Stelle, wo sein ehrenwertes Haupt den Blicken entschwunden war, sich beruhigen lassen. Für das Heer existierte er nicht mehr.

In sein Quartier zurückgekehrt, schloß er die Tür ab und schenkte sich einen Becher Whisky ein. Eine Stunde lang saß er ungemütlich still an seinem leeren Tisch und trank in regelmäßigen Abständen Schluck um Schluck, bis die halbe Flasche zum größten Teil leer war. Dann stand er auf und machte den Oberkörper frei, ließ das Hemd an den Schößen vom Hosenbund herabhängen. Er holte einen kleinen Segeltuch-Behälter mit chirurgischen Instrumenten hervor, das Feldbesteck, das er in Frankreich bei sich getragen hatte, wählte ein Skalpell aus und legte eine neue Klinge ein. Dann stellte er sich vor den Spiegel und musterte sich eingehend, nachdem er die Lampe auf dem Tisch neben sich so verstellt hatte, daß sie seinen Oberkörper anstrahlte. Tiefe Schatten legten sich um die Mulden seines Rumpfes, der wie der ausgemergelte Leib eines mittelalterlichen Heiligen aussah, der ohne Kasteiungen nicht leben konnte. Mit der Klinge zog er sich einen tiefen, fünf Zoll langen

Strich über die obere linke Seite der Brust, dann, ohne innezuhalten, einen zweiten, genau parallel zu dem ersten, einen halben Zoll darüber. Er wiederholte dieses Paar Schnitte noch zweimal, immer weiter oben, so daß ihm das hervorquellende Blut, das in Strömen über die Rippen hinablief, die Sicht nicht stören konnte. Er betrachtete die Schnitte im Spiegel, bevor er sich, anscheinend zufrieden, das nächste Glas Whisky einschenkte, das er in drei Schlucken leerte. Dann kehrte er vor den Spiegel zurück und begann die parallelen Linien sorgfältig mit einer Reihe vertikaler Schnitte zu verbinden, wie unregelmäßig verteilte Schwellen unter Eisenbahngleisen. Dies dauerte etwas über eine Minute, und während er daran arbeitete, verriet sein Gesicht im Lampenschein keine Regung. Als er fertig wurde, hatte das herabhängende Hemd Blutflecken, und der Hosenbund auf der linken Seite war von Blut durchtränkt.

Das Skalpell weglegend, musterte Dr. Ashe noch einmal sachlich die frische Gitterschraffur auf seiner Brust und den karmesinroten Firnis, der seine weiße Haut mit einem hypnotischen Schimmer von Schönheit überzog. Im hellen elektrischen Licht war die Farbe satt und schwellend, als der Saft, der sie verkörperte, langsam von den Wunden hinabströmte. Er nahm eine Handvoll Verbandsmull, tauchte sie in Desinfektionsspiritus und drückte sie sich auf die Brust. Erst jetzt huschte etwas wie Ausdruck über sein Gesicht, eine kurze Grimasse, ein kleiner Krampf, fast ein Anzeichen von Ekel. Er drückte den Bausch noch fester auf und nahm ihn dann plötzlich weg. In dem Moment, ehe das Blut wieder austrat und das Muster verwischte, bildeten die sich füllenden roten Striche auf seiner Haut die Umrisse der Ordensbänder nach, die er getragen, und der Medaillen, die man ihm verliehen hatte: MC, DSC, die vielen Feld-Auszeichnungen, sein Rangabzeichen.

Er nahm einen frischen Bausch, beträufelte ihn diesmal mit Jod und tupfte die Wunden ab. Bei den Bewegungen fast unhörbar keuchend, säuberte er seinen Rumpf, zog ein anderes Hemd an, wechselte die Hose und rückte vor dem Spiegel die Krawatte zurecht. Mit kaum zitternden Fingern zündete er sich eine Zigarette an. Während er sie rauchte, leerte er ein weiteres Glas Whisky; dann schloß er die Tür auf und ging los zu seinen Visiten.

IV

Tag fing bös an, bissig gegen Air-Mädchen. Hab mich entschuldigt, natürlich, weiß aber nicht, warum. Dann Maschinenraum besucht, wo der Erste Ingenieur Stanford heißt! Anscheinend werd' ich die nie los, nicht mal mitten im Atlantik. Stainer & Mackenzie werden mir auch noch irgendwo auflauern, vermutlich Bürohengste in Manaos. Riesige Maschinen, war geschlaucht von der Hitze & dem Krach – in gewisser Hinsicht aufmöbelnd.

Seewasserprobe angesehen – ein paar herrliche Diatomeen & Organismen, unter anderem Ostrakoden, Tunikaten & Dinoflagellaten. Wäre interessant, Proben aus der Tiefe zu bekommen, kann mir aber nicht vorstellen, wie. Vielleicht eine Art Flasche mit Federverschluß, der sich in einer bestimmten Tiefe mit einer Schnur öffnen ließe?

Abwegig, ein Tagebuch zu führen. Was es zu sagen gibt, ist alles schon aufgeschrieben (seit langem) & meistens auch gedruckt; warum kann der Rest nicht Schweigen sein? Aber etwas bohrt weiter. Warum müssen Leute über sechzig in Gedanken immer & immer wieder auf die Kindheit zurückkommen? Warum spuken in meinen Träumen Flüsse herum, vergessene Stimmen, Klänge, die sich nicht notieren lassen? Alles sagt mir, »lange her«, nichts sagt so richtig »jetzt«. Es gibt einen grausigen Bericht über den armen Schumann, wie er in seinem Wahnsinn den ganzen Tag dasitzt und zerstreut Listen von Flüssen und Ortsnamen macht, zwischendurch Träume von Musik. Aus einem erwachte er und schrie fieberhaft nach MS-Papier, weil er die himmlischste Musik gehört hatte, zu schön für menschliche Ohren. Er kritzelt sie hin, während sie ihm schon aus dem Gedächtnis schwindet – wie Tartini bei seiner Teufelstrillersonate oder Coleridge mit »Kubla Khan« –, und als Brahms kommt & es liest, da findet er eine unvollkommene Version des Themas aus dem langsamen Satz von Schumanns Vln.-Konzert. Ich hab geweint, als ich die Geschichte hörte – kann mir nicht helfen, es kommt einer Sache so nahe, auf die ich nicht den Finger legen kann. Vielleicht ist es doch nicht in den Wind geschrieben, vielleicht nehmen wir nur unser eigenes Diktat auf.

Was wir auch tun, ich bin mir sicher, wir haben in der frühen Kindheit damit angefangen. In den wenigen Jahren, die von jeder Spur von Arbeit frei bleiben, wurde der Akt des Schauens vollzogen. Das folgende Lebenswerk war nur gequältes und trügerisches Transkribieren. Wie unzeitig ist doch diese alberne Ehrfurcht vor dem berühmten Künstler in seinem Atelier, vor dem Musiker in seinem Arbeitszimmer, dem Dichter am Schreibtisch (pssst! ein Meisterwerk ist im Entstehen!). Denn wenn man einem Kind zuschaut, wie es mit einem Zweig eine Raupe anstubst oder beim Spielen am Flußufer das Wasser um einen Stein fließen sieht, wer könnte dann im Ernst vermuten, daß eben dies die wahre Geburtsstunde einer Symphonie ist? Es war keine Schrulle, als ich dem guten Nimrod schrieb (wie lange das her ist!), die Bäume machten meine Musik, oder vielleicht ich die ihre – irgendwie so hab ich's ausgedrückt. Gewiß, sie singen für jedes Paar Ohren ein anderes Lied; aber dies waren genau die Noten, die mir einfielen, so wie diese Ohren gehört hatten, was diese Augen gesehen hatten. Es war, was ich als Kind am Severn und an der Teme gehört hatte: der Wind im Schilf & in den Weiden, das langsame Gleiten im geäderten England, von dem ich damals idiotischerweise glaubte, es werde ewig währen.

Erbärmliche Täuschung, das Ganze! Die musikalische Vision war so deutlich, die innere Stimme so dringend, daß man immer glaubte, sie entsprächen in gewisser Weise der Realität – »das hab ich gesehen & gewußt« usw. Das waren die Töne & nur diese, die der Wind machte, wenn er durch die Bäume wehte & die die Bäume machten, wenn der Wind durch sie wehte. Wer sie nicht hören konnte, war taub oder hatte eine Seele von Stein. Ach, wie viele Jahre ich gebraucht habe, um einzusehen, warum ich mich irrte. Als Alice gestorben ist, hat mich der gute Frank Schuster mit »hilfreichen Texten« eingedeckt – darunter ein polnischer Mystiker, der Rabbi Nachman aus Breslov (ungefähr im gleichen Jahr geboren wie Beethoven, erinnere ich mich), & ein buddhistisches Buch mit einer hübschen Veranschaulichung. Ein berühmter Patriarch & ein Klosternovize stehen zusammen auf einem Berghang und schauen hinunter zu ihrem Kloster, das auf einem Felsvorsprung steht, und die Gebetsfahnen wehen im reinen tibetanischen Wind. Nach einer Weile fragt der Novize: »Ist es der Wind oder die Fahne, was sich bewegt?«, worauf der Patriarch antwortet: »Keines von beiden, der Geist ist es.« So ist der Geist eines Komponisten allein seiner, & was er im Wind vielleicht hört, hat keine Entsprechung außer in ihm selbst. Ach, was für ein Narr, wer öffentlichen Beifall für seine Privatvision erwartet!

Aber wie täuschend & mitreißend diese Gewißheit war ... Damals, glaube ich, gab es kein Rascheln eines Blatts, keinen Flügelschlag, keinen verschleierten oder leuchtenden Blick eines Menschen, der sich nicht von selbst in Musik umsetzen konnte. Ich hörte es alles: das Vorüberziehen einer Wolke, eines Eisenbahnwagens, eines Lebens - ich konnte es alles hören & kann es noch, wenn ich mich dazu überreden kann, daß es die Mühe lohnt. Der Geruch von Toast oder das Anschneiden einer Blutwurst (besonders solcher, wie wir sie immer von Moxon holten, saftig, mit einer Haut, die unter der Messerspitze mit einem Pock! platzte), der Geschmack eines Wortes wie »owl« oder »slumber«, sogar Ideen: aus alledem werden sofort Töne und Tonfolgen, Harmonie und Rhythmus.

Warum? Wie? Es ist, als gäbe es nur einen einzigen Rohstoff aller Kunst, den verschiedene Personen je nach Veranlagung mit verschiedenen Sinnesorganen wahrnehmen. Ich höre ihn nun einmal; aber im ersten Moment, wenn mir eine Melodie zukommt, erkenne ich sie nicht immer gleich als Musik - ich weiß noch nicht recht, was es ist. Wie Gerontius bin ich im Ungewissen: »Ich kann von der Musik nicht deutlich sagen, ob ich die Töne höre, fühle, schmecke.« Seltsam, wie ich es erst jetzt (23 Jahre später) dem intimen Papier anzuvertrauen wage, daß es diese Stelle in Newmans Gedicht war, derentwegen ich beschloß, es zu vertonen. Der armen Alice habe ich es mich nie zu sagen getraut. Die liebe Gute war blind für alles außer ihren »höchsten Beweggründen«. Aber in Wahrheit hatte es überhaupt nichts mit der Religion zu tun (& natürlich mußten es alle mißverstehen – »stinkt nach Weihrauch«, »zuviel Maria« &sw. &sw. Dabei war doch schon meine Mutter vier Jahre nach ihrer Heirat und fünf Jahre vor meiner Geburt zum Katholizismus übergetreten, nicht ich. Konvertit bin ich nie gewesen.) Es waren nicht so sehr Newmans Verse – ich sah damals ganz klar, daß sie Flickwerk waren – als vielmehr die dramatische Vision des Dichters. Eine wundervolle Eingebung, die Vorstellung von einer eben erst abgeschiedenen Seele, die dahingetragen wird, ohne daß man weiß, wo oder wann. Es wird nie deutlich, was aus ihm geworden ist, mit welchen Sinnen er die Dinge wahrnimmt, wie schnell er von dem »gleichförmigen und sachten Druck« getragen wird. Und wenn man sich (unsinnigerweise) fragt, wo zum Teufel er sich denn nun befindet und wie lange er schon tot ist (ist er überhaupt tot?), wird es ein echter Schock für uns, wenn er die Stimmen seiner Freunde, die um sein Totenbett stehen, das Subvenite singen hört. Das war es eigentlich, was mich überzeugt hat: das Dasein in zwei Welten zugleich, die Aufhebung von Ort & Zeit. Das & die Stille, die Einsamkeit, das Aufhören von allem außer der Musik – ob von Engeln oder Teufeln, irdischen Stimmen oder hohen Tannen. Daß ich mich vorab mit dem Dogma vertraut machte, sollte mich hauptsächlich vor der Art Solözismen behüten, derentwegen man mich öffentlich angeprangert hätte (& mit was für einer Häme!). Das & der Umstand, daß ich noch nicht ganz entschlossen war, ob ich nicht statt dessen das Judas-Oratorium machen sollte – auch eine gute Idee & nicht ohne radikale Aspekte in jenen muffigen Zeiten. Warum überhaupt ein »religiöses« Werk? Das frage ich mich heute, 1923, dem Unglauben nah in einer Welt, die mir mit Schönberg, Strawinski und Ravel gemeinsam ist. Weil verdammt noch mal ein großes Chorwerk damals in England das Sicherste war, wenn man ernsthaft Gehör finden wollte, & »großes Chorwerk« hieß damals soviel wie ein Potpourri von Bibeltexten für die Blasebalglungen eines Massenaufgebots von alten Jungfern aus Yorkshire. So weit hinkte England damals musikalisch hinterdrein.

Meine Beweggründe, »G.« zu komponieren, hatten also nichts mit einer persönlichen Bindung an die Kirche zu tun, & noch weniger war es Ausdruck eines Glaubens an ein Leben nach dem Tode (was mich nicht mal besonders interessierte). Aber das konnte ich unmöglich zugeben. Die Leute – sowohl die einzelnen als auch das britische Publikum – sind viel zu borniert, so was zu verstehen. Du mußt immer irgendeiner geistigen Linie treu sein, egal was du wirklich denkst. Merkwürdig diese Unfähigkeit des Publikums, persönliche Dinge zu begreifen, wo es doch schließlich auch nur aus Individuen besteht, aber es kann oder will nicht. Es ist wie eine Verschwörung. Also stempeln die Kritiker mich als Papisten ab, & der arme Gerontius (der letztlich niemand anders ist als ich) muß nach der schlechtesten Uraufführung in der englischen Musikgeschichte allein seinen Weg durch eine Welt voller Feinde nehmen, nicht als poetischer Held, sondern als Namenspatron eines »Oratoriums«. Na, sollen sie ihn nur runtermachen, soviel sie wollen; seine Schwingen werden ihn immer wieder in die Luft erheben. Er hat ein großes Herz, und wo man ihn auch anschneidet, quillt noch das Blut hervor. Trotz seinem Namen ist er doch ein junger Mann &, wenigstens für meine alten Ohren, noch ganz munter.

Später

Der Kabinenjunge mit der vornehmen Aussprache brachte eben einen Brief von Molly Air. Sie scheint auch ein Herz zu haben.

> Lieber Sir Edward,
> wenn ich sicher wäre, wo das Heckbord ist, könnte ich wohl sagen, ich war mittags dort und habe gezeichnet; ich habe in der Sonne nur selten Hunger. Ihre liebenswürdige Entschuldigung wird auf das freudigste angenommen. Könnten wir nicht in Funchal zusammen an Land gehn? Ich kann Ihnen zeigen, was dort zu vermeiden ist.
>
> Herzlichst
> Molly Air

Das nenne ich großmütig, und ich werde entsprechend reagieren. Funchal, wo immer das sein mag, kann durch weibliche Gesellschaft nur erträglicher werden, würde ich sagen.

Obiges Gefasel noch mal durchgelesen, nach einem angenehmen Dinner, nur gestört von einer Tanzkapelle, die nicht weit genug weg war: Die Sache mit dem einzigen Rohstoff aller Kunst kommt mir immer noch wie eine haltbare Theorie vor, aber es kommt natürlich drauf an, wie man's ausdrückt. Damals ging ich in die Luft wegen Roger Fry & seines blöden Spruchs, daß alle Künste wesentlich eins seien – ich glaube, ich habe zu ihm gesagt, Musik stehe an den Himmel geschrieben, um von uns notiert zu werden, & dürfe nicht mit einer stupiden Imitation verglichen werden (ich muß da an überbezahlte Nackte-Frauen-Maler wie Long gedacht haben. Jedenfalls war es eine gute Tischreden-Ohrfeige für den Philosophen). Dank GBS, der auch dabei war, denke ich inzwischen, daß Fry eigentlich etwas gemeint hatte, was von meiner eigenen Vorstellung gar nicht so verschieden ist: Er hat es nur schlecht ausgedrückt & und in einem unglücklichen Moment – ich hatte gerade Bauchschmerzen bekommen, als ich von den Riesensummen hörte, die man billigen Malern und populären Romanschreibern nachwirft, während man die Musiker mit Kleinigkeiten abspeist & praktisch hungern läßt. Vielleicht sind au fond alle Künste wirklich ein und dieselbe, aber sie werden nicht alle gleich gut bezahlt. Auch alle Künstler sind ja nicht ein und derselbe, ganz und gar nicht. Denk nur an die singenden Freifrauen Butt & Melba: echter Humbug vom ersten Ton bis zum letzten. Und Edwin Long von der Königlichen Kunstakademie ... Das einzig Ordentliche, was der je geschaffen hat, ist das Haus, das Norman Shaw für ihn gebaut hat & in dem ich bis vor wenigen Monaten gewohnt habe. Es hat mich ruiniert. Aber ich male ja auch kein nacktes Fleisch & werde darum auch nicht entsprechend bezahlt.

Übrigens, die Fähigkeit, irgendwas in Musik »umzusetzen«: Inzwischen erinnere ich mich, daß Donald Tovey mir vor Jahren schrieb, er wisse zwar, daß es sich wie Quatsch anhöre, aber er habe sich schon oft dabei ertappt, wie er irgendein inneres Problem in a-moll lösen konnte, wenn er es in Worten überhaupt nicht fassen konnte. Wie gut ich das verstehe! Er schrieb weiter, irgendwer bei Shax – ich glaube, Hamlet – sei unerklärlich, wenn man sich damit aufhalte, seinen Charakter zu analysieren, aber völlig überzeugend, wenn man das nicht tue. Tovey meinte, Shax habe dies durch feine Kunstgriffe bewerkstelligt, die vollkommen bedeutungsträchtig, aber ganz außer Reichweite der Worte & damit der Analyse seien. Worte, sagte er, stellen keine echten Ideen dar, sondern nur Sonderfälle von Ideen. Der wirkliche Gedanke spielt sich in a-moll ab, so wie Shax' künstlerische Methoden sich eher in (z. B.) a-moll bewegen als in Worten ... Na ja, Donald ist eben auch ein notorischer Hirnverrenker und Intelleckmich. Aber den Tenor seines Briefs werde ich nicht vergessen, und sei es nur, um dran zu denken, wie ironisch das zu vielem von seiner eigenen Musikschriftstellerei quersteht, die sich nur allzu sehr auf Wortschwelgerei verläßt, oft windig & schrullig. Zum Glück liest in Deutschland niemand etwas davon, oder die englische Musik käme als noch unseriöser in Verruf, als sie's ohnehin ist.

Trotzdem, etwas scheint mir daran richtig zu sein, was er sagt. In der guten alten Zeit, als ich mit dem Rad für Alice einkaufen fuhr (wenn sie mich fortließ), hab ich mir die Einkaufsliste in einer bestimmten Tonart gemacht. Im Laden des Dorfs mußte ich mich dann nur noch an die Tonart erinnern, und schon hatte ich die ganze Liste. Ich habe nie etwas vergessen. Übrigens, warum war der Hut, der mir wegflog, als ich an Bord dieses Schiffs kam, in E? Ich weiß noch, an dem Tag, als ich ihn mir kaufte und ihn aufsetzte: Er saß auf meinem Kopf in E-Dur, und seither hat der Tag immer die Tonart gewechselt, wenn ich ihn trug. Das klingt so albern nur, wenn man es aufschreibt: einen E-Dur-Hut aufzusetzen, ist schließlich auch nicht blöder, als einen braunen aufzusetzen.

Da war doch noch was, bevor ich zu Bett gehe – ach ja, wegen Gerontius. Weil ich nicht aus der Schule geplaudert habe, wo er wirklich herkommt, habe ich den Leuten manchen Schock & mir jede Menge Ärger erspart. Aber eines, was die »Eingeweihten«

vor den Kopf stieß, war das Gebetsthema, wie Jaeger es genannt hat. Richard Strauss hat mir gesagt, er finde, daß es genau die Form eines betenden Menschen hat, aber ich habe ihm nie verraten, daß dieses hochheilige Motiv zuerst von der Bulldogge eines Freundes angeregt war, die jaulte, weil sie einen Maulkorb tragen mußte. Alice hat nie ein Wort dazu gesagt: Ich glaube, sie hat sich sogar eingeredet, sie wüßte nichts davon. Aber doch, sie wußte's. In Sinclairs Gästebuch in Hereford stand es schwarz auf weiß. Leider stellen sich die Leute in solchen Dingen meistens ziemlich dumm an – kriegen einen Schock, wenn sie erfahren, daß von den besten Stücken aus dem Weihnachtsoratorium die Hälfte als Geburtstagsständchen für die Gattin des Kurfürsten geschrieben waren, ursprünglich also eher frivole Liebesduette & dergleichen. So ist eben das breite Publikum. Die Leute verstehen Kunst nicht, also können sie auch den schöpferischen Vorgang nicht verstehn. Sie glauben wirklich, es gebe einen Unterschied zwischen geistlich & weltlich, die armen Kerle. Gerontius war ganz schön weltlich. Aber ich fürchte, nur Gott (fraglich) & ich wissen das. Und keinen von uns beiden kümmert das jetzt noch.

In dieser Nacht, als die meisten Passagiere, auch Edward selbst, schliefen, sichtete die *Hildebrand* von fern einen Leuchtturm, und neunzig Minuten später ging sie im Hafen von Funchal vor Anker. Als man morgens an Deck kam, sah man auf einmal die kahlen Berggipfel von Madeira scheinbar zum Greifen nah aufragen. Statt des weiten leeren Himmels hingen nun die steilen bräunlichen Berge über ihnen, mit einer Pufferzone von Oliventerrassen um die unteren Hänge. Bei aller Freude – und in manchen Fällen sogar Erleichterung –, wieder Land zu sehen, kamen sich viele doch ein wenig verirrt vor. Wo waren sie denn überhaupt? Was waren das für Inseln? Losgerissene Stücke von Afrika? Andeutungen einer Landschaft, die spöttisch an mittelmeerische Eindrücke erinnerte? Manche von den Leuten an Deck wedelten lässig mit den Hüten über die Reling, während sie auf die Motorbarkassen warteten, die sie an Land bringen sollten. Verwirrung sprach aus dieser Geste; ihre Vorstellungskraft war in eine Sackgasse geraten. *Wenn*, so betonte ihr grübelndes Ich, *wenn* es auf gerader Strecke zwischen den britischen Inseln und der Mündung des Amazonas kein trockenes Land gab und *wenn* man im winterlichen Europa abfahren und vierzehn Tage später in den sumpffiebrigen Tropen ankommen konnte, wie würde es dann auf einer theoretisch auf halbem Wege gelegenen Zwischenstation aussehen? Darauf gab es keine Antwort, auch wenn einige gern mit dem Gedanken spielten, daß der sich schrittweise verändernde Meeresboden mitten im Atlantik einen Buckel machte, um zu zeigen, wie weit die Veränderungen gediehen waren. Aber wie auch immer man sich das Resultat vorgestellt hatte, Madeira entsprach ihm nicht ganz. Irgendwie paßte das portugiesische Element nicht hierher, und diese ockergelben und khakibraunen Felsen zwischen soviel Meeresblau waren zu ausgedörrt. Vielleicht hätte der Anblick von ein paar Sittichen die Sache gerettet: Nannte man das hier nicht auch die Kanarischen Inseln? Viele in den an Land tuckernden Booten dachten, da ungefähr seien sie.

Den Panamahut auf den Knien, in einer stutzerhaften Leinenjacke, aus deren Brusttasche ein seidenes Taschentuch wehte, ließ sich Edward über das leicht gekräuselte Wasser des Hafens fahren. Neben ihm saß Molly. Auf dem Kopf trug sie einen unverwüstlichen Hut, dem man ansah, daß er den dichten braunen Haarschopf seiner Besitzerin schon vor manch einer sengenden Sonne geschützt hatte. Er war sandbraun, mit einem Band von etwa gleicher Farbe, doch mit einer blassen, kurvigen Linie, die durch das Auf und Ab ihres Verlaufs an den Eindruck von moirierter Seide erinnerte. Sie bezeichnete die Gezeitenmarken des Schweißes, die allen Reinigungsversuchen widerstanden hatten. Die breite Krempe bog sich auf im Fahrtwind, und die Kordel unter Mollys Kinn spannte sich, weil sie den Kopf in den Nacken gelegt hatte, um die Terrassen mit den vereinzelten weißgetünchten Villen zu überblicken.

Als sie ausstiegen, fragte Molly: »Sind Sie ein guter Tourist, Sir Edward?«

»Ich war früher ein unermüdlicher Besichtiger aller Sehenswürdigkeiten, wenn das dasselbe ist.«

»Wahrscheinlich ist es das, wenn die Sehenswürdigkeiten für Sie dieselben sind wie für alle andern. Ich hatte mir vorgestellt, sie wären es vielleicht nicht.«

»Man versucht schon mal, anders an sie heranzugehn.«

»Na, ich kann Ihnen sagen, es gibt hier nicht viel, das für Leute auf einer langen Reise, mit nur wenigen Stunden Aufenthalt, sehenswert wäre. Irgendwo steht so eine Art Kathedrale, wenn so eine Art Kathedrale Sie interessiert. Sie hat ein ganz hübsches maurisches Dach aus Zedernholz. Wichtiger scheint mir ein Restaurant, das ich zufällig entdeckt habe, wo es sehr zarten, in der eigenen Tinte geschmorten Tintenfisch gibt. Man kann ihn mit der Gabel zerteilen. Mögen Sie Tintenfisch, Sir Edward?«

»Ich kenne ihn aus Italien, gebraten. Ich finde ihn schmackhafter, wenn man nicht ›Tintenfisch‹ dazu sagt: Das Wort klingt irgendwie unappetitlich. Aber umbenannt zu *calamari fritti* schmeckten sie angenehm maritim. ›In Tinte geschmort‹ ist auch keine sehr verlockende Beschreibung für jemanden, der seinen Unterhalt mit der Feder verdienen mußte.«

»Als jemand, der ihn mit dem Pinsel zu verdienen gedenkt, kann ich Ihnen versichern, sie sind bezaubernd. Schwarze Pfützen auf weißem Reis, belegt mit dicken rosa Figuren, die aussehen wie Fingerlinge mit Kragenversteifern. Die Farben sind ganz exzentrisch.«

»Lieber Himmel, Miss Air, müssen Sie einen Magen haben! Wenn ich meinen Hut auf hätte, würde ich ihn abnehmen. Die Farbe Schwarz hat für mich etwas, das sich mit der Vorstellung von Eßbarem überhaupt nicht verträgt.«

»Haben Sie denn noch nie Blutwurst gegessen?«

»Touché! Das ist sogar eines meiner Lieblingsgerichte. Aber sagen Sie das bloß nicht weiter, sonst meint man, Sie haben sich das nur ausgedacht, daß Sie mich kennen. Wer war doch dieser Gentleman, von dem Sie neulich sprachen? Gefeierter Patriot, Freund des Königshauses, mutmaßlicher Amtsnachfolger des königlichen Hofkomponisten? Niemand wird Ihnen glauben, daß so ein aufgeblasener Affe Blutwurst ißt. *Und* eine zweite Portion verlangt, wenn er noch ein Bier dazu kriegt.«

»Jetzt rufe ich aber gleich ›touché‹, Sir Edward. Bitte erinnern Sie mich nicht daran!«

»Ich hab es schon wieder vergessen. Aber nicht die Blutwurst. Wissen Sie, ich habe bis vor kurzem in Hampstead gewohnt – nicht gerade Londons Elendsviertel. In Hampstead bekommt man so gut wie alles, sogar manche ziemlich exotischen Speisen für allerlei betuchte Ausländer, die von Zeit zu Zeit dort hinkommen. Aber denken Sie, da bekommt man etwas so handfest Urenglisches wie Blutwurst? Ich mußte mit dem Bus bis zur Fleet Street fahren und in einen kleinen Laden gehn, der sie sich jede Woche frisch aus Birmingham anliefern läßt. Meine Frau war strikt dagegen. Sie fand das *niveaulos.*«

»Was, den Bus oder die Wurst?«

»Ich fürchte, beides. Aber ich war unbelehrbar. Das eine war eine notwendige Ersparnis, das andere ein reiner Genuß. Dabei hatte sie das selbst in den alten Zeiten nicht ungern gegessen ... Wo gehn wir denn nun eigentlich hin? Haben Sie eine Ahnung?«

»Ja, auf den Gipfel des Bella Monte. Ich habe mir erlaubt, beim Chefsteward Karten für uns zu kaufen. Wir machen eine Rundfahrt mit spätem Frühstück auf dem Gipfel. Oder frühem Mittagessen.«

»Das ist doch absurd«, sagte Edward heftig. Dann beschwichtigte er: »Sie sind zu freundlich. Man ist es nicht gewöhnt, so was von einer jungen Dame regeln zu lassen, die man kaum ... Ich bin ein bißchen perplex.«

»Nicht lange«, sagte Molly vergnügt.

Über ihnen verdunkelte der Berg ein großes Stück blauen Himmels. Die obersten Felszacken wirkten so nah oder fern wie der Mond, der als Gespenst seiner nächtlichen Erscheinung noch am hellen Morgen über Madeira schwebte wie eine verwitterte Perle. Dem Herdentrieb folgend, wie unter Tagesausflüglern üblich, stiegen ihre Mitpassagiere, die zumeist wohl noch nie in Funchal gewesen waren, zögernd in die vorgefahrenen Ochsenkarren ein.

»Ich sehe nicht, wie wir damit weit kommen sollen«, bemerkte Edward, als er sich geduckt unter den bunten Kretonne-Baldachin begab und auf einer harten, mit Leder überzogenen Holzbank Platz nahm. »Sagen Sie dem Gentleman da vorn lieber nichts davon, aber ich fürchte, irgendwer hat ihm die Räder geklaut.«

»Ach, das hat seinen Grund, den Sie vielleicht nicht kennen. Vor vielen hundert Jahren wurde ein gewisser Teofilo zum ersten Bischof von Madeira ernannt, ein junger Mann, dessen Bekehrung zum Christentum stattgefunden hatte, als er das Martyrium der heiligen Katharina mitansah. Als bettelnder Theologe kam er nach Lissabon und wurde durch zwei Dinge berühmt: seine Mildtätigkeit und seinen Abscheu vor Rädern – denn seit jenem Schreckenstag konnte er es nicht mehr ertragen, etwas zu sehen, das ihn daran erinnerte, wie Katharina gerädert wurde.«

»Er muß allerhand durchgemacht haben, wenn er versucht hat, Europa zu durchwandern.«

»Es war entsetzlich. Natürlich ist er zu Fuß gegangen, und um auf den wenigen großen Straßen, die er nicht vermeiden konnte, das Geräusch der Karren und Kutschen zu übertönen, blieb er stehen, wenn sie vorüberfuhren, mit dem Gesicht zum Straßengraben, und sang einen Psalm, so laut er konnte. Sie können sich denken, es dauerte unerhört lange, bis er in Lissabon ankam, und er war ziemlich heiser. Aber was man heute exzentrisch fände, galt damals als Frömmigkeit, und er stieg in der Kirche rasch auf. Als er hier Bischof geworden war, hatte er zum erstenmal echte Machtvollkommenheiten, gegen sein Lieblingsärgernis vorzugehen. Er verbannte einfach alle Räder von Madeira.«

Mit einem Ruck legte sich der Ochse ins Geschirr, und es ging los, rumpelnd und ratternd über die Pflastersteine.

»Das ist ja bloß ein Schlitten!«

»Richtig«, sagte Molly. »Das sind sie alle. Nirgendwo ein Rad. Ach, Sie werden schon hier und da mal welche sehen. Trotz all der monströsen Frömmigkeit und trotz allem Konservatismus der Madeiraner ist Teofilo nun doch schon seit fast elf Jahrhunderten tot. Aber viele werden Sie nicht sehn – schaun Sie nur! Ich glaube, diese Dinger nennt man *carros*«, ergänzte sie.

»Bitte entschuldigen Sie«, meldete sich eine sanfte Stimme von den Sitzen hinter ihnen, »aber ich konnte nicht umhin, Ihre Erklärung mit anzuhören.« Als sie sich umdrehten, sahen sie die beiden Missionsjungfern von ihrem Tisch, die sich zu ihnen vorbeugten. »Guten Morgen, Sir Edward. Guten Morgen«, schoben die Damen ein. »Aber«, fuhr die erste fort, »Ihre Version ist doch gewiß nicht im Einklang mit der Erklärung bei Calixões?« Sie hielt ein abgegriffenes rotes Buch hoch.

»Ach, Calixões!« sagte Molly im nachsichtigen Ton eines berühmten Chemikers, dem seine Großtante einen Vortrag über das Phlogiston hält. »Ich glaube, den nimmt doch heute niemand mehr allzu ernst, besonders seit diesem unerhörten Schabernack ... Aber da sind wir. Hier steigen wir aus.«

Die Reihe der *carros* hielt vor einem Zahnradbahnhof, während gleichzeitig ein Seilbahnzug von sechs nicht ganz geheuer aussehenden Wagen einlief, die nach Maßgabe des Steigungswinkels gebaut waren. Als kleine, klapprige Parallelogramme kamen sie am Bahnsteig zum Halten, bereit, neue Passagiere aufzunehmen. Ausrufe der Verwunderung und Belustigung waren zu hören, vermischt mit einigen wenigen Schreckenslauten; doch schließlich saßen die etwa zwanzig Briten mehr oder weniger schicksalsergeben auf den stufenförmigen Bänken und wurden bergauf gekarrt. Als die Winde mit ihren schleunigst vergessenen Eindrücken von improvisierter Verdrahtung und wackeligen Tragbalken hinter ihnen zurückblieb, verstummte auch das Brummen des Elektromotors, bis sie in fast vollkommener Stille emporgetragen wurden.

»Ganz ähnlich wie Ballonfahren«, warf der rotbäckige Forschungsreisende Fortescue hin. Sein Gesicht, dem erst ein Tropenhelm hätte Form geben können, strahlte vor kleinkindlicher Freude. Er hatte einen Feldstecher mitgebracht, wie Molly bemerkte.

Irgendwo unter ihnen summte leise ein Kabel, und die metallenen Zähne von Bahn und Gleis griffen ineinander, ohne daß mehr als das vom Schmieröl gedämpfte Knirschen zu hören war. Zu beiden Seiten glitten Terrassen vorüber, Villen und nackte Felsbrocken, und mit dem Anstieg in der morgenfrischen Luft hob sich auch die Stimmung der Passagiere. Nach und nach breitete sich unten die Stadt vor ihnen aus, der Hafen wurde zur Land- und Seekarte, die *Hildebrand*, die man ab und zu zwischen den Hortensien zu Gesicht bekam, ein grauweißes Spielzeugschiff. Der warme Duft von durchbackenem Erdreich, Tau und Staub stieg in Wölkchen auf. Verspätete Schmetterlinge stöberten zwischen den letzten Blättern der Feigenbäume. Windungen einer schmalen, gepflasterten Straße blieben unter ihnen zurück, tauchten wieder auf, bogen jäh zur Seite ab und verschwanden aus dem Blickfeld.

»Schade, daß es so spät im Jahr ist«, sagte Molly. »Im Frühling muß es hier wunderschön sein – sehn Sie nur, all die Pflanzen: Mimosen, Hortensien, Lilien, Agapanthi, ganz zu schweigen von denen, die die Leute an den Häusern ziehen. Schon zwischen Hafen und Bahnhof habe ich Bougainvilleen, Glyzinien, Strelitzien, Hibiskus und Jakaranda gesehen.«

»Sehr protzig«, bemerkte eine Dame.

»Wenn schon. Als ich im Juni hier war, wurde durch die Vegetation viel deutlicher, daß wir beim Aufstieg aus einer heißen Zone in eine gemäßigtere kamen. Zum Beispiel die Felder da unten hinter der Stadt standen voller Zuckerrohr und Reis, aber in dieser Höhe wuchsen meistens Wein und Weizen. Ich habe ein paar Skizzen in Tusche gemacht; die Farbwechsel waren herrlich fein abgestuft.«

»Man sieht es immer noch an den Bäumen«, erklärte Edward. »Da unten stehen lauter Palmen und Feigen, aber da, wo wir jetzt hinkommen, sieht es nach Kiefern und Eichen aus. Ich möchte mal wissen, wie hoch wir schon sind?«

Dies war eines jener halböffentlichen Gespräche gewesen, die notgedrungen Leute einbeziehen, die man nicht ausschließen kann, es sei denn, man würde flüstern. Fortescue konnte sich einmischen, ohne aufdringlich zu erscheinen.

»Etwa tausend Fuß, würd' ich sagen. So ungefähr.«

»Sagen Sie das als Ballonfahrer?«

»Ballongefahren bin ich eigentlich noch nicht so oft, Sir. Aber als Flieger kann ich das schon sagen.«

»Sie sind in einem Flugzeug geflogen?« Edwards Interesse war das eines Mannes, der sich schon seit langem für das Automobilfahren begeisterte und das Fliegen als den logischen nächsten Schritt ansah.

»In vielen«, gestand Fortescue. »Ich war eine ganze Weile bei der Luftwaffe.« Etwas in seinem Ton gab die Einsicht zu erkennen, daß Kriegshelden nicht mehr so beliebt waren und daß er nicht weiter ausgefragt werden wollte. »Die Höhenmesser waren nicht immer zuverlässig, wissen Sie, darum lernten wir bald, die Höhe einigermaßen genau zu schätzen. War auch wirklich nötig. Ist keine Kunst«, fügte er bescheiden hinzu, als wäre zu erwarten, daß jemand meinen könnte, es sei eine. »Jeder kann das mit etwas Übung. Außerdem habe ich sowieso gemogelt.« Sein amorphes Gesicht strahlte ringsum die Insassen des Abteils an.

»Sind Sie schon mal hier gewesen?« fragte ihn Molly.

»Nie im Leben. Aber der Reiseführer gibt die Höhe dieses Berges mit dreitausend Fuß an, und als wir noch auf dem Schiff waren, hab ich mir manche Punkte gemerkt. Diese Waldgrenze, zu der wir jetzt hinaufkommen, liegt zum Beispiel etwa auf halber Höhe. Und dieser weiße Fleck da, der so aussieht, als ob jemand Farbe über die Felswand gekippt hätte, der ist bei etwa zweitausend Fuß.«

Dieses augenscheinlich professionelle Verständnis der Landschaft von seiten eines Mannes, der Flieger zu sein behauptete und als Forschungsreisender galt, bewirkte, daß Molly zum erstenmal Fortescue etwas aufmerksamer musterte. Der Feldstecher am Riemen um seinen Hals sah plötzlich nicht mehr wie ein touristisches Requisit, sondern wie ein Werkzeug aus, obendrein wie ein oft benutztes.

»Sie hatten recht, das Ding mitzunehmen«, sagte sie. »Der Ausblick vom Gipfel ist ganz prächtig.«

»Ohne es geh' ich nie auf Reisen.«

Baby und sein Schnuller, dachte sie, unerklärlicherweise gerührt von seinen fleischigen Kinderwangen, dem formlosen Haargekräusel auf seiner Oberlippe.

Ungefähr an der Stelle, die er als die Zweitausend-Fuß-Marke bezeichnet hatte, erreichten sie einen trübsinnigen Kahlschlag, in dessen Mitte ein großes, ganz und gar nicht madeiranisch aussehendes Haus stand. Der Zug hielt, aber niemand stieg aus, und nach einer Minute fuhr er weiter.

»Was für ein sonderbares Haus! Das sieht ja aus wie so ein Hotel, in das man reinstolpert, wenn man sich in Schottland abends verirrt hat.«

»Oder wie einer von den Läden, die hinten in Ward Locks Führer für Harrogate inserieren. So mit ›allererste Lage, nahe bei den Heiden und Parks. Elektrisches Licht auf allen Fluren. Fahrstuhl zu allen Stockwerken‹.«

»›Luxus-Suite für Selbstmörder‹«, warf Fortescue ein und wurde gleich rot.

»Also *wirklich*!« sagte die eine Missionsjungfer. Sie und ihre Gefährtin wandten sich jäh ab und starrten aus den Fenstern.

Trotz der Jahreszeit war die kleine Endstation Monte voller blühender Topfpflanzen. Ein uniformierter Beamter mit Operettenschnauzbart machte Verbeugungen, als sie ausstiegen, und lenkte ihr Augenmerk auf ein nahes Haus, wo die ganz außerordentliche Schokolade von der Hand seiner Frau und ein Glas Portwein sie erwarten würden.

»Später«, sagten sie auf englisch und gaben mit kreisenden Handbewegungen über ihren Bäuchen zu verstehen, daß sie schon gefrühstückt oder vielleicht auch bei dem jähen Aufstieg allen Appetit verloren hätten. Nach einigen weiteren melancholischen Verbeugungen ging der Beamte seine Geranien gießen, wozu er einen Weinflakon mit unmäßig langem Hals benutzte. Die Sonne ließ seine Schulterklappen aufblitzen und schien rötlich durch die Ohren einer vermotteten Tigerkatze, die schlafend auf einer zusammengefalteten Nummer der Zeitung *O Correio* lag. Von einem Anschlagbrett ganz in der Nähe konnte man die Höhe über dem Meeresspiegel ablesen. Die Stimmen der Tagesbesucher verhallten.

Sie schlenderten über einen schattigen Platz, auf dem sie, hätten sie das Gelände ringsum vergessen können, vielleicht geglaubt hätten, sich in einem vielbesuchten mediterranen Dorf zu befinden. In der einen Richtung aber lag ein düsterer Kiefernwald, davor ein einstöckiges Gebäude mit hohen Fenstern und zwischen Terrassen, wie sie in aller Welt die Touristen einladen, ihren Tee zu trinken und einander zu versichern, wie froh sie sind, hier zu sein.

»Na, was für ein scheußlicher Laden!« sagte Edward.

»Nicht wahr?« stimmte Molly zu. »Das ist« – sie sah auf ihrer Ausflugskarte nach – »das Chalet-Restaurant ›Esplanade‹, in dem uns Speise und Trank erwarten.«

»Aber gewiß kein Vergnügen, würd' ich meinen. Furchtbar, diese Kiefern! Was ist denn das für eine Kirche, da drüben?«

»Unsere liebe Frau von ... weiß nicht, hab ich vergessen. Aber als ich das vorige Mal hier war, war zufällig gerade ein Riesen-*Ereignis* im Gange. Der ganze Platz voller Bischöfe und Touristen. Beinah hätten wir das Schiff verpaßt, weil alle Züge voll waren. Es stellte sich heraus, daß sie den österreichischen Kaiser in sein Grab einbetonierten. Karl der soundsovielte – vielleicht der vierte? Jede Menge Prozessionen, mit Trompeten und allem Drum und Dran. Und Tausende kleine braune Chorknaben mit Stutzköpfen, grinsend wie die Affen. Wir haben da auf dieser Art Veranda gesessen und Witze über die Katholiken gemacht. Ach du lieber Himmel, Sie sind doch nicht etwa ... Ich meine, das hätte ich *natürlich* nicht ...

So sehr ihre Bestürzung ihn amüsierte, versicherte er ihr am Ende doch, daß er nicht im mindesten gekränkt war. »Es war sicher ein Mordsspektakel.«

»O ja! Aber trotzdem. Daß ich auch immer so ins Fettnäpfchen tappen muß!« sagte sie dankbar. »So, wir wollen doch alle noch nicht zum Frühstücken«, sagte sie zu Fortescue und den beiden Missionsjungfern, die ein paar Schritt zurückgeblieben waren, in dem fein bemessenen Abstand, der offen läßt, ob man zu einer Gruppe dazugehört oder nicht. »Verdienen wir's uns doch erst einmal!«

»Haben Sie etwas Anstrengendes mit uns vor?« fragte Fortescue. Sie fand, er wirkte immer noch wie ein junger Bengel, der sich nach einer ärgerlichen Verfehlung wieder in ein günstiges Licht rücken wollte.

»Nur ein bißchen. Aber wenn wir schon einmal so weit gekommen sind, lohnt es sich, zur Aussicht zu gehn. Man sollte meinen, die Leute müßten froh sein, sich die Beine vertreten zu können, nachdem sie den größten Teil der Woche in den Kojen gelegen haben.« Sie warf einen vielsagenden Blick auf eine offenbar andersdenkende Gruppe von Mitreisenden, die entschlossen auf das Chalet-Restaurant »Esplanade« zustrebte; dann übernahm sie die Führung und schlug einen Weg ein, der am Saum des Kiefernwaldes entlangführte.

Sie gingen bergauf bis dahin, wo das Schädeldach des Berges jeden Anschein von Erdreich und Pflanzenwuchs unter sich fallenließ: ein rissiges Plateau von durchgeglühtem Fels, Stirn an Stirn mit der subtropischen Sonne. Plötzlich waren sie nicht mehr auf Madeira, sondern auf einem Punkt über der Oberfläche des Erdballs. In fast allen Richtungen erstreckte das Meer sein gekräuseltes Laken bis über den Rand der Welt hinaus, wie das Fell einer Trommel, auf das Sonnenstrahlen und Meteoriten in unbewegten Massen niedergingen, mit einem hohlen, prasselnden Lärm, den sie eher fühlten als hörten. Sie hatten den Eindruck, aus der Welt herausgehoben, ihr entzogen zu sein, während zugleich ihre Erinnerungen an die Welt als einen Behälter von großen, festgefügten Dingen, etwa von Gebäuden, durch das Panorama des unten liegenden Funchal ersetzt wurden, der bloße Plan eines Städtchens auf einem Spielzeugplaneten. Diese majestätische Entrückung wurde noch erhöht durch die leuchtend klare Vormittagsluft, die windlose blaue Weite über ihnen und das tiefere Blau der Fläche unter ihnen; und in keinem dieser Elemente schienen sie selbst enthalten zu sein. Mehr noch, der ferne nördliche Hafen, der nun irgendwo hinter vielen stürmischen Horizonten zurückgeblieben war, mitsamt den unwirklichen Bildern von Städten im Nebel und düsteren Wintertagen, gehörte nun zu einem anderen Planeten, auf dem andere Menschen wohnten als sie selbst.

Fortescue blickte durch seinen Feldstecher auf den Hafen. Edward konnte sehen, daß ein rechteckiges Schiff an die *Hildebrand* heranfuhr, das am Heck einen kurzen weißen Schaumstengel hinter sich her zog.

»Ich glaube, wir nehmen Kohle auf«, sagte Fortescue unter seinen Linsen. »Das sieht aus wie eine Art Leichter.«

»Der Erste Ingenieur hat mir gesagt, wir verheizen etwa siebzig Tonnen pro Tag, aber vielleicht haben wir wegen des Sturms mehr verbraucht. Dies ist wirklich ein herrlicher Aussichtspunkt. Ich nehme an, als Flieger gewöhnt man sich bald an solche Aussichten.«

»Überhaupt nicht, Sir«, sagte Fortescue zu seiner Überraschung. »Das heißt, man gewöhnt sich zwar an sie, aber soweit ich es sagen kann, werden sie nie langweilig. Trotzdem, zur vollen Wirkung gehört das Gefühl, in der Luft zu hängen, statt an einer Felskante zu stehen. Ich vermute, Sir, Sie sind noch nie mit einem Flugzeug aufgestiegen?«

»Leider bis jetzt noch nie.«

»Oh, dann müssen Sie's unbedingt. Es ist das einzig Wahre. Sie würden staunen, wie fest sie ist – ich meine, die Luft.«

Edward dachte daran, wie er bei Sturm auf dem Worcestershire-Leuchtturm gestanden und sich gegen den Wind gelehnt hatte, so daß die Zehenspitzen immer weniger von seinem Gewicht trugen, bis der Luftstrom vielleicht für einen Sekundenbruchteil seinen Körper stützte wie eine Gummiwand, bevor er lachend vornübertaumelte. O die Zeiten!

»Ich muß es mal versuchen«, sagte er mehr zu sich selbst.

»Sollten Sie wirklich, Sir. Es wird Sie nicht viel kosten, von irgendeinem Flugplatz einen Rundflug zu machen, aber wenn Sie mal auf den Geschmack gekommen sind, wissen Sie gar nicht mehr, wo das endet. Jederlei Menschen verlegen sich heute aufs Fliegen. Jemand hat mir erzählt, sogar eine adelige Dame über siebzig – eine Herzogin, glaub' ich – hat fliegen gelernt und kauft sich nun eine eigene Maschine.«

»Sie machen so überzeugend Propaganda, daß ich nur annehmen kann, Sie verkaufen die Dinger.«

Fortescue lachte. »Nicht im mindesten. Wirklich, ich bin nur so begeistert, weil ich so lange im Cockpit gesessen bin.«

»Sie entschuldigen hoffentlich, aber ich glaube, Sie haben sich am ersten Abend als Forschungsreisenden vorgestellt. Ist das die neueste Masche, Forschung aus der Luft?«

»Das könnte so kommen, Sir. Die Vorteile sind klar.« Und er erzählte von dem Plan, den er zusammen mit einem alten Kameraden ausgebrütet hatte: In noch nicht kartographierten Weltgegenden Luftbildvermessungen für die jeweilige Regierung durchzuführen. Die Amazonas-Region war ihnen als besonders günstig erschienen, weil so viel davon noch auf keiner Karte verzeichnet war, obwohl doch, wie der Gummi-Boom jüngst gezeigt hatte, unabsehbare Reichtümer dort zu holen waren. Um sich darüber zu vergewissern, hatte er die Gegend schon einmal besucht, und nachdem er nun in Europa das nötige Kapital aufgetrieben hatte, kehrte er zum Amazonas zurück, um den Plan ins Werk zu setzen. Der alte Kamerad war vorausgefahren; Fortescue folgte ihm nun mit zwei Maschinen.

»Die Sie aber aus irgendeinem Grund zurücklassen mußten?« vermutete Edward.

»Nein, die sind an Bord der *Hildebrand*. Sie liegen in Kisten verpackt im Laderaum. Ich muß sagen, ich war ein bißchen in Sorge, ob sie bei dem Wetter nicht zu wild durchgeschüttelt würden. Aber es sind beides robuste kleine Kisten. Johnny – Johnny Proctor – hat unsere beiden Mechaniker aus der Dienstzeit bei sich, und die schrauben sie im Handumdrehen zusammen.«

»Ich glaube, Sie sind ein Abenteurer«, sagte Molly, die mit sichtlichem Interesse zugehört hatte.

»Na, ein bißchen Spaß ist schon dabei. Aber wir haben beide so viel Geld hineingesteckt, daß es jetzt klappen muß, oder wir sind offen gesagt pleite. Es ist ein kommerzielles Unternehmen, klar! Gehalt von der Regierung, und außerdem können wir Aufträge für interessierte Dritte ausführen. Das heißt, wir vermessen vielleicht einen Flußlauf für die Brasilianer, sagen aber nur Fry oder Cadbury, daß an den Ufern Kakaowälder wachsen, nicht?« Und obwohl sein dreißigjähriges Kindergesicht sich in Falten und Grübchen legte, bemerkte Molly in seinen Augen etwas Bohrendes, als stünden hinter all der Nettigkeit und Nachgiebigkeit, die sein Äußeres im Vorübergehen um ihn her erschuf, gewisse harte Erfahrungen, die allerlei Ecken und Kanten festgeschliffen hatten, an denen nichts mehr zu verrücken war.

Inzwischen waren andere Mitreisende nachgekommen, die ebenfalls die Genüsse des »Esplanade« verschmähten, und hatten sich über die Felsplatte zerstreut. Edward, Molly, Fortescue und die beiden Missionsjungfern hatten sich zwanglos zusammengehalten und wandten schließlich von Funchal und seinem Hafen den Blick landeinwärts. Sie kamen an eine Stelle, von der sie auf den Hang eines gegenüberliegenden Berges, einige hundert Fuß niedriger, hinabsahen. Er war zumeist mit Buschwerk bewachsen, außer an manchen Stellen, wo große rechteckige Brocken aus dem ockergelben Felsgrund herausgebrochen worden waren. Was immer diese Steinbrüche einst hergegeben haben mochten, sie mußten wohl erschöpft sein oder den Abbau nicht mehr lohnen, denn offenbar wurde hier nicht mehr gearbeitet. Einige verrostete Kranbalken lagen noch in den Gruben, aber alle Zugangswege waren mit dem allgegenwärtigen zähen Gestrüpp überwachsen.

»Hier habe ich auch gezeichnet«, sagte Molly. »Mir gefielen diese eisenfarbenen Flecken. Vermutlich ging es hier um Eisenerz.«

»Dazu kann ich nun Auskunft geben«, sagte unversehens die eine Jungfer, die Molly schon in dem *carro* angeredet hatte.

»Ach, Sie wissen also, was das ist?«

»Freilich. Das sind die stillgelegten Anlagen einer *Cake*-Mine.«

Molly überlegte, was das für ein Stoff sein könnte, wenn das Wort, wie zu vermuten, aus einer portugiesischen Quelle stammte. *Caique? Quelque?* Oder war es ein englisches Fachwort für Porzellanerde oder irgend so was?

»Was hat man mit diesem *Cake* denn gemacht?« fragte sie in der Hoffnung, einen Aufschluß zu erhalten.

»Exportiert hat man es, das meiste«, sagte die Jungfer. »Gerade hier war es von besonders erlesener Qualität. Seine Farbe, die Ihnen aufgefallen ist, soll nach Ansicht von Geologen aus den seit dem Pleistozän abgelagerten Tonschichten stammen. Gerade an der Stelle da drüben wurde es zuerst in einer für den weltweiten Export hinreichenden Menge abgebaut. Übrigens ist es der von Ihnen so gering geschätzte Calixões, dem wir die archivalische Entdeckung verdanken, daß der Bischof Teofilo nicht wie bisher angenommen an einem Schlaganfall infolge

Lärmbelästigung durch ein unter seinem Palastfenster reifenspielendes Kind gestorben ist, sondern an den Folgen exzessiven Genusses von *Cake* – einer Substanz, nach der er gegen Ende seines Lebens hoffnungslos süchtig war.«

Dies wurde so überzeugend in dem erwartungsgemäß leiernden Ton vorgetragen, in dem Reiseführer-Weisheiten mitgeteilt zu werden pflegen, daß es ein paar Sekunden dauerte, bis jemand einen Grund fand, nicht zu lachen.

»Du lieber Himmel, Molly!« sagte Edward, sich die Tränen abwischend. »Ich glaube, Sie sind veralbert worden. Und zwar meisterhaft.«

Molly Air war bei dieser unvermuteten Vertauschung der Rollen ein wenig rot geworden. »Na, das hab ich wohl verdient«, sagte sie.

»Hut ab, Gentlemen, ein Genie!«

»Das würde ich nicht sagen, Sir Edward«, sagte die große Jungfer. »Nur eine, die versucht, die schreckliche Voraussehbarkeit des Lebens mit ein paar Lockerungsübungen für die Phantasie erträglicher zu machen. Sie können sich nicht vorstellen, wie trübsinnig das Leben für uns beide« – sie neigte den Kopf zu ihrer Gefährtin hin – »in Kürze sein wird. Mrs. Hammond und ich, wir geben uns alle Mühe, die gute Laune zu bewahren, aber im Innern von Ceará oder Piauí ist das oft wochenlang unmöglich.«

Wenn das »Mrs.« Edward überraschte, ließ er es sich nicht anmerken. »Ich vermute, das Leben in den Missionen kann nicht immer so, nun ja, befriedigend sein, wie wir anderen uns das vorstellen.« Dann, als beriefe er sich auf eine maßgebliche Kapazität, fügte er hinzu: »Meine Schwester Dot ist Nonne. Sogar eine Mutter Oberin.«

»Ich glaube, Sie unterliegen einem Mißverständnis, Sir Edward«, sagte Mrs. Hammond. »Dora und ich sind auf der Rückreise zu unseren Männern in Pará. Wir sind einfach Frauen von Geschäftsmännern, verstehn Sie? Aus der kleinen britischen Gemeinde dort, wenn man davon absieht, daß wir die Männer manchmal auf ihren Reisen ins Landesinnere begleiten. Mit irgendeiner Mission haben wir nichts zu tun.«

»In dem Fall bitte ich Sie beide um Verzeihung.«

»Ich fürchte, Kate, als Sir Edward uns gesehn hat, hat er gedacht, ›aha, zwei graue Mäuse!‹ und die naheliegenden Schlüsse gezogen.«

»Die durch dein Schwelgen in Erinnerungen an die Chöre von anno dazumal auch nicht eben entkräftet wurden, Dora.«

»Ebensowenig wie durch dein schockiertes Getue, als Sir Edward eine Wette eingehen wollte.«

Wie durch einen Zauber, der von ihrer Ungeniertheit ausging, brachten die beiden mutwilligen Damen sogleich eine Vertraulichkeit auch unter den anderen zuwege, die erst jetzt, nachdem sie einmal hergestellt war, als unvermeidlich erschien. Auf dem Abstieg zum »Esplanade« sagte Dora Bellamy:

»Ich veralbere gern Leute, Sir Edward, aber ich lüge nicht. Ich verspreche Ihnen, nicht wieder davon zu reden, aber was ich an unserem ersten Abend zu Ihnen sagte: wie tief es mich berührt hat, in den *Aposteln* mitzusingen, war die reine Wahrheit. So! Und jetzt könnten wir einen Limonensaft, Schokolade oder irgendwas vertragen.«

Wie doch die Briten im Ausland zu Späßen aufgelegt sind, dachte Edward. Vielleicht aus Erleichterung über den Wegfall der heimischen Förmlichkeiten oder einfach aus freundlicher Geringschätzung für den Rest der Welt; das sickert aus dem schadhaften Herzen nach außen durch, wie wenn in einem Koffer eine Flasche zerbrochen ist. Aber zugleich wußte er, daß alle drei Frauen ihm Eindruck machen wollten, was weit davon entfernt war, ihm zu mißfallen. Um die öde Terrasse vor dem Chalet zu vermeiden, gingen sie ums Haus herum in den rückwärtigen Garten, wo er sich still an einem metallenen Tisch setzte, unter ein Weinspalier, durch das die strahlende Novembersonne sein graues Haar und seine Leinenjacke fleckte. Er dehnte sich wohlig wie die Katze auf ihrer Zeitung; aber als die Frau des Gastwirts die Bedienung beaufsichtigte und stillschweigend bemerkte, daß der älteste unter den Gästen besonderes Ansehen genoß, bemerkte sie auch in der Art, wie er unter ihnen saß, eine Angespanntheit, die nur zum Teil die Fremdheit verhüllen konnte, die aus seinen Blicken in die Gesichter der Nachbarn, auf die Schenkel der Kellnerin und zum Himmel zwischen den Weinblättern sprach.

»Nun, Sir Edward, sind Sie bereit zu einem Abenteuer?« fragte ihn Molly.

»Dazu immer.« Er stellte seine Tasse nieder.

»Gut.« Sie führte sie durch eine Lücke zwischen Oleanderbüschen zum Dorfplatz. Sie kamen ans Ende einer Straße mit ölverschmierten Pflastersteinen. Ihre dünnen Schuhsohlen machten schnalzende Geräusche, als sie sie überquerten. Auf der einen Seite wartete eine Reihe sonderbarer Fahrzeuge. Es waren Schlitten aus Rohrgeflecht, von leichterer Bauart als die in Funchal und offenbar nicht dazu bestimmt, von Ochsen gezogen zu werden. Bei ihnen stand eine Gruppe braunhäutiger Jünglinge in einer Art Nationaltracht. Ihre Schenkel spannten die Hosenbeine, und ihre bloßen Arme waren muskulös.

»Lieber Himmel!« sagte Edward matt. »Meinen Sie nicht doch, die Bahn ...?«

»Auf keinen Fall. Sie wollten ein Abenteuer – dies ist eins.«

Das Rohrgeflecht knirschte, als sie sich darauf niederließen.

»Meinen Sie wirklich, wir sollen in die Stadt runter *rodeln*?«

»O ja!«

Hinter ihnen saßen wieder Mrs. Hammond und Mrs. Bellamy.

»Hören Sie, ich bin kein Angsthase, aber, nicht, das *Anhalten* ...? Könnten wir da nicht aus der Kurve vom Berg runterfliegen?«

»Keine Sorge, Sir Edward, daran hat man gedacht. Niemand verdient daran, wenn er die eigenen Kunden umbringt.«

»Bis auf Sweeney Todd, der Barbier aus der Fleet Street!«

»Immerhin, dies ist ein viel benutztes öffentliches Verkehrsmittel.«

Ein Hintern, von karmesinrotem Stoff verhüllt, tauchte neben Edwards Ohr auf. Ein Ruck lief durch das Gestell, das Geflecht verzog und verspannte sich in unwahrscheinliche Richtungen, und es ging los. Alle waren im stillen erleichtert, als bald deutlich wurde, daß ihnen keine Schußfahrt in die Hölle bevorstand, sondern nur ein holperndes Bergabgleiten über

Kopfsteinpflaster in flottem Zuckeltrab. Die zwei jungen Männer, die zu beiden Seiten nebenherliefen, würden die Seile, mit denen sie den Schlitten zogen und um die scharfen Kurven lenkten, offenbar nicht loslassen; und die Insassen konnten sich zurücklehnen und die ungewöhnliche Abfahrt genießen. Die Pflastersteine waren nicht allzu uneben und von wiederholten Ölgüssen geglättet. Ab und zu griff einer der Burschen nach einer Büchse, die im Schlitten stand, und goß im Laufen Öl über das aufgebogene vordere Ende der Metallkufe auf seiner Seite. Der Ölbach floß an der Kufe unter den Schlitten davon, und für eine Weile ließ das Scharren und Knirschen ein wenig nach.

Bald hatten sie die feierlichen Kiefernwaldstreifen hinter sich und waren in dem Gebiet, wo hinter schmiedeeisernen Pforten für kurze Momente die weißgetünchten Mauern von Villen in Sicht kamen. Manchmal glitten sie durch einen kleinen Tunnel, in dem die Straße unter dem Seilbahngleis hindurchbog, und für einen Augenblick dröhnte ihnen in dem feuchten Loch das Quietschen von Eisen, das Tappsen der Füße und das Keuchen der jungen Männer in den Ohren. Dann flammte die Sonne wieder auf, der Lärm blieb zurück und verstreute sich zu beiden Seiten über die abgeernteten Felder mit Tabakwurzeln und ausgebleichten Maisstauden. Gegen Ende der Fahrt bevölkerte sich der Caminho zunehmend mit dahinstapfenden Bauern, Wasserträgern und hin und wieder auch mit Ochsen. Als sie näher kamen, schrien die Läufer sie an.

»Das gefällt mir, wie er ihnen zuruft, sie sollen schneller machen«, sagte Edward. Die Erregung ihrer hektischen Abfahrt schwang in seiner Stimme mit, als er sich halb zu den hinten Sitzenden umdrehte.

»Können Sie Portugiesisch, Sir Edward?« fragte Kate.

»Nicht ein Wort.«

»Nun, ›Astafa!‹ bedeutet, ›geh aus dem Weg!‹«

»Trotzdem, sie sind ganz schön schnell.«

Die ersten Dächer der Stadt schwammen heran, und die Straße kippte scharf zu einem letzten steilen Gefälle ab. Im gleichen Moment sprangen die beiden Läufer auf die Schlittenkufen, als wollten sie mit ihrem Gewicht eine endgültige, selbstmörderische Beschleunigung bewirken. Doch verblüffenderweise wurde das Ding dadurch vielmehr gebremst, und genau bei einem Kartenabreißer mit einem karmesinroten Kopftuch kam es zum Stillstand. Das Abenteuer war überstanden.

»Sicherlich das aberwitzigste Verkehrsmittel, das je erfunden wurde«, bemerkte Edward, als er steifgliedrig herauskletterte. »Schlittenfahren auf Kopfsteinpflaster – wenn das nicht primitiv ist! Ihr Bischof Sowieso hat einiges auf dem Kerbholz.«

»Der arme Teofilo!« sagte Molly. »Er war ein leidgeprüfter Mann. Ich fürchte, sein Name wird unseren Besuch nicht überdauern.«

»Wie meinen Sie das? Er steht doch in Mrs. Bellamys Führer.«

Aber Dora reichte ihm einfach das verschlissene rote Buch. Es war ein Exemplar von Conan Doyles *Verschollener Welt* aus der Schiffsbibliothek.

»Da sehn Sie mal, zu was für verzweifelten Schritten ein intelligenter Mensch wie unsereins getrieben werden kann«, sagte Kate.

Fortescues Schlitten war angekommen. »Etwa vier Meilen in zwanzig Minuten«, sagte er aufgeräumt. »Ich fing gerade an, mich ins zwanzigste Jahrhundert zurückzusehnen.«

»Das kann ich mir nun nicht vorstellen«, sagte Edward zu ihm. »Ich sehne mich oft daraus fort. Komisch, in gewisser Hinsicht habe ich es wohl auch tatsächlich versäumt.«

Dieses Gefühl verstärkte sich während des frühen Mittagessens, das sie in einem Restaurant mit Blick auf den Hafen einnahmen. Ein paar hundert Meter entfernt lag die *Hildebrand* beruhigenderweise vor Anker; aus ihrem Schornstein stieg nur ein dünnes Rauchfädchen. Sie sollte erst um halb drei abfahren, und alle konnten den Fischen und Meeresfrüchten auf ihren Tellern ihre ungeteilte Aufmerksamkeit widmen, ohne nach der Uhr an der Wand zu sehen. Die Stimmung war angeregt. Sie erzählten Geschichten, wie Reisende zu tun pflegen, von anderen Zeiten, anderen kleinen Erlebnissen, anderen Mitreisenden. Aber während er selbst sprach, war es Edward, als hörte er die nölende Stimme eines imaginären Biographen, der die Szene so beschrieb, wie einer der Anwesenden sie später aus seinem Gedächtnis hervorgekramt hatte. »Sir Edward, seinerseits kein geringer *raconteur*, ließ zur großen Erheiterung aller Anwesenden Erinnerungen aus seinem langen und wechselvollen Leben lebendig werden.« Was waren das für Geschichten, die er zu erzählen hatte und die schon viele Male erzählt worden waren, wenn nicht Fabeln von einem fernen Ich, das dreiundvierzig Jahre lang in einem anderen Jahrhundert gelebt hatte? Er war fast doppelt so alt wie jeder andere am Tisch. Die Dinge, an die er sich am besten erinnern konnte, waren geschehen, Jahre bevor die anderen geboren waren, und wenn man sie jetzt – beschwert mit etwas zu vielen Erklärungen – ans Licht der Gegenwart zerrte und in diesem trügerisch interessierten Kreis in Umlauf setzte, müßten sie dann nicht wieder absinken, verunreinigt durch Mißverstehen? Schweig lieber still! Man kam auf Feen zu sprechen, als Fortescue, für einen Tatmenschen offenbar nicht wenig belesen und nachdenklich, in der *Verschollenen Welt* blätterte und sagte, er habe sich immer gewundert, wie ein Autor von Conan Doyles »wissenschaftlicher« Geistesart, ein Mediziner von forensisch geschärfter Vorstellungskraft, in seinen späteren Jahren eine Schwäche für Feenphotos ausgebildet haben konnte.

»Soviel ich weiß, ist er überzeugt, daß die Kamera Sachen sieht, die das Auge nicht sieht«, sagte Edward. »Wenn Röntgenstrahlen das können – oder übrigens auch ein Mikroskop –, warum sollte es eine Kamera dann nicht können?«

»Letztes Jahr kam eine Hexe nach Pará, die von sich dasselbe behauptete, weißt du noch, Kate?« fragte Dora. »So eine Negerin mit französischem Namen, Madame Veyrou, Voisy oder so ähnlich.«

»Ach *die*! Sie hat behauptet, eine Ektoplasmatikerin zu sein. Jemand hat sie in Trance photographiert, und als das Bild entwickelt worden war, sah man lauter weißes Zeug, das aus ihrem Mund kam. Mir sah es nach Butterbrotpapier aus.«

»Natürlich war es ein Trick, aber gut gemacht, für ein Pseudomedium. Immerhin hat sie in einer Séance ein krankes Kind geheilt.«

»Den Kleinen von Aylings? Dazu brauchte es keinen Trick, das Kind nahm ihr die Mühe ab. Es war nicht schwerer krank als wir alle.«

»Trotzdem«, fuhr Edward fort, »kann ich nicht glauben, daß Sir Arthur Conan Doyle ein gewöhnlicher Schwindler sein soll. Ich habe ihn kennengelernt, und er ist so ehrlich, wie einer nur sein kann. Wie wollen Sie also die Feen auf den Photos erklären?«

»Haben Sie die Bilder gesehen, Sir?« fragte Fortescue.

»Nun, die Photos selbst wohl nicht. Aber Abzüge. In irgendeiner glaubwürdigen Quelle – einer Zeitschrift oder so etwas.«

»Eines wundert mich immer an solchen Photos«, sagte Molly, »und ebenso auch an den Gespenstern, die die Leute gesehen haben wollen. Warum sehen sie immer genauso aus, wie man es von ihnen erwartet? Conan Doyles Feen zum Beispiel. Ich habe auch Bilder von ihnen gesehen, und sie tragen alle Kostüme von Kate Greenaway. Warum? Gibt es in der Feenwelt Modehäuser? Warum trugen sie nicht alle einen kleinen Harnisch oder Waidmannskluft? Oder sie hätten ja auch splitternackt sein können, bis auf ein Lendentuch aus Moleskin. Ich finde, es ist doch bezeichnend, daß edwardianische Photos aus edwardianischen Parks Feen in idealisierten edwardianischen Kinderkleidern zeigen.«

Sie tranken einen leichten portugiesischen Rotwein von der Art, die den Engländer an sonnige Ferien im Ausland denken läßt, aber nicht stark genug ist, um ihn vor den nachmittäglichen Kopfschmerzen und den zermürbenden kalvinistischen Schuldgefühlen zu warnen. An dergleichen spekulativ ausschweifenden Gesprächen hatte Edward früher seine helle Freude gehabt. Und für einen Moment wallte ein unbändiges Gefühl aus guten alten Tagen auf und durchströmte ihn, so daß er sich nicht gewundert hätte, vertraute Gesichter zu sehen, seine kleine Tochter, wie sie ungeduldig darauf wartete, vom Tisch aufstehen und wieder auf ihren Maulesel Gaetano steigen zu können, draußen unter der italienischen Sonne. Aber was er sah, waren nur die Gesichter von vier nahezu Fremden, Landsleuten auf einer Reise ins Ausland. Eine matte Erbitterung sagte ihm, daß der Nachkriegs-Skeptizismus doch nicht in allem recht behalten dürfe.

»Ich habe eine Theorie«, hörte er die eigene Stimme herausfordernd verkünden. »Die menschliche Einbildungskraft ist weitaus stärker als gemeinhin angenommen. Ich glaube, daß die Bilder in der Vorstellungswelt des Photographen sich unter bestimmten Umständen sehr wohl der Kollodiumschicht eines Films einprägen können. Wir mögen zwar noch kein wissenschaftliches Verfahren kennen, das aufweisen könnte, wie das zugeht und ob es überhaupt der Fall ist. Aber diese Annahme erscheint mir viel vernünftiger als die automatische Unterstellung, daß Menschen wie Doyle entweder Wahnsinnige oder hemmungslose Lügner sein müssen. Außerdem wäre es dann nicht weiter überraschend, daß die Bilder, die er einfängt, den Vorstellungen seiner Zeit gemäß sind.«

Dies sagte er mit solcher Deutlichkeit, sogar einer gewissen Schärfe, daß die anderen sichtlich eingeschüchtert waren.

»Das ist freilich eine interessante Theorie«, sagte Fortescue. Seltsamerweise hatte er das Fernglas nicht abgenommen, als er sich zu Tisch setzte, sondern hatte nur die Serviette hinter den Okularen festgeklemmt. Beim Essen schaukelte es leicht hinter dem weißen Leinenvorhang. »Ich kann Ihnen auch sagen, warum ich das glaube. Als wir in Frankreich waren, bin ich eine Zeitlang mit einer Luftaufklärungs-Staffel geflogen. Sie wissen, man fliegt hinter die feindlichen Linien und macht Luftaufnahmen von allerlei strategischen Punkten; und dann haben unsere Experten versucht zu entschlüsseln, was die Bilder bedeuteten. Natürlich machten die Deutschen dasselbe mit uns, darum mußten wir alle mit der Zeit mehr oder weniger gerissene Gauner werden. Tarnung ist schon eine ziemlich schwierige Kunst, aber noch schwieriger ist es, den Gegner zu nasführen. Wenn es zum Beispiel nötig wird, Truppen über offenes Gelände vorrücken zu lassen, ohne daß sie gesehen werden, kann man ihnen Büsche auf den Rücken binden und sie anweisen, jedesmal zu erstarren, wenn eine Maschine sie überfliegt.«

»Das Birnamwald-Prinzip«, sagte Edward.

»Genau. Das ist Tarnung. Nun aber angenommen, man müßte beim Feind den *Eindruck* erwecken, daß man Truppen in einen bestimmten Sektor verschiebt, will aber die Truppen nicht tatsächlich aufmarschieren lassen, weil man sie vielleicht sowieso nicht hat. Dann nimmt man Büsche und verteilt sie im Gelände, aber nachdem die Morgen-Aufklärer vorüber sind, verschiebt man sie ein bißchen und fügt ein paar neue hinzu. Beim nächstenmal zeigen die Photos dann Tarnbüsche in Bewegung, und wenn man etwas Glück hat, halten die andern sie für Truppen. Das wäre Nasführung.«

»Sehr originell«, sagte Kate. »Hätte ich nie gedacht, daß man so was machen kann.«

»Lieber Gott, ja! Ich habe mal geholfen, einen ganzen britischen Flugplatz mit einer Staffel FE 2b's aus Pappe und Sperrholz zu bauen. Wir hatten ein, zwei alte Kisten, die nicht mehr zu reparieren waren, und die parkten wir mit tuckernden Motoren, dem Realismus zuliebe; ein paar tapfere Seelen liefen sogar drum herum. Wir nannten das die Honignapf-Staffel. Es war ein Köder, nicht?«

»Und hat es geklappt?«

»O ja, es holte einen ganzen Zirkus heran, der uns die Hölle heiß gemacht hatte, aber diesmal hatten wir zwei Staffeln in Wartestellung.« Fortescues Augen zeigten jetzt keine Spur von knabenhafter Begeisterung. Zerstreut bediente er sich der Gabel, um den Mund seines Fischs aufzuklappen und die Zähne zu betrachten. »Es wurde ein Gemetzel. Aber jedenfalls, um auf das Thema zurückzukommen« – er klappte den schlaffen Fischmund wieder zu –, »ich wollte nur sagen, daß ich kein Photo mehr ansehen kann, ohne mich zu fragen, was daran arrangiert sein könnte und warum. Aber sogar in dieser unromantischen Zeit passierte manches Sonderbare. Zum Beispiel, daß ein Pilot über einen leblosen Wald flog und Aufnahmen machte, die später eine Menge berittene Truppen in getarnten Stellungen zeigten. Dann kam ein anderer Pilot herein und brachte ein Bild von demselben Wald, etwa zur gleichen Zeit aufgenommen, und darauf sah man keinen Menschen weit und breit. Das ist einmal bei Bapaume passiert, und wir sind der Sache nie auf den Grund gekommen. Es gab nichts, wohin all die Männer in fünf Minuten unbemerkt hätten verschwinden können. Und als wir den Wald dann einen Tag später nach langem unnötigen Granatbeschuß eingenommen haben, fanden wir dort nicht mal einen Fuchsbau, geschweige denn einen Tunnel. Wo waren also diese Soldaten geblieben? Niemand weiß es bis heute.«

»Vielleicht waren es Gespenster«, sagte Dora.

»Seien Sie unbesorgt, der Gedanke tauchte damals auch auf«, sagte Fortescue vollkommen ernst. »Etliche Männer, darunter ziemlich hohe Offiziere, rangen sich zu der Überzeugung durch, es seien die Geister einer Kavallerie-Schwadron gewesen, die zwei Jahre zuvor in diesem Wald von einem Gasangriff überrascht worden war. Inzwischen war der Krieg weit fortgeschritten, und es fiel weitaus leichter, an solche Dinge zu glauben. Vernünftig finden konnte man an allem, was damit zu tun hatte, ohnehin nichts mehr. Wenn also Sir Edwards Theorie richtig ist, dann hätte vielleicht der erste Pilot, weil er im Hintergrund seines Bewußtseins von dem Gasangriff wußte, irgendwie seine *Vorstellung* davon, was dort sein könnte, auf die photographische Platte projiziert, obwohl er eigentlich nur einen leeren Wald sah.«

Diese Erklärung, die aus seinem Munde ein wenig unerwartet kam, bewirkte, daß Dora und Kate sich in die Defensive gedrängt sahen.

»Sie laufen Gefahr, die frohe Stimmung zu trüben«, sagte Dora zu ihm mit gespielter Strenge. »Schrecklich morbid!«

»Bloß Geschichte«, sagte Fortescue, »bloß Geschichte!« Und auch er blickte auf, als erwartete er fast, vertraute Gesichter um sich zu sehen.

Edward war sichtlich tief bewegt. »Die Pferde«, murmelte er, »die armen Gespensterpferde!« Molly kam der Gedanke, daß die Tränen, die ihm plötzlich in den Augen standen, etwas anderem galten, daß sie fast aus Erleichterung flossen, einen so bequemen Vorwand gefunden zu haben. Zum erstenmal fühlte sie sich von ihm berührt, fragte sich nach der Quelle einer so überströmenden Emotion, die ihrerseits die Kraft hatte, auch andere zu ergreifen. Was war Kunst anderes als diese anstekkende Empfindlichkeit? Ebenso spürte sie die Unstimmigkeit dieses Mannes, der einst offenbar auf vertrauten Fuß mit einem inzwischen verstorbenen König gestanden hatte und nun in eine Gesellschaft von ganz gewöhnlichen Fremden in einer ungewohnten Welt hineingezogen wurde, einfach weil er lange genug gelebt hatte.

Doch nach einem Moment der Teilnahmslosigkeit hatte Edward sich wieder gefaßt. Auf die Feen zurückkommend, erzählte er, daß er einmal die Musik zu einer Bühnenfassung von Algernon Blackwoods *Prisoner in Fairyland* geschrieben hatte. »Kein Titel, der mich gleich in Begeisterung versetzte«, sagte er, »wenn man bedenkt, das war 1915, etwa zur gleichen Zeit wie die Ereignisse, von denen Mr. Fortescue berichtet hat, und viele Leute hatten Söhne, die damals schon in Deutschland gefangen waren. Die Sache war natürlich für Kinder und wurde umgetauft in *The Starlight Express*. Immerhin, Algie Blackwood ist ein netter Kerl. Ich weiß nicht mehr, was ich erwartet hatte, als ich ihn kennenlernte – nach meiner Erfahrung sind Schriftsteller oft ziemlich unangenehme Kunden – ausgenommen Doyle, selbstverständlich. Ich glaube, ich hatte irgendwie gedacht, er würde mir lang und breit etwas über Wünschelruten und Giftpilze vorreden, aber tatsächlich sagte er bloß, ›jetzt könnt' ich ein Bier vertragen‹, und dann erzählte er mir, daß Black Jester, der 1914 das St. Leger gewonnen hatte, ganz mit Trockenmilch aufgezogen worden war. Man stelle sich das vor, Trockenmilch, eimerweise! Sie haben sein Futter damit durchtränkt. Jedenfalls, für einen Autor kam er mir ganz normal vor, aber ich fürchte, der Eindruck, den ich auf ihn machte, war exzentrischer.«

»Exzentrisch, Sir Edward?« Es schien unglaublich, daß irgendwer einen Mann exzentrisch finden könnte, der ganz wie ein Gast in der königlichen Loge in Ascot aussah.

»Anscheinend ja. Wegen eines Froschs, den ich in Hampstead einmal bei mir trug. Es war im Metzgerladen. Nein«, sagte er, »nicht daß ich einen gallischen Gaumen hätte. Ich wollte zwei Koteletts kaufen und hatte Schwierigkeiten, das Kleingeld hervorzuholen, weil ich diesen Frosch in einem Taschentuch hatte. Also setzte ich ihn für einen Moment auf den Ladentisch, was unter der weiblichen Kundschaft des Metzgers einiges Gekreisch hervorrief. Da sagte eine Stimme: »Ah, Edward, wie ich sehe, haben Sie Ihren Sonntagsbraten schon bei sich, aber für wen sind die Koteletts?«, und das war Algie Blackwood. Ich erklärte ihm, daß ich auf einem Spaziergang zwei Jungs mit dem Frosch getroffen hatte, und weil ich Frösche mag und dieser sich in der Obhut der beiden nicht wohlzufühlen schien, kaufte ich ihn für zwei Pence los und machte mich auf den Rückweg zum Severn-Haus, wo ich ihn im Garten freilassen wollte. Jeder andere hätte das auch so machen können, nur daß Algie mitten in die Sache hineinplatzte. Darum hab ich ihm gleich an Ort und Stelle gesagt, daß ich beschlossen hatte, den Frosch zur Feier des Anlasses nach ihm zu benennen, und wie vorgesehen, kam Algernon in den Garten. Leider sprach sich die Sache aber herum, und die Leute fingen an, mich für nicht ganz bei Trost zu halten. Besonders der Metzger behandelte mich fortan merklich kühl, was mir freilich nichts ausmachte, denn er war ein miserabler Vertreter seines Berufs, hatte nicht mal Blutwurst. Den besten Kommentar gab Jack Littleton von Novello. Er sagte bloß, »h'm, *Toad and Verklärung* – ein guter Witz, wenn es einem der eigene Verleger sagt, der seinen rechten Arm dafür hergeben würde, wenn er auch Strauss drucken dürfte.«

Darüber gab es einiges Gelächter, doch auf dem Rückweg zum Schiff wurde ihm klar, daß wahrscheinlich niemand am Tisch die leiseste Ahnung gehabt hatte, wovon er redete. Eine von den anderen unverstandene Anspielung: Nichts gab einem stärker das Gefühl, schon im Sarg Platz genommen zu haben, dessen Deckel sie methodisch in kleinen Abschnitten zunagelten. Mit jedem Tag wurde das eigene Weltverständnis lückenhafter, die Aussicht ein wenig dunkler. Aber nur der Eingesargte wußte, wie erstaunlich klar nun seine Sicht auf das noch Übrige war. Die Klarheit war das eine, das Erstaunen galt ihrer Verspätung.

Wieder an Bord der *Hildebrand* lag Edward in seiner kühlen Kabine und überließ sich wehmütigen Grübeleien, wie die Unternehmungen des Vormittags und der Wein, den er getrunken hatte, sie nach sich zogen. Die Sache mit den Feen hatte es auch nicht besser gemacht, hatte eine vage Unruhe sich einnisten lassen. Sie kam nicht daher, daß die neue Welt der pfiffigen jungen Leute bei all ihrer Überspanntheit und ihrer entsetzlichen Dummheit doch so viel rationaler war als die alte, sondern daher, daß eine ganze Kultur veraltet war. Eine Welt, in der Lyddit, Phosgen und die Flugzeugabwehrkanonen den Ausschlag gaben, würde mit der lieblichen Fee Mrs. Doasyouwouldbedoneby kurzen Prozeß machen, und auch Peter Pan hätte in den Schützengräben seine Probleme. Wenn er es mit den Augen der Gegenwart anzusehen versuchte, konnte er zwar erkennen, wie lächerlich das alles war; aber sicher war es nie etwas anderes gewesen als eine Art, wie Menschen einer stumpfsinnigen Rasse, die in einer stumpfsinnigen Zeit lebten, mit der ganzen mißlichen Sache der Kindheit fertiggeworden waren und, nun ja, mit der Einbildungskraft, dem poetischen Traum. Gewiß, die Ausdrucksmöglichkeiten für die lebensvolle und anarchische Sichtweise eines Kindes mochten seit Wordsworth' Tagen ein wenig heruntergekommen sein, aber ... Oder vielleicht ... Wer wollte es Schriftstellern wie Barrie oder Algie Blackwood verübeln, daß sie sich starrköpfig gegen die grausige Flut des Materialismus stemmten und schon gar nichts von all diesen Psychologen wissen wollten, die verbreiteten, die Kinder dächten geradezu unsägliches Zeug? Moderne Erwachsene waren tatsächlich verhext, und wenn sie bedauerlicherweise nicht mehr mit Weihwasser, Elfen- oder Sternenstaub zu kurieren waren, dann ...

Fetzen aus der Intimsprache schwammen ihm durch den Sinn, deren er und Alice sich bedient hatten, wenn sie einander Bemerkungen an den Rand kritzelten, einer Sprache, die sich kaum anders als Babygeplapper ausnehmen müßte, sollte sie einmal *coram publico* an den Tag gebracht werden. Wahnsinn, diese Welt, schwarz in schwarz! Wie konnte »Pease wite more dis booful music« der Angabe *Fortiter et Fide* zugrunde liegen? Nur allzu leicht. Er verschloß die Augen vor solchen Dingen, und Tränen sickerten ihm unter den Lidern vor, fast erbittert gegen das, was doch alles an ihm war und ihn nicht loslassen wollte; aber als er dann zusammenzuckend erwachte, stellte er fest, daß zwei volle Stunden vergangen waren. Er hatte gedacht, es könne spätestens drei sein und das Schiff wäre wieder auf See, mit Madeira als schwindendem Fleck am Horizont hinter der wehenden Flagge der Handelsmarine. Doch als Steward Pyce wie bestellt um halb fünf mit einer Tasse Tee hereinkam, war im Boden nichts von der Vibration zu spüren, die von Mr. Stanfords starken Maschinen ausging.

»Sind wir noch nicht abgefahren, Steward?«

»Leider nein, Sir. Es hat eine kleine Verzögerung gegeben, wegen einem von unseren Frischwassertanks, Sir. Der Kapitän versichert uns, daß wir spätestens um fünf Uhr dreißig abfahren.«

Edward fiel etwas ein, das er eigentlich schon eher hatte tun wollen, aber vergessen hatte. Insofern war die verzögerte Abfahrt ein Glück. »Würde es Ihnen dann etwas ausmachen, mir noch einen Eimer Meerwasser zu besorgen, Pyce?«

»Meerwasser, Sir. Natürlich. Aber wenn es wieder vom Bug sein soll, werde ich es leider ohne Sie holen müssen: Kapitän Maddrell hat ganz entschieden auf die Schiffsregeln hingewiesen, Sir. Strenggenommen hätte ich schon das letztemal nicht mit Ihnen so weit nach vorn gehen dürfen.«

»Oh, es tut mir leid, wenn ich Ihnen Ärger gemacht habe.«

Der Mann hat ja doch was im Kopf, dachte Pyce. Wenige Passagiere, die er kannte, hätten es für nötig gehalten, sich darüber Gedanken zu machen. Aus einem nicht sehr starken Gefühl der Nachsicht räumte er ein, daß dieser alte Sack, ob nun verrückt oder nicht, wahrscheinlich ein halbwegs anständiger Kerl sei.

»Ich hätte gern welches vom Heck«, sagte der alte Sack. »Vorausgesetzt, wir ankern in Richtung der Flut oder Strömung.«

»In Ordnung, Sir, also vom Heck. Einen ganzen Eimer oder nur Ihre Feldflasche, Sir?«

»Die Feldflasche. Moment!«

Sein Passagier nahm die Flasche vom Schreibtisch, wo sie zwischen den geheimnisvollen Holzkästchen stand, und ging zum Waschbecken im Bad. Pyce hörte, wie er sie gründlich ausspülte, bevor er zurückkam und sie ihm gab.

»Ich bin Ihnen sehr verbunden.«

»Ganz meinerseits, Sir. Bevor wir abfahren, Sir.«

»Sollte ich nicht hier sein, legen Sie sie bitte auf den Schreibtisch.«

Kapitän Maddrells Versicherungen zum Trotz wurde es sieben Uhr, bis er endlich den Anker lichtete und ein einziges jähes C wie eine Granate gegen die Stadt Funchal abschoß, daß der Widerhall von den Berghängen und Felswänden, den Wäldern und Schluchten zurückrollte, die hoch über der Stadt in die Dämmerung ragten. Der Abend war nicht geradezu warm. Die Passagiere drängten sich fröstelnd an der Reling und schauten zu, wie ein altgedienter Schlepper die *Hildebrand* herumwendete, so daß sie die 2.200 Meilen leeren Ozean und die neun landlosen Tage nun vor dem Bug hatte. Die Kämme der Insel leuchteten zinnoberrot im letzten Licht der Sonne, die längst hinterm Horizont versunken war. Edward, mit Spazierstock und Strohhut, war an Deck. An der Reling machte er eine ansehnliche Figur, stand ein wenig abseits, aber - dachte Molly, als sie zu ihm stieß - vielleicht hielten sich die anderen ein wenig abseits von ihm.

»Kapitäne empfinden die Abfahrt wohl nicht so wie wir jedesmal«, sagte er, als die Hafen-Bodegas sich langsam wegdrehten und achteraus zurückblieben. »Mich läßt so eine Abreise nie unberührt.«

»Mich auch nicht. Komisch ist nur, ich habe noch gar nicht viele Schiffsreisen gemacht, außer über den Kanal und die Fahrt letztes Jahr, aber wenn man an einem Abend wie diesem aus einem Hafen ausläuft, dann wird mir, als hätte ich schon ein ganzes Leben voller Abschiede und Trennungen hinter mir. Erinnerungen an Dinge, die es nie gegeben hat: Wie ist so was möglich?«

»Was uns bekannt vorkommt, ist die Melancholie. Die scheint immer uralt zu sein, weil man sich an eine Zeit ohne sie nicht erinnern kann.«

Sie hatte bisher achtlos vor sich hin geblickt, aber nun wandte sie den Kopf und sah ihm von der Seite scharf ins Gesicht. »Würden Sie sich als Melancholiker bezeichnen, Sir Edward?«

»Lieber Gott, ja!« sagte er überrascht. »Würden Sie sich nicht so bezeichnen? Ich habe nie einen auch nur gelinde nachdenklichen Menschen aus England getroffen, der nicht ein bißchen melancholisch war.«

»Sie sind also nicht glücklich?«

»Das hat damit nichts zu tun. Man kann in der Melancholie sehr glücklich sein; sie hat ihre eigenen Reize, wie Sir Thomas Browne und Robert Burton wohl wußten. Aber wie es nun mal ist, nein, ich bin nicht glücklich. Ich wüßte auch nicht einen Grund, warum ich es sein sollte. Meine Frau ist tot, meine Freunde sind tot, meine Musik ist tot. Nur ich bin unpassenderweise immer noch am Leben. Das wird für eine unbestimmte Zeitspanne noch so weitergehen, ohne erkennbaren Sinn, abgesehen davon, daß ich irgendwelche idiotische Musik zu einem blödsinnigen Anlaß nächsten April in Wembley liefern soll. Das ist an sich wohl kaum ein zureichender Grund, jemandes Leben zu verlängern. Mit etwas Glück könnte sich herausstellen, daß es ein höchstes Wesen gibt, das mir zustimmt, aber ich weiß, das ist unwahrscheinlich. Nicht umsonst kennt man ihn als den Erzschelm.«

Von irgendwo aus einiger Entfernung durch ein dickes Rohr zu ihnen hergetragen, wie aus dem Schalltrichter eines aufs Deck geschraubten Grammophons, kam der Ton einer Klingel, und sogleich verstärkte sich der Takt der Maschinen. Die Planken unter ihren Füßen begannen zu vibrieren, und Schaum glitt mit einem strudelnden Zischen an der Flanke des Schiffs vorüber.

»Sie sind so still«, sagte er, und es ärgerte sie, daß etwas wie Befriedigung aus seiner Stimme klang.

»Was gibt es da für mich zu sagen? Ich würde mir nicht anmaßen, Ihnen Ihre Ansicht über Ihr Leben ausreden zu wollen, selbst wenn ich glaubte, ich könnte es. Es trüge mir nichts ein als eine verdiente Zurechtweisung.«

»Finden Sie mich dermaßen reizbar?«

Wäre er dreißig Jahre jünger gewesen, hätte Molly in dieser Frage eine Anbändelei zu erkennen geglaubt. Aber sie klang nicht im mindesten tändelnd oder auch nur beunruhigt, sondern nur wie die Erkundigung nach einem Sachverhalt. Daß ihm daran lag, dies zu erfahren, hinterließ in ihrem Sinn einen Geschmack gleich dem, der sie vor ein paar Tagen zu offenen Worten provoziert hatte. Es hatte etwas leicht Widerliches, wenn ein so berühmter und – im geläufigen Sinne – erfolgreicher Mann immer noch darauf bestand, daß alles sich nach ihm zu richten habe: etwas von einem Kind, das die Welt verschlingen möchte, die es beherrscht. Das Selbstmitleid war in seiner Ungeschminktheit noch erträglich, konnte vielleicht sogar über sich hinauswachsen. Aber es war abscheulich, sich hinter unantastbarer Größe oder abgekapselter Unnahbarkeit zu verschanzen, zugleich aber das Recht einzufordern, plötzlich vortreten und das Urteil einer vergleichsweise Fremden einholen zu dürfen – um so mehr, als sie sicher war, daß er normalerweise nicht im Traum daran dächte, so etwas zu tun. Sie hatte nie erlebt, daß ein gewohnheitsmäßig zurückhaltender Mensch seine Gewohnheit durchbrach, ohne daß er von sich selbst überrascht zu sein schien, und das fand sie besonders widerlich. Überhaupt hatten die Erlebnisse als Krankenschwester in Frankreich während des letzten Kriegsjahres sie unwiderruflich verändert. Ihre jugendliche, summarische Freundlichkeit gegen Mitmenschen hatte sich abgeschliffen – oder wenigstens verfeinert zu etwas, das sie hoch genug schätzte, um es nicht mehr unterschiedslos allen zuteil werden zu lassen. Wie so viele Schwestern, Pfleger oder Ärzte, die es mit leidenden Menschen zu tun haben, hatte sie ein feines Gespür für die oft unauffälligen Symptome von Mut entwickelt. Ebenso hatte sie sich eine eigene Kategorie zurechtgelegt: etwas, das sie »SSB« oder schlankweg schlechtes Benehmen nannte, teils weil sie einen solchen Begriff nötig fand und teils als satirische Variante zu der lächerlichen pseudomedizinischen Diagnose »SNB«, starke nervliche Belastung. Jetzt, fünf Jahre später, hätte Molly nie daran gedacht, irgendwem, wie sehr er sie auch dazu herausfordern mochte, moralische Haltlosigkeit vorzuwerfen; doch in diesem Moment kam ihr der Gedanke, daß Sir Edward Elgar jedenfalls imstande war, sich schlankweg schlecht zu benehmen.

Sie verweigerte die Antwort auf seine Frage und sagte statt dessen: »Mein Steward hat mir gesagt, die Abfahrt hat sich wegen eines Trinkwasserproblems verspätet.«

Nun war es an Edward, seine Begleiterin von der Seite her anzublicken, während sie ins Wasser des Hafens von Funchal hinab sah. Schließlich sagte er: »Hat meiner auch gesagt.«

»Ja, aber dann hab ich Dr. Ashe getroffen, den Schiffsarzt – haben Sie den schon kennengelernt? Sieht aus wie ein Geier und ist herrlich indiskret. Alles Quatsch! Die Wahrheit ist etwas anders: Das Problem, das uns aufgehalten hat, war gerade nicht Trinkwasser.«

»Was dann?«

»Trinken schon, aber nicht Wasser. Anscheinend sind ein paar von unseren Passagieren aus Erleichterung nach dem überstandenen Sturm an Land gegangen, um mit Madeiras berühmtestem Exportartikel zu feiern, daß sie noch am Leben sind.«

»Nicht Cake?«

»Nicht Cake. Sie sind heute morgen um zehn in irgendeiner Bodega auf Grund gelaufen, und der Kapitän mußte einen Trupp Männer mit einem Offizier losschicken, und die haben die Spelunken von Funchal durchkämmt wie eine Strandpatrouille auf der Suche nach entlaufenen Matrosen. Dr. Ashe sagt, als man die Leute gegen drei dann fand, mußten sie alle weggetragen werden.«

»Meine Güte!« sagte Edward mit einem Unterton von Bewunderung. »Fünf Stunden Madeira, was müssen die blau gewesen sein! Hoffentlich hat Dr. Ashe ein gutes Mittel gegen Kopfschmerzen. Die Zustände unten im Zwischendeck werden wohl auch ein bißchen unappetitlich werden.«

»Das waren alles Passagiere Erster Klasse.«

»Tatsächlich? Dann haben wir ja doch ein ganz munteres Häuflein an Bord. Wer die wohl gewesen sind? Wahrscheinlich keiner von unserm Tisch dabei. ›Vollblüter‹ nennen unsere Akademiker solche Leute.«

»Und ich nenne sie Säufer.«

»Sie nehmen Anstoß, natürlich.«

»Nicht moralisch, aber vielleicht ästhetisch. Säufer würd' ich sie nennen, einfach weil sie besoffen waren.« Molly sah ihn mit großem Augenaufschlag an. »Ich nehme nicht Anstoß, weil ich eine Frau bin, wenn Sie das meinen.«

Edward hatte es in der Tat so gemeint. Er sagte: »Es ist doch albern, wie wir hier händeln.«

»Stimmt. Ich wollte Ihnen übrigens sagen, daß ich mit Ihnen vollkommen übereinstimme. Ich meine, mit dem, was Sie beim Essen sagten, mit Ihrer Theorie über Feenphotos.«

»Das war nur so eine Idee. Wissen Sie, ich bin mir selbst gar nicht sicher, ob ich das glaube. Aber ich konnte's ganz plötzlich nicht mehr ertragen, diesem abscheulichen Jahrhundert wieder mal etwas durchgehen zu lassen – ohne ein bißchen Widerstand zu leisten. Nichts wird heutzutage mehr als wirklich anerkannt, wenn man es nicht kaufen oder verkaufen oder wissenschaftlich vermessen kann. Warum muß ein Künstler die unumschränkte Herrschaft des Materialismus anerkennen? Muß denn alles Geheimnisvolle verlacht und alles Unerklärliche wegerklärt werden? Und wenn ja, was hätte man davon? Nur noch platte Menschen in einer platten Welt voller Plackerei! Das ist nicht die Welt, die ich kenne, und keine, die ich kennen möchte.«

Von weitem hörte man wieder die Klingel, und die Maschinen beschleunigten ihren Takt noch einmal. Der Ton wurde plötzlich hinter ihnen zurückgeworfen, und beide drehten sich um und blickten übers Deck zur Reling auf der andern Seite, an der die Mole vor der Hafeneinfahrt in wenigen Schritt Abstand vorüberglitt. Um den niedrigen steinernen Leuchtturm am Ende sah man keine Knaben und alten Männer mit Angelruten; statt dessen hockte dort eine einsame Katze, mit dem Rücken zum Schiff aufs Meer hinausblickend. Die Haltung des Tieres ließ es sofort als denkwürdig erscheinen: Sein regungsloses Augenmerk für den Horizont war so vollkommen, daß selbst ein Siebentausendtonnen-Dampfer, der ein paar Meter weit entfernt vorüberfuhr, sich in einer anderen Welt bewegte, ein Schatten hinter einem Vorhang. Die Katze ignorierte die *Hildebrand* mit ihren zweihundert Seelen nicht aus Verachtung, sondern aus tiefer Konzentration auf etwas anderes. Unberührt in ihrer Meditation fuhr sie vorüber und blieb achteraus zurück. Aus der zunehmenden Entfernung spähte Edward noch minutenlang zurück, konnte mit Mühe in der Dämmerung noch den kleiner werdenden Leuchtturm von den Kränen und Masten, die sich davor schoben, unterscheiden. Er versuchte, den schwarzen Pelzfleck am Fuß des Turms im Blick festzuhalten. Bald war Funchal nur noch ein blinkender Strahl vom Grund einer mit Lichtern gesprenkelten indigoblauen Masse. Der Mond, der am Morgen über der Insel gestanden hatte, war noch nicht aufgegangen, doch in der grenzenlosen Leere des glatten, türkisfarbenen Himmels kamen die Sterne zum Vorschein.

»Daran werd' ich mich nie gewöhnen können«, sagte Edward. »An die Schönheit dieser Erde und ihrer Tiere, und an die barbarische Einöde, die der Mensch aus alledem macht. Ich weiß nicht, warum das Schöne den Leuten so wenig *Staunen* erregt. Sie müssen Ihre Dschungelbilder mit Erstaunen malen, Molly! Solange Sie etwas von Ihrem Herzen hineinlegen, werden sie außerordentlich sein.«

»Ich möchte natürlich originell darin sein, wie ich sie male.«

»Ja, gewiß! Aber denken Sie dran, was Ruskin gesagt hat: ›Originalität ist nicht Neuheit, sie ist Echtheit‹.«

»Das hat er gesagt?«

»Ja, ich glaube mich zu erinnern. Ein akademischer Musiker namens Henry Hadow hat es gern zitiert – ein Mann von echter Unoriginalität.«

»Akademiker mögen Sie nicht.«

»Ich denke, manche sind gar nicht übel. Aber letzten Endes kommt es aufs Herz und nicht auf den Kopf an. Was nützt alles Wissen und alle Technik, wenn es in Rivalitäten, Intrigen und Schulmeisterei zerrinnt?«

Seine Heftigkeit machte Molly Eindruck. Daran war etwas Einfältiges und Primitives, aber zugleich war er so überzeugt von dem, was er sagte, daß sie sich mit Überraschung – als wäre es ihr bisher noch nicht klar gewesen – bei dem Gedanken ertappte, »der Mann ist ja wirklich durch und durch Künstler«. Es imponierte ihr, daß jemand aus einem Gewerbe, das ihr noch immer als unsolide und fragwürdig erschien, sich mit seiner Vorstellung von sich selbst so gründlich abgefunden hatte. Sogar mit Begeisterung hörte sie, daß jemand es für selbstverständlich hielt, daß ein schöpferisches Leben keiner Entschuldigung bedürfe. Ihr höchster Wunsch war zu dieser Zeit, es in ihrer Kunst so weit zu bringen, daß sie sich dafür nicht schämen oder rechtfertigen oder heimlichtun müßte: kein geringer Ehrgeiz für eine unverheiratete Engländerin, auch noch in jenen aufgeklärten Tagen partieller Gleichberechtigung. Edward hatte soeben mit großer Gelassenheit eben jenes Selbstvertrauen gezeigt, das sie auch gern gehabt hätte, und der Neid ließ ihn in ihren Augen wieder entrückt und herausragend erscheinen. Sie sah nicht einmal mehr den Mann in ihm, sondern den Menschen, der für sein Talent gelebt und folglich gelitten hatte. Als ob er diesen Neid bemerkt hätte, sagte er:

»Sie können selbst nicht mehr allzu viele Zweifel haben. Auch heute fährt eine junge Frau noch nicht ganz allein los, den Amazonas malen, ohne sich in etwas sehr sicher zu sein.«

»So sieht das zweifellos aus, aber zumute ist einem dabei ganz anders, kann ich Ihnen sagen. Ich will mir nicht anmaßen, unsere Talente zu vergleichen, aber gab es für Sie zu Anfang nicht auch Momente, wo Sie, nun ja, Zweifel hatten? Waren Sie nicht ab und zu nah daran, aufzugeben? Obwohl Sie, vermute ich, schon auf dem College ein vielversprechendes Talent bewiesen hatten.«

»Zweifel? Aufgeben? Liebes Kind, davon war ich nie weit entfernt. Auch in diesem Augenblick noch bin ich mir alles andere als sicher, daß irgendwas, das ich gemacht habe, der Mühe wert war, und bin verzweifelt, weil ich mein Leben für etwas vergeudet habe, das niemand will oder braucht. Was mein College angeht, so bin ich Doktor *summa cum laude* einer engen Wohnung über einem Musikladen in Worcester. Das erste Mal, daß ich es mit einer Universität zu tun bekam, war im Alter von achtundvierzig Jahren, als ich den verheerenden Fehler machte, eine Professur in Birmingham anzunehmen. Ich brauchte das Geld. Eine Katastrophe – nie habe ich etwas so sehr verabscheut. Ach, und nicht zu vergessen, ein paar Jahre vorher hatte mir Cambridge schon irgend so einen Pappnasen-Doktor verliehen. Gewiß hätte Birmingham mir das Angebot nicht machen können, hätte ich nicht schon einen Namen mit ein paar Titeln gehabt. Im übrigen ist es mir gelungen, mich von akademischen Einflüssen makellos rein zu halten. Ich hatte viel zu viel damit zu tun, Musik zu schreiben und mein Brot zu verdienen.«

Auf Grund ihrer kurzen Bekanntschaft konnte Molly nicht wissen, wie geschickt er seine Geschichte auf sie abgestimmt hatte, so zuverlässig tröstete er sie damit über ihren eigenen Mangel an akademischer Bildung hinweg und beschwor das Bild vom grimmigen Eigensinn des Genies herauf. Aber er hätte selbst nicht sagen können, wem diese Version seines Lebenslaufs Eindruck machen sollte, denn jedesmal, wenn er sie wieder zum besten gab, glaubte er ein wenig fester daran. Nicht, daß er die Unwahrheit sagte; nur machte er von der Wahrheit sparsam Gebrauch. Aber Molly war schon länger auf der Welt als die meisten Studenten.

»Trotzdem«, sagte sie, »muß man die Technik erst lernen.«

»Natürlich. Aber wie anders als durch das Beispiel? Von frühester Kindheit an habe ich alle Noten gelesen, die ich in die Finger bekam, habe in unzähligen Chören und Kammerorchestern gespielt und gesungen. Ich habe jeden Penny für die Fahrkarte nach London zusammengekratzt, um die Konzerte im Crystal Palace zu hören; und noch tagelang danach hab ich mir den gelben Nebel aus den Lungen gehustet. Ich habe Geigenstunden genommen und Geigenstunden gegeben, Kotillons und Quadrillen für ein Irrenhaus geschrieben. Jahr um Jahr ging das so, in der Provinz, und immer war das Geld knapp. Verzweifeln? Aufgeben? Mein Vater wollte, daß ich Anwalt werde, wissen Sie, und ich hab auch tatsächlich mal in so einem Büro mit hohen Stühlen angefangen. Aber das hab ich bald sein lassen, im Gegensatz zu Chabrier, der sich qualifiziert und den Beruf ausgeübt haben soll, der tapfere Kerl! Und da fragen Sie nach Verzweiflung und Aufgeben, wo ich die achtbare Laufbahn verweigert habe, die mein Vater, ein kleiner Geschäftsmann, mir aufdrängen wollte, und bin statt dessen ein verfluchter Musiker mit löcherigen Schuhen geworden, beim

Unterricht in einem Anzug, der mehr aus unsichtbaren Flicken als aus Stoff bestand!

Und in all den elenden Jahren hat kein Mensch mich im mindesten unterstützt oder ermutigt. Nicht einer! Und mein Rat für Sie, Miss Air, lautet: Erwarten Sie von niemand etwas! Der Künstler steht für sich allein. Er steht auf einem Turm und predigt den Schweinen. Dann und wann tun sie zwar so, als hörten sie ihm zu, oder spenden sogar Beifall, aber lassen Sie sich nicht täuschen! Sie werden's schnell müde, für ihn die Pfoten zu rühren, und hauen ab zu jemand anderem, der unterhaltsamer ist. Danach machen Sie einen dann nieder, wenn sie einen nur ansehen.«

Beim letzten Satz senkte er die Stimme, als redete er mehr mit sich selbst. Bestürzt über die Gewaltsamkeit, die daraus zu sprechen schien, hatte Molly wenig Lust, mehr dergleichen zu hören. Jedenfalls trat in diesem Moment ein Steward in weißer Uniform aus einer Kajütentreppe aufs Deck und blies auf einem blechernen Signalhorn ein blitzblankes B.

»Gehn wir lieber uns umziehen! Wir sind spät dran.«

»Ach, die verfluchte Umzieherei!« sagte er zur vorüberrauschenden See. Wie ein maulender kleiner Junge, der seinen Sonntagsanzug nicht anziehen will, dachte sie, aber paradoxerweise legte er offenbar den größten Wert auf ein gepflegtes Äußere und ging in seiner Kleidung bis an den Rand der Geckenhaftigkeit.

Als sie nach dem Essen wieder an Deck kamen, wurde klar, daß der Tagesausflug auf Madeira einen Wechsel der Atmosphäre auf der *Hildebrand* begünstigt hatte. Die Passagiere waren nun offenkundig erpicht auf das Nachtleben, dessen Erwartung ihnen seit langem die düsteren Herbsttage aufgehellt hatte. Sie fanden, es war ihnen so gut wie versprochen worden, als sie das Geld für die Reise auf den Tisch blätterten. Jetzt streiften sie auf dem Schiff herum und erwarteten die Einlösung, die, wie sie neidvoll vermuteten, die mancherlei Paare schon gefunden hatten, die leise miteinander redend an der Reling oder in schattigen Winkeln standen. Aber es war noch zu früh im Verlauf der Reise, um die Hoffnung schon aufzugeben, und so strömten sie zum Ballsaal hin, aus dem die gedämpften und munteren Töne von Tommy Hawtrees Melodeers hervordrangen. Edward war noch nicht zum Schlafengehn aufgelegt. Der Nachmittagsschlaf hatte seiner Müdigkeit die Schwere genommen, und er spürte das Einsetzen jenes zweiten Atems, der ihn, wenn er in London war, in letzter Zeit immer öfter zu wahllosen Theaterbesuchen trieb oder ihn in seinen verschiedenen Clubs schwätzen ließ, bis ihm der Mund vom Pfeifenrauch brannte und im Kopf die Namen von Pferden herumwirbelten.

»Alle mitkommen, es ist Frühling!« sagte Dora Bellamys Stimme hinter ihnen. »Trübsal blasen gibt's nicht.«

»Sehr richtig!« sagte Edward. »Was schlagen Sie vor?«

Dora senkte verschwörerisch die Stimme. »Ich hab gehört, daß unten gleich ein munteres Spielchen anfängt. Für alle, die ab und zu ein bißchen Nervenkitzel brauchen. Sagen Sie bloß Kate nichts davon, Sir Edward! Wie Sie ja schon wissen, sind ihre Ansichten über das Spielen unerbittlich streng.«

»Und ob sie das sind!« sagte Kate aus dem Dunkeln hinter ihr. »Nie nach einer geraden Zahl auf eine ungerade mit zwei Stellen setzen.«

»Freilich ein sehr guter Rat«, sagte Edward. »Ich setze nie zweimal hintereinander auf Rot.«

»Na, der Gentleman ist in Ordnung. Gib ihm einen Glimmstengel, Dora!«

»Danke, nicht für mich! Aber gehn Sie nur schon voraus! Wir kommen gleich nach.«

»Die sind ja schrecklich, nicht?« sagte Molly.

»Furchtbar! Ich mag sie ganz gern. Ich glaube, denen ist ziemlich egal, was man von ihnen denkt, und so was finde ich immer sympathisch. Allerdings, ich muß sagen, ich kann mir nicht vorstellen, was sie für Männer haben müssen.«

»Wenn sie welche haben.«

Edward war es nicht in den Sinn gekommen zu bezweifeln, was die beiden Frauen über sich selbst gesagt hatten. »Donnerwetter!« sagte er. »Donnerwetter!«

»Ach, sicher werden sie welche haben. Außerdem ist es mir auch egal.«

Seit sie zuletzt an Deck gewesen waren, hatte sich der Himmel bis zum tiefen Nachtblau verdunkelt. Die Sternenfelder erstreckten sich in glänzender Fülle, durchquert von den Positionslichtern an den Masten der *Hildebrand* und angegähnt vom rußigen O ihres Schornsteins. Keine Spur war mehr von den Inseln zu sehen, die sie vor kurzem hinter sich gelassen hatten. Das Schiff war allein und winzigklein in der Nacht, und das schwache Getön der Bordvergnügungen ließ es noch winziger erscheinen. Der Sternenschein markierte die Meeresoberfläche außerhalb des trüb gelben Kokons, den die Lichter vom Deck und aus den Bullaugen spannen.

»›Die Sonne ist untergegangen, die Sternenflut strömt über uns hin; die Plejaden rufen leise nach Orion, wie sie ihn jede Nacht seit Millionen Jahren gerufen haben.‹«

Er sprach so ruhig, daß er fertig war, ehe sie begriffen hatte, daß er etwas zitierte und weder zu ihr noch sonst jemandem sprach.

»Das ist schön.«

»Allerdings. Überraschend, wirklich, mitten in all dem Gewäsch. Es ist aus dem alten *Starlight Express*. Etwa das einzig Bemerkenswerte darin, die Musik nicht ausgenommen, werden manche meinen.«

Trotzdem war es die Musik, die er hörte, als er die Sterne betrachtete, eine Musik, die ihm zum erstenmal gekommen war, als er noch ein Junge war, und er hatte sie mit Bleistift für ein Kindertheaterstück mit dem altväterischen Titel *The Wand of Youth* niedergeschrieben. Wie ihm diese Melodien immer wiedergekehrt waren! Sein Leben lang, zuerst im vollen Orchesterton, dann noch einmal für ein Bühnenorchester bei Fronttheateraufführungen. Und noch immer gingen sie ihm nach und boten sich als kleine Goldminen an, die anscheinend noch nicht aufgegeben werden wollten und aus denen sich noch Wertvolles zu Tage fördern ließe. Zwei Stunden später, als er sich für die Nacht entkleidete, hörte er wieder die Kadenz zu den Worten »wie sie ihn jede Nacht seit Millionen Jahren gerufen haben« und dachte an jene unbegreifliche Kluft, die eigentlich gar keine Kluft war und ihn niemals von dem fernen Ich trennen konnte, das die Töne zuerst gehört und sie dann später in den »Glöckchen«-Satz seiner zweiten Suite verwandelt hatte. Er saß auf dem Bettrand und fingerte zerstreut an Knöpfen herum. Seine Hemdbrust hatte einen Portweinfleck.

»Wozu war das nur alles?« murmelte er. »Was für ein Mist ... der gute alte Mist!« Er wischte sich die Augen mit dem Hemdärmel. »Ach, pfeif doch auf alles!«

V

Natürlich trugen edwardianische Feen edwardianisches Kostüm. Meine Bäume haben mir Musik meiner Zeit vorgesungen, nicht Gregorianisch, Orgel oder Stückchen aus der »Pastoral«-Sym. In seiner Zeit sein heißt, sich alles in der Welt zu eigen nehmen, solange man selbst darin ist. Etwas mag einmal Beethoven gehört haben, aber jetzt gehört es mir. Gehörte.

Wir sind von Madeira abgefahren (gestern) und sollen nun für mehr als eine Woche leeren Ozean vor uns haben. Aufs Meer hinauszublicken – wie jetzt, nach dem Frühstück –, regt zu banalen Grübeleien an. Ich mußte dran denken, daß acht oder neun Tage ohne Land in dieser Zeit der Dampfmaschinen eine ziemlich lange Zeit sind. Aber noch in Conrads (und meiner) Jugend war es offenbar möglich, bei Flaute ein oder zwei Monate auf einem Ozean zu schwimmen, ohne etwas Handfesteres vor Augen als ein paar Wolken morgens und abends. Zuerst das unbehagliche Gefühl, daß einen der Wind im Stich läßt, dann Panik wegen der nötigen Rationierung des Trinkwassers, dann Stumpfsinn & Lähmung. (Meeresstille. Ich liebe den Klang dieses Wortes.) Lange bevor der Monat um war, müssen den Seeleuten Zweifel gekommen sein, ob es überhaupt noch Land gab oder ob es nicht eine Art gemeinsamer Traum oder ein Märchen gewesen war. Sogar jetzt, an Bord der alten Hildebrand, erscheint Englands Realität allmählich nebulos, ein bißchen fragwürdig. Innerlich ist es immer noch ganz glaubhaft gegenwärtig, aber das ist alles andere auch, was man sich jahrelang eingebildet und womit man gelebt hat. Vielleicht gibt es gar keine äußere Entsprechung zu dem England, das wir alle in uns tragen. Vielleicht kommt das Schiff zurück zu den richtigen Koordinaten für die Mersey-Mündung - und fährt weiter über die leeren Wasser. Es war einfach eine Mythe. Ich glaube, wir haben kein Vertrauen mehr zu den Dingen, die wir ständig sehen oder berühren, & selbst dann lassen sie immer an etwas anderes denken. Sie ist eine driftende Einöde, diese Welt, & notwendig von einer anderen aus gesehen. Wie der Patriarch gesagt hat, der Geist bewegt sich. Im Augenblick jedenfalls existiert England für mich nicht mehr. (Daß ich für England nicht existiere, ist deutlich genug.)

Madeira war ganz schön, & immerhin bin ich dort mit manchen Mitreisenden näher bekannt geworden. Anscheinend hab ich alle am ersten Abend falsch eingeschätzt. Mrs. (Miss?) Bellamy & Mrs. (Miss?) Hammond erweisen sich als sehr flott, und Fortescue scheint weder ein Lümmel noch ein Clown zu sein. Jeder ist auf seine/ihre Weise - Molly mit eingeschlossen - in gewisser Hinsicht ein Abenteurer. Das gefällt mir, ganz anders als die Leute in den Clubs, um von den verdammten Eseln, die einen ständig wegen Musik plagen, gar nicht zu reden, obwohl ich mir dabei alt vorkomme ... Ich bin ja wohl auch alt, Himmelherrgott, außer wenn ich für mich bin, denn dann werde ich wieder ziemlich genauso wie mit zehn oder zwölf. Da redet man von Treue zum Glauben. Manche Dinge kann man nicht verraten, selbst wenn man es wollte.

Meeresstille ... Wie dieses Wort alles wieder zurückruft, wenn auch nicht wirklich, mit dem Schmerz. Hätte man mir 1884 ein Bein abgeschnitten, hätte ich jetzt, fast 40 J. später, an die Qualen keine allzu genauen Erinnerungen mehr, nur noch vielfältig überlagerte. Obwohl wir uns nie wieder gesehen hatten, gab es mir doch 15 J. danach einen Stich, als ich von Stämpfli hörte, daß Lena verheiratet & aus Europa fortgegangen war. Inzwischen war ich über die Abfuhr natürlich hinweggekommen, nicht zuletzt, weil die liebe Alice mich genommen hatte; aber es kam mir doch so vor, als sei das letzte Band zu meinen schlimmen Zwanzigern gekappt worden. Na, das in Musik zu setzen, war so gut wie jede andere Art, eine unerwünschte Vergangenheit zu begraben, & es war ein glücklicher Zufall, daß ich damals gerade an den Enigma-Vars. schrieb. Noch glücklicher war, daß ich Mary Trefusis als Alibi für die Lena-Var. benutzen konnte, wenn es auch näherer Prüfung nicht standhielt. Aber die Esel haben's unbesehen geschluckt, und auch Alice hat nie kapiert, obwohl ich ihr mal sagte, daß das Sternchen über der Nr. 13 für den Namen einer Dame stand, die sich zur Zeit der Komposition auf einer Seereise befand, & das traf auf Mary offenkundig zu. Sie ging dann doch auf eine Fahrt nach Australien, allerdings später im gleichen Jahr, als ihr Bruder zum Gouverneur von NSW ernannt wurde und sie mit ihm fuhr. Also waren es natürlich nicht die Maschinen ihres Schiffs, die ich hörte, als es ostwärts übers Meer stampfte, sondern die, die Lena etliche Monate früher & in die entgegengesetzte Richtung davongetragen hatten. Ohnehin wrd. ich keine Var. für Mary geschrieben haben, weil ich ihr zu der Zeit gerade meine 3 Charakterstücke widmete. Niemand scheint sich auch Gedanken darüber gemacht zu haben, daß die anderen Vars. alle Namen/Initiale tragen, warum also nicht auch Marys? Jeder, der uns kannte, wußte auch, daß es da keine romantischen Geheimnisse geben konnte – lächerlich! Was den Gedanken angeht, wenn ich ihre Initialen im Sinn gehabt hätte, dann wäre eines der Sternchen für ihren Titel gestanden –, das ist schlechterdings vulgär. Dann würde ich ja auch, wenn ich – Gehirnerweichung vorausgesetzt – beschlossen hätte, eine Var. auf geheimnisvolle Weise der Lady Clara Butt zu widmen, *** geschrieben haben.

Ich glaube, angefangen hat das Ganze, als Leute in meinen Entwürfen für die Nr. 13 die Überschrift »L« sahen (man stelle sich das vor: ein Arbeitstitel wie »Lady« oder »Lygon« für eine Freundin wie Mary!). Dann muß Jaeger, als wir an dem Finale herumzupften, mit seinem Nimrodsblick einen meiner ersten Entwürfe angesehen & erkannt haben, daß ich zu der Zeit ein »LML« einarbeiten wollte. Ja, so war es: Aber das hieß Lena meine Liebe, das ich in die Zusammenfassung meiner eigenen Var. einarbeiten wollte. Aber das ging nicht so recht, & ich hatte sie ja ohnehin schon nah genug bei mir untergebracht, weil ich ihre Var. gleich neben meine gestellt hatte. Dies tat auch manchen Anstandspflichten Genüge: Alice zuerst, ich & Alice zuletzt

& Lena zu vorletzt. Die Sorgen sind wohl längst vorüber, aber ich bin doch froh, daß die Mystifikation so lange vorgehalten hat. Das ist ein Vorteil dabei, wenn man eine Sache »Enigma« nennt: Der Amateurschnüffler geht über alle nachprüfbaren Tatsachen wie z.B. die Chronologie glatt hinweg. Wenn man ihm gefälligerweise einen Ring durch die Nase zieht, kann man ihn nach Belieben aufs Glatteis führen. Ein prächtiger Anblick!

Sogar das Meeresstille-Zitat ... Sicher, niemand weiß wohl, daß dies die Ouvertüre zum Konzert des Leipziger Konservatoriums an dem Nachmittag war, als ich Lena zum erstenmal begegnete. Aber manche, die ein bißchen Deutsch können, hätten doch merken müssen, daß die übliche englische Übersetzung (calm sea & prosperous voyage) zwar nicht geradezu falsch, aber irreführend ist. »Meeresstille« ist nicht einfach ruhige See, es ist Flaute, »Todesstille fürchterlich«, ähnlich wie im Ancient Mariner - der langsame Eingang, gefolgt vom hoffnungsfrohen Überschwang der glücklichen Fahrt (die ich ihr weiß Gott wünschte). Wie sehr ich sie ihr wünschte, wird deutlich genug, weil das Stück, das ich zitierte, aus der glücklichen Fahrt und nicht aus der Meeresstille ist. Aber dies sind die Gründe für das Zitat: unsere erste Begegnung, die gemeinsame Begeisterung für Mendelssohn, seine Beziehung zu Leipzig, die Bedeutung des Stücks als eine Ouvertüre für uns beide ... Und natürlich hat Lenas Fortgang traurige Erinnerungen geweckt, und darum ist das orchestrale Licht, in dem ich den ansonsten überschwenglichen Auszug zitierte, kummervoll, mit Andeutungen von schnödem Verlassensein & Einsprengseln von Unfrieden. Natürlich ist nichts davon zu diesem späten Zeitpunkt mehr im mindesten von Belang; aber es ist schon komisch, wie willkürlich dieselben Amateurschnüffler auch dem eigenen Ohr nicht trauen, Mendelssohn falsch lesen & falsch hören, nur um ein wackliges Alibi für mich aufrechtzuerhalten. Gott hab sie selig!

Später

Ein paar gute Proben vor dem Mittagessen gemacht. Wasser aus dem Hafen von Funchal, wo wir gestern vor Anker lagen. Reiche

Ausbeute an dem Plankton, das ich schon gesehen habe, aber fast jeder Tropfen, den ich ansah, wimmelte nur so von Kolibakterien. Entweder sind sie dort normal (Abflüsse!), oder wir auf der Hildebrand haben Unsägliches ins Wasser von Madeira gespült. Vielleicht frage ich mal Mollys Dr. Ashe, was er davon hält, wenn ich ihn treffe. Der Mann hat etwas nicht Geheures an sich – eine sonderbare Besetzung als Arzt auf einem Kreuzfahrtschiff; vermute, er hat eine Vergangenheit. Hätte nie gedacht, daß auch alle andern an Bord eine haben, geschweige denn, daß ich binnen einer Woche in mehrere davon etwas Einblick bekommen würde. Seltsam, wie in der kurzen Bordgemeinschaft völlig Fremde praktisch über Nacht zu Vertrauenspersonen werden. Selbst die verschlossensten Gemüter lassen alle Zurückhaltung fahren (was ich so für Gespräche mit angehört habe, bes. unter den jüngeren Leuten!) Warum? Ich komme auf meine Theorie zurück: England ist für niemanden an Bord mehr wirklich, & darum ist alles, was man sagt, ebenfalls unwirklich, & man braucht niemals dafür einzustehen. Hm. Wir werden sehn.

An der Reling dachte ich postprandial (herrliches Wort!) noch ein wenig über die Amateurschnüffler nach, die mich von Zeit zu Zeit heimgesucht haben. Ich denke, sie werden's jetzt aufgeben – sie haben genug geschnüffelt & alles mißverstanden, aber jedermann ist mit ihrer Version zufrieden, so daß sie sich nun irgendeinem aktuelleren Komponisten zuwenden können. Es ist wunderbar, wieviel ihnen entgangen ist – all diese Initiale im Teufelschor in Gerontius! – und haufenweise andere kleine Verschlüsselungen à la Schumann. Na, die sind nur ein Teil der Bande, die ständig über Musik schreibt – drüber redet & redet & redet. Fast niemand von denen ist ausübender Musiker & schon gar niemand Komponist. Was denken die, wen sie ansprechen? Und worüber reden sie? Musik ist, was sie sagt, & sagt, was sie ist, durch Töne & nicht durchs geschriebene Wort. Die meisten, die über Musik daherplappern, sind Simpel, was kein Wunder ist, denn das sind die meisten Leute sowieso. Aber sie sind oft auch noch musikalische Analphabeten, und das geht zu weit. Analphabeten insofern, als sie zwar die richtigen Termini & allerlei technischen Schnickschnack kennen, aber keine Ahnung haben, was gesagt wird. Sie verstehn die Sprache nicht – & scheinen sie auch nicht sonderlich zu mögen – & das, was sie ausdrückt, darum schwafeln sie lieber über die Grammatik. Shaw nehme ich von diesem Vorwurf aus. Er mag politisch blind sein & sich in vielen seiner Stücke gewaltig verrannt haben, aber er ist nicht nur der freundlichste Mensch, den ich kenne, er versteht auch etwas von Musik & empfindet sie. Als einziger Kritiker von heute erkennt er an, daß Komponisten & Musiker denken, aber in a-moll und nicht in Worten. Er als einziger wäre nicht erstaunt, einer Orchesterprobe zuzusehen, wo wir abbrechen & neu anfangen & ganze Passagen klären, oft fast ohne daß ein Wort geredet wird. So verständigen sich Musiker, wenn sie eingestimmt sind. Ich knurre, ich brumme, ich zeichne für die Bratschen eine verwackelte Kurve in die Luft, & die wissen, was ich meine. »Zu hmh«, sag ich vielleicht; das Adjektiv oder Adverb laß' ich weg. Ich sag enttäuscht, »achtundzwanzig«, und sie setzen bei dem Takt wieder ein, aber diesmal zeichne ich die Fagott-Linie in die Luft, & siehe da, es kommt! Höhere Eingebung. Shaw weiß es; die anderen sind Esel & können sich meinetwegen wieder mit Hadow in der nächstbesten Bibliothek vergraben. Die finden, im Konzertsaal hat das Herz viel zu viel zu sagen.

Freut mich, zu entdecken, daß »RMS Hildebrand« umgestellt »Brindled Marsh« ergibt. Das wird wohl der Name eines der kleinen Nachtfalter sein, die einem nachts in die Lampe stürzen. Im South nachschlagen, wenn ich zu Hause bin.

Das ungewohnte Bordleben und die Luftströme, durch die sie sich bewegten, hatten starken Einfluß auf Edwards Gefühl für das Verrinnen der Zeit, von dem er seit einigen Jahren, ob öffentlich oder privat, behauptete, daß es ihm recht sei. »Trivialer Zeitvertreib« oder »schöpferische Untätigkeit« lauteten die Antworten, die er gleichmütig hinzuwerfen pflegte, wenn man ihn fragte, was er neuerdings so treibe. Wenn er abends auf dem Bettrand saß und seine Finger mit dem in fünfzig Jahren erworbenen Mindestmaß an Übung die Krawatte aufdröseln ließ, pflegte er gewohnheitsmäßig – halb um den eigenen Trübsinn zu seinem Recht kommen zu lassen und halb um etwa lauschende Gespenster zu ärgern – zu sagen: »*Wieder* ein Tag, den ich nicht noch mal durchmachen muß!« Sogar ein Terminkalender, der (hätte er's zugelassen) strotzend voll mit Konzertverpflichtungen gewesen wäre, hätte keinen ordentlichen Tätigkeitsbericht gegeben, sondern nur Zerstreuungen aufgezählt, denen er sich von Tag zu Tag hingab: Mittags- und Abendmahlzeiten, Ausflüge zu den Pferderennen, Aufführungen seiner eigenen Werke hier und da im ganzen Land, den Tierarzt kommen lassen wegen der Hunde, Besuch der Three Choirs Festivals. Alles Vorwärtsdrängen hatte aufgehört; was blieb, war die befristet ewige Gegenwart, von der man sich loskaufen mußte.

Aber das war sein Leben zu Lande. Bald wurde überdeutlich, daß es zu Schiff anders war, denn egal, womit man die Tage ausfüllte oder vertrödelte, man war wohl oder übel irgendwohin unterwegs. Unberührt vom matten Geplauder und den leeren Hornsignalen fand ein stetiges Fortschreiten statt, unabhängig von einem selbst und doch im eigenen Interesse. Ständig erinnerten daran das absichtsvolle Treiben der Offiziere und Matrosen, das man hin und wieder zu Gesicht bekam, die endlose Rauch- und Rußfahne, die sich aus dem Schornstein hervorspulte, und der flüssige Tumulus, der sich glasig schimmernd aufwarf und dem Schiff im gleichbleibenden Abstand von fünfzig Schritt folgte. Künftige Anlaufhäfen gewannen die Bedeutung von Reisezielen. »Wenn wir nach Pará kommen«, hörte man einen vorüberschlendernden Mann seiner Frau etwas versprechen. Oder: »Warte nur, bis wir in Manaos sind!« Für Edward aber waren Pará und Manaos wie Mittwoch und Donnerstag. Irgendwo voraus lag schon der Sonntag, die Rückkehr nach Liverpool und die Wiederaufnahme der Gewohnheiten und Regeln, die ihn jeden Abend, wenn er zu Bett ging, gähnend sagen ließen, so, diesen fünfundzwanzigsten November müssen wir nicht noch mal erleben. Mittlerweile, in der Bar und im Rauchsalon der *Hildebrand*, auf der Brücke, nun nicht mehr in Mr. Mushets strengem Beisein, unter den Sonnensegeln und in den Deckstühlen, in blickloser Hinwendung zu den unverändert vorübereilenden Wasserflächen, erkannte Edward, daß ein Schiff nicht der Ort war, der Richtungslosigkeit zu entkommen, und daß Fremde nicht in der Lage waren, Verlustängste zu lindern.

Vorher in diesem Jahr hatte er Compton Mackenzie davon geschrieben, daß er sich nicht mehr für Musik interessierte, mit der Bemerkung, das Geheimnis des Glücks bestehe für einen alternden Künstler darin, eine Passion für etwas zu haben, das die Stelle seiner Kunst einnehmen könne. Dies als Erklärung für sein neues Steckenpferd. Er habe nun entdeckt, welche Freude die Diatomeen ihm bereiten könnten, und die wundersame Schönheit der Welt unter der Oberfläche des Meeres, so wie sie das Mikroskop ihm zeige, übertreffe alle Musik. Jetzt ließ er sich vom Steward Pyce regelmäßig jeden Tag eine Probe bringen, mal von dieser Seite des Schiffs, mal von der andern, mal vom Bug, mal vom Heck. Nach mehreren Tagen gewissenhafter Arbeit mit Dowdys *A Pathologist's Commoner Microorganisms* hatte er seine Schlüsse gezogen. Er beschloß, Dr. Ashe aufzusuchen, unter dem Vorwand der Schlaflosigkeit, der wohlbegründet war, denn tatsächlich hatte er seit der Abfahrt von Madeira schlecht geschlafen.

Er fand den Arzt in seiner als Sprechzimmer getarnten Kajüte auf einem Drehstuhl hinter einem Tisch in bitterer Kontemplation des Ventilators an der Decke. Der Mann sprang nicht geradezu auf, als Edward eintrat, sondern stemmte seinen eckigen Körper widerwillig in aufrechte Haltung, beide Hände auf der Tischplatte. Nach allem, was Edward in letzter Zeit an Respektsbezeigungen von seiten der Schiffsbesatzung erlebt hatte, war dies schon eine überraschende Abweichung; und noch mehr verblüffte ihn die Frage, die der Arzt ihm entgegenschleuderte.

»Kommen Sie zu einer Operation, Sir Edward?«

»Eine Operation? Das ist ... wohl kaum, nicht daß ich wüßte.«

»Schade, ich langweile mich höllisch. Nehmen Sie Platz, Sir! Wissen Sie, es ist noch keine halbe Stunde her, da war eine Frau hier, die ihr Halsband nicht abbekam.« Mit einem knochigen Finger tippte er sich an die Hemdbrust. »Royal Army Medical Corps. Ausgebildet bei Guy, in Frankreich gedient, wo wir jungen Männern bei Kerzenlicht Gliedmaßen amputierten. Und diese ... diese *Kreatur* verlangte von mir, daß ich ihr aus ihrem Schmuck heraushelfe! Ich habe sie zum Quartiermeister geschickt. Der hat Drahtscheren in jeder Stärke. Ha!«

»So so«, sagte Edward matt.

»Kann Simulanten nicht ausstehn. Konnt' ich noch nie. Machen mich rasend.«

Er bedauerte, überhaupt hergekommen zu sein, obendrein unter einem so nichtigen Vorwand. Dr. Ashe jedoch, obwohl vermutlich erst Anfang vierzig, also gut zwanzig Jahre jünger als Edward, verstand es, in anderen den Wunsch zu erwecken, ihm gefällig zu sein - sogar ihn zu besänftigen -, in einem Maße, das jeden Gedanken, dies könne wie üblich mit der Anerkennung sozialer Statusunterschiede zu tun haben, von vornherein als trivial erscheinen ließ. Edward wäre plötzlich gern schwer krank gewesen. »Wenigstens müssen Sie während der ersten Tage ziemlich beschäftigt gewesen sein«, sagte er.

»Wenn Sie mit ›beschäftigt‹ das Hin- und Herlatschen von einer Kabine zur andern meinen, wo es in jeder nach Riechsalz stinkt, dann ja, das war ich. Wir müssen Meilen zurückgelegt haben, mein Assistent und ich. Normalerweise, denk' ich mir, kann man bei schlechtem Wetter ein paar ehrliche Verletzungen erwarten: Köche, die sich verbrühen, Heizer, die von der Leiter gefallen sind, Schädelbrüche und solche Sachen. Aber diesmal: nichts! Nichts als Kotzpfützen auf dem Teppich und Leute mit zuviel Geld, die herumliegen und stöhnen, sie müßten sterben. Meinetwegen, je eher, je besser! Ha!«

»Erlauben Sie mir die Bemerkung, daß Sie mir für einen Arzt auf einem Passagierdampfer allmählich etwas ungewöhnlich vorkommen.«

»Ungewöhnlich, so?« Unerwartet öffnete sich die untere Gesichtshälfte des Arztes für einen Moment zu einer freudlos lachenden Höhle. »Sie haben recht, Sir. Ich passe gar nicht her. Dies ist meine erste Reise und, so Gott will, meine letzte. Schon jetzt sehn' ich mich nach festem Boden unter den Füßen. Größter Fehler, den ich je gemacht habe: auf mein Offizierspatent zu verzichten. Tatsache ist, ich hab mir alles vermasselt ... Was sagten Sie, weswegen Sie gekommen sind, Sir?«

Wenn dieses Geständnis und das Gehabe des Arztes Edward schon zu denken gegeben hatten, so weckte die plötzliche Frage mit ihren Anklängen an Punch-Witze und Stammtischgeschichten in ihm Zweifel, ob dieses schrille Gerede nicht vielleicht eine Art Humor war mit dem Zweck, zu prüfen, ob man es wert sei, daß er sich mit einem abgab. Ja, aber wer würde da mitspielen?

»Ich habe nicht gesagt, daß ich wegen irgendwas gekommen bin. Aber, weil Sie danach fragten, verstehen Sie sich gut auf Amputationen?«

Dr. Ashes Raubvogelaugen leuchteten kurz auf. »Da bin ich klasse. Irgendwas Bestimmtes?«

»Man könnte sagen, ein trichologisches Problem.«

Kurze Stille. »Soll ich Ihnen verdammt noch mal die Haare schneiden?« Abrupt setzte er sich hin. Dann grinste er wieder und zog ein Schubfach auf.

»Sie sind eine Nummer, Sir Edward! Ich glaube, Sie haben auch von Zeit zu Zeit mal gern Ihren Spaß.« Er holte eine Flasche heraus. »Mögen Sie ein Gläschen, Sir? Es sei denn, Sie haben Angst, Sie fallen von der Rahnock?«

»Ehrlich gesagt, ich weiß nicht mal, ob ich eine Rahnock erkennen würde, wenn ich eine sähe. Aber nichts gegen einen Schluck.« Warum war er auf einmal so bar jeder Energie, daß er sich weiter mit diesem dubiosen Kerl einließ?

»Es ist leider nur Madeira«, sagte der Arzt, »aber man hat mir versichert, daß es ein guter ist, einer, wie ihn die Leute in dieser Gegend zu jeder Tages- oder Nachtzeit trinken.« Er blickte zum Bullauge hin. »Wenn ich sage, diese Gegend, meine ich natürlich ...« Er goß mit ruhiger Hand zwei Schwenker voll. »Hab ich von einem Betrunkenen«, sagte er, als er Edward den einen reichte.

»Ach, von den Betrunkenen hat mir schon Miss Air erzählt. Sicher dankbare Patienten?«

»Überhaupt keine Patienten, alles normale Alkoholiker! Wissen genau, wie einem am Morgen danach ist. Nicht die Art Leute, die wegen Kopfschmerzen zum Arzt rennen. Gleich wieder an die Bar, nun gerade! Ha! Also sagen Sie, weswegen sind Sie denn gekommen? Ich bin gar kein so schlechter Arzt, wissen Sie, wenn ich nur den Patienten ausstehn kann.«

»Ich bin ein schlechter Patient, wenn ich den Arzt gut leiden kann. Ich stelle mich dann gesund, bloß ihm zu Gefallen. Ich kam wegen einer Lappalie, darum behalt' ich sie für mich.« Er begegnete einem raschen, verständnisvollen Blick von gegenüber.

»Ganz wie Sie wollen.«

»Andererseits könnten Sie mir etwas über Kolibakterien sagen.«

»Kolibakterien? Was wollen Sie wissen? Wir sind alle damit gesegnet. Mikroorganismen im unteren Stoffwechseltrakt, im oberen unerwünscht.«

»Tötet Meerwasser sie ab?«

»Nein. Darum holen Leute sich beim Baden an Stränden in Stadtnähe oft Krankheiten.«

»Das erklärt teilweise, warum der Hafen von Funchal voller rutenförmiger Bakterien ist.«

»Wundert mich nicht. Woher wissen Sie's?«

»Ich habe eine Probe entnommen und sie mir durchs Mikroskop angeschaut. Ich suchte nach Diatomeen und Ähnlichem, aber überall waren diese Bazillen.«

»Sie haben ein Mikroskop dabei, Sir Edward? Ich wußte nicht, daß Sie auch Bakteriologe sind.«

»Oh, nicht wirklich. Nur Amateur. Sie müssen so was auch mal gemacht haben.«

»Nicht seit dem Studium. Alles vergessen. Nein, es interessiert mich aus einem anderen Grund, den ich Ihnen sagen will, wenn Sie ein Geheimnis bewahren können.«

»Kommt auf das Geheimnis an.«

»Na, wenn Sie einen Spaß verstehn. Das ist ziemlich komisch, aber es würde alles verderben, wenn Sie's krumm nehmen. Sie kennen doch Ihren Steward? Er denkt, Sie sind nicht bei Trost.«

Edward bäumte sich auf. »Pyce? Verflixt frecher Kerl! Der ist zu Ihnen gekommen und hat Ihnen das erzählt?«

»Ja, hat er. Aber ehe Sie sich aufregen, sagen Sie mir: Hat er Ihr Mikroskop je gesehen?«

»Ha? Möglich wär's. Aber dann nur in seinem Behälter, glaub' ich.«

»Weiß er, was es ist?«

»Kann ich mir nicht denken, nein. Ich hab aber vielleicht mal von ›meinen Instrumenten‹ gesprochen, oder so ähnlich.«

»Ah, das ist drollig. Der Mann ist überzeugt, Sie hätten Posaunen in Ihrem Kabinenkoffer und bräuchten Meerwasser, um sie drin zu waschen. Oder um es ihnen zu trinken zu geben, ich weiß nicht mehr genau.«

»Posaunen?«

»Na, Sie sind doch ein berühmter Musiker. Und als ich herumfragte, erfuhr ich, daß der Mann schon ein bißchen dafür bekannt ist, daß er sich über seine Passagiere Flausen in den Kopf setzt. Auf einer früheren Reise hat es anscheinend eine ganz wunderliche Episode mit einem amerikanischen Illusionisten gegeben.«

»Ach, so so!« Und plötzlich mußte Edward lachen und konnte kaum wieder aufhören. »Ja. Das *ist* ... Ah!« Er lehnte sich zurück und tupfte sich einen Spritzer Madeira vom Kinn. »Wenn ich Sie recht verstehe, meinen Sie, wir könnten uns auf Kosten des guten Pyce einen Jux machen, stimmt's?«

»Es wäre unterhaltsamer als die Sache aufzuklären, nicht? Aber nur wenn Ihnen nach so einem Späßchen zumute ist. Ha!«

Es war noch nicht viele Monate her, da hatte Edward mit einem gealterten Jugendfreund die Straßen von Worcester durchstreift und sich einen ganzen Nachmittag lang dem »Biber«-Spiel hingegeben, wie sie es beide vor einem halben Jahrhundert getan hatten. Hingerissen von der ansteckenden Narretei des Bartfindens hatten sie sich in einen Zustand nicht weit von der Hysterie hineingesteigert. Mühsam eine ernste Miene wahrend, hielten sie sich mit leiser Stimme den Punktestand des Wettstreits vor, und dann platzten sie gleichzeitig beim Anblick eines Dreipunkt-Objekts heraus: ein dichter roter Vollbart, majestätisch die Lich Street entlangwandelnd. Ihr gemeinsamer Aufschrei ließ die Köpfe herumfahren, eben noch rechtzeitig, um mitanzusehen, wie zwei ungemein würdevolle ältere Herren sich hilflos an eine Mauer bei St. Michael lehnten, während ihnen die Tränen über die Wangen liefen. »Gaudi in excelsis«, hatte Edward am nächsten Tag seinem Freund auf einer Postkarte geschrieben. »Gaudissimo. Wie vor Zeiten. Was meinest du?«

Die Verschwörung, die er und Dr. Ashe nun anzettelten, war einigermaßen harmlos: Es ging nur darum, das Mißverständnis möglichst beharrlich zu verlängern. Er übernahm es, nicht aus der Rolle zu fallen, während Dr. Ashe versprach, den Steward, wenn er in seiner Besorgnis weiteren ärztlichen Rat einholen sollte, mit geziemendem Ernst anzuhören. Es sprach dafür, wie verzweifelt beide waren, daß keiner daran dachte, daß sie die Sache vielleicht auf die Spitze trieben. Später, an Deck, als er Molly alles erzählte, wunderte Edward sich selbst über den Bericht aus seinem eigenen Munde. Daß ein Schiffsarzt binnen Minuten vor einem prominenten Passagier eingestand, daß er seine Arbeit verabscheute und daß er sein Leben verpfuscht hatte, war schon bizarr genug; noch seltsamer aber war, daß Edward unter dem Einfluß einer sonderbaren Kraft, die von dem Mann ausging, dageblieben und sogleich einverstanden gewesen war, gemeinsam einen Streich auszuhecken, statt zum Kapitän zu gehen und sich zu beschweren.

Molly war beunruhigt, sagte aber nichts, sondern lachte nur verlegen den unsichtbar vorüberhuschenden Wind an. Inzwischen kam sie sich als eine von den wenigen an Bord vor, die wußten, was sie taten, wohin sie wollten und warum. Sie allein ließ sich nicht in den gewöhnlichen Ennui mit hineinziehen, den Tanzbetrieb rund um die Uhr, das Geschrei der Jüngeren, das verdrossene Gewitzel der Älteren. Weil sie wußte, daß sie selbst nicht im mindesten exzentrisch war, schien ihr gewiß, daß Edward es auch nicht war. Der Arzt hingegen war ihr von Anfang an ziemlich verrückt vorgekommen. Sie war ihm am zweiten Tag nach der Abfahrt begegnet, auf einem Korridor, wo er ebenso wie sie selbst von einer Seite zur andern taumelte, während sein rotbärtiger Assistent ihm vorausging. Als eine der wenigen, die sich noch auf den Beinen hielten, hatte sie ihn mit einem anerkennenden Lächeln und mit der Bemerkung begrüßt, er und sein Assistent müßten es doch bald satt haben.

»Und ob ich es satt habe!« antwortete Dr. Ashe, hielt sich am Mahagoni-Geländer fest und wartete, bis der Assistent außer Hörweite war. »Diesen verdammten Sanitäter hab ich satt. Der hat keine Ahnung. Offen gesagt, der bekäme bei einem warmen Bruder keinen Einlauf zustande. Ha!«

Fünf Jahre hatten sich auf einmal zurückgespult: Sie erkannte gleich die rauhe Terminologie wieder, den schnoddrigen Ton, etwas in der Haltung dieser Männer. »Der ist vom Militär«, dachte Molly. »Beide sind sie's. Er ist Truppenarzt.« Wie in Edwards Fall war sein Gebaren auch hier so vollkommen außerhalb der Norm, nicht zuletzt wegen seinem Ingrimm, daß sie erst später begriffen hatte, wie sehr es aus jedem Rahmen fiel.

Seit der Abfahrt aus Madeira hatte sie einen großen Teil jedes Vormittags über ihrem Portugiesisch-Lehrbuch verbracht, zuerst an Deck, dann in ihrer Kabine. Es hatte nicht lange gedauert, bis sie merkte, daß oben in der Sonne zu vieles war, das ihre Aufmerksamkeit in Anspruch nahm. Ganz abgesehen vom hypnotischen Anblick des vorüberziehenden Wassers, der ihre Augen so wirksam von der Seite ablenkte, als würde sie von jemandem angestarrt, lag es auch in der Natur eines fremdsprachigen Vokabulars, daß man nur langsam vorankam. Etwa eine Minute brauchte man, um ein halbes Dutzend neue Wörter zu lesen, dann, um sie zu wiederholen und dem Horizont vorzuflüstern, fünf Minuten, die sich beim nächsten Blick auf die Uhr als eine halbe Stunde Tagträumen erwiesen, in der kein einziges Wort hängengeblieben war. Außerdem wirkte eine junge Frau ohne Begleitung, die für sich in einem Liegestuhl saß, mit einem Buch auf dem Schoß, von dem ihre Aufmerksamkeit immerzu abirrte, wie ein Köder auf die Drohnen in Blazern und weißen Flanellhosen, die an Deck herumschwirrten. Sie unternahmen mancherlei Annäherungsversuche, oft einfallsreich genug, sie zu unterhalten, hätte sie unterhalten werden wollen. Einige hatten sich die Mühe gemacht, ihren Namen in Erfahrung zu bringen; und unter diesen konnte nur einer von fünf sich ein Wortspiel oder eine Bemerkung dazu verkneifen. Ein junger Mann, koboldhaft klein und unbestreitbar hübsch, war einfach herangetänzelt und hatte gesagt: »Ich glaube, ich muß Ihnen sagen, Miss, ich bin ein frecher Lümmel«, und war wieder davongetänzelt. Eine Stunde später, als sie die Treppe hinunterstieg, kam er ihr von unten entgegen und rannte sie fast um. »Da sehn Sie, was ich meine!« sagte er und flitzte weiter.

Also machte sie es sich zur Regel, jeden Tag nach dem Frühstück drei Stunden in ihrer Kabine zu arbeiten, wie für eine bevorstehende Prüfung. Es fiel ihr nicht schwer: Sie war Disziplin gewöhnt, und außerdem hatte sie sich auf diese Reise vorbereitet, seit sie von der letzten nach Liverpool zurückgekehrt war. Nicht, daß sie das ganze Jahr systematisch Portugiesisch gebüffelt hätte. Sie hatte eine Stelle als Kindermädchen angenommen, um ihre Ersparnisse zu ergänzen; und die Kinder, mitsamt deren Familie, hatten sie in einem Maße erschöpft, daß sie an den meisten Abenden nur noch daran dachte, sich ins Bett fallen zu lassen. An ihren freien Tagen war sie im Nachbarort einkaufen gegangen oder hatte – wenige Male – auf dem Grundstück ihres Brotgebers in Sussex gemalt.

Aber wenn sie auch nicht viel Bücherwissen mitnehmen konnte, hatte sie sich doch innerlich auf das Exil vorbereitet, in dem sie sich angenehm einzurichten gedachte. Sie hatte den Amazonas gesehen und fühlte sich wie eine, die von weitem den Gral erblickt hat. Überhaupt behielt sie das ganze Jahr hindurch etwas von einem Zielbewußtsein, wie es Männer an den Tag legten, bevor sie sich zu einem Kreuzzug aufmachten. Sie brachte ihre Angelegenheiten in Ordnung, schrieb einen Brief an ihren Verlobten Hugh Ogden, in dem sie ihm ihre felsenfeste Entschlossenheit anzeigte, und brachte die Neuigkeit ihren Eltern bei. Ihre Mutter weinte, der Vater tobte, ihr älterer Bruder nannte sie eine geborene alte Jungfer, und zwar eine, die obendrein mit Farben kleckste. Sie selbst hatte geweint, aber nur im leeren Damenabteil des Zuges, der sie nach Sussex zurückbrachte. Sie ärgerte sich über diese kleine dramatische Schaustellung, die sie plötzlich aus Müdigkeit nicht mehr aufhalten konnte, wußte sie doch, daß man gemeinhin nur weint, wenn andere es sehen können, was aber nicht ausschließt, daß man dabei sein eigenes Publikum wird. Nicht *einer* von ihnen, sagte sie sich in ihrem Jammer, nicht einer hatte ihr ein Wort der Ermutigung gespendet. Nicht einer von ihnen hat auch nur wissen wollen, warum ich das mache. Geschweige denn, daß es jemandem in den Sinn gekommen wäre, daß es in der Tat interessant sein könnte, einen fernen, berühmten Wald aufzusuchen und ihn zu malen.

Und in diesem Augenblick, irgendwo in der Gegend um Haywards Heath, erkannte sie blitzartig ihre ganze Lebensgeschichte als eine ununterbrochene Kette von Auseinandersetzungen mit den Einwänden anderer Leute. Von ihrer Schulzeit, als sie die Naturwissenschaften mehr interessiert hatten als der Geigenunterricht, über die Schwesternausbildung und ihre Entscheidung für den Einsatz in Frankreich, bis hin zur Reifung ihres Entschlusses, zu malen und zu reisen: bei alldem hatte sie jeder denkbaren Abschreckung trotzen müssen, auch Drohungen wie der ihres Bruders, die sich als Weissagung ausgab. Und sobald ihr dies einmal deutlich geworden war, folgte überraschend schnell ein Glücksgefühl, wie wenn sie aus einem dunklen Tunnel hervorstürzte und zu beiden Seiten eine friedliche Landschaft sich ausbreiten sähe. Als sie in Hassocks ausstieg, sang sie wie die Amseln in den Holunderbüschen, die über den Bahnsteig hingen, und freute sich, daß die Kinder im Einspänner gekommen waren, um sie abzuholen.

Gegen Ende hatte sie sich mit ihren zwei Schützlingen ziemlich eng verbunden gefühlt, und am Tag der Abreise tat es ihr leid, sie zu verlassen, obwohl sie wußte, daß es ihr überhaupt nicht mehr leid tun würde, wenn sich die Tür des Zugabteils erst hinter ihr geschlossen hätte. Plötzlich bekam sie es mit der Angst vor der großen Reise, und für einen Moment zögerte sie, wie jemand, der an einem eiskalten Morgen nicht aus dem warmen Bett steigen mag. Aber schließlich wurde es dann doch ein glatter Übergang, und als sie auf dem Bahnhofsvorplatz saß und noch zwanzig Minuten Zeit hatte, zeichnete sie jedem der Kinder ein spaßiges Bild in sein Autogrammbuch. Für Alastair zeichnete sie ein Pony, das ratlos an einer Mausefalle mit einem Stück Käse schnuppert. (»Aber geht das Ding los und klemmt ihm die Nase ein?« fragte der Junge. »Warte nur ab!« sagte sie. »Eines Tages schlägst du vielleicht dein Buch auf und siehst, es ist passiert.«) Für Hetty, die auf alles irgend Erreichbare draufkletterte, zeichnete sie »Roß und Reiter«, eine Karikatur, die Hetty mit wehenden Zöpfen auf dem Plüschpferd zeigte, das oft am Kamingitter im Kinderzimmer gestanden hatte. »Wenn ich es immerzu angucke«, sagte Hetty, »fall' ich dann runter?« – »Wahrscheinlich nicht«, sagte Molly, als sie mit ihrer Hutschachtel losging, »aber vielleicht doch, wenn du weiter so viel kletterst.« Ein- oder zweimal blickte sie auf der *Hildebrand* von ihrem Portugiesisch-Buch auf, dachte an die Kinder und lächelte, ohne sie zu vermissen. Es waren nette kleine Erinnerungen, die von drängenderen Fragen schnell überlagert wurden. »Warum in aller Welt brauchen sie *zwei* Verben für ›sein‹?« murmelte sie zu den Wänden ihrer Kabine. »Eines würde doch reichen?«

Mehrere Kabinen weiter fand man nun dann und wann den abenteuerlichen Fortescue mit ähnlichen Vorbereitungen für seine Luftvermessungen beschäftigt. Meistens arbeitete er auf dem Eau-de-Nil-Teppich, denn die Schreibtische in den Booth-Kabinen waren allzu schmächtig proportioniert, und seine Leinenrücken-Karten hingen wie Altartücher über die Ränder herab. Also studierte er die exotische Tapisserie auf dem Boden kniend, Lineale, Bleistifte und Stechzirkel über geheimnisvolle Landstriche verstreuend. Mehr denn je glich er einem Schuljungen, wenn er seine dünnen Linien einzeichnete und sich in einem Schreibheft Notizen machte, die Zunge unter dem Schnurrbart vorgestreckt, in stirnrunzelnder Konzentration. Dann und wann richtete er sich auf den Fersen sitzend auf und nahm einen elfenbeinernen Rechenschieber zur Hand, den er alsbald mit den Händen in seinen Schoß sinken ließ. »Hundert Gallonen, verdammt knapp!« sagte er leise zu den Schreibtischbeinen. »Sagen wir, hundertzwanzig ... sicher ist sicher ...

wir brauchen zwei Lager in dem Sektor ... eine Stunde hin, eine zurück ...«

Das logistische Problem war klar genug: Wie fliegt man ein langsames, methodisches Gittermuster über Gebieten, in denen es nicht nur an Möglichkeiten zum Auftanken, sondern auch an Lichtungen fehlte, auf denen man landen konnte? Abgesehen von einem Streifen Lehmboden am Rande von Manaos waren die einzig zuverlässigen Landeflächen auf tausend Meilen im Umkreis die Flüsse selbst. Daher hatte er für seine Flugzeuge Schwimmer gekauft, aber noch nicht erproben können, ob die Maschinen damit abheben würden, wenn sie die volle Menge Flugbenzin in den Tanks hätten, die er zusätzlich hatte anbringen lassen. Und dann, natürlich, wenn ein treibender Baumstamm oder ein halb untergetauchter Alligator ... Die möglichen Katastrophen waren nicht zu zählen. Und jede, ganz abgesehen von der Verletzungs- oder Lebensgefahr, zog als sichere Strafe den Bankrott nach sich. Er seufzte; aber es war gleichbedeutend mit dem Ächzen eines Mannes, der ein schweres Gewicht hebt. Ohne zu resignieren oder sich abschrecken zu lassen, hatten Fortescue und sein Freund John Proctor ein Leben kennengelernt, in dem solche Bedingungen dermaßen geläufig waren, daß alle Formen der Spekulation einer korrekten Planung unterworfen werden konnten. Die Höhenmesser waren genau eingestellt; man führte einen kompletten Werkzeugkasten mit sich.

Wenn nicht in seiner Kabine, war er oft in der Schiffsbibliothek zu finden, wo er, wie Molly, ein bißchen Portugiesisch zu lernen versuchte oder die wenigen Bücher aus dem Regal »Geographie und Forschungsreisen« durchstöberte, die sich mit der Gegend befaßten. *Geheime Riten der Amazonas-Stämme* lieferten ihm bald eine Menge guter Gründe, zusätzlich zu denen, die er schon kannte, es lieber nicht auf eine Bruchlandung im Dschungel ankommen zu lassen. *Wirtschafts- und Regionalgeographie Südamerikas* sagte ihm dagegen gar nichts, trotz der majestätischen Allwissenheit, die der Titel zu versprechen schien. »Der weitaus größte Teil der Amazonas-Region bleibt vom weißen Mann vollkommen unerforscht, und es ist zu bezweifeln, daß die als Bewohner mancher Uferzonen bekannten Stämme eine systematische Kenntnis von ihrer Region haben, geschweige denn den Willen oder die Fähigkeit, deren möglichen Wirtschaftswert zu beurteilen.« Die diesem wenig aufschlußreichen Kapitel beigegebene Amazonas-Karte war noch leerer als seine in viel größerem Maßstab gezeichneten Flugkarten, die zwischen all ihren weißen Flächen wenigstens hier und da ein Fleckchen lokaler Merkmale aufwiesen, wie man sie aus Berichten von anderen Piloten, neueren Expeditionen und dergleichen zusammenstückeln konnte.

Fortescue stellte das Buch an seinen Platz zurück und nahm ein anderes herunter, mit dem Titel *Wo es niemals Tag wird.* Es war eine aufgeregte kleine Schrift, angeblich der Bericht über eine Expedition, die anfangs dem Flußlauf des Madeira abwärts und dann einem seiner Nebenflüsse gefolgt war, dem Aripuana, mehr oder weniger genau südlich von Manaos. Es war nicht klar, ob die Teilnehmer an dieser Expedition gewußt hatten, was sie dort taten. Die meiste Zeit über schienen sie damit beschäftigt, sich selbst und allen, die ihnen über den Weg liefen, endlosen Ärger zu bereiten, vom Kenternlassen des Kanus mit ihren Medikamenten-Vorräten bis hin zu Scharmützeln mit Indianern, »deren Feindseligkeit jedoch unseren getreuen Winchesters nicht standhielt, die ihnen schnell die Kampflust austrieben und in ihrem wackligen Hüttendorf einen Frieden herstellten, wie es ihn ohne Zweifel seit seiner Erbauung noch nie gekannt hatte.« Als er die Seiten überflog, hätte er allen Ernstes gern gewußt, ob der ganze Bericht nicht in einem gemütlichen Häuschen irgendwo in Berkshire ersponnen war, so verdächtig nahe kam er einem Kompendium aller Forschungsreiseschilderungen, und so gesucht wirkten die darin enthaltenen Sensationen. Das einzig Interessante war die Angabe, daß eine entlegene Bergkette, dicht an der bolivianischen Grenze, dieselbe sei, die Colonel Fawcett 1908 photographiert hatte. Es war diese Photographie, die Conan Doyle gesehen und die ihn zu seiner Erzählung *Verschollene Welt* angeregt hatte. Fortescue beachtete dies hauptsächlich wegen des unerwarteten Zusammentreffens; daß so bald nach ihrem Essen auf Madeira wieder jemand auf Conan Doyle und Photographien zu sprechen kam, war merkwürdig. Weiter gab es aus einem Buch wie diesem indes nichts zu lernen, und er schlug statt dessen seine portugiesische Grammatik auf.

Auch Edward verbrachte viel Zeit in seiner Kabine, saß über dem Mikroskop oder schrieb in sein Tagebuch. Im übrigen streifte er auf dem Schiff umher, eine etwas einsame Gestalt, dem Gesichtsausdruck nach in sich gekehrt und zugleich ein bißchen erwartungsvoll, als könnte jemand, den er gekannt hatte, jeden Augenblick um die Ecke kommen oder plötzlich neben ihm an der Reling stehen.

Einmal fragte ihn Kapitän Maddrell, ob er die Reise aus allgemeinem Interesse oder um jemanden zu besuchen mache. Edward hatte ihm gesagt, er brauche dringend Inspiration, und er erwähnte die bevorstehende Empire-Ausstellung in Wembley, für die er mindestens einen Marsch, womöglich aber noch einiges mehr schreiben mußte. Der Kapitän stellte ihm eine leere Tageskabine zur Verfügung, die er angeblich nie benutzte und die, anders als Edwards Kabine, ein kleines Stück Deck und Reling als Vorhof hatte, wo er sich, wenn er wollte, allen sozialen Belästigungen entziehen konnte. Edward nahm das Angebot dankbar an und verbrachte bald jeden Tag einige Stunden im Deckstuhl im Backbordschatten der Brücke, von wo er aufs Meer hinausblickte, einen Manuskriptblock und einen Drehbleistift auf dem Schoß.

Und dort, wie er es schon oft erlebt hatte, begann der Ton und Anblick bewegten Wassers seine bekannten Wirkungen zu erzielen. Große Dinge waren ihm von den Stimmen von Severn, Teme, Wye und vielen anderen englischen Flüssen zugetragen worden. Arno und Tiber hatten ihren Ton zu *In the South* beigegeben; der Rhein hatte ihn an seine Verehrung für Schumann und die Hauptrichtung der deutschen Klassik erinnert. Es kam ihm nicht in den Sinn, sich zu fragen, ob er diese Reise, um so spät nun noch den größten aller Flüsse zu sehen, nicht in gewissem Maß aus einer Sehnsucht, ja, Verzweiflung angetreten hatte; er vergaß sich ganz im Anblick der blendenden

Gischt vor seinen Augen. Unten an der taubengrauen eisernen Wand raste sie vorüber, aber schon einige Meter weiter seitwärts floß sie langsamer und dünnte zu Gittern und Ranken aus, die, während sie zu nichts verschäumten, das purpurne Meer mit weißen und grünen Linien überzogen. Sie floh und floh, blieb zurück und wurde Kielwasser; ihre Wirbel lösten sich auf. Die weit offenen Augen sahen nichts, doch durch sie hindurch schnellte der Eindruck des Vorübereilens ins Bewußtsein. Er begann aus der Bewegung manches herauszuhören. Sogar aus dem Brummen der Maschinen unterhalb der Wasserlinie stiegen Andeutungen von Stimmen, Takten und Tönen auf. Seine Finger strafften sich um den Bleistift. Noch gab es keine Melodie, aber der Lebensraum für eine Melodie wurde geschaffen.

Wie viele Mal war er nicht im Lauf der Jahre, wenn er bis spät in die Nacht gearbeitet hatte, um bis zum Termin einer Probe oder Uraufführung fertigzuwerden, zu Bett gegangen und hatte nicht einschlafen können, weil ebendiese Räume ihn nicht entlassen wollten! Oft gab es dort keine Melodie, nur diesen tönenden Rahmen, in den eine herrliche Musik eingesetzt werden könnte: ein verhüllter Rhythmus, eine Ahnung von Absätzen, Blöcke von Gefühl und der Umriß einer Form zwei leere Seiten weiter, unverkennbar in seiner Handschrift, aber noch nicht lesbar. Und immer, soweit er zurückdenken konnte, vermochte fließendes Wasser auch dieses Schmerz und Erwartungsgefühl zu wecken, dieses melancholische Ringen mit allem an ihm, das zählte. Hier waren keine menschlichen Gesichter, keine geliebten Stimmen, keine Gedanken. Dies alles konnte man, wenn nötig, später einlassen, um die wilde Inspiration zu zähmen oder ihr Schliff zu geben. Später ließe sich ein Titel finden, eine liebevolle Widmung oder eine als Motto vorangestellte Strophe, all die Scherze für die Eingeweihten, versteckte Anagramme und Wortspiele als literarische Glasur über der Abstraktheit der Klänge. Doch in diesem frühesten Augenblick gab es keine solche Beimischung, nur die reine, murmelnde Leere, leuchtend und in sich selbst verschlossen. Und wie ein entleerter Glaskolben in einem sonnigen Labor Wasser in sich zieht und sich allmählich füllt, so begann die Hand des alten Komponisten am Ende selbsttätig zu schreiben.

Er schrieb die Skizze verkürzt, das heißt, auf nur zwei Zeilen, wie für Klavier. Aber was er hörte, war nicht das Klavier, ein Arbeitsinstrument mit beschränkten Klangmöglichkeiten, das ihn kaum interessierte. *Ob.* kritzelte er an einer Stelle über die obere Zeile, dann *Hn.* Schon in diesen ersten Entwurf setzte er die Crescendo- und Diminuendo-Zeichen ein, die Tenuto-Striche über den Noten, die er voll ausgehalten wünschte, die gegliederte Dynamik, die er immer ebenso hörte wie die Töne selbst. Impulsiv zog er auf halber Höhe der Seite ein drittes Zeilensystem über die beiden anderen und schrieb *Tenor* darüber: Plötzlich kam da der Klang einer Stimme, aber die Worte konnte er nicht verstehen. Die Atmosphäre jedoch, in der sie sang, war ganz deutlich. Die Stimme fiel ab in eine ungeheure Stille, eine keusche Leere, in der ein stetig zunehmendes Licht aufkam. Verlassen in dieser atemlosen Frühe und doch in der Mitte von allem stand etwas wie eine Gestalt – vielleicht erhöht auf einer Art Säule –, deren Vereinzelung einerseits die Leere schuf und andererseits von ihr erschaffen wurde. Bis zum akustischen Horizont erstreckte sich eine Wüstenlandschaft. Die schlaflose Gestalt stand nicht dort, um den Morgen zu begrüßen; in ihrem hellklingenden Vortrag schien es um etwas anderes zu gehen. Aber um was? Unerwartet tauchte irgendwo unter dem Sockel seines Turms ein silberner Drehbleistift auf, schrieb ein kurzes Motiv hin und dazu *Solo-Tpt.*

Edward lehnte sich zurück; allmählich verstand er, was er gehört hatte. Das Trompetenmotiv kam ihm bekannt vor ... Natürlich! Das Schofar-Motiv aus den *Aposteln*, das er einmal in das geplante Oratorium *The Last Judgement* hatte übernehmen wollen. Er las noch einmal durch, was er geschrieben hatte, hörte den vollen Orchesterklang von den grauen Bleistiftstrichen aufsteigen, und die darüber schwebende Stimme des Tenor-Solisten. Die Flugbahn der Stimme hatte etwas Ähnlichkeit mit Marias großer Arie »The Sun Goes Down« in *The Kingdom*, aber nichts von der Verzückung jener Szene und statt dessen etwas seltsam Kühles. Leere Harfenakkorde, pianissimo, in weiten Abständen und alle zugleich gezupft, statt in Arpeggios ausgebreitet, wurden gegen Oboen über und *gestopfte* Posaunen unter ihnen gesetzt. Irgendwo in diesem Raum vibrierte eine Einöde, wie er sie noch nie ganz so niedergeschrieben hatte.

»So«, murmelte er, mit einem Schauder, als wäre aus der längsseits vorüberfließenden Gischt etwas Nichtgeheures aufgestiegen und hätte für einen Moment die Sonne verdunkelt. »Was *das* nur sein mag? So so ...« Er erkannte sofort, daß es echt war. Niemand kannte besser als er die Muster, die sich geflissentlich einstellten - und gegen die er völlig wehrlos war -, wenn die Inspiration nachließ oder ganz vertrocknet war. An dergleichen mußten ihn nicht erst die verdammten Kritiker erinnern, wie dieser Schnösel, der in der *Pall Mall Gazette* geschrieben hatte: »Elgar findet aus einer Sequenz so schwer wieder heraus wie ein Fahrrad aus einer Straßenbahnschiene.« Das hatte ihn getroffen. Dies hier aber - er blickte wieder in die Skizze auf seinen Knien - hatte keine Sequenz, keine Melodie, keine Spur von *nobilmente*. Was es dagegen hatte, war der unverwechselbar Elgarsche Klang. Er hatte keine Ahnung, wo es so plötzlich hergekommen war - aus dem Wasser vielleicht -, aber es war gekommen, ohne daß er zu den eselsohrigen, oft durchblätterten Skizzenbüchern aus seiner Jugend Zuflucht nehmen mußte. Das war an und für sich schon ermutigend. Natürlich taugte es nicht für diesen albernen Wembley-Marsch, aber so lange es vorhielt, war darin etwas einst Vertrautes unverkennbar wieder aufgelebt.

Vor Jahren hatte er einem Freund, dem Architekten Troyte Griffith, geschrieben, etwas versetze ihn zurück in die »Tage der Kindheit«. Die »Tage«, *days*, hatte er in dem Brief durch das Homonym *daze*, »Taumel«, ersetzt, einer jener scherzhaften Schreibfehler, wie man sie in viktorianischer Zeit liebte und wie sie die Briefe von Männern wie Edward Lear gewürzt hatten: vertraute Wörter in phantastischer Verkleidung (so wenn der Maler von den saftigen mittelmeerischen *phyggs* schwärmte). Aber auch im unbewußten Gewand war der Taumel der Kindheit nur zu wirklich gewesen. Er hatte ihn überkommen, als er auf dem Bauch in einem dahintreibenden Kahn lag, die Finger durchs sonnenbeschienene Wasser nachziehend und mit offenen Augen träumend, während sein steuerloses Boot gegen die hufstapfigen Untiefen vor der Uferböschung stieß und sich langsam mit dem hinteren Ende voraus in die Strömung drehte, bis er wieder loskam, nun mit dem Kopf in der Gegenrichtung. Vorwärts oder rückwärts, wer konnte's wissen? Kleinste Details stahlen sich ins Bewußtsein und blieben haften: die leuchtend grünen Fleckchen Entengrütze, die nun in der unbewegten daumenbreiten Wasserschicht dicht an der hölzernen Wand mitgeschleppt wurden, halb festgeklebt an dem bernsteingelben Firnis ... Der Taumel des Windes auf den Hügeln von Malvern, wenn die Wolken auf ihren eigenen Schatten durch die Grafschaften ritten, auf denen noch immer die Felder ausgebreitet lagen wie Bettdecken mit aufgestickten mittelalterlichen Mustern. Die über die sanfte Landschaft wehenden Schattenstreifen, ein Taumel: die hohe Melancholie dessen, was sich nicht greifen oder aufhalten läßt. Der Höhensinn war ein Taumel: Das erhabene Tosen des Himmels durchströmte und erfüllte ihn ... Heim ging er über Feldwege, die wenig mehr waren als versunkene Pfade zwischen hoch aufragenden weißen Wänden von Umbelliferen, schläfrig von Blütenstaub und Bienengesumm. Taumelig vom Gefühl unvergleichlicher Dinge und von der Aussicht auf Erfolg, der jedem gewiß sein mußte, den solche Schauer durchströmten. Und endlich der Taumel des Klangs auf der Orgelbühne, als seine unzulänglichen Finger nachzuschaffen versuchten, was er gehört hatte. Fluß, Hügel und Feldweg: sie flossen ihm wie Wasser durch den Sinn und hinterließen auf verstreuten Manuskriptbögen krumme Notengerinnsel, die glänzten wie in der Sonne trocknende Schlammpfützen. Warum gab es keine großen englischen Komponisten, wenigstens seit Purcell nicht mehr? War die deutsche Landschaft denn so viel besser? Denn natürlich konnte es nur davon abhängen, wie gut die Musik eines Volkes war. Na schön, er würde's ja sehen.

Aber das hochnäsige Selbst vergißt schnell das eigene Volk. Der schöpferische Impuls marschiert nicht unter einer Fahne, mag er von Zeit zu Zeit auch gebieterisch ihren Schatten beschwören. England wurde für Edward nicht ganz dasselbe wie für alle andern. Dann und wann glaubten die Leute sich selbst und ihre Landschaft darin wiederzuerkennen, so wie eine Menschenmenge ihr Spiegelbild getreulich verzerrt im glänzenden Anstrich einer vorüberfahrenden Staatskarosse oder im glasigen Lack eines Monarchensargs sehen mochte. Die Hochrufe ertönten, die Taschentücher flatterten und sanken herab; und schon gab es nichts mehr zu sehen als etwas aufgewirbelten Staub und nichts mehr zu denken, außer daß etwas Wichtiges vorübergegangen war, etwas, das ein leichtes Schädelbrummen und einen unbestimmten Wunsch, zu heulen, hinterließ. Es war nicht England, das so verkleidet an ihnen vorübergegangen war, sondern Edward, dessen Träume seiner Landschaft und nicht ihrem Lande galten.

Und seine Landschaft, so wie er sie gehört hatte, wo er sie fand, hatte er aufgeschrieben. Aber was ihm wechselvoll und weitläufig erschienen war, hatte nach und nach Anzeichen von Monotonie erkennen lassen. Seine ganze innere Welt konnte doch gewiß nicht allein in diesem Ton elegischer Schwärmerei laut werden? Nein, er hatte auch genug von einer robusten, wind- und wetterfesten Munterkeit, auf die er vielleicht übermäßig viel Wert legte, als müßte er dankbar sein für ein so plausibles Alibi gegen den Vorwurf der Gefühlsseligkeit. Aber dank jener Selbsteinschätzung, die an Brutalität beim echten Künstler oft jedes Kritikerurteil weit übertrifft, war ihm im Lauf der Jahre insgeheim der Gedanke gekommen: Meine emotionale Reichweite ist allzu begrenzt. Unmöglich, es Alice anzuvertrauen: Sie hatte von Anfang an ihre Aufgabe darin gesehen, mit allen Selbstzweifeln kurzen Prozeß zu machen. Für sie war Erfolg eine Selbstverständlichkeit und Größe nicht minder. Ein Genie konnte ohne Kniefall mit den Geistern von Wagner und Brahms verkehren. Edward war im Kopf die umfänglichen Werke der beiden Meister durchgegangen und hatte zu seiner Beruhigung eine gewisse Gleichförmigkeit des Tons in allen gefunden.

Aber etwas hatte sich in den Jahren kurz vor dem Krieg für ihn zu ändern begonnen – genaugenommen seit dem Augenblick, als Alice es an der Zeit gefunden hatte, einen zweiten, nunmehr siegesgewissen Sturmangriff auf die Hauptstadt zu unternehmen, und sie das »Kelston« in Hampstead gekauft hatten (das er prompt in Severn House umtaufte). Das Telephon klingelte, Rechnungen kamen, Leute kamen, der Krieg kam. Bei den immer selteneren Gelegenheiten, wenn es ihm gelang, sich Zugang zu seiner persönlichen Landschaft zu verschaffen, fand er sie verdorrt: Sie gab ihm nur noch wenig, und das meiste davon hatte er schon gesehen. Eine moderne Kunstform prägte ihm ein Schreckbild ein. Bei einem seiner ersten Kinobesuche verfolgte er eine Episode mit zwei komischen Kerlen in einem amerikanischen Zugabteil. Erst nach einer Minute bemerkte er schlagartig, daß die Szenerie vor dem Abteilfenster sich wiederholte. Zuerst amüsierte ihn der pfiffige Trick; dann überkam ihn drückende Hoffnungslosigkeit, die ihn vollkommen aus der Fassung brachte und ihm den Rest des Films vergällte. Die Vorstellung einer auf einen endlosen Leinwandstreifen gemalten Kulisse, immer wieder abgerollt von Männern in Hemdsärmeln, die auf Lattenkisten dahinter stehen, ließ ihn lange nicht los.

Er war keiner, der das Verlassensein ertragen konnte, ohne wenigstens laut zu verkünden, wie sehr es ihn freue, endlich frei zu sein. Natürlich, die persönliche Landschaft gab es nicht. Die Musikanten und Traumtänzer durften aufwachen und sich über das vergiftete Paradies klarwerden, in dem sie sich so närrisch geschunden hatten, und über die Hure Musik, die sie so lange genasführt hatte. Dieses Flittchen von einer Muse, das der Mode nachlief und vorm Parkett die Röcke lupfte, daß den Leuten der Geruch in die Nase stieg und sie nach mehr schrien – mehr Gigues und Walzern und Quadrillen und Salonweisen und neuerdings anscheinend nach etwas, das man den Charleston nannte. Na, er wollte damit nichts zu schaffen haben, das spülte er von sich ab, und zwar mit der Miene eines Mannes, der den Waschzwang schon spürt, wenn er etwas Unreines nur auf dem Fußboden erblickt hat ...

Und diesem Elenden, diesem Mann von erlesenem Geschmack und verfeinerter Sinnlichkeit, der sich als Kumpan von Pferdezüchtern und Rennbahnbesuchern maskierte, wie hätte es ausbleiben können, daß ihm der mahnende Geist seiner verstorbenen Gattin erschien? Hatte sie nicht einunddreißig Jahre lang ihrem lieben Edu emsig zugeredet, mit der Hure zu tändeln? Hatte sie ihm nicht energisch die Reagenzgläser, Drachenschnüre, Fahrradlenker, Steuerräder und Golfschläger aus der Hand genommen, um ihm immer wieder den Schreibstift hineinzudrücken? Schlimmer noch, hatte Alice sich nicht treulos in die Büsche geschlagen, ihn im Stich gelassen, als der Beifall des Publikums längst abgeflaut und er in einer Welt weitab von allem, was er liebte oder kannte, gestrandet war? Ein schnöder, eleganter Verrat! Kein Wunder, daß er nicht hätte sagen können, wie ihm das rostige Tor erschien, das schließlich hinter seinem verlorenen Reich ins Schloß gefallen war. War es ein zorniger oder ein sehnsüchtiger Blick, den er in das Land hinter den Sperrschranken hinüberschickte, wo er die Bäume noch sehen konnte und zwischen ihnen den versonnen glitzernden Fluß? Und wenn es denn Sehnsucht war, wieviel leichter wäre die Welt, aus der er hinausblickte, zu besänftigen, wenn er diese Sehnsucht in Abscheu verwandelte!

Doch hier nun, an Bord der *Hildebrand*, ohne daß er sich eigentlich viel Mühe gab, hatte eine Hand, die zu ihm gehörte, sozusagen eigenwillig ein, zwei Seiten skizziert. Es war eine Hand, die seit den letzten Noten zu dem Cello-Konzert von 1919, neun Monate vor Alices Tod, so gut wie nichts mehr geschrieben hatte. Aber hier, irgendwo mitten auf dem Atlantik, in der hypnotischen Benommenheit von der Fahrt, hatte etwas Altes sich geregt, und die Hand, ihrerseits alt und kundig, hatte reagiert.

Die Jahre hatten ihn viel zu fest niedergedrückt, als daß er sich noch eine freudige Erregung gestatten konnte, die mit Sicherheit in Enttäuschung umschlagen müßte; und trotzdem stellte er fest, daß er sich immerhin auf das Mittagessen freute. Er drehte die Bleistiftmine zurück und blickte auf die Uhr. Zehn nach drei. Einen Moment ärgerte er sich, aber bald gewann ein Gefühl der Befriedigung die Oberhand. Daß die Zeit unbemerkt verstrichen war, bezeugte Echtheit; es erinnerte ihn an frühere Jahre.

VI

Heute morgen ein Gekritzel angefangen (?was?). Vielleicht hat der »Funke dessen, was mich aufgezehrt«, am Ende doch etwas übriggelassen, einen letzten unversengten Scheit. Sehr mager, aber gut & möglicherweise groß. Aber nicht die Oper. Viell. T. 3 der Trilogie. Ich weiß, ich hab ihn längst aufgegeben, aber Judas spukt mir hin & wieder noch im Kopf herum. An dieser tragischen & verleumdeten Gestalt ist etwas, das sie zur Herzenssache macht. Ich glaube, eigentlich habe ich The Last Judgement sein gelassen, weil die Idee mich zu Tode langweilte. Aber der arme Judas – ich glaube immer noch, Erzb. Whately hat ihn richtig aufgefaßt. Sicherlich hatte Judas keine Ahnung, daß er mit dem, was er tat, Jesus wirklich verraten könnte, denn er war von der wundertätigen Kraft des Herrn überzeugt. Ihm war gewiß, daß Jesus mit dieser Kraft seine Festnahme & Verurteilung verhindern und damit Juden wie Römern klarmachen werde, daß er der wahre König & nicht von dieser Welt sei. Dies macht ihn überwältigend menschlich: eine echte tragische Gestalt & nicht die herkömmliche Symbolfigur für zynische Habgier & Verrat. Seine Gewissensqual & sein Selbstmord wären eine echte mus. Herausforderung – möglicherweise eine ungemein starke Szene –, weil er begreift, daß das Furchtbare, was er getan hat, falschem Denken & nicht einem falschen Herzen entsprungen ist. Er hatte sich angemaßt vorauszusehen, was der Menschensohn tun werde, aber die Wege des Himmels waren fatalerweise nicht seine. Das Königreich sollte nicht durch magische Tricks oder Machenschaften herbeigeführt werden ... Auf jeden Fall ist es für mich zur Zeit schon viel, daß ich wieder über ein paar krakelige Noten nachzudenken habe, auch wenn sie nirgendwo hinführen & mich das Mittagessen versäumen ließen. Das Abendessen versäume ich verdammt noch mal nicht. Während ich dies schreibe, bin ich schon angekleidet & warte auf die Erste Posaune.

Und natürlich saß er am nächsten Vormittag vergeblich wieder auf seinem geliehenen Fleckchen an Deck, Notizblock und Bleistift zur Hand. Dieselbe blendende Gischt flog vorüber, dieselben Harmonien aus den Maschinen brummten in allen Schrauben und Platten des Schiffs, und er spürte die Schwingungen durch die dünnen ledernen Schuhsohlen. Aber heute sprach aus dem gleichmäßigen Rauschen des Wassers nur Ungeduld, der Wunsch, schleunigst ans Ziel zu kommen, während die Maschinerie in ihren Untertönen ein freudloses Zeitalter besang, in das sie ihn davontrug, weit fort von allem, wo er gern sein wollte. Auch das Durchlesen seiner Skizze half nicht, ihn wieder in die Stimmung, aus der sie geboren war, zu versetzen. Sie war kahl, gewiß; aber war das wirklich etwas, das er nicht auf die eine oder andere Weise schon vor Jahren gesagt hatte? Stücke aus der Biographie einer Figur, die in wechselnden Verkleidungen immer wieder auftauchte: ein Mann mit Freunden, die er schilderte, ein sterbender Greis, eine Seele auf inniger Pilgerfahrt, ein Träumer von Träumen. Eine geheimnisvolle Gestalt auf einer Säule würde sich in diesen Kanon nur allzu glatt einfügen. Neu wäre allerdings ein krass nihilistischer Ton, sofern er nicht durch Melancholie gedämpft würde, aber ihm war nicht klar, wie er den lange durchhalten könnte. Er war einer, dem von Natur aus schnell die Tränen kamen, zu versöhnlich und launisch, um der großen Ödnis auf die Dauer unverwandt ins Auge zu sehen. Früher oder später würde das Herz schlagen müssen. Und außerdem, wenn Nihilismus und Trostlosigkeit seine neue Domäne sein sollten, dann war nicht zu verkennen, wie Europas Schlachtfelder, immer noch baumlos und voller Knochensplitter, diesen Raum schon eingenommen hatten, und zwar mit einer Deutlichkeit, die viel schrecklicher war als alles, was er möglicherweise zustande brächte.

Unterdessen rauschte das sprachlose Meer heckwärts vorüber. Welcher Trost war denkbar angesichts solcher Ziellosigkeit? Laß dich gehn, sagte er sich stumm, als er aufstand und den Drehbleistift wegsteckte. Das rührige Herz schlug noch, die Seele war gestorben. Theater, Hunde, Clubs, Rundfahrten mit dem Automobil zu alten Schlupfwinkeln, Pferderennen. Kein Mangel an Zeitvertreib, laß dich gehn! Schau dir all diese leeren Horizonte an, hinter denen sich noch leerere Kontinente verbergen! Bist du nicht schon fort?

Aber als er sich unbeobachtet glaubte, legte er ein Ohr an den Achtermast und hörte die Stimme des Windes, genauso wie sie in den Telegraphenmasten an den Feldwegen um Kempsey klang. Dort war die Stimme gleichmäßig, weder steigend noch fallend mit den Böen, die das Gras zu Füßen der Masten durchschüttelten, als käme sie aus nächster Nähe und unendlicher Ferne. Auch diesen Mast kümmerten nicht die anprallenden Wellen tropischer Luft, die Bug und Brücke sich über die Schultern warfen. Statt dessen sprach er in den langen Perioden der Passatwinde, als sei das Schiff selbst auf die unterschwellige Musik dieser Sphäre eingestimmt. Auf dem Weg zurück zu seiner Kabine dachte er an eine andere Geschichte, die ihn lange beschäftigt hatte; sie stand in einem buddhistischen Buch, das Frank ihm geschickt hatte. Nun – eine Geschichte konnte man es nicht nennen, eher einen Dialogfetzen zwischen dem unvermeidlichen Mönch und jemandem namens Unmon. Es ging so:

Mönch: Was geschieht, wenn die Blätter fallen und die Bäume kahl sind?
Unmon: Der goldene Wind legt sich bloß.

Unsinn natürlich. Doch in diesem beinah Nichts an Inhalt war wohl immer noch genug, um sich im Geist, durch den es hindurchglitt, zu verfangen, und eben für diesen einen Moment glaubte man, den Wind zu sehen ... Ähnlich mit Schiffs- und Telegraphenmasten, sann er, als er die Tür seiner Kabine öffnete: Für einen Moment hatte man den Eindruck eines *Etwas*, dessen gelindeste und gewöhnlichste Erscheinungsform das Wehen war.

Zu seiner Überraschung fand er Steward Pyce vor, der am Tisch stand und eben die silberne Feldflasche mit einem gelben Staublappen blank putzte.

»Bitte entschuldigen Sie, Sir Edward«, sagte er, als er die Flasche abstellte und den Lappen in die Tasche steckte. »Ich habe gerade Ihre Probe geholt, und da ich Sie nicht antraf, wollte ich mir erlauben, sie hier zu lassen.«

»Oh! Ja, ich sehe. Danke, Pyce. Von wo ist es diesmal?«

»Vom Bug, Sir. Wie Sie es wünschten.«

Erst jetzt fiel Edward ins Auge, daß er sein Mikroskop offen hatte auf dem Schreibtisch stehenlassen, wo er es nach dem Frühstück eine Stunde lang benutzt hatte. Nicht mal die Hülle hatte er darübergezogen. Na ja, dachte er, *die* Katze wäre also aus dem Sack.

»Ich wußte nicht, daß Sie auch ein Mann der Wissenschaft sind, Sir Edward. Verzeihen Sie, wenn ich das sage!«

»Darf ich das nicht sein, wenn ich will?«

»Selbstverständlich, Sir. Ich meinte nur, na ja, ein Komponist, der Musik macht, das ist doch ein bißchen was anderes als ...«

»Haben Sie mal von dem russischen Komponisten Borodin gehört?«

»Nein, Sir Edward, nicht daß ich wüßte.«

»Er ist ein vorzüglicher Komponist, der seinen Unterhalt als Chemiker verdiente. Ich glaube, er war Professor für Chemie in St. Petersburg und Verfasser von Lehrbüchern, die als Standardwerke gelten. Daß einer Komponist ist, heißt ja nicht, daß er in allem andern ein Depp sein muß. Übrigens heißt es auch nicht, daß er, wenn er gerade nicht komponiert, nichts anderes zu tun und kein anderes Leben hätte.«

Der Steward betrachtete aufmerksam das Mikroskop, als hätte er es eben erst bemerkt. »Wenn man so sagen kann, Sir, arbeiten Sie also mit zweierlei Instrumenten?«

»Ganz witzig ausgedrückt, Pyce. Guten Tag!«

(»Verdammt noch mal, *Mikroskope*!« sagte der Steward später in der Wäschekammer zu Hempson. »Wer hätte an so was gedacht?«

»Hätten ebensogut Posaunen sein können, bei der Bande«, sagte Hempson finster.

»Nur zu wahr. Aber was will ein Komponist auf Urlaub mit einem Mikroskop? Und damit den Amazonas rauf? Das sag du mir mal! Und das verdammte Meerwasser anglotzen! Manchmal, da denk' ich mir, du und ich, Hemp, wir sind die einzigen Normalen auf diesem Schiff. Und dieser neue Doktor erst, Ashe ... Wenn ich mir vorstelle, *dem* wollte ich einen Tip über einen von meinen Passagieren geben! Herrje!«)

Gemäß der erreichten südlichen Breite war der Sonnenuntergang an diesem Abend von tropischer Hemmungslosigkeit. Ganz allein auf der schimmernden Stanniolfläche strebte die RMS *Hildebrand*, die Brindled Marsh oder der kleine Nachtfalter, einige Minuten lang geradewegs auf den versinkenden orangeroten Ball zu, als sollte sie von seinen Strahlen mit unter den Horizont hinabgezogen werden. Der Insektenmarsch des Schiffs durch die glänzende Weite bot sich wie für ein immer höher steigendes Auge dar, das, indem es mehr und mehr von dem zerknitterten Metall aufnahm, auf dem das Schiff dahinkroch, selbst an die Existenz der darin enthaltenen mikroskopischen Lebewesen nicht mehr glauben mochte.

Doch es gab sie wirklich, und sie waren nicht untätig. Manche standen auf der Brücke und steuerten, andere schufteten tief unten in einem zeitlosen, hitzigen Getöse, unbekümmert um Sonnenauf- oder Untergänge. Manche, in fleckenlos weißen Jacken, stellten Weingläser verkehrt herum auf die weißen Tischdecken, manche spielten leise auf Musikinstrumenten für die Cocktail-Trinker auf dem Achterdeck. Viele waren dabei, sich fürs Abendessen anzukleiden, die Auslandsreisenden mit der Besorgnis, ob ihre leichten Anzüge nicht allzu aufdringlich nach Kampfer rochen, die Touristen, die wieder zurückfahren würden, befangen wegen der offensichtlichen Neuheit ihrer Kleidung. Mehrere küßten sich; zwei Kellner liebten sich in einer verschlossenen Speisekammer. Ein Flieger, an der Schwelle zum reifen Mannesalter, sprach mit einer Malerin, die eben ihre Jugend hinter sich ließ. Ein englischer Komponist unterhielt sich angeregt mit zwei rotnasigen Herren über einen Rennstall in Newmarket; der eine seiner Gesprächspartner trug ein kleines Ordensbändchen am Revers. Zwei Damen mittleren Alters beendeten einen Robber Whist; sie hatten seit drei Uhr nachmittags gespielt. Das begleitende Gelächter und die Zwischenrufe waren zuerst ganz den männlichen Partnern überlassen geblieben, während die Damen mit stahlharter Herzlichkeit die ganze Zeit allein gegeneinander zu spielen schienen.

Dieses über den Erdball kriechende Insekt – das am nächsten Tag den Äquator überqueren sollte – streute eine Lärmspur aus, die hinter ihm herschleifte und sich langsam über dem Kielwasser verdünnte. Maschinengeräusche, Lachen und Tellerklappern, laute Rufe und stille Seufzer, Saxophone und das Gesumm Hunderter von Gesprächen. Und aus einem kleinen Raum neben der Bibliothek kam die Vortragsstimme einer Dame, die einem Publikum von sechs Personen über ihre Missionstätigkeit in Peru berichtete. Diese Geräusche leckten aus Luken und Bullaugen, prallten zurück von den Lüftungsrohren, sickerten durch Jalousien und wurden wie Staub vom Deck geweht, wirbelten an der roten Flagge am Heck vorüber und nahmen auch das Knattern des Flaggenstoffs mit sich. Ein kleiner Kringel dieses hörbaren Rauchs enthielt die Bemerkung des Kapitäns zu einem seiner Offiziere auf der Brücke: »Ja, eine unruhige Bande, auf dieser Reise. Nicht die üblichen Raus-und-Reiner, Ned«, womit vermutlich die Passagiere an seinem Tisch gemeint waren, von denen nur einer auch die Rückreise gebucht hatte. »Dieser Elgar, na! Scheint ein bißchen trübsinnig zu sein. Wundert mich, daß der sich keine Begleitung mitgebracht hat, so ein berühmter Knabe, wie er doch ist.«

»Eine Mieze, meinen Sie?«

»Unfein ausgedrückt, Ned, aber ja. Ein Häschen.«

»Na, kann er immer noch kriegen, nicht? Gibt genug davon an Bord.« Einen noch kleineren Teil des Lärms machte die leere Madeira-Flasche, die unter Dr. Ashes Arm hinweg über die Tischkante rollte und auf dem festen Rand eines metallenen Papierkorbs zersplitterte, als sein Assistent ihm auf die Beine und in seine Koje zu helfen versuchte.

Und nicht lange, so war die Sonne dem kleinen Nachtfalter davongelaufen und ließ ihn allein auf dem nächtlichen Ozean weiterkriechen. Aber gleich darauf steckte er seine Lichter an und verwandelte sich in ein blinkendes Glühwürmchen mitten im Nirgendwo, solange es dauerte, das Nirgendwo zu durchqueren. Hinter sich ließ er, abgesehen von den Schalldünsten etliche Dutzend leere Champagner-Magnumflaschen, die hier und da zwischen der Streu sich auflösender Zigarrenstummel auf und nieder hüpften. Denn ein Zeitalter des Schreckens und Trübsinns war vorüber und ein Zeitalter des Juchhuh! dämmerte herauf. (Wie die Melodeers schnalzten und wummerten!) Viel später in der Nacht sagte der Flieger zu der Malerin, die sich an einen Davit lehnte, daß der helle weiße Stern, den sie betrachtete, gar nicht der Sirius war, sondern – weil er im Orion stand – Beteigeuze. Worauf die Malerin erwiderte, daß es sie freue, das zu hören, denn zufällig kenne sie ein Gedicht über die Beteigeuze. Ein Stück daraus ging so (und sie trug es mit leiser Stimme in dem für nächtliche Schiffsdecks mitten im Nirgendwo geeigneten Ton vor):

Auf Beteigeuze
hängt goldnes Laub in goldnen Zeilen
hin über zwei Millionen Meilen,
und zwei Millionen Jahre lang
verwelkt nicht dieser Goldbehang
auf Beteigeuze.

Und der Flieger war gewitzt genug zu begreifen, daß es dabei, was immer es heißen mochte, nicht um Beteigeuze ging. Darum hütete er sich zu erklären, daß Beteigeuze eigentlich ein Stern sei, von dem angenommen wird, daß er dreimal so heiß ist wie unsere Sonne, ein Inferno, in dem mit Sicherheit kein Laub zu finden sein wird, ob nun golden, welk oder sonstwie. Vielmehr lehnte er sich zu dem Davit hin und legte ihr den Arm um die Taille, sagte gar nichts, berührte aber mit der anderen Hand (ein-, zweimal) sachte seinen Schnurrbart.

Wer immer die kleine *Hildebrand* aus solcher Entfernung gesehen hätte, daß sie nur noch als ein leuchtender Punkt erschien, dessen Vorwärtsbewegung in all dem Nirgendwo kaum zu bemerken war, hätte es sonderbar finden können, daß sie jeden Monat vorüberkam – bald in der einen Richtung, bald in der andern, jahraus, jahrein. Wen außer Arbeitern und Glücksrittern (zwei Kategorien, die sehr wohl auch kleine Angestellte und Geschäftsleute einschließen konnten) mochte sie zwischen Britannien und Brasilien hin und her befördern? Wer waren diese Plauderer, die so oft am Tag die Kleider wechselten, sich tanzend, spielend und trinkend über den Ozean und wieder zurück fahren ließen und eine Spur von leeren Flaschen hinter sich streuten? Denn jeden Tag gingen Bullaugen auf, und es regnete Glas ins Meer: von Wein- und Ginflaschen, Brillantine und Tinte, Shippam's Paste und Bovril, Chlorodont und Duftwassern. Die meisten enthielten Luft und Bodensatz. Dann und wann kam eine fest verkorkte, als Postbehälter für eine obszöne Botschaft ohne Absender oder für einen scherzhaften Hilferuf. Unter welchen Umständen allerdings mochte es sich ergeben haben, daß auch ein Paar Damenschuhe, eine Klarinette und ein Zentner Devon-Butter in die wirbelnden Aushöhlungen der beiden Bronzeschrauben plumpsten und für immer verschwanden? Was dachten alle diese Leute, die sich an Deck in Liegestühlen rekelten, lasen und flirteten, Ringwerfen oder Beilke spielten, was dachten sie, was sie taten, wenn sie sich über die ganze Strecke herbemühten, um zwischen Dschungelwänden hindurch ins Herz eines Kontinents zu dampfen, dessen Lage auf dem Erdball nicht wenigen von ihnen alles andere als klar war? »Mal weg sein von allem«, war die stereotype Antwort, die meistens von Leuten kam, die gewohnheitsmäßig soviel wie möglich von allem mitnahmen. »Szenenwechsel«, hatte ein vereinsamter und demoralisierter alter Komponist seiner Tochter erklärt, als sie ihn fragte, was er sich davon erhoffe: Dem Szenenwechsel wurde gemeinhin zugetraut, er könne einen Gemütswandel, eine Regeneration bewirken.

Der zur Überfahrt über den Äquator vollzogene und auf jeder Fahrt wiederholte Ritus erschien Edward, als er am nächsten Vormittag ein Weilchen zuschaute, verrückt und verständlich zugleich. Es war zwar auch für ihn das erste Mal, daß er den Äquator überquerte, aber er erwartete nicht viel dabei zu empfinden und empfand auch nichts. Die wilde Pantomime bestand darin, daß König Neptun mit seinem ozeanischen Hofstaat von Kapitän Maddrell an Bord empfangen wurde, und mehrere Passagiere - vermutlich Freiwillige - bekamen einen Haarschnitt und wurden untergetaucht, womit sie in eine Zunft namens Alter Seebären-Orden aufgenommen waren.

Zur Hälfte wußte Edward, was los war, und spendete diesem Beweis einer sympathisch britischen Absonderlichkeit innerlich Beifall. Zur anderen Hälfte gab er geringschätzig vor, nichts davon zu wissen, wobei er vergaß, wie gern und ausschweifend er selbst im Kostüm des Piraten Nanty Ewart mit den drei Söhnen eines Freundes gespielt hatte. Bei diesem Spiel, das sie über einige Zeit hin gepflegt hatten, trug er ein sehr piratenmäßiges Kopftuch und an den Ohren Gardinenringe, und es gab heiße Holzschwertgefechte im Gebüsch und stilvolle Briefe in elisabethanischem Englisch an die Mannen seiner »Crew«, wenn sie wieder in ihren Internatsschulen waren. »Alles noch ganz harmlos«, sagten manche Zuschauer, als sie den Schiffszahlmeister in zerlumptem grünen Gewand, mit angeklebtem Bart und Dreizack sahen, »was für ein nettes Theater!« Aber wahrscheinlich wußte keiner von ihnen allzu genau, warum er so dachte, ob das Sichverkleiden ein so unentbehrlicher Teil des Nationalcharakters sei und welcher notwendige Akt denn eigentlich vollzogen werde. Nachher drängten alle in gemeinschaftlicher Hochstimmung hinunter zum Mittagessen, wie Teilnehmer an einem Sport, dessen ungeschriebene Regeln niemals verletzt werden und die verstehen zu wollen für jeden Fremden aussichtslos ist.

Morgen abend käme Pará. Am Tag darauf der Amazonas. Bald würden Kate und Dora und noch mehrere andere Passagiere über die Gangway auf die Zunge des Kontinents hinabtreten und mit Haut und Haaren verschlungen werden. Edward bemerkte, wie die Stimmung auf dem Schiff umschlug, sobald sie den Äquator hinter sich hatten. Etwas ging zu Ende, etwas anderes würde bald anfangen. Den Nachmittag über hielt er Ausschau, den Notizblock auf dem Schoß, nach der unsichtbaren Landmasse, die er aus der Laune eines trübsinnigen Regentags heraus zu seinem vorläufigen Reiseziel erklärt hatte. Warum nicht? fragte er das gleichmütige Meer, über dessen Oberfläche fliegende Fische vor dem heranstürmenden Rumpf der *Hildebrand* davonsprangen. Warum nicht weiterhin Reiseziele erfinden? Ganze Jahre in Deckstühlen verbringen, auf Fahrten über diesen oder jenen Ozean zu Orten, an denen nichts Besonderes war außer den Namen und den unterschiedlichen Stadtsilhouetten? Die Zeit würde von selbst vergehen, die Uhr würde uninteressant und ersetzt durch die Geheimzeichen der Schiffsglocken. Überall gäbe es gut zu essen und zu trinken und eine nie abreißende Folge fremder Tischgenossen, von denen – geb' es Gott! – keiner etwas von Musik verstünde. In den Anlaufhäfen könnte er allerlei Ablenkungen finden: närrische Transportmittel (war er nicht kürzlich vierhundert Meilen vor der afrikanischen Küste einen Berg runtergerodelt?), fremdartige Speisen, extravagante Bräuche ...

Und plötzlich begriff er, was für eine abscheuliche Vorstellung das war: Zu alledem hatte er nicht im mindesten Lust, und nichts wünschte er sich in diesem Augenblick sehnlicher, als auf den Feldwegen durch Worcestershire zu laufen oder am Ufer des Severn oder der Teme zu sitzen. Selbst wenn es jetzt Ende November und wahrscheinlich kalt und regnerisch war. Tausend Bilder von seinen Flüssen bei jedem Wetter sah er vor sich, und keines war unfreundlich, keines ohne ein wohlklingendes Echo. Selbst der trübste und nasseste Nachmittag hatte seinen Reiz, wenn der Hut gegen alle Ermahnungen des Arztes zu Hause blieb, die Haare vom Regen angeklatscht, der Mantel vollgesogen, der Hund durchgeweicht, doch alles klargespült von irgendwas in diesem uralten Wetter, das alle Dummheiten auflöste und einen immer wieder auf das Wesentliche im Leben zurückbrachte. Die Gedanken, die Kontinuitäten und alles, das ein Bündel Jahre zu einem Ganzen zusammenschnürte, sogar der Rauch aus dem Schornstein eines Häuschens oder vom offenen Feuer hinter einer Hecke (denn Holzfeuerrauch war der Weihrauch der Nostalgie): solche Dinge standen so fest wie eine Bergkette hinter einer Nebelwand. Dies war vertrautes Gelände, wo man noch so oft gegangen sein und dennoch von etwas nie zuvor Geschautem überrascht werden konnte, bald bei Sonnenschein, bald bei Regen. Wozu diese Fahrt zu anderen Enden der Erde? Was hatten die Enden der Erde je für ihn getan? Sie waren nicht geheimnisvoller als die Geisterstimme des Planeten, deren anhaltender Klageton vernehmlich wurde, wenn man das Ohr ans splittrige Holz eines Telegraphenmasts legte. Sicherlich ließen sie sich ebensogut verstehen wie die Flugbahnen der Stare, die sich am Winterhimmel über die Felder und Gehölze verteilten: wirbelnde Wolken ehemaliger Reptile, die auf irgendeinen Baum niedergingen und dann wieder davonflogen, ihre eintönige, entstellte Melodie mit sich nehmend.

Mehr noch, die Gehölze, Feldwege und Häuschen waren umgeben von Gesichtern, Erlebnissen und Bildern von Erlebnissen. Jemandes Hände in der hellen Sonne beim Aufwinden einer Drachenschnur; ein schlammbespritzter Rocksaum, der sich vor seinen Augen in die Luft erhob, als jemand in eine Kutsche hinaufgereicht wurde; ein Hund, der sich die Uferböschung hinunter in die Wye kugelte. Das Echo von Mündern, die nun mit Erde gestopft waren; das Echo des seltsamen Viertonpfiffs, den er erdacht hatte, um seine Ankunft an der Pforte zu signalisieren, und der seinen Platz in den *Enigma-Variationen* gefunden hatte: Echos einer Existenz. Was wußte das leere, flimmernde Äquatormeer von solchen Tönen? Durch welchen unerforschten Kontinent floß ein zweiter Severn? Aus Verzweiflung konnte man sein Leben abtun, es als für den Rest der Fahrt unerwünscht über Bord werfen, nicht aber es anderswo suchen, geschweige denn es verpflanzen. Er erinnerte sich, wie er mit Alice Anfang 1907 Axel Munthe auf Capri besucht hatte. Munthes englischer Nachbar hatte zwanzig Jahre seines Lebens mit dem Versuch zugebracht, um seine weiße, jalousienverhangene Villa einen Garten wie in Londons ländlicher Umgebung anzulegen. Eines Nachmittags hatten sie dort in der milden Sonne gesessen, zwischen Lavendelbüschen von der falschen Art, nicht weich und schmiegsam, sondern ein wenig zu zäh und stachelig. Das Gewächshaus hatte eine etwas ungünstige Form, mit einem Dach, das um eine Idee zu steil war. Der Steingarten und die Sonnenuhr waren perfekt. Da sie alle wußten, daß sie sich auf Capri befanden, schien diese mühselige Imitation wenig Sinn zu haben, aber ihr Gastgeber strahlte. »Alle Annehmlichkeiten eines englischen Gartens ohne das schreckliche Wetter«, hatte er gesagt. (»Alle Annehmlichkeiten des englischen Lasters ohne die schrecklichen

Gesetze«, bemerkte Edward später, nachdem man ihn mit einem »Gärtnerjungen« bekanntgemacht hatte, der ebensosehr ein Schauspieler wie der Garten ein Bühnenbild war.)

Die Hand mit dem Drehbleistift machte ein paar sinnlose Krakel am Rand des Notizblocks, während die Augen aufs Meer gerichtet blieben. *Wozu* hatte er das alles getan? Immer wieder diese blöde Frage! Von seiner Seite war es die Kraft der Intentionen gewesen. Jahrelang hatte er alles mit solcher Deutlichkeit vor sich gesehen und so unfehlbar niedergeschrieben, daß er der Wahrheit sehr nahe kam, wenn er sich rühmte, niemals eine Note ändern zu müssen, wenn er zum erstenmal von einem Orchester gespielt hörte, was er geschrieben hatte. Und von der anderen Seite war ihm der ungeheure Beifall entgegengekommen, in der Hauptsache nicht einmal aus England. Wer ihn zuerst anerkannt hatte, waren die Deutschen, Männer wie Hans Richter und Richard Strauss, der als erster ohne Vorbehalt von einem »Genie« gesprochen hatte. Endlich einmal hatte Henry Purcell einen Nachfolger gefunden; die Renaissance der englischen Musik hatte begonnen ...

Einige Jahre lang waren die Huldigungen immer größer geworden: Leute pfiffen seine Melodien auf der Straße; der König erhob ihn in den Adelsstand und ging mit ihm zum Pferderennen. Und es hatte auch nicht lange gedauert. 1899, im Jahr der *Enigma-Variationen*, seines ersten unverkennbaren Meisterwerks, wurden zehn seiner Kompositionen auf Wunsch der Königin Victoria in der Privatkapelle von Windsor gespielt. Binnen fünf Jahren war er Sir Edward Elgar, binnen dreizehn hatte er so gut wie alle seine Hauptwerke abgeschlossen. In dieser kurzen Zeitspanne war er von Königen empfangen und von Menschenmengen bejubelt worden; doch mehr bedeuteten ihm die Anerkennung und Freundschaft anderer Künstler und Komponisten aus aller Welt. Angefeindet wurde er nur auf diskrete Art, ekstatisch gefeiert in aller Öffentlichkeit. Menschen von Rang und Namen, denen er nie begegnet war, sprachen ihm in Briefen ihren Dank aus. Überall machte man viel Wesens um ihn. Das einzige, wovon man nicht viel für ihn übrig hatte, war Geld; aber seine engsten Freunde stoppelten etwas zusammen und verschafften ihm eine Reihe ehrenvoller Auftritte, während Alice dafür sorgte, daß die Häuser, in denen sie wohnten, mit jedem Umzug großartiger wurden. Das ging so weiter, bis ihm selbst der Geldmangel neben dem Mangel an Stille als belanglos erschien.

Aber welcher Art mußte dieser Triumph gewesen sein, wenn dabei schließlich herauskam, daß er nun als älterer Herr viertausend Meilen von zu Hause auf einem Deckstuhl inmitten einer Wasserwüste saß, ein fast leeres Notizbuch auf den Knien und unter Deck eine gemietete Einzelkoje? Unfaßbar, wie alles zerronnen war und dieses Nichts hinterlassen hatte! Der Ruhm war echt, Liebe und Neigung in seinem Leben waren einigermaßen ehrlich gewesen. Was er geschrieben hatte, hatte er geschrieben, mochten sie es nun spielen oder nicht und mochten diejenigen, die es einst für wert befunden hatten, mit Beethoven auf eine Stufe gestellt zu werden, nun denen gewichen sein, die über den »Pompenstance« und seinen sogenannten Edwardianismus lästerten.

Aber wurde nicht die Ungerechtigkeit derer, die seine Musik so abtaten, von ihrer Unwissenheit noch übertroffen? Denn seine Märsche waren ja nur die Broterwerbsmusik ihrer Zeit gewesen, und ihre Zeit war gar nicht seine Zeit. Es war doch seltsam, wie die Erinnerung an das erste Dutzend Jahre des Jahrhunderts nun nahezu absichtlich verzerrt wurde. Selbst Leute, die es besser wissen mußten, blickten nun darauf zurück wie auf ein verschollenes, vorsintflutliches Land der Unschuld und des Überflusses. Auch dies war einer der Greuel, zu denen der Krieg geführt hatte. Nicht nur, daß die Welt nachher in Trümmern lag, sondern auch die Welt vorher wurde verfälscht.

Sehr langsam malte seine Hand die Ziffern »44« an den Rand des Notizblocks. »Ich war vierundvierzig, als die Königin starb«, erklärte er unhörbar dem Ozean. »Ich *bin* kein Edwardianer.« Und wegen seiner Art zu arbeiten, hatte er in gewissem Sinne sein Lebenswerk schon vor der Jahrhundertwende geschrieben. Die Ideen waren ihm scharenweise in seiner Jugend zugeflogen, in den siebziger und achtziger Jahren, und hatten ein Notizheft nach dem andern mit Vermerken, Fragmenten und Themen gefüllt. Erst als er die ausgearbeiteten Werke daraus machte, war der Ruhm gekommen, aber da hatte er die ursprünglichen Eingebungen oft schon seit zwanzig Jahren im Sinn gehabt. Im Herzen, im Geiste und im Wesen war er ein Viktorianer.

Die Glut dieses inneren Monologs mußte noch einige Stunden fortgeglimmt haben. Beim Abendessen, als Kapitän Maddrell mit einem unschuldigen »Ach, das waren noch Zeiten, was?« der Beliebtheit gedachte, deren sich Booth' Südamerika-Tour vor dem Krieg erfreut hatte, fuhr Edward ihm mit einem bissigen »O nein, alles andere als das!« über den Mund.

»Ich meinte nur, Sir Edward ...«

»In keinem Sinne waren das ›noch Zeiten‹. Ich denke manchmal, die Leute leiden an kollektiver Amnesie oder weiß ich, wie diese Irrenärzte das nennen. Kann sich denn hier niemand mehr daran erinnern, daß man sich damals wie auf einer Rutschbahn fühlte?« Er blickte streitlusig in die Runde.

»Nun ja, die Politik war manchmal ein bißchen wirr«, bemerkte Kate behutsam, »aber ist sie das nicht immer?«

Edward behielt den Blick starr auf sie geheftet, während er die Wirrnisse und deren Schwere aufzählte: Reform der Schutzzölle, Machtzuwachs der Gewerkschaften und des Sozialismus, Forderungen der Frauen nach Emanzipation und Stimmrecht, Großbritanniens Niedergang als Industrieland und - als ob das alles noch nicht genügte - die Selbstverwaltung in Irland. »Sollten wir es denn zulassen, daß eine Bande Sinn Fein-Yahoos einfach ein Stück von Großbritannien annektiert? Zumindest 1914 war das ein ungeheuerlicher Verrat. Und obwohl ich im Prinzip der Ansicht bin, daß Künstler oder Musiker sich hüten sollten, sich für politische Zwecke benutzen zu lassen, habe ich doch zusammen mit Kipling und Lord Roberts den Aufruf unterschrieben, Carson in Ulster zu unterstützen. Aber ein reines Vergnügen war das keineswegs, bei all den einflußreichen Leuten, die uns zugeredet haben, wir hätten die Pflicht, zu unterschreiben und ein Beispiel zu geben. Jedenfalls, wenn das Ihre Vorstellung von einem Goldenen Zeitalter in der Geschichte der Nation ist, dann haben Sie wohl den Weltkrieg, als er dann kam, für ein kleines Scharmützel angesehen.«

Vielleicht in der Hoffnung, die Aufmerksamkeit von dieser letzten Bemerkung abzulenken, über deren Geschmack man streiten konnte, und zugleich seinen namhaften Gast zu beschwichtigen, fragte der Kapitän schonend: »Könnten Sie uns vielleicht Ihre Theorie erklären, Sir, daß Britannien als Industrieland abgesunken ist. Ich hatte den Eindruck, daß wir als Handelsnation niemandem nachstanden. Wenigstens damals noch.«

»Leider standen wir mehreren Ländern nach, schon zu der Zeit, als die alte Königin starb. Das wollen die Briten mit ihrer Vogel-Strauß-Mentalität einfach nicht wahrhaben, aber es ist nun mal so.« Und dann führte er in einiger Breite aus, daß der eigentliche Wendepunkt in den Geschicken des Landes – der Augenblick, wo der Verfall unaufhaltsam eingesetzt hatte – gekommen war, als die Nationen, vor denen England durch seine industrielle Revolution einen Vorsprung erlangt hatte, es eingeholt und überholt hatten. Irgendwann um 1870 mußte das gewesen sein, schätzte er, als die deutsche Stahlerzeugung die britische zu übertreffen begann oder als ausländische Exporteure sich daran machten, die Vorherrschaft Englands anzuknabbern und seine früheren Märkte zu erobern.

Als er nachher in seiner Kabine, wohin er sich zurückgezogen hatte, alles noch mal durchgrübelte, dachte er, daß es vielleicht einen ganz bestimmten Moment gegeben hatte – einen sonnigen Maimorgen vielleicht, während er im Musiksaal des Mount in Great Malvern einem Schulmädchen den Fingersatz einer Violinpassage zeigte –, an dem in Essen, Brüssel oder sogar in New York irgendein Vertrag unterzeichnet wurde, der, ohne daß irgendwer davon ahnte, England auf die schiefe Bahn brachte. Natürlich gab es dann eine lange, ironische Verzögerung. Unter der weltweiten Herrlichkeit des Empire war von der Rutschpartie zunächst gar nichts zu bemerken, doch mit dem Verlöschen des Jahrhunderts gewann sie an Fahrt. Aber manche Feinfühligen hatten es schon gespürt: ein Gefühl, daß etwas zu Ende ging, der hohle Klang der Hymnen, die Hybris des »Rule Britannia«, das herausgebrüllt wurde wie auf einer hochgestimmten Feier und trotzdem klang wie in einem dieser neumodischen Lifts, in denen man immer tiefer runter fuhr. Eine Ahnung lag schon in der Luft, lange bevor Kipling sein »Recessional« schrieb, und deshalb waren die Feierlichkeiten von 1900, obwohl ganz auf die nahezu mystische Langlebigkeit der Königin Victoria ausgerichtet, gleichwohl von einem nationalen Unbehagen durchsäuert gewesen.

Und wie der Nation, so erging es auch einem einzelnen, dachte er. Wenn der Beifall der Öffentlichkeit einem Künstler endlich gerecht wurde, hatte er vielleicht schon – an einem sonnigen Maimorgen – einen verborgenen inneren Zenith überschritten, in einem verhängnisvollen Moment, der im Getöse der Huldigungen unbemerkt blieb. Vielleicht hatte er selbst auch etwas geahnt, einen Stich gespürt: »Sie wollen nichts mehr von mir«, dachte er, als er den Verdienstorden empfing, als der Purpur herabsank und die Zuhörer sich von ihren Plätzen erhoben. Natürlich, so sah öffentliches Geachtet- und Beliebtsein in Wirklichkeit aus. Seinem Wesen gemäß kam es immer entweder zu früh oder zu spät. Letzten Endes gab es nicht den mindesten Zusammenhang zwischen dem Geschrei des Publikums und dem, was im Künstler vorging – und konnte es nicht geben.

Zehn Schritt weiter und ein Deck tiefer gaben Dora Bellamy und Kate Hammond eine von mehreren Runden zur Feier ihrer letzten Nacht an Bord aus. Sie tranken mit manchen Bordbekanntschaften, und eine Frau wollte wissen, wie es am Kapitänstisch zugehe, in Gegenwart einer Berühmtheit wie Elgar. Kate grollte ihm noch immer.

»Ich kann Ihnen sagen – der ist wie eine Zeitbombe als Tischgenosse«, sagte sie. »Man kann nur raten, wann sie losgeht.«

»Er ist nun mal ein Genie«, sagte ihre Freundin nachsichtig.

»Ein verflucht ungehobeltes.«

»Du hast natürlich mehr Erfahrung mit so einem Typ«, sagte Dora. »Aber soweit es mich angeht, ist er ein Genie, und dabei bleibt's. Komisch – du weißt doch, ich erzählte schon, daß ich bei der ersten Aufführung der *Apostel* mitgesungen habe.«

»Du hast es mal erwähnt. Ein- oder zweimal.«

»Ja«, fuhr Dora unbeirrt fort, »bei den letzten Proben haben wir ihn ein paarmal zu Gesicht bekommen und dann natürlich bei der Aufführung, aber keine von uns ist ihm je näher gekommen als von diesem Tisch bis ...« sie blickte durch die Begrenzungen der stählernen, mit geräuchertem Eichenholz verkleideten Schotts, »... na, ich würde sagen bis zur Brücke. Sie wissen, wie groß diese Konzertsäle sind, und der Chor stand auf Stufen beiderseits vom Orgeltisch, unter uns das ganze Orchester und dahinter Sir Edward auf einem kleinen Pult mit Messinggeländer. Soll heißen, er war meilenweit weg. Aber komisch ist daran, daß er sich überhaupt nicht verändert hat, obwohl es doch zwanzig Jahre her ist. Natürlich sieht er älter aus – graues Haar, ein bißchen rundlicher und so weiter –, aber gleich, als wir uns am ersten Abend an Bord zu Tisch gesetzt haben, hab ich ihn erkannt.«

»Erstaunlich«, sagte Kate. »Der Mann ist wahrscheinlich nicht öfter als zwanzigtausendmal photographiert worden, und sogar ich, obwohl ich für Musik überhaupt kein Ohr habe und nicht viel vermissen würde, wenn ich nie wieder einen Ton hörte, sogar *ich* hatte schon von Sir Edward Elgar und all seinen Titeln und Orden gehört: Viktoriakreuz, Kommandeur des Ritterordens, Meister der Berittenen Posaunen des Königs.«

»Kate, mein Herzchen, du weißt doch genau, das hab ich nicht gemeint, nicht, meine Süße? Das ist der Gin«, vertraute sie den anderen mit theatralisch gesenkter Stimme an. »Haben Sie gemerkt, wie er manchen Leuten aufs Hirn schlägt? Was ich meinte, meine liebe Katie, ist doch, daß ich seine *Anwesenheit* gleich erkannt habe. Er hat nie viel gesagt bei diesen Proben – er knurrte so irgendwie vor sich hin, und ab und zu schlug er sich mit der Hand vor die Stirn, wenn einer was Dummes gemacht hatte. Ich glaube, einmal hat er sich sogar weggedreht und uns den Rücken zugekehrt, als wir einen Einsatz verpaßt hatten, und ein paar Leute mußten erst zu ihm hintraben und ihn besänftigen, damit er sich wieder umdrehte.«

»Das hört sich immerhin ganz nach unserm Mitreisenden an.«

»Aber das mein' ich nicht. Bei der Aufführung dann, als alles gutging und wir das Gefühl hatten, nicht, als ob heute niemand etwas falsch machen könnte, da war er enorm. Die kleine Gestalt auf dem Pult, so weit weg, schien ganz *für sich* da zu stehen, aber zugleich haben wir begriffen, daß er uns alle beherrschte. Wir standen vollkommen in seinem Dienst, und solange wir uns ihm ergeben konnten, seinem Geist oder seiner musikalischen Vision oder wie man das nennen soll, wurde die ganze Sache absolut *magnetisch*. Am Ende waren wir auch alle wie verrückt. Ich selbst hab in der Nacht darauf kein Auge zugetan. Und seit damals ist er mir bis neulich nie wieder über den Weg gelaufen. Aber als wir bekanntgemacht wurden, da kam das gleich wieder so über mich, dieses eigenartige Gefühl, und auch nach so langer Zeit konnte ich mich dran erinnern. Ich kann es nicht besser erklären als so.«

»Meinetwegen, er hat so ein gewisses Etwas«, gab Kate zu, »aber ich weiß, ehrlich gesagt, nicht, ob das nicht nur daher kommt, daß ich weiß, wer er ist. Man ist ungerechterweise bereit, wer weiß was für Eigenschaften an den Berühmtheiten zu entdecken, bloß weil sie berühmt sind, während sie in Wahrheit vielleicht nichts weiter geleistet haben, als einen Hammelfleischextrakt für eine Südpolexpedition zu erfinden.«

»Genau!« sagte eine der Bekanntschaften. »Oder die eine oder andere Frau in einem Säurebad aufzulösen.«

»Eins kann man doch von ihm sagen: Er sieht nicht so aus, wie man sich einen Komponisten vorstellen würde.«

»Das wohl nicht«, sagte Dora. »Aber mir ist nicht klar, wie ein Komponist heute aussehen *sollte*. Der romantische Held à la Beethoven – nicht, mit zerzauster Mähne, windgepeitschtem Mantel, die Faust gegen die Blitze erhoben und meistens im Elend lebend –, das sähe doch etwas blöd aus im Jahre neunzehnhundertdreiundzwanzig, nicht?«

»Zugegeben. Aber trotzdem erwartet man nicht, daß er wie ein pensionierter General aussieht, der Rennstall-Anekdoten über Leinsamenöl und entrahmte Milch und Wettquoten erzählt.«

Dora sagte: »Ich glaube jedenfalls nicht, daß es Sinn hat, gewöhnliche Maßstäbe an das Verhalten vollkommen außergewöhnlicher Menschen anzulegen. Denken Sie nur, all die Musik, die er der Welt geschenkt hat und die man noch spielen wird, wenn wir längst vergessen sind! Selbst ziemlich doofen Kindern kann man beibringen, bitte und danke zu sagen, einer Dame die Tür aufzuhalten und allgemein das liebe kleine wohlerzogene Äffchen zu mimen, aber wem kann man denn beibringen, einen *Traum des Gerontius* oder auch nur *Land of Hope and Glory* zu schreiben?«

»Ich finde immer noch, es tut niemandem weh, einigermaßen höflich zu sein.«

»Was Dora sagt, hat etwas für sich«, sagte eine andere Bekanntschaft, die sich bisher nicht geäußert hatte. »Ein Genie, das ist eben jemand, dessen Begabung so zwingend, so überwältigend ist, daß für Rücksicht auf Kleinigkeiten kein Platz oder keine Energie mehr bleibt. Die meisten Genies, die einem einfallen, waren auf die eine oder andere Art ziemlich wunderlich. Man würde sagen, sie waren halb irre, wenn sie nicht Sachen geschrieben oder gemalt oder komponiert hätten, die offenbar wichtiger sind als das unkonventionelle Privatleben des Menschen, der sie geschaffen hat. Denken Sie an van Gogh!«

Eine Weile dachten sie an van Gogh, während auf dem Deck über ihnen das Genie, das alle diese beschwipsten Spekulationen ausgelöst hatte, leise in der wohlausstaffierten, von ihm gemieteten Stahlkabine schnarchte. Auf dem Tisch neben seiner Koje stand ein geriffeltes blaues Fläschchen mit einem Schlaftrunk, den ein pensionierter königlicher Hofarzt eigens für ihn zusammengemischt hatte. Es hatte Edward großen Eindruck gemacht, daß der Mann das Rezept ursprünglich zu dem Zweck erfunden hatte, die Pferde des Königs vor Bahnreisen fügsamer zu machen. Seine Mixtur war wohl etwas schwächer und wurde in kleineren Mengen genommen, aber er war gern bereit, einem Medikament von so achtbarer Herkunft sein Vertrauen zu schenken.

Während seine Passagiere so mit sich beschäftigt waren, hatte Kapitän Maddrell eine ernste Unterredung mit dem Zahlmeister, der ihn trotz der späten Stunde noch mit einer beunruhigenden Meldung aufgesucht hatte.

»Wie schon gesagt, sie ist verwirrt. Unter uns gesagt, sie ist ziemlich beschickert, sonst hätte sie vielleicht gar nichts davon gesagt. Was sollen wir machen?«

»Sehn wir erst mal klar! Wirft sie dem Doktor irgendwas Schlimmeres vor als ungehörige Ausdrücke?«

»Wohl nicht, wenn Sie bei irgendwas ›Schlimmerem‹ an dasselbe denken wie ich.«

»Daran denke ich«, sagte der Kapitän.

»In dem Fall, nein. Sie sagt, sie ist mit einer echten Beschwerde zu ihm gekommen – wollte nicht sagen, was es war, und natürlich hab ich nicht gefragt –, aber die war so plötzlich gekommen, daß sie auch um acht Uhr abends noch behandelt werden mußte. Es ist ihr vollkommen klar, daß das eine ungelegene Zeit war, aber der Körper macht nun mal Ungelegenheiten, und wofür zum Teufel werden Ärzte denn schließlich bezahlt?«

»Hört sich an, als ob sie eine ganz ehrliche Person ist.«

»Allerdings. Mein Eindruck ist, daß sie, ob betrunken oder nicht, ganz vernünftig redet. Das ist keine, die sich Sachen ausdenkt. Sie und ich, wir wissen aus bitterer Erfahrung, daß es Frauen gibt, die einem Arzt die schrecklichsten Ungehörigkeiten vorwerfen, und wenn sich dann alles als blanker Unsinn erweist, ist der arme Kerl wahrscheinlich trotzdem ruiniert, auch wenn er sich reinwaschen kann. Aber diesmal ist es nichts dergleichen. Sie behauptet nur, er hat sie beschimpft und dann ausgelacht. Was sie empört hat, war anscheinend sein Benehmen ebenso wie die Ausdrücke. Sie sagt, über eine Grobheit kann sie bei einem Arzt hinwegsehen, wenn er sonst in Ordnung ist; aber daß er ihre Symptome gar nicht ernst nimmt, sei nicht zu entschuldigen. Sie behauptet, er soll – unter anderem – gesagt haben, er würde eine Behandlung nur in Betracht ziehen, wenn sie mit einer sofortigen Operation einverstanden sei.«

»Großer Gott! Der Mann ist ja irre. So was hab ich noch nie ... Aber weiter!«

»Das wäre alles.«

Der Kapitän überlegte einen Moment. »Natürlich keine Zeugen?«

»Vermutlich nicht.«

»Ich werde gleich mit der Dame sprechen und dann mit dem verdammten Doktor.«

»Das wird bis morgen warten müssen. Sie ist schon zu Bett gegangen.«

»Tausendmal hab ich mir gewünscht, Bill Barnard wäre noch nicht in Ruhestand gegangen. Jetzt zum tausendundeinten Mal.«

»Was für ein Kerl! Bei der nächsten Überholung fahr' ich runter nach – wo war das, Godalming? –, bloß um ihm die Hand zu schütteln. Dieser Ashe ist ein Rohrkrepierer. Aber komisch, er hatte doch die besten Referenzen.«

»Natürlich, hatte er, sonst hätte Booth ihn nicht genommen. Aber Bill kam auch von der Armee. Einen größeren Kontrast kann man sich nicht denken. Nun, ich muß zugeben, Ashe hat mir nicht den besten Eindruck gemacht, als ich ihn zum erstenmal sah, aber ich werde ja nicht gefragt, mit wem ich fahren will. Ich bin's ja nicht, der ihn angestellt hat. Aber vom Schiff runterschaffen werd' ich ihn wohl können, nach dieser Sache. Unglaublich! Seine erste Fahrt, und dann das! Ist gerade mal vierzehn Tage an Bord. Wenn's nach mir geht, wandert er in Pará die Planke runter.«

»Besser, wir könnten noch warten bis Manaos. Da könnten wir vielleicht einen Doktor von der Iquitos-Linie stibitzen.«

»Mr. Gates, die Stimme der Vernunft.«

Am nächsten Morgen stand Edward früh auf; seine Pferdedroge hatte ihm viele Stunden traumlosen Schlafs geschenkt. Nach dem Frühstück, bei dem er praktisch allein blieb, ging er an Deck hinauf und fand das Meer verändert vor. Es hatte nicht mehr den Purpurton, der sich zu einem tiefen Blau aufhellte, wenn die Sonne höher stieg und die obersten sechzig Fuß Wasser durchglühte. Nun war es gelblich-grün, von kleinen Wellen durchpflügt, die gegen den Vorderkiel der *Hildebrand* schwappten, als wäre sie eine Jacht beim Kurswechsel vor dem Steigen der Flut. Der Anblick erfüllte ihn mit der Unruhe der Flußmündungen. Aber ein noch deutlicheres Zeichen der Veränderung war der Geruch des Windes. Über die Frische der reinen

Seebrise breitete sich nun ein leiser Hauch von Verwesung, Ausdünstung von hundert Millionen Baumlungen, die erregenden Duftstoffe der Tropen, voller namenloser Öle, von der schweren Sonne aus unzähligen goldenen Blättern hervorgepreßt. Es war der unvermeidliche Duft sturzflutender Destillationen, und der Strom hatte das Wasser treu wie ein alter Hausknecht bis weit in den Atlantik hinausbefördert, wo es an einer zerfransten Grenze in das weitere Lösungsmittel überging.

»Das erste Mal, daß Sie Brasilien sehen, Sir?« Es war Pyce, ein gestärktes weißes Tuch über einem Unterarm, in quirligem Innehalten zwischen etlichen Dienstpflichten.

Und erst jetzt sah Edward den Horizont richtig an und bemerkte den niedrigen Fleck zwischen Himmel und Meer.

»Also das ist es, ja?«

»Das ist Brasilien, Sir. Wenn der Kapitän keinen Fehler gemacht hat.«

»Und wenn doch?«

»Ja dann ...« Für einen eigenartigen Moment sahen die beiden Männer sich beinahe lächelnd an. »Aber da hat er sich noch nie geirrt, Sir. Jedenfalls kann man's riechen. In so einem Geruch kann man sich nicht täuschen. Das Land, was sie da drüben sehn können, das wird die Mary-Jo-Insel sein. Sie liegt genau in der Amazonas-Mündung und soll hundertsiebzig Meilen breit sein.«

»Mächtig groß.«

»Ein mächtig großes Land, Brasilien. Hab mich auch noch nicht dran gewöhnen können, und ich habe doch diese Fahrt in den letzten fünf Jahren dutzendemal mitgemacht. Das Wasser hier, Sir? Das ist kein Meerwasser, sehn Sie? Sondern Süßwasser, Amazonaswasser. Man kann es trinken. Ein Stück weiter kommt die Stelle, wo alle Schiffe Süßwasser aufnehmen, auch wir. Es ist reines Amazonaswasser, was wir von jetzt an bis Liverpool trinken. Ich habe gehört, es soll noch zweihundert Meilen weit draußen auf dem Meer trinkbar sein, kann aber nicht behaupten, daß ich es probiert habe.«

»Du lieber Himmel ... hören Sie, Steward, könnten Sie mir welches besorgen?«

»Dacht' ich mir, daß Sie das sagen würden, Sir. Ich hab es schon.« Und aus der von der Serviette verdeckten Tasche zog er die Feldflasche.

»Sie hätten einen Orden verdient, Pyce. Einen kleinen.«

»So einen hab ich schon, Sir. Vor ein paar Jahren hab ich einen bekommen.« Er entschuldigte sich und ging weiter das Deck hinauf, ließ Edward, dem keine Erwiderung einfiel, mit der Flasche in der Hand stehen. Dreist war der Kerl, kein Zweifel! Und doch ... Wahrscheinlich hatte er wirklich gedient, und mit Auszeichnung – warum nicht? Und ja, freilich, wem wäre ein halber Sovereign nicht lieber als ein Orden?

(»Das verdammte Schwert kann ich doch nicht essen«, hatte er in einem Wutausbruch einmal zu Alice gesagt, nicht lange nachdem man ihn zum Ritter geschlagen hatte, »aber vielleicht muß ich mich noch mal hineinstürzen, wenn ich die Rechnungen nicht bezahlen kann. Ehrungen sind einen Dreck wert. Was ich brauche, ist Geld, Geld, Geld! Du schickst mich zu Hofe mit Löchern in der Unterwäsche; meine Weste ist hinten aufgeschlitzt, und die geliehenen Schuhe mit den fabelhaften Silberschnallen sind eine Nummer zu klein. Jeder Zoll ein Gentleman, jeder Fuß ein armer Sünder.« Aber über dieses kleine Bonmot, das ihm ohne jede Absicht herausgerutscht war, hatte er lachen müssen, und Alice ebenso, obwohl sie doch die Tochter eines Generalmajors war, und einige Minuten lang hatte die Ironie an der ganzen dummen Geschichte ihnen den Atem verschlagen.)

Er verbrachte ein, zwei Stunden mit dem Mikroskop, nachdem er zuerst einen Tropfen von dem Wasser auf der Zungenspitze gekostet hatte. Zu seiner Überraschung war es tatsächlich nicht salzig. Dann legte er einen Objektträger nach dem anderen darunter und erkannte im zunehmenden Sonnenlicht die für Süßwasser charakteristischen Diatomeen und Protozoen. Er bedauerte sehr, seinen Chemiekasten nicht mitgenommen zu haben; sonst hätte er eine Versuchsreihe zur genauen Bestimmung des Natriumchlorid-Gehalts ansetzen können. Schließlich, dachte er, hätte der Mann, der sich mal die Mühe gemacht hatte, einen Apparat zur Herstellung von Schwefelwasserstoff zum Patent anzumelden, *das* doch wohl ohne Benutzung der Handbücher zustandegebracht.

Es fiel ihm immer noch schwer zu glauben, daß ein Fluß, und sei er auch so riesig wie der Amazonas, dem Atlantischen Ozean irgendeinen Eindruck machen könne. Er hatte das eine oder andere dazu in der Bibliothek gefunden, im Geographiebuch den Abschnitt »Der größte Fluß der Welt in Fakten und Zahlen« gelesen, erfahren, daß er an manchen Stellen so breit war, daß man nicht von Ufer zu Ufer sehen konnte. Bewußt hatte er darauf verzichtet, sich die unvorstellbare Kubikmenge reinen Wassers zu merken, die angeblich jede Sekunde hinausfloß. Das war immer das Problem mit den Fakten und Zahlen: Nichts wurde durch sie je verständlicher; sie gaben nur dem Erstaunlichen einen Anstrich von Langweiligkeit.

Als er wieder aufs Deck hinaufging, war der Vormittag halb vorüber. Die Passagiere vertrieben sich die Zeit wie üblich, ließen aber erkennen, daß sie beim Ringwerfen oder über den fast ausgelesenen Büchern, die sie vor der Ausschiffung in der Schiffsbibliothek zurückgeben mußten, nur halb bei der Sache waren. Immer wieder schauten Leute auf, als könnte im Ausblick auf die näherrückende Küstenlinie in den letzten fünf Minuten schon ein Hafen, eine Mole oder eine Seemannsbar aufgetaucht sein. Manchen Damen war anzusehen, daß sie überlegten, wie sie, wenn es soweit wäre, den letzten günstigen Moment abpassen könnten, nach unten zu verschwinden, um sich noch mal das Haar zu richten. Doch erst am frühen Nachmittag wurde am östlichen Horizont undeutlich eine Reihe von Gebäuden kenntlich: die Stadt Pará. Inzwischen war das gelbgrüne Wasser, durch das die *Hildebrand* glitt, frei von der langen Meeresdünung, die sie während der letzten Tage begleitet hatte. Auch die entgegenkommenden Wellenkämme, die anzeigten, wo Fluß und Meer sich begegneten, hatte man hinter sich gelassen. Hier war die Wasserfläche nur noch stellenweise gekräuselt, wo leichte, warme Windstöße zwischen den blauen und roten Segeln der Fischerboote drüberhin tupften, an denen sie winkend und mit wortlosen Begrüßungsrufen vorüberfuhren.

Neben ihm erschien Molly an der Reling, das Gesicht völlig verwandelt.

»Sie sind froh, daß Sie wieder da sind. Das sieht man«, sagte er.

»Das macht der Geruch. Seit über einem Jahr hab ich den nicht mehr in der Nase gehabt, und er ruft mir alles wieder zurück, mehr als alles andere. Er sagt mir, daß ich keinen Fehler gemacht habe ... Ist es nicht seltsam, wie leicht man sich Orte vorstellen kann, die man liebt und kennt, Menschen und Dinge in allen Einzelheiten, den Klang einer bestimmten Uhr oder das Geräusch einer Tür, die aufgeht, wie man aber fast völlig unfähig ist, sich einen Geruch vorzustellen? Was glauben Sie, woher das kommt? Sicher nicht daher, daß Gerüche weniger bezeichnend wären, jedenfalls nicht für mich, denn für mich ruft der Geruch von etwas im Nu alles andere wieder mit herauf ... Pará sieht von hier aus nicht sehr interessant aus, nicht? Aber im Augenblick hab ich es gern. Wußten Sie, daß es früher anders hieß? Manchmal nennt man es noch Belém, portugiesisch für Bethlehem.«

Ihre erregten Worte ließen die Bilder vor seinen Augen vorübergleiten. Wie hatte er sich diesen Kontinent vorgestellt? Um ehrlich zu sein, überhaupt nicht. An einem Vormittag in einem fernen Land, das er bis zum Überdruß zu kennen glaubte, hatte er sich absichtlich für eine Terra incognita entschieden. Für Amazonien statt – zum Beispiel – für die griechischen Inseln oder die Straße nach Mandalay gerade deshalb, weil der Name nichts Bestimmteres vor seinem inneren Auge heraufbeschwor als eine Wildnis voller Bäume, in der sich mancherlei Geheimnisse verbergen mochten. Darum fand er jetzt die verschwommene, wenig imposante Silhouette von Pará, dessen wichtigste Gebäude selbst auf diese Entfernung schon das portugiesische Gepräge zeigten, das er aus Madeira kannte, weder überraschend noch enttäuschend.

»Wußten Sie, daß es eine ansehnliche englische Kolonie hier gibt?« sagte Molly soeben.

»Ich hatte mir so was schon gedacht, nach dem, was unsere beiden spaßigen Freundinnen erzählten. Geschäftsleute, vermutlich, wie ihre vermutlichen Gatten.«

»Die armen, armen Gatten ...! Möchten Sie die nicht gern kennenlernen?«

»Früher hätten sie mich interessiert. Aber irgendwie hat meine Neugier darauf, wie der Rest der Welt zurechtkommt, in den letzten paar Jahren merkwürdig nachgelassen. Ehrlich gesagt, mir liegt nicht mehr viel dran. Aber ich würde ihnen alles Gute wünschen, wenn ich ans Wünschen glaubte. Wissen Sie, ich gehe hier vielleicht gar nicht an Land.«

»Nicht an Land? Da sind Sie so weit gefahren, um nicht mal an Land zu gehn?«

»Nein, ich bin eigentlich nur wegen der weiten Fahrt hergekommen. Sie steigen aus?«

»O ja. Ich weiß, daß Forty es auch vorhat« (zu erraten, wer »Forty« war, fiel ihm nicht schwer). »Es ist keine besonders aufregende Stadt; nur ist es eben die Pforte zum Amazonas, und das finde ich für mein Teil aufregend genug. Es geht wunderbar zwanglos zu. Sie wären schockiert.«

»Finden Sie, ich bin leicht zu schockieren?«

»Na, zu verstimmen vielleicht. Nicht gerade zu schockieren.«

»Ich hoffe doch, nicht. Es gibt nicht viele Ideen, die man in einem langen Leben nicht schon mal gehabt hat. Jedenfalls, wenn du in Rom bist, und so weiter. Was macht man denn, wenn man nach Pará kommt?«

»Ach, wenn Sie zum Beispiel jemanden aus der englischen Kolonie hier besuchen würden, dann fände man es völlig in Ordnung, wenn die Dame des Hauses selbst sie begrüßte, daß sie Ihnen nahelegen würde, die Jacke abzulegen und sich in Hemdsärmeln zu ihr ins Wohnzimmer zu setzen.«

»Skandalös! Aber unübersehbar vernünftig in diesem Klima.«

»Wenn Sie ein guter Freund sind und in jemandes Haus kommen, wird man Ihnen als erstes sagen: ›Hier ist der Kleiderhaken, und da ist das Bad.‹ Das sagen sie hier immer. Ist wie eine Begrüßung.«

»›Hier ist der Kleiderhaken, und da ist das Bad‹?«

»Ja. Hängen Sie Ihre Jacke weg und nehmen Sie erst mal eine schöne kalte Dusche, ehe Sie reinkommen und wir reden! Das ist echte Gastfreundschaft.«

»Klingt reizend. Aber ich kann mir denken, es gäbe Mißverständnisse, wollte man versuchen, die Sitte in England einzuführen. Was nicht heißen soll, daß den meisten Gästen ein ordentliches Bad nicht guttäte.«

»Liebe Güte, Sir Edward, Sie müssen ja schmuddelige Leute kennen!«

»Und ob, früher! Meistens Akademiker. Ich glaube, das ist der Staub, den sie ansetzen, weil sie in Bibliotheken leben. Spinnweben und so weiter. Verweste Gedanken. Sehr ansteckend.«

»Vielleicht wünschen Sie sich am Ende dieser Reise noch, Sie könnten dauernd hier leben.«

Edward blickte durch die Masten und Takelungen der vor Anker liegenden Schiffe auf kleine, doch stattliche Gebäude, die vorüberglitten. Die *Hildebrand* hatte an Fahrt verloren; während ihres Gesprächs hatte er von tief unten aus dem Schiff einige Mal Glockenläuten gehört.

»Verdammt, aber dazu ist es zu spät«, sagte er. »Vor zehn Jahren vielleicht ... Aber welchen Sinn hätte's gehabt? Man packt doch nicht alles zusammen und zieht um den halben Erdball, bloß weil man sich dort zwangloser kleidet. Ich habe sowieso, wann immer es ging, nur meine ›Gartenarbeitskleidung‹ getragen, wie meine Frau das nannte. Gewiß, nicht oft genug. Mein Gott, was sie mir für Sachen aufgenötigt hat! Einmal hat sie verlangt, ich sollte mir zum Radfahren einen ›Radler-Anzug‹ kaufen. Was für ein Unsinn! Wenn ich ausfahren wollte, mußte ich meine alte Mühle draußen in einer Hecke verstecken, mich hinausschleichen und draufspringen, wenn sie es nicht sah. Sie machte sich Sorgen, was die Nachbarn denken könnten. Was für Nachbarn?« Ein außergewöhnlicher Schmerz beschwerte sein Gesicht plötzlich mit Falten, und Molly sah, wie ihm Tränen in die Augen traten. »So ein altes Dummchen! Und *hätten* wir überhaupt Nachbarn gehabt, so hätten die doch nicht den *Traum des Gerontius* geschrieben. Was lag daran?«

Und bevor sie zu seiner Ablenkung etwas von den leichten, buntgestreiften Pyjama-Jacken erzählen konnte, in denen die Engländer in Pará heutzutage Besucher beiderlei Geschlechts empfingen, von den weißen Leinenhosen und Baumwollhemden, die bei einem Hochzeitsempfang, den sie besucht hatte, sowohl der Bräutigam wie der Gastgeber getragen hatten, drehte Edward sich jäh um und ließ sie stehen, mit dem Blick auf die löcherige Stuckfassade des Zollamts. Er ging unter Deck in seine Kabine. Im Vergleich zur Vergangenheit war das Territorium der Gegenwart, mit der Stadt hinter der Schiffsreling als Beispiel, nichtig wie eine Wolke. Doch als mit dem rosa Abendlicht die Ankergeräusche durch die offenen Bullaugen hereindrangen, entschloß er sich, die wenigen Anhaltspunkte, die er im Leben noch hatte, zumindest mit einer Postkarte zu bedenken, und er schrieb eine an Carice und eine im »Alles bestens«-Stil an einen Freund. Beruhigt durch Mollys Schilderung der in der Stadt herrschenden losen Bekleidungssitten, ging er in seiner leichtesten Jacke an Deck, nun doch bereit zu einem mürrischen Landbummel.

Aber als er an den Rand des Haufens Passagiere kam, die darauf brannten, die Gangway hinunterzustürmen – wie eine Herde Schafe, bemerkte er zu einem, der neben ihm stand, wenn auch Erster-Klasse-Schafe und nicht aus dem Zwischendeck –, belegten Molly und Fortescue ihn mit Beschlag, und Kate und Dora kamen, um sich zu verabschieden.

»Die Wege trennen sich, Sir Edward.« Kate streckte ihm eine weißbehandschuhte Hand hin. »Schade, daß es so kurz war.«

»Ich dagegen meine, unsere Bekanntschaft reicht zurück bis neunzehnhundertdrei«, sagte Dora, »und ich bedaure es noch mehr als Kate, daß Sie nun weiterfahren, während wir aussteigen. Es gibt Scharen von Leuten hier, die alles dafür geben würden, Sie zu sehen, wenn sie wüßten. Die ganze englische Kolonie würde antreten und Fahnen aufziehen. In Chapeo Virado und São Jeronimo wird man Sie begeistert feiern. Natürlich nur, wenn Sie es wollen«, fügte sie hinzu.

Und die ganze Zeit, während sie sprach, spürte er, wie sich aus ihr und Kate etwas verflüchtigte, das bisher dagewesen war. Das Bild, das er sich auf Grund der Tischgemeinschaft, der gemeinsamen Passagierklasse, des Tages auf Madeira und vieler Gespräche von ihnen gemacht hatte, schien nun von Minute zu

Minute weniger zu diesen beiden Frauen zu passen, die hier in hellila Hüten am Rande der unbekannten Stadt standen, in der sie zu Hause waren. Er war verwirrt gewesen durch die Zutraulichkeit und Schrägheit ihres Humors, wie immer, wenn er es mit Leuten zu tun hatte, die ihrer selbst sicher waren. Aber die Verflüchtigung setzte sich fort, als sie einigermaßen majestätisch die Gangway hinabschritten. Er konnte nicht umhin, einen ungalanten Blick auf ihre dicken Fußknöchel über den Riemenschuhen zu werfen, und bis sie den Kai erreicht hatten – wo sie beide mit allen Anzeichen der Herzlichkeit von zwei ziemlich dunkelhäutigen, rundlichen Herren in die Arme geschlossen wurden –, hatten Kate und Dora für ihn jeden Anspruch auf Identität verloren.

»*So*«, sagte Molly, die ebenso fasziniert zugeschaut hatte wie er, »die dachten ja nicht daran, uns zu sich nach Hause einzuladen, wie?«

»Hatten Sie gedacht, sie würden es tun?«

»Natürlich. Wenigstens hätten sie sagen können, daß es ihnen am ersten Abend nach der Ankunft leider nicht möglich sei, Gäste zu empfangen, aber wie wär es mit morgen? Wir bleiben ja drei Tage hier. Und uns nicht mal jemanden zu empfehlen, der uns Pará zeigen könnte. Höchst ungewöhnlich! Und diese beiden Männer, von denen sie abgeholt wurden!«

»Muß man annehmen, daß das ihre Ehemänner waren?«

»Die sahen mir eher wie Taxi-Mestizen aus.«

»Sie haben mich zwar auf zwanglose Umgangsformen vorbereitet«, sagte Edward, »aber daß es unter Taxifahrern Brauch ist, seine Fahrgäste zu küssen, haben Sie mir nicht verraten.«

»Da hab ich auch noch viel zu lernen«, sagte Molly. »Das ist schließlich ein Grund, warum ich wieder hergekommen bin. Also, Forty und ich waren schon mal hier, und wenn Sie sich unserer Führung anvertrauen wollen, könnten wir Ihnen eine erste Kostprobe von Südamerika verschaffen. Oder Ihnen wenigstens helfen, Ihre Postkarten auf den Weg zu bringen.«

Und mit diesen Worten nahm sie die Karten und warf sie gleich in einen roten, stählernen Briefkasten, der an ein Schott angeschweißt war: So würden sie an Bord der *Hildebrand* sortiert, gestempelt und mit dem nächsten in die Gegenrichtung fahrenden Booth-Dampfer befördert, erklärte sie, und das sei der schnellstmögliche Weg. »Die brasilianische Post wird nur versuchen, sie nach dem Sortieren demselben Schiff mitzugeben, wird es aber wahrscheinlich verpassen.«

Fast sofort, nachdem er die Füße auf den Kai gesetzt hatte, verlor sich seine Teilnahmslosigkeit, die durch das nichtssagende Bild der Stadt bei der Annäherung von der Flußmündung bedingt war, durch den Eindruck einer Siedlung am flachen Ufer von Nirgendwo. Nach zwei Wochen auf See war es sogar schwierig, das Gefühl zu zerstreuen, sich in einem Hafen am Meer zu befinden, denn der Pará-Fluß war hier dreißig Meilen breit und das andere Ufer außer Sichtweite. Sobald sie vom Kai in den Frei Caetano Brandão-Park kamen und auf unsicheren Beinen durch die tropische Vegetation in den konzentrischen Kiesringen um die Statue des Bischofs schlenderten, hörten sie durch das fremdartige Laub und die girlandenbehangenen Bäume hindurch die Geräusche einer großen Stadt. Das unverkennbare Quietschen von Straßenbahnrädern drang bis zu ihnen, Glockengebimmel und die Stimmen von hunderttausend Einwohnern, die nach der Hitze des Tropentages wieder munter wurden.

»Die Beine sind es«, sagte Fortescue. »Die machen alles so unwirklich. Der Boden scheint immer wieder wegzukippen. So ist es auch nach einem holprigen Flug.«

»Straßenbahnen hatte ich hier nicht erwartet«, sagte Edward.

»Dann wird es Ihnen Eindruck machen, daß es hier auch Zeitungen gibt, die in Morgen- und Abendausgaben erscheinen.«

»Über Klatsch wundere ich mich weniger als über Straßenbahnen.«

Bedächtig wie Rekonvaleszenten machten sie sich auf den Weg zur Praça da Republica, dem gesellschaftlichen Dreh- und Angelpunkt nach Einbruch der Dunkelheit, behauptete Molly. Trotz der Läden und Kioske, die elektrisch oder mit Naphta beleuchtet waren, trotz der breiten, kopfsteingepflasterten Alleen mit den blanken, stählernen Straßenbahnschienen, die in die

Wohnvororte São Jeronimo und Nazareth führten, und trotz aller Anzeichen bürgerlicher Geschäftigkeit war Edward sich doch vor allem des Dschungels hinter seinem Rücken bewußt. Der Gouverneurspalast, die Kathedrale und die verschiedenen Privathäuser, an denen sie vorüberkamen: alle waren durch Kletterpflanzen mit dem Boden verwachsen. Unwahrscheinliche Blüten hingen an ihren Säulen, und aus jedem Busch blinkten Leuchtkäfer. Um so mehr fiel ihm die klassische Stattlichkeit der Bauten ins Auge. Es schien ihm einen lobenswerten Sinn für Prioritäten zu beweisen, daß die Brasilianer zum Beispiel ein so imposantes steinernes Theater errichtet hatten. Als er mit Mollys Hilfe die Anschläge las, erfuhr er, daß es zwar keinen ständigen Spielbetrieb hatte wie ein Londoner Theater, aber von Zeit zu Zeit von reisenden Künstlern, Schauspielertrupps und ausländischen Opernensembles besucht wurde. Um die Weihnachtszeit, so sah er, sollte ein französisches Ensemble, von dem er noch nie gehört hatte, eine Reihe von Konzerten geben, darunter auch eine Aufführung von Berlioz' Oratorium *L'enfance du Christ*.

Edward, der vorher beim Zahlmeister etwas Geld umgetauscht hatte, bestand darauf, daß die andern an diesem Abend seine Gäste seien, denn wenn sie erst in Manaos wären, erklärte er, würden sie sicherlich unter Ausschluß aller geselligen Rücksichten in ihren eigenen Angelegenheiten aufgehen.

»Sehr nett von Ihnen, Sir«, sagte Fortescue. »Aber ich möchte nicht, daß Sie mich unter dem falschen Eindruck einladen, daß ich die ersten vierzehn Tage in Manaos bei der Montage nicht mehr zum Essen komme. An einem Tag auf einem ungepflasterten Flugfeld am Rand einer tropischen Stadt kann man nur so und so viel tun. Wenn Feierabend ist, ist Feierabend.«

»Es kommt die Nacht, da niemand zu wirken vermag?«

»Ganz richtig. Nichts, was dagegen spricht, einen zu trinken und sich eine ordentliche Mahlzeit zu gönnen.«

Der englische Club, offenbar der Brennpunkt der Kolonie, lockte sie nicht. Durch die halb mit Laub überwachsenen beleuchteten Fenster waren schon manche Passagiere von der *Hildebrand* zu erkennen. Statt dessen entschieden sie sich für das

Restaurant des Grand Hotels, mit Tischen auf dem Boulevard unter einem Kuppeldach aus Glas und Schmiedeeisen, von wo aus sie die Passanten beobachteten und ihre rassische Herkunft zu erraten versuchten.

»Ich glaube, die Portugiesen müssen als Kolonialherren von uns so verschieden gewesen sein wie nur möglich«, bemerkte Molly. »Was Mischehen mit den Einheimischen angeht, kannten sie offenbar kein Tabu, und was noch mehr ist, alle anderen, die herkommen, kennen auch keines.«

»Die Briten ausgenommen«, sagte Fortescue.

»Briten ausgenommen. Allerdings sieht es so aus, als ob Kate und Dora aus der Reihe tanzen ... Was meinen Sie, woher das kommt? Diese Sache mit der Rassereinheit versteh' ich überhaupt nicht«, bekannte sie. »Für mein Teil finde ich, daß diese Mischung von Indianer, Portugiese, Italiener, Neger und was nicht noch alles eine sehr hübsche Farbstufung ergibt.« Und auch Edward fielen interessante Hauttönungen auf, wenn im Licht der falterumflatterten elektrischen Kronleuchter staubige Bronzereflexe von Köpfen aufblitzten, deren Haar keineswegs einheitlich tropenschwarz war.

Das Essen war gut, der gekühlte portugiesische Rosé ausgezeichnet, die vorüberströmende Menge abwechslungsreich. Edward erlebte alles wie hinter einer dicken gläsernen Wand. Eigenartigerweise fehlte der Straße das Schrille, das sich ihm in Neapel und Smyrna so stark aufgedrängt hatte. Pará war lebhaft und in mancher Hinsicht ungehemmt, doch die warme Nacht entschärfte die spitzen Töne in den weichen Falten ihres Vorhangs.

Ebenso schien das ökonomische Mißgeschick, das Manaos und Pará vor noch nicht so langer Zeit getroffen hatte, der Zusammenbruch des Gummihandels, von dem Molly dies und jenes sehr eindrücklich zu erzählen wußte, gar nicht die Leute betroffen zu haben, die hier vorübergingen, sondern einen ganz anderen Teil der Bevölkerung. Sicherlich hatte niemand, den er sehen konnte, irgend etwas mit dem weltberühmten Pará-Gummi zu tun. Die Bettler, die Budeninhaber, die Mütter mit ihren Kindern, die Straßenbahnfahrer und die künftigen Theaterbesucher, die die Anschläge an den Säulen vor dem Theater studierten – ihrer aller Leben schien in keiner Beziehung zu den Marktpreisschwankungen eines Rohstoffs zu stehen. Mollys Information, daß sich die Region nach dem anfänglichen Tief teilweise wieder erholt hatte, weil man den Export von Gummi durch den von Kakao und Paranüssen ersetzte, blieb für Edward Information. Zurück behielt er, was er aus der Perspektive des Gastes in einem gepflegten Restaurant gesehen hatte, das Bild eines Lebens, das unermeßlich fern von seinem eigenen an einem Ort stattfand, den er sich nie hatte vorstellen können.

Nachher bestand er darauf, allein zum Schiff zurückzukehren, während Molly und Fortescue zur Bosque weitergingen. Er hatte sie zum Essen eingeladen; mehr konnten sie vernünftigerweise von einem älteren Herrn nicht erwarten. Außerdem gab es nichts Gemeinsames zwischen seinen Erinnerungen und ihren Zukunftsplänen. Ein großer gehörnter Käfer prallte gegen eine elektrische Laterne und fiel ihm betäubt vor die Füße. Mit der Zwinge seines Stocks drehte er ihn in Bauchlage. »Schwirr ab«, sagte er freundlich, »sonst wirst du zerquetscht!« Er war ein wenig überrascht, als das Tier die schwarzen Flügeldecken ausbreitete und tief brummend zu den Lichtern aufflog.

VII

Anscheinend sind wir nun über den Atlantik. Jedenfalls hab ich heute abend irgendwo auf festem Boden gegessen. Alle behaupten, das sei hier ein Ort namens Pará, & gewiß, die ganze Kulisse (Zeitungen & Theaterzettel auf Portugiesisch, eigenartige Straßenbahnen, Käfer, Lianen, Glühwürmchen etc.) scheint darauf angelegt, die Illusion zu erwecken, man befinde sich in Brasilien. Glaubhafter ist schon, wenn Pyce mir versichert, daß Kapitän Maddrell noch nie einen Navigationsfehler gemacht hat – zumindest nicht in der Größenordnung, die nötig wäre, um einen Kontinent zu verfehlen. Ich sehe mich also gezwungen anzunehmen, daß dieser scheinbare Seehafen, wo wir vor Anker liegen, tatsächlich der Flußhafen ist, den wir anlaufen wollten.

Ich bin Engländer; oder ich bin Europäer. Ich bin Grenzen gewohnt. Ich liebe die Karten der englischen Grafschaften mit ihren uralten Demarkationslinien, die sich in der Mitte eines Flusses dahinwinden, einem Bergkamm folgen oder den nicht vorhandenen Grundbesitz eines längst erloschenen Herzogtums umgehen. Dadurch hat jede Grafschaft ihren eigenen Charakter behalten. Jedermann weiß genau, wo Worcestershire aufhört und Shropshire anfängt, auch wenn keine Schilder dastehen. Seit Beginn dieser Reise aber haben sich solche Gewißheiten zu einem nicht geringen Teil verflüchtigt. Zuerst auf Madeira: weder Europa noch Afrika. Dann am Äquator: ein theoretischer Zaun, dessen mythische Position mit Mummenschanz gefeiert werden mußte. Als nächstes fand ich beim Erwachen das Schiff weit draußen auf dem Meer, aber in Süßwasser schwimmend. Und schließlich habe ich heute beim Abendessen zwischen Menschenströmen gesessen, in denen die Rassenunterschiede ebenso verwischt sind. Kurz, alles in diesem Teil der Welt scheint es darauf anzulegen, in alles andere zu zerfließen. Die Sache wurde nicht klarer durch den komischen Abschied von Kate & Dora. Wer waren die beiden? Weiß anscheinend niemand. Sie wurden mit allen Anzeichen wechselseitiger Zufriedenheit abgeschleppt von zwei dicken kleinen Dagos. Sie waren ziemlich prächtig, & ich fing an, ihre sonderbare Doppelnummer zu mögen. Auf der Heimreise wird es einsam sein.

Am nächsten Tag ging Edward sehr früh vom Schiff in einen Morgen voller Pastelltöne. Von den Straßen und vom Hafen aus gesehen, leuchteten die Ölfarben der Schiffe und die Trachten der Seeleute vor dem blaßblau lavierten Himmel. Jedes Tau und jeder Mast stand scharf umrissen in der funkelnden, mit Wassermolekülen gesättigten Luft. Die Taue, mit denen die *Hildebrand* befestigt war, trugen metallene Trichter, mit der Öffnung zum Kai, um die großen schwarzen Ratten fernzuhalten, die man überall in Müllhaufen wühlen oder auf den mit Gemüseabfällen übersäten schlammigen Wattstreifen herumstöbern sah.

Er hatte noch nicht mal eine Tasse Kaffee getrunken, war voller Energie aufgewacht, die sich beim Ankleiden in den plötzlichen Wunsch umsetzte, an Land zu frühstücken. Er erkundigte sich nach den Richtungen und ging dann das kurze Stück in die Altstadt hinein, deren enge Straßen zwischen den bunten Kolonialhäusern von indirektem Sonnenlicht erfüllt waren. Aus Neugier kaufte er sich eine Nummer des *Jornal do Pará* und betrat ein Café, wo er, nachdem er angezeigt hatte, daß er dasselbe wollte wie sein Nachbar, heißes Brot und eine Tasse dicke, starke Schokolade bekam. Überrascht bemerkte er das Datum der Zeitung: Es war der 1. Dezember.

Als er langsam, aber – dank Latein und Italienisch – nicht völlig verständnislos die Schlagzeilen las, durchflutete ihn aus dem Nichts heraus ein Gefühl, das ihn mit feuchten Augen aufs Pflaster hinausblicken ließ. Es war eine Empfindung, wie er sie seit vielen Jahren nicht mehr gehabt hatte, seit so vielen, daß er sie mit keinem bestimmten Ereignis verknüpfen, sondern sie nur beglückt und traurig als das Gefühl, *jung* zu sein, erkennen konnte. Der helle Schein der Morgensonne draußen, der kräftige, unerwartete Geschmack der Schokolade, das Knistern der fremden Zeitung in seinen Händen, die alte Straße mit ihren Häusern und Passanten, die er keinem angebbaren Winkel des Erdballs hätte zuordnen können – all dies erweckte ein Nachbeben jener Erregung, frei und lebendig zu sein, die manchmal plötzlich wie ein neuer Tag in den fernen Häfen der Jugend über uns hereinbricht und mit dem Versprechen endloser, zauberhafter Erlebnisse winkt.

Dann zitterte er vor Schmerz beim Gedanken an die Ungerechtigkeit, mit der er da offenbar von neuem heimgesucht wurde. Gespenster der Vergangenheit durften nicht nach jahrzehntelanger Abwesenheit aus ihrem Versteck hervorkriechen, unberührt von den Schlägen und Wunden des Lebens, das hinter einem lag. Ein grausamer Schwindel war es, der dem Sechsundsechzigjährigen soeben die Frische des Sechsundzwanzigjährigen vorgespiegelt hatte. Nicht daß sein Leben zu jener Zeit gar so unbeschwert gewesen wäre: unglücklich verliebt in Lena, alles andere als reich, viele Jahre vor jeder Anerkennung. Doch das war mit sechsundzwanzig ganz normal. Darunter fließen jederlei Ströme und Kraftquellen, die eines Morgens in einem

Café im Ausland unversehens hervorbrechen. (So wie eine Katze aus ihrem gemessenen Schritt fällt, um in die Luft zu springen und nach einem Schatten zu haschen.)

Die Erinnerung an dieses Gefühl hielt an, als er zum Fluß zurückging. Eine vereinzelte Straßenbahn zuckelte quietschend vorüber, eine elektrische Ozonfahne und den Messerwetzgeruch schleifender Bremsklötze hinter sich herziehend. An den Fenstern (unverglast, doch mit Öltuch-Blenden, die bei Regengüssen herabgelassen werden konnten) standen Männer in blütenweißen Hemdsärmeln, auf dem Weg von ihren Vororten zu den Banken, Büros und Lagerhäusern, viele ein zusammengefaltetes Taschentuch zum Schutz gegen den Staub vor den Schnurrbart haltend, andere mit einer Zeitung fächelnd. Mehrere stiegen aus vor einem imposanten Bank- oder Börsengebäude, von dessen Giebelfeld ein schräger Zweig mit feuerroten Blüten aus dem Spalt herabhing, in dem er Wurzel gefaßt hatte. Ganz kunstlos verlieh das leuchtende Unkraut dem spröden Mammonstempel eine verführerische Kraft, mit der er den ganzen mangogesäumten Boulevard beherrschte wie eine kokette lateinamerikanische Schöne mit einer Nelke am Ohr. Es erinnerte zugleich daran, daß dies eine Pflanzenstadt war, die ihre Existenz und ihren Reichtum den Wurzeln und Hölzern, Nüssen, Früchten und Säften verdankte. Gleich hinter der letzten Straßenbahnstation begann ein kontinentweites Vegetationsfeld, das sich bis zu den Anden erstreckte. Weiter hinten an den Pieren regte sich ein Wald von toten Bäumen und Lianen: die Masten und Takelungen der Flußdampfer, Fischerschmacken, Passagier-, Fracht- und Trampschiffe, ohne die Pará rasch verlöschen und wieder dem Dschungel anheimfallen würde. In jedem Spalt jeder Mauer hatte irgendein Kraut Wurzel gefaßt. Selbst das Pflaster buckelte und wölbte sich um die Mangobäume, als wühlte eine urzeitliche Kreatur sich geduldig zur Oberfläche durch. In den Gärten, an denen Edward vorüberkam, sah er kaum ein Fleckchen nackten Bodens, nur hier und da, wo ein Gärtner in Leinenhosen und mit Strohhut sein Tagewerk schon begonnen hatte, der mahagonibraune Rumpf schweißglänzend, während er ohne Anzeichen von Eile seine Hacke bewegte.

Das Nachgefühl von Jugendlichkeit zeigte sich nun auf eine andere Weise. Auf einmal war er überzeugt, noch gar nichts getan zu haben. Es war nicht, daß er das schon Geleistete gering schätzte, nicht ganz die verdrossene Bescheidenheit, die ihn einmal hatte sagen lassen, wenn man eines seiner Werke neben eine von Beethovens Symphonien stelle, bringe man ihn in die Lage eines kleinen Pfuschers bei der Betrachtung der Forth-Brücke. Es kam vielleicht dem näher, was Beethoven selbst auf dem Totenbett dazu gebracht hatte zu sagen, seltsamerweise scheine es ihm nun, als habe er kaum je eine Note geschrieben. Niemand wußte, ob Beethoven das wörtlich gemeint hatte, oder ob es heißen sollte, daß er angesichts der Ewigkeit alle seine Werke belanglos finde.

In Edwards Fall jedoch war es wörtlich zu nehmen. Inmitten dieser lethargischen, fremdartigen Betriebsamkeit in einer tropischen Stadt, die bestimmt noch nie von Gerontius gehört hatte, konnte er sich an den Komponisten, den er einmal verkörpert hatte, kaum mehr erinnern. Wofür also hatte dieser Sechsundzwanzigjährige in den seither vergangenen vierzig Jahren seine Kräfte verausgabt? Nur der Widerhall großer Krawalle, Tumulte und Erschütterungen drang jetzt bis zu ihm. Keine Note geschrieben, aber ganze Hinterlande der Emotion trockengelegt, Flußarm an Flußarm, bis er den Eindruck hatte, ein Rauschen vieler Gewässer zu hören, mit denen ringsum alles davonschwamm, und selbst ein Zuschauer an gefährdetem Standort zu sein, auf einem Kai an einem großen Strom bei Hochwasser, die dicken gelben Strudel nur ein paar Zoll vor seinen Füßen.

Doch die Unpersönlichkeit eines Vormittags in Pará kam ihm zu Hilfe: die muntere Betriebsamkeit, die Fremdheit, die Passanten, die an einem palmbeschatteten Kiosk stehenblieben, um Gläser einer dunkelroten Flüssigkeit zu trinken oder braune Scheiben gepreßter Marmelade zu essen. Was lag schon daran? Er hatte eben nichts getan. Es gab ja auch nichts zu tun. Egal, wie hart man arbeitete, es gab nichts zu tun. Um eine Ecke biegend, sah er sich Kapitän Maddrell und dem Zahlmeister gegenüber, beide in strahlend weißer Kluft, die vor Stärke wie aus Blech gestanzt wirkte. Mützen ab, Strohhut gelüftet, guten

Tag, meine Herren! He? Zurück zum Schiff, und Sie? Zum Booth-Büro. Wiedersehn, Wiedersehn! Soviel Manierlichkeit munterte ihn auf; sie gehörte mit zu der nicht ganz geheuren Energie, die ihm dieser Vormittag gab, wo Leute im grellen Sonnenschein Dinge taten, als ob es beinah drauf ankäme. Er läutete nach Steward Pyce.

»Ich setze mich ein Weilchen in Kapitän Maddrells Tageskabine«, sagte er. »Können Sie mir da irgendwas Kaltes zu trinken hinbringen? Etwas ohne Alkohol.«

»*Guaraná*«, sagte der Steward, ohne zu zögern. »Wenn man in Brasilien ist, Sir, richtet man sich nach den Brasilianern. Es ist wunderbar erfrischend. Ich bringe es Ihnen gleich.«

Und kaum hatte Edward sich den Deckstuhl des Kapitäns an die Reling gerückt, von wo er auf den Kai, das Zollhaus und die Dächer der Speicherhäuser blicken konnte, zwischen denen hier und da auch ein Stück von der weißen Stadt und der dunkelgrünen Vegetation zu sehen war, als Pyce mit einem großen Krug erschien, an dessen Rand Eisbrocken klimperten. Er enthielt dieselbe rötlichbraune Flüssigkeit, die die Leute auf der Straße getrunken hatten. Er nippte vorsichtig an dem Glas, das der Steward ihm reichte. Dann nahm er einen tieferen Zug.

»Hören Sie, Steward, das ist genau das Richtige. Fabelhaftes Getränk. Wie, sagten Sie, heißt es?«

»*Guaraná*, Sir. Die Indianer hier trinken es, mit Verlaub, Sir Edward, gegen Ruhr. Aber wie Sie sehn, mit Kohlensäure ist es wirklich sehr erfrischend. Praktisch jeder trinkt das hier in Amazonien.«

»Aber was ist es denn?«

»Samen, Sir, von der Guaraná-Pflanze. Die Eingeborenen lassen sie in der Sonne trocknen, rösten sie dann ein bißchen und zermahlen sie zu einer Paste. Zu der fügt man dann nur noch Wasser und Zucker hinzu.«

»Na, hol mich der Teufel! Und heilkräftig ist es auch noch, sagen Sie?«

»Dr. Barnard – das war unser letzter Schiffsarzt, Sir – hat es in der Britischen Farmerkoopje gefunden, also kann es nicht schlecht sein.«

»Sie wissen offenbar gut Bescheid, Pyce«, sagte Edward, als er ihm das Glas zum Nachfüllen hinhielt.

»Ich mach' doch diese Tour schon seit einigen Jahren, Sir, nicht? Das ist so was, was die Passagiere gern wissen wollen. Ich hab sogar schon gesehen, wie die Indianer die Paste machen. Ganz interessant, wie gescheit die auf ihre Weise auch sind – und dabei sind sie doch Wilde! Sie machten aus der Paste Figürchen, kleine Vögel, Schlangen, Alligatoren und so Sachen, und dann haben sie die überm Feuer geräuchert. So läßt sich das Zeug am besten verschicken. Sie können es in Manaos kaufen. Viele nehmen sich so was als Andenken mit nach Hause, aber es läßt sich sehr schwer raspeln, wenn es erst mal zusammengebacken ist. Die Indianer hier machen's mit einer Fischzunge.«

»Einer was?«

»Die nimmt man hier als Feile, Sir. Aus der Zunge von einem Fisch, dessen Namen ich jetzt nicht so ohne weiteres zusammen ---«

»Gott sei Dank!«

»--- aber manchmal angeln wir nach ihm mit Propellerhaken von der Poop. Der größte Süßwasserfisch der Welt, Sir! Dreihundert Pfund, der dickste, den wir mal gefangen haben. Die Kombüse hat nicht schlecht geflucht.«

»Und was ist mit der Zunge, Pyce?«

»Die ist wie ein Reibeisen, Sir, wie schon gesagt. Sie trocknen sie, und dann raspeln sie ihr Guaraná damit. Das ist alles, was ich über Guaraná weiß«, setzte der Steward entwaffnend bescheiden hinzu.

»Das ist mehr als genug«, sagte Edward mit einem Lächeln. »Sie können mir in etwa einer Stunde noch einen Krug bringen. Wenn ich davon, äh, Ruhr bekomme, dann weiß ich ja, wer dafür verantwortlich ist.«

Auf seinem geliehenen Deckstuhl sitzend, trank er und guckte, guckte und trank. Die Sonne stieg rasch höher und laugte aus der Stadt jenseits der Reling vielerlei Düfte und Gerüche hervor. Aus den offenen Türen der Lagerhäuser entwichen starke Aromen: heiße Jutesäcke mit Pfefferkörnern, unter

Wellblech schmorende Kakaobohnen, Säcke mit Maniokmehl, harzige Ausdünstungen zersägter tropischer Harthölzer und der würzige Duft unangezündeter Zigarren. Der Schlamm des Wattstreifens trocknete blasenschlagend und zischend; das verfilzte Treibgut, mit dem Unrat der Stadt durchtränkt, hob und senkte sich ein wenig, als die Ratten, die darin wühlten, Myriaden eingeschlossener Dünste freisetzten, die fast sichtbar über die Kais trieben. In dem klaren blauen Himmelsschacht über der Stadt kreiste langsam ein ungefähr kegelförmiges Geschwader von Geiern. Unten an der Schiffswand führte eine Laufplanke direkt in einen der Laderäume, und dort hinein verschwanden halbnackte Schauerleute mit Säcken auf dem Rükken, genau unter der Stelle, wo Edward saß, das eisgekühlte Guaraná in der Hand. Das Glas glitzerte, die Männer glitzerten; die Stadt glühte und stank; die ungeheure Fruchtbarkeit ihrer Umgebung war überwältigend.

Nach seiner Uhr mußte es jetzt in England etwa halb fünf sein: ein Winternachmittag. Selbstquälerisch überdeckte er die betäubende Kaiszene mit einem vertrauten Anblick. Ein englisches Dorf - kein bestimmtes - schwamm ihm vor den Augen. Die Sonne ging soeben unter und ließ einen satt türkisfarbenen Himmel zurück, von dem der vergoldete Wetterhahn auf dem Kirchturm wie eine schwärzliche Schablone abstach. Es roch nach frühem Frost und verschossenem Pulver. Während der letzten Stunde, dachte er sich, waren Waldtauben über den Acker hinter dem Pfarrhaus herangeflogen, um sich in den verwucherten Dornenhecken niederzulassen, in deren hohem, verfilztem Gestrüpp immer noch neu hinzukommende verschwanden. Im Krämerladen gegenüber der Kirche waren die Lampen längst angeknipst. Jedesmal, wenn die Tür auf- oder zuging, bimmelte eine Glocke mit einem hellen Ton, den man bis zum Rathaus hören konnte. Ein paar Dörfler strampelten auf Fahrrädern heimwärts, mit Laternen, die einen Azetylen- und Karbidgeruch hinterließen.

Aber wo war der Betrachter, wo war Edward selbst in diesem Moment? Viele tausend Meilen weit weg, wo die grelle Dezembersonne fast im Zenith an einem blauen Himmel stand und

Geier träg ihre Runden machten, wo er einen exotischen Trank schlürfte und einen Fluß zu Füßen hatte, in dem es Baumstämme und große Panzerfische und Goldkörner gab. Und für diesen einen Moment war er es zufrieden. Die uralte englische Szenerie vermißte er nicht mehr so, wie er sie noch vor ein paar Tagen beim Anblick des leeren Ozeans vermißt hatte. Während dieser glitzernde Moment ihm Ohren, Augen und Nase erfüllte, vermochte das ferne Land, auf das er den Sinn lenkte (mit seinen gedeckten Farben und gedämpften Tönen, mit seinen Kirchen- und Ladentürglocken und dem herbstlichen Zwielicht, das leicht wie die Tauben auf die Stroh- und Ziegeldächer herabfiel), überhaupt kein Heimweh zu wecken, sondern nur ein landesverräterisches Glücksgefühl, all dem entkommen zu sein.

Durch das entfernte zweiflügelige Docktor kamen zwei stattliche weiße Gestalten herein: der Kapitän und der Zahlmeister, erkannte er, als sie sich näherten. Er folgte ihnen mit dem Blick, bis sie unter den Speigatten aus seinem Gesichtsfeld verschwanden. Für ein paar Sekunden sah er Kapitän Maddrells Gesicht unter dem vorstehenden Schirm seiner Mütze. Es zeigte die unnachgiebige Miene eines Mannes, der es gewohnt ist, seine Absichten weder vom Zufall noch von anderen durchkreuzen zu lassen. Die beiden Offiziere hatten von ihrer Reederei soeben erfahren, daß keine Möglichkeit bestand, Dr. Ashe zu ersetzen, ohne die *Hildebrand* wer weiß wie lange aufzuhalten. Es gab keinen anderen englischen Arzt im Hafen, der für den Posten geeignet war. Dr. Ashe würde noch mindestens bis zur Rückkehr des Schiffs nach Pará im Dienst bleiben müssen. Es ging nur um zwei, drei Wochen, und in dieser Zeit fände man sicherlich brauchbaren Ersatz.

»Zwei, drei Wochen«, hatte der Kapitän gesagt, als sie den Kai entlanggingen, beide mit geschäftigen Blicken auf die Vertäuungen der *Hildebrand*, ihren Anstrich und das Sonnensegel über der Gangway. »So lange sind wir noch kaum unterwegs, und schon hat der Kerl einen Schaden angerichtet, der gar nicht auszurechnen ist. Stellen Sie sich mal vor, was ihm jetzt auf der nächsten Etappe noch einfallen könnte, Gatesy! Na, wenn etwas passiert, laß ich ihn in Ketten legen. Dann kann er seine Operationen in der Vorpiek machen.«

»Jedenfalls würde er da nüchterner.«

Der Kapitän ging ein paar Schritte weiter. »Aha, das ist es wohl, wie? Wußt' ich nicht. Ich meine, Gatesy, wir fahren beide lange genug zur See, um jeder ein paar Männer gekannt zu haben, die ohne eine griffbereite Flasche nicht auskamen, und ich muß sagen, manchen schien das gar nichts zu schaden. Ich erinnere mich an einen Ersten Offizier, der sich jeden Monat einmal vollaufen ließ, pünktlich wie nach der Uhr. Vierundzwanzig Stunden war er dann zu nichts zu gebrauchen. Aber bei Gott, die übrige Zeit war er ein tüchtiger Seemann. Kam ohne eine Flasche Rum im Leib nicht durch den Tag, aber davon hätte man nie was gemerkt.«

»Was ist aus ihm geworden?«

»Oh, ist irgendwo untergegangen. *Titanic? Empress of Ireland?* Eine von den beiden, glaub' ich. Hoffentlich war er dicht, als es passiert ist.«

»Ich hab so das Gefühl, in die Kategorie gehört unser Doktor nicht.«

»Ich auch. Komisch, nicht? Merkt man doch. Sternhagelvoll. Kopf hoch, Gatesy, wir hatten schon Schlimmere an Bord als einen übergeschnappten Knochenflicker.«

»Aber nur Passagiere, Mr. Maddrell, das waren alles Passagiere!«

An einem glutheißen Nachmittag löste die *Hildebrand* die Vertäuungen, grüßte die Stadt und ihre Bewohner mit dem gewohnten C und dampfte ab. Edward, einen halbleeren Krug Guaraná neben sich, sah zu, wie Pará sich rasch in eine Hafensilhouette verwandelte und bald nur noch eine Küstensiedlung war. Aber über die sich streckende gelbgrüne Wasserfläche blieb von fern die Kegelformation der Geier sichtbar, wie sie sich drehte und drehte und ihre schwarzen Partikel viele tausend Fuß hoch in den blauen Himmel über der unsichtbaren Stadt emportrug.

Von da an blieb das Schiff in Sichtweite eines Ufers, das bald zum Greifen nah, bald meilenweit entfernt war, manchmal, wenn Edward aufblickte, auf der linken und manchmal auf der rechten Seite. Er wußte bald nicht mehr genau, welcher Tag es war, und verlor jedes Gefühl für den navigatorischen Fortschritt. Er verbrachte einige Zeit auf der Brücke, wo er oft einen brasilianischen Kollegen Mr. Mushets antraf, denn alle Schiffe mit einem gewissen Tiefgang mußten wegen einiger berüchtigter Abschnitte einen Lotsen an Bord nehmen: Die Untiefen und Sandbänke des Amazonas verschoben sich beständig, und eine seit langem benutzte Fahrtrinne konnte binnen einiger Tage verschlammen. Aber meistens saß er auf dem Deckplatz des Kapitäns, von wo er die fast lückenlose Wand des Regenwaldes langsam vorübertreiben sah.

Kurz bevor sie den eigentlichen Amazonas erreichten, passierten sie die Engen, eine Strecke zwischen kleineren und größeren Inseln, jede mit einem Büschel unberührten Waldes, die stellenweise die Fahrtrinne bei reißender Strömung auf eine Breite von knapp zweihundert Metern zusammendrängten. Der Fluß war nun gelbbraun, die Inseln grün. Mit jeder Biegung, um die das Schiff kam, enthüllte sich eine neue Szene, deren Bestandteile zwar in groben Zügen die gleichen blieben wie in der vorigen, die ihm im einzelnen aber jedesmal neu erschien. Er sah Bäume, wie er sie sich nie hatte vorstellen können. Schön und gut, wenn man von Englands ehrwürdigen alten Eichen sprach, aber neben den ehrwürdigen alten Bäumen Amazoniens nähme eine englische Eiche sich aus wie ein Kohlkopf. An manchen Stellen reichte das Laubdach über zweihundert Fuß hoch hinauf; und mehrere Baumarten hatten Wurzeln wie Strebebögen: große, dreieckige Holzplatten, die mit zunehmender Entfernung einen architektonischen Reiz gewannen. Von den Ästen dieser Riesen hingen vielerlei Lianen und Schlingpflanzen herab, wie Ketten, die den Baum davon abhalten sollten, noch weiter in den Himmel zu wachsen. Alles war hell von der Sonne gesprenkelt: die gefiederten Stengel der Assai-Palme, die Wedel der *miriti*, die Myriaden Sprosse und Zweige. Licht fiel in breiten Bahnen herab, sättigte den glänzenden Fluß und schlug jäh eine rote Glut aus dem Sandstein, als hätte die Erosion bei den letzten Überschwemmungen Magma freigelegt, das aus dem Innern des Planeten hervorquoll. Überall auf den Bächen und *igarapés*, die namenlos in den Dschungel hineinführten, und auf den Lichtungen unter dem Walddach war es beängstigend dunkel.

Zwar stand dieser Wald still wie eine grenzenlose Holzplastik, mit beleuchteten und beglänzten zwischen dunklen Flächen, doch gab es auch vieles, das sich bewegte. Über das strudelnde Wasser von Inselchen zu Inselchen flogen Aras und andere Papageien, scheinbar halslos und daher breitköpfig wie Nachtfalter oder Eulen. Eisvögel spritzten wie elektrische Funken von einem vermoderten Baumstamm auf einer Insel zu einem blühenden Busch an einem anderen Ufer. Die *Hildebrand* schreckte im Vorüberfahren Enten und Reiher auf; das dumpfe, mechanische Brummen der Schiffsmaschinen schallte von den Vegetationswänden zurück. Und aus den Drüsen des Waldes wehten Gerüche herüber: von Ölen und Harzen, Orchideen, Pilzen und Schwämmen, von wildem Pfeffer, Würzkräutern und Faulgasen. War der Anblick berückend und ernüchternd zugleich (weil er allen an Bord die eigene Belanglosigkeit inmitten solch ungezähmter Unermeßlichkeiten in Erinnerung rief), so war der Geruch in seiner urtümlichen Reinheit erkältend. Er bezeugte Äonen, Erdzeitalter, unvorstellbare Zeiträume. So hatte der Planet zweifellos gerochen, ehe der Mensch den Fuß darauf setzte, als die Dinosaurier hier weideten und die Kohle abgelagert wurde. Er besagte auch, daß das Jahr 1923 ein Nichts war, ein Sekundenbruchteil, ein einziger Ring in einem Baumstamm. Er hauchte jeden der Passagiere mit dem betörenden Duft der Vergeblichkeit an. Und wie so oft in solchen Fällen sprachen einige darauf an und erlebten die durchbohrende Lust der Melancholie, denn sie gehörten zu jenen neugierigen Gemütern, die alles beruhigt, was an die eigene Vernichtung gemahnt. Einer von diesen war Edward, der viele Stunden lang an Deck saß und die Einzelheiten an sich vorüberströmen sah, bis sie zu einem Erdteil, einem unerforschten und unerforschlichen Land verschmolzen, über dessen Flächen Bilder aus seiner, Edwards, Vergangenheit glitten, Geschehnisse aus seinem Leben, Emotionen, die das Gesicht von Sterblichen trugen. Es wurde ein Traum: der Betrachter auf seinem Deckstuhl, die Vegetation, und die Erinnerungen, die dazwischen hin und her huschten. Nur die Sonne war offenbar wirklich, und auch sie nur als Quelle des gleißenden Lichts, unter dem ein solcher Aufzug allein stattfinden konnte.

Bisweilen tauchte kurz ein Detail aus dem Traum hervor wie ein Haken, an dem ein Faden seiner Aufmerksamkeit hängenblieb und sich aufräufelte: ein Geruch, ein Alligator auf einer Sandbank, ein Vogelruf. Ein-, zweimal zückte er sogar den Stift und fing wieder an, Achtel- und Viertelnoten in seinen Block zu kritzeln, denn obwohl er, hätte ihn jemand gefragt, gesagt hätte, daß die Musik für ihn gestorben sei (angesichts einer kunstfeindlichen, von allen kulturellen Flausen der Menschheit unberührten Landschaft), drängte sich doch tröpfchenweise, aber beharrlich das eine oder andere heran, das zu notieren er aus lebenslanger Gewohnheit nicht lassen konnte. Die unbekannte Gestalt auf ihrem Turm setzte ihren wortlosen Gesang fort, aber wie alles zusammenhing, war noch unklar. Eine Soloszene vielleicht oder – er schrak auf – ein Stück von einer Messe? *Eine Messe des Lebens*, kam ihm in den Sinn, während er sich im gleichen Atemzug ärgerlich zurechtwies, daß dafür schon Delius gesorgt hatte. Aber ein *weltliches* Oratorium oder eine Messe wäre vielleicht die Antwort. Es böte Gelegenheit zu vielen von jenen Effekten, mit denen er sich zuerst einen Namen gemacht hatte: betäubende *Tutti*, lodernde Chöre, *a capella*-Nummern mit spärlichster Begleitung, stille Meditationen für eine Solostimme, vielleicht mit einem einzigen *obbligato*-Instrument (Oboe? Klarinette?), durchflochten mit Figuren im Stile Bachs, doch in Elgars Handschrift ... Er legte Block und Drehstift beiseite. Nein, dies würde ganz bestimmt nicht der dritte Teil der Trilogie. Dieses Projekt war gestorben. Die *Apostles* und das *Kingdom* hatten nicht das Zeug dazu, populär zu werden, er konnte es jetzt zugeben. Sie enthielten vieles an Musik, wie er sie liebte, aber ihnen fehlte der innere dramatische Antrieb, der den *Gerontius* so elektrisierend machte. Was hatte doch Beethoven von seiner Klaviersonate op. 22 gesagt? *Hat sich gewaschen.* Wie er ihn wiedererkannte, diesen Ton stolzer Zufriedenheit, einer absoluten Gewißheit, daß man eben eine Sache fertiggebracht hatte, die etwas taugte und ersten Ranges war. Es war wohl schon lange her, daß er selbst einmal die gleiche Gewißheit verspürt hatte, ein Hochgefühl, fast ein Übermut, in dem man sich damit begnügen konnte, von dem eigenen Werk mit nonchalantem Humor zu sprechen, so wie Brahms, als er den gewaltigen zweiten Satz seines Klavierkonzerts in B-Dur »ein ganz kleines zartes Scherzo« nannte. Jedenfalls, *Gerontius hatte sich gewaschen*, die Oratorien nicht; das waren allzu offenkundig nur vertonte Texte gewesen. Also vergiß das Jüngste Gericht und den Judas; an das eine glaubte er sowieso nicht, und die menschliche Tragödie des anderen war zu ausgedacht. Erzbischof Whatelys Fassung der Geschichte war eine hübsche Idee, aber das war Literatur und hatte etwas von Muffigkeit alter Ketzereien, die niemanden mehr angingen.

Diese Gestalt auf dem Turm, die er immer noch nicht halbwegs deutlich sehen konnte – die hatte es in sich! Die kam aus seinem Kopf und nicht aus irgendeinem Buch und war begleitet von einem Fetzchen Musik, das bei aller Kahlheit und Schmerzlichkeit doch eine unverkennbare Frische hatte. Wer war das bloß? Zarathustra? Ärgerlich, daß Richard Strauss den schon bearbeitet hatte, wenn auch nur für Orchester. Wer es auch sein mochte, er hatte der Welt entsagt – oder war von ihr verlassen worden –, aber was von ihr blieb, war jedenfalls kein Idyll. Das war kein Junge aus Worcestershire, der sich ins Schilf verkroch, um zu träumen; das war jemand ganz ohne Erinnerungen inmitten einer nackten Wirklichkeit ... Er ließ es sein. Früher oder später würde das Bild entweder deutlicher werden oder verblassen, wie schon so oft.

Am ersten Tag der Fahrt stromaufwärts – das heißt, von den Engen bis zu der kleinen Siedlung Monte Alegre – standen die meisten Passagiere lange an der Reling und ließen einfach das Panorama an sich vorüberziehen. Ob morgens, wenn die Wasservögel aus den gespenstischen Nebelschichten aufstiegen, ob am Mittag mit seiner gewaltigen Hitze oder bei Einbruch der Nacht, wenn die Leuchtkäfer spukten und die Affen brüllten, der Amazonas schien den meisten Menschen ihre Träume vom Exotischen und Ungezähmten wahr werden zu lassen. Dann allmählich wurde man des Gesehenen müde, denn die Szenerie wiederholte sich: Die Mauern des Dschungels blieben ohne Lücke, und man hatte den Eindruck, daß das Schiff immer wieder um dieselbe Biegung fuhr, wo immer wieder dieselben zwei Inseln zur Rechten in Sicht kamen, beide nicht größer als Tennisplätze und auf jeder ein großer grauer Reiher. Sicherlich hatte man die doch schon vor einer Stunde gesehen, ebenso wie dieses Häufchen Hütten auf Stelzen am Ufer, mit den reglosen Gestalten davor, die apathisch zusahen, wie das Schiff vorüberdampfte?

»*Caboclos*«, gab Steward Pyce jedem Auskunft, der ihn fragte. »Gummisammler, Mischlinge. Halb Indianer, halb Portugiesen. Ein erbärmlicher Haufen.« Er war ein Born der Informationen.

Nach und nach zogen sich die Leute von der Reling wieder zu ihren Karten, Puffbrettern, Getränken und Stricknadeln zurück. (Mehrere Damen strickten unermüdlich Lätzchen und Höschen für die Babys zu Hause, wie sie vor ein paar Jahren noch Socken für die Jungs an der Front gestrickt hatten. Dies nun wäre etwas Besonderes, weil es von südlich des Äquators und vom Amazonas kam. Mit solchen Dingen konnte man den Nimbus einer weitgereisten Frau erwerben.)

Nach den Engen, die tatsächlich die große Insel Marajó von der brasilianischen Landmasse trennen, wandte sich die *Hildebrand* auf dem Hauptstrom, dem eigentlichen Amazonas, nach Westen. Und nun, als hätte man eine Schwelle überschritten, traten die Ufer auf beiden Seiten zurück. Meistens hielt sich das Schiff in der Mitte des Flusses, und nur selten lag weniger als eine halbe Meile braunes Wasser zwischen ihm und dem näheren Ufer. Von den Hütten der *caboclos* sah man nun weniger, und die Dschungelwand schien noch dunkler und lückenloser zu werden. Sobald sie über diese Schwelle hinaus waren, wunderte sich Edward über etwas, von dem er nicht erwartet hatte, daß es bemerkenswert sein könnte: den Himmel. Mit dem Auseinandertreten der Ufer wurde alles breiter und nahm Abstand, so daß weite Räume am Himmel frei wurden. Jedem aufmerksamen Reisenden wären die Weite und Majestät der Wolkenformationen aufgefallen. Dies war ganz anders als die berühmten Himmel von Ostengland oder die der holländischen Landschaftsmaler. Die hatten, selbst wenn sie voller Wolken hingen, die Eigenschaft einer durchleuchteten Leere; was ihnen ganz und gar fehlte, war die Energie des amazonischen Himmels. Auf Edward machten die Wolken über Holland oder Suffolk immer den Eindruck, von anderswo herangetrieben zu sein; sähe man nur lange genug zu, so würden sie unverändert davontreiben, als verschwänden sie hinter dem Rand eines unsichtbaren Bilderrahmens.

Aber hier war ihm deutlich, daß der furchtbare Wald, in den sie eingedrungen waren, den Himmel im Schlaf ausatmete. Auf einer Million Quadratmeilen schickten die Lungen dieses Organismus tonnenweise wattige Feuchtigkeit hinauf, Atemströme, Megawatt an Energie. Weil die Bewegung dieser Wolkenmassen so sichtbar war, verliehen sie dem Himmel eine außerordentliche Höhe, wie sie die milderen, statischeren Himmel Nordeuropas selbst dann nicht hatten, wenn sie mit feinsten Zirrussträhnen gefleckt waren. Wunderwerke brodelten hier auf und stiegen höher und höher, Blumenkohlköpfe, Mäntel, ganze Städte, kreisten mit krassen Wechseln der Farbe und Maserung um sich selbst, von dunklen Ballungen zu eisigen Streifen, reichten bis dahin hinauf, wo mittags und besonders an den Spätnachmittagen mächtige Gewitter tobten, in solcher Höhe, daß nicht der leiseste Ton bis ans Ohr drang und kein Regentropfen aufs Deck der *Hildebrand* fiel. Von einer Wolkenmasse zur andern sprangen die Blitze wie toll, liefen manchmal, von einem einzigen Punkt ausgehend, wie Rinnsale einer Flüssigkeit zu beiden Seiten des Himmels hinunter. Die Leute hielten den Atem an. Nichts, die Stille war nervtötend, unnatürlich. Der kathartische Fortgang von dampfender Hitze zur Erlösung durch ein heftiges Gewitter blieb aus. Die Blitze flackerten und zuckten in aller Stille, und die feuchte Hitze hielt an.

Die Abenddämmerung brachte ungeheure Farben, und wieder konnte für den Empfänglichen unter den Passagieren kein Zweifel bestehen, daß dies der Himmel war, wie er in der Urzeit des Planeten ausgesehen haben mußte. Eine gewaltige orangerote Sonne, die anschwoll, als sie auf das Walddach herabsank, ging unter, wo der Bug des Schiffs hinzeigte, und verwandelte den Fluß in glutflüssige Substanzen, über die Vögel huschten. Hoatzine, mit dem büscheligen Schopf und dem eigenartigen Brustbein den Pterodaktylen ähnlicher als den Vögeln, flatterten leise vom Fluß hinweg zu ihren angestammten verlorenen Paradiesen. Die extreme Stille schien selbst das Brummen von Chefingenieur Stanfords Maschinen zu dämpfen, und das Rauschen des Wassers wurde lauter. Auch die Morgendämmerung schien es darauf anzulegen, den Betrachter an prähistorische Zeiten zu erinnern; doch standen nicht viele früh genug auf, um es zu bemerken, denn die meisten hatten wegen der Hitze schlecht geschlafen und lagen nun noch flach, auf der Stirn einen Wattebausch, der mit längst verdunstetem Kölnischwasser getränkt war.

VIII

Am Amazonas fällt es jedenfalls leicht zu glauben, daß der ewige Strom der Zeit rückwärts fließt. Wir werden in die Prähistorie getragen. Es hilft der Erinnerung auf die Sprünge - nicht nur was die Einzelheiten, sondern auch was die Atmosphäre (Geräusche/Gerüche/Geschmäcker) der eigenen Vergangenheit betrifft.

Das wahrhaft Furchtbare daran, ein »offizieller« Kulturträger zu werden, ist doch, daß man durch eine lange Reihe von Lügen, biographischen Ausflüchten und simplifizierenden Erklärungen für Leute, denen ein Künstler sowieso unverständlich bleibt, nach und nach das eigene Leben verfälscht. Wenn ich jetzt diese ungeheuren Wolken sehe, wird mir klar, wie wenig ich seit

Jahren auf den Himmel geachtet habe, so sehr ich auch vor anderen (& mir selbst) auf mein Wind- und Wetterleben Wert gelegt habe. Heute nachmittag habe ich fast eine halbe Stunde lang eine Stadt in Bronze und Zinnober, mit Perlen gepflastert, über dem Bug der »Hildebrand« vorüberziehn sehen. Wie ein Kind bin ich durch ihre zerfließenden Straßen gelaufen, in Gassen getreten, die sich gerade erst bildeten, auf einen Hügel gestiegen, von dem man auf einen Palast hinabsah, bis der Palast plötzlich auf den Hügel hinabsah. Ich bin auf einstürzenden Brücken gestanden und wurde weggeweht zu zerfransten Zinnen. Ich brach schmerzlos durch breiige Festungsmauern. Und die ganze Zeit hatte ich so einen Ton im Ohr – warum nicht es so nennen, einen Ton? –, eine Ahnung von einer unhörbaren Musik, die solche Sachen begleitet & einem so vorkommt, als spielte sie hinter den offenen Fenstern eines verhangenen Hauses. So war es immer, nur daß sich die Musik einmal richtig anhören ließ. Jetzt ist es für mich eine traurige Erinnerung, wie mir da zumute war, & darum vergesse ich für einen Moment, daß ich ein Altmeister sein soll & werde wieder zum Schüler, ganz Ohr & voller Sehnsucht.

Wie kann man auf den verschiedenen Altersstufen mit dieser Sehnsucht auf anständige Weise fertigwerden? Mit fünfzehn konnte man's, indem man dachte, diese herrlichen Melodien würden sich – wenn man nur erst das »Handwerk« gelernt hätte – zu etwas zusammenfügen, das es noch nie gegeben hat. Man trug sie bei sich wie eine Kollektion Diamanten, die ein Reisender in seinen Gürtel eingenäht hat, um sie hervorholen zu können, wenn er sie braucht. Aber wenn man sie lange genug auf der Haut getragen hatte, drückten sie einen allmählich, & man hatte die Sorge, daß sie bald durch irgendeine Laune des Marktschicksals ihren Wert einbüßen könnten. (Die Sehnsucht indes hielt unvermindert an.) Was die Diamanten angeht ... Dieses verfluchte Trio aus P & C Nr. 1 – als der König mich fragte, wie ich mir nur so ein »Mordsding von Melodie« (SMs Worte) hätte träumen lassen, da hab ich ihm wahrheitsgemäß geantwortet, daß ich sie schon seit zwanzig Jahren mit mir herumtrug, was hieße, ungefähr seit 1880. Ich weiß natürlich nicht mehr, wie sie entstanden ist – vielleicht beim Brennholzsägen oder im Rhythmus eines begeisterten Fußmarschs den Sugar Loaf hinauf. Oder vielleicht war es etwas in den Bewegungen der Wolken gewesen, an einem Nachmittag, als ich rücklings auf einer Wiese lag. Aber als ich dann 1901 den Marsch orchestrierte, ich erinnere mich, da hab ich an Nim irgendwas geschrieben wie »Donnerwetter, Mann, hab ich eine Melodie im Kopf!« – so als ob sie mir erst an diesem Nachmittag eingefallen wäre. Aber natürlich war es nicht so – ein schönes Beispiel für einen Schwindel, ohne daß man lügt. Es war einfach Zeit, mit meinem alten Diamanten auf den Markt zu gehn, & ich tat nur, was geschäftlich richtig war, um Novello & mir selbst Vertrauen einzuflößen.

Jedenfalls, 1880, das war noch eine gute Zeit, um Musik zu machen. Wenn man die Esel heute liest, müßte man denken, ich sei die ganze Zeit herumgelaufen wie Beethoven auf diesen Zeichnungen von Lyser, Hände hinterm Rücken, mit flatterndem Gehrock, die gefurchte Stirn grimmig gen Himmel erhoben, & hätte Tag und Nacht gegrübelt, wie man für England einen Platz auf Europas musikalischer Landkarte erobern könnte. Zu blöd! England! Keine Sekunde hab ich an »England« gedacht – wer kümmert sich in dem Alter schon um die eigene Nationalität? –, ich kannte nur diese herrliche Landschaft, in die ich hineingeboren war & aus der Musik ausströmte. Schumann, Dvořák, Tschaik., die hatten sich alle in ihrer jeweiligen Landschaft umgeschaut & dann für sich geschrieben. Sie hatten nicht das leiseste Interesse, »deutsche«, »böhmische« oder »russische« Musik zu schreiben. Wie Schumann einmal gesagt hatte: »Ein Mensch und menschlich zu sein, ist viel mehr, als ein Deutscher und deutsch zu sein.« Ich habe sie alle gelesen und gespielt – besonders Schumann. Worum es ihnen ging, ist unverkennbar.

Wie viele andere konnte auch Edward in der Hitze der Nacht schlecht schlafen. Als er in sein Tagebuch schrieb, klebte der Unterarm an der Seite. Angenehm überraschte ihn das Ausbleiben von Mücken, denn wie ein Sprichwort hatten auch die am wenigsten Landeskundigen an Bord immer wieder verkündet, hinter jedem Blatt lauere ein Insekt und in jeder Blume mindestens eine Ameise. Er lag in seiner Koje und hatte das Licht ausgeknipst. Ein blasser Lichtschein drang durch die Vorhänge vom Schutzdeck draußen herein. Hin und wieder kamen Schritte und Stimmen vorüber; von weit weg war bis Mitternacht ab und zu etwas von der Kapelle zu hören. Die schwachen Töne schienen über Jahrtausende hin zu ihm durchzudringen, bald als hörte er letzte Lustbarkeiten Babylons mit an, bald wie Klangfetzen von etwas Rätselhafterem. Er dachte an den Pfeifer vor dem Tor zur Morgendämmerung im *Wind in den Weiden*, einem Buch, von dem er ganze Passagen nahezu auswendig wußte. Wie hatte die Ratte gesagt? »Tanzmusik – so eine trällernde, die kein Halten kennt, aber auch mit Text –, sie geht in Worte über und läßt sie wieder hinter sich – ab und zu verstehe ich sie –, dann wieder Tanzmusik und dann nichts mehr als das leise Flüstern des Schilfs.«

Er raffte sich auf, ins Bad zu gehen, trank Wasser in großen Zügen und schluckte eine Dosis aus seinem blauen Fläschchen. Nach und nach lullte der pferdebesänftigende Trank ihn ein und gewährte ihm einen Schlaf, der immerhin so tief war, daß er ein Getöse, das plötzlich um drei Uhr morgens aufkam, nur in einem halbwachen Dämmerzustand bemerkte, der jede Neugier ausschloß. Von weit her schrillte eine Glocke, das kräftige Brummen der Maschinen ging in ein Beben über. Stahl quietschte, Füße rannten draußen über die Teppiche und trommelten auf nacktes Eisen über ihm. Vielleicht waren auch Rufe zu hören, aber Edward wartete nur darauf, daß das Brummen wieder einsetzte, und das Bewußtsein versickerte.

Auf dem Weg zum Frühstück traf er am nächsten Morgen den Zahlmeister, und erst als der Mann ihn grüßte und die Hoffnung äußerte, daß er von dem nächtlichen Lärm nicht gestört worden sei, erinnerte er sich dunkel, wachgeworden zu sein.

»Die Sache ist die, Sir Edward, daß sich letzte Nacht eine Tragödie abgespielt hat.« Der Mann schien am ganzen Körper erblaßt zu sein, und er sprach leise, als wollte er einem Älteren die Wahrheit über etwas anvertrauen, das man den Jüngeren besser nicht sagte. »Dr. Ashe ist fort.«

»Wie meinen Sie, fort?«

»Ich weiß, es ist nicht zu glauben, aber er ist einfach über Bord gesprungen und verschwunden. Rein zufällig haben es zwei Personen gesehen, die bei Ihnen mit am Tisch sitzen – Miss Air und Mr. Fortescue. Ich glaube, Sie kennen sie beide?«

»Gewiß. Ich denke, wenn irgendwer an Bord ein glaubwürdiger Zeuge ist, dann sie. Was ist geschehen?«

»Einfach dies«, sagte der Zahlmeister und blickte anhaltend seitwärts auf den Fußboden, als kämen ihm einige neue Folgerungen jetzt erst in den Sinn. »Sie standen an Deck, schauten nach den Sternen und so weiter – Sie verstehn. Sie bemerkten Dr. Ashe, wie er an ihnen vorüber kam, aber vermutlich ohne sie zu sehen, denn sie standen im Schatten eines Davits. Aber sie haben in der Decksbeleuchtung sein Gesicht gesehen und schwören, er sah nicht irgendwie irre oder betrunken aus. Er ging etwa zwanzig Fuß weiter das Deck entlang, kletterte über die Reling und ließ sich einfach ins Wasser fallen. Sie waren so verblüfft, daß sie erst nach ein paar Sekunden reagieren konnten. Natürlich haben wir gestoppt und mit allen Lichtern, die wir auftreiben konnten, eine gründliche Suche veranstaltet, aber der arme Kerl war verschwunden.«

»Lieber Gott! Wie sehen Sie seine Chancen?«

»Schlecht, offen gesagt. Wir waren etliche Kabellängen vom näheren Ufer, ungefähr eine Dreiviertelmeile, und die Strömung war so tückisch, daß der Kapitän es nicht riskieren wollte, die Suche länger auszudehnen. Sie haben sicher bemerkt, Sir, daß Kapitän Maddrell nicht der Mann ist, der sich leicht ins Bockshorn jagen läßt, aber wenn es um die Sicherheit seines Schiffs und der Passagiere geht, na dann ...«

Dabei beließ es der Zahlmeister, aber sein unausgesprochenes Urteil war deutlich. Niemand ging mitten in der Nacht, wenn er sich unbeobachtet glaubte, über Bord, es sei denn, er wollte sich umbringen. Der Doktor war wohl gar nicht wieder aufgetaucht. Was die Alligatoren oder Piranhas übrig gelassen hätten, würde vielleicht an eine Sandbank gespült oder gegen die morschen Pfähle einer Caboclo-Hütte bumsen, aber mit dem sterblichen Dr. Ashe war es ohne Zweifel zu Ende.

Molly und Fortescue waren nicht beim Frühstück. Vermutlich blieben sie in ihren Kabinen, zu mitgenommen von dem, was sie mit angesehen hatten, als daß ihnen nach einer Mahlzeit zumute wäre. Auch er merkte, als er seinen Platz einnahm, daß ihm der Appetit vergangen war, und darum trank er nur eine Tasse Kaffee, während er sich mit einem gewissen Ernst seine Begegnung mit dem unglücklichen Arzt in Erinnerung rief. Je mehr er darüber nachdachte, desto unbehaglicher wurde ihm. An diesem Gespräch und ihrer lausbübischen Verschwörung war etwas Ungehöriges gewesen. Die Art, wie der Mann sich aufführte, so sah er es jetzt, hatte einen finsteren Hintergrund gehabt, etwas Destruktives und Rücksichtsloses. Ja, und er selbst, er hatte ... Während er so grübelte, wurde ihm bewußt, daß das Schiff gestoppt hatte, und durch ein Fenster in seiner Nähe sah er einen Uniformierten mit olivbräunlicher Haut an Deck steigen. Das ist kein Lotse, dachte er, und gleich darauf erschienen Molly und Fortescue zusammen mit dem Kapitän, und alle vier verschwanden außer Sicht. Aber das Schiff blieb kaum zehn Minuten beigedreht, und als es wieder Fahrt aufnahm, sah er den Kutter des Beamten zu einer Siedlung am Ufer zurücktuckern, mit einer weißen Rauchfahne über dem strudelnden Kielwasser.

Die Neuigkeit machte auf dem Schiff schnell die Runde und reicherte sich dabei mit schaurigen Details an. Der Sanitäter mit dem roten Schnauzbart war so entnervt, daß er in seiner Unterkunft ruhiggestellt werden mußte. In aller Eile wurde unter den Passagieren nach einem approbierten Arzt gefragt. Zwei alte, nicht mehr praktizierende Hausärzte fanden sich, die zusammen mit einer Krankenschwester aus der Mannschaft des Schiffs und Molly Air selbst wohl den meisten etwa auftretenden Problemen gewachsen sein würden. Auch ein Tierarzt war an Bord, der in Afrika gearbeitet hatte.

Der Zwischenfall hatte den Kapitän offenbar erzürnt. Er blieb den gemeinsamen Mahlzeiten fern, und bei den wenigen Gelegenheiten, wenn man ihn zu Gesicht bekam, machte er eine finstere Miene. An diesem Vormittag trat er in seine eigene Tageskabine, nachdem er zuvor angeklopft hatte.

»Es tut mir leid, daß ich Sie störe, Sir Edward.«

»Aber lieber Mann, dies ist doch Ihre Kabine!«

»Ich hörte, der Zahlmeister hat Ihnen von der kleinen Episode letzte Nacht erzählt?«

»Ja, allerdings. Ich kann nur sagen, daß es mir sehr leid tut. Eine tragische Geschichte.«

»Das ganz gewiß, aber ich komme eigentlich, um mich bei Ihnen zu entschuldigen. Bringt die Reederei in eine teuflische Position. Wie sehr man mit dem Unglücks--- mit dem armen Kerl auch mitfühlen mag, seine Tat hat uns endlose ... Ist Ihnen das begreiflich? Ich denke, nein.« Und der Kapitän blickte finster auf den Fluß hinaus.

»Hat er irgendwelche Angaben hinterlassen? Einen Brief?«

»Nicht das geringste. Nein, es ist klar, er hatte tiefsitzende Probleme, über deren Art ich lieber nicht spekulieren möchte. Die Sache ist die, daß er nie hätte in Dienst genommen werden dürfen: Der Mann war ziemlich labil. Nun stellt sich heraus, er war grob und aggressiv gegen manche Passagiere. *Gegen seine Patienten!*« Der Kapitän schlug auf die Reling. »Das finde ich unverzeihlich ... Ich hoffe, Ihnen ist er nie dumm gekommen, Sir Edward?«

»Ich kann nicht sagen, daß ich einen Grund gehabt hätte, ihn als Patient zu konsultieren«, sagte Edward vorsichtig. »Mir hat bisher nichts gefehlt. Aber ich habe ein paarmal mit ihm geredet und muß sagen, er kam mir auch ein bißchen eigenartig vor. Für einen Arzt benahm er sich jedenfalls unkonventionell. Allerdings, ich bin wohl in einem Alter, wo ich die unkonventionellen Menschen manchmal erträglicher finde als die braven Schäfchen.«

»Sehr großzügig von Ihnen, gewiß, Sir«, sagte der Kapitän erbittert. »Aber was die Reederei und ihre Ärzte angeht, so muß ich leider sagen, daß wir den größten Wert auf anständiges Benehmen legen. Es tut mir leid, daß der arme Teufel nicht bei Trost war, aber das ist keine Entschuldigung für die grobe Verletzung seiner Berufspflichten, und die schiere Feigheit einer solchen Tat ist überhaupt nicht entschuldbar. Sich selbst das Leben zu nehmen ...!« Mit aufrichtiger Verständnislosigkeit betrachtete der Kapitän das glitzernde Wasser, bevor er wie ein Hund, dem etwas im Ohr steckt, das er loswerden möchte, einmal heftig den Kopf schüttelte und ging.

Edward wußte nicht genau, warum ihn die Reaktion des Kapitäns überraschte, aber sie schien ihm der Anteilnahme am Schicksal der nach Brasilien beförderten Wanderarbeiter zu widersprechen, die er vor etwa einer Woche geäußert hatte. Natürlich, es gab einen Riesenunterschied zwischen den Übeln, die die gesamte Menschheit plagten, und den privaten Problemen eines Menschen, der sich vermutlich umgebracht hatte, aber dennoch ... Am stärksten schien die Sache sonderbarerweise Fortescue zu berühren, der in jenem letzten Augenblick im Gesicht des Arztes eine unbeirrte Gelassenheit gefunden hatte. »Wie jemand, der in einen Bus steigt«, war alles, was er sagte, aber das sagte er mehrmals. »Wie jemand, der in einen Bus steigt.«

Für den Rest der Woche drehte sich der Bordklatsch zum erheblichen Teil um Dr. Ashes mutmaßlichen Selbstmord, und gelangweilte Säufer, die sich auf vertrauliche Mitteilungen beriefen, wußten mancherlei sensationelle Motive anzugeben. Mehrere Passagiere, sämtlich Frauen, gaben zu, in seinem Sprechzimmer eine höchst ungewöhnliche Behandlung erfahren zu haben, und einige schandmäulige Bonmots gingen als echte »Asheismen« von Mund zu Mund. Junge Männer mit pomadisiertem Haar nahmen genüßlich am kalten Buffet (das nun zur Mittagszeit die Table d'hôte ersetzte) Tranchiermesser und Vorlegegabel zur Hand und entlockten mit einem barschen »Was soll ich dir abschneiden?« ihren Freundinnen schallendes Gelächter. Der freche Lümmel, der schon einige Mal in Molly hineingerannt war, jedesmal ein Guerlain-Fähnchen hinterlassend, alberte mit seinen Freunden herum, und von Zeit zu Zeit erhoben sich Bröckchen aus ihrer Unterhaltung wie stachelige Flugsamen über den Geräuschpegel des Restaurants. »Ah, Lady Bugloss. Diese kleinen Knötchen an Ihrem Hals! Ha? Werden wir entfernen müssen.« – »O nein, Herr Doktor, das sind doch meine Perlen! Nur über meine Leiche!« – »Machen wir doch gern, Mylady. Ha?« Der Kapitän, der zufällig mit bei Tisch saß, knirschte mit den Zähnen.

Aber obgleich Dr. Ashes dramatischer Abgang allmählich in den Hintergrund rückte – denn sobald Manaos erreicht war, gab es mehr als genug neuen Gesprächsstoff –, blieb von ihm doch eine Legende, die sich lange hielt. Auf vier späteren Reisen, zum letztenmal 1929, berichteten Passagiere, sie hätten mitten in der Nacht einen Mann über Bord gehen sehn. Es war immer an derselben Stelle des Flusses, und in allen Fällen stoppte das Schiff und nahm eine lange Suche vor, ohne etwas zu finden. Alle Beschreibungen des Mannes stimmten überein; er trug immer dieselbe Kleidung und hatte immer dasselbe leichenblasse Gesicht. Zum fünften und letzten Mal wurde er zu Anfang der 30er Jahre auf der *Hilary* gesichtet, dem neuen Schwesterschiff der *Hildebrand* (die erste *Hilary* war 1917 versenkt worden).

Doch solche Erscheinungen gehörten der Zukunft an. Der Zwischenfall bewegte Edward aus Gründen, die er dem Kapitän nicht gern anvertraut hätte. Die Erinnerung an sein Einverständnis mit dem Arzt war etwas, das er lieber für sich behielt; und aus seinem Schuldbewußtsein erwuchs die Besorgnis, ob der Mann nicht boshafterweise, bevor er verschwand, dem Steward Pyce von ihrer kleinen Verschwörung erzählt haben mochte. Wußte Pyce Bescheid? Es war eine Frage, die ihn in gewissem Maße bis zum Ende der Reise beschäftigte.

Und warum war er nicht für den Toten eingetreten, als Maddrell ihm Feigheit vorwarf? Vielleicht gab es im Krieg so etwas wie Feigheit vor dem Feind; wenn aber einer mit sich selbst verfeindet und hoffnungslos unterlegen war, warum sollte diese Verzweiflungstat dann nicht als tapfer und ehrenhaft gelten? Niemand konnte wissen, was in einem anderen vorging, oder sich anmaßen, über die seelischen Leiden eines anderen zu Gericht zu sitzen. Er hatte es immer als den Gipfel der Gemeinheit verabscheut, daß der Selbsttötungsversuch strafbar war und daß derjenige, dem der Versuch mißlang, so daß er physisch am Leben blieb, mit einer Anklage und sogar mit einer Haftstrafe rechnen mußte, eine Drohung, die kaltblütig darauf berechnet schien, für jeden künftigen Versuch eine wirksamere Ausführung nahezulegen.

Es fiel ihm nicht schwer, sich an die Abschnitte seines Lebens zu erinnern, als er selbst allen Ernstes daran gedacht hatte, sich zu töten. Einem Entschluß am nächsten gekommen war er seltsamerweise nicht nach der großen Desillusionierung, die an den tiefsten Punkten des Krieges einsetzte, oder nachdem Alice gestorben war. Sondern um die Jahrhundertwende war es gewesen, nach dem schändlichen Fiasko der Birminghamer *Gerontius*-Premiere, als das Schicksal seiner Musik exakt aus den Rechnungen ablesbar zu sein schien, die er für Jaeger aufstellte: Sie wiesen einen Verlust von 21 Pfund aus, die es ihn gekostet hatte, *Cockaigne* bei der Philharmonischen Gesellschaft zur Aufführung zu bringen, die das Werk in Auftrag gegeben hatte. *Enigma*, so zeigte seine Rechnung, hatte ihm bisher 2 Pfund, 9 Shilling, 11 Pence eingebracht. Für einen Musiker gab es in England keine Zukunft. Die Schweine waren nun mal an richtiger Musik nicht interessiert ... Er schloß einen Pakt mit sich selbst, daß er sich, wenn er nicht in irgendeinem andern Beruf unterkäme, statt mit dem elenden Geigenunterricht wieder anzufangen, lieber umbringen würde, trotz des bedrückenden Stigmas für seine Familie. Komponieren war in England so offenkundig eine Sackgasse, daß er damit am liebsten Schluß machen und sich eine Anstellung suchen wollte. Ohne irgendwem etwas davon zu sagen, hatte er an eine Kohlefirma in Malvern geschrieben, und bei einem seiner Besuche in London war er durch die Straßen gegangen, die er gerade so glanzvoll zum Tönen gebracht hatte, nur um bei einer Maklerfirma anzuklopfen, von der er gehört hatte.

Als er jetzt zu einem *pao d'arco*-Baum am entfernten Ufer hinüberschaute, dessen leuchtend gelbe Blüten als ein Farbtupfer aus all dem dunklen Grün herausstachen, brachte er bei der Erinnerung nicht mal mehr ein ironisches Lächeln zustande. Er hatte sich als Edgar Wardle vorgestellt, weil die elegante Verdrehung seines Namens ihm im Zug für einen Moment ein grimmiges Vergnügen bereitet hatte, aber es wurde sofort klar, daß man ihn, egal unter welchem Namen, auf keinen Fall genommen hätte. Die Leute waren höflich gewesen, sogar respektvoll, aber unerbittlich. Kurz, mit vierundvierzig war er viel zu alt für jede Anstellung, denn er konnte keinerlei Tätigkeitsnachweise aus anderen Maklerbüros beibringen. In seinem Alter hätte ein Gentleman längst Anspruch auf einen Sitz im Firmenvorstand erhoben ... Sofort war Edgar Wardle wie weggeblasen, und statt seiner kam ein ärmlicher Komponist die Treppe vor dem Haus herunter. Er hatte nicht mal mehr die Energie, zu dem schweren schmiedeeisernen Firmenschild aufzublicken, das eine weiße Glaskugel umfaßte, die sicherlich bei Nacht einen provisionsverheißenden Gaslichtstrahl der Hoffnung aufs wilde Meer des Großstadtverkehrs hinaussandte.

Wohl das Unangenehmste, was Alice ihm hinterlassen hatte, waren ihre Tagebücher, die er seit ihrem Tod ein- oder zweimal an beliebiger Stelle aufgeschlagen und dann, nachdem er wenige Zeilen gelesen hatte, erschrocken wieder zugeklappt hatte. Ein Eintrag datierte aus dieser Zeit, 1901. Sie hatte dem Papier ihre entsetzliche Angst anvertraut, daß er wirklich tun könnte, womit er offenbar jeden Tag drohte. Diese unmittelbare Notlage war dann doch vorübergegangen. Keine drei Jahre später war er Sir Edward Elgar – immer noch arm wie eine Kirchenmaus, aber schon damals mußte er erkannt haben, daß er wenig Aussichten gehabt hätte, in der gleichen kurzen Zeit einen Plutokraten namens Sir Edgar Wardle aus sich zu machen.

IX

Sollte zufällig eines fernen Tages jemand diesen Quatsch lesen & sich wundern, warum das Papier so aussieht, als hätte ich darüber Tränen vergossen, lautet die Antwort – SCHWEISS! Der Steward belehrt mich, daß es im Moment an Bord des Schiffs wunderbar kühl ist, weil wir mit soundsovielen Meilen die Stunde übers Wasser brausen; ich sollte nur warten, bis wir erst in Manaos anlegen, sagte er mit dürftig verhohlener Häme. Er bringt mir immer noch jeden Tag Wasserproben, also kann ich nicht klagen. Trotz seiner Farbe erweist sich der Fluß unterm Mikroskop als erstaunlich rein. Nur eine gewisse Menge schwebender vegetabilischer Stoffe. Heute morgen hab ich mein letztes

Eosin verschüttet, verdammt & zugenäht! In Manaos müßte welches zu bekommen sein; ich werde mich nach einem Wissenschaftler umsehen müssen. Ich hätte einen ganzen Koffer voll Glasperlen/Firlefanz/Reagenzgläser mitbringen sollen.

An einem lustlosen Vormittag (gestern) fand & las ich in der Bibliothek Richard Jefferies Roman »After London«. Gute Idee: Nach einer nicht näher bezeichneten Katastrophe ist London ausradiert, Südengland zum größten Teil unter einem riesigen See verschwunden, Dschungel & Dschungelgesetz überwuchern alles & machen das Land grün & unerfreulich. Schwer vorstellbar, was eine Katastrophe solchen Ausmaßes hervorrufen könnte – gesellschaftlich, meine ich; denn an unserer technischen Zerstörungskraft wird wohl nach dem letzten Krieg niemand mehr zweifeln ... (Wie einem die Bilder immer noch nachgehn: diese belgische Stadt in ein paar Hektar Schutthaufen verwandelt, im ordentlichen Karomuster von Straßen mit Kopfsteinpflaster, das ein zerlumpter Mann gerade fegt.)

Aber hier, wenn ich all diese Fruchtbarkeit sehe, dieses blindwütige Gewucher, fröstelt es mich. Vielleicht ist dies ein Ausblick auf das, worauf wir zusteuern, mit Volldampf voraus ins neue Dunkle Zeitalter. Ich glaube, auf diesem Schiff fährt mein Heimatland; England auf der langen Rückreise in die Vergessenheit. Was hab ich doch mal leichtsinnigerweise über die A-Dur-Symph gesagt? »Gewaltige Hoffnung für die Zukunft.« H'm. Die ist jedenfalls futsch. Die jungen Damen an Bord schnattern, die jungen Männer spielen sich auf (manche). Sie tanzen Foxtrott & Charleston & Tango rund um die Uhr & kümmern sich um nichts sonst auf der Welt. Die Altersgenossen saufen & dösen & machen Gesetze, die sie selbst nicht einhalten. Fast niemanden scheint es weiter zu bekümmern, in was wir hineinfahren. Ein Veteran vom indischen Heer (Cuthbertson?) blieb heute nachmittag bei mir an der Reling stehen, schaute lange & blinzelnd durch die Brandy-Dünste zum entfernten Ufer hinüber & sagte mit ungewöhnlicher Entschiedenheit: »Meinjott, Sir, kann vor Wald die Bäume nicht sehn«; aber dann verdarb er den wahrscheinlich ersten Witz seines Lebens und fügte hinzu: »Sollte natürlich anders rum sein.«

Letztlich besteht wohl Grund genug, zu verzweifeln. Die »gewaltige Hoffnung für die Zukunft« betraf schließlich ebensowohl meine eigene Karriere wie alles weitere, denn die Sorgen der Menschheit insgesamt schienen mir nicht so drängend (ich möchte aber wetten, das kam Walford Davies nie in den Sinn – und sollte es auch nicht). Jetzt aber, nachdem die Besten einer Generation zu Knochenmehl zermahlen sind, was sehn wir da ringsum, wenn nicht unsägliche Mediokrität? Niemand hat mehr im mindesten Sinn für das Strenge, Edle, schwer Erkämpfte. Alles muß leicht sein, schmackhaft, anspruchslos & am besten überpudert mit schrägem Jazzgeklimper. Was ist aus den Ansprüchen der Leute geworden? Warum haben sie alle so viel Angst vor der geringsten Schwierigkeit? Beecham, diese fade Heulsuse: nicht genug, daß er mir vor vierzehn Jahren die Sym auf 1/2 Std. zusammenstreicht (nachdem er sich hatte bewegen lassen, die Sache überhaupt zu spielen), streicht er anscheinend auch noch die schlimmen Sachen aus der Sym II! Jemand muß ihm eine Pistole vor die feiste Visage gehalten haben, daß er die Sache überhaupt in eins von seinen Programmen aufgenommen hat. Bißchen zu derb für die alte Anstandsdame, denk' ich. Oh, Edward, was für ein Hornochse bist du gewesen, dein Leben an die Vorstellung zu verschwenden, die Musik könnte – wenigstens im kleinen – in der Welt irgend etwas ausrichten! Je größer die Kunst, desto weniger hat sie den Mittelmäßigen zu sagen, & daran kommt man nicht vorbei. Die Menschheit wird blindlings einfach so weiter über das endlose Schlachtfeld stolpern, weil ihr körperliches Leiden und Vernichtung eigentlich nichts ausmachen: Was sie nicht ertragen kann, ist denken & ergriffen werden & sich ändern zu müssen. Darum frißt sie von der Kunst nur den Zuckerguß und hält alle härteren Bestandteile für kulinarische Versäumnisse des Künstlers (»hier irrt Homer«). Die stärkste Rache des Publikums an einem Werk ist natürlich nicht, es zu ignorieren, auch nicht, es zu verbessern wie Beecham, sondern es für klassisch zu erklären. Die großen, der Finsternis abgerungenen Werke lassen sich am leichtesten dadurch zähmen, daß man »Klassiker« aus ihnen macht, denn das Klassische kann schon fast definitionsgemäß nicht mehr stören. Was klassisch ist, kann man nicht mehr sehen (die »Mona Lisa«) oder hören (Beethovens 5. & 9.). Was sagte doch der Herr Professor neulich über »Juda der Unberühmte«? »Manche von uns werden finden, daß er das Düstere etwas übertreibt.« Prächtig! Ein erstaunliches, mühsam erschaffenes Werk der Phantasie von einem schmierigen kleinen Lümmel als Verstoß gegen den guten Geschmack heruntergeputzt, weil es nicht frohsinnig genug ist. So ist England durch & durch & besonders gegen die Künstler aus dem eigenen Land. Guter Geschmack, Fair Play & die unumschränkte Herrschaft der Dilettanten. Alles wirklich Große, Sperrige oder Unzuträgliche geht schlicht über das britische Fassungsvermögen. Angenommen, »König Lear« käme heute heraus – wie würde die Mediokratie sich austoben: »abstoßend gewaltsam«, »schauderhaft deprimierend«, »schwarz in schwarz«, »völlig abstrus«.

Nicht, daß man dem großen britischen Publikum in letzter Zeit nicht zugesetzt hätte, wo ihm doch manche schrillen Töne zu Gehör gebracht worden sind. Ich kann mich noch gut an die Furore um Schönbergs »Fünf Orchesterstücke« erinnern, als sie 1912 bei den Proms zum erstenmal aufgeführt wurden. Es war das britische Gegenstück zur Pariser Premiere von Strawinskis »Sacre du printemps« im Jahr darauf. Ich habe sie selbst nie gehört, weil ich anderes zu tun hatte, aber es war klar, daß weder die Orchestermusiker noch das Publikum wußten, wie ihnen geschah. Ernest Newman schrieb irgendwas, wonach das Werk so bar jeden Sinns war, daß das Publikum während der ganzen Aufführung hörbar lachte & am Ende laut zischte; und in der »Times« stand, es sei wie ein Gedicht auf Tibetanisch gewesen, worüber ich Tränen gelacht habe. Seitdem hat man noch so einiges von Herrn Schönberg gehört; & obwohl ich immer noch nichts von seiner Musik kenne & auch nicht allzu neugierig bin, finde ich doch sympathisch, was er zu seiner Verteidigung zu sagen hat. Er ist bissig & unnachgiebig, & ich bin alt genug, um das bei einem Künstler zu schätzen, besonders wenn dieser Künstler so treffende und vernünftige Sachen sagt wie z. B., daß er gern ebenso populär wäre wie Tschaikowski, nur besser, & daß die Leute alles vergessen sollten, was sie über seine Musik gehört haben, & sie einfach mal anhören. Das erkenn' ich an. Ich las irgendwo, daß er behauptet, jede Note, die er schreibe, sei der Logik des Herzens gemäß, & das gefällt mir auch. Kein Zufall, auch ohne Tonarten! Jedenfalls, während seine »Orchesterstücke« zum erstenmal gespielt wurden, hatten auch die Music Makers in B'ham Premiere, und die kamen auch von Herzen.

Später

Ganz schön knurrig bin ich geworden. Beim Durchlesen des Vorigen fallen mir apoplektische Ausdrücke wie »fade Heulsuse« & »unsägliche Mediokrität« auf. Wie soll man denn aber anders als in seinem Privatjargon sagen, was man gegen diese unbeirrbar frohsinnige neue Zeit auf dem Herzen hat? Alles hat sich wirklich von Grund auf verändert; selbst die ältesten Freunde sind nicht immun gegen den einsetzenden Verfall. Was für gräßliche Leute Frank Schuster heutzutage um sich hat – sein neuer Klüngel – ach, das ist nicht mehr wie in der guten alten Zeit in Bray. Auch sein Landhaus ist nicht mehr dasselbe – voller »gescheiter junger Leute«, oder was weiß ich, wie man sie nennen soll; jedenfalls sind es alles bloß Leute, manche davon jung & keiner gescheit. Frank schleppt einen mehr oder weniger suspekten Jüngling nach dem andern an und stellt ihn als seinen »Neffen« vor – er muß mehr als achtzigfacher Onkel sein – bin ich denn ein Narr? Glaubt er wirklich, ich weiß nicht Bescheid, & wenn ja, kann er denken, das würde mich irgend interessieren? Ich vermute, das war es, was die arme Alice gegen ihn hatte: Er war ihr zu sehr Luxusmensch & Exote, vom auserwählten Volk & reich & – in dieser einen Hinsicht – nicht comme il faut. Aber er war – und ist – der gütigste, freundlichste Mensch von der Welt, ist immer für mich eingetreten, & niemand hat mehr geholfen, mich in die »gute Gesellschaft« zu bringen, als ich jemanden in einflußreichen Kreisen brauchte, um überhaupt etwas Beachtung zu finden, sonst wäre ich aus Verzweiflung losgegangen und hätte mich erschossen.

Aber auch die »gute Gesellschaft« scheint nun nicht mehr dieselbe zu sein. Der Hof von damals ist nicht mehr, alles, was der gute König an rassigen Bohemiens & Juden & Spaßvögeln um sich geschart hatte, all die Keppels & Sassoons – echte Europäer mit Sinn für Kunst & guten Klatsch & Pferderennen, die sind weg. Wenn ich dran denke, daß die mir damals noch zu philiströs waren! Sieh dir das jetzt an – die graue, leblose Mediokrität der Windsors, gesäubert von jedem bißchen Spaß und Vitalität! Das Haus Windsor – das sagt schon alles. Mit einem Federstrich wird Sachsen-Coburg mit Rücksicht auf patriotische Bedenken in Windsor verwandelt. Warum nicht Reading? Warum nicht das Haus Molesey? (Warum nicht Philistia-on-Thames?) Jedenfalls ist Europa hinter die Heimischen Grafschaften zurückgetreten, und das sieht man. Fade bourgeoise Wohlanständigkeit, & dabei soll der Prince of Wales einen Bruder haben, der praktisch ein Kretin ist. Jetzt geht das Gerücht, der König will die Master-Stellen streichen – man stelle sich vor, der altehrwürdige Posten des Master of the King's Musick über Nacht abgeschafft! Ich würde den elenden Kram übernehmen, wenn auch nur, um ihn am Leben zu erhalten, obwohl doch Gott weiß, daß er in Parratts toter Hand seinem letzten Seufzer nah ist. Ein Organist! Aus Mitleid. Aber die Stelle streichen – das sagt allerhand über das neue Britannien & seinen Sinn für Prioritäten. So nicht!

Zur Zeit dampfen wir gemächlich dahin, unter einer umgestülpten Schüssel brodelnder Meteorologie. Solche Wolkenlandschaften hab ich noch nie gesehn (Molly sagt triumphierend, das sei es, weswegen sie hergekommen sei, & ob ich's ihr jetzt glaube? und Fortescue schaut mit gebührendem Respekt hinauf, weil er in Kürze da durchfliegen muß). Die Wirkung, die sie erzielen – ab origine – ist ganz außerordentlich, & man sieht gewöhnliche Dinge wie zum erstenmal oder zumindest ohne das, was man sonst mit ihnen assoziiert. Nach dem Mittagessen gab es einen atemberaubenden Regenbogen, mit den Füßen im Dschungel & einen großen Teil des Himmels einnehmend. Ich wartete darauf, daß die Assoziationen sich einstellten, die sanfte Melancholie, die sich in England an ein Sommergewitter anschließt, wenn die Sonne wieder durchbricht & eine Reihe Ulmen & einen silberweißen Kirchturm vor einem purpurn schwarzen Himmel anstrahlt – Lächeln unter Tränen &sw. – und das Ganze wird zu aquarellen, um es in Worte zu fassen ... Aber nichts. Nichts dergleichen hier. Nur das Spiel der Elemente, nach den Grundregeln der Phsyik. Auf seine Art ganz erfrischend, obwohl ich nicht glaube, daß ich gern damit leben würde, weil man nie genau weiß, ob es eine Vision der Vergangenheit oder der Zukunft gewesen ist, in beiden Fällen aber sicher sein kann, daß die Hand des Menschen nirgendwo zu sehen war. Fortescue, die personifizierte Hand des Menschen, erzählt mir, daß sie in Amerika etwas machen, das sie »Skywriting« nennen: Sie steigen in Flugzeugen auf und schreiben in Rauch Botschaften an den Himmel. Er sagt, das sei furchtbar schwierig, denn wenn man nicht sehr geschickt ist, verwischen die Strudel des eigenen Propellers die Buchstaben schon während man sie schreibt. Angesichts des Regenbogens heute sagte er, theoretisch wäre es möglich, das Wort »Regenbogen« in riesigen Buchstaben bogenförmig an einen im übrigen regenbogenlosen Himmel zu schreiben (zum Beispiel mitten an einem wolkenlosen Sommertag). Meinerseits seh' ich zwar keinen Sinn darin, aber es machte mir Eindruck als eine originelle & phantasievolle Idee, wie ich sie von ihm nicht erwartet hätte. Ich fragte ihn, ob man auch eine Zeile Noten in Rauch schreiben könnte, und zeigte ihm, wie es etwa aussehen müßte, aber er meinte, bis man fünfmal hin und her geflogen wäre, um die fünf parallelen Linien zu ziehen, wäre alles ineinander verlaufen, & darauf dann noch die Notenköpfe & -hälse zu setzen, wäre vollends unmöglich. Ich belehrte ihn eines Besseren: Ich habe alle meine Musik in Rauch geschrieben, & sie wurde schnell weggeweht.

Noch später

Ob in Rauch oder nicht, von den Music Makers bleibt immer noch eine Wunde. Es geht mehr als irgendwer weiß um das Abgesondertsein des Künstlers, aber den Leuten fällt nichts dazu ein, als zu sagen, es sei ein Potpourri von Selbstzitaten, als ob ich mangels Inspiration einen Eintopf aus Leichenteilen früherer Werke zubereitet hätte. Sie grinsen überlegen, wenn sie Händel dabei ertappen, als wäre er eben ein skrupelloser alter Gauner; und über den gleichen Kamm werde ich dann geschoren. Oh, es ist bitter, bitter! Für die MM hab ich mit Unterbrechungen von 1903 an gelebt, & sie waren sehr sorgfältig aufgebaut, mit relativ wenigen Zitaten (& immer umgearbeiteten). Was die Leute daran nicht mögen, ist wohl, daß sie autobiographisch sind, & sie mögen einfach MICH nicht. Ich habe mir die Seele aus dem Leib geschrieben in dem Vln.-Konz., in Sym II & den Music Makers, & das kann ich nicht verleugnen, warum auch? Vielleicht mögen sie O'Shaughnessy nicht, & vielleicht ist es auch kein großes Gedicht, aber wenn eines zu schön ist, vertont es sich nicht gut. Denk' an den Mist, den Schubert so herrlich vertont hat. In diesem Fall hat aber O'S. in den ersten 6 Zeilen sehr richtig die Einsamkeit des Künstlers ausgedrückt, wie es das »Enigma«-Thema von 1898 auch getan hatte. Ich hätte daher gar nichts Besseres tun können, als meine eigene Musik wieder zu verwenden – oh, die Erinnerung an dieses Gefühl war so deutlich –, & 1912 konnte ich nicht umhin, die bittere Wahrheit des Tasso-Zitats zu spüren, das ich vor vierzehn Jahren auf die Partitur von »Enigma« geschrieben hatte. »Bramo assai, poco spero, nulla chieggio.« Ich hatte viel ersehnt, ich hatte wenig erhofft, ich hatte nichts erbeten – und das bekam ich!!

Die hübsche Siedlung Santarem an der Mündung des Tapajós wurde erreicht, dessen Wasser, klar dunkelgrün wie geschmolzenes Flaschenglas, in die gelbbraunen Fluten des Amazonas einströmten, sich mit ihnen aber nicht vermischen wollten. Statt dessen überzog sich die gesamte Wasserfläche um die Einmündung mit zweifarbig gesprenkelten Strudeln, ein Bild, an dem Molly ihre Freude hatte, obwohl sie betrübt zugab, es kaum malen zu können, weil es in Europa niemand glauben würde.

Die halbe Strecke zwischen Pará und Manaos hatten sie hinter sich. Von nun an wurde der Amazonas so exotisch, wie man es sich an Bord der *Hildebrand* nur wünschen konnte. Alles Eßbare, das über die Reling flog, wurde binnen weniger Sekunden im Wasser von Kreaturen in Empfang genommen, die jeder Bestimmung spotteten. Was man gerade noch sah, genügte meistens, um den Ängstlicheren einen Schauer über den Rücken zu jagen: ein kurzes Aufblitzen von schuppigen Platten, ein mächtiger, gepanzerter Kopf, vorspringende Oberkiefer, Zähne. Manche Fische waren riesig, wie man sehen konnte, wenn sie gemächlich aus der Bahn des Schiffs abdrehten und für einen Moment eine graugrüne Flanke zeigten, lang wie ein ausgewachsenes Schwein.

Große Schmetterlinge schwebten über dem Fluß und den Decks, lockten kleine Versammlungen von Beobachtern an, wo immer sie sich auf einem Strohhut, einem Sonnensegel oder dem klebrigen Rand eines Glases niederließen. Dann zogen sie weiter, mit jener tropischen Flugweise, die so verschieden ist vom Geflatter der europäischen Arten: wenige matte Flügelschläge, und dann trug ein schaukelnder Gleitflug sie davon über die Wasserfläche, wo sie vielleicht ein smaragdgrünes Floß auf einem entwurzelten Baum fanden und es mit einem regungslosen, juwelenbunten Vogel teilten, bis sie beide achteraus entschwanden. Nachts zogen die beleuchteten Decks noch größere Nachtfalter an, groß wie Zaunkönige, doch wegen ihrer leuchtenden Farben und Flügelzeichnungen mit jenen unscheinbaren Vögeln nicht zu verwechseln. Ihr Auftreten kündigte sich gewöhnlich durch das entsetzte Aufkreischen der Damen an, gefolgt von der hastigen Suche nach Kopftüchern. Edward stand dann gern an der Reling, ein riesiges Nachtgeschöpf am Revers oder Ärmel, dessen angelegte oder zuckende Flügel allerlei herrlichen Farbstaub auf dem weißen Leinen hinterließen. Er betrachtete es freundlich, bis es wegflog, und murmelte dann: »So, du bist ja wirklich eine Schönheit!« oder «dich haben sie aber herausgeputzt, damit du schrecklicher aussiehst, als du bist.«

Einmal hielt das Schiff eine Stunde lang auf der Höhe einer kleinen Siedlung, die von der Strommitte aus gesehen nur eine Handvoll orangeroter Ölfackeln war, die einzigen Lichter auf einem dunklen Erdteil. Ein Lotse mußte an Bord kommen, und wegen der Schlickbänke hielt sich das Schiff vom Ufer fern und ging vor Anker, bis die Überfahrt in einer *batalõe* gemacht war. Ohne das Rauschen des Wassers um ihre Flanken und das

Brummen der Maschinen war die *Hildebrand* im Mittelpunkt einer Leere. An der Reling auf der von der Siedlung abgewandten Seite stehend, konnte Edward, da kein Mond schien, so gut wie nichts sehen, außer wenn geräuschlose Blitze den Horizont erhellten oder, näher vor ihm, einen fahlvioletten Prospekt von dunkler, endloser Vegetation ahnen ließen. Zum erstenmal wurden vom entfernten Ufer seltsame Laute hörbar. Durch das mechanische Quaken der Frösche und das Gezirp der Baumgrillen drangen Schreie, bei denen sich, wäre er sein eigener Vorfahr gewesen, sein Fell längs des Rückgrats gesträubt hätte. Die Schreie – Jaguar? Affe? Jäger oder Wild? – hatten den merkwürdig hohlen Klang der Dschungellaute, die gleichzeitig Ruf und Echo zu sein schienen. Es fiel leicht zu glauben, daß die Dichte der Vegetation im Verein mit der Nacht, die ihre Spalten ausstopfte, den Schall so gut leitete wie Wasser, so daß dieses Gebrüll und einsame Gekläff vielleicht aus weiter Ferne kam und die Nachtluft ihm wie eine Membran Nachrichten von Gemetzeln jenseits des Horizontes zutrug. Das Schiff, wie es mitten in alledem vor Anker lag, einzig von Wasser auf beiden Seiten notdürftig isoliert, wirkte mit einem Mal sehr klein und zerbrechlich. Wieder überkam ihn der Gedanke, daß diese Reise ihn jetzt in der Zeit rückwärts führte; fraglich blieb jedoch, wieviel von dieser Zeit in die wenigen Dekaden seines eigenen Lebens fiel. Ringsum war alles elementar und heidnisch; es war alles andere als gutmütig. Hier gab es keinen onkelhaft freundlichen Pan mit Hufen an den zottigen Beinen, der sich der kleinen verirrten Flußgeschöpfe annahm wie in Kenneth Grahames animistischer Sicht.

»Aus dem Nichts heraus kannst du nicht schreiben«, sagte er leise zum Wasser, zu den blaurosa Blitzen, zur heulenden Wildnis. »Man schreibt aus einer Kultur heraus. Ohne die Menschen gibt es keine Kunst, keine Herzen, die zu rühren wären, keine Augen, die weinen könnten. Es gibt nur Zellen.« Trotzdem dachte er kurz an seine eigene Kreatur auf dem Turm und fragte sich, welche Morgenröte von hektisch wucherndem Karmesin sie wohl jetzt erleben mochte. Er war froh, als ein Beben unter seinen Sohlen das Wiedererwachen der Maschinen und schließlich die Weiterfahrt des Schiffs anzeigte, ohne zu bemerken (bis er auf die besser beleuchteten unteren Decks kam), daß der erste Schwaden Kohlenrauch, der in der windstillen Luft schwer über die eine Reling hing wie eine schmierige schwarze Haarsträhne, seine Leinenjacke mit einer Rußschicht überzogen hatte.

Nach der Siedlung Obidos fuhren sie über die tiefste bisher bekannte Stelle im Amazonas. Auch Steward Pyce wußte, daß es hundertzwanzig Fuß sein sollten, und machte mit der Zahl die Runde, meistens herzlich bedankt für seine Mühe. Aber auf Informationen waren die Passagiere weniger neugierig als auf Gerüchte. Man erfuhr, daß das Schiff bald an einer Insel vorüberkäme, auf der eine verlorene Stadt stehen sollte. Schon dieser Ausdruck ließ ein Geheimnis und Abenteuer vermuten; und er stach ja auch aus den Titeln mehrerer Bücher der Schiffsbibliothek ins Auge. Man überlegte, wie es möglich sei, daß eine Stadt verlorenginge, was sich ja nach einer besonders spannenden Geschichte anhörte.

»Natürlich gibt es da eine historische Standardszene«, sagte Edward; »ein verwundeter Mann auf einem verwundeten Pferd schleppt sich hinter die halbzertrümmerten Mauern und ruft: ›Alles ist verloren! Die Stadt ist verloren! Rette sich, wer k—‹ Und schon hat er einen Pfeil in der Kehle.«

»Ach so, verloren in *dem* Sinne! Daran hatte ich nicht gedacht, also *geplündert*?«

»Verständlich – zumindest aus der Sicht eines Abenteuer-Schriftstellers. Es muß da einen Schatz geben, und es muß ein Geheimnis geben. Beides würde einer wirklich zünftigen Plünderung nicht standhalten.«

»Mehr noch, es muß auch eine mehr oder weniger intakte Stadt geben.« Auch Fortescue war dieses Genre nicht fremd. »Es kommt darauf an, daß der Ort so aussieht, als ob alle Leute eines Dienstagsmorgens aufgewacht sind und gesagt haben: ›Dies ist das ödeste Kaff in ganz Südamerika. Ich hau' ab.‹ Und sind einfach verschwunden. Nach ein paar Monaten hielt dann der Dschungel wieder Einzug, und ein paar Jahre später war die Stadt nicht mehr zu finden, selbst wenn man nach ihr gesucht hätte.«

»Aber warum hätten sie ihren Schatz zurücklassen sollen?« fragte Molly.

»Leicht zu beantworten«, sagte Edward, der nun in die Geistesart dieser fiktiven Stadt eintauchte. »Die Leute haben ihre Schätze mitgenommen, aber weil sie arm waren, handelte es sich dabei nur um ein paar persönliche Habseligkeiten. Vaters Ruhestandsuhr, ein Zigarrenabschneider, Tante Friedas Bernsteinkette - solche Sachen. Der eigentliche Schatz gehörte den Priestern: große goldene Götzenbilder, Barren von grünem Amazonasgold, Silber, unbekannte Minerale, Edelsteine von hypnotischer Schönheit und enormem Gewicht. Aber wie sollten sie das alles forttragen? Das Volk war schon weg, und sie selbst waren hoffnungslos geschwächt vom jahrelangen ausschweifenden Lotterleben, obendrein bei einseitiger Ernährung mit Menschenherzen. Also mußten sie alles stehn und liegen lassen und rannten fluchend in wehenden weißen Gewändern und mit Ketten von Jaguarzähnen um den Hals hinter ihrer schon enteilten Gemeinde her. Aber sie waren noch nicht weit gekommen, als sie auch schon den mörderischen Orchideen zum Opfer fielen, die allein durch ihren Duft die Menschen ins heulende Elend lockten, und den Anacondas, deren gelbglühende Augen sich aus dreißig Fuß Höhe zu ihnen herabbogen, an so entsetzlich dicken Hälsen, daß die Priester schon vor Angst tot umfielen, als die mächtigen Rachen aufgingen und ein klebriger Giftregen ihre starrgrinsenden Gesichter besprengte.«

»Genug!« rief Molly. »Mehr als genug! Mir ist vollkommen klar, daß Sie, wären Sie nicht schon Komponist, als Abenteuer-Schriftsteller auch sehr gut zurecht kämen.«

»Sogar viel besser. Und denken Sie nur nicht, daß die Ironie mir entgeht!«

Interessierte Passagiere musterten mehrere Landstreifen, an denen sie vorüberkamen, aber nur wenige schienen so groß zu sein, daß sich eine Stadt darauf hätte verbergen können. Kurz hinter Parintins sahen sie mehrere Gabelungen des Hauptstroms, von denen einige ansehnliche Flüsse für sich zu sein schienen. Erst als man Edward auf der Brücke eine Karte zeigte, begriff er, daß das linke Ufer für die nächsten hundertsechzig Meilen die »Nordküste« der riesigen Tupinambara-Insel darstellte, die Anspruch darauf hatte, als der Welt größte Flußinsel zu gelten. Als Edward ihm dies erklärte, nahm selbst Fortescue den Feldstecher von den Augen, mit dem er das entfernte Ufer absuchte, als hoffte er aus den unzähligen Hektar Laubwald einen bisher unentdeckten weißen Tempel hervorschimmern zu sehen.

Ein paar weiße und rosa *barracas* auf einer Lichtung zeigten den Ort Itacoatiara an. Es war schwer vorstellbar, daß eine so kleine Ansammlung von Schuppen und Bungalows der Umschlagplatz für den ganzen Rio Madeira sein sollte, der sich achtzig Meilen weiter voraus mit dem Amazonas vereinigte. Der Madeira kam von Südwesten, aus einigen der unbekanntesten Regionen der Welt, von seinen kartographisch nicht erfaßten Quellgewässern in den fernen Anden, vom Mato grosso und Bolivien. Der Anblick des Zusammenflusses genügte, um in Edward das Gefühl für eine unvorstellbare Ferne zu verstärken, denn aus dem Unbekannten zweigte hier ein Weg ins noch Unbekanntere ab. Ungewöhnlich war der Gedanke, daß es, wenn man diesem Fluß vier- oder fünfhundert Meilen weit folgte, dort Menschen gäbe, die nicht weiter flußaufwärts nach Porto Velho hinblickten, sondern sich nach dieser Baracken-Siedlung Itacoatiara zurücksehnten, der nächsten echten Verbindung zur Außenwelt.

Und plötzlich waren seit der Abfahrt von Pará vier Tage vergangen, und sie hatten ihr Ziel beinah erreicht. Es war, als ob alle heimlich die Glieder streckten wie nach einer allzu langen Predigt, bereit, sich auf die Beine zu machen und zu sehen, was man hier für einen Boden unter den Füßen hätte, im Herzen dieses Dschungels, der sie pausenlos über die tausendzweiundvierzig Meilen vom Meer herbegleitet hatte. Molly und Fortescue waren sichtlich in Aufregung und beschwichtigten die eigenen Sorgen, wenn sie sagten, na ja, wenn es nicht klappt, gibt es wenigstens den Dampfer, der einen fahrplanmäßig zurückbringt nach England. Daß sie beide nicht zu denen gehörten, die schnell bereit sind, etwas aufzugeben, das sie sich einmal in den Kopf gesetzt haben, verstärkte Edwards Vorgefühl, demnächst im Stich gelassen zu werden. Es fiel ihm nicht schwer, sich Katastrophen vorzustellen, die nicht nur möglich, sondern wahrscheinlich waren: Molly mit einem verzehrenden Fieber und unheilbar geschwächt irgendwo an einem Nebenflüßchen, in einem termitenzerfressenen Bungalow; Fortescue nach einer Bruchlandung im Dschungel allein mit einem gebrochenen Bein und einem Webley-Revolver mit sechs Patronen.

In der Abenddämmerung vor der Ankunft war er gerade an Deck, als der Kurs des Schiffs bis auf fünfzig Schritt ans Ufer heranführte. Er dachte an das kleine Bruchstück von einem Werk, das er zustande gebracht hatte: allzuwenig in drei Wochen, um zu rechtfertigen, daß er die Wiederkehr der Muse feierte. Zufällig blickte er auf, und was er sah, ließ ihn erstarren. Am Ufer war eine kleine Lichtung, und in deren Mitte stand ein dicker Pfahl, wie sich bei näherer Betrachtung herausstellte, der Stamm eines abgestorbenen Baums, von dessen Ästen nur noch Stummel zu sehen waren. Oben auf dem Pfahl stand eine Gestalt - unzweifelhaft eine menschliche - in einem weißen Gewand und schien über den Fluß hin zu schauen, über den Tausendmeilen-Dschungel, dahin, wo eben die Sonne unterging. Es war absurd, feierlich, so unerwartet in Übereinstimmung mit seinen eigenen Gedanken, daß er spürte, wie ihm das Herz stockte. Das Schiff fuhr weiter. Die reglose, entrückte Gestalt schaute und schaute und kam außer Sicht, als der Wald sich dunkel vor die Lichtung breitete.

Was war ihm da erschienen? Beim Abendessen blieb er in sich verschlossen, und später segelte er in eine qualvolle Nacht hinaus, wo er vor Hitze zerfloß und zwischen Schlaflosigkeit und einem leichten Delirium hin und her geworfen wurde, bis er die beiden Zustände nicht mehr unterscheiden konnte. Es gab nichts Zusammenhängendes zu erzählen, nur ein Motiv, das sich wiederholte, eine Folge von Reisen, an deren Ende er sich jedesmal allein und wehrlos in wechselnden, aber immer bedrohlichen Landschaften gestrandet fand. Das Wort Somnaa hallte durch diese Schlafländer: ein Ortsname der Eingeborenen, der Name eines Planeten (denn eine seiner Reisen führte in eine verlassene Waldwelt, die um einen unbekannten goldenen Stern kreiste), ein Trank, den er sich holen und den er einnehmen mußte, um alles wieder ins Lot zu bringen. Er kam soweit wieder zur Besinnung, daß er wußte, er saß auf dem Bettrand und trank begierig aus der Wasserflasche. Im letzten Schub verworrenen Schlafs, an den er sich erinnerte, befand er sich unter Lebensgefahr in der verlorenen Stadt Ozmana, in den Händen eines Hexenmeisters oder Hohepriesters namens Zomasan, der ein Halsband von Jaguarzähnen trug und mit Affenfellen und Schrumpfköpfen an Schnüren behangen war. Der Mann bot Edward zwei Kürbisflaschen an, die eine mit *mozaná*, einem aus Tempelfledermausharn bereiteten tödlichen Gift, die andere leer. Die Bedingung war, daß er, wenn er das Glück hatte, die leere Flasche zu wählen, den Anschein erwecken mußte, es sei das *mozaná* und er verende unter Krämpfen. Damit sollten die Zuschauer getäuscht werden, ein feindseliges Priesterkollegium, das über den Schwindel nicht im Bilde war. Angeblich stand der Hohepriester insgeheim auf seiner Seite, aber Edward wußte zuviel über Hexenmeister, um ihm zu trauen. Er kannte die Geschichten von kerngesunden Menschen, die starben, einfach weil ein Hexenmeister es ihnen vorausgesagt hatte. Er befürchtete daher, dem barbarischen Spaßvogel in die Hände zu spielen, wenn er das Theater mitmachte; irgendwann würde er wohl oder übel an die Unausweichlichkeit seines Todes zu glauben beginnen und folglich sterben.

Als Steward Pyce beim ersten Morgenlicht mit einer Tasse Tee hereinkam, fand er seinen prominenten Passagier halb aus dem Bett gerutscht, den Flanellpyjama bis unter die Achseln hochgewurstelt, der bloße wachsweiße Rumpf vor Schweiß glänzend und mit spärlichem grauem Haarwuchs um die Brustwarzen. Rasend durstig verbrühte Edward sich am Tee den Mund. Er griff nach der Wasserflasche auf dem Nachttisch und fand sie randvoll, offenbar unberührt seit dem vorigen Abend.

»Wann erreichen wir dieses verfluchte Nest?«

»Ungefähr um zehn Uhr vormittags, Sir Edward«, sagte der Steward aufmerksam herumtrödelnd. »Haben wir eine schlechte Nacht verbracht, Sir?«

»Weiß ich noch nicht. Ist zu früh, um zu sagen, daß sie schon vorüber ist.«

»Bestimmt, Sir! Es ist ein herrlicher Morgen. Amazon hat geworfen. Das ist die Schiffskatze, Sir.«

»Guter Name. Ist sie denn besonders groß?«

»Jetzt nicht mehr so sehr, Sir.«

»Wußten Sie, Pyce«, sagte Edward, stellte die Teetasse weg und strich sich mit einem durchgeweichten Taschentuch über Kopf und Gesicht, »daß man aus Amazon, wenn man's statt mit ›r‹ mit ›s‹ schreibt und die Buchstaben umstellt, Manaos machen kann?«

Natürlich hatte er das nicht gewußt. Unbeeindruckt ging er hinaus, einen leichten Brillantinegeruch hinterlassend. Während Edward seinen Tee austrank, verquirlte er dieselben Buchstaben im Kopf von neuem, bis sie anfingen, ihm unbehagliche Momente der eben verbrachten Nacht ins Gedächtnis zu rufen.

»Mir hat diese Reise gefallen«, sagte er nach dem Frühstück an Deck. »Aber ich sollte wohl sagen, sie *gefällt* mir, denn für mich ist sie noch nicht mal zur Hälfte vorüber. Es war herrlich, mal so ganz weit weg von allem zu sein.«

»Dann haben Sie nicht viel arbeiten können?« fragte Molly.

»Gewiß nicht. Warum sollte ich? Ich bin sechsundsechzig und habe allerhand Arbeit hinter mir. Ich muß nicht bis zum Umfallen so weitermachen. Sehn Sie, wieviel es hier anderes zu tun gibt!« – und mit einer ausholenden Handbewegung, als zeige er einem Thronerben sein künftiges Reich, deutete er auf die Bahnen des Sonnenlichts, die dem breiten Strom elastisch auflagen.

»Natürlich«, sagte Molly begütigend. »Ich meinte nur, weil Sie vor ein paar Tagen sagten, Sie würden etwas skizzieren.«

»Ach, nur dann und wann so eine Idee. Ein Keim, ein Fünkchen. Vielleicht ließe sich mal etwas draus machen. Nichts Richtiges. Sie dagegen haben ziemlich hart gearbeitet, nehm' ich an. Wenn Sie nicht unten Portugiesisch oder Tupí büffeln, oder – wie hieß doch diese Sprache, von der Sie sagten, daß man hier damit überall durchkommt? *lingua geral*? –, dann sitzen Sie an Deck und zeichnen still vor sich hin. So was bewundere ich.

Ebenso unsern Freund Fortescue. Ich denke mir, er hat so auf seine stille Art auch eine ganze Menge Hausaufgaben erledigt.«

»Das hat er, ja.«

Edward sah sie an. »Ich finde, er ist ein bemerkenswerter junger Mann.«

»Das finde ich auch«, sagte sie zu dem vorüberfließenden Wasser, das nun wieder das marmorierte Aussehen zweier unvermischbarer Flüssigkeiten annahm, die in Strudeln von kontrastierenden Farben durcheinander wirbelten. Die *Hildebrand* hatte die Einmündung des Rio Negro erreicht. Die Wasser aus dem Norden, schwarz gefärbt von den Bodensäuren der Guyana-Platte, stachen unheimlich ab vom gelbgrünen Amazonas, der hier wegen des schlickreichen Weißwassers aus den westlichen Zuflüssen schon heller war als weiter flußabwärts. Das Schiff pflügte sich durch diese tückische, scheinbar von dunklen Ölen durchquirlte Fläche, bevor es den Amazonas für die letzten neun Meilen seiner Fahrt verließ.

»Dort fahre ich bald hinauf«, sagte sie, zu dem großen Strom hindeutend, von dem sie sich abgewandt hatten, in Richtung auf Iquitos, die Anden und den fernen Pazifik.

»Und Sie haben keine Angst?«

»Doch, gewiß. Aber die Faszination spür' ich auch. Das eine soll ja das andere aufheben.«

»So geht's mir auch«, stimmte er trocken zu. »Die Frage ist nur, welches.«

Molly lachte. »Aber wenn man sich doch nach etwas *sehnt*?«

»Ah! Sehnt. Das versteh' ich schon. Moment!« Er wählte in einer Seitentasche und holte seinen silbernen Drehbleistift hervor. »Ich würde Ihnen gern das hier schenken. Bitte nehmen Sie's! Nichts besonders Großartiges, leider. Nur zum Andenken.«

Sie wußte, wenn sie Einwände machte, würde er nur noch brummiger werden. »Es ehrt mich, Sir Edward. Ich werde ihn immer behalten. Ich danke Ihnen von Herzen. Ich weiß nicht recht ...«, und ein wenig irritiert las sie die Inschrift auf der einen Seite: *To Edward Elgar from his friends in the L.O.S.* »Aber das ist doch sicher etwas ganz Persönliches?«

»Natürlich. Was in aller Welt hätte es sonst für einen Sinn, daß ich es Ihnen schenke? Der Mann, der die Liverpool Orchestral Society leitete, war der aufrichtigste Freund, den ich je hatte, Alfred Rodewald. Das war in dem Jahr, als er gestorben ist – zwanzig Jahre ist es jetzt her, fast auf den Tag genau. Ja, man kann nicht für immer nur noch rückwärts schauen. Nehmen Sie ihn nur – er ist nicht schlecht. Mir hat er gute Dienste geleistet.« Und er drehte sich um und ließ sie stehen, mit dem Blick auf den näheren von zwei steinernen Leuchttürmen, der achteraus zurückblieb.

Plötzlich stand im Sonnenlicht hinter einer Wasserfläche Manaos vor ihnen auf, eine ansehnliche Stadt aus weißen Häusern und Türmen. Die Bäume und die Vegetation in den Spalten zwischen dem Rot der Ziegeldächer schienen durch den Kontrast von hellerem Grün zu sein als der Wald ringsum. Als sie mit einem dröhnenden C näher kamen, das sich übers Wasser verlor und nur schwach von den niedrigen roten Uferböschungen widerhallte, konnten die Passagiere, die sich an Deck aufreihten, einzelne Merkmale erkennen. Die Kuppel des Opernhauses mit ihrem glitzernden Tropenhelm aus blauen und goldenen Ziegeln überstrahlte alles andere an bürgerlichem Prunk. Vor dem Uferstreifen trugen schwimmende Dämme einen ausgedehnten Bezirk baufälliger Hütten, dazwischen Kräne und das monströse Zubehör modernen Warenumschlags. Für einen so entlegenen Ort schien die Stadt von außerordentlicher Größe zu sein, und die heruntergekommenen Behausungen ließen die merkantile Solidität der dahinter stehenden Gebäude nur um so deutlicher hervortreten.

Und nun wurde erkennbar, daß auf dem noch fernen Kai Leute herumliefen, die sich im Schatten der Läden und Schuppen sammelten, um die Besucher aus einer anderen Welt zu empfangen. Ziemlich unberührt beobachtete Edward den hektischen Aufmarsch von Kindern in Lumpen und mit Tabletts um den Hals und von silbern blinkenden Eiskremkarren. In den Aufwinden über der Stadt kreiste die unvermeidliche Wolke der *urubus*, die mit ihren schlitzförmigen Nüstern aus dem dicken Gebräu großstädtischer Gerüche den köstlichen

Duft von Aas herauszufiltern versuchten. Und nun glitten Namen durch sein Blickfeld, Namen in fetten Majuskeln über den Speicherhäusern: BOOTH STEAMSHIP COMPANY LTD, JOAQUIM SOARES und, auf einer großen weißen Doppeltür in einem Blau, das der Farbe des Himmels entsprach, die große Aufschrift PUSSELS CRONIFER GmbH.

Frau von Pussels hatte gerade ein Kärtchen ans Schwarze Brett in der kühlen Vorhalle des Schiller-Instituts gesteckt, als sie das C hörte, welches das Eintreffen der *Hildebrand* ankündigte. »Donnerstag«, sagte sie sich mit einem Blick auf die übrigen Karten und Ankündigungen, die symmetrisch angeordnet hinter dem Gitter von Bändern über dem filzüberzogenen Brett steckten, »schon gut«. Anderswo – sehr weit weg – hatte man Uhren und Kalender; in Manaos hatte man Schiffe und Jahreszeiten, außerdem das tägliche Gewitter um zehn Uhr abends.

In den fünf Jahren seit dem Tod ihres Mannes hatte Frau von Pussels sich daran gewöhnt, die meiste Zeit in dem Institut zu verbringen, an dessen Gründung sie vor dreißig Jahren beteiligt gewesen war und das sie seither praktisch geleitet hatte. Sie zog es ihrem eigenen Haus vor, einer übergroßen modernen Villa, die auf Kosten der Hamburger Muttergesellschaft ihres Mannes erbaut worden war, in einem Stil, den man dem Gründer und Direktor eines Handelsunternehmens gemäß glaubte, das inzwischen noch fünf weitere Filialen in Südamerika unterhielt. Sie fand die Villa seelenlos und – obwohl sie das nie geäußert hätte – von abscheulichem Geschmack. Die Lage war hübsch, auf einem Hügel mit Blick auf den Fluß, aber von allem, was es im Innern des Hauses zu sehen gab, gefiel ihr nichts. Hinzukam, daß der Architekt ein neues System installiert hatte, das für Luftkühlung ohne Deckenventilatoren sorgen sollte. Er hatte den Mechanismus unter den Fußboden verlegt, und trotz seiner Versicherungen, daß er völlig geräuschlos arbeiten werde, rumpelte er leise und brachte die Nippsachen auf den blankpolierten Tischen zum Klirren, so daß man sich wie auf einem Schiff vorkam. Auch wurde das Haus, soweit sie bemerken konnte, dadurch nicht um ein einziges Grad kühler;

aber weil sie hier nun schon ins vierte Jahrzehnt ging, hatte sie sich längst akklimatisiert, und ob das System funktionierte oder nicht, machte ihr wenig aus.

Dagegen war das Haus, in dem das Schiller-Institut untergebracht war, ziemlich alt, erbaut von einem der früheren portugiesischen Siedler. Es war geräumig und dunkel, aber, fand sie, keineswegs düster. Vielmehr war es schattig und wohlriechend, denn es war ausgelegt mit dunkelbraunen Waldhölzern von hohem Gewicht und großer Härte. Die gewachsten Bodendielen in der Vorhalle, wo sie stand, waren je einen Meter breit, knarrten nicht und lagen wie Bahnen eines fabelhaften, schimmernden Metalls so dicht anschließend, daß keine Spielkarte mehr dazwischen paßte. Durch die halboffene Tür des Salons nebenan kamen sich wiederholende Töne des tropenfesten Bösendorfer, der von dem Nepomuceno-Jungen gerade gestimmt wurde. Ein Schaft hellen brasilianischen Sonnenlichts fiel in die Halle, und aus den Büschen draußen vor der Tür hörte man leise die Geräusche von zankenden Vögeln. Sie stieß einen jener unwillkürlichen kleinen Seufzer aus, bei denen sie sich gleich darauf fragen mußte, ob sie womöglich in den letzten fünf Minuten vergessen hatte zu atmen. Sie begriff, daß sie einigermaßen glücklich war - nein, das wäre absurd, mit zweiundsechzig und wo ihr Mann und ihr Sohn tot waren -, unverhofftermaßen zufrieden, wäre besser ausgedrückt. Jeder wußte, daß ein Menschenleben irgendwann erlosch, aber hier, in diesem soliden Haus auf fremder Erde fanden sich alle Anzeichen einer Kultur, die fortdauern würde. Hier standen Büsten von Schiller und Goethe, von Beethoven, Leibnitz und Bach; hier gab es eine Bibliothek; hier hörte man die Töne eines Flügels, der für den Auftritt der jungen Pianistin heute abend in Form gebracht wurde. Und hier - sie blickte noch einmal auf das Brett, um sich zu vergewissern, daß alle Kärtchen gerade in der Halterung steckten - gab es die Gespräche, Lichtbildervorträge und Vorlesungen von Anwohnern mit besonderen Fertigkeiten und Kenntnissen oder von namhaften Besuchern. Es war alles ein kleiner und angemessener Beitrag zu dem einzigen, worauf es letztlich ankam: Weitergabe einer Tradition, einer Zivilisation.

Das Kärtchen, das sie soeben befestigt hatte, galt dem Reverend Miles Moss und kündigte einen seiner beliebten Vorträge an, die er oft hielt, wenn er nach Manaos kam. Der Reverend Moss war der anglikanische Kaplan für den Amazonas; seine Gemeinde erstreckte sich über zweitausend Meilen von Pará bis Porto Velho. Das eigentlich Bemerkenswerte an ihm aber war seine Leidenschaft für die Jagd auf Nachtschmetterlinge. Er war zur Zeit in Manaos und hatte ihr erzählt, daß er gerade drei neue Unterarten von Schwärmern entdeckt hatte, eine davon in einem Park keine hundert Schritt vom Institut. Er war geistreich, exzentrisch und auf eine liebenswürdige Art unreif, von der sie sich angezogen fühlte. Sie hatte darauf bestanden, daß er seinen Vortrag hielt, bevor er zu Weihnachten nach Pará zurückfuhr. Den letzten Monat hatte er in Erfüllung seiner Amtspflichten in den Gebieten stromaufwärts verbracht. Der Reverend Moss war vor allem einer jener begabten wissenschaftlichen Amateure, die England anscheinend in so großer Zahl hervorbrachte, überaus fachkundig und in den internationalen Zirkeln der Entomologen hochangesehen. Seine eigene Sammlung war hervorragend, seine Arbeiten - die von Zeit zu Zeit von Lord Rothschild veröffentlicht wurden - systematisch und bahnbrechend. Er stellte auch in der Londoner Royal Academy aus. Was konnte die Weitergabe der europäischen Zivilisation besser symbolisieren als die Taxonomie selbst? Klassifizieren, klassifizieren, klassifizieren; das war der mühsame, aber letztlich sichere Weg, um aus dem Naturgeschehen klug zu werden. Es ging voran, dem Unbekannten kam man auf die Schliche, die Dunkelheit wich zurück.

Dies waren natürlich nicht Frau von Pussels augenblickliche Gedanken, als sie den ordentlichen Zustand ihres Anschlagbretts feststellte. Sie waren die Grundgedanken ihres Einsatzes für das Institut und seine Prinzipien, ihres öffentlichen Wirkens überhaupt in dieser entlegenen Enklave. Lange war sie Otto von Pussels' Gattin und eine Säule des kulturellen Lebens von Manaos gewesen. Nun war sie die Witwe von Pussels, und nachdem sie die Trauer abgelegt hatte, konnte sie nicht den Rückzug antreten. Ohnehin wußte sie nicht, wohin sie hätte gehen können, außer ins fremdgewordene Deutschland nach seiner Niederlage im Krieg und der Demütigung durch den Friedensvertrag; und dort, auf einem anonymen Soldatenfriedhof lagen die Überreste ihres Sohnes Eusebius. Nein, Rückkehr kam nicht in Frage. Aber die schiere Barbarei des Krieges hatte alles unterhöhlt, auch ihr Vertrauen auf die Zivilisation, an der sie hing. Eine solche Maschinerie der Massenvernichtung hatte es noch nie gegeben, und doch hatte kaum jemand gezögert, sie einzusetzen. Der jahrhundertealte ethische Humanismus, die Blüte der europäischen Kultur, war in einem Winkel verdorrt, während auf allen Seiten Menschen in Pilotenkanzeln, Panzer und U-Boote stiegen, einander mit giftigen Chemikalien bewarfen, menschliche wie nichtmenschliche Natur gleichmütig zerfetzten. So wie Frau von Pussels nicht als einzige ihren Glauben teilweise eingebüßt hatte, so war sie auch nicht die einzige, die den Werten ihrer übel zugerichteten Zivilisation wieder aufhelfen wollte. Auf eine sanfte, unbeirrbare Weise war sie von jener humanen Einstellung geprägt, die an einem beinah eingestürzten Gebäude den soliden Bau lobt; doch inzwischen war sie gefährlich nahe daran, ihm die innere Schwäche vorzuwerfen, die ihn hatte wanken lassen.

Der junge Nepumoceno war so gut wie fertig. Jetzt klimperte er in verschiedenen Tonarten die Melodien, die nur von Klavierstimmern gespielt werden: Stücke, die anscheinend in einer Zunft gedankenlos weitergegeben werden, denn kein Stimmer, den sie je gesehen hatte, war ein bemerkenswerter Pianist gewesen. Als sie durch die Tür kam, aus der ihr der Geruch von Blüten und dem schimmeligen Filz im Innern des aufgeklappten Bösendorfer entgegenschlugen, spürte sie wieder eine prikkelnde Freude darüber, wie ruhig und zweckmäßig es hier zuging. Mitten in wer weiß wie vielen Quadratkilometern Dschungel, wo nackte Wilde noch mit Blasrohren jagten und einander die Köpfe schrumpften, hatte ein gebildeter junger Mann soeben ein sehr schönes Musikinstrument gestimmt, auf dem an diesem Abend eine junge Italienerin Scarlatti, Mendelssohn, Schumann und Busoni spielen würde. Es ging doch weiter. Man kam voran. Die Dunkelheit würde noch einen Schritt weiter zurückweichen müssen.

Durch die Vordertür einfallend, hüllte ein greller weißer Lichtblock sie ein, und herein kam Raymundo, der Botenjunge. Er war ein hübscher *mestiço* mit glitzernden schwarzen Augen, keine Zwanzig, der im Institut allerlei Pflichten versah und dafür verpflegt und gekleidet wurde und in einem umgebauten Taubenschlag hausen durfte. Auf diese luftige Bude war er mächtig stolz, und seit zwei Jahren zeigte er den Küchenmädchen das Dachpanorama der Stadt, wie man es von dort oben sehen konnte. Eine seiner Pflichten war es, zum Hafen zu gehen und sich von jedem ansehnlicheren Schiff, das nach Manaos kam, die Passagierliste geben zu lassen. Eine solche, einige sehr weiße Seiten in seiner braunen Hand, reichte er ihr jetzt.

»Unsere nächsten Besucher?« fragte ihn Frau von Pussels in der *lingua geral*. »Du bist ein braver Junge, Raymundo.«

»Es ist die *Hildebrand*, Senhora.«

»Ich weiß. Ihr Horn müßte ich inzwischen kennen.« Sie nahm die Liste mit der freudigen Erwartung entgegen, die solche Dinge an abgelegenen Orten erwecken. Ab und zu tauchten unerwartet Leute auf, die man kannte, öfter aber Leute, die einen Namen hatten und die man zu einem Vortrag, einer Lichtbildvorführung oder einem Klavierabend überreden konnte. Sie wußte ziemlich genau Bescheid, wer in den Künsten und Wissenschaften der westlichen Welt etwas darstellte, und hatte ihrerseits eine gewisse Berühmtheit als eine Frau erlangt, die man unbedingt sehen mußte, wenn man nach Manaos kam. Jetzt strich sie die Passagierliste der *Hildebrand* glatt und erstarrte, als würde ihr einer Fuß in einem Lichtfleck auf der untersten Stufe der Treppe festgehalten. Sie schwieg lange.

»Es mußte passieren!« sagte sie halblaut auf deutsch.

»Senhora?«

Sie merkte, daß sie durch den Jungen hindurchgesehen hatte, und schüttelte lächelnd den Kopf, zum Zeichen, daß er gehen könne. Sie überflog den Rest der Liste, aber die anderen Namen kannte sie nicht. Ihr Fuß in der Lichtpfütze drehte sich und hob sich langsam ab, als werde er von Leim festgehalten. An der leeren Stelle, wo er gestanden hatte, blitzen die mineralischen Sprenkel im weißen Marmor wie explodierende Staubteilchen.

Sie ging hinauf in ihr Büro und zog die Rolläden so weit hoch, daß das kräftige Halblicht des ausgesperrten Tropentags das Zimmer und sein Mobiliar zum Leben erweckte. Sie setzte sich an ihren Schreibtisch und schrieb auf englisch bedachtsam einen Brief auf einem Bogen mit dem Kopf des Instituts.

Lieber Sir Edward,
die Nachricht von Ihrer Ankunft erreicht mich soeben durch die Flüsterpropaganda, die an einem Ort wie diesem dem Eigeninteresse einer isolierten Gemeinde dient, die begierig ist nach Kontakten mit den »movers and shakers« der Außenwelt.

Jedenfalls, seien Sie willkommen in Manaos! Da ich als seit langem hier Ansässige mit Sicherheit weiß, daß es Ihr erster Besuch in dieser Stadt ist, frage ich mich, ob Sie mir erlauben würden, Ihnen meine Dienste als ortskundige Führerin anzubieten? Aus dem Kopf dieses etwas bombastischen Briefbogens ersehen Sie, daß ich eine gewisse bescheidene Position in den Kreisen einnehme, die man hier vage als unsere »kulturellen Zirkel« bezeichnet. Aber um Ihnen nicht die Befürchtung einer eifernden Kulturtante mit vor Kunstsinn blitzender Brille zu erwecken, darf ich Ihnen versichern, daß mein verstorbener Gatte ein commerçant *von nicht nur lokalem Ansehen war, weshalb ich garantieren kann, daß ich auf die eine oder andere Weise nahezu alle Türen in dieser Gegend zu öffnen vermag.*

Doch unabhängig davon, ob Sie nun auf dieses persönliche Anerbieten eingehen möchten oder nicht, darf ich in meiner offiziellen Eigenschaft die schlichte Bitte an Sie richten, ob Sie nicht einen Augenblick Zeit finden könnten, unserem Institut einen Besuch abzustatten? Sie würden uns eine hohe Ehre erweisen, nicht zuletzt deshalb, weil international angesehene Künstler in dieser Gegend heutzutage dünn gesät sind. Sie würden außerdem feststellen, daß unsere Bibliothek eine nicht unbeträchtliche Sammlung von Elgariana enthält, die eine langjährige Bewunderung Ihrer Musik und Ihrer Person bezeugen.

Hochachtungsvoll
Ihre
Magdalena von Pussels

Sie legte den Federhalter hin und las das Geschriebene noch einmal durch. Sicher, es war ein bißchen weitschweifig, ein bißchen lang. Zuviel über ihr und ihres Mannes Ansehen. Und konnte nicht der Ton, ungeachtet der konventionellen Wendungen, als ein wenig vertraulich aufgefaßt werden? Der selbstironische Satz über die Kulturtante zum Beispiel? Und dann das Zitat aus dem Gedicht von O'Shaugnessy, das vielleicht eine allzu intime Kenntnis andeutete ... Vor allem aber, warum *hatte* sie nicht den Mut, sich zu erkennen zu geben? Sie nahm den Federhalter wieder zur Hand, zückte ihn, um zu streichen, zu ändern, zu verbessern, das Ganze neu zu schreiben. Statt dessen adressierte sie einen Umschlag, faltete seufzend den Brief zusammen und verschloß ihn. Es war zu schwierig. Sie hätte zwanzig Versionen schreiben können, aber es gab keine korrekte oder auch nur plausible Form für einen Brief an einen Mann, den man seit vierzig Jahren nicht mehr gesehen, dessen Entwicklung man aber Partitur für Partitur, Zeitschriftenartikel für Zeitschriftenartikel und monatealten Presseausschnitt für Presseausschnitt verfolgt hatte.

Unten in der Vorhalle traf sie den Nepomuceno-Jungen mit seiner kleinen Lederrolle voller Stimmgabeln und Schlüssel, der gerade gehen wollte.

»Mir schien, es hörte sich wunderbar an«, sagte sie. »Sind Sie zufrieden?«

»Mit der Stimmung ... So gut ich kann ... Aber der Anschlag ... Mehrere Töne kamen schwer und langsam. Das Klima, nicht. Schlämmkreide ... Na ja ...«

An die eigenartige Redeweise des jungen Mannes hatte sie sich längst gewöhnt. Man hätte unverbesserliche Schüchternheit darin sehen können, solange man nicht bemerkte, daß er die Augen nie von dem Gesicht der Person ließ, zu der er gerade sprach. Sie fand, es war eher ein gelangweilter Verzicht auf die Mühe, die es kostete, ganze Sätze zu machen. Wenn der Kern der Sache einmal heraus war, konnte man sich den Rest schenken. Sie hatte keine Ahnung, was aus ihm einmal werden sollte. An seiner Intelligenz bestand kein Zweifel. Er hatte ein ausgezeichnetes Gehör, aber so gut wie gar keine musikalische Begabung. Andererseits sagte Professor Almeirim, er sei ein mathematisches Genie, allerdings eines, bei dem die numerischen Argumente auf dieselbe Weise herauskämen wie die verbalen, was seine Aussichten auf Zulassung durch die mathematische Fakultät der Universität von Rio de Janeiro, wo er sich beworben hatte, stark beeinträchtigen konnte. Trotzdem, mochte er nun die Keime zum Genie oder zum intelligenten Idioten in sich tragen, gab es keinen Grund, warum er mit seinen neunzehn Jahren nicht auch einmal als Botenjunge in Anspruch zu nehmen war, und darum, statt Raymundo noch mal aus den Küchenräumen oder seinem Taubenschlag rufen zu lassen, reichte sie ihm ihren Brief.

»Es macht Ihnen doch sicher nichts aus, dies hier mitzunehmen«, sagte sie bestimmt. »Es ist sehr wichtig, daß es binnen einer Stunde aufs Schiff kommt, wenn möglich, und Raymundo ...« Sie ließ den Rest der Aussage versickern, wie es der junge Mann selbst machte.

»Gewiß, Frau von Pussels. Sie können sich verlassen ... Ich hoffe, der Klavierabend ...«

Die Vordertür öffnete und schloß sich mit einer tonlosen Lichtfanfare. Von irgendwo in den entlegeneren Küchenräumen hörte sie das Personal die Erfrischungen zubereiten, die im Garten des Instituts jedem angeboten wurden, der hereinschaute, um die Bibliothek zu benutzen, eine deutsche Zeitung zu lesen oder einfach bei einer Tasse Schokolade ein wenig zu plaudern. Durch einen Wirbel von Stäubchen ging sie in den Salon, einen schönen geräumigen Saal, der die ganze Breite des Hauses einnahm, zur Hälfte mit Reihen von Stühlen aus Jacaranda-Holz bestanden. Als sie längs hindurchging, roch es nach Blumen und Möbelpolitur, aber durch die Netzgardinen der halboffenen Balkontür hinter dem Flügel wehte auch ein kräftiger Geruch von angebrannter Marmelade herein. Das *goiabada-* oder Guaven-Gelee, das die Küche gewöhnlich einkochte, brannte ebenso gewöhnlich an: dies war nun einer aus einem ganzen Katalog vertrauter Institutsgerüche, die sie liebgewonnen hatte. Ihre Villa hingegen roch nach gar nichts, das ihr im mindesten ein Gefühl hätte erwecken können. Ihre rumpelnde Maschinerie verbreitete manchmal ein leicht öliges Aroma, das die Illusion, man befinde sich auf einem Schiff, noch verstärkte.

Sie setzte sich auf den ledergepolsterten Klavierhocker und klappte den Deckel von der Tastatur. Der Anblick weckte Resonanzen eines diffusen Glücks. Das eingelegte Plättchen mit dem zierlichen Schriftzug hatte eine gewisse kakanische Überschwenglichkeit, als wollte es sagen: »Ich, Ludwig Bösendorfer, habe hier in meiner kleinen Fabrik in Wien ein Kunstwerk geschaffen. Da, *das* ist meine Signatur, stolz und schwungvoll. Alles weitere nun, mein lieber unbekannter Pianist, liegt bei dir.« Mit einer Fingerspitze über die Buchstaben streichend, spürte sie kaum eine Unebenheit auf dem seidenglatten Firnis. Selbst fünfundzwanzig Jahre äquatorialer Luftfeuchtigkeit hatten keinen Angriffspunkt in einem Riß oder einer Schwellung gefunden. Jetzt, nachdem sie den Brief an Edward aus der Hand gegeben hatte, bedauerte sie, es so eilig gehabt zu haben. Seltsamerweise hatte sie sich nie vor Augen geführt, was eigentlich geschehen war. Sie hatte oft daran gedacht, aus irgendeinem Grund nach Europa zurückzukehren, vielleicht um dort ihren Lebensabend zu verbringen; sie hätte ihm einen Kondolenzbrief zum Tod seiner Frau schicken können (eine Idee, die sie sofort verwarf, weil es zu aufdringlich, um nicht zu sagen, bedrohlich gewesen wäre) oder anonym eine Pilgerfahrt zu einem Konzert oder Musikfest antreten, wo er dirigierte. Jedenfalls hatte es in ihren Vorstellungen immer auch einen Moment gegenseitigen Wiedererkennens gegeben. Aber wie auch immer sie es sich gedacht hatte, war es jedesmal darauf angekommen, daß sie selbst die Initiative ergriff. Daß er, ohne etwas davon zu ahnen, daß sie hier zu Hause war (und dessen war sie sicher), eines Tages als Tourist vor ihrer Tür stehen könnte, war ihr nie in den Sinn gekommen. Hätte sie sich mehr Bedenkzeit gelassen, wurde ihr nun klar, wie kinderleicht wäre es dann gewesen, ihm während seines ganzen Aufenthalts aus dem Wege zu gehn – sich einfach für ein paar Tage hinter die Mauern ihrer Handelsherrenvilla und in den Schutz ihres Handelsherrennamens zurückzuziehen.

Aber sie war zu alt, sich mit solchen Dingen aufzuhalten. Es war nun mal geschehen. Er würde entweder kommen oder nicht kommen, und sie würden sich entweder sehen oder nicht sehen. Wenn nicht, dann wäre der Zufall ihrer kurzen gleichzeitigen Anwesenheit in dieser kleinen Stadt, viele tausend Meilen weit von Europa, nur ein merkwürdiger Streich, wie ihn das ironische Schicksal in seinen Koboldslaunen einem manchmal spielte, eine Art, die vier Jahrzehnte der Entfremdung zwischen zwei Menschen zu unterstreichen, bevor sie ihren weit voneinander entfernten Gräbern zustrebten.

Sie rieb sich beide Hände an den Schenkeln, und dann begann sie den zweiten von Schumanns Davidsbündlertänzen zu spielen. Das war das Stück, das sie gespielt hatte, als sie die Nachricht von Eusebius' Tod erhielt, und dabei hatte der ungeöffnete Brief auf dem Notenhalter gestanden, als ob sie den Text spielte, den sie nicht erst lesen mußte. Der Brief von ihrer noch lebenden Schwester, mit der sie so wenig Verbindung gehabt hatte, daß ihr die Handschrift, bevor sie sie identifizieren konnte, nur vage bekannt vorkam, hatte die unmißverständliche Aura der schlimmen Nachricht an die nächsten Angehörigen ausgedünstet. Gute Nachrichten konnte ein Brief aus Deutschland Ende 1917 ohnehin nicht enthalten. Und so hatte sie gespielt, ohne erst überlegen zu müssen, was sie zu diesem längst erwarteten Anlaß spielen sollte. Später, nachdem sie die herkömmlicheren Trauerbekundungen hinter sich hatte, wunderte sie sich über die Unverzüglichkeit ihrer Wahl. Als ausgebildeter Pianistin standen ihr schließlich über dreihundert Jahre Klaviermusik zu Gebote. Warum nicht Bach? Mozart? Oder fast jeder beliebige langsame Satz von Beethoven? Was ihr statt dessen zuvörderst in die Finger kam, war dieses spukhaft romantische Stück, erfüllt von Sehnsucht und dem Verlust, der sie hervorruft, von einer Trauer, die nicht getröstet sein will, weil sie ihr eigener Trost ist. Beginnend mit einer eigensinnigen Harmonie, hob sich die Musik über bloße Wehmut hinaus und flüsterte dem inneren Ohr zu, daß sie auch nach der Schlußkadenz weiterginge, jeder Erlösung für immer abspenstig.

Dieses kurze Stück spielte sie nun, und ohne sich mit einem Rubato einzudrängen, ließ sie die traumhafte, entrückte Folge der Noten ihren eigenen Lauf nehmen. Leise klangen die Töne durch den holzgetäfelten Raum. Erscheinungen kamen und gingen: Eusebius, der das Stück geliebt hatte; Otto, der es nicht mochte. Hinter ihnen erstreckten sich die Jahre bis zurück nach Leipzig, wo sie am Konservatorium studiert hatte, voller Ehrgeiz, die Clara Schumann ihrer Zeit zu werden. Und selbst hinter solch flüchtigen Geistererscheinungen aus der persönlichen Vergangenheit stand noch die große Tradition europäischer Kultur, des Zauberbergs, aus dem dies Steinchen gebrochen war. Er ragte ins Zimmer wie in ihr Leben hinein. An den meisten Tagen, wenn sie in der Villa, von den Hähnen geweckt, aus ihrem netzverhangenen Bett stieg und ans geöffnete Fenster trat, war ihr, als sähe sie über den noch dunklen, von Horizont zu Horizont reichenden Wald majestätisch diesen gewaltigen, einzigartigen Gipfel aufragen. Sein Glanz strahlte die morgendämmerige Landschaft an, zog den Blick die dunkle Pyramide des Vorgebirges hinauf zum Gipfel hin, aus dessen glitzerndem Schnee der Wind einen Schweif von Eiskristallen wie Rauch über den blaßblauen Himmel warf. Manchmal war der Berg da, wenn sie wieder Ausschau hielt; oft blieb er wochen- oder monatelang verschwunden, als hätte es ihn erschöpft, sich über einem so feindlichen Klima, in einem so wenig verheißungsvollen Land behaupten zu müssen. Es war ein beruhigendes Bild; und es war schmerzhaft. Es hatte viele Jahre gedauert, bis sie sich endlich damit abgefunden hatte, daß sie es immer nur betrachten könnte: Nie würde sie selbst auch nur die untersten Hänge betreten und von dort in die einzigartige Weite hinausblicken. Dieser Erkenntnis war zunächst eine tiefe Niedergeschlagenheit entsprungen, dann Trauer und schließlich die weder resignative noch verbitterte Einsicht, daß die Dinge nun einmal so lagen und daß es mehr Sinn hatte, ein Schiller-Institut in einer nach Kultur dürstenden Wildnis zu leiten, als im ewigen Exil den Anspruch des gescheiterten Genies zu wahren. Scharf, wie sie sich selbst anzupacken pflegte, war Frau von Pussels ehrlich genug, sich zu fragen, ob ihr nicht womöglich noch immer ihr einst so ausgeprägter Hang zur Schwärmerei einen Streich spielte, die mädchenhafte Neigung, jeden zu bewundern, dem sie die Fähigkeit zutraute, mit eigenen Augen vom Zauberberg herabblicken zu können.

Oft war seit dem Tod ihres Mannes vermutet worden, sie werde Manaos verlassen und nach Deutschland zurückkehren, obwohl niemand so geschmacklos gewesen war, in ihrer Anwesenheit davon zu sprechen. Doch hatte sie nun ihr halbes Leben hier verbracht, und alles, was sie über Europa las oder hörte, ließ sie annehmen, daß sie dort nur noch wenig von dem vorfinden würde, was ihr vertraut war. Die Deutschen - und die Engländer übrigens auch - kannten den Spruch: »wie man sich bettet, so liegt man« - was immer strafend gemeint war. Doch in den letzten dreißig Jahren hatte sie sich hier so gebettet, daß sie sich ganz damit abgefunden hatte, daß dies auch ihr Sterbebett sein könnte; und es war ihr nur recht, in einem Bett zu liegen, das sie sich zur eigenen Bequemlichkeit sorgsam selber gemacht hatte. Es war nicht an der Zeit, sich nach einer klumpigen Matratze im Elend ihres Herkunftslandes zu sehnen.

Nicht daß Brasilien, im Gegensatz zu Europa, nun herzerfrischend unverändert geblieben wäre. Die gesamte Amazonas-Region und Manaos im besonderen hatten den Anfang und das Ende großer Tage erlebt. Diesen großen Tagen verdankte sie die letzten dreißig Jahre ihres Lebens. Ohne diese Glanzzeit wäre ihr Mann nie in Versuchung geraten, sich von seinen hanseatischen Wurzeln zu lösen und sich in den heißen roten Lateritboden des südamerikanischen Dschungels zu verpflanzen. Auch sie selbst wäre nie zu ihrem Schiller-Institut, ihrem blühenden kleinen Musenhof gekommen. Dies war Brasilien, nicht Kalifornien oder Australien. Sie hatte Bilder von den Geisterstädten gesehen, die einst Mittelpunkte eines Goldrauschs oder irgendeiner anderen irren Wühlerei nach mineralischen Schätzen gewesen waren (was man in Australien eigentlich abbaute, wußte sie nicht genau); und wie sehr auch die zeitgenössischen Berichte von fabelhaften Vermögen und blühenden Geschäften an diesen Orten geschwärmt hatten, schien doch wenig mehr davon übriggeblieben zu sein als eine einsame Hauptstraße mitten im Nirgendwo, eine triste Reihe brüchiger Holzhütten mit durchhängenden Türrahmen, aus denen einst viele Hunderte rauhbeiniger Männer zu Tode verwundet oder im Vollrausch hinausgetragen oder -geworfen worden waren. Am Amazonas hingegen verdiente man seinen Unterhalt auf noch riskantere Weise am Rande eines urtümlichen Abgrunds voller beißendem und stechendem Getier, Fieberkrankheiten, Giften und mörderischer Sklaverei, in dem jedermann zu jeder Zeit ohne Hinterlassung eines Grabsteins verschwinden konnte. Doch auf jede Wagenladung der klebrigen schwarzen Fußbälle von *boracha*-Latex, die in Manaos zum Kai hinabrumpelte, hatte die Regierung eine Steuer von zwanzig Prozent erhoben, und von den Einnahmen hatte sie das Teatro do Amazonas erbaut, das nun weit und breit als »das Opernhaus« bekannt war. Die Seelen der Einwohner mochten ihren Platz im Schatten der Kathedrale finden, doch ihr Leben spielte sich in dem Glanz ab, den die vergoldeten Dachziegel von der Kuppel der Oper verstreuten. »Seht doch«, schien das prächtige und größenwahnsinnige Gebäude zu sagen, wenn es aus den endlosen Wäldern hervorblinkte und -blitzte wie ein Fabergé-Ei auf einem Fußballfeld, »ich bin kein Ornament, ich bin die Mitte des Lebens. Ohne die Kunst, ohne die Musik ist alles nichtig. Ohne die Zivilisation schiene die Sonne nur auf die Rücken habgieriger Männer bei der ewigen Wühlerei nach dem Gold. Ohne die Kultur blieben von ihnen nur Schuppen und verwüstetes Land, ein Klondyke, aus dem sich die Überlebenden mit allem, was sie noch tragen können, davonschleppen, bettelarm wie bei ihrer Ankunft.«

Denn Manaos war eine prachtvolle romantische *Idee*, und deshalb liebte sie es – vielleicht um so mehr jetzt, wo es die ersten deutlichen Zeichen des Niedergangs aufwies. Ein Opernhaus mit Sitzplätzen für sechzehnhundert Menschen (viele davon in vier mit Seraphim und Cherubim verzierten Logenrängen) mitten im weglosesten Dschungel der Welt: Wer hätte einer solchen Idee widerstehen können? Manche der berühmtesten Bühnenlöwen hatten es nicht gekonnt und auch gar nicht erst versucht, sondern waren mit ihren Stirnreifen und

Entouragen, den Impresarios mit den forschen schwarzen Schnauzbärten und den Koffern voller aufklappbarer Opernhüte den Amazonas heraufgefahren. Tetrazzini, Melba, Melchior, Caruso, Gigli, Rubinstein, das Ballet russe ... alle waren sie gekommen, hatten hier gesungen, gespielt und getanzt oder – wie im Falle Villa-Lobos – sogar komponiert. Sarah Bernhardt hatte die Phädra gespielt. Nicht die geringste unter all diesen Eigenheiten der Stadt war es, wie Frau von Pussels sich mit Vergnügen erinnerte, daß sie in all den Jahren nicht eine einzige Opernaufführung erlebt hatte. Statt dessen reisten die Großen der Musik und des Gesangs gern zu Solo-Abenden an, denn dies war ein unvergeßliches Erlebnis, wohltuend, wie es das Hin und Her zwischen den Staatsopern in Dresden, Berlin, Wien, Paris und Mailand nicht war. In Europas Hauptstädten bemühten sich die Darsteller, ihre Laufbahn ständig durch möglichst blendendes Licht zu lenken; hier konnten sie den Messias spielen, der eigenhändig eine schlichte Fackel in die vorgeschichtliche Nacht trägt. Sie fanden bald, daß es ihrer Karriere nicht schadete, wenn zu den Stätten ihrer Triumphe auch Manaos zählte. Ebensogut hätten sie vielleicht Kopenhagen im Sturm erobern können, aber da fehlte der *Glamour*. 1901 war ein amerikanischer Großwildjäger namens Blenker oder Blanket auf die Kuppel des Opernhauses gestiegen und hatte von dort herab einen in den nächsten Außenbezirken der Stadt streunenden *onça* geschossen. 1923 hätte man schon bis zur Endhaltestelle der Straßenbahn fahren müssen, um auf einen Jaguar zum Schuß zu kommen, aber auch jetzt noch gab es keinen Punkt der Stadt, der weiter als zwanzig Minuten zu Fuß vom unerforschten Urwald entfernt war.

In dieser Stadt, in der Frau von Pussels jeden Winkel kannte, deutete mehr als nur ein Vorzeichen auf einen würdevollen Verfall hin. Wie die Augenbrauen älterer Aristokraten nach und nach Ansätze von Struppigkeit zeigen mögen oder ihnen verirrte Haarbüschel aus Nase und Ohren sprießen, so sah man allmählich den Kolonialhäusern ihr Alter und die Vermögensverhältnisse ihrer Bewohner an, ohne daß sie schon geradezu schäbig wirkten. Ihre Gärten waren ständig von Verwilderung bedroht; hier und da begannen sich Dschungelinseln in der Stadt zu bilden, und grünes Gerank brach durch Stuckfassaden. Auf dem Dach des Straßenbahn-Hauptdepots wuchsen Orchideen, und immer öfter fiel der Strom aus, so daß die Fahrgäste manchmal für die Dauer des mittäglichen Regengusses in den stehengebliebenen Wagen gefangen saßen. Nach Einbruch der Dunkelheit kam es vor, daß plötzlich alle Straßenlaternen erloschen und die Passanten sich vorsichtig über die wackeligen und löcherigen Platten des Pflasters tasteten, ohne andere Beleuchtung als den einen oder anderen lautlosen Blitz eines Gewitters hoch am Himmel. Wenn die Laternen wieder angingen, sah man, daß die Tropennacht voller Hindernisse gewesen war: tote Hunde, ausgestreckte Beine am Boden sitzender Bettler; aber gutgekleidete Damen und Herren schlenderten Arm in Arm daraus hervor, lüfteten voreinander die Strohhüte oder blieben stehen, um über eine Neuigkeit in der Abendzeitung zu sprechen, die sie in der behandschuhten Hand trugen.

An alldem war nichts, was im entferntesten an die Sturmflut erinnerte, die erst vor so wenigen Jahren einen großen Teil von Alteuropa hinweggefegt hatte. Dort stand für den Beobachter aus Übersee die Schrift an der Wand – oder an den Wänden, soweit sie noch standen. Hier dagegen zeigte sich an den Wänden nichts, das prophetischer gewesen wäre als ein paar Mango-Schößlinge, und die Geschäftswelt spekulierte munter auf den nächsten Boom, als gäbe es ein für die Natur und die Wirtschaft gleichermaßen gültiges Gesetz, daß jede entschwundene Glanzzeit irgendwann wiederkehren müsse. Nur hin und wieder wurde die Direktorin des Schiller-Instituts von der Gewißheit eingeholt, daß hier etwas unaufhaltsam zu Ende ging. Wenn sie aber näher bedachte, was dies sein mochte, traten ihr stets die eigenen Unabänderlichkeiten vor Augen: ihr Sohn, ihr Mann, ihr Leben. Allein schon, weil sie nun ins siebente Jahrzehnt ging, war Magdalena von Pussels unvermeidlich im Abstieg begriffen. Angesichts dieser Tatsache schienen ihr die zeitweiligen Verwerfungen des lokalen Geschäftslebens so leicht reparabel wie Mauerrisse.

Als sie zu Ende gespielt hatte, klappte sie den Deckel über die Tasten und stand auf. Die Musik hing noch in der Luft und sprach weiter von Unerfülltheit. Sie trauerte zwar nicht mehr unbedingt den ersten fünfundzwanzig Jahren ihres Lebens mit ihrer dichten Folge von Konzertbesuchen und Musikstunden nach, doch schien es ihr manchmal noch immer, daß seit ihrer Heirat und ihrer Entwurzelung eine unnatürliche Stille um sie herrschte. Daß sie die meisten Jugendfreunde aus den Augen verloren hatte, war wohl nicht anders zu erwarten gewesen, und ihr Briefwechsel mit ihnen beschränkte sich nun auf wenige höfliche Lebenszeichen zur Weihnachtszeit. Aber mit Edward, wie mit einem Gespenst, das plötzlich wieder Gestalt angenommen hatte, war es etwas anderes. Sie hatte seine Entwicklung so lebhaft verfolgt, als hätte sie die ganze Zeit in einem benachbarten Zimmer und nicht viele tausend Meilen entfernt gesessen.

Von ihrer ersten Begegnung an, in Leipzig 1883, hatte er die kaum über Zwanzigjährige geblendet und erbittert, und wie sich dann herausstellte, sollte er für sie die umschwärmte Verkörperung des jungen Künstlers bleiben, der auf der sonnenfernen Seite des Zauberbergs einsam seinen Weg macht. Damals allerdings hatte sie geglaubt, sich auf demselben Anstieg zu befinden, unabgeschreckt von der eintönig düsteren Aussicht und nur ein wenig verwirrt von der Ungeselligkeit dieses Bestrebens. Wer schließlich dem Verhältnis ein Ende gemacht hatte, war sie: Es verletzte ihren *amour propre*, daß er vor ihrem Genius nicht mindestens ebenso auf den Knien lag wie sie vor dem seinen. In jenem Jahr 1883 war sie dann zwei Monate in England gewesen, um seinen Besuch zu erwidern; und er hatte in Worcester eine Unterkunft für sie gemietet. Auf seinem heimischen Boden hatte seine seltsame Mischung von Kindsköpfigkeit und rücksichtsloser Selbstgerechtigkeit sie in Erstaunen versetzt, die, wie sie nur allzu gut sah, Merkmale eines Genies sein konnten. Es war etwas, das ihr selbst in augenfälligem Maße fehlte; und je mehr sie vernunftgemäß auf ihren täglichen drei Übungsstunden am Klavier beharrte, desto mehr kam es ihr vor, als behaupte sie nur noch ein schon ausgehöhltes Prinzip. Edward hatte es mit freundlicher Duldsamkeit hingenommen, was alles noch schlimmer machte. Er hatte für das Klavier als Instrument nicht viel übrig und sagte ihr einmal, es sei ein nützliches Werkzeug und gehöre in einen Geräteschuppen. Ein Genie mußte schließlich auf irgendeine Art schöpferisch sein; selbst Clara Schumann hatte sich eigene Stücke geschrieben, obendrein denen ihres Mannes zum Trotz.

Die Spaziergänge mit Edward auf den Hügeln bei Malvern und unten am Fluß waren ihr vollkommen erinnerlich: überschwengliche Gespräche, die ohne Erklärung plötzlich abbrachen, wenn sie ihn ansah und wußte, daß sie nun nicht mehr existierte. In den Taschen hatte er zerknitterte Manuskriptblätter, manche davon mit Takten, deren krumme Striche verrieten, daß sie hinter dem Baum hingekritzelt worden waren, wo er angeblich einem natürlichen Bedürfnis nachgab. Noch aus dem Abstand von fast vierzig Jahren kostete Magdalena von neuem aus, wie ihr damals zumute gewesen war, in Gesellschaft dieses linkischen jungen Mannes mit Beinen, die so dünn waren, daß man es durch die Hose erkennen konnte, und dem braunen Haar, das er anscheinend immer mit Wasser kämmte. Nie zuvor und nie wieder seitdem war ihr dieselbe Mischung von chronischem Selbstzweifel und Arroganz begegnet, schon gar nicht im Verbund mit jederlei hochgestimmtem Übermut. Für kurze Zeit war sie glücklicher gewesen, als sie es für möglich gehalten hätte; und in ihrem tropischen Zimmer, so fern von der ursprünglichen Szene, sah sie wieder ein Abprallen des Lichts von gefirnißten Rudern, einen vorüberschwimmenden Schwan, den einen schwarzen Fuß über den Rücken hinaufgezogen. Die Traurigkeit, die dieser Vorstellung folgte, hatte weniger mit versäumten Gelegenheiten als mit der schlichten Fähigkeit zu tun, im Rückblick über vierzig Jahre hin ein Sonnenlicht zu sehen, das nicht eingebildet war.

Raymundo machte die Tür zum Salon auf, blieb aber schüchtern auf der Schwelle stehen, als sei er wegen der Stille nicht sicher, ob sie noch im Raum war.

»Es geht um den Busch.«

»Den Busch, Raymundo? Ach ja, ich habe vergessen, es João zu sagen. Ich habe gehört, er kommt am fünfzehnten an, das ist

Sonnabend diese Woche, und dann richtest du es bitte mit ihm so ein, daß ihr zum Schiff geht und ihn abholt. Er kommt in die Vorhalle, wie letztes Jahr, aber wenn er wieder zu groß ist, sorgst du bitte dafür, daß João ein Stück *unten* absägt, nicht die Spitze. Es sah schon sehr merkwürdig aus.«

»*Sim senhora.* Aber das war nur, weil ...«

»Ich weiß noch genau, was ich gesagt hatte, und das war falsch. Es war ein Fehler. Ich möchte ihn nicht wiederholen.«

Der Junge verschwand, und das Aufblitzen seiner dunklen Augen hing noch eine Weile in der Luft, doch es zeigte kein Verständnis an. Jemandem, der zwischen Horizonten aufgewachsen war, die nach allen Seiten mit nichts als Bäumen verstellt waren, mußte es wunderlich erscheinen, einen einzelnen Weihnachtsbaum zu Schiff aus einem fernen Land herbeischaffen zu lassen. Es hatte Magdalenas Geduld überstiegen, den Leuten hier die Weimarer Republik und deren Auffassung zu erklären, daß man dem darniederliegenden deutschen Geist mit Hilfe nationaler Symbole wieder auf die Beine helfen könnte. Irgendein Ministerialbeamter in Berlin mußte sich vorgestellt haben, daß die Auslandsdeutschen in aller Welt sich zu Weihnachten in den deutschen Gesandtschaften und Kultureinrichtungen versammelten, um *O Tannenbaum* zu singen, ganz so, als fiele aus dem glühenden afrikanischen oder südamerikanischen Himmel dichter Schnee auf die bibbernden Landsleute, die sich beeilten, zu ihrem Glühwein und Pfefferkuchen nach Hause zu kommen. Der Baum, den man ihr letztes Jahr geschickt hatte, war in Manaos keine drei Wochen nach seinem letzten Seufzer in den Winterwinden des Schwarzwalds angekommen, in gutem Zustand, wundervoll verpackt in einer langen Lattenkiste wie eine Zigarre im Riesenformat. Erst als João, der Gärtner, ihn auspackte, stellte man fest, daß er für jeden Raum im Haus drei Fuß zu hoch war. Die Überlänge nicht unten, sondern oben abzusägen, war ihre Idee gewesen, weil sie die Absicht hegte, ihn nach den Festtagen im Garten einzupflanzen. Sie fand es skandalös, daß man einen lebenden Baum über die ganze Strecke herbeischaffte, bloß um ihn dann zu Brennholz zu zerhacken, und die Vorstellung reizte sie, er könnte in einer so fremden Umgebung Wurzel fassen.

Statt der Wurzeln hatte man also die Spitze gekappt, so daß der Baum nach oben stumpf wie eine Flaschenbürste endete. Durch geschicktes Beschneiden hatte man diesen Effekt ein wenig kaschieren können, aber trotz des Vergnügens, das es bei den Besuchern erweckte, war das Werk ästhetisch nicht vollauf gelungen. João hatte den Baum bald weggekarrt und in ein Loch in einem entlegenen Winkel des Gartens geschmissen. Zu jedermanns Überraschung war er nicht gleich abgestorben, sondern hatte im Gegenteil Wurzeln geschlagen und in einem verblüffenden Tempo zu wachsen begonnen, hatte über mehrere Monate hin neue Triebe und Zweige angesetzt. Ebenso plötzlich, offenbar erschöpft von diesem unnatürlichen Frühling, war er dann verdorrt und braun geworden, die Sprossen ausgebleicht wie weißer Milchstern. João hatte ihn wieder ausgegraben, und nur noch einige Töpfe angebranntes Guaven-Gelee erinnerten an sein Ende im Küchenherd.

Als sie die Treppe wieder hinaufging, warf sie noch einen Blick auf ihr Schwarzes Brett und konnte nicht umhin, sich einen großformatigen Anschlag vorzustellen, der besagte, daß Sir Edward Elgar, der weltberühmte Komponist des *Traum des Gerontius* und der *Enigma-Variationen*, in eigener Person ins Institut kommen und einen Vortrag halten werde. So bemerkenswert der Reverend Miles Moss und seine Arbeit auf ihre Art auch waren, schien ihr die Ankündigung seines Vortrags nun doch schmerzhaft deutlich zu machen, mit welchen Trivialitäten in Manaos das Jahr hinging, um von ihrem eigenen Leben gar nicht erst zu reden. Wenn einem das Außerordentliche begegnete, sagte sie zu den Marmorstufen unter ihren Füßen, war es nicht zu verkennen, und unvermeidlich wurde das Alltägliche gedemütigt. Und mit einemmal bekam sie es beim Eintreten in die Bibliothek mit der Angst. Was hatte sie getan? Und mit welcher erschreckenden Gedankenlosigkeit? Wie konnte sie sich anmaßen zu glauben, daß zwischen ihr und diesem berühmten Menschen über einen Abstand von vierzig Jahren hinweg noch eine Verbindung bestand? Von dem jungen Mann mit dem wassersträhnigen Schopf und den knochigen Handgelenken, die niedlicherweise seine Ärmel immer einen halben Zoll zu kurz aussehen ließen, als ob er mit sechsundzwanzig noch wachsen würde, war sicherlich nichts mehr übrig. Von jenem Sommer an hatten ihre Wege sich getrennt: Der seine führte einsam und ruhmreich bergauf, der ihre in die Ehe mit einem Lübecker Kaufmann, der eine Schwäche für »intellektuelle« Frauen hatte. In der langen Zeit seither hatte er ein Lebenswerk geschaffen, das ihm Ehrungen durch das Königshaus eintrug; und zu seinen Bekannten und Bewunderern zählten Richard Strauss, Paderewski, Hans Richter, Fauré, Kreisler, Schaljapin, Siegfried Wagner ... Die Liste seiner Nachbarn in der Unsterblichkeit hatte kein Ende. In derselben Zeit war sie Frau und Mutter gewesen, hatte nicht ungern ein bißchen geglänzt, wenn sie abends an Ottos Seite brasilianische Regierungsbeamte empfing, die sich danach drängten, der Pussels Cronifer GmbH mit ihren einflußreichen Geschäftsverbindungen gefällig zu sein. Ottos Solidität ebenso wie seine leichte Ähnlichkeit mit Bismarck hatte etwas von dauerhafter Herrschaftlichkeit angezeigt, die überzeugender wirkte als das prahlerische Getue der neureichen Gummibarone mit ihren Sklaven und Rotweinspringbrunnen. Und nach dem Essen zeigten die Gäste sich beeindruckt und entzückt, wenn die Gastgeberin sich überreden ließ, sich ans Klavier zu setzen und zu spielen, makellos und mit Gefühl, wenn auch nach dem verhohlenen Geschmack der Gäste ein wenig streng.

Ihr wurde plötzlich klar, daß sie genau das war, was sie in ihrem Brief von sich gewiesen hatte: ein verbiestertes Geschöpf in einer Kulturwüste, das sich durchreisenden Geistesgrößen an die Manschetten und Rockschöße krallte. Was konnte in dieser Hinsicht erniedrigender sein als die Tatsache, daß die Regale an der Wand zwischen den beiden großen Fenstern der Bibliothek ausschließlich Edward gewidmet waren? Über Jahre hin hatte sie mit Hilfe eines Netzes von Gewährsleuten in Europa eine umfassende Sammlung von Büchern, Aufsätzen und Zeitungsausschnitten über ihn angelegt. Hier fanden sich Kritiken, Programmhefte, Grammophon-Aufnahmen (meistens von ihm selbst dirigiert) und so viele Ausgaben von jeder Partitur, wie sie irgend hatte beschaffen können. Als sie dies alles nun im Halblicht hinter den Rolläden betrachtete, konnte sie nur denken, daß die wenigen Fuß Stellfläche einen Abstand bezeichneten, der nicht zu ermessen war, und daß etwas anderes vorzuschützen, eine Unverschämtheit wäre.

In der ersten Hälfte des Vormittags hatte sie die verschiedenen kleinen Pflichten, die ihr selbst vorbehalten waren, erledigt. Zu dieser Jahreszeit ging es dabei zumeist um die Vorkehrungen für allerlei Weihnachtsfeiern. Jetzt sah sie sich etwas tun, das sie fast noch nie getan hatte. Sie schrieb eine Notiz für die Institutssekretärin, die gewöhnlich den Vormittag zu Hause verbrachte, und teilte ihr mit, daß ihr eine Migräne zu schaffen mache, die sie leider hindern werde, zu dem heutigen Klavierabend zu kommen. Es tat ihr leid wegen der italienischen Pianistin, eines lieblich-hübschen Mädchens, das zusammen mit einer Kusine zu Verwandtenbesuchen gekommen und bereit gewesen war, kurzfristig ein Programm zusammenzustellen. Die Unpäßlichkeit der Institutsleiterin würde allseits bedauert werden, ohne doch den Erfolg der Veranstaltung irgend zu beeinträchtigen. Dennoch schrieb sie ein zweites Kärtchen, diesmal an die Pianistin selbst, entschuldigte sich für ihr unvermeidliches Fernbleiben und wünschte ihr viel Glück. Dann gab sie beide Umschläge Raymundo und ging durch die sonnendurchglühten Straßen nach Hause, nun schon ohne sich für die Rolle der Leidenden allzusehr verstellen zu müssen (denn ihr Gewissen forderte stets zur Strafe wenigstens eine Andeutung der Krankheit ein, die sie vorschützte). Wenn sie von der Sonne ein wenig benommen zu sein schien, ein wenig zu fest eingehüllt vom Schatten ihres Schirms, und wenn ihre Grüße im Vorübergehen eine ungewohnte Fahrigkeit verrieten, dann kam dies von einem Druck an den Schläfen, aus dem vielleicht wirklich bald die Migräne werden konnte, die sie im Leben noch nie gehabt hatte. Als sie die Zugangsstraße zur Villa Mirabelle erreichte, hatte Magdalena von Pussels inzwischen alle Ansätze zu einem ehrlichen Kopfschmerz.

Die hohen weißgetünchten Mauern und das schmiedeeiserne Tor schnitten schroff das Ende der Straße ab und sagten dem Besucher dasselbe, was Herr von Pussels zu dem Architekten gesagt hatte: Hier geht's nicht weiter. Als er das Grundstück kaufte, hatte eine vage Absicht bestanden, daß die Straße – die damals in einem Gestrüpp von Ranken und Büschen endete – später einen Bogen beschreiben sollte, so daß die kleine Anhöhe, über die sie führte, einen Ausblick über den Hafenbereich gewähren würde. Diesen Plänen hatte Herr von Pussels mit Hilfe einer beharrlich zusammengekauften Mehrheit im Stadtrat Einhalt geboten. Die Straße würde zwar weitergeführt, aber als sein Privatweg. Sie bog nicht nach links ab, sondern führte geradeaus durchs Tor und dann nach rechts abwärts. Hier, dicht unter der Kuppe des Hügels, hätte man nicht die Stadt im Blick, sondern den Fluß und dahinter den endlosen, bis zum violetten Horizont hin wogenden Dschungel. Es lag etwas Endgültiges darin, wie dieser Plan aus dem Panorama jedes Zeichen menschlicher Anwesenheit aussperrte, es sei denn, man wollte als solches das kaum sichtbare Häuflein grauer Hütten am andern Ufer gelten lassen oder die mancherlei Boote, die wie Zweige auf dem Fluß dahintrieben. Die Villa wandte sich der Zukunft entgegen, daran war nicht zu zweifeln. Der Ausblick schüchterte nicht ein, sondern ließ das Haus voll Zuversicht auf einen Kontinent hinausschauen, der vom Handel beizeiten gezähmt werden würde. Zu Füßen des Hügels endete das nicht sehr große Anwesen am Ufer des Flusses, und ein kleiner *igarapé*, im rechten Winkel in die Hauptströmung einmündend, bildete die andere Grenze.

Rechtzeitig zwei Minuten vor Beginn des Mittagsgewitters erreichte Magdalena ihre Veranda, was die Genauigkeit ihrer in jahrelanger Gewohnheit eingestellten inneren Uhr bezeugte. Wolken knäuelten und türmten sich, und prächtige blaue Entladungen ließen die Möbel im plötzlich verdunkelten Haus aus den Schatten hervorspringen. Der Dschungel, der Fluß und das Gelände draußen verschwanden hinter einem pelzgrauen Wasserschirm. Mitten in dem gewaltigen Lärm ging sie ruhig im Haus umher, zog sich die Handschuhe aus, sah einen Umschlag an, der auf einem Seitentisch lag, und ging nach oben, sich umzuziehen. Bis sie damit fertig war und sich mit Eau de Cologne die Stirn gekühlt hatte, waren die Wolken von der eigenen Gewalt in Stücke gerissen und flogen davon, um sich an einem anderen Horizont wieder zu sammeln. Zurück blieb ein unschuldig aussehender Himmel, unter dem von den Straßenpflastern Dampf aufzusteigen begann.

Nachdem ihr Dienstmädchen ihr einen leichten *almôço* ins Speisezimmer gebracht hatte, erklärte sie, daß sie für niemanden zu Hause sei und den Rest des Tages im Pavillon verbringen werde, wohin man ihr später den Tee bringen solle. Mit einer dunklen Brille und einem Band Heine ging sie durch das nun dampfende Gras zu dem Jacaranda-Gebüsch, hinter dem der Pavillon verborgen lag. Dieser Platz war ihr der liebste im ganzen Anwesen. Er lag etwas tiefer als das Haus, so daß der Ausblick auf den Rio Negro nicht so beherrschend war, und zugleich etwas weiter zur andern Seite des Hügels hin, so daß man nach wenigen Schritten zwischen den Stämmen einiger Carnaúba-Palmen hindurch die äußeren Favelas und Hütten der schwimmenden Docks von Manaos zu Gesicht bekam. Ihr fiel ein, daß sie, wenn sie sich Mühe gäbe, sogar die gefirnißten Masten der *Hildebrand* unterscheiden könnte, aber sie versuchte es nicht, aus der gleichen Regung heraus, die sie bewogen hatte, zwei Straßen Sicherheitsabstand zwischen sich und den Hafen zu bringen.

Es regte sie auf, daß sie so aufgeregt war; sie verstand es nicht und nahm es sich selbst übel, daß sie so leicht die Fassung verlor. Vielleicht war man in keinem Alter davor sicher, daß es einen beunruhigte, wenn ein Mensch aus der eigenen Vergangenheit unversehens im Hafen ankam; doch dies zu bedenken, half ihr wenig. Außerdem gehörte Edward ja nicht wirklich der Vergangenheit an. Er nahm schon mehrere Regale in ihrer Bibliothek ein und machte sich fast mit jeder Postsendung noch etwas breiter. Allerdings war ihr nicht entgangen, daß das neu eingehende Material spärlicher wurde und daß die wenigen Artikel, die ihn erwähnten, einen Ton anschlugen, der besagte, daß zumindest für England sein Nationalkomponist so gut wie tot sei.

Die Kritiker, denen sie anmerkte, daß sie zumeist verhältnismäßig junge Männer und darauf bedacht waren, sich einen Namen zu machen, gaben zu verstehen, daß er zwar als herausragende Gestalt der sogenannten englischen Musik-Renaissance gelten könne, die aber schon so weit zurückliege, daß er zufrieden sein sollte, wenn man ihn in den Kanon aufnahm und im übrigen alles ernsthafte Interesse der zeitgemäßeren Musik im nüchternen Idiom der Gegenwart zuwandte.

Wenn sie so etwas las, schüttelte sie ärgerlich den Kopf und verhielt den Atem bei jeder ketzerischen Unverschämtheit; doch hinter dieser Bereitschaft, ihn zu verteidigen, verbarg sich eine dunkle, frevelhafte Erleichterung. Mit der Vorstellung von einem Meister, der die wohlverdiente Anerkennung gefunden hatte und dann oben auf dem Parnaß verschwunden war, bis er nur noch ein Name unter anderen in den Programmheften der Nachwelt wäre, konnte sie leben. Aber das unerwartete Erscheinen des Cello-Konzerts vor drei Jahren – und das Eintreffen der Partitur in Manaos – hatte sie erschüttert. Es schien ihr nicht ganz mit rechten Dingen zuzugehen, daß ein Mann, der so offensichtlich seine beste Zeit hinter sich hatte, plötzlich ein eigenständiges Werk von großer emotionaler Kraft schuf, das sie, ohne eine Sekunde zu zögern, den Werken von Haydn, Schumann, Dvořák und Tschaikowski an die Seite gestellt hätte. Und am unbehaglichsten war, daß er dies konnte, ohne in einer Tradition zu stehen; was auch den Musikkritikern am heftigsten mißfiel. Weil sie Edward in keiner brauchbaren Kategorie unterbringen konnten, klang aus ihren Artikeln mehr und mehr der leise Abscheu vor dem Einzelgänger heraus. »Ein Abseitsstehender«, hieß es, »ein einsames, aber unübersehbares Beispiel.« – »Weder Lehrer, noch Führer oder Wegweiser«, klagten sie und schrieben weiter von einem entschiedenen Künstler mit selbstgerecht beschränktem Blickwinkel. Na ja, von der Selbstgerechtigkeit konnte sie selbst ein Lied singen.

Der Himmel über ihrer Laube hatte nun zur nachmittäglichen Normalität zurückgefunden. Die große Wolkenparade trieb immer noch weiter dahin, voll feiner Farbschattierungen und in überwältigender Stille. Auf fernen Wellenkämmen des

Waldes, in Sichtweite der Betrachterin, aber noch auf keiner Karte verzeichnet, ballten sich ihre wehenden Schatten: Abdrücke eines über die weiten besonnten Flächen hinziehenden Nichts. Es war so haargenau das immergleiche Bild, das sich von diesem Pavillon aus bot, daß Magdalena nicht mehr an Wolken und ihre Schatten dachte, sondern an ein einziges, in steter Veränderung begriffenes Gewebe. Dieses ganze Ding, das sich von ihren Fußspitzen bis zum Horizont erstreckte, war ein lebendiges Ganzes, zuckend, sich schuppend und atmend wie die Haut eines schlafenden Tieres. Es sah keine zweimal gleich aus und blieb doch dasselbe. Jetzt, wo ihr Sinn so schmerzhaft angekratzt war, brachte er mühelos die Erinnerung an einen ähnlichen Eindruck zu Tage, den sie zusammen mit Edward in jenem fernen August bei einem Spaziergang in Englands Hügeln gehabt hatte. Sie hatten auf einer Anhöhe gestanden, Magdalena ziemlich außer Atem und bemüht, sich die Kletten von ihrem langen Kleid zu zupfen, und hatten zugesehen, wie die Wolken ihre Schatten unten über die Felder schleiften. Ein friedlicher, idyllischer Anblick. Es war die rechte Zeit, um Gedichte zu zitieren – zumindest für Edward: irgendwas über einen brotlosen Bettler auf den Malverner Hügeln, was sie für die elegante Variante einer Entschuldigung dafür hielt, daß er vergessen hatte, sie zum Mittagessen einzuladen.

Und als sie nun oben auf diesen Hügeln standen, was war ihrem Gastgeber da eingefallen? Er hatte ein paar in Tuch eingerollte Stöcke hervorgeholt, die sie zunächst für eine Art Klappstuhl gehalten hatte, mitgenommen für den Fall, daß sie müde würde, und daraus einen großen Drachen zusammengesetzt. Um dieses Ding mit seinem rasselnden Schwanz von Zeitungsschnipseln in die Luft zu bringen, war er in Hosenträgern herumgerannt, immer an der Schnur hochblickend, so daß er zweimal auf seine Mütze und Jacke trat, die er ins Gras geworfen hatte, und sie einmal beinah umrannte. Dieser Nachmittag war es gewesen, an dem sich das Blatt gewendet hatte. Sie sagte ihm, es sei schön und gut, daß er sich heute eine glänzende Zukunft ausmale, aber von ihr könne er nicht erwarten, daß sie da mitspiele, wo sie doch gezwungen sei, Beweise seiner vollkommenen Unernsthaftigkeit mit anzusehen. Er war erst einmal verstummt, mürrisch wie ein gescholtener Schulknabe, und hatte ihr dann versichert, einen Drachen steigen zu lassen, sei sehr wohl eine ernsthafte Angelegenheit, jedenfalls viel ernsthafter als Hanons blödsinnige Übungen für angehende Klaviervirtuosen.

»Blödsinnig? Was ist daran blödsinnig? Wie ungerecht du bist, Edward! Übst du nicht auch auf deiner Geige, damit du eines Tages zu Adolphe Pollitzer gehn kannst und ihm sagen: ›So, von Ihnen kann ich nichts mehr lernen. Morgen pack' ich meine Sachen und studiere bei Ysaÿe‹?«

»Nein. Ich habe jeden Gedanken an eine Karriere als Violinsolist aufgegeben. Und selbst wenn ich noch daran dächte, würde ich gewiß bei so perfektem Drachenwetter und in Begleitung eines schönen Mädchens meine Zeit nicht mit den langweiligen alten Übungen vertun.«

»Wie *un*gerecht du bist, Edward!«

»Ach, kannst du's denn nicht spüren, Lena? Heute ist ein Tag, um Melodien zu machen. Übungen sind nichts für einen, wenn man Melodien im Kopf hat.«

Und immer mehr solche Dinge fielen ihr ein, als sie nun, vierzig Jahre danach, über den Fluß hinwegschaute, bis ihr *mestiça*-Dienstmädchen ihr Tee und ein Glas Guaraná auf einem Tablett und einen japanischen Fächer brachte. Später am Abend lief sie rastlos in der Villa umher, ging von Zimmer zu Zimmer, nahm silbergerahmte Photographien ihres Mannes und ihres Sohnes zur Hand und stellte sie wieder hin. Falter und andere Nachtinsekten trommelten von draußen gegen die netzbespannten Fenster. Sie klappte den Klavierdeckel hoch, schlug im Stehen ein C an, klappte den Deckel wieder zu.

In der Nacht wurde sie immer wieder wach und schlief erst gegen Morgen fest ein. Das Dienstmädchen weckte sie jedoch zur gewohnt frühen Stunde, erkundigte sich nach ihren Kopfschmerzen, und Magdalena trat mit einem Glas Limonensaft an die Fenster. Dort im frischen Morgenlicht stand der Berg, alles andere mehr oder weniger auslöschend. Seine oberen Schneehänge glitzerten, der Gipfel war eine reine, abweisende

Zinne. Er sagte ihr nichts, das sie nicht leider schon wußte, aber er sagte es mit ruhiger Entschiedenheit. Sie war hier, und er war dort, und dazwischen gähnte ein Abgrund, in dem alle Einwände, Klagen und Erklärungen sich in Luft auflösten. Sie konnten den Berg nie erreichen, sondern verzehrten sich in der eigenen Sinn- und Belanglosigkeit, auch wenn man sie noch so laut herausbrüllte. Der wunderbare Berg war einfach in der Nacht wieder einmal herangesegelt und hinten in ihrem Garten vor Anker gegangen. Die Lichtstrahlen zerstreuten sich aus seinen Prismen und sprangen rings um die Welt. Drei Tukane, die Schnäbel wie Blöcke von gelbem Holz, flogen aus den Jacaranda-Büschen auf und durchs Herz des Berges über den Fluß davon, mit im Sonnenlicht schimmernden Flügeln. Magdalena verfolgte ihre flatternden Tupfen, bis sie mit dem Geröll in ihrer Retina eins wurden und sich in Brasilien verloren.

Eine halbe Stunde früher als gewöhnlich kam sie ins Institut, wie eine vollkommen Wiederhergestellte. Kein Brief mit dem Aufdruck der Booth-Reederei erwartete sie. Der Klavierabend war ein großer Erfolg gewesen, erfuhr sie und äußerte ihre Freude. Der Reverend Moss würde später zu einem kurzen Gespräch vorbeikommen; sie sagte, wie entzückt sie wäre. Oben in ihrem Büro setzte sie sich an den Schreibtisch und hörte dem papierenen Schwirren eines zwischen Fensterscheibe und Rollladen gefangenen Nachtfalters zu. Das Schwirren wurde hektischer, als die Hitze zunahm, und hörte nach einigen krampfhaften Höhepunkten ganz auf. Immer noch saß sie da. Er hatte ihren Brief gar nicht bekommen. Er hatte den Brief bekommen, aber irgendeine Belästigung durch einen lokalen Würdenträger darin vermutet. Er hatte den Brief bekommen und ihn aufdringlich gefunden. Er hatte nicht erraten, wer sie war. Er *hatte* erraten, wer sie war, und ... und dachte jetzt drüber nach. Alles in allem dauerte es eine ganze Weile, bis sie so weit war, sich zu sagen, daß sie aufhören mußte, sich wie ein schwachsinniger Backfisch zu benehmen. Mit einem kribbelnden Gefühl im Magen nahm sie ihren grünen Sonnenschirm und eilte hinunter zum Kai.

Ein fleckenloser cremefarbener Panamahut bewegte sich gemächlich eine schattige Allee entlang, aufleuchtend, wenn er unter den Mangobäumen hervor durch Flecken von Sonnenlicht kam. Fast auf gleicher Höhe neben ihm her schlenderte ein breitkrempiger sandbrauner Schlapphut mit leicht schweißfleckigem Seidenband. Die Gesichter darunter – das eine soldatisch-schnauzbärtig, das andere welkes Englischrosa – wiesen noch die Blässe des sonnenlosen Herbstes auf der anderen Seite des Erdballs auf.

Molly hatte gesagt: »Es geht kein Schiff nach Iquitos in dieser Woche. Bis dahin werden wir uns sicher noch einigemal über den Weg laufen. Nachdem ich einmal hier bin, brauche ich mich mit der Weiterfahrt nicht zu beeilen.«

Edward hatte gesagt: »Auf jeden Fall wollen Sie unseren jungen Freund Fortescue noch fliegen sehn?«

»Und vielleicht auch noch Sir Edward Elgars glückliche Abreise in die Heimat, wo er hingehört.«

»Ach, meine Liebe, heutzutage gehör' ich nirgendwo mehr hin. Die Heimat ist, wo man sein Herz gelassen hat, heißt es im Volksmund, und ich habe meines anscheinend irgendwo verlegt.«

»Vielleicht finden Sie es in Manaos wieder«, sagte sie lachend. »Das scheint hier so ein Ort zu sein, wo die Herzen unerklärlicherweise nur so herumschwirren. Ich habe meines hier vor anderthalb Jahren verloren, und bin nicht sicher, ob ich nicht drauf und dran bin, es noch mal zu verlieren.«

In der einen Tasche seiner Leinenjacke hatte Edward einen Stoß Briefe, alle ungeöffnet. Sie waren im Laufe des letzten Tages einzeln oder zu zweit auf der *Hildebrand* eingegangen. Anscheinend machte die Nachricht von seiner Ankunft in der englischen Kolonie die Runde, in den patriotischen und kulturellen Zirkeln und, wie er nach dem Aussehen mancher Umschläge vermutete, auch unter den missionarischen und karitativen Elementen.

»Keinen davon werd' ich aufmachen«, hatte er gesagt, und Molly hätte nicht mit Sicherheit sagen können, ob er wirklich verärgert oder insgeheim durch soviel Beachtung erfreut war.

»Ich bin hier in den Ferien. Dergleichen Sachen sind es doch gerade, von denen man um jeden Preis wegkommen will.«

»Um den Preis von vierundzwanzig Pfund?«

»Vierundzwanzig? Ich zahle sechsundzwanzig Pfund siebzehn und acht Pence, hin und zurück. Das ist ungeheuerlich. Haben Sie wirklich nur vierundzwanzig gezahlt? Wir haben doch am gleichen Tisch gegessen und sind gleichzeitig in Manaos angekommen ... *Vier*undzwanzig!«

»Sie haben meine Kabine nicht gesehen. Es ist keine Luxus- oder Salonkabine, oder wie man das nennt. Außerdem habe ich keinen persönlichen Steward.«

»Aber ich doch auch nicht! Das ist ein ganz gerissener, dieser Mr. Pyce. Ich glaube, der bedient das halbe Schiff. Ein oder zweimal ist er auf mein Klingeln in einer herrlichen Verkleidung gekommen, als ein schwachsinniger Sechzehnjähriger ... Sehn Sie sich bloß mal das an! Um den ganzen Erdball wird man gejagt. Werden Sie bloß nie berühmt, Molly, das ist das Ende von allem!«

»Was haben Sie denn da? ›The Britannia Club‹, ›A Câmera Comércio do Manaos‹, ›O Pais‹, ›As Notícias‹ – die letzten beiden scheinen von Zeitungen zu sein, nicht?«

Und der Tag war noch nicht um gewesen, da waren schon zwei brasilianische Reporter gekommen, einander angiftend, die Gangway hinaufgetrabt und hatten versucht, jeder als erster Sir Eduardos Kabine zu finden. Er brachte sich in Sicherheit auf dem Privatdeck des Kapitäns, trank eisgekühltes Guaraná und fragte sich, warum er jetzt, nachdem dieser legendäre Ort einmal erreicht war, nicht recht Lust hatte, gleich an Land zu gehen. Es kam ihm in den Sinn, daß es spaßig wäre, die Stadt, zu der ihn eine so weite Reise geführt hatte, gar nicht zu betreten, sondern die ganzen fünf Tage bis zur Rückfahrt an Bord der *Hildebrand* zu verbringen und Manaos nur über den Rand eines eiskalten Glases hinweg zu betrachten. Das würde vielleicht sogar Mode. Nächstes Jahr könnte er nach Samarkand oder Timbuktu fahren und schon bei den ersten Vororten umkehren. So würde er sich auf seine alten Tage noch als exzentrischer Weltreisender einen Namen machen – er, der früher immer unermüdlich besichtigt hatte, was es zu besichtigen gab, der nun aber das Ankommen unerträglich fand.

Aber an diesem, dem zweiten Vormittag hatte Molly ihn überredet, mit ihr durch die Stadt zu bummeln, um sich wenigstens die Oper anzusehen und ein Eis zu essen. Und plötzlich schien es ihm, daß er ja nichts anderes zu tun hatte. Fortescue war am Tag zuvor von einem lebhaften Spätjüngling abgeholt worden, der sicherlich sein alter Kamerad John Proctor war. Die beiden hatten lange den Abtransport einiger großer Kisten überwacht, die bleich und sperrig aus den Laderäumen auftauchten und an Land geschwenkt wurden, kreuz und quer mit Warnschildern beklebt, die wohl keiner von den brasilianischen Schauerleuten hätte lesen können. Chartair Ltd, bestehend aus Fortescue, Johnny, den Kisten und zwei affenartigen Männern von einer knurrigen schottischen Hartnäckigkeit, die man für Treue halten konnte, verschwand in einer Reihe klappriger Fahrzeuge in Richtung der Außenbezirke, wo es ein Flugfeld geben sollte. Alle andern waren an Land gegangen, und die Gesellschaft der Schiffskatze allein, obwohl angenehm, schien ihm allzu einstudiert herzig.

Molly erklärte ihm gerade, daß die an einem Stand verkauften Scheiben einer dunklen Marmelade Guavengelee seien und daß ein Schild »*pudim*« etwas wie »Pudding«, aber von ganz unenglischer Machart, bedeute, als Edward eine Frau bemerkte, die ihn anblickte. Sie war eine stattliche Erscheinung, vermutlich Ende fünfzig oder Anfang sechzig, mit angegrautem Haar. Ein Sonnenschirm beschattete ihr Gesicht, so daß er nicht darin lesen konnte, aber der ganze äußere Eindruck war der einer Frau von langgewohnter Selbstsicherheit. Als sie ihn ansprach, bemerkte er einen leichten Akzent, den er gedankenlos für den portugiesischen hielt.

»Habe ich die Ehre, mit Sir Edward Elgar zu sprechen?«

»Ich bezweifle, daß Ihnen das sehr zur Ehre gereicht, Madam«, sagte er unliebenswürdig nach kurzem Zögern, »aber ja.« Seine Stimme hatte eine Schroffheit angenommen, die Molly inzwischen kannte: der Ärger darüber, daß man ihn in Verlegenheit brachte. Jedenfalls war er nicht der Mann, der gern die

Mühe auf sich nahm, sich einer unerwarteten Situation gewachsen zu zeigen.

Die Fremde zögerte nun ihrerseits. »Ich ... Bitte verzeihen Sie, daß ich Sie beide so störe –« Ihre dunklen Augen nahmen Molly zur Kenntnis, aber das Gesicht blieb Edward zugewandt. »Ich bin ... Sie erhielten ... Sie haben vielleicht einen Brief von mir bekommen. Ich hörte von Ihrer Ankunft und habe sofort geschrieben. Aber ...«

»Ein Brief? Aha! Jetzt, wo Sie mich dran erinnern ... ja, ich habe ein paar Briefe bei mir. Sie waren, hm, schon angekommen, aber mein Steward hatte sie auf eine Seite gelegt, wo ich sie leider nicht gleich sah.« Wie ein ertapptes Kind griff er in die Tasche und zog den Stoß Briefe hervor. »Ich hatte gerade vor, sie zu lesen, wissen Sie, irgendwo bei einer Tasse Kaffee.«

»Gewiß doch, Sir Edward, ich hätte nicht im Traum ... Ja, das ist meiner, den Sie dort haben.«

»Dieser? Vom, hm, Schiller-Institut?«

»Ja, genau! Ich ... ich bin Magdalena von Pussels. Ich habe gewartet ob ... aber Sie werden es lesen, wenn Sie dazu kommen, Sir Edward. Bitte nicht jetzt!« Sie hob abwehrend die behandschuhte Hand, als er gleich auf der Stelle den Umschlag aufreißen wollte. »Wenn Sie Zeit haben, bitte. Es gehört sich nicht, daß ich Sie so auf der Straße anspreche. Ich bitte Sie beide um Verzeihung.«

Die Winzigkeit, mit der sie Sonnenschirm und Oberkörper vorneigte, ehe sie sich abwandte und davonschritt, ließen ihn sofort erkennen, daß sie eine Deutsche war, noch bevor er den vielsagenden Namen, den sie genannt hatte, verarbeiten konnte.

»Na so was!« Er blickte dem grünen Schirm nach, wie er gleichmäßig über die dunklen Brasilianerköpfe davonschwebte. »Das ist vielleicht eine!«

»Sie kennen sie nicht?«

»Nie im Leben gesehen.«

»Wie seltsam! Ich hatte den Eindruck, sie kannte Sie.«

»Ach, sie wird ein Photo von mir gesehen haben, in einer Zeitschrift oder sonstwo. Das passiert leider immer wieder. Sobald man ein bekanntes Gesicht hat, bilden völlig fremde Leute sich ein, sie würden einen kennen. Wie ich Ihnen schon mal sagte: Beten Sie, daß Ihnen das erspart bleibt!«

Damit war der Zwischenfall für ihn erledigt, und als sie ihren Bummel fortsetzten, fand er offensichtlich Vergnügen an den vielerlei kleinen Überraschungen, die Manaos für ihn bereithielt. Er sagte, er habe nicht erwartet, nach tausend Meilen Amazonas so viel Schmiedeeisen an Privatgebäuden zu sehen – Laternenpfähle, Balkone, Brunnen und dergleichen –, und schon gar nicht mit dem Firmenstempel schottischer Gießereien.

»Irgendwie denkt man nicht, daß unter den britischen Exportwaren auch solche zierlichen Sachen sein könnten«, murmelte er. »Warum nur? Warum nicht? Aber ich glaube, einen guten Ruf haben wir nur für stramme Funktionstüchtigkeit. Diese neuen Kräne unten an den Docks, ist mir im Vorübergehn aufgefallen, die sind alle aus England. Sie sind vollkommen abscheulich und halten sicher hundert Jahre, sehr leistungsfähig und vollkommen abscheulich bis zum letzten Tag. Aber sehn Sie sich mal diesen Laternenpfahl an – das ist doch was anderes, nicht? Ich hätte gedacht, nur die Italiener können so was machen. Waren Sie mal in Bologna? Der Corso ist so herrlich, wir haben nichts Vergleichbares in England. Aber anscheinend könnten wir's haben, wenn wir nur schottische Laternenpfähle importieren würden, um die scheußlichen Massenprodukte zu ersetzen, die sie immer noch in London aufstellen. Das Problem mit den Engländern ist, daß sie kein Volk sind, denen ästhetische Werte viel bedeuten. Sie mißtrauen solchen Dingen, weil sie nach Lust und Laune aussehen. Ich frage mich, ob nicht auch eine Art Trägheit mit im Spiel ist ... Donnerwetter!«

Denn nun standen sie auf der Piazza vor dem Opernhaus, einem Gebilde aus rosa getünchten Mauern, das jeden englischen Besucher an nichts so sehr wie an Blancmanger erinnern mußte. Als sie eintraten, schwächte das Innere den Eindruck, es mit dem Werk eines Konditors zu tun zu haben, kaum ab. Edward und Molly standen im Foyer zwischen goldenen Draperien und hohen Sèvres-Vasen auf Plinthen und Säulen in verschiedenen Schattierungen von Creme- und Korallfarben, wie er sie zuletzt vor den *botteghe* der Grabmalbauer in Carrara gesehen hatte. Derselbe Stil schwang sich übermütig durch die Jakarandaholztüren bis in den Theatersaal selbst hinein. Drinnen, zwischen den Seraphim und Cherubim, war es dämmerig und kühl, ein hoher Rokoko-Tempel, nun nicht von Tetrazzinis tremolierendem Vibrato erfüllt, sondern vom Gezwitscher mehrerer wellensittichartiger Vögel, die irgendwie hineingelangt waren. Ein Herr in zerrissenen kurzen Hosen und mit Strohhut staubte in einem Winkel des Orchestergrabens mit einem langen Besen das Oberteil eines Pianinos ab.

»Was für ein Saal!« sagte Edward. »Hier möchte man dirigieren. So herrlich bizarr. Bei allen Witzen, die man drüber machen könnte, bleibt doch die Tatsache, daß wir hier ein Volk haben, dem die Musik lebenswichtig ist. Erinnern Sie sich an das Theater in Pará. Auch das ist prächtig. Ich bewundere es. Es macht mich sogar neidisch. Wären die Engländer ein ebenso musikalisches Volk wie die Brasilianer, wäre es kein so undankbares Geschäft gewesen, für sie zu komponieren. In England ist alles, was mit Musik zu tun hat, ein hartes Brot. Wissen Sie, ich wollte schon immer gern eine Oper schreiben. Möchte ich immer noch.«

»Tatsächlich? Haben Sie schon einen Stoff – oder ein Libretto?«

»Mehr oder weniger. Aber ich werde immer wieder entmutigt. Niemand will doch so was heutzutage, jedenfalls nicht drüben. Die Leute wollen nichts als Kino, Jazz und Sport. Sie sehn doch, wie es dem armen alten Stanford ergangen ist, als er Opern schreiben wollte. Für die Engländer kommt außer Gilbert und Sullivan nichts in Frage. Oder natürlich die *Bettleroper*. Haben Sie die Neuinszenierung von Nigel Playfair gesehen? Wunderbar frech und amüsant, eigentlich nur ein Geträller von Liedern, zugleich aber der perfekte Beweis, wie radikal unmusikalisch die Engländer sind. Über das Burleske reicht ihre Vorstellungskraft nicht hinaus. Auf unsere Art sind wir leider Barbaren. Diese Frau, die uns gerade angesprochen hat, das

Schiller-Institut? Gutes Beispiel. Ich möchte wetten, nach einem Shakespeare-Institut könnten wir in Manaos lange suchen. Die Künste spielen einfach in unserem Leben keine Rolle.«

»Aber übertreiben Sie nicht ein bißchen? Wir haben auch ein paar hervorragende Schriftsteller und Maler. Und ab und zu auch einen Komponisten.«

»Ja, und sehn Sie nur, was die dafür zu leiden hatten! Armut und lebenslängliche Mißachtung, und wenn sie beruhigenderweise tot sind, sargt man sie als Klassiker ein.«

Seine Stimme hatte sich mit dem eindringlichen Geschimpf der Wellensittiche unter dem Kuppeldach vereint, und Molly begriff, daß sie wieder einmal seinen autobiographischen Ingrimm hervorgelockt hatte. Sie steuerte ihn nach draußen, und von Klagen widerhallend blieb das Gebäude hinter ihnen zurück. Die sonnenbeschienene Piazza und die großen Bäume, die mit ihren herabhängenden Luftwurzeln wie aufgetauchte Kraken aussahen, verscheuchten seine kurze Übellaunigkeit.

»Ich halte Sie auf«, sagte er schließlich.

»Nein, keineswegs. Ich habe nicht viel zu tun, bis mein Schiff abgeht, nur daß ich Lust hätte, eines Tages herzukommen und diesen vergessenen Tempel zu malen. Nach der Oper gibt es noch ein paar Dinge, die es sich hier anzusehen lohnt, aber nicht viele. Die Kathedrale wäre eine Möglichkeit, und die Stadtbibliothek kann ich auch empfehlen. Abgesehen davon, daß sie ein hübsches Gebäude ist, hat sie eine wunderschöne doppelte Eisentreppe, die ganz federleicht aussieht. Kommt auch wieder aus Glasgow, glaube ich mich zu erinnern. Dann gibt es den Englischen Club und natürlich das Schiller-Institut, wo immer das auch ist. Aber ganz abseits von solchen Dingen scheint sich das Leben in Manaos hauptsächlich in kleinen Bootsfahrten flußauf- oder abwärts zu gefallen. Es gibt allerlei kleine Orte mit Bade-Kabinen und Bungalows, wo man sich sein Mittagessen selbst aus dem Fluß angeln kann. Der Zahlmeister organisiert ein paar Ausflüge, nehm' ich an. Das wirklich Reizvolle an diesem Ort ist für mich seine Absonderlichkeit. Mir gefällt dieser bürgerliche Prunk an der Grenze zum Nichts, der Verfall, die Zeitungen, die modernen Hafenanlagen voller Flußschlamm und nackter Kinder. Ich fahre gern mit der Straßenbahn nach Flores raus, das liegt noch richtig im Dschungel.«

»Mit der Straßenbahn in den Dschungel? Klingt interessant. Flores, sagen Sie? Was gibt es dort?«

»Nichts. Ein Restaurant. Ein reines Vergnügen, dort zu essen. Oh, da sollten wir hingehen. Ich werde versuchen, Forty für einen Abend von seinem Flugfeld wegzulocken, soll ich?«

»Ich würde dieses Flugfeld ganz gern einmal sehen.«

»Ich wette, er würde Sie mit rauf nehmen, wenn Sie wollen. Warum nicht?«

»Ach, er wird Wichtigeres zu tun haben, als mit alten Knakkern herumzutrödeln ... Meinen Sie, er könnte wirklich?«

Sie gingen in ein Café, und Edward las seine Briefe. »Wußten Sie, daß es hier eine Rennbahn gibt?« sagte er. »Jemand muß von meiner Schwäche gehört haben. Das hier ist der Sekretär des Clubs – anscheinend ein Engländer –, der mich einlädt, das ›Hippodrom‹ zu besuchen, in der Hoffnung, ich würde vielleicht gern mal ein Rennen auf brasilianische Art sehen. Er schreibt, hier ist es, wie war das, ›eine vorzügliche Unterhaltung, auch wenn nicht ganz nach den Regeln des Jockey Clubs. Manchmal gibt es Todesfälle‹. Das klingt ja ganz spritzig. Ich frag' mich nur, meint er die Pferde oder die Reiter? Doch hoffentlich nicht die Pferde ... Und *Hipódromo*: was für ein schönes Wort! Na, ach ja, das Schiller-Institut. Natürlich, sehn wir mal ...«

Aber irgend etwas in Frau von Pussels' Brief schien ihn in eine düstere Nachdenklichkeit zu drängen, und er sagte nichts, bis auf ein durch die Zähne gemurmeltes »Na, an Führerinnen ist kein Mangel«, das Molly ziemlich empörend fand. Später aßen sie zu Mittag im Britannia Club, wo sie viele Mitreisende von der *Hildebrand* trafen. Edward war sichtlich verärgert durch den Wirbel, den sein unangekündigter Besuch auslöste. Der Clubsekretär, offenbar in aller Eile von einem Umtrunk weggeholt, kam angetrabt, um den prominenten Gast zu begrüßen, aber beide wußten nicht recht, was sie einander zu sagen hätten, und Edward blieb nur das Gefühl, zu steif und förmlich gekleidet zu sein. Aus kühlen Räumen im Hintergrund kam viel

Gelächter, und die Männer waren zumeist in Hemdsärmeln. Das Essen war annehmbar, aber im Speisesaal herrschte eine unbehagliche Stille, seit sie eingetreten waren. Weder ihm noch Molly tat es leid, bald wieder zu gehen.

Zu einer kurzen Siesta in seine Kabine zurückgekehrt, fand er auf dem Schreibtisch neben dem Mikroskop einen zweiten Brief vom Schiller-Institut. Er fluchte leise in sich hinein. Nahmen die Belästigungen denn kein Ende? Aber er setzte sich aufs Bett und riß den Umschlag resigniert auf.

Lieber Sir Edward,
es tut mir unendlich leid, daß wir heute vormittag so unversehens zusammengestoßen sind. Da Sie meinen Brief schon bekommen hatten, muß es so aussehen, als ob ich Sie verfolge.

Bitte glauben Sie mir, daß dies nicht meine Absicht ist. Aber da Sie mich offenbar nicht erkannt haben, bringe ich es nicht über mich, still zu bleiben und Sie in wenigen Tagen wieder abfahren zu sehen. Fast vierzig Jahre sind vergangen (ohne Ihr Aussehen, muß ich sagen, irgend nachteilig verändert zu haben). Könnten wir dieser Zeit nicht, und sei es nur für eine halbe Stunde, Ehre erweisen? Aus irgendeinem Grund wüßte ich allzu gern, ob Sie sich noch an das letzte Stück erinnern, das wir in Worcester zusammen spielten.

Mit herzlichem Gruß
Ihre
Lena (Magdalena von Pussels)

Und nun traf es ihn wie der Schock eines lebenswichtigen Organs auf halber Strecke zwischen Herz und Kopf: ihre Augen, ihre Stimme, ihre Haltung, als sie auf der Straße davongegangen war. Alles war ganz Lena, verkleidet nur durch die Zeit und durch ihr langes Fernbleiben aus seinen Gedanken. Je mehr er dran dachte, desto klarer erinnerte er sich, und desto weniger konnte er begreifen, warum er es nicht gleich gesehen hatte, nicht mal an ihrer Handschrift, nicht mal an ihrer Sprache, obwohl ihr Englisch jetzt fast fehlerlos war. Und ausgerechnet hier ...! Wie hätte er voraussehen können, daß dieses nur halb überlegte, mürrische Buchen einer Schiffspassage dazu führen würde, daß seine Vergangenheit wie ein Dunst aus dem Amazonas-Dschungel aufstiege und sich über seinem Kopf ballte? Hatte man ein gewisses Alter erreicht, gab es anscheinend keinen garantiert neutralen Ort mehr auf der Erde. Der ganze Planet war von Gespenstern bevölkert. Selbst die fremdesten Gegenden konnten sie ausschwitzen, der abseitigste Ort die Gedanken und Erinnerungen beschleunigen. Vielleicht mußte man jung sein, um zu reisen, denn unterhaltsam und abenteuerlich konnte es nur sein, solange keine Vergangenheit einen beengte. Je älter man wurde, desto weniger möglich war es, in diesem Sinne zu reisen: Der äußere Erdkreis wurde immer weiter verdrängt von einem inneren Kreis des Erlebthabens. Es wäre ein Zeichen großer Reinheit, wenn man diesen Ballast von Erinnerungen abwerfen und am Ende seines Lebens auf eine Reise gehen könnte, als sähe man die Dinge zum erstenmal: einfach nur Wolken, nur einen Wald, nur einen großen Fluß. Er wußte, daß er eine solche Reinheit niemals erreichen würde; die Art seiner Befleckung schien ihm etwas Unabänderliches zu haben. Seine Bildung selbst schien sie zu erfordern.

Er streckte sich auf dem Bett aus. Sobald der Schock nachließ, trat eine freundschaftliche Neugier an die Stelle des ersten Entsetzens. Wäre es nicht ganz interessant zu erfahren, wie es ihr im Leben ergangen war? Zwei ältere Leutchen wie sie würden sich doch kaum auf etwas einlassen wollen, das die Gefühle stärker aufrühren könnte als friedliche Erinnerungen an eine andere Welt, eine Welt, die so fern lag, daß nichts blieb als ein Nachleuchten, vielleicht ein wenig Zuneigung, sicherlich aber die Kameradschaftlichkeit unter Überlebenden. Übrigens, sagte er sich, als ob er zu ihr spräche, war er ihr alles in allem mehr als gerecht geworden. Er hatte sie in einige seiner frühesten Erfolge verflochten – *Enigma* zum Beispiel –; allerdings hatte er sie damit um so unwiderruflicher aus seinem Leben hinausgeschrieben. Noch etliche Jahre nach ihrer jähen Abreise war sie für ihn das Mädchen geblieben, die noch nicht geheiratete Braut, so wie ein junger Mann sie sich gewünscht hätte. Aber von dem Moment an, als die Frau, die er tatsächlich heiratete, sein Schaffen zu überwachen begann, war sie nach und nach in den Hintergrund getreten. *Das* Mädchen wurde verdrängt von *der* Frau und dann von mehreren Frauen – oder sogar Damen, solchen mit Adelstiteln und Einfluß bei Hofe. Als Gespann hatten Edward und Alice die Herrschaft über die englische Musik im ersten Jahrzehnt des Jahrhunderts übernommen, obgleich diese Musik ihre Wurzeln in einer Vergangenheit vor ihrer ersten Begegnung hatte, einer Zeit, die auch Lena umfaßte, aber noch weiter zurückreichte.

Es konnte nicht schaden zu sehen, was aus Lena geworden war. Im übrigen, was sollte er hier sonst tun? Irgendwie hatte er das Gefühl, Manaos schon zur Genüge zu kennen – es war wie Pará, nur mehr davon –; und Mollys Schilderung seiner Attraktionen hatte ihn nur für einen Augenblick verwundert. An Bade- und Picknick-Ausflügen hatte er kein Interesse; also hatte er noch vier Tage herumzubringen, bis die *Hildebrand* wieder ablegte und die Fahrt stromabwärts begann. Wäre einer seiner Jugendfreunde dagewesen, fiel ihm ein, etwa Hubert Leicester, so hätten sie den fremden Fluß mit einem Bad gefeiert, so wie sie einst mit anderen jungen Rabauken in Severn und Teme geschwommen waren. Damals hatten die Jungen auf dem Lande noch nackt gebadet, und ihm war klar, daß es wichtig gewesen wäre, ein stilles Plätzchen zu finden. Aber an stillen Plätzchen hatte die Gegend nach seinen Eindrücken mehr als genug. Stell dir vor, was für ein *Jux* es gewesen wäre ...

Ohne weiter zu überlegen, nahm er Hut und Stock, erkundigte sich nach der Richtung und ging los, die Gangway hinunter und zum Schiller-Institut. Das Haus, nachdem er es gefunden hatte, bestätigte fast Mollys Vermutung, daß es sehenswert sein könnte. Es war stattlich, aber nicht sehr groß, von der belebten Straße durch einen ummauerten Garten mit schmiedeeiserner Pforte abgesetzt. Als er sich der Haustür näherte, glaubte er für einen Augenblick, das hinter einem Busch mit grellfarbenen Blumen halbverborgene Opfer eines Verbrechens oder Unglücks zu sehen: ein einzelnes braunes Bein mit blaß schimmernder Fußsohle stand abgewinkelt daraus hervor. Aber als er weiterging, sah er, daß es zu einem schlafenden Brasilianer gehörte, der aus einer sehr niedrig im tiefen Schatten zwischen zwei Bäumen gespannten Hängematte heraus alle viere von sich streckte. Er klingelte, und einen Moment später ging die Tür auf. Vor ihm stand die Dame, die ihn am Vormittag auf der Straße angesprochen hatte.

»Sind Sie doch gekommen!« sagte sie sichtlich erfreut. »O was bin ich froh!«

»Dein Brief ließ mir keine Wahl, wie es deine Absicht war. Lieber Himmel, Lena ... Was für eine lange, lange Zeit!« Unsicher, wie sie sich begrüßen sollten, faßten sie einander bei den Unterarmen. »Ach«, sagte Edward nach einem Moment, »ich dachte schon, ich bin auf den Schauplatz eines Kapitalverbrechens gestolpert.« Er deutete zu den Büschen hin. »Der Bursche da sah wie tot aus; ich konnte nur seine Füße sehen.«

Sie folgte seinem Blick und lachte. »Das ist unser Gärter João. Ich hoffe sehr, er ist nicht tot, denn nur er weiß, wie man unseren Weihnachtsbaum aufstellt. Aber bitte, bitte komm rein, Edward! Ich darf doch Edward sagen, nicht; der warst du früher. Der ›Sir‹ ist jemand anders.«

»Leider ja. Ich fürchte manchmal, das ist aus mir geworden.«

»Na ja, unseren Künstlernamen haben wir jeder abgekriegt, unvermeidlich. So? Ich bin Frau von Pussels, Witwe eines Kaufmanns und Leiterin eines Instituts. Und ich habe ein sehr gutes Gedächtnis. Aber weißt *du* noch, was wir zuletzt gespielt haben?«

»Ich glaube, es war eine Sonate von Rubinstein. Ich meine, die in G.«

»Ach! Dein Gedächtnis läßt also auch nichts zu wünschen übrig. Stell dir vor, neununddreißig Jahre!« Sie war ganz selbstverständlich vorangegangen in den Salon, als wäre sie in ihrem Privathaus. Nun trat sie an den Flügel, hob den Deckel ab und spielte, im Stehen, die ersten Takte der Sonate, das Gesicht ihm zugewandt, mit einem Lächeln, das ihm ein freudiges Wiedererkennen nahelegte. Aber er blieb steif wie Holz. »Furchtbarer Mist, eigentlich«, sagte er dann. Sie klappte den Deckel herunter, verwirrt, sogar enttäuscht.

»Ja, aus Rubinstein konnte man wohl herauswachsen«, sagte sie.

»Ich fürchte, ich bin aus der Musik herausgewachsen, Lena. Ich habe keine Freude mehr dran.«

»O Edward, du hast dich gar nicht verändert! Unglaublich. Ich höre dich immer noch sagen, wie langweilig es ist, Geige zu spielen, statt einen Drachen steigen zu lassen.«

»Hab ich das gesagt? Das zeigt dann, wie vernünftig ich schon in jungen Jahren war. Es zeigt auch, daß ich mir jedenfalls treu geblieben bin. Aber jetzt erzähl mir von dir! Wer war Herr von Pussels. Irgendwo hatte ich den Namen schon gehört, bevor ich ihn auf deinen Briefen sah.«

»Er ist leider fast das Erste, was man von Manaos sieht, wenn man vom Fluß kommt. Du befindest dich in einem Teil des weitläufigen Reiches der Pussels Cronifer GmbH.«

»Ja, so war der Name, überall in der Stadt. Wer oder was ist Cronifer?«

»Ein Schweizer.«

Edward stieß einen bellenden Laut aus, der das Innere des Bösendorfers für einen Moment zum Summen brachte. »Herrlich! Ein Mann mit Armbanduhren. Ein Mann mit Zeit an den Händen.«

»Oh, der hat schwer geschuftet, er hatte für nichts Zeit. Er war in der Anfangszeit hier, aber seine Familie ist seither nach Zürich zurückgekehrt. Cronifers gibt es dort noch genug. Aber seit unser Sohn tot ist, bin ich die letzte von Pussels, doch natürlich keine echte. Wieder mal ein Imperium in den letzten Zügen, nicht? Der Name wird sich vielleicht halten, aber nach und nach werden es Manager in die Finger bekommen. Familienunternehmen haben eben nicht lange Bestand. Selbst wenn es die Umstände erlauben, den Namen weiterzugeben, erben die Kinder doch selten die Energie, mit der die Firma begründet wurde. Wie sollten sie auch? Ihnen fällt alles in den Schoß. Sie brauchen nicht erst ein Stück Dschungel zu roden, um einen Obstgarten anzulegen, wie es ihre Großeltern getan haben.«

»Wäre dein Sohn eine Ausnahme gewesen?«

»Eusebius? Den interessierten die Obstgärten nicht. Er war noch ein Kind. Ich weiß nicht, was ihn interessiert hat, und er selbst wußte es auch nicht. Manchmal war es Musik, manchmal wollte er mit Schliemann Troja ausgraben, manchmal waren es Duelle und manchmal Autofahrenlernen. Mein Gott, was haben wir getan, Edward, unsere Generation? Wir haben unsere Kinder umgebracht, ehe sie auch nur wußten, wer sie waren. Und nun schau: Babylon, Ninive, Troja, Ägypten. Deutschland.«

»England auch. Wir haben uns dasselbe gedacht.«

»So, freilich! Und natürlich hilft es nichts. Komm jetzt mit nach oben und setz dich, wir trinken ein Glas zusammen. Kennst du schon unser Guaraná? Sehr gut.« Sie läutete eine Glocke. Ein Dienstmädchen kam ihnen am Fuß der Marmortreppe entgegen, und Lena gab ihr Anweisungen, bevor sie hinaufstiegen. Einen stattlichen Treppenabsatz auf halber Höhe erhellte ein Fenster, umrahmt von dunkelblättrigen Kletterranken mit Blüten und Beeren, die wie leuchtend gelbe Perlen aussahen. Im einfallenden Licht stand eine große Bronzebüste auf einer Plinthe.

»Unser Gründungsvater?« meinte Edward.

»Wie respektlos ihr Engländer mit der Kultur umgeht! Ab und zu kann ich das sogar bewundern. Es sieht ganz so aus wie Mut angesichts der Unsterblichkeit.«

»Nichts dergleichen. Es ist die Frechheit aus purer Ignoranz.« Freundlich, wie er gewöhnlich seine Hunde streichelte, tätschelte er im Vorübergehen Schillers lorbeerbekränztes Haupt. Lena, die es aus dem Augenwinkel beobachtete, lächelte selbstzufrieden, als hätte sie das Schlüsselwort eines Kreuzworträtsels richtig erraten.

»Immer noch der alte Edward! Oh, keine Angst, ich werde dich nicht erziehen. Ich bin viel zu froh, dich wiederzusehen, weißt du?«

»Es *ist* ja eine Weile her. Es muß eine ganze Menge passiert sein seit damals, aber immer, wenn ich mich zu erinnern versuche, was es eigentlich gewesen ist, fällt mir nicht genug ein, um die Zeit damit auszufüllen. Man hat geheiratet, man hat gearbeitet, man hat sich durchgebracht. Aber frag mich nicht, was das alles sollte!«

»Schön. Aber fragen muß ich dich, was du hier tust. Ich war vollkommen baff, als ich hörte, du seist in Manaos angekommen.« Sie hatte ihn in ihr Büro geführt, und Edward setzte sich auf eine knarrende Chaiselongue aus Korbgeflecht, Stock und Hut neben sich auf dem Boden ablegend. »Soll ich dir sagen, was mir als erstes in den Sinn kam?«

»Ist wohl gar nicht nötig.«

»Nein. Es war auch nur für eine halbe Sekunde. Ich wußte gleich, als ich dran dachte, wie dumm es war. Du konntest gar nicht wissen, daß ich hier bin.«

»Wirklich nicht, Lena. Ich hatte von diesem, wie hieß er doch, Stämpfli gehört, daß du in Leipzig aufgehört hattest, aber dann habe ich mehr oder weniger den Kontakt verloren, bis ich 1899 einen Brief von ihm bekam, in dem er schrieb, du seiest verheiratet und aus Europa weggezogen.«

»Und 1886 hattest du jedenfalls deine zukünftige Frau kennengelernt.«

»Du weißt über mich viel besser Bescheid als ich über dich. Warum sagst du mir nicht, warum ich hergekommen bin?«

»Weißt du es denn nicht, Edward?«

»Ich bin mir gar nicht sicher. Überhaupt ist mir das Warum bei allem, was ich in den letzten drei Jahren getan habe, nicht vollkommen klar.«

»Es tat mir so leid für dich, als ich das von Lady Alice hörte, Edward. Was kann ich sagen? Eine sehr begabte Frau.« Die kleine Ungehörigkeit hing im Raum, mit einem Beigeschmack von konventioneller Pietät; darum setzte sie hinzu: »In unserer Bibliothek haben wir hier ein Exemplar ihres Romans, außerdem ihre vorzügliche Übersetzung des *Ritter Glück*.«

»Den Roman hat sie geschrieben, bevor sie mich kennenlernte«, begann er, aber in diesem Moment kam das Dienstmädchen mit Guaraná und Gebäck herein und sagte leise etwas zu ihrer Chefin. Lena gab ihr ein Zeichen zu warten.

»Es tut mir schrecklich leid, Edward, aber ich glaube, ich muß mir eine Unterbrechung gefallen lassen. Ein Landsmann von dir wartet unten, und ich muß ganz kurz mit ihm reden, wegen eines Vortrags, den er bei uns halten wird. Macht es dir sehr viel aus, wenn ich für zwei Minuten runtergehe? Ich könnte ihn bitten, ein andermal wiederzukommen, aber er ist sehr beschäftigt und außerdem ein sehr netter und angesehener Mann.«

»Natürlich, macht nichts, Lena ... Angesehen wofür?«

»Kommt wohl drauf an, wer man selbst ist. Manchen imponiert vor allem seine Arbeit als Geistlicher, denn er ist der englische Kaplan für Amazonien – mit Sicherheit die weitläufigste anglikanische Gemeinde, die es gibt. Für andere ist er einfach einer der besten Amateur-Entomologen der Welt. Bei uns wird er über Nachtschmetterlinge reden.«

»Hört sich bemerkenswert an. Warum holst du ihn nicht einfach hier rauf – es sei denn, ihr wollt unter vier Augen reden?«

»O Edward, er würde sich so geehrt fühlen, dich kennenzulernen!«

»Wenn er nur nicht über Musik reden will!«

»Warum sollte er?« Ihr Ton hatte eine Schärfe, die im nächsten Moment wieder verschwunden war, als sie mit dem Dienstmädchen sprach. Bald darauf wurde der Reverend Miles Moss hereingeführt.

»Mr. Moss«, sagte Lena, ihm entgegengehend und ihn begrüßend, »danke, daß Sie gekommen sind! Darf ich Sie mit einem sehr alten – ich könnte sagen, lange verlorenen – Freund von mir bekanntmachen, der unverhofft gestern mit der *Hildebrand* angekommen ist? Sir Edward Elgar, der Reverend Miles Moss.«

»Ist mir eine Ehre, Sir, eine Ehre«, sagte der Entomologe, als er Edward, der aufstand, die Hand schüttelte. »Frau von Pussels macht mich immer mit ihren ausgezeichneten Gästen bekannt, aber diesmal übertrifft sie sich selbst. Willkommen in unserer grünen Hölle, Sir!«

»So nennt man das hier?«

»O ja, und noch mit vielen anderen Namen. Natürlich, für mich als Nachtfaltermann ist es ein Paradies. Ich nehme an, Sie leiden nicht an der gleichen Krankheit? Eine Besessenheit, leider, die bei mir die Ausmaße eines Lasters angenommen hat, eines echten Lasters. Ich muß immer schärfer aufpassen, daß ich meine wahren Pflichten nicht vernachlässige. Erinnern Sie sich an Chaucer, Sir, und seinen Ablaßkrämer? ›Sind sie begraben, ist mir's einerlei, wie brombeerschwarz auch ihre Sele sei.‹

Manchmal laufe ich Gefahr, den Faltern nachzustellen, ohne Rücksicht auf das Seelenheil meiner weitverstreuten Herde. Sehr schlimm!« Er schnalzte leise und wiegte sich auf den Fußsohlen.

»Ich mag Nachtfalter«, sagte Edward bedächtig, als der Reverend Moss eine Atempause einlegte. »Aber als einen Nachtfaltermann kann ich mich nun gerade nicht bezeichnen. Eher schon als Hundemann und Pferdemann. Doch, Nachtfalter mag ich ganz gern. Ich klatsche sie nicht tot. Da wir schon davon reden, können Sie mir vielleicht etwas sagen. Ich wollte im South nachschlagen, wenn ich wieder zu Hause bin. Gibt es einen Nachfalter namens Brindled Marsh?«

»Brindled Marsh? Meine Güte, die britischen Lepidopteren hab ich ganz aus den Augen verloren. Nach einer Weile klingen diese Phantasienamen alle einer wie der andere, nicht? Least Carpets und Smoky Wainscots, Grizzled Skippers und Silvery Arches. Ganz zu schweigen von einem Muslin Footman. Ich meine, da ist man ja bald auch bei einem Grizzled Footman mit Senkfüßen, ha! Nein, lassen Sie mich überlegen. Brindled Marsh? Ja, doch, ich glaube, so einen gibt es. Warum?«

»Nichts Wichtiges, nur so eine Dummheit, die ich bemerkt habe. Es ist ein Anagramm für ›RMS *Hildebrand*‹.«

Der Reverend Moss dachte einen Moment nach, den Kopf nach einer Seite geneigt. »Donnerwetter, stimmt! Alle Achtung! Die gute alte *Hildebrand*! Wie oft hab ich sie schon kommen und gehen sehn! Wie ein Uhrwerk, nur um einiges lauter. Tatsächlich hab ich sie neulich vorüberfahren sehn, Sir Edward. Na, sicher nicht Sie persönlich, obwohl ich das auch nicht ausschließen kann. Ich war zu weit weg. Genaugenommen stand ich auf einem Baum.«

»Auf einem Baum?«

»Genau. Ich wartete auf die Dunkelheit. Ich wollte gerade meine Lampen anmachen, da hörte ich das Schiff kommen. Die Maschinen hört man übers Wasser meilenweit brummen, nicht?«

Und plötzlich sah Edward wieder die weißgewandete Gestalt auf einem ungemein hohen abgestorbenen Baum am Flußufer, wie sie in priesterlicher Haltung in die untergehende Sonne blickte. »Hören Sie, waren Sie das, ganz in Weiß?«

»Sieh an, Sie haben mich gesehen. Wie peinlich! Auf diese Weise, meine liebe Magdalena, kommt man völlig unverdient in den Ruf, ein hoffnungsloser Exzentriker zu sein. Ein Engländer reifen Alters hundert Fuß hoch auf einem Baum mitten im Amazonas-Dschungel, abends in einem frischgewaschenen Chorhemd. Oho! Was sollen wir davon nur halten? Schicken wir lieber schleunigst nach dem nächsten Irrenarzt. Aber wie so manch einer vor mir, der auf frischer Tat ertappt wurde, kann ich alles erklären. Ich glaube, ich bin auf der Spur einer unbekannten Spezies der Sphingidae – Schwärmer, Sir Edward. Ein ganz unheimlicher Bursche, gar nicht geheuer, denn wenn ich mich nicht irre, hat er sich beigebracht, Blut von Tieren zu saugen.«

»Ein Vampirfalter, meinen Sie? Das ist ja geradezu finster.«

»Gewiß. Ich habe allerlei Belege, mit denen ich Sie jetzt nicht anöden will, denn darüber soll ich ja demnächst im Institut reden. Aber kurz, ich will den Teufel festnageln – ha! oder besser, auf Nadeln spießen, denn genau das hab ich vor«, und er wippte vor Vergnügen auf den Füßen. »Anscheinend kommt er nie unter sechzig Fuß herunter. Sie wissen sicherlich, Sir Edward, daß es im Dschungellaub verschiedene Schichten gibt, jede mit ihrer eigentümlichen Flora und Fauna. Wußten Sie nicht? Doch, so ist es. Die meisten dieser Kreaturen, die in luftigen Höhen leben, kommen überhaupt nie auf den Erdboden, und folglich bleiben wir in betrüblicher Unkenntnis dessen, was da oben los ist. Ich glaube nun, daß dieser Bursche ein solcher Höhenbewohner ist, und daher bleibt dem Lepidopterologen nichts anderes übrig, als seinerseits den Erdboden zu verlassen und ihn in seinem unbequemen Habitat aufzuspüren. Man versucht es mit allerlei Ködern, Zucker und ähnlichem, aber mich haben Sie gesehen, als ich im Begriff war, mich in blendendem Weiß unter drei starken Drucklampen da hinzustellen, um ihn mit meinem Blut anzulocken. Es ist eine sehr heiße Spur«, fügte er gelassen hinzu, als ob die Unbequemlichkeit als solche kaum erwähnenswert wäre.

»Meine Güte!« sagte Edward respektvoll.

»Ich weiß«, stimmte Lena zu. »Reverend Moss erzählt uns solche Dinge, und die Zuhörer bei seinen Vorträgen können sie kaum glauben. Denk dir nur, was er da noch alles für Insekten auf sich zieht, die ihn stechen und plagen, um von den Baumschlangen und Giftspinnen und sonstigen Scheusalen gar nicht zu reden.«

»Frau von Pussels übertreibt natürlich«, sagte Miles Moss abwehrend, und gerade jetzt bemerkte Edward seine zerschrammten, unpriesterlich braunen Handrücken. »Gewiß, ab und zu bekommt man mal unerwünschten Besuch, aber wenn man da oben mit Netzen und Fangflaschen hantiert, ist die größte Gefahr eigentlich die, daß man einfach vom Baum fällt. Das ist mir etliche Male passiert, aber bis jetzt bin ich immer wieder auf die Beine gekommen«, sagte er und stand auf. »Aber entschuldigen Sie all dieses Geschwätz. Ich bin selten in so berühmter Gesellschaft und werde leicht ein bißchen redselig. Eigentlich bin ich gekommen, um Ihnen den Titel meines Vortrags zu sagen, Magdalena, und um den Termin auszumachen. Donnerstag um sieben, da waren wir uns doch einig? Er soll heißen: ›Drei bisher unbekannte Schwärmer‹. Ich hatte gehofft, mit dem Vampir würden es vier sein, aber an dem Abend neulich hatte ich kein Glück, und darum wird er noch warten müssen.«

Während Lena sich Notizen machte, fragte Edward: »Wie sind Sie so schnell nach Manaos zurückgekommen?«

»Ach, eine gute Frage, Sir. Ich habe das Glück, eine kleine Dampfbarkasse benutzen zu dürfen, die eines meiner wohlhabenderen Gemeindemitglieder mir leiht, wenn ich hier herkomme. Das ist wirklich sehr nett. Das Boot ist sehr schnell und kann wegen seines geringen Tiefgangs viel sorgloser gefahren werden als ein Dampfer wie die *Hildebrand*. Ich habe Sie kurz nach Mitternacht überholt, müssen Sie wissen. Ich war nur für den einen Tag dort hinuntergefahren. Ach je, jetzt muß ich aber gehn. Hoffentlich sehen wir uns noch mal, ehe Sie wieder abfahren, Sir Edward. Wir könnten ein Tauschgeschäft machen.«

»Woran denken Sie?«

»Ihre Nachrichten gegen meinen Klatsch, zum wenigsten. Es gibt allerhand, was ich gern darüber wüßte, was zur Zeit in England los ist; und für Nordbrasiliens kleine Skandale werde ich Sie zwar nicht interessieren können, aber dafür sind doch immer ein paar seltsame Geschichten in Umlauf, ganz anders als alles, was Sie in der Heimat je hören können. Allerdings hat es ja gerade auf Ihrem Schiff eine der rätselhaftesten und traurigsten Episoden gegeben, von der ich seit vielen Jahren gehört habe.«

»Ach, Sie meinen den armen Dr. Ashe?«

»Ja. Eine verflixte Sache. An allen Ufern des Stroms von Pará bis Iquitos wird jetzt wohl diese Nachricht durchgehechelt.«

»Davon habe ich nichts gehört,« sagte Lena.

»Der Schiffsarzt der *Hildebrand*«, erklärte Edward. »*Nil nisi bonum* und so weiter, aber er war von Anfang an ein eigenartiger Kunde. Ist mitten in der Nacht über Bord gesprungen, nachdem wir aus Pará abgefahren waren. Anscheinend Selbstmord.«

»Wie furchtbar!«

»Ja. Auf eine komische Art mochte ich ihn, soweit ich ihn kannte. Sehr direkt und frei heraus. Kam vom Heer, das erklärt es vielleicht.«

»Ich muß noch mit Kapitän Maddrell sprechen, aber wir sollten hier vielleicht eine kurze Andacht halten. Es besteht, offen gesagt, keine Aussicht, daß sein, ähm, Leichnam wieder auftauchen wird – nicht in dieser Gegend. Und hätte er lebend das Ufer erreicht, so wüßte ich es inzwischen: Solche Nachrichten laufen hier rascher um als die schnellste Barkasse – fragen Sie mich nicht, wie. Der arme Kerl! Was für eine ereignisreiche Fahrt müssen Sie hinter sich haben!«

»Oh, er war nicht die einzige interessante Person an Bord. Es gab da noch zwei sehr markante Figuren, zwei Freundinnen, die in Pará ausgestiegen sind. Wenn sie zu Ihrer weitverstreuten Gemeinde gehören, kennen Sie die beiden vielleicht? Dora Bellamy und Kate Hammond?«

»Ob ich die kenne? Mein lieber Sir Edward, die kennt doch jeder. Sie sind berühmt in unseren Landen, ich möchte sagen, sogar ein wenig berüchtigt, denn es ist zwar nicht Sache meines Amtes, Verleumdungen auszustreuen, aber die Damen selbst wären zutiefst geschmeichelt, wenn sie hörten, daß ich ihnen einen gewissen bedenklichen Ruf zuschreibe. Sie sind blitzgescheit, wie Ihnen sicher nicht entgangen ist.«

»Ach, ist das alles, was Sie sagen können?«

»Einstweilen ja, denn ich muß machen, daß ich fortkomme. Ich verabschiede mich jetzt, Sir, mit diesen unbefriedigenden Andeutungen. Vielleicht, Magdalena, wenn es Sir Edward angenehm ist, könnten wir nach meinem Vortrag zusammen essen?«

»Das wäre mir ein Vergnügen«, sagte Edward, und Lena war klar, daß irgend etwas in ihm auf den Reverend Moss ansprach, das ihn aus seiner Selbstversunkenheit herauszulocken vermochte. »Ich freue mich auf dunkle Skandale und erschröckliche Geschichten, auf unterhaltsame Greuel und grausame Scherze.«

»Sie verlangen viel, Sir Edward, aber wir wollen tun, was wir können. Und jetzt muß ich fort und – unter anderm – ein Päckchen Zyanid kaufen.« Und die Tür schloß sich hinter dem Kaplan der anglikanischen Gemeinde von Amazonien.

»Du hast mir noch nicht gesagt, warum du hergekommen bist«, sagte Lena nach einer Weile.

»Weil ich es selbst nicht weiß. O ja, ein paar Freunde von mir hatten die Reise vor einiger Zeit gemacht, sie lobten Booth und die Landschaft. Kurz, es hatte ihnen gefallen. Mir gefiel damals gar nichts mehr, und vor allem wollte ich dem Weihnachtsfest aus dem Weg gehn, das ich auf den Tod nicht leiden kann, und da fiel mir plötzlich ihre Kreuzfahrt wieder ein. Zum Amazonas, warum nicht? Aber beinah wär ich den Nil raufgefahren. Seit Tutenchamun entdeckt wurde, hatte ich vor, mal das Tal der Könige zu sehen, aber – na, ich weiß nicht. Ich dachte wohl, da wär es unerträglich heiß und sandig. Ich fürchte, es ging mir einfach um den Komfort. Man wird eben alt.«

»Du redest die ganze Zeit, als hättest du ein trauriges Leben hinter dir, Edward.«

»Hast du das nicht?«

»Nein.« Dies sagte sie bedachtsam, als hätte die Frage sich noch nie gestellt. »Ich glaube, nicht. Nein, so denke ich nicht darüber. Es sind traurige Dinge geschehen, furchtbare Dinge. Aber die meiste Zeit über hat es mir gefallen.«

»Sogar hier?«

»Warum nicht sogar hier? Weißt du, ich bin hier nicht im Exil. Als ich Otto kennenlernte und wir heirateten, war ich zu allem bereit. Er strotzte vor Energie, und ich wäre mit ihm überall hingegangen. Woran du siehst, daß ich inzwischen eingesehen hatte, was du mir einmal freundlicherweise klarzumachen versucht hattest: daß ich kein Genie bin.«

»Etwas dergleichen habe ich ganz gewiß nie gesagt.«

»Doch, hast du, Edward! Du konntest gar nicht umhin, denn *du* bist eines. Du hattest recht, mit meinen Illusionen die Geduld zu verlieren.«

»Meine liebe Lena, ich habe dich als eine erstrangige Pianistin in Erinnerung. Sehr wahrscheinlich hattest du die Voraussetzungen für eine große Solistin, aber das konnte ich nicht zuverlässig beurteilen. Wie du dich wohl erinnerst, ist das Klavier kein Instrument, an dem mir viel liegt. Die Leute machen mehr oder weniger gekonnt darauf herum, aber die Feinheiten entgehen mir leider. Tatsache bleibt, daß es furchtbar schwer ist, sich als Solist einen Namen zu machen, besonders auf einem von so vielen gespielten Instrument wie dem Klavier. Auf der Geige ist es, weiß Gott, nicht leichter, wie ich zu meinem Leidwesen erfahren mußte. Ich habe keinen Zweifel, daß keiner von uns als Solist eine große Zukunft gehabt hätte.«

»Nein, das war meine Schwierigkeit nicht, Edward, sondern es war, daß mir ganz eindeutig etwas fehlte, das du hattest. Natürlich kann ich heute einsehen, daß dies mein Problem war und nicht deines, aber damals ...«

»Damals! Ach, es gab schon schöne Sachen in dieser Zeit. Erinnerst du dich an dieses erste Konzert in Leipzig? Wie wir durchnäßt vom Regen hereinkamen?«

»Doch! Und das erste Stück im Programm war eine Mendelssohn-Ouvertüre, *Meeresstille und glückliche Fahrt*, und du hast dich zu mir gebeugt und auf deutsch gesagt, ›aus dem Regen und in das Meer‹, und da mußte ich so lachen.«

»Das einzig Komische daran war wohl mein Deutsch. Sonst finde ich's nicht sehr witzig.«

»Nein, jetzt nicht. Aber zu der Zeit.«

»Hast du von einem Stück gehört, das ich mal geschrieben habe, das hieß *Enigma-Variationen*?«

»Edward! Bist du verrückt? Denkst du, du redest mit der Frau von einem *caboclo*? Das ist empörend.«

»Oh, entschuldige! Jedenfalls, darin kommt ein Zitat aus *Meeresstille*, wenn du dich dran erinnerst. Das war sicher kein Zufall.« Gleich als er sich auf diese Unverbindlichkeit zurückzog, empfand er es als ein fast körperliches Ausweichen, so abrupt, wie wenn ein Pferd vor einer Hecke scheut, ein Zurückschrecken vor aller Draufgängerei, die vielleicht in unebenes Gelände führte. »Seltsam, wie einem solche kleinen Erlebnisse immer wieder im Kopf herumgehen, bis sie dann nach Jahren aus dem Nichts wieder auftauchen.«

»Komm mit, Edward, ich möchte dir etwas zeigen.«

Sie führte ihn über einen Gang in die Bibliothek, deren Parkettboden im Licht von den Fenstern glänzte wie geöltes Eisenblech. Es roch nach Bienenwachs und Frangipanen.

»Das wär ein schönes Clubzimmer, nicht«, sagte er, die Bücherregale und die auf dem Kaminsims tickende Uhr betrachtend. »Wenn du Rauchen gestatten und ein paar hübsche Pferdebilder an die Wand kleben würdest.«

Aber sie ließ sich nicht provozieren. Gelassen trat sie zu einer Gruppe von Regalen und sagte, »da, sieh!«

»Ganz hübsch.«

»Nein, Edward, du sollst sie *ansehen*! Du weißt gar nicht, was da steht.«

Er trat näher heran und musterte die Regale, bis er plötzlich in leise Rufe ausbrach. »Du lieber Gott!« – »Soso!« – »*Dieses* alte Zeug!« – »Also wirklich! Also wirklich!« wiederholte er. »Du hast dir einen Haufen Mühe gemacht. Oder jemand anders. Die Zeit *muß* ja hier wohl schwer totzuschlagen sein.«

»Wie meinst du?« Aber da wußte sie schon, daß sie einen Fehler gemacht hatte und daß es aller Wahrscheinlichkeit nach keine Möglichkeit gäbe, ihn ungeschehen zu machen.

»Ich meine, stell dir mal die Verschwendung von Energie vor! All die Zeit meine Sachen zu *sammeln*!«

Noch nie hatte er eine solche Zusammenstellung seiner Werke und von Dingen gesehen, die seine Werke, sein Leben betrafen. Oder vielmehr doch – aber bisher hatte er geglaubt, daß Alice der einzige Mensch auf der Welt war, der das alles aufbewahrte. Er haßte es, hatte sie aber nie davon abbringen können. Es stank nach Heiligenverehrung. Die Vorstellung, daß ihm jemand auf Schritt und Tritt nachlief und gewissenhaft jedes Bröckchen auflas, das er fallenließ, eine Symphonie, eine Krämerrechnung, eine vergilbte Rezension, einen Brief, die Schnipsel von seinen Fingernägeln, fand er unsagbar widerlich. Er fühlte sich dadurch herabgesetzt, ebenso wie sie selbst sich dadurch entwürdigt hatte. Hatte Alice nicht Gedichte geschrieben? Daß er ein Mensch von Fleisch und Blut war, hatte ihr offenbar nicht genügt. Warum hatte er nie einfach bloß (bloß!) ein Komponist sein dürfen? Nein, es war zugleich seine Pflicht gewesen, täglich der Bildung der eigenen Legende Vorschub zu leisten, der Errichtung eines lächerlichen Denkmals aus zerrissenen Papieren, einem kaputten Lieblingsfüllhalter, Interviews, die er lieber nicht hätte geben sollen: ein Mischmasch von Hinfälligem und Dauerhaftem und ein Hohn auf beides. Er hatte das nie verstanden, auch wenn er widerwillig zugab, daß es eine der Bedingungen war, die sie schuf, um seine launisch streunende Muse zu disziplinieren. Auf diese Weise hatte sie seine jähen Umschwünge zwischen Apathie und Anspannung, zwischen Monaten voller Trägheit und Ausbrüchen von Energie zu mildern versucht; und deshalb hatte er herrliche Sonnentage im Arbeitszimmer zubringen müssen. Edward, der nur von Zeit zu Zeit umtriebig war, wurde in die Elgar-Umtriebe verwickelt und konnte sich nicht mehr herauswinden, wenn er den Rechnungen die Stirn bieten wollte, die sich über seinen Schreibtisch ergossen.

»Verfluchte *Frechheit*!« hörte er sich selbst sagen, aber seine Stimme verlor sich in der geräumigen Bibliothek. Dann, lauter: »Du hattest kein Recht, Lena.«

Zu ihrer eigenen Überraschung blieb sie ganz ruhig. Sie hatte sich nie träumen lassen, daß er eines Tages sehen würde, was sie so mühsam zusammengetragen hatte, aber nachdem er es nun doch gesehen hatte, fand sie, daß sie nicht im mindesten Grund hatte, sich zu schämen. »Ich hatte jedes Recht, Edward. Ich habe nur getan, was jeder ordentliche Bibliothekar auch getan hätte – und was manche sicherlich auch getan haben: in Europa, in Amerika und anderswo.«

»Keine Privatsphäre, nirgends!«

Etwas verspätet begriff sie, daß er nicht eigentlich zu ihr sprach, daß die Heftigkeit seiner Worte ein Überbleibsel aus einer anderen Zeit und von anderswoher war. »Du wirst nichts Privates hier finden, Edward, das versichere ich dir. Nichts! Alles hier gehört der Öffentlichkeit an, ist verlegt und gedruckt worden. Du findest keine Briefe, keine persönlichen Gegenstände. Es tut mir leid, wenn du an unserer Sammlung Anstoß nimmst, aber du bist ein berühmter Komponist, und deine Musik ist nun öffentlicher Besitz. Das ist der Preis des Ruhms.«

Irgendwie beschwichtigten ihre Worte seine Erregung. Mit dem ungewohnten Gezwitscher der grellbunten Vögel, die in den Ranken draußen vor dem Fenster schaukelten und zappelten, fühlte er eine unerwartete frühere Stimmung hereinwehen, die ihn, finster und beruhigend zugleich, daran erinnert hatte, daß etwas Wesentliches in seinem ganzen Lebenswerk noch unberührt, unbesänftigt, unausgedrückt geblieben war. Er blickte noch einmal über die Regale hin: ein Korpus, ein Kadaver. Was hatte diese fossile Vergangenheit mit ihm zu tun? Wen gingen diese urzeitlichen Gesteinsschichten etwas an?

»Nun ja, es ist dumm, über solchen Quatsch zu streiten. Ich sollte dir wohl gratulieren, Lena. Als Bibliothekarin hast du offenbar keine Mühe gescheut. Da sind Sachen, die ich längst vergessen hatte.« Und wie um etwas gutzumachen, nahm er einen Part-song heraus. »Mein Gott, was für ein Mist! Ich glaube mich zu erinnern, daß ich mal Blut und Wasser geschwitzt habe, um das fertigzubringen, und daß es mir keinen Penny eingebracht hat. Aber das gilt für fast alles, was du hier hast.«

Er stellte es wieder ein, aber sie hatte eben noch lesen können, wem der Text zugeschrieben wurde. Sie war ganz sicher, es war kein Gedicht von Lady Alice. Was für eine Schwierigkeit hatte man nicht als gewissenhafte Elgarianerin mit dieser

Frau! Allem Anschein nach hatte die vierzigjährige Jungfer den strebsamen, aber unbekannten fast zweiunddreißigjährigen Komponisten vor den Traualtar im Bromptoner-Oratorium geschleppt. Oder umgekehrt? Jedenfalls war sie das größte Rätsel von allen. Lena konnte die Anwesenheit dieses enigmatischen Gespensts sogar hier spüren; es sah diesem eigenartigen Mann über die Schulter. War es ihretwegen oder ihr zum Trotz, daß er so leicht als der Jüngling wiederzuerkennen war, den sie aus der Zeit in Leipzig und Worcester in Erinnerung hatte?

»Was für ein sonderbarer Ort!« sagte er gerade. Er war ans Fenster getreten und blickte hinaus. »Da muß ich den ganzen Amazonas rauffahren, um zu finden, was ich unbedingt hinter mir lassen wollte!«

»Es tut mir leid.«

»Ach, du bist nicht schuld, Lena. Nur die Umstände, das Schicksal. Das Schicksal führt lieber Satiren auf als Tragödien, und ich fühle mich verspottet. Laß uns über die alten Zeiten reden, da sind wir auf festerem Boden. Oder auch nicht ... Meinst du, ich soll kommen, wenn dein Faltermensch seinen Vortrag hält?«

»Natürlich, wenn du nichts Besseres vorhast. Er ist sehr unterhaltsam. Er mag dich; er meinte wirklich, wir könnten danach zusammen essen. Hast du Zeit?«

»Ja, die muß ich wohl haben. Jedenfalls, ich hätte Lust. Vielleicht kann er mir eine Gänsehaut machen.«

»Also dann übermorgen. Verzeih mir, Edward, wenn ich ... Diese junge Dame, mit der du heute vormittag zusammen warst – soll ich sie auch einladen?«

»Sie ist nur eine Mitreisende. Sie steigt hier aus, also werde ich sie wohl nicht mehr oft sehen. Sie ist Malerin. Molly Air heißt sie.«

»Eine Malerin? Oh, ich würde sie gern kennenlernen.«

»Ich glaube nicht, daß sie zur Zeit sehr berühmt ist, sie fängt erst an. Aber sie ist interessant und schätzenswert, unzweifelhaft *seriös*. Sie will den Amazonas malen.«

»Ungewöhnlich. Und sie ist auch allein? Du mußt uns unbedingt bekanntmachen, Edward.«

»Weißt du, ich bewundere das schon, wie du deinen Vorposten der Kultur hier verteidigst.«

»So? Na, jedenfalls bin ich auch seriös. Du und ich, wir haben beide gespürt, wie die Welt ins Wanken gerät. Die Zivilisation muß um jeden Preis weitergereicht werden.«

»Muß sie das? Denk daran, es war diese Zivilisation, von der dieses Wanken zu allererst ausging. Den Krieg haben die Könige und Kaiser geführt, nicht Brasiliens Indianer. Ich konnte einfach nicht glauben, was da geschah. Alles wurde unvorstellbar abscheulich. Ich schätzte Deutschland und die Deutschen, aber praktisch von heute auf morgen mußte ich sie als Feinde behandeln. Unglaublich. Dabei waren die Deutschen meine besten Freunde und Verteidiger gewesen. Sie haben den *Gerontius* anerkannt, als die Engländer über ihn noch die Nase rümpften. Wie sollte ich plötzlich Hans Richter und Richard Strauss ablehnen oder öffentlich das Land beschimpfen, wo Brahms, Wagner, Schumann, Beethoven, Bach ... mein Gott, die Liste hat kein Ende!«

»Natürlich, Edward, das richten Kriege an. Es ist der reine Wahnsinn.«

»Die Hälfte meiner guten Freunde waren Deutsche oder von deutscher und jüdischer Abstammung. Frank Schuster, August Jaeger, Alfred Rodewald, Henry Ettling. Brodsky in Manchester. Der Kritiker Fred Kalisch. Freunde von Brahms und Strauss und Tschaikowski und Fauré ... Soll der Künstler sich denn in eine Art nationale Eremitenklause einschließen? Ich glaube, das nimmt man mir heute noch übel. Nach dem anfänglichen Gebrüll, daß ich angeblich für alles, was englisch ist, stehn müßte – was immer das heißen sollte –, gab es so ein paar hinterhältige kleine Anspielungen auf meinen Umgang mit den Hunnen. Entschuldige bitte, Lena, aber du ahnst ja nicht, wie viehisch ein Teil unserer Presse ist! In England haben wir einen ekelhaften Pseudopatrioten namens Bottomley, der gerade wegen Betrugs eingelocht wurde, und der hat ein Revolverblatt rausgegeben, das sich *John Bull* nennt ... O Lena, du ahnst ja nicht ... Der Krieg hat alles vernichtet.«

»Denkst du, das weiß ich nicht? Er hat auch meinen Sohn vernichtet, Edward. Denkst du, wir hatten keine Massenblätter, die ebenso trieften von Haß und Lügen? Bis zu uns hier draußen flog ... der Schlamm und der Gestank. Was können wir jetzt anderes tun als versuchen, diese Zivilisation zu reparieren, damit so was nicht wieder vorkommt? Denkst du, ich bin nicht angegriffen worden, sogar hier draußen, mitten im Dschungel? Weil ich in unserem treu deutschen Schiller-Institut Musik von dem britischen Nationalisten Edward Elgar sammelte. Ich hab den Leuten gesagt: ›Hören Sie – hören Sie nur, er hat Großes zu sagen, auch uns Deutschen, obwohl wir schon so viele große Komponisten haben!‹ Und wenn das im September stimmte, sollte es dann plötzlich im Oktober gelogen sein? Nein. Niemand übersteht solche Dinge in Ehren.«

Sie hatte sich so in Hitze geredet, daß sie ihn aus seiner Selbsthypnose herausriß, vielleicht nicht so sehr durch das Treffende ihrer Bemerkungen, als durch deren zunehmende Auflösung und Inkohärenz. Harte Worte zwischen alten Leuten in der Stille einer Bibliothek, nichts, das sie einer dem andern gezielt an den Kopf warfen, sondern etwas, das wie ein übler Qualm über ihnen in der Luft hing. Es genügte, um ihn an eine Eigenschaft zu erinnern, die er aus dem freundlichen Bild, das ihm von Lena im Gedächtnis geblieben war, wegretuschiert hatte: daß sie schon immer ebenso energisch gewesen war wie er. Und zum erstenmal wurde ihm ganz klar, was ihren Reiz ausgemacht hatte: eine Heftigkeit des Temperaments zu einer Zeit, als von einem jungen Mädchen Demut und Unterwürfigkeit verlangt wurden. Die plötzliche Erinnerung daran, wie sie sich in den Straßen von Leipzig und in den Hügeln bei Worcester bewegt hatte, bildete einen scharfen Kontrast zu den nächsten vierzig Jahren seines Lebens, die er – wie er nun merkte – im Halbschatten korrekten Benehmens und später im tiefen Schatten der Gewohnheit verbracht hatte.

»Nun, wir sind nicht mehr im Krieg.«

»Wir? *Uns* meinst du? O Edward, ich bin ... Ich muß mich entschuldigen. Es ist so schwierig. Soviel Zeit ist verflossen, und doch ... Ich darf nicht vergessen, daß ich mit einem Mann spreche, dessen *Biographie* sich auf diesen Regalen befindet. Zuletzt habe ich dich als einen Jungen gekannt, als jungen Mann, und jetzt ... als Biographie.«

»Und ich bin noch nicht mal tot, meinst du.«

»Nein«, lachte sie, »das nicht! Aber all diese *Fakten*: dein Leben, unsere Freundschaft - oder Liebschaft, wie man es wahrheitsgemäß ja auch nennen könnte -, und all das zählt in Wirklichkeit nicht, nicht in Vergleich zu dem, was du gemacht hast.«

Denn es war seltsam, dachte sie, wie leicht man bei manchen Künstlern, wenn man mit ihnen redete oder ihre Biographie las, die Größe ihres Werks aus den Augen verlor. Man las zum Beispiel über Schumann, und sofort verkam sein Leben zu einem eintönigen Klagelied von Hypochondrie und häuslichem Elend. »Zum März hin«, konnte man da lesen, »verstärkten sich diese Depressionen und Gehörstörungen derart, daß Robert fast täglich Dr. Carus konsultierte, so daß ihm zum Komponieren nur noch wenig Zeit und Energie blieb. Dennoch gelang es ihm, seinen Auftrag rechtzeitig zu erfüllen, und das Gewandhaus-Orchester begann mit den Proben. Aber fast sofort stellte sich heraus, daß Clara wieder schwanger ging, mit ihrem sechsten Kind, und gleichzeitig traten bei ihm die alten bedenklichen Symptome von neuem auf ...« Eine Zeitlang könnte man denken, na ja, die üblichen menschlichen Sorgen; man fängt sogar an, sich ein bißchen überlegen zu fühlen, weil man ja in der Regel nicht so schlimm dran war. Aber dann auf einmal kommt man wieder zur Besinnung: Dieser »Auftrag« war die *Manfred*-Ouvertüre - oder das Klavierkonzert oder was auch immer -, eines der musikalischen Meisterwerke des neunzehnten Jahrhunderts. Die Saga vom Leben des Künstlers war alles in allem belanglos, und das voyeuristische Interesse des Publikums an den Umständen seines Schaffens konnte nur allzu leicht und billig das Interesse an den Werken selbst überschatten.

In der Stille blickte er durchs Fenster zu den Wolken am gewaltigen amazonischen Himmel hinauf, die anscheinend nie einen Schatten unten auf den Garten warfen. Zwei Urubus waren gerade zu sehen, auf einem Weg, der an einer der Mauern des Anwesens entlangführte. Es waren häßliche, nach Ungeziefer aussehende Vögel, wie räudige Truthähne, und sie zerrten an irgend etwas Dunklem herum, schlugen mit den Flügeln und wichen hüpfend beiseite, als sich ein magerer Hund näherte. Es müßte doch einen Ausweg geben, war der Gedanke, der ihn ganz erfüllte. Irgendwie müßte man das doch alles abstreifen können, diese Sehnsucht nach den alten Zeiten, mit dem Gejammer über die Gegenwart und der Erwartung, daß einem die Zukunft wenigsten einen unbestimmten Waffenstillstand gewährt. Es war ja nicht mehr klar, wo man lebte oder woher man seinen Unterhalt bekam.

»Was für ein sonderbarer Ort!« sagte er nur, wie schon einmal.

»Ja und nein. Wenn du alles so ansiehst, wie es in den Reiseführern steht, dann siehst du nichts als Kontraste: der moderne Hafen und die Hütten der Eingeborenen; die Straßenbahnen und die knochigen Pferde; die Zeitungen und die Analphabeten ... Und so weiter. Aber je mehr man von Brasilien sieht oder von ähnlichen Ländern, desto weniger sonderbar und desto normaler findest du's. Ich verstehe nicht, warum die Leute glauben, Fortschritt muß von einem Augenblick auf den andern und immer auf die gleiche Weise passieren. Die Unterschiede kann jeder sehen, aber man muß sie nicht noch zu bedeutungsschwangeren Kontrasten aufputzen. War das nicht euer Ruskin, der sich angesichts der industriellen Revolution über die Eisenbahnen beklagt hat, weil sie jedes grüne Tal mit beißendem Qualm erfüllen? Doch, ich bin mir sicher, es war Ruskin.«

»Meine liebe Lena, ich meinte nicht ... Bei ›sonderbar‹ dachte ich an etwas ganz anderes. Aber egal. Gibt es denn irgend etwas Bestimmtes, was ich tun oder sehen sollte, solange ich noch hier bin?«

»Ausflüge könntest du machen. Zu den Tarumã-Fällen, aber die sind eigentlich nur im Juni und Juli sehenswert, nach der Regenzeit. Da ist es ziemlich dramatisch – nicht die Wasserfälle selbst, die sind ganz gewöhnlich –, aber das Hochwasser im Amazonas steigt hier um vierzig Fuß, und der Tarumã-Wald wird überflutet. Man muß im Ruderboot durch die Gassen zwischen den Baumwipfeln fahren ... Was gibt es sonst? Du könntest dir die Riesenlilien bei Solimões ansehen; ich glaube, man nennt sie *Victoria Regina*-Lilien, darum könntest du vielleicht einen patriotischen Drang verspüren, sie zu besuchen. Nein? Dann könntest du noch baden gehn im Chapéo Virado in Mosqueira.«

»Ich weiß nicht. Das hört sich alles nicht sehr ...«

»Oder hier in Manaos, ob du's glaubst oder nicht, da haben wir ein Münzmuseum, welches das fünftgrößte der Welt ist.«

»Die einzigen Münzen, die mich je interessiert haben, waren die in meiner Tasche.«

»Oder du könntest auch hier bleiben und mit mir reden.«

Aber binnen einer halben Stunde hatte er sich wieder zur *Hildebrand* davongemacht, wo ihm der Versuch mißlang, etwas in sein Tagebuch einzutragen. Bald strich er die drei Zeilen durch, die er geschrieben hatte, und läutete nach Pyce. Es wurde höchste Zeit für etwas Handfestes und Vernünftiges: für eine nähere Beschäftigung mit dem Flußwasser, in dem das Schiff schwamm.

Auf der *Hildebrand* herrschte einstweilen eine Art Hotelbetrieb. Von den Passagieren, die sich noch nicht ausgeschifft hatten, waren die meisten tagsüber zu allerlei Ausflügen und Zerstreuungen unterwegs; und manche hatten sich sogar für die wenigen Tage an Land ein Zimmer gemietet. Molly Air trödelte noch an Bord herum, und Edward nahm an, daß sie mit dem Zahlmeister eine Tagesgebühr ausgemacht hatte, für die sie ihre Kabine noch behalten durfte, bis sie anderweitig belegt wurde. Halb wünschte er, daß sie plötzlich verschwunden wäre. Er wollte nicht mit ansehen müssen, wie ihre Entschlossenheit vielleicht langsam abbröckelte oder wie ihre klaren, in Englands mildem Licht gefaßten Pläne sich im tropischen Sonnenglast unheilverkündend zu verschatten begannen. Auf diese Weise pflegten große, schlichte Lebensentwürfe sich an den kleinen Ecken und Kanten der Welt zu verfangen. Er hatte keinen Zweifel, daß sie einem strengen Zwang, sparsam zu leben, unterlag; und er war sich auch sicher, daß ihr Entschluß, nach Iquitos weiterzufahren, durch die unvorhergesehene Begegnung mit Fortescue und dessen Verbleib in Manaos ein wenig erschüttert und für neue Schicksalsfügungen anfällig geworden war. Dann und wann hörte man von fern hinter der Stadt ein tiefes Muhen, das sich zu einem Brüllen steigerte und dann abrupt zu einem Stöhnen zusammenfiel, ehe es ganz aussetzte. Molly, die einmal gerade mit Edward an Deck war, als sie die animalischen Schmerzenslaute hörten, sagte stolz: »Das ist Forty.«

»Ich habe mich schon gewundert, was das sein mag. Prüfen sie die Maschinen?«

»Nur die Motoren. Morgen wollen sie fliegen. Warum kommen Sie nicht hin und schauen sich's an?«

Also nahmen sie am nächsten Morgen die Straßenbahn in die Vororte und gingen dann auf einem Feldweg bis zu einer gerodeten Bodenfläche, wo sie in einiger Entfernung einen weißen Mast mit einem Windsack sahen. Der Weg war durchsetzt mit halbverdunsteten Pfützen vom gestrigen Regen. Vom Schlamm an ihren Rändern stiegen dichte Schwärme weißer Schmetterlinge auf, als sie vorübergingen.

»Das ist nicht wie in Worcestershire«, sagte Edward gutgelaunt, scheuchte sich die Schmetterlinge vom Gesicht und versuchte sich mit dem Stock den Weg frei zu machen. Aber von den Insekten wurden sie durch ein plötzliches Aufheulen abgelenkt, und von weitem sahen sie einen leuchtend gelben Zweidecker aufsteigen, der sich schräg in die Kurve legte, eine Runde um das Feld flog und am Weg entlang zurückkam, über sie hinweg.

»O so was!« sagte Edward mit dem Kopf im Nacken, an der schweißnassen Schläfe unter dem Panamahut den unbeachteten Hinterflügel eines Schmetterlings.

»Ist er nicht wundervoll?« kreischte Molly in den Lärm hinein, als die Maschine über sie hinwegbrauste, einen kühlen Wind hinter sich herziehend, der nach verbranntem Rizinusöl roch. Die Flügel wurden zum Gruß einmal kurz geschwenkt, ehe die Maschine landete und zweihundert Schritt weiter rukkend zum Halten kam. Für einen Moment blieb sie stehen, mit langsamer kreisendem und in der Sonne blitzendem Propeller; dann drehte sie jäh auf und schwang sich noch einmal in die Luft. Dieses Mal unterzog der Pilot sie einigen strengeren Proben, und Molly und Edward hatten längst das bescheidene Klubhaus erreicht, als sie langsam heranrollte. Die Maschine hielt, der Lärm vertuckerte, und Fortescue sprang heraus, das Gesicht dunkel vom Ölruß bis auf den Umriß der Schutzbrille, die er in der Hand schlenkerte. Sein Haar war vom Wind flach an den Schädel gedrückt.

»Hallo, Mädchen«, sagte er. »Sir Edward! Wollen Sie sich den Spaß mal ansehn?« Er trug eine abgeschabte lederne Fliegerjacke, bis zum Hals hinauf geschlossen, mit einem Klumpen vor der Brust. Während er sprach öffnete er sie, und sein Feldstecher baumelte hervor.

»Wie ist die Aussicht von da oben?« fragte Edward.

»Toll! Ab und zu kann man einen Baum sehen. Aber ich konnte leider noch nicht viel drauf achten. Wir sind erst am Testen, ob alle Teile aus den Kisten richtig zusammengesetzt sind. Bis jetzt hatten wir nicht viel Zeit, uns die Gegend anzusehn, aber immerhin ist uns schon ein Risiko klargeworden, das man hier eingeht. Der Rio Negro ist das täuschendste Stück Wasser, über das ich je geflogen bin. Von oben sieht er aus wie eine schwarze Glasscheibe. Unmöglich, die Höhe zu schätzen, wenn nicht gerade ein Schiff unten ist, das eine ordentliche Bugwelle macht. Sonst könnte man allzu leicht direkt hineinfliegen. Und obendrein noch diese verdammten Geier.«

»Was passiert, wenn du in einen hineinfliegst?« fragte Molly und betrachtete argwöhnisch das Flugzeug hinter ihm.

»Kommt drauf an, wo er auftrifft und wann. Wenn er einem den Propeller zertrümmerte, gleich nach dem Start, wär's ein bißchen mulmig. Über Cambrai bin ich mal mit einem Schwan zusammengestoßen. War ziemlich blutig. Ein Teil von ihm blieb im Kühler stecken, aber das meiste landete in der Kanzel bei mir und dem Beobachter.«

Auf dem Stellplatz neben dem Klubhaus wurde ein Motor angeworfen, und ein zweites Flugzeug, ebenfalls ein Zweidecker, aber hellblau gestrichen, rollte ein paar Schritt, bevor es Vollgas gab und abhob. Ein flacher Hagel von Staub und Kieseln fegte rückwärts zu den Zuschauern hin.

»Da geht Johnny ab.« Die zwei Affenmenschen in Monteurkluft standen draußen, die öligen Hände in die Hüften gestützt, und verfolgten die Bahn der Maschine. Ein kleines flüchtiges Wölkchen bildete sich hinter ihr, und nach ein paar Sekunden hörten sie alle, wie die Maschine Gas wegnahm und wieder aufdrehte. »Bißchen staubig hier«, bemerkte Fortescue, als Johnny nach seiner Runde wieder landete. »Nun wollte ich drauf bestehen, Sir Edward, Sie auf einen Sprung mit hinauf zu nehmen, nicht, damit Sie einen Eindruck kriegen.«

»Soso!« Edward schluckte nervös.

»Aber es tut mir sehr leid, Ihnen sagen zu müssen, daß es nicht geht. Die Aufsicht hier will nichts davon hören.«

Edward war sichtlich enttäuscht. »Die Behörden an einem Ort wie diesem nehmen es doch sicher nicht so genau. Ich meine, wenn man ein paar Schilling in die richtige Hand drückte ...«

»Könnte man denken, und in den meisten Teilen dieses Kontinents hätten Sie vermutlich recht. Aber die Brasilianer scheinen in puncto Luftfahrt besonders empfindlich zu sein. Sie sagen, sie haben uns die staatliche Genehmigung zu Luftvermessungen erteilt, und nur das dürfen wir machen. Vergnügungstouren, sogar unentgeltliche, würden gegen unsere Vertragsbedingungen verstoßen. Für einen Ort so weit draußen im Nirgendwo sind sie hier überraschend streng.«

»Vielleicht gerade deshalb«, sagte Molly.

»Gewiß. Jedenfalls, sie verlangen, daß wir ihnen vor den Flügen unsere Streckenpläne einreichen, obwohl ich mir nicht vorstellen kann, daß sie viel an Suchtrupps mobilisieren könnten. Die Sache scheint irgendwie mit der nationalen Ehre zu tun zu haben. Es ärgert sie sehr, daß die Amerikaner so tun, als hätten sie das Fliegen erfunden – Gebrüder Wright und so weiter. Sie sagen, Brasilien sei schon früher so weit gewesen, ein Bursche namens Santos-Dumont. Mich dürfen Sie nicht fragen.«

»Na, macht nichts. Natürlich dürfen Sie nicht Ihr Unternehmen aufs Spiel setzen, bloß um mich spazieren zu fliegen. Ich glaube, ich bin für die Sache sowieso nicht richtig angezogen.«

»Nicht mal mich nimmt er mit rauf«, sagte Molly, um ihn zu trösten.

Aber Edward durfte sich die Flugzeuge genau ansehen und sich dann in die Kanzel von Fortescues gelber Maschine setzen. Er hätte nie gedacht, daß ein Pilot so wenig sehen könnte: Der Blick voraus war versperrt von Streben, Drähten, Auspuff-Sammelrohren und einem riesigen, gen Himmel aufragenden Propeller.

»Wie in aller Welt steuern Sie das Ding, wenn Sie den Boden nicht sehn können?« fragte er. Molly fand es komisch, wie der Graukopf des Komponisten ängstlich über den lederbezogenen Rand der Kanzel lugte, als befürchtete er, daß die Maschine sich selbständig machen und ihn hilflos davontragen würde. Sie mußte sich abwenden, um ihr Lächeln zu verbergen.

»Man blickt über den Rand, bis sie schnell genug ist, um das Heck hochzunehmen. Sobald das Heck oben ist, hat man ziemlich gute Sicht voraus, Sie würden sich wundern.« Fortescue stand auf einer Einstiegssprosse, hielt sich an einer Strebe fest und blickte zu ihm herab. »Ich weiß, es kommt Ihnen wie ein veredelter Drachen vor, aber Sie würden staunen, wie fest alles wird, wenn es sein Fluggewicht hat. All diese Stützen und das übrige spannen sich im Flug, wenn die Flügel das Gewicht der Maschine in der Luft halten. Am Boden folgt das ganze Ding der Schwerkraft und hängt durch. Sind Sie schon mal gesegelt, Sir Edward? Ja, es ist ganz ähnlich wie bei einem Segelboot. Wenn der Wind alles unter Spannung setzt, wird das Boot erst lebendig.«

Aber Edward dachte mehr an seine Drachen, die auch zuerst schlaff am Boden lagen wie bloße Theorien vom Fliegen, denen dann aber, sobald man sie in die Höhe laviert hatte, der Wind eine Seele einhauchte, daß sie sich strafften, tanzten und sangen. Man half ihm aus der Kanzel herunter, und nach einem Glas Guaraná im Klubhaus machte er sich mit Molly auf den Rückweg in die Stadt. Wieder gingen sie durch die Schmetterlingswolken, und wieder kreiste Fortescue über ihnen. Aber noch lange, nachdem er wieder an Bord der *Hildebrand* war, konnte Edward sich an den stärksten Eindruck dieses Vormittags erinnern, an den Geruch in der Pilotenkabine nach dem hochklopffesten Flugbenzin, Rizinusöl und Zelluloselack. Wenn das zwanzigste Jahrhundert einen Eigengeruch hatte, der nicht bloß von Explosivstoffen stammte, dann vielleicht diesen. Jedenfalls hatte er ihm für eine halbe Stunde das Blut schneller durch die Adern getrieben.

»Sehen Sie sich vor!« sagte er zu Molly, doch in zärtlichem Ton.

»Wegen meiner Freunde, Sir Edward?«

»Meine Liebe, ich würde mir nie anmaßen ...«, sagte er, aufrichtig erschrocken. »Ich meine nur, wegen Ihrer Arbeit. Das ist so wie mit dem Lackmus-Test der Chemiker. Entweder geht Ihre Arbeit vor, weil es so sein muß, oder nicht. Entweder Sie sind eine Künstlerin oder ... oder ...«

»Oder ein Möchtegern?«

»Überhaupt nicht. Ich meinte etwas ganz Ehrenwertes. Dilettant? Amateur? Aber das hat einen falschen Beiklang. Niemand *muß* etwas sein. Vielleicht wird aus Molly Air eine Frau, die *auch* Bilder malt. Und warum nicht? Ich selbst habe *auch* mal Musik komponiert. Schwer zu glauben, natürlich, von einem verschlissenen Globetrotter mit einem Mikroskop und einem neu entdeckten Interesse an Flugmaschinen. Wir sollten alle zu verschiedenen Zeiten im Leben verschieden sein können.«

Molly aber nahm in ihre Kabine das verdrossene Gefühl mit, eine Mahnung erhalten zu haben, von der sie sich eine ganze Weile glauben machte, daß sie allein von ihrem unzufriedenen Begleiter stammte.

Am nächsten Abend kam Edward zusammen mit etwa dreißig Personen, die Hälfte davon britische Ortsansässige, zu dem Vortrag des Reverend Moss ins Schiller-Institut. Er hatte manche Honoratioren der Gemeinde schon kennengelernt, im Konsulat zu Mittag und im Klub zu Abend gegessen. Die Namen hatte er sich nicht merken können. Die Leute waren alle mehr oder weniger dick oder dünn, wiesen alle in stärkerem oder schwächerem Grade die Spuren langjähriger Bekanntschaft mit dem Tropenfieber und dem Gin auf. Das Fieber schien den schwächeren Eindruck hinterlassen zu haben, abgesehen vielleicht von einem gewissen Schatten um die Augen, aus dem man, wenn man der Phantasie die Zügel schießen ließ, ein Todesvorzeichen herauslesen konnte. Aber alle, auch die Frauen, verbreiteten um sich eine rauhe Jovialität, die Aura von Leuten, die sich irgendwie weiter durchschlagen würden.

Sir Edward Elgars unvermutetes Auftreten mitten unter ihnen verstimmte sie sichtlich. Es war eines, einen stämmigen Ausländer mit Gefolge, pomadisiertem Schnauzbart und in eiskremfarbenen Anzug durch die Straßen von Manaos promenieren zu sehen und die andächtige Auskunft zu erhalten, dieser Bursche sei ein weltberühmter italienischer Tenor. Das bestätigte nur ihre Vorstellungen von Ausländern und Musikern. Etwas ganz anderes aber war es, diesen soldatisch wirkenden Gentleman in ihrer Mitte zu finden, den man für einen reisenden Adligen hätte halten können, zu Besuch in ihrem Klub, um mit ihnen Brandy-Soda zu trinken und über die Flachrennsaison zu plaudern, wo er doch für die meisten von ihnen irgendwas mit dem Königshaus und mit staatlichen Festlichkeiten zu tun hatte. Wäre König George selbst aus dem Dschungel hereingestapft gekommen und hätte sie nach ihrer Meinung über das letzte Zarewitsch-Rennen gefragt, hätte es ihnen kaum unbehaglicher zumute werden können. Außerdem dachten viele, dieser Elgar sei doch sicher schon tot. Der Komponist? Aber nein, offenbar nicht. Da war er in Lebensgröße, saß neben dieser Deutschen, die hier den Laden schmiß. Natürlich mußte man das Vergangene auf sich beruhen lassen, aber es war schon sehr eigenartig. Wie Vera Reynolds oft bemerkte, eine Eigentümlichkeit des Lebens in Manaos bestand darin, nie zu wissen, wer alles dort auftauchen würde. Jedesmal, wenn ein Schiff wie die *Hildebrand* anlegte, entließ es die sonderbarste Auswahl von Leuten auf die Straßen und – wie nicht verschwiegen werden kann – dann und wann auch in gewisse Schlafzimmer. Lebte man in Kalkutta, Rangun oder Singapur, so konnte man einigermaßen zuverlässig voraussagen, was für Typen dort von Zeit zu Zeit angespült würden; sie waren nicht allzu verschiedenartig. Hier aber ... »Na, das ist es natürlich, was wir den Leuten im Empire voraus haben«, hatte Vera erklärt. »Wir Händler sind doch so viel kosmopolitischer, nicht wahr, oder finden Sie nicht? Viel weniger *insular*, sag' ich immer.«

Wenn Edward erwartet hatte, ein einstündiger Vortrag über drei bislang unbekannte Nachtfalter werde langweilig sein, so wurde er angenehm überrascht. Anders als die meisten Prediger, die Edward je gehört hatte, war der Reverend Moss ein glänzender Vortragsredner. Er machte aus jeder Entdeckung eine Abenteuergeschichte, die ihn mit Musselinnetz und Fangflasche in Bereiche führte, wo die meisten Weißen sich nur nach aufwendigen Vorbereitungen und bis an die Zähne bewaffnet hinwagten. Der Held der Geschichte war immer der Nachtfalter: ein wackerer Gegner, der sich einiges hatte einfallen lassen, das ihn vor dem Entdeckt- und Erlegtwerden so lange bewahrt hatte. Das Beutetier war viel bemerkenswerter als der Jäger. Woraufhin der Kaplan eine Anzahl luftdicht verschlossener Schaukästchen herumgehen ließ, unter dessen Glasdeckel die Zuhörer jedes Exemplar auf seinem kleinen Kork-Golgatha sehen konnten. Als er fertig war und alle ihm die Hand geschüttelt und gesagt hatten, wie glänzend er sie unterhalten habe (obwohl es natürlich über reine Unterhaltung hinausgehe), nahm Lena den Redner und Edward beiseite.

»Sie sind jetzt meine Gäste. Wir fahren zum Essen. Bitte, kein Wort mehr!«

In einer von Pferden gezogenen *caleça* ratterten sie über das Kopfsteinpflaster der Hauptstraßen und dann, leiser, aber mit mehr Geholper, durch ungepflasterte Nebenstraßen, wo die Räder sich durch Pfützen und Haufen von pflanzlichen Stoffen fraßen. Bald kamen sie wieder auf eine schmale gepflasterte Straße, in deren Mitte die im Mondlicht schimmernden Stahlschienen einer Straßenbahnlinie verliefen. Nach einer kurzen Strecke endeten die Schienen bei einem hölzernen Schuppen, und nach weiteren fünfzig Schritt bei leichtem Gefälle konnte Edward das Gebäude sehen, das offenbar ihr Ziel war, denn es war elektrisch beleuchtet. Schon die Tatsache, daß es hier zwar

Strom gab, aus den Hütten und Häuschen, an denen sie vorüberkamen, aber nur Fünkchen von Kerzenschein und Flecken von Ölfunzeln nach außen drangen, sprach dafür, daß sie sich in einem der ärmeren Stadtviertel befanden.

»O Caboclo«, sagte Miles Moss. »Sehr, sehr hübsch! Eine ganze Weile her, seit ich zuletzt hier war.«

»Ist das hier nicht ein Vorort namens Flores?«

»Stimmt. Woher wußten Sie's?«

»Hatte irgendwas davon gehört. Ich muß den Namen behalten haben.« Aber nun spürte er einen kleinen Gewissensbiß: Das war das Lokal, wo er halb versprochen hatte, mit Molly und Fortescue essen zu gehn. Die Kutsche hielt, sie stiegen aus und gingen in den Garten, wo Glühbirnen verdeckt in den Büschen hingen. Weil sie die Dunkelheit, die sie nicht zerstreuen konnten, noch hervorhoben, hatten sie den Effekt, daß die umgebende Vegetation um so dichter nach innen zu drängen schien. Sogleich ging der Reverend Moss von dem kurzen Fußweg ab und begann versonnen die Insekten zu betrachten, die jede der Birnen umschwirrten. Für einen Moment sah er sehr englisch und pastoral aus, wie ein älterer Herr in seinem Vorgarten, der die Bienen oder Rosen eines Nachbarn begutachtet. Wehmütig wurde Edward klar, wie weit er von der Generation entfernt war, die im berauschenden Duft von Flugbenzin und Rizinusöl über den Himmel brauste. Drei Menschen, die mehr als die Hälfte des Lebens hinter sich hatten und sich nun im Schatten ihrer Hobbies zum Essen setzten, dachte er, als er nach den beiden anderen hineinging.

Wenn er während der ersten Gänge der Mahlzeit ein wenig geistesabwesend war, fiel es wohl nicht auf, denn Miles Moss redete sehr lebhaft, Bestellungen wurden aufgegeben und Dinge gebracht – die unvermeidliche Streudose mit Maniokmehl und ein großer elektrischer Ventilator auf einem Ständer. Sowohl der Kaplan, der wie ein alter Freund zu ihm sprach, als auch Lena, die ja wirklich eine alte Freundin war und ihm Blicke zuwarf, die daran erinnerten, weckten in ihm ein Gefühl, es an der Treue fehlen zu lassen – der Treue zu einem Schatten, zu einer Ära. Lena sah öfter ihn als den Kaplan an, aber etwas in ihm wehrte sich gegen das stille Einvernehmen der Vertraulichkeit, gegen das Häufen von Verrat auf Verrat. Außerdem stand das Massiv der Jahre wie eine gezackte Andenkette zwischen jener Zeit und dieser.

»Sie wollten mir doch etwas von Dora Bellamy und Kate Hammond erzählen«, sagte er, als der Wein zu wirken begann und ihn wieder an die Oberfläche des Gesprächs brachte.

»Ach! Du meine Güte, ich hatte schon eine leise Hoffnung, Sie hätten das vergessen. Mein Beruf verbietet mir den Klatsch. Oder zumindest das Ablegen von falschem Zeugnis.«

»Dann legen Sie mal ein richtiges ab!«

»Ich nehme an, die Sache ist sowieso bekannt. Tatsache ist, Sir Edward, daß diese erstaunlichen Damen ... Darf ich fragen, ob Sie mit Ihnen Karten gespielt haben?«

»Nein. Ein oder zweimal haben sie's vorgeschlagen, und beinah wär ich drauf eingegangen, aber irgendwas kam dazwischen.«

»Vielleicht war es auch gut so, es sei denn, Sie wären ein sehr beschlagener Spieler.«

»O mein Gott! Sind die beiden ...?«

»Man sagt mir, sie würden sehr auskömmlich davon leben.«

»Großer Gott! Professionelle Spielerinnen? Das ist allerhand! Ein erstklassiges Pärchen.«

»Sie grasen die Schiffe ab – so nennt man das, glaub' ich. Dies ist eine der lukrativeren Kreuzfahrten: Zwischen Europa und Südamerika fahren viele Leute von einigem Vermögen hin und her, und sobald das Land einmal außer Sicht ist ... Na, mehr muß ich Ihnen wohl nicht sagen.«

»Sind denn die Reedereien über sie nicht im Bilde?«

»Ich würde meinen, doch. Aber man sagt mir, die Damen treten ziemlich oft in Verkleidung und unter falschem Namen auf. Eigentlich kann man ihren Nerv, ihre Findigkeit oder was es auch sei, was man dazu braucht, nur bewundern. Natürlich ist es höllisch unverschämt, aber trotzdem.«

»Kann es sein, daß sie mit den beiden Gentlemen verheiratet sind, von denen sie, wie wir sahen, in Pará abgeholt wurden?«

»Keine Engländer?«

»Nicht im entferntesten.«

»Dann ja. Sie haben zweifellos Felipe und Wanderley gesehen. Ein sehr liebenswürdiges Pärchen, glaube ich. Schurken, aller Wahrscheinlichkeit nach, aber was heißt das schon? Wir sind nicht in England. Tatsächlich sind Kate und Dora ebenso wie die beiden Gatten in Pará ziemlich beliebt, sogar in meiner Gemeinde. Natürlich sind sie ein bißchen ausgegrenzt, aber die Grenzen sind hier nicht so klar gezogen und auch nicht so weit entfernt wie zu Hause. Sie gelten als sehr unterhaltsam und überaus freundlich, und beide sind sehr höflich und gebildet. Manche Leute haben gerade deshalb etwas gegen sie – Mischehen, Verrat und all so was. Aber meistens – na, wir sind sehr lässig, hier in Brasilien, wie Sie gewiß schon gemerkt haben, und das färbt sogar auf die Briten ab.«

»Ich fühle mich geehrt, die Damen kennengelernt zu haben. Allerdings muß ich sagen, ich bin froh, daß sie mich nicht bis aufs Hemd ausgenommen haben. Wir Komponisten gehören ganz entschieden nicht in die Klasse der Vermögenden.«

»Darf ich Sie ein bißchen über die Musik in England ausfragen, Sir Edward? Ich bin hier so abgeschnitten von allem, und da muß sich doch so viel tun. Hat dieser Strawinski dort viel Einfluß? Nach allem, was ich höre, ist es ziemlich barbarisches Zeug, was der schreibt.«

Aber Edwards Miene war sehr kühl geworden. »Sie müssen entschuldigen«, sagte er. »Leider kann ich Ihnen dazu nichts sagen. Dergleichen Geschichten habe ich überhaupt nicht verfolgt. Ich nehme gar kein Interesse mehr an Musik – schon seit Jahren nicht mehr.«

Der Kaplan legte vor Erstaunen die Gabel hin. »Kein Interesse?« sagte er. »Ich begreife ... ich kann Ihnen nicht ganz folgen, Sir. Sie können doch das Interesse an Musik nicht *verloren* haben?«

»Doch, kann ich!« war Edwards knappe Antwort. »Man darf einer jahrzehntelangen Plackerei doch wohl überdrüssig werden? Mit all dem bin ich fertig. Das kann doch nicht so schwer zu begreifen sein. Schließlich ist ja auch von Priestern nicht ganz unbekannt, daß sie, wenn sie älter werden, manchmal ihren Glauben verlieren und anfangen, die Dinge mit andern Augen zu sehen. Plötzlich merkt man, daß es noch so viel mehr auf der Welt gibt.«

Wenn der Reverend Moss über die jähe Schärfe des Tons erschrocken war, ließ er es sich nicht anmerken. Zu Lenas sichtlicher Erleichterung sagte er nur, »natürlich, wenn Sie das so sehen, Sir Edward, verstehe ich's vollkommen. Es muß ermüdend sein, wenn man sehr berühmt ist und völlig fremde Leute meinen, sie dürften einen jederzeit mit Fragen zu seinem Fach löchern. Bitte entschuldigen Sie!«

Aber Edward schien außerstande, es dabei bewenden zu lassen. »Was ich sagen will, Sir, ist dies, daß die Musik nicht mehr mein Fach ist. Ist sie nie gewesen. Nichts als ein Broterwerb – ein verflixt schlechter, wie sich gezeigt hat. Ich bedaure schmerzlich, so viel von meinem Leben in einem so sinnlosen Bemühen vergeudet zu haben. Das gesamte britische Publikum ebenso wie meine Freunde haben mich durch ihre Haltung davor gewarnt, aber ich war so dumm, nicht auf sie zu hören. Meine Schuld, selbstverständlich. Alle waren vollkommen zufrieden mit dem ewigen Ohrenschmaus aus Sullivan und Polkas, und da muß ich verdammter Idiot aufstehen und ihnen Symphonien und solches Zeug auftischen. Ja, da haben sie begreiflicherweise die Nase gerümpft.«

Aber auch dem war der Kaplan gewachsen, nachdem ihm offenbar klar geworden war, daß der abrupte Wechsel in Edwards Laune nichts mit einem Tischgespräch in Manaos zu tun hatte. »Wenn das so ist, Sir Edward, dann wüßte ich gern, ob ich Sie nicht für einen anderen Weg zur Unsterblichkeit interessieren könnte.«

Das kam so unerwartet, daß Edward, der starr vor sich hingeblickt hatte, überrascht aufsah. »Wollen Sie mich bekehren?« Er lächelte sogar.

»Kein Gedanke liegt mir ferner«, gestand der Kaplan, ebenfalls belustigt. »Nein, ich überlegte gerade, wie ich meine neuen Falter nennen soll. Irgendwann hat man es ja satt, den armen Teufeln immer wieder ein *Mossii* anzuhaften. Würde *Elgarii* sich nicht gut machen? Oder *Eduardi*?«

Die Krise war überstanden. »Da käm' ich mir wie ein Betrüger vor«, sagte Edward. »Ich hab sie doch nicht entdeckt.«

»Das muß ja auch nicht sein. Eine Gedankenverbindung genügt vollkommen.«

Edward, offenbar besänftigt, raffte sich zur Freundlichkeit auf. »Es tut mir leid, daß Sie von diesem Musikzeugs anfangen mußten. Hätten Sie mich doch lieber nach der *Mikroskopie* gefragt ...«

»Ach, Sie mikroskopieren, Sir? Hätt' ich das gewußt! Ich würde furchtbar gern die Schuppen von den Flügeln meiner Exemplare untersuchen und einen Weg finden, sie für meine Lichtbildervorträge zu photographieren. Haben Sie solche Schuppen schon in Vergrößerung gesehen? Nein? Oh, sie sind das Schönste von der Welt, wie Schneeflocken, keine zwei sehen gleich aus. Leider habe ich selbst kein Instrument.«

»Ich habe eines an Bord der *Hildebrand*.«

»Was, wirklich? Sie meinen nicht ... Ich könnte nicht mal eine halbe Stunde an Bord kommen, bevor Sie wieder abfahren?«

Edward war nun die Großzügigkeit selbst. »Mein lieber Mann, aber natürlich! Bleiben Sie, so lange Sie wollen! Bringen Sie alle Exemplare mit, die nötig sind! Es wird mich faszinieren. Glauben Sie mir, ich freue mich drauf. Dies ist ein sehr interessanter Ort, und die Leute waren - oder sind - ganz reizend, aber ehrlich gesagt, ich weiß nicht, womit ich mir die Zeit vertreiben soll. Das wäre nicht so schwierig, wenn man für einen Monat hier wäre, aber ein paar Tage - das ist zu kurz für alles andere als eine Art verdrossenes Nichtstun.«

Lena übersah nicht, wie sorgsam er es vermied, sie anzublikken; sie hörte das Ausflüchtige in seinem biederen Enthusiasmus heraus. »Laß sie!« dachte sie resigniert. »Laß sie nur zusammen ihre Falter begucken wie zwei Schulbuben!« Aber etwas, das von Zornestränen nicht allzu verschieden war, kam zugleich mit dem Gedanken in ihr auf, wie undenkbar lächerlich es wäre, wenn sie Edward in zwei Tagen zum Abschied bloß nachwinkte wie einem Freund, der mit der Bahn zu Besuch gekommen wäre. Warum waren denn nicht alle ebenso fest entschlossen, all dem noch eine Art Sinn abzugewinnen, bevor es zu spät war? Zu bereinigen, was sich noch bereinigen ließ? Frieden zu schließen, soweit es noch ging, mit einem früheren Selbst und dessen Gespenstern? Könnte man so nicht wenigstens manche Phantome des »Wenn doch nur« besänftigen, die einen, so befürchtete sie, am Ende erwarten würden? Egal, wie verpfuscht und mißraten das eigene Leben sein mochte, das Grab würde alles decken. Verflucht sollte er sein, dieser Kerl, der nun von seinem Platz auf dem Zauberberg herab in aller Ruhe über Nachtfalter reden konnte! Sie lächelte und aß und lächelte, während ihre beiden Gäste die Probleme der Photographie erörterten.

»Es gibt hier einen Arzt«, sagte Miles Moss gerade, »der glaubt, daß die Seltenheit von Sonnenstich in dieser Gegend mit der niedrigen Aktivität des Lichts zusammenhängt, die das Photographieren natürlicher Gegenstände so schwierig macht. Es ist gar nicht nötig, sich mit der üblichen Schutzausrüstung abzuschleppen: grüne Schleier und Rauchgläser, Nackenpolster, nicht mal einen Tropenhelm braucht man. Aber in ziemlich lichtem Unterholz brauche ich fünf bis sechs Sekunden Belichtungszeit bei sehr niedriger Blende, um ein anständiges Bild zu bekommen; und im echten Dschungel muß man diese Werte noch verdoppeln. Es kommt nicht oft vor, daß ein Insekt so lange stillhält, noch dazu vor einer Linse in ein bis zwei Fuß Abstand, um von dem schwitzenden Engländer, der den Atem anzuhalten versucht, ganz zu schweigen. Und die ganze Kamera-Ausrüstung muß in wasserdichten und mit Blech ausgelegten Mahagoni-Futteralen stecken, die Filme selbst in Blechdosen, mit wasserdichtem Klebeband verschlossen. Es ist ein Stück Arbeit, all das mit sich herumzutragen, vor allem, weil ich gern allein losgehe ...«

Schließlich kamen die Desserts, darunter die inzwischen nicht mehr unerwarteten Scheiben dicker brauner Guaven-Konfitüre. Edward grub von der einen Ecke mit dem Löffel einen Stollen hinein. »Sie hatten mir eine Gänsehaut versprochen«, erinnerte er den Reverend.

»Ich weiß nicht, ob ich mich dafür verbürgen kann«, sagte Miles Moss. »Kommt drauf an, ob Sie die üblichen Reiseabenteuer aus den Tiefen der grünen Hölle hören wollen, so was von

Riesen-Anacondas und von Piranhas, die dem Säugling, wenn er im Fluß gebadet wird, blitzschnell das Fleisch von den Knochen fressen, so daß die Mutter, wenn sie ihn wieder herauszieht, von der Brust an abwärts nur noch ein blankes weißes Skelett in den Händen hält.«

»Lieber Gott!« sagte Edward und blickte erschrocken zu Lena hin. Aber sie war gegen solche Erzählreize offenbar abgestumpft. »Die Mütter hierzulande müssen erstaunlich unachtsam sein. Und schwerhörig auch.« Lena aß mit einem leichten Lächeln weiter ihre *goiabada*.

»Oder«, fuhr der Kaplan fort, »wollen Sie lieber eine wirklich geheimnisvolle Geschichte hören, der niemand von uns bisher ganz auf den Grund gesehen hat? Na, dann urteilen Sie am besten selbst«, sagte er mit dem zufriedenen Lächeln eines Erzählers, der endlich Fahrt aufnehmen kann. »Sie handelt von Macht in zweierlei Art, in der Hauptsache von der des Weißen und der des Indianers. Zu bedenken ist, daß die Ereignisse zu einer Zeit stattfanden, als die Gummibarone hier noch ein Leben von schier unglaublicher Extravaganz führten und dem übelsten Gesindel aus Europa, bis hinunter zu den Habenichtsen, ein schändliches Vorbild gaben. Magdalena könnte natürlich besser beschreiben als ich, wie es vor zwanzig Jahren hier zuging – ich bin erst 1911 in Pará angekommen, nach drei Jahren in Lima –, aber selbst damals wurden die Geschichten über die wilden Protzereien von Manaos einem bald zur Gewohnheit.

Wir hatten alle gehört, wie das Zollhaus in England gebaut und dann in Einzelteilen hierher verschifft wurde, und bis auf den letzten Pflasterstein wurde alles in dieser Weise importiert. Aber das Schauspiel, wie die Tycoons miteinander in der Verschwendung wetteiferten, hatte eine andere Größenordnung. Ich kann Ihnen versichern, es war wie Babylon. Manche fütterten buchstäblich ihre Hunde mit Kaviar und sprengten ihren Garten mit Champagner. Tatsächlich wurden einmal Gärtner, die abends mit Gießkannen von dem Zeug herumliefen, von einer ganzen Garten-Party mit stürmischem Applaus begrüßt, und einer der Gäste sah sich veranlaßt, eine Jacht mit massiv-goldener Deck-Einrichtung zu bestellen.

Sie werden sagen, das ist ordinär und eine etwas beschränkte Art von Machtbekundungen, aber einigermaßen harmlos. Leider aber geht dies nur allzuoft Hand in Hand mit einer Anmaßung, der selbst Menschenleben nichts mehr gelten. Gewisse Namen sind hier noch immer gefürchtet, Namen von Männern, die sich mit ihren Profiten längst davongemacht haben. Paulo da Silva Leite zum Beispiel war ein Handelsbaron, der aus kaum mehr als einer Laune heraus ganze Indianerstämme schlicht ausgerottet hat. Widerspenstige Arbeiter, müssen Sie wissen, pflegte er zu bestrafen, indem er sie aus Kanonen abfeuern ließ. Und Nicholas Suarez hat die Karipunas nahezu ausgelöscht, nachdem sein Bruder ermordet worden war. Er soll vier Millionen Hektar Gummiland und zeitweilig ein Monopol auf allen Verkehr auf dem Rio Madeira gehabt haben. Doch«, sagte Miles Moss, als er sah, wie Edward das Gesicht verzog. »Vier Millionen Hektar. Und da spricht man bei manchen Gütern in England schon von Großgrundbesitz!

Jedenfalls, mit solcher Arroganz ließ der weiße Mann seiner Macht- und Habgier freien Lauf (und in manchen Gegenden tut er's leider noch immer). Das alles, verstehen Sie, nur als Vorbemerkung, um die Ereignisse in eine gewisse Perspektive zu rükken. Magdalena kennt die Geschichte und weiß daher auch, um wen es sich wirklich handelt; aber dem guten Mann zuliebe will ich ihm ein Pseudonym geben. Nennen wir ihn für unsere Zwecke also Major Blackham, was keine Rückschlüsse von der Art erlaubt, daß sein echter Name etwa Whiteham oder ähnlich gewesen sein könnte.« Der Faltermann lächelte ihm zu, und der Luftsog des Ventilators auf seinem hohen Ständer zauste sein Haar ein wenig in die Höhe. »Major Blackham war vor noch nicht so langer Zeit ein Mitglied meiner Gemeinde.«

»Damit tarnen Sie ihn ziemlich gut, für Ihre Gemeinde.«

»Ziemlich. Nun denn, der Major war zu einer Unternehmung der üblichen Art hier herausgekommen, auf der Suche nach etwas Abwechslung, vielleicht einem Stück Großwild, ein paar verschollenen Tempeln, den Knochen einer Expedition oder einem Weg, zu Geld zu kommen. Er war kein Mann von, sagen wir, allzuvielen Skrupeln, aber auch nicht schlimmer als Hunderte von anderen hier aus allen Nationalitäten. Jedenfalls, er machte Bekanntschaft mit einem brasilianischen Heeresoffizier, der in einem der winzigen Flußhäfen stationiert war, die von der Indianerbehörde verwaltet werden. Die Indianerbehörde, muß ich Ihnen erklären, ist eine vortreffliche Idee der Brasilianer, auch wenn ihre Tätigkeit durch Geldmangel und die schiere Größe und Unzugänglichkeit des Territoriums stark behindert wird. Ihre Aufgabe ist es hauptsächlich, zwischen kriegführenden Indianerstämmen zu vermitteln und sie vor gnadenloser Ausbeutung und summarischer Abschlachtung zu schützen, um vom Diebstahl ihres Stammlandes durch Fremde gar nicht zu reden.

Wie dem auch sei, Major Blackham und sein Brasilianer wurden gleich dicke Freunde. Der Brasilianer saß total angeödet auf seinem Posten am Oberlauf, und die Moral seiner kleinen Truppe litt unter der Untätigkeit und dem Fieber, bis sie eines Tages auf einen riesigen Wald von *castanheiros-do-pará* stießen – brasilianische Nußbäume oder *Bertholletia excelsa*, wenn man es mit der botanischen Pedanterie hält. Wissen Sie, wie diese Nüsse wachsen, Sir Edward? Nein, woher sollten Sie – also, jede Frucht enthält fünfzehn bis dreißig Nüsse und wiegt bis zu vier Pfund, also ein hübscher Brocken. Und besonders angenehm an ihnen ist, daß sie, wenn sie reif sind, einfach zu Boden fallen. Dann ist es verhältnismäßig leicht, sie in Booten abzutransportieren, denn das Gelände, wo die Bäume bevorzugt wachsen, ist gewöhnlich kreuz und quer durchzogen von *igarapés* – von Bächen.

Das Problem mit diesem Wald, den sie gefunden hatten, war nur, daß er an der Grenze zwischen den Territorien zweier Stämme lag, der Tuparú und der Coimbé, die sich traditionell gegenseitig an die Gurgel gingen. Der brasilianische Offizier und Major Blackham schmiedeten einen Plan, wie sie unter dem Vorwand, ein Niemandsland zwischen den feindlichen Stämmen zu schaffen, den ganzen Paranußwald mit Hilfe der Soldaten annektieren und dann die Erträge dieses neugewonnenen Privatgrundstücks unter sich aufteilen könnten. Eines Tages rückten sie mit der Truppe dort an und fanden zu ihrer Überraschung einen großen Teil des Waldes schon von den Ga-Tuparú besiedelt, während kleinere Gebiete von den Coimbé beherrscht wurden –

und dabei hatten sie ihn doch für unbewohnt gehalten, nicht? Es kam zu einer Reihe häßlicher kleiner Scharmützel, bei denen sie ein ziemlich großes Ga-Tuparú-Dorf einnahmen. Sie brachten viele der Bewohner um – manche sagen, bis zu hundert – und beschlagnahmten alle Pflanzungen der Indianer. Das war schlimm genug, aber sie machten auch Gefangene, die sie zur Sklavenarbeit zwangen; sie mußten die Nüsse aufsammeln, auch auf dem Gelände, das zuvor den Coimbé gehört hatte. Die Geschichte wurde nicht gut aufgenommen, als sie nach außen durchsickerte, denn die Brasilianer sind mit Recht stolz auf ihr sogenanntes Goldenes Gesetz, das die Sklavenhaltung verbietet. Was leider nicht heißt, daß es sie nicht mehr gäbe; aber es fällt ihnen schwerer, durch die Finger zu sehen, wenn die Sklavenhalter Ausländer sind. Ich denke, das kann man verstehen.

Ein, zwei Monate ging alles nach Plan. Die Nüsse wurden stromabwärts geschickt und verkauft, und die beiden Verschwörer begannen erhebliche Summen einzustreichen. Aber dann ging etwas schief. Eines Tages wurde der Brasilianer von einem Pfeil getroffen, der anscheinend statt mit dem herkömmlichen Curare, das meistens schnell tötet, mit etwas besonders Gräßlichem vergiftet war, denn er erlitt sehr langwierige Krämpfe, Halluzinationen und eine schleichende Lähmung. Es dauerte eine Woche, bis der arme Kerl tot war, und Zeugen sagten, seine Qualen seien sehr beachtlich gewesen – und das in einem Land, wo man solche Dinge gelassen hinnimmt. Obwohl es leider in dieser Gegend nichts Ungewöhnliches ist, daß ein Weißer von einem Indianerpfeil getroffen wird – viele Indianer haben noch nie Weiße gesehen und haben eine Heidenangst –, hatte die Sache in diesem Fall einige merkwürdige Seiten. Erstens, der Pfeil konnte keinem bekannten Stamm dieser Region zugeordnet werden. Er war ganz anders als die von den Ga-Tuparú und die von den Coimbé angefertigten. Zweitens, er traf den Offizier vertikal, oben in die Schulter, gleich neben dem Hals« – Miles Moss klopfte sich auf die Stelle, wo er eine Schulterklappe hätte tragen können. »Zu der Zeit stand er weitab von jeder Deckung, und ohnehin wäre es selbst aus kurzer Entfernung ein erstaunlicher Schuß gewesen; stellen Sie sich die Schwierigkeit vor, eine so steile Schußbahn für ein so nahes Ziel auszurechnen. Ich weiß natürlich sehr gut, daß manche Stämme gewohnt sind, eine solche Technik anzuwenden, aber kaum auf solche Entfernung. Ein Augenzeuge soll gesagt haben, es sei beinah so gewesen, als wäre der Pfeil buchstäblich vom Himmel gefallen.

Nun, den Major Blackham beunruhigte dies zwar, doch zugleich fand er Trost in der Tatsache, daß sein Anteil am Gewinn aus ihrem Nußhandel sich ohne den Brasilianer beträchtlich vergrößerte. Ein untergeordneter Offizier übernahm das Kommando über die Truppe, und das Geschäft lief weiter wie bisher. Bei dem Indianerdorf bauten sie zwei *barracas* als Speicher für die Nüsse und als Unterkunft; die restlichen Hütten brannten sie nieder, damit die Indianer nicht wieder einsickern konnten. Meistens schlief der Major allein in dem einen dieser Schuppen bei den Nüssen; in dem andern hausten die einheimischen Soldaten und hinter einem Palisadenzaun die von ihnen bewachten Gefangenen. Eines Morgens fand der Major beim Erwachen etwas Entsetzliches und zugleich völlig Unglaubliches vor.«

Hier machte der Reverend Moss eine Pause, um einen Schluck Wein zu trinken und einen Bissen von der *goiabada* zu nehmen, die ebenso wie die seiner Zuhörer unberührt geblieben war, seit er seine Erzählung begonnen hatte. Edward hatte es so gepackt, daß er merkte, daß er dem Erzähler sogar noch voll Spannung zusah, wie er den Löffel zum Mund führte, kaute und schluckte.

»Was er sah«, fuhr der Kaplan nach seiner genau bemessenen Pause fort, »war ein riesiger umgestürzter Baum an der Stelle, wo am Abend zuvor die *barraca* der Brasilianer gestanden hatte. Er mußte sie im Laufe der Nacht zertrümmert haben – oder vielmehr nicht zertrümmert, sondern ausgetilgt. Natürlich kletterte der Major durchs Geäst, um nach etwa Überlebenden zu suchen, aber die Fliegenschwärme und die über ihm kreisenden Urubus machten ihm bald deutlich, daß die ungefähr dreißig Mann in den Trümmern unter dem riesigen Stamm lagen. Sie haben schon manche von den Bäumen hier gesehen, Sir Edward, und darum wird Ihnen klar sein, daß ich mit einem Baum nicht etwas in der Art einer großen englischen Ulme oder Roßkastanie meine. Ich rede von einem, der gut zweihundert Fuß hoch gewesen war, und mit einem Stamm, durch den man einen Tunnel für ein Automobil hätte bohren können. Nun erst dämmerte ihm, was das eigentlich Grauenhafte war: nämlich daß ein Baum von solchen Ausmaßen am Rande der Lichtung gar nicht gestanden hatte, nicht mal im Umkreis von hundert Schritten. Außerdem hatte er in der Nacht kein Geräusch gehört, und daß ein solcher Riese in aller Stille umfallen könnte, war undenkbar. Doch nicht nur das. Er bemerkte bald, daß der Baum nicht morsch und auch nicht angesägt gewesen war. *Er war abgebrochen.*«

»*Abgebrochen?*«

Der Kaplan nickte. »Ich bezweifle, daß es irgendwo auf der Welt eine Maschine gibt, die Imstande wäre, ein solches Monstrum zu zerbrechen wie einen Bleistift, und schon gar nicht an einem entlegenen Nebenfluß im Amazonas-Regenwald. Ebensowenig gibt es eine Maschine, die ihn heben könnte, mitsamt allem Geäst. Auch dieses Mal bemerkte später wieder jemand, es sei, als wäre der Baum vom Himmel gefallen.

Jetzt bekam es der Major mit der Angst. Schließlich war er allein auf der Lichtung nach einem unmöglichen Ereignis, mit den Überresten der dreißig Männer, um von den Geistern der umgebrachten Dorfbewohner gar nicht zu reden. Die indianischen Sklaven, wohlgemerkt, waren verschwunden; ihr Gehege war leer, und die Posten, die sie bewacht hatten, wurden niemals aufgefunden. Blackham stieg in sein Kanu und paddelte aus Leibeskräften zurück zur Siedlung, wo er seine Geschichte erzählte. Aber auch dort hielt ihn nichts. Er fuhr schleunigst weiter flußabwärts bis zur nächsten Ortschaft, engagierte dort Ruderer und machte, daß er fortkam. Er erreichte den Hauptfluß, den Tapajós, und immer noch hatte er es eilig. So schnell wie möglich wollte er nach Santarém, denn inzwischen hielt er sich für gezeichnet. Er fühlte sich von einem furchtbaren Gewicht niedergedrückt. Noch größer wurde sein Entsetzen, weil ab und zu, wenn er in einer Siedlung Halt machte, ein Indianer, der ihn zu Gesicht bekam, einen lauten Schrei ausstieß und auf etwas deutete, das anscheinend wenige Fuß über seinem Kopf hing. Was diese Leute da zu sehen glaubten, war nicht klar, und bei weitem nicht alle konnten es sehen – oder ließen es sich anmerken, wenn sie es sahen. Aber alle reagierten, wenn sie sahen, wohin der eine deutete, und das Wort hörten, das er rief.«

»Was war das Wort?« fragte Edward, der das Vorzeichen einer weiteren dramatischen Erzählpause entdeckt zu haben glaubte und ihr zuvorkommen wollte. Der Reverend Moss blickte auf den Stiel seines Glases, während er ihn geistesabwesend zwischen Zeigefinger und Daumen drehte. Dann sagte er leise, aber mit Nachdruck:

»›Der Hocker‹. Das war es, was sie riefen. ›Er trägt den Hokker.‹«

Und wirklich – Edward spürte einen Kälteschauer, der ihm über den ganzen Körper lief und der nichts mit dem Luftzug vom Ventilator zu tun hatte. »Der Hocker?« Es war überraschend gruselig.

»Der Hocker. Als Major Blackham endlich Santarém erreichte, war er in schlimmer Verfassung; er hatte hohes Fieber und redete wirr. Dort war es, wo ich ihn zu sehen bekam. Ich war zu Besuch, auf dem Rückweg nach Pará, als man mir sagte, daß vor ein paar Tagen ein Engländer in die Stadt gekommen sei, dessen Zustand vielleicht eher den geistlichen als den ärztlichen Beistand erfordere. Natürlich hatte man dergleichen schon öfter gehört, und meistens bedeutet es, daß es für den armen Kerl, wenn man zu ihm kommt, für beiderlei Beistand zu spät ist. Aber ich ging hin und fand ihn vollgestopft mit Chinin und vom Fieber einigermaßen erholt: wohl noch sehr schwach, aber vollkommen klar bei Sinnen. Er erzählte mir die ganze üble Geschichte und schloß mit den Worten, er wisse zwar, daß es lächerlich klinge, aber ob ich berechtigt sei, einen Exorzismus vorzunehmen? Ich sagte, na ja, ich denke schon – ich wußte, es gab so eine Form der Seelsorge, und als ordinierter Geistlicher konnte ich sie vornehmen, aber sie war in letzter Zeit nicht mehr sehr gebräuchlich und, ehrlich gesagt, nichts, worauf ich mich leichthin einlassen wollte.

›Leichthin?‹ sagte er. ›Mein Gott, Padré, glauben Sie mir, in meinem Leben, soviel mir davon noch bleibt, geht nichts mehr leichthin. Ich werde heimgesucht. Ich weiß es jetzt. Ein Fluch ist auf mich gelegt worden für das, was ich getan habe, und ich befürchte, es gibt keine Kraft, die ausreicht, ihn aufzuheben. Ich bin verurteilt.‹

›Das dürfen Sie nicht sagen‹, versicherte ich ihm ganz ernst, ›und noch weniger glauben, denn die Liebe unseres Herrn Jesus Christus hat den Teufel selbst aus dem Feld geschlagen, und dank SEINER Gnade kann ich diese Kraft zu Ihrer Verteidigung herabrufen. Nichts Böses kann ihr widerstehen, aber sie muß in aller Demut erfleht werden und mit aufrichtiger und vollständiger Reue für Ihre Taten.‹ Woraufhin er sagte, ja, er wolle eine echte Beichte ablegen, aber, fügte er hinzu, er befinde sich in einem solchen Zustand der Todesangst und Beklemmung, daß es in Gottes Ohr wahrscheinlich lächerlich klingen würde, als eine läppische Verharmlosung, wenn er sage, daß er seine furchtbaren Untaten bedaure. Natürlich hab ich ihm versichert, daß Gott sich nicht auf Kosten eines Sünders lustig zu machen pflegt, und dann hab ich ihn gefragt, weshalb er so sicher sei, daß er ganz buchstäblich heimgesucht werde und nicht nur im übertragenen Sinne durch sein Gewissen.

›Verlangen Sie nicht, daß ich es beschreibe, Padré!‹ bat er. ›Glauben Sie mir einfach – es ist da! Oh, oh, was haben Agassiz und die andern für ein Glück gehabt! Auf die sind Sachen draufgefallen, und dann waren sie tot; aber was über mich gekommen ist, das ist viel grauenhafter, etwas ... etwas *sitzt* auf meinen Schultern. Ich kann es nicht richtig sehen, aber einmal, ganz kurz, ah!‹ Sein Kopf rollte, während er sprach, auf dem Kissen wild von Seite zu Seite, der Schweiß lief in Strömen, und die Augen waren rund und weit aufgesperrt, als ob er sich fürchtete, sie zu schließen und dann wiederzusehen, was er schon einmal gesehen hatte. ›Es ist ein Druck. Da, ziehn Sie mich hoch, sehn Sie selbst!‹ Ich griff ihm unter die Arme, um ihm in eine sitzende Stellung zu helfen – sein Körper glühte, ich spürte die Hitze, die er ausstrahlte, auf meinem Gesicht –, und stellen Sie sich vor, er war doppelt so schwer, wie ich erwartet hatte. ›Sie spüren's auch?‹ sagte er, beobachtete mein Gesicht und nickte. ›Ja, jetzt wissen Sie's. Jetzt wissen Sie, daß ich es mir nicht einbilde. Manche von den Indianern können es sehen ... können sehen, was es ist, das auf mir hockt.‹

Ich sagte ihm, er solle sich beruhigen, denn ich müsse jetzt gehen und ein paar Dinge holen, die ich brauchte, und dann käme ich gleich wieder, um den Exorzismus auszuführen. Als ich von der Tür noch einmal zu ihm zurückblickte und er mit einem Kissen im Rücken dasaß, an die weißgetünchte Wand gelehnt, da glaubte ich, mir für einen Moment einbilden zu können, ich hätte das Ding gesehen, das sich auf ihm *niedergelassen* hatte ...«

Die Augen des Kaplans huschten zur einen Seite, als hätte er an den offenen Verandafenstern etwas gesehen. Unwillkürlich sah Edward auch hin, und zwischen den anderen Tischen und Gästen hindurch kam eine Fledermaus, nein, ein riesiger Nachtfalter im glatten tropischen Gleitflug auf sie zu. Vielleicht konnte der Kaplan, der seit langem an dergleichen akklimatisiert war, vorhersehen, was nun passieren mußte, aber Edward konnte es nicht und schaute immer noch hin, als der Falter in das leichte Vakuum hinter dem Ventilator flog und mit einem leisen *Ping!* hineingesogen wurde.

Sofort fegte ein Hagel von kleinen Fragmenten über ihren Tisch. Er griff sich mit der Hand an die Wange und spürte etwas, das sich wie eine Salbe anfühlte. Ihm gegenüber auf dem Hemd des Lepidopterologen schimmerten Flecken wie von Eidotter. Auf dem *goiabada*-Gelee vor Lena krümmte und streckte sich ein haariges Insektenbein ein- oder zweimal. Noch lange behielt Edward mit einem gewissen Stolz in Erinnerung, daß keiner von ihnen angewidert aufgeschrien hatte, während es an dem Tisch hinter ihnen nicht so ruhig blieb, denn der Falter war groß und saftig gewesen. Der Reverend Moss blickte betrübt auf die Fetzen und Flecken.

»*Agrippina*«, sagte er. »Wie schade! Komisch, dabei sind sie gar nicht so leicht zu fangen. Also, ich weiß nicht, wie es Ihnen beiden geht, aber mir hat es jetzt ein bißchen den Appetit verdorben.«

»Mich hat es geradezu gesättigt«, sagte Edward und wischte sich mit einer Serviette Gesicht und Hemdbrust ab. »Ein kleiner Falter hält lange vor, ein großer wohl noch länger.«

Lena schob entschlossen ihren Teller einen Daumenbreit zur Mitte des Tischs hin, als die Kellner um sie zusammenliefen.

»Wir sollten heimfahren. Das hat uns das Essen und die Geschichte verdorben. Vergessen Sie nicht, die Sache hier geht auf mich, Mr. Moss, und wenn Sie so gut sein wollen und zahlen, gebe ich Ihnen gleich draußen das Geld wieder.«

»Schon gut, schon gut!«

Draußen nahmen sie eine andere *caleça* und fuhren zurück zur Stadt. Hinter sich im Dunkeln hörte Edward Papier rascheln. Das gewissenhafte Geflüster erregte in ihm sogleich Mitleid für Lena.

»Ich muß sagen, bis dieses verflixte Insekt in unser Leben einbrach, war es ein sehr schöner Abend. Ich danke Ihnen beiden ganz herzlich für ein Beisammensein, das ich nicht so leicht vergessen werde.« Die Nacht mit ihren Quadraten und Rechtecken in blakendem Orange zuckelte vorüber. »Aber hören Sie, Mr. Moss, Sie können uns nicht so auf der Folterbank liegen lassen. Was ist aus dem Major geworden?«

»Oh, das weiß ich nicht«, kam mit einem abwehrenden Lachen aus der Dunkelheit. »Was Sie wollen. So weit war ich noch nicht gekommen.«

»Sie meinen ... Sie meinen, Sie haben das Ganze erfunden?« Edwards Stimme klang gekränkt.

»Ich hatte den Eindruck, Sie wollten eine rätselhafte Geschichte zum Abendessen hören. Es tut mir leid, wenn ich hinter Ihrer Erwartung zurückgeblieben bin.«

»Sie war atemberaubend, soweit sie ging. Wollen Sie sagen, die ganze Sache mit dem Pseudonym und all das ...? Lena! Hattest du die Geschichte schon mal gehört oder nicht? War sie wahr?«

»Ja, vollkommen.«

»Sie können's so auffassen, Sir«, sagte der Reverend Moss. »Sagen wir, ja, es gab einen Mann, der von seiner Vergangenheit heimgesucht wurde, und ja, ich habe in Santarém einen Exorzismus vorgenommen. Der Mann, um den es dabei ging, Major Blackham, wenn Sie so wollen, war überzeugt, von einem furchtbaren Inkubus besessen zu sein, mit der Gewißheit, daß es keinen Sinn hätte, mit dem nächsten Schiff nach England zurückzufahren, um dem Fluch zu entkommen. Er wußte, er würde ihn dann nur mitschleppen. Ihm davonlaufen konnte er nicht; er mußte auf die eine oder andere Weise bewogen werden, ihn zu verlassen.«

»Ja, und haben Sie ihn dazu bewegen können?«

»Ich glaube allen Ernstes, ja. Etwas ... passierte während der Zeremonie, worüber ich nicht sprechen kann, weil es dabei um heilige Dinge geht. Solche Riten, die das Innerste einer Menschenseele berühren, dürfen keinen Stoff für Anekdoten abgeben. Dennoch, ja, ich bin überzeugt, daß die Last oder was auch immer es war - der Hocker - von Major Blackhams Schultern wich und dahin zurückkehrte, von wo es herbeigerufen worden war. Es ist mein Ernst, Sir, wenn ich Ihnen sage, daß ich nicht glaube, daß es jemals hier in Brasilien oder irgendwo sonst im Universum aufzufinden sein wird. Die Umgebung, in der es zu Hause sein mag, ist jedenfalls nicht so freundlich wie ein irdischer Dschungel - nein.«

»Und der Major? Was ist aus ihm geworden?«

»Er ist, wie es ein Romanschreiber wohl nennen würde, beizeiten als ein anderer Mensch nach England zurückgekehrt.«

»Unter einem anderen Namen, vermutlich?«

»Richtig. Ehrlich gesagt, ich habe den Kontakt zu ihm verloren, und kann nicht sagen, daß ich es bedaure. Es war etwas Ansteckendes an --- Aber da sind wir ja!« Sie waren am Kai angelangt. Vor ihnen lag der anmutige Rumpf der *Hildebrand*, durchlöchert von leuchtenden Bullaugen. »So, Sir Edward, darf ich fragen, ob Ihr Angebot für morgen immer noch gilt? Ich könnte es verstehen, wenn sie meinen sollten, heute schon allzu nah mit den örtlichen Lepidopteren Bekanntschaft gemacht zu haben.«

»Überhaupt nicht. Kommen Sie nur morgen vormittag, wann es Ihnen paßt. Je früher, je besser. Lena, ich denke, du wirst später am Tag keine Zeit haben?« Das Schiff, das ihnen die Sicht auf den Fluß versperrte, funkelnd vor Lichtern und offenbar voller Leben, erinnerte an bevorstehende Abschiede.

»Natürlich hab ich Zeit, Edward. Wie kannst du fragen? Passiert denn in Manaos jeden Tag etwas Wichtiges?«

Vom oberen Ende der Gangway schaute er zu, wie sie abfuhren. Hoch über dem Balgdach ihrer *caleça* schrie die große Schrift in schimmernden Versalien über den Fluß hinweg und über ganz Brasilien: PUSSELS CRONIFER GmbH. Erst als er schon im Bett lag, formulierte sich ein Gedanke, der allmählich herangereift war, plötzlich mit schockierender Deutlichkeit. War Lenas verstorbener Gatte einer dieser unvorstellbar reichen Handelsbarone gewesen, dessen Marmorpalast mit den Erträgen von Brutalität und Sklavenarbeit erbaut war? Marchcroft Manor, wie in Alices Buch, aber am Amazonas? Undenkbar, daß eine empfindliche Seele wie Lena sich mit soviel Vulgarität und Grausamkeit hätte abfinden können. Doch mochte das Dunkel, das diese Urwälder ausdünsteten, nicht mit der Zeit auch in den besten menschlichen Charakter einsickern? Allerdings schienen in sich gefestigte Burschen wie dieser Miles Moss davon ganz unberührt zu bleiben. Wäre ja auch zu hoffen (dachte Edward im Einschlafen). Sohn des Pfarrers von Windermere, geboren in Birkenhead, Absolvent der Theologischen Hochschule in Leeds ... Sicher, jemand mit soviel Bodenhaftung war gegen alle finsteren Anwandlungen immun ... Er schlief.

Aber in der Villa Mirabelle brannten in dieser Nacht die Lichter noch viele Stunden lang, warfen ihre Rechtecke nach draußen ins taufeuchte Gras und lockten pochende und raschelnde Ansammlungen an die Netze vor den offenen Fenstern und Türen. Lena spielte vor sich hin, wie sie es manchmal noch tat, seit dem Tod ihres Mannes in letzter Zeit öfter. Die Töne der Wiener Klassiker flogen an den spiegelnden Augen und schwirrenden Flügeln vorüber, trieben hinab zum Pavillon in seinem Jakarandagebüsch und wehten verhallend bis auf die schleichenden Wasser des Rio Negro hinaus. Die Musik sagte ihr nichts von einer Vergangenheit, nicht mal von ihrer eigenen; sie war einfach etwas Unwandelbares, etwas, das schon immer dagewesen war und sie bei ihrem Gang durch die Welt auf den Beinen gehalten hatte und weiter halten würde. An ihre Lehrzeit am Konservatorium und ihren verblendeten Ehrgeiz – obwohl doch Edwards Anwesenheit in der Stadt ebendies hätte heraufrufen können –, dachte sie so wenig wie ans Laufenlernen in der Kindheit. Sie spielte, um einen gegenwärtigen, unbändigen Zorn in sich zu besänftigen, der ihr gerade durch seine Grundlosigkeit zu schaffen machte. Die Folge war, daß sie nicht sehr gut spielte, denn sie war nur halb bei der Sache. Ihre Augen lasen die Noten ab oder ihre Finger hatten sie im Gedächtnis. Hätte sie statt dessen gestrickt, so hätte sie keine Masche fallen gelassen; doch zwischen den Mustern, die zwischen ihren Händen entstanden, und den wilden Streitgesprächen in ihrem Kopf hätte es keinen Zusammenhang gegeben.

Jedenfalls keinen leicht erkennbaren. Immerhin gab die Regelmäßigkeit der Musik, je länger sie spielte, allmählich ihrer Wut eine Form, und mehr und mehr sammelte sich diese Raserei, auf der die in vierzig Jahren angehäufte Last ihrer Grübeleien zu hocken schien, an der gradlinigen Front der Empörung gegen die Ungerechtigkeit seines Sieges – oder besser, seiner Sieghaftigkeit. Wie konnte einer wagen, sich seines künstlerischen Erfolgs zu freuen und zugleich Mitgefühl für sein vorgebliches Scheitern zu heischen, obendrein im beharrlichen Wohlgefühl sittsamer Selbstherabsetzung? Es war zuviel; nein, es war schlechterdings gemein. Es war schwierig, jemandem das richtige Maß an öffentlicher Anerkennung zu zollen und dabei genug an persönlicher Neigung zu bewahren, um sich noch berührt fühlen zu können; und Edward erwartete – oder *verlangte* –, daß man diese Schwierigkeit überwand. Denn er war vor allem einer von denen, die Lobpreisungen zugleich ersehnen und verachten, die sich in ihrem unersättlichen Hunger nach Beifall auch noch das Recht vorbehalten, ihren Bewunderern die Urteilsfähigkeit abzusprechen. Während Lenas Finger für das Publikum der Nachtfalter spielten, hielt sie wutentbrannt eine Rede an jemanden, an einen Edward, der weder ganz dem jungen Mann glich, den sie gekannt, noch dem älteren Herrn, mit dem sie gerade zu Abend gegessen hatte.

»Du bist ein Baby, Edward, du warst schon immer eines. Ein begabtes Baby, ein geniales, aber eben ein Baby, das immerzu quengelt, um beachtet, beachtet und noch mal beachtet zu werden. All dein Groll, daß niemand sich je für deine Musik interessiert hätte, die Erbitterung, mit der du behauptest, du hättest *Caractacus* zehn Jahre früher schreiben können, wenn man dich nur ein bißchen ermutigt hätte – alles frei erfunden von einem Baby!

Woher ich das alles weiß? Ja, mein guter Edward, nicht nur hab ich dich einmal ziemlich genau gekannt und dich auf deinem heimischen Boden gesehen, sondern ich habe auch meine Spione in Europa, die mich auf dem laufenden gehalten haben. Jawohl! Sei meinetwegen schockiert! Erspare dir das Gejammer über die Verräter im eigenen Lager und den Rest dieser blöden Rhetorik! Du wirst nie herausfinden, wer sie waren und wer sie sind. Ich fürchte, von deinen lieben deutschen Freunden sind auch manche dabei. Aber das zeigt nur von neuem, daß du von der Wiege an Menschen um dich hattest, die an allem Anteil nahmen, was du gesagt oder getan hast, angefangen bei deiner Mutter. Weit davon entfernt, daß deine Musik versehentlich durch eine Dachkammertür hätte dringen müssen, um der gleichgültigen Welt zu Ohren zu kommen, hast du angelegentlich dafür gesorgt, daß jedermann jede Phase ihrer Entstehung verfolgen konnte.

Es ist nicht sehr tapfer, wenn du sagst, ich würde lügen ... Dann will ich eben tapferer sein und dir sagen, daß du wohlweislich vergißt, wie du jeden festgenagelt hast, der bereit war, dir zuzuhören, wie alle neben dem Klavier stehen mußten, wenn du deine letzten großen Einfälle vorspieltest, deine musikalischen Eindrücke von einer schwimmenden Bulldogge auf deinen ersten tappsigen Schritten zu einem abgeschlossenen Werk. Besonders Frauen, Edward, vergiß das bitte nicht, besonders Frauen. Immer hast du einen Schwarm bewundernder Weibchen um dich gehabt, nicht wahr? Angefangen selbstverständlich mit deiner Mutter und endend ... und nicht ganz endend mit deiner Frau. Hin und wieder wurde ihnen ein kleiner Einblick in dein Schaffen vergönnt, und dafür durften sie dich anbeten, was du dir je nach Laune entweder gefallen ließest oder mit einem Wutausbruch beantwortetest. Keine von ihnen nahm daran Anstoß. Im Gegenteil, sie fühlten sich bevorzugt, geschmeichelt, überwältigt – ebenso wie bei deinen langen Spaziergängen, bei denen du manchmal aufgeräumt und lustig, manchmal aber auch verdrossen und zum Beichten aufgelegt warst, voll schöner Zukunftsträume – als ob du der einzige wärst, der sie haben durfte.

Und was kam bei all dem heraus? Was sonst als der klassische Mythos vom romantischen Künstler – vom einsamen Träumer im Schilf, der seine Diktate aus dem Wind auffängt, vom jungen Ted Elgar aus Worcester, dessen Genie von den Spitzen der musikalischen Klüngel in Cambridge und London ewig verkannt und beiseite geschoben wurde? Aber das bleibt ein Mythos, Edward. Oh, es war schon genug Wahres dran, daß es sich ein bißchen auszuschmücken lohnte; aber du hast es kräftig ausgeschmückt. Erinnerst du dich an das Interview, das du 1904 dem *Strand Magazine* gegeben hast? Gewiß, ich habe ein Exemplar in unserer vortrefflichen Bibliothek. Da behauptest du, als junger Bursche hättest du während der Morgenandachten in St. George, wo du die Orgel spieltest, Bläser-Quintette geschrieben und sie dann am Abend desselben Tages bei den Leicesters vorgespielt. Ganze Bläser-Quintette, Edward, während der Predigt so aus dem Ärmel geschüttelt? Mozart hätten wir das vielleicht geglaubt, aber nicht dem jungen Ted Elgar, der bekanntlich erst spät auf die Beine kam und noch etliche Jahre lang kaum etwas Beachtliches zum Abschluß brachte, das er angefangen hatte. Natürlich, ich sage nicht, daß dies keine sehr fruchtbaren Jahre waren, daß du keine Ideen skizziert hättest, aus denen später die meisten deiner großen Werke, wenn nicht alle, hervorgingen. Ich sage nur, so ausgedrückt klang es dir nicht verheißungsvoll genug, nicht genug nach Florestans und ... und Eusebius' Triumph über die Philister. Nein. Darum bist du über die Ausschmückung noch hinausgegangen. Du hast einen Mythos um dich geschaffen, an den wenigstens du selbst innigst geglaubt hast. Aber ich fürchte, wir, die wir mit eigenen Augen deine Unsicherheit gesehen haben, deine nervösen Erschöpfungszustände, deine tyrannische Empfindlichkeit, deine geheimnisvollen Erkrankungen – wir machten uns keine Illusionen.

Aber das eine, was dich für uns erträglich machte, war natürlich das Genialische, das unbezweifelbar in dir steckte. Ich hatte so etwas im rohen Zustand noch nie erlebt und bin ihm auch seither nicht mehr begegnet, aber es war ebenso unverkennbar wie ungeschliffen. Entgegen allem, was du glauben möchtest, konnten selbst Leute, denen deine Musik nicht gefiel, es erkennen, was nicht hieß, daß sie ihnen dann besser gefallen mußte. Für diejenigen von uns, denen sie gefiel, war dies das einzige, was die ganze Sache rettete, denn es gab uns die Geduld zu sehen, wie lustig und liebenswürdig du hinter all der Gereiztheit sein konntest.

Warum rede ich so mit dir? Vielleicht weil ich dein Leben über so viele Jahre hin von fern beobachtet – oder, meinetwegen, *ausspioniert* – habe, was mir ein Anrecht auf Offenheit gibt. Vielleicht, weil es mich erschreckt, dich zu einer Zeit, wo du vielleicht traurig, aber gelassen und sogar zufrieden sein könntest, so todunglücklich zu sehen. Du magst die Person, die aus dir geworden ist, überhaupt nicht, diese Person, die du für dich erst erschaffen hast, denn zuinnerst weißt du, daß sie nie existiert hat. Es war einmal ein feinfühliger, gescheiter Junge, ein Künstler bis in die Fingerspitzen, und er war ein Träumer von Träumen. Aber es dauerte viele Jahre, bis er die ihm gemäße Stimme gefunden hatte, und er fand sie weder früher noch später, als er sie hätte finden sollen. Leider konnte er sich mit dieser schlichten Tatsache nie abfinden, denn das Baby in ihm war nicht damit zufrieden; es wollte von Anfang an die Verehrung genossen haben, die dem Genie gebührt. Also berief er sich auf größtenteils erfundene Feindschaften, Kabalen, Mißverständnisse, Machenschaften, Kränkungen und dergleichen als schonende Erklärungen dafür, warum die Symphonien ihm nicht so leicht aus der Feder flossen wie Haydn und Mozart, als sie noch viel jünger waren und Schlimmeres an Armut und sozialer Mißachtung zu erdulden hatten.

Aber ... nein, leider bin ich noch nicht fertig. Dein Unglück hat noch eine andere Seite, etwas, das mit uns armen Frauen in deinem Leben und besonders mit Alice zu tun hat ... Doch, ich erlaube mir, von ihr zu reden – sei nicht so affig! Lady Elgar ist ebenso eine Gestalt des öffentlichen Lebens wie Sir Edward. Denn ob Genie oder nicht, du hast uns gebraucht, um überhaupt komponieren zu können. Nein, nicht wegen der Liebkosungen und Küßchen, nicht wegen der scheuen Begegnungen in Sommerhäusern, wo das Klicken der Krocketschläger vom Rasen durch die Büsche hereingeweht kam. Es ging um etwas, das viel unromantischer, viel elementarer war als das, etwas eher ... Babyhaftes, würde ich sagen. Mein lieber Edward – und *das* war es, weshalb ich beschlossen hatte, dich nicht wiederzusehen. Ganz einfach, ich wollte nicht dein Muttertier werden. Aber Alice – nun ja, der Flügelwagen der Zeit war hinter ihr her, und darum war es für sie eher möglich und in Ordnung. Sie war genau so eine, wie du sie brauchtest: eine ältere Frau, die unbedingt an dich glaubte. Obendrein hatte sie auch noch ihre eigenen guten Gründe, dir den Erfolg zu wünschen: Sie wollte um jeden Preis ihren widerlichen, eingebildeten Verwandten eine lange Nase drehn können, die fanden, sie habe unter ihrem Stand geheiratet. Und dein Erfolg ist *ihr* zuteil geworden. Sie hat dich an die Arbeit getrieben, wenn du keine Lust hattest, und sie hat praktisch jede Note bewundert, die du geschrieben hast. Sie hat dein Leben in Ordnung gebracht und deine Taktstriche. Und plötzlich ging alles auf. Was für ein Triumph! *Enigma, Gerontius, The Apostles, The Kingdom* ...

Ach, aber jetzt sitzen wir immer noch deinem Mythos auf, nicht? Nach unserer Version wäre es so, daß Alice in dein Leben trat, alles für dich regelte, und fast sofort konnte dein nunmehr entfesselter Genius vom Boden abheben. Aber, stimmt's, er war immer noch nicht soweit? Bis zu den *Enigma-Variationen* mußten fast noch zehn Jahre vergehen. Zehn weitere Jahre auf der Suche nach dem eigenen Weg, bis du über vierzig warst, mit der Arbeit an der *Froissart*-Ouvertüre und all diesen Oratorien. Was wären die heute? *The Black Knight, Lux Christi, King Olaf, The Banner of St Georges* und *Caractacus* – du lieber Himmel, man könnte sagen, Zeugnisse einer kindischen Vernarrtheit ins Rittertum mit seinen dummen Lanzenbrechereien. Kann es wohl sein, daß Jung-Edward, mit der Liebe einer guten Frau gepanzert, wacker gegen die Philister zu Felde ritt, um sich den Ritterschlag zu verdienen?

Billiger Spott, sagst du? Na ja, vielleicht. Aber du hast doch wirklich die Philister besiegt, und deinen Ritterschlag hast du auch bekommen und noch vieles andere dazu. Doch das alles hatte einen Haken, und an dem hängt jetzt einiges von deinem Unglück. Du hast angefangen, dich zu fragen, was es über die Kraft deines Genies wohl besagte, daß du so sehr auf deine Frau angewiesen warst, damit es strahlen konnte. Also stecktest du in einer bösen Klemme. Du brauchtest Alice auf eine Art, die über ein bloßes Liebesbedürfnis hinausging, und zugleich nahmst du ihr das übel. Du verlangtest von ihr Beifall, aber ihre unkritische Verehrung ging dir auf die Nerven. Ob dich ihr Lob nun befriedigte oder nicht, haben mußtest du's.

Und nun ist sie nicht mehr da, und mir tut es bitter leid um dich, Edward, denn ich kenne dich und dein Genie und weiß, du hast den Glauben an dich verloren. Zuinnerst bist du überzeugt, daß deine Muse mit ihr gestorben ist, und daß dein schöpferisches Leben wohl oder übel zu Ende ist ... Und dir bleibt nur, womit die meisten Menschen hochzufrieden wären: nicht nur ein Werk, sondern mehrere, die deinem Namen Unsterblichkeit sichern, von denen man noch sprechen und die man mit Freude anhören wird, wenn du und ich längst zu Staub geworden sind. Aber dem Baby-Edward ist das zu wenig, nicht? Es genügt dir nicht, daß du Elgar bist, du möchtest auch noch Beethoven sein. Warum? Ich kann mir's einfach nicht vorstellen. Ich versteh' das nicht. Ah, jetzt schaust du böse und wütend drein. Du willst sagen, so launisch, wie der Geschmack sich wandelt, kann ich gar nicht sicher sein, ob du in zweihundert Jahren nicht Beethoven *bist*. Aber du weißt, dazu reicht es nicht. Dein Register ist zu schmal, deine Produktion zu klein – grausame Wahrheit! Dein berühmtes Herz strapazierst du vielleicht ein wenig – überhaupt, ich kenne niemanden, Edward, der so sehr seine Autobiographie mit sich herumträgt. Und die englische Musikgeschichte magst du zwar vorangebracht haben, aber in die europäische hast du noch nicht hineingefunden. Strawinski ist jetzt am Zuge, Schönberg und Webern. Traurige Ironie, ein unglücklicher Zufall der Geschichte: Du leitest die Renaissance der englischen Musik ein, ausgehend von der Nachhut eines europäischen Stils.

All dies weißt du natürlich; aber, nicht zufrieden mit einer erstaunlichen Leistung, verzehrst du dich vor Groll, daß sie nicht noch größer war. Also wirst du jetzt den eigenen Werken und der Musik überhaupt abtrünnig. Nur noch Pferderennen und Theater und mit den Impresarios in den Bars hocken! Flugmaschinen, Mikroskope und behäbige Zerstreuungen. Der Kreuzritter ist am Ende zu den Philistern übergelaufen. Das Kind, das keine Schokolade kriegt, behauptet, daß es Schokolade nicht mag. O Edward ... Mein Gott, es ist so unredlich von dir! Und am unredlichsten ist, was du, wie ich zu wissen glaube, nun denkst, nachdem du dir diesen Wutausbruch von mir angehört hast – irgendeine abgebrüht männliche Gemeinheit über vierzig Jahre lang aufgestaute unerwiderte Liebe. Nein, das ist es nicht. Ich habe selbst ein viel zu interessantes und lustiges Leben gehabt – ein Familienleben, immerhin –, als daß mich eine solche Fern-Affäre auch nur für ein Zehntel dieser Zeitspanne hätte beschäftigen können. Nein, ich glaube, du verstehst nicht, warum es andere so aufregt, wenn du vorgibst, die Musik insgesamt herunterzumachen, als ob sie dir allein gehörte, und deinen eigenen Erfolg zu schmälern, als hättest du ihn gar nicht verdient. Du denkst dann, sie nehmen Anstoß an deinem Ton oder sind erschrocken, einen berühmten Mann provoziert zu haben.

Aber weißt du, woran ich denke, wenn ich dich versichern höre, daß dein Name bald verschollen sein wird, obwohl du genau weißt, daß es nicht stimmt? Ich denke an meinen Eusebius und alle seinesgleichen, die keine Zeit hatten, irgend etwas zu leisten, und nun schon unter der Erde sind. Ich denke an meinen Sohn, so hübsch und lebhaft und verdrossen, wie er war; wie auch er gern solche langen Fußmärsche zu den Dörfern ringsum im Dschungel machte und sich tagelang auf dem Fluß herumtrieb. Ich denke an meinen Jungen, der neunzehn kurze Jahre in der Sonne herumgetollt ist und dessen körperliche Überreste nun unter einem abscheulichen Massengrabstein liegen, mit einer markigen Inschrift über den ewigwährenden Ruhm der Namenlosen. Daran denke ich, Edward, wenn ich das Selbstmitleid eines alten Mannes sehe, das nur die Tarnung für einen arroganten Egoismus abgibt.«

Das Klavier war längst verstummt. Insekten hingen und zappelten noch an den Maschen vor den Tür- und Fensterrahmen; doch kein Ton außer dem leisen Weinen einer Frau drang nun mehr an ihnen vorbei nach draußen. Ihre roten und silbernen Perlaugen sahen tausendfältig retikuliert das Zimmer mit den tausend identischen kleinen Gestalten, die vor den tausend Klavieren saßen, die Hände vor die Gesichter geschlagen. Stundenlang klammerten sie sich mit ihren Chitinbeinen fest, leicht auf und ab wippend, und starrten hinein, im Rücken ganz Brasiliens tumultuarische Stille.

Noch etwas später sah sie durchs Schlafzimmerfenster, wie die Nacht verblaßte und die unsichtbare Morgenströmung über die Erde hinfloß, die schlaflose Stunden in den Schatten ihrer eigenen Unwirklichkeit zurücktreibt. Und während sie hinausblickte, nahm er Gestalt an, der Berg, stieg mit seinen vorgelagerten Hügeln aus dem dunstigen Dschungel auf und erhob sich durch schillernde Regionen bis dahin, wo die Spitze Funken sprühte und ihr eisiges Banner wehen ließ. Er wuchs in ihr hoch, unberührt von Rhetorik, Streit und Beschwörung, ein einziger unbeweglicher, nebelverhangener Pfeiler, bis sie sich zum erstenmal einbildete, ihn zerbröckeln zu sehen, und unbeteiligt zuschaute, wie das ganze Massiv in sich zusammenfiel. Es erschreckte sie, begeisterte sie, erschreckte sie wieder.

»Ach, Edward, Edward«, sagte sie, »hol dich der Teufel!«

Miles Moss kam pünktlich und verbrachte den größten Teil des Vormittags mit Edward unter Deck, wo sie freudig erregt mit Objektträgern und Farbpräparaten hantierten. Später gingen sie zusammen an Land und aßen im Klub zu Mittag, bevor sie wehmütig Abschied nahmen. Der Geistliche ging noch einmal aufs Schiff, um Kapitän Maddrell davon zu überzeugen, daß eine Andacht für den verschwundenen Arzt, wenn man es reiflich überlegte, doch weder angebracht noch gut besucht sein würde, während Edward sich zum Schiller-Institut aufmachte. Wie er etwas überrascht feststellte, war es sein letzter Tag in Manaos. Morgen früh um sieben – versicherte Steward Pyce – würde die *Hildebrand* zur Rückfahrt nach Liverpool ablegen. Womit er die letzten fünf Tage verbracht hatte, war ihm nicht ganz klar; aber jedenfalls war die Zeit angenehm herumgegangen, und er hatte ein paar famose Kerle getroffen – von denen der Reverend Moth (wie er den Mann für sich nun nannte) gewiß nicht der übelste war. Ein vielseitig beschlagener Bursche, der sich als ein gar nicht schlechter Mikroskopist erwiesen hatte, kaum der typische Pfarrer, kein bißchen ernst und ölig oder duckmäuserisch. Edward fand, daß Brasilien jedenfalls etwas an sich hatte, das Menschen in ein überraschendes Licht rückte. So gut wie niemand, den er bisher auf dieser Reise kennengelernt hatte, war ganz so gewesen, wie man hätte denken können. Er dehnte diesen Gedanken nicht so weit aus, daß er ihm die Vorstellung von der Rückkehr ins wintergraue England trübte und verleidete. Er war in der Verfassung eines Menschen, für den die Erregung der Heimfahrt allein schon ausreichte, um die Kenntnis dessen, was ihn dort erwartete, auszublenden.

Der Anblick des strengen Institutsgebäudes in der Stille hinter den Büschen dämpfte seinen Übermut ein wenig. Da würde man ernsthaft sein müssen; es sah nach einer Konfrontation aus. Auch Lenas Stimmung war nicht leicht einzuschätzen, als sie ihn in der Vorhalle empfing. Die Luft war kühl und distanziert, mit einem leichten Geruch nach Bienenwachs und, wie ihm schien, angebrannter Marmelade. Ihre Schritte auf der Marmortreppe hallten steif durch die Nachmittagsstille. Auf dem Absatz stand Schillers Büste scharf abgehoben vor den Kletterranken am Fenster, deren Blätter hier auf der Schattenseite des Hauses noch mit blinkenden Regentropfen vom Mittagsgewitter behangen waren.

»Du warst nicht lange genug hier«, sagte Lena, als sie in ihrem Büro waren. »So eine lachhaft kurze Zeit! Ich meine nicht nur, zu kurz für dich, um Manaos gerecht zu werden oder was auch immer. Ich meine, zu kurz für uns, um unsere Verlegenheit zu überwinden. Unmöglich, vierzig Jahre in fünf Tagen ungeschehen zu machen.«

»Ich weiß nicht, ob ›ungeschehen machen‹ eine glückliche Wortwahl ist. Keiner von uns würde doch wohl den größten Teil seines Lebens ungeschehen machen wollen. Man räufelt sich nicht freiwillig selbst auf.«

»Nein, nein«, sagte sie unmutig, »natürlich nicht. Ich meinte nur ...« Nach einer Pause fragte sie: »Was wirst du jetzt tun, Edward?«

»Hm? Nun ja, heimfahren. Oh, ich verstehe. In Zukunft? Was werd' ich tun? Ich weiß nicht. Was wirst du tun? Was soll man schon tun? Noch ein bißchen älter werden, vielleicht, und dann sterben. Dies sind jedenfalls meine Pläne.«

»Du machst mich rasend, mein lieber Edward, aber weil es genau die Raserei ist, zu der du einen schon immer treiben konntest, mag ich sie allmählich. Ich meinte – und ich will mich nicht dafür entschuldigen, wenn ich manches voraussetze, das ich nicht weiß –, ich glaube, ich erkenne aus deinem Gebaren und aus allem, was du gesagt hast, seit du hier bist, daß du von deinem zukünftigen Schaffen als Komponist nicht mehr viel erwartest. Ich weiß nicht, ob ich dich deshalb bedauern soll oder ob dir nach einem Leben voller Arbeit eine Ruhepause nicht zu gönnen ist.«

Aber er blieb stumm, blickte auf die Spitzen seiner lehmbespritzten Tropenschuhe hinab, mit der leichten Unsicherheit eines Kindes, das noch nicht weiß, ob es gelobt oder ausgeschimpft wird. Endlich, als das Schweigen sich in alle Richtungen ausgedehnt hatte, sagte er: »Was du auch davon halten magst, ich werde es nicht vermissen. Es ist ein hartes und aufreibendes Geschäft, jeden Tag vor dem leeren Papier zu sitzen. Aber ich arbeite noch, Lena; ich glaube, dir ist nicht klar, wieviel. Ich reise immerzu in England herum, hier ein Konzert, da ein Konzert. Ich mache auch viele Aufnahmen, mußt du wissen.«

»Das weiß ich, Edward. Die meisten, wenn nicht alle Platten von dir haben wir in der Bibliothek. Ich denke ... ich denke, ich wollte nur sagen, was für eine erregende Phase deines Lebens du nun erreicht hast und wie ich mich für dich freue. Wirklich, es freut mich.«

»Erregende Phase? Reisen in kalten Zügen, um in schlecht geheizten Sälen meine elende Musik vor einem immer kleineren und immer älteren Publikum zu dirigieren? Soll das erregend sein, dann patzige Kritiken von Lohnschreibern darüber zu lesen – wenn überhaupt welche erscheinen –, die nur zu beflissen sind, mich als altmodisch, leicht peinlich oder schlicht vulgär abzufertigen? Na ja, man könnte das auf seine Art auch erregend finden, aber dasselbe könnte man dann von einem Schlaganfall sagen.«

»Ich habe mich nicht deutlich ausgedrückt. Lieber Edward, dies blüht allen Künstlern, die das Unglück haben, lange genug zu leben, um zu sehen, wie sie aus der Mode kommen. Es muß ungemein scheußlich und deprimierend sein, nicht zuletzt, weil es willkürlich und ungerecht ist. Nein, wenn ich sagte, erregend, dann meinte ich vor allem die schöne Zukunft, die Menschen wie dir dank dem Grammophon bevorsteht. Für dich ist es die ideale Erfindung. Du magst doch raffinierte Apparate, und dieser bietet dir die Aussicht auf eine Art der Unsterblichkeit, wie sie kein bedeutender Komponist je gehabt hat. Soviel ich weiß, bist du der erste, der sein eigenes Werk für Grammophon-Aufnahmen dirigiert hat, zumindest in so großem Umfang.«

»Hm. Wahrscheinlich, weil die meisten als Dirigenten ihrer eigenen Musik nicht viel taugen.«

»Natürlich. Aber du kannst etwas tun, das noch kein Komponist getan hat. Du kannst ein Vermächtnis von Aufführungen hinterlassen, die für immer deine besondere Begabung zeigen.«

»Und was wäre die?«

»Ich würde sagen, Interpretationen deiner Musik zu geben, die jedesmal überzeugend und doch keine zweimal die gleichen sind.«

Zum erstenmal lächelte er. »Na, dein Wort in Gottes Ohr, Lena! Ich hab immer gesagt, meine Sachen sollen elastisch und mystisch bleiben, und leider hab ich nicht viel Vertrauen zu den modernen Dirigenten. Die haben keinen Sinn für so was, die meisten. Mystisch bedeutet nicht *religiös«* – er dehnte das Wort zu solcher Länge und Breite, daß es das volle Maß seiner Verachtung für jede Art von Frömmelei anzeigte –, »es bedeutet, daß man sich darüber im klaren ist, daß die Musik durch die Noten nur halb festgelegt ist. Selbstverständlich. Und elastisch, nun ja, sie sollen federnd und schmiegsam daherkommen, niemals steif. Mit tausend Fluktuationen des Tempos, aber viel zu fein abgestuft, als daß man einfach *tempo rubato* in die Partitur schreiben könnte. Und natürlich hängen diese Fluktuationen von der Stimmung zur Zeit der Aufführung ab, sie ändern sich von Tag zu Tag. Das ist der Fehler, meiner Ansicht nach, den sie immer wieder machen, diese modernen Dirigenten. Sie sind so versessen darauf, sich einen Namen zu machen, indem sie ihre eigene definitive Version eines großen Werks produzieren – Xens Neunte, Ys *Parsifal*, Zs Erste von Brahms –, daß sie einfach nur noch sauber gearbeitete Fossilien hervorbringen. Dagegen weiß ich doch, daß man ein Stück jedesmal neu erleben muß, wenn man es spielt, und folglich *können* keine zwei Aufführungen je identisch, geschweige denn definitiv sein. Sie sollten's auch nicht. Die Idee ist schwachsinnig.«

»Dann muß das ganz einfach von jetzt an deine Aufgabe sein, Edward, so viel wie möglich von deiner Musik – nein, am besten alles – in verschiedenen Versionen zu hinterlassen. Dann wird nie ein Zweifel aufkommen können, egal in welche Richtung der Wetterhahn der Mode sich dreht. Jeder wird hören können, daß deine Musik noch lebendig, noch durchblutet ist. Das wird eine Riesenaufgabe für dich sein, und zwar eine sehr schöpferische, nur eben auf etwas andere Weise schöpferisch. Ich kann dir gar nicht sagen, wie ich darauf brenne, deine Aufnahmen zu hören. Sie kommen in Sägemehl verpackt hier an, ich nehme sie aus der Kiste, blase die Späne herunter und lege sie da drinnen aufs Grammophon. Und dann habe ich dich wie lebendig bei mir im Zimmer.«

»Ach, Lena, du willst einem alten Mann Mut machen«, sagte er, nicht unangenehm berührt. »Ich gebe zu, ich hatte so ein Vorhaben im Hinterkopf, einfach weil ich für die Zukunft meiner Musik so schwarz sehe. Wenn sie sich endlich wieder dazu durchringen können, mich überhaupt zu spielen, werden sie es auswalzen, die verdammten Kerle. Sie werden es mit einer widerwärtigen Nostalgie verzuckern, weil sie es sich anders gespielt nicht vorstellen können. Sie werden jedes Tröpfchen Kitsch hervorsaugen, wirst du sehn!«

»Ich hoffe natürlich, du irrst dich; aber um so mehr Grund für dich, jetzt deine Aufnahmen zu machen.«

»Ja, genau! Etwas Dauerhaftes.«

»Nun ja, so dauerhaft, wie so was eben ist«, hörte sie sich selbst sagen, ziemlich spitz, als ärgerte sie sich, wieder einmal seiner lauernden Hybris Vorschub geleistet zu haben. »So ganz unerschüttert ist unser Glaube an die Dauer solcher Dinge ja nicht mehr – weder der Meisterwerke noch der Zivilisationen, denen sie entwachsen sind. Du verzagst schon, weil deine Musik vielleicht nicht fortleben wird, während ich mir manchmal vorstelle, wie noch einiges mehr in den Staub sinken könnte. Sogar Beethoven« – wie gebieterisch der Vergleich sich aufdrängte! –, »sogar Beethoven hat schließlich in den Sand geschrieben, und zwar am gleichen Strand wie wir alle, nur ein bißchen weiter oben, so daß seine Spuren vielleicht ein Weilchen länger erhalten bleiben als die anderen. Aber eines Tages kommt eine Sturmflut und wäscht den ganzen Strand rein: Dante, Michelangelo, Shakespeare, Bach, Mozart, Goethe, sogar Schiller und Edward Elgar. Alle verschwinden. Es bleibt nur ein glatter, in der Sonne glänzender Sandstreifen, wie ein langsam stumpf werdender Spiegel. Zeit für Schübe von neuer Beschriftung. Oder für gar nichts.«

»Ich muß schon sagen, du machst dir ein trübes Bild von der Zukunft«, sagte Edward, sichtlich gereizt, weil sie überraschend die Rolle besetzte, die er gewöhnlich sich selbst vorbehielt.

»Ja? Ich glaube nicht. Die Zivilisationen kommen und gehn nun schon seit vielen tausend Jahren, und sicherlich hatten sie jede ihren Edward Elgar. Es geht weiter, das liegt in der Natur der Dinge. Nicht, daß es irgendwo hingeht. Die Räder der Welt stehn nicht still, sie mahlen und werfen Staub ab. Dich und mich.« Sie sprach nun mit verhaltener Leidenschaft, nicht ohne eine Spur von Triumphgefühl.

»Wenn man dich hört, lohnt es kaum, eine Spur im Sand zu hinterlassen.«

»Ich glaube, weise wäre man, wenn man dies ohne jeden Beiklang von verletzter Selbstachtung sagen könnte. Ich selbst habe dies Kunststück noch nie fertiggebracht. Ich denke, man sollte bestrebt sein, den Strand zu überqueren, ohne einen einzigen Fußstapfen zu hinterlassen.«

Es war die Gediegenheit des Zimmers, dachte er, und der Dinge, die man darin bemerkte, um von dem Haus gar nicht zu reden. Im ganzen Gebäude gab es mehr als eine Tonne Bösendorfer, zehn Tonnen Bücher und Grammophonplatten. Die Gipsbüsten von Beethoven und Bach, der bronzene Schiller auf seiner Plinthe, die Leinenbände Musik, die Marmoruhren, das dicke tropische Hartholz, das alles wie ein Panzer umhüllte – ein ganzer Berg von Dingen, der eine stärkere Kontinuität gewährleistete als jedes seiner einzelnen Bestandteile. Das Ganze war ein gut gerüsteter Vorposten, ein Kompendium europäischer Kultur. Etwas entlegen, gewiß, und winzig in der Weite des umgebenden Kontinents; aber wie eine Amöbe in einer austrocknenden Pfütze konnte es fast unbegrenzt lange im Zystenstadium überdauern, denn seine verhärteten Zellwände bargen den Wesenskern, das Körnchen Ursamen, das von neuem schwellen, aufbrechen und sich fortpflanzen würde, sobald ein Klimawechsel wieder Regen brachte.

»Ich denke, Beethovens Plätzchen am Strand wird dauern, solange es Ohren gibt.«

»Ich fürchte, nein«, sagte sie. »Auch die Ohren ändern sich. Heute schon kann niemand mehr Shakespeare ohne erklärende Anmerkungen lesen; und eines Tages können es nur noch Philologen mit Wörterbüchern.« Ein bleistiftdünner Sonnenstrahl voller Staubkörnchen fand den Weg durchs Laub und eine von den Termiten angefressene Jalousie und traf ihre faltige Wange wie ein Todesstrahl. »Ich kann deine Zuversicht nicht teilen, Edward; ich wünschte, ich könnte's. Mir bleibt die Zeit allzu bewußt und das, was da draußen liegt.« Sie hob matt die Hand zur einen Schulter hin, ohne den Kopf zu drehen. Sie deutete in alle Richtungen des Kompasses.

»Die Wilden? Das menschliche Hinterland? Was kümmert die Beethoven, meinst du?«

»Durch den Krieg ist alles anders geworden, nicht?« sagte sie. »Wir sind ziemlich nahe dran gewesen, unsere eigene Zivilisation auszulöschen. Wirklich ziemlich nahe. Wo wären dann noch Ohren gewesen? Etwas in uns ist erschöpft, hattest du das nicht bemerkt? Niemand, der noch voller Energie ist, bringt sich um. Und was *die* haben« – wieder hob sich ihre Hand – »ist Energie.«

»Ach was, hab ich nichts von bemerkt. Die stehen entweder splitternackt am Flußufer und sperren den Mund auf, oder sie schlafen in ihren Hängematten. Ich sage nicht, daß ich's ihnen vorwerfe, aber der flüchtige Betrachter sucht jedenfalls vergebens nach Anzeichen für irgend etwas anderes als tödliche Lethargie.«

»Das *ist* Energie. Während wir emsig bemüht sind, uns selbst auszurotten, widmen sie sich genüßlich der Vermehrung. Die Geschichte arbeitet nur für sie. Und die Zahlen auch, glaub mir's!« Zum drittenmal deutete ihre geäderte Hand auf mehr als das Fenster hinter ihrer Schulter. »Ich spreche selbstverständlich nicht nur von Brasilien. Zum Glück werden wir beide es nicht mehr erleben, aber ich kann mir eine Zeit vorstellen, wenn wir uns selbst ausgetilgt haben werden; und dann kommen sie einfach mit all ihren Menschenmassen und natürlichen Ressourcen und karren den ganzen Strand weg, um sich darauf Betonstädte zu bauen. Dann werden sie ihrerseits in den Dschungeln, wo früher London und Berlin standen, nach unseren verfallenen Tempeln suchen und sich über unsere Priesterkasten und tyrannischen Eliten den Kopf zerbrechen. Es werden keine – wie nennt man solche Leute? Yahoos? Natürlich, Jonathan Swift – nein, es werden keine Yahhos sein, sondern einfach die nächste Zivilisation. Und *ihnen* werden wieder andere auf den Fersen sein. Letztlich gibt es gar keinen Grund zu verzagen. Niemand verliert mehr als ein anderer. Oder gewinnt mehr. Wenn wir jetzt verzweifeln, sind wir selbst schuld, weil wir uns erlogene Hoffnungen gemacht und so getan haben, als hätten wir keine Augen im Kopf. London, Berlin, Wien, Paris, New York ... Alles ist Babylon.«

Es war zutiefst aufreizend, dachte er später auf dem Rückweg zum Kai, sich mit sechsundsechzig von einer nicht viel jüngeren Person über die Vergänglichkeit belehren zu lassen und dann hören zu müssen, daß jedes daraus etwa erwachsende Mißvergnügen nur durch den Mangel an der Weisheit des *Sichabfindens* bedingt sei. Nun ja, wenn man das letzte Vierteljahrhundert mitten im urzeitlichen Regenwald von allem abgeschnitten verbracht hatte, konnte einem das Gemüt schon etwas verkalken und versauern, aber trotzdem, dachte er, wenn sie sich nur ein bißchen Mühe gäbe ...

»Aber natürlich, mein lieber Edward«, hatte sie, bevor er ging, noch gesagt, »letzten Endes bin ich ja doch nur furchtbar neidisch auf dich. Es ist töricht, nicht wahr? Besonders nach allem, was ich gesagt habe. Tatsache ist, daß wir, egal, was sein mag, wenn wir tot sind, im Augenblick noch leben und daß du eine tiefe Spur am Strand hinterlassen hast. Du hast so schöne Sachen in den Sand gekritzelt! Du hattest eine Stimme – etwas, das fast niemand sonst hat. Wie schön, eine *Stimme* gehabt zu haben! Ich kann noch so sehr ich selbst sein und bin doch nur eine aus der dumpfen Menge. Aber so gut wie jeder Takt deiner Musik ist ganz und gar du und niemand sonst auf der Welt. Ach, hol dich der Teufel, mein lieber, lieber Edward! Hol dich der Teufel!«

Stunden später quälte sie sich noch immer mit dem Vorwurf, daß sie ihm ihren inneren Monolog aus der vorigen Nacht nur deshalb erspart hatte, um ihm statt dessen mit wohlfeilen Gemeinheiten zuzusetzen. Ab und zu hellte ihre Stimmung sich auf, wenn eine bissige Selbstrechtfertigung ihr sagte, daß Weisheiten über die Flüchtigkeit menschlicher Belange keinen großen Neuigkeitswert hatten und sich weithin einer höflichen Anerkennung erfreuten. Aber bald gewannen wieder die Scham und das Bedauern die Oberhand, daß ihr nach all den Jahren nichts Besseres als mißgestimmte Töne und Bekundungen von Gekränktheit eingefallen waren, um den Mann zu begrüßen, den sie am meisten beneidete und bewunderte. Und liebte natürlich auch, was immer das hieß. Vielleicht hatte alles nur darauf abgezielt, nicht zu elend dazustehen, dem andern nicht das ganze Feld zu überlassen. Aber wie dumm war das doch, daß zwei alte Leute, die beide dem Grab entgegengingen, aus so und so vielen Gründen unfähig waren, sich schlicht zu umarmen und einen unkomplizierten Abschied zu nehmen.

Aber solche Überlegungen kamen nun zu spät. Morgen würde er abfahren, und sie würde ihn nie wiedersehen. Von ihrem Pavillon aus könnte sie die Rauchfahne der *Hildebrand* im Morgenhimmel verfliegen sehen, denn sie glaubte nicht, daß sie den Mut finden würde, zum Hafen hinunterzugehn und zu winken. Und in zwei Monaten, wenn sie wieder das melancholische C hörte, wie es sich zu den Geiern über der Stadt aufschwang, das Zeichen, daß das Schiff zurückgekehrt war, dann würde ihr ein wenig die Hand zittern, wenn sie Raymundo die Passagierliste abnahm und sie schnell überflog. Der Name, den sie suchte, würde nicht dabeisein, nie wieder.

Sie schrieb einen seltsam traurigen Brief, und trotz der späten Stunde brachte sie ihn selbst zum Hafen, wo sie ihn am Tor zur sofortigen Zustellung auf das Schiff abgab. Steward Pyce brachte ihn Edward um sechs Uhr dreißig mit dem Morgentee, aber der, als er den Umschlag sah, legte ihn ungeöffnet beiseite, um ihn erst zu lesen, wenn er sich ein bißchen stärker fühlte (wie er sich selbst sagte), und vergaß ihn dann in der Aufregung bei der Abfahrt.

Denn in der Stunde, bevor die *Hildebrand* ablegte, waren die *despedidas* voll im Schwange, und auf den Decks und Gangways drängten sich die Menschen, die, egal welcher Nationalität, allesamt vom Geist brasilianischer Abschiedszeremonien durchdrungen schienen. Junge englische Angestellte, die auf Urlaub in die Heimat fuhren, manche von ihnen verzehrt von überstandenen Fiebern, kamen begleitet von Mädchen an Bord, deren tropische Taufrische einen ebenso schönen Kontrast bildete wie die Bräune ihrer Haut. Fächer tanzten heftig, Stroh- und Leinenhüte schlappten, denn die Hitze, die die Geier schon so leicht über die Stadt emportrug, drückte um so schwerer auf den Abschiedstrubel herab. Edward, der alles von seinem gewohnten Adlerhorst auf Kapitän Maddrells Privatdeck beobachtete, sah Molly und Fortescue die Gangway heraufkommen. Wohl wissend, daß sie nur gekommen sein konnten, um ihm auf Wiedersehn zu sagen, verließ er ächzend seinen abgeschirmten Aussichtspunkt, um es mit der Hitze und dem Gedränge aufzunehmen.

»Sie sind doch sicher nicht den ganzen Weg hergekommen, bloß um einen alten Knacker Lebwohl zu sagen?« begrüßte er sie. »Ich finde das sehr nobel von Ihnen.«

»Wir konnten Sie doch unmöglich einfach so verschwinden lassen«, sagte Molly. »Ich mußte Ihnen noch sagen, wie dankbar ich für Ihre Gesellschaft auf der Herfahrt bin. Sie waren eine große Hilfe und haben mir viel Mut gemacht, und ich werde es nicht vergessen.«

»So? Na, junge Frau, freut mich sehr, wenn es so ist. Ich kann ebenso sagen, Sie beide haben mich aufgemuntert. Ehrlich gesagt, jetzt graut es mich etwas vor der Rückreise. Ich glaube, ich hab nicht die Energie, neue Freundschaften zu schließen, und das wird eine ziemlich trübsinnige Fahrt. Aber egal, ich kann ja an Sie denken, im Sonnenschein von Manaos.« Und er schwenkte die Hand gegen das Licht, das von allen Seiten auf das Schiff herabströmte.

»Ich fahre übermorgen los nach Iquitos«, sagte Molly. »Ich weiß nicht, ob ich je hinkomme; vielleicht sehe ich unterwegs etwas, das mich festhält. Aber jedenfalls fahre ich weiter.«

»Ah! Sie werden gut malen, ja? Machen Sie's nicht zu sehr nach dem Leben!«

»Nicht zu sehr nach dem Leben?« Sie lachte.

»Sie müssen hinsehen und noch mal hinsehen, um die Einzelheiten zu erfassen, aber *arbeiten* müssen Sie nach der Einbildung. Ich lege Ihnen die Worte von William Morris ans Herz: ›Niemand kann eine Rüstung richtig zeichnen, wenn er keinen Ritter zeichnen kann, der mit den Füßen auf dem Kaminsockel steht und auf der Spitze seines Schwerts einen Hering übers Feuer hält.‹ So, das wäre Rat genug.« Er blickte von der einen zum andern. »Viel Glück Ihnen beiden in Ihren kühnen Projekten!«

»Sie will es nun mal so«, erklärte Fortescue unnötigerweise. »Aber sie wird schon wiederkommen. Jeder, der stromaufwärts fährt, kommt zurück nach Manaos.«

Inmitten des allgemeinen Überschwangs war ihr Abschied sehr britisch. Das letzte, was Edward von ihnen sah, waren ihre wippenden Köpfe, als sie die Gangway hinabschritten, vorüber an entgegenkommenden Lastträgern mit Gepäck auf den Schultern. Plötzlich stimmte eine Blaskapelle kokardentragender Brasilianer, die bei all dem Kommen und Gehen unbemerkt auf dem Kai Aufstellung genommen hatte, *Land of Hope and Glory* an. Auf einem niedrigen Poller, der als Pult dienen mußte, tanzte der Dirigent in Kapellmeister-Uniform mit Schnurbesatz und weißen Handschuhen vehement am Rand des Wassers herum. Sie spielten mit viel Feuer, zumeist korrekt, aber in der F-Tonart. Edward, vollkommen überrascht, durchlebte in rascher Folge widerstreitende Gefühle. Zuerst wünschte er, sie sollten aufhören oder irgendwas anderes spielen. Dann wunderte er sich, daß es in F war – wurden südamerikanische Blechblasinstrumente denn anders gestimmt? Und schließlich konnte er die völlig unenglische Wiedergabe der allzu bekannten Melodie nur noch bewundern. Hätte er sich unsichtbar machen können, wäre er dageblieben. So allerdings, angesichts all der Augen, die vom Kai zu ihm heraufblickten, der erhobenen Arme und herzeigenden Finger, begriff er, daß dies eine vorbereitete Huldigung war. Mit einer demütig abwehrenden vagen Dankesgeste zog er sich schleunigst in die hinter ihm liegende Tageskabine zurück. Dort hörte er das Stück bis zu Ende an, während er sich mit dem Taschentuch das Gesicht abwischte.

Aber es dauerte nicht lange, bis die Kapelle zu etwas überwechselte, das er nicht kannte, und er getraute sich wieder hervor. Zu seiner Überraschung sah er, daß die Kapelle ein Stück weiter abgerückt war – nein, es war das Schiff, das nun vom Kai durch einen sichtlich breiter werdenden Graben getrennt war, in den die Schleifen der Bug-Haltetaue platschend hineinfielen, ehe sie an Bord eingeholt wurden. Ein Hochruf stieg von den Zuschauern am Ufer auf und wurde von den an der Reling aufgereihten Passagieren erwidert. Papierschlangen flogen über die Lücke hinweg, wurden aufgefangen und festgehalten, strafften sich und wurden von der davontreibenden Tonnage zerrissen. Tränen traten ihm in die Augen; Abreisen war immer so eine Sache. Das Schiff glitt auf den Fluß hinaus.

Im letzten Moment erkannte er im Schatten eines Speichers eine Gestalt in einem leichten Kleid und mit einem grünen Sonnenschirm. Bedächtig hob er die Hand und winkte. Vielleicht winkte einer der weißen Handschuhe zurück, vielleicht neigte sich der Sonnenschirm ein wenig zum Abschied; es standen zu viele Leute drum herum, und es war auf die Entfernung nicht gut zu sehen. Die ganze Szene kam flimmernd und verschwommen durch die wäßrigen Linsen. Aber er fuhr fort zu winken, sehr langsam, königlich, eine zierliche Gestalt, allein hinter seinem eigenen Stück von der Reling. Eine Minute später lag die ganze Frontseite der Stadt klar im Blickfeld, nun schon achteraus zurückbleibend. Über den Toren eines mächtigen Lagerhauses, teilweise verdeckt von einem hoch aufragenden englischen Kran, wiesen blaue Großbuchstaben in die Zukunft. CRONIFER GmbH, stand dort, ONIFER, FER. Nach und nach glitt die ganze Stadt außer Sicht, und das letzte, was Edward von Manaos sah, waren die glitzernde Kuppel der Oper und darüber die Pünktchen der Geier in ihrem zerfransten, kreisenden und kreisenden Wirbel.

Fast sah man schon die Einmündung des Rio Negro in den Amazonas, als ein Geräusch, das schnell lauter wurde und die Schiffsmaschinen übertönte, Edward aufblicken ließ. Ein kleiner gelber Zweidecker stieß von achtern steil auf sie herab. Für eine Sekunde außerhalb der Zeit dachte er, es sei ein Luftangriff, aber dann zog die Maschine knappe zehn Fuß über die Masten hinweg und ihr großer Schatten fegte das Deck entlang.

»Forty!« sagte er laut, und das kurze Frösteln verging in Erheiterung. Die Maschine zog vertikal hoch, überschlug sich und stürzte von neuem auf sie herab. Dieses Mal wurde sie achteraus abgefangen, und ihre fast die Wasseroberfläche streifenden Räder überholten das Schiff, während sie zum Gruß die Flügel schwenkte. Für einen Moment sah Edward die Gestalt in der Kanzel, das mit der Schutzbrille maskierte Gesicht, das unbehelmt nach hinten flatternde Haar, eine erhobene Hand. Aufgeregt winkte er zurück und glaubte zu sehen, wie sich das Gesicht ihm zuwandte, vielleicht mit einem breiten Grinsen. Dann war die Maschine vorüber und stieg wieder auf. Von da an vollführte der gelbe Zweidecker, bis das Schiff die Zwillingsleuchttürme erreicht hatte, am tropischen Himmel Luftakrobatik vor einem Publikum hingerissen emporgewandter Gesichter. Schließlich drehte er ab, schwenkte zum Abschied noch einmal die Flügel und stieß einen dunklen Abgasschwall aus. Er sah der Maschine nach, bis sie klein wie eine Mücke zwischen Fluß, Wald und Wolken verschwand.

X

Übermorgen sind wir wieder in Pará, & tausend Meilen Amazonas sind vorübergeglitten wie im Traum. Die Nächte sind laut, mit Saxophonen & Feiern, an denen ich manchmal auch teilgenommen habe. Sicher wird sich irgendwann jemand – wahrscheinlich Maddrell oder sogar Pyce – erinnern, daß ich ein fideler alter Sack gewesen bin. Dennoch ist alles ein Traum geblieben. Ich bekomme meinen Körper in Spiegeln hinter der Bar zu Gesicht, & er macht die unerhörtesten Sachen, steht da, Kopf in den Nacken zurückgeworfen, Mund auf & lacht. Er scheint nur noch aus Weste und Schnauzbart zu bestehen. Ich bin mir gar nicht mehr sicher, wer das »Ich« ist, das dieses Tagebuch schreibt, & ob es wirklich in diesem Körper zu Hause ist. Ich bin mir aber sicher, es gab mal eine Zeit, da war es jemand, der Träume für produktiv hielt. Sogar jetzt noch könnte ich mich bei dem Gedanken ertappen, daß Träume alles sind, worauf es ankommt. Wie kann einer denn leben, außer in der Einbildung? (Ein Kreuzfahrtschiff ist die beste Gelegenheit, sich eine solche Frage zu stellen: An so viel Torheit könnte man nicht glauben, wenn man's nicht gesehen hätte. Und dran teilgenommen ...) Nun ja, die Welt ist dann & wann ganz amüsant, aber furchtbar platt & fad, um ein Schock & zehn Jahre drauf herumzubringen ... Sardonischer Visionär! Was, wenn die Einbildung versagt oder plötzlich nicht mehr hinreicht? Wie schnell dann die Welt zur Stelle ist, um die Lücke mit süßem Schleim zu füllen!

Doch trotz allem, der Wunsch, zu schaffen, bleibt, wenn auch nicht die Fähigkeit. Manaos hinterläßt eine schmerzhafte Erinnerung. Ein ganzes Lebenswerk (leider nicht so umfangreich, wie der Ausdruck erwarten läßt), beginnt nun auf Bibliotheksregalen Staub anzusetzen, in den Notenfächern der Orchester & Chorvereine, & ich weiß doch, nichts ist wirklich geleistet worden, kein Wunsch erfüllt. Ob Schumann so zumute gewesen ist, bevor er sich im Rhein zu ertränken versuchte? Jedenfalls, ich selbst bin noch nicht soweit, daß ich Dr. Ashes mutigem Beispiel folgen möchte. Selbsttötung ist keineswegs undenkbar, aber es gibt Grenzen. Der Rhein ist nicht der Amazonas, und der Severn, nun ... aber es wäre höchst undankbar, einem lieben alten Fluß so etwas anzutun. Wie wenn man sich im Haus eines Freundes umbringen würde.

Aus einem Buch von Thoreau in der Schiffsbibliothek sehe ich, daß er bald fortgehen und am Teich leben wollte, »wo ich nur das

Geflüster des Windes im Schilf höre. Es wird gelingen, wenn ich mich selbst hinter mir lassen kann.« Wenn ich es bloß hinschreibe, packt mich schon der Wunsch so sehr, daß mir die Feder in der Hand zittert. Aber diese kühnen Absprünge, diese mutige Abkehr von der Welt, geschehen immer nur auf Papier. Oder wenn nicht, dann machen es Menschen, die noch die Energie haben. Aber ich bin müde & mutlos, ein für allemal. Alles ist Arbeit. Einbildung ist nur Arbeit. Nichts hörst du, außer du lauschst. Nichts siehst du, außer du schaust. Nichts verstehst du, außer du denkst. Nichts, das von Wert ist, bietet sich selbst dar. Hatten wir je eine Wahl, ob wir diese Arbeit tun wollten? Sie will getan sein. Und doch, erschreckender- & belustigenderweise lassen die meisten Menschen alles von der Retina abgleiten & durch die Ohren rein & rausgehen wie einen Luftzug, ohne daß etwas zurückbleibt. Es ist eine Art Tod. Wie wenn sich die Würmer durch eine Leiche fressen: Sie kann ihnen die Wege nicht vorschreiben. Jedenfalls, auch mir ist nun alles ausgegangen, womit man die Würmer ablenken könnte. Meine Hand im Lampenschein, die diese Feder hält, trägt schon die Grabeszeichen & ist doch noch als meine Hand zu erkennen. Hat sie nicht erst neulich an einem Nachmittag lässig im Severn geplätschert, im Bienengesumm des Sommers, oder sich mit Drachenschnur umwickelt, daß noch Stunden nachher die weißen Striemen zu sehen waren? Schwerer zu ertragen ist, daß man so nah dran gewesen ist, so nah wie die Feder der Seite, bevor man sie ansetzt. Denn im Augenblick, wo die Spitze das Notenpapier berührt, knallt irgendwo eine Tür zu, & das, was es wirklich gewesen ist, ist weg, & im Vordergrund zappeln nur noch ein paar Fetzen von Melodien wie abgeworfene Eidechsenschwänze. Wir arbeiten nach verspukten Erinnerungen an Nichts (aber, oh, was für Nichtse!).

Ich bin alt. Große Sehnsüchte haben heutzutage nicht mehr viel zu bedeuten. Ein Leben im Dienst der Einbildungskraft – welch ein verrückter Anachronismus! Und sicherlich ganz zu Recht. Warum sich eine so unmögliche Sache auf die Schultern laden, warum dieses innere Hinsterben wie ein Aasgeier verfolgen? »Die Energie des Denkens ist es eben, / Die fernhält dich von Gott.« Das sagte der Engel zu Gerontius in einem Stück des Gedichts, das ich nicht komponiert habe. Vielleicht hätte ich's tun sollen. Jedenfalls, nachdem mir alles schiefgegangen ist, sollte ich wohl, bevor die Würmer schließlich zu ihrem Fraß kommen, »die Zwischenzeit recht nutzen«. Aber mir fehlt die Energie. Ich & mein Körper scheinen zu nichts anderem mehr fähig zu sein, als sich mit diesem zusammengewürfelten Haufen Leute an Bord des Schiffs dahintragen zu lassen. Wir trinken & spielen Chemin-de-fer & beobachten die Possen eines »Lümmels« (wie er sich selbst nennt), der viel herumschreit. (Leider erinnert er mich ziemlich an manche gefährlicheren Leute, die ich bei dem armen Frank getroffen habe.) Weiter geht's mit Trinken & Lachen & Quatschen, & so werden wir übermorgen in Pará ankommen.

Und an einem Nachmittag an Deck, unter stattlichen, aber kurzlebigen Wolkengebilden, bekam er einen Stoß, der nicht so sehr eine Einsicht als vielmehr ein rascher Wechsel des Blickwinkels war. Eine Absurdität wurde ihm deutlich: ein alter Mann, eingehüllt in Würde und eine Rüstung von Kleidungsstücken, die er in einem eisernen Schiff mit sich herumtrug, und im Kopf zugleich einer bläulichen Freiheit ergeben – etwas sehr Ruhigem und Wohltuendem, von Dämpfen durchzogen, die sich beständig in sich selbst einkringelten. Zu den Dingen außer Leinen und Metall, die sich so leicht zwischen diesen alten Mann und sein wahres Reich drängten, gehörten johlende Massen, krachende Kanonen und randalierende Jünglinge. Auf der anderen Seite, hinter diesem Durcheinander, erhoben sich *les barricades mystérieuses*, die das jenseitige Land schützten, denn was sollten diese Wolkenwälle sonst sein, die nun auch ihn aussperrten? (Der enigmatische Klang dieses Ausdrucks, Titel eines Stücks in Couperins 6. *Ordre*, hatte ihn immer entzückt, obwohl er wußte, daß er sich wohl auf irgendeine banale Aktualität im Paris des achtzehnten Jahrhunderts bezog.) Diese Barrikaden trennten ihn von einer verschollenen Welt, nach der er sich sehnte, sich schon immer gesehnt hatte. Glich er nicht Professor Challengers Pterodaktylus, der triumphal aus der Londoner Queen's Hall ausbrach und südwestwärts über den Atlantik flog, seiner prähistorischen Heimat entgegen? (Für einen Moment sah er sich vorüberfliegen, eine schwarze, ungeheure Silhouette, die rasch über den Mond hinwegzog.)

Bei aller Heftigkeit war diese Sehnsucht doch ganz gelassen, wie sie es in seiner Jugend gewesen war, als könnte sie nur durch lebenslanges Streben erfüllt werden. Hatte nicht Platon die Musik als Wissenschaft von den in Harmonie und Rhythmus wirkenden Liebesstoffen bezeichnet? Das mit der Liebe stimmte zwar, fand er, aber Platon war eben kein Komponist gewesen, sonst hätte er sicherlich auch die harten Existenzbedingungen dieser Liebe erwähnt: eine Einsamkeit, die weder die Ehe noch selbst die Freundschaft auflösen konnten.

Was war es gewesen, dieses Leben, dieses Werk? Einsamkeit? Nichts, weil die Sehnsucht unverändert geblieben war, das einzige, das nicht schwand und starb. Überhaupt nichts. Kein Lohn, keine Erkenntnis. Nur inneres Exil. Irgendwo in einem Land weit voraus vermoderten seine Frau und sein Schwert Seite an Seite, *fortiter et fide*. Irgendwo in einer Stadt achteraus ging ein Gespenst, das er dort nicht erwartet hatte, immer noch regelmäßig seinen Geschäften nach. Und hier in seinem Deckstuhl spürte er den Schmerz der Wildnis, die er nun mit sich davontrug, während das Panorama einer unendlichen, betörend aufgeputzten Leere sich schon zusammenfaltete. Eine Stimme hallte aus ihr hervor, wie sie in einem alten Land von einem Turm herabklingen mochte, um den Anbruch eines neuen Tags zu begrüßen. Und eine Wolke stieg davon auf – dank welch bizarrer Alchemie, konnte er nicht erraten –, ein großer Schwaden Lust und Mitleid. Dies war, wie es schon immer gewesen war; geändert hatte sich nicht viel. Vom drachenbestiegenen Himmel seiner Kindheit bis zu den Wolkenlandschaften am Amazonas blieb seine Sache immer nur diese Sehnsucht, dieser grenzenlose Garten und die Liebe, die vor den leisesten Schritten aufflog wie die kleinen Nachtfalter aus dem hohen Gras in der Dämmerung.

Wenn er sich später an seine Reise zu erinnern versuchte, hatte er nur ein verschwommenes Bild von der Rückfahrt. Er konnte sich nicht vorstellen, wie er die Zeit herumgebracht hatte, vor allem die zwei Tage in Pará. Ihm war, als hätte er mit Leuten bei Tisch gesessen, aber mit wem? Er hatte keine Ahnung. Pará war für ihn immer noch die Stadt Kates und Doras, der beiden Bordbekanntschaften von der Hinfahrt. Allein zu wissen, daß sie dort lebten, hatte der Stadt in seiner Vorstellung einen gewissen Charakter verliehen, einen Hauch von Heiterkeit und Freimütigkeit, obwohl er die beiden nie wieder zu Gesicht bekam.

Aber wenn er auch von Pará nicht viel in Erinnerung behielt, blieb ihm doch der letzte Blick auf Brasilien klar im Gedächtnis. Als er den Kontinent achteraus verschwinden sah und an die Leute dort dachte, von denen er wußte, daß er sie nie wiedersehen würde, wurde ihm die Endgültigkeit klar, als wäre eine Tür zugefallen. Wieder war etwas in seinem Leben vorübergegangen, das ihn beunruhigt hatte. Die Marajó-Insel mit ihren majestätischen Wolkenportalen blieb zurück, und er hing in der Schwebe über den dreitausend Meilen wogenden Wassers. Es war ihm mißlungen, dachte er, ohne zu wissen, was er denn versucht hatte oder worin ein Erfolg hätte bestehen können. In der Wiederbelebung der Muse? Unsinn. Das unlösbare Rätsel stellte sich wieder, das ihn vor zehn Tagen am Fenster der Bibliothek in Lenas Institut gelähmt hatte: wie es möglich wäre, den tyrannischen Kokon abzuschütteln, in den man sich gehüllt hatte - aus Sehnsucht nach vergangenen Zeiten, aus Abscheu vor der Gegenwart und Grauen vor der Zukunft? Nur so könnte ein Künstler den Weg in sein Reich finden.

Ein Makel der Liebe also. Ein Versagen der Einbildung, eine aus dem Scheitern erwachsene Verzweiflung - worin auch seine Untreue bestehen mochte, er war gewogen und zu leicht befunden worden. Und zu dem dunklen Fleck, durch den er gereist war, blickte er zurück wie zu etwas, von dem er durch mehr als nur die Entfernung getrennt wäre, einer Traumerscheinung, ungreifbar wie die Zirruswölkchen, die der Wind an den Himmel kritzelt.

Er überquerte den Atlantik in voller Flucht vor stetigen Westwinden. Irgendwo zwischen Pará und Madeira, das sie am Weihnachtstag erreichten, steckte er in einer exorzistischen Anwandlung sein Tagebuch zusammen mit Lenas letztem, immer noch ungeöffneten Brief in einen beschwerten Beutel und warf alles ins Meer. Erst später bemerkte er, daß sein Manuskript-Skizzenheft in das Tagebuch hineingerutscht sein mußte, denn er fand es nie wieder. Inzwischen fegte eine neue Ausgelassenheit mit ihrem kalendermäßigen Lärm über das Schiff.

»Frohe Weihnachten allerseits ...«

»... *Friede auf Erden* ...«

»... und *nicht* allen Menschen ein Wohlgefallen, das ist ein Übersetzungsfehler, müssen Sie wissen. Keinesfalls den Schuften und Strolchen ...«

»Frohe Weihnachten!«

»Prost!«

Benebelt erkannte er inmitten dieses Treibens im Spiegel hinter der Bar einen rotbäckigen, geselligen Sir Edward, der sein Glas hob, um ihm zuzutrinken, während er zugleich sein eigenes hob. Eine Ferienreise – natürlich, das war es gewesen. Eine wohlverdiente Ferienreise, und eine sehr nette obendrein.

Schließlich legte die *Hildebrand* am 31. Dezember um neun Uhr morgens in Liverpool an. Der letzte Tag des Jahres war grau; die Luft hielt in Erwartung von Schneefall den Atem an.

»Hatten Sie eine gute Reise, Sir?« fragte Tom Shannon, der seit sieben auf dem Kai gewartet hatte.

»Fabelhaft, danke. Kolossal schöne Tage. Oh-oh!« Er griff plötzlich mit seinen behandschuhten Fingern nach dem Arm des jungen Mannes. »Immer mit der Ruhe! Der Boden hier schwankt mehr, als ich dachte.«

»Er wird gleich fester, Sir Edward.«

»Sicher. Danke, daß Sie mich abholen, Tom, sehr freundlich! So früh am Morgen von einem Schiff abgesetzt zu werden, mit allem Gepäck – das ist, wie wenn man aus einem Hotel auf die Straße gejagt wird ... So, sind das da meine Koffer? Na, warten Sie mal, ich hab etwas für Sie.«

Als sie kaum behelligt durch die Zollhalle gekommen waren, schnallte Edward seinen Koffer auf, wühlte in der Unterwäsche und fand einen schwärzlichen Klumpen, den er seinem Begleiter reichte. »Da«, sagte er stolz, während er den Koffer wieder schloß, »da wäre etwas Exotisches für Sie.«

»Sehr liebenswürdig von Ihnen, Sir ... Was ist das denn?«

»Ein Alligator. Sehn Sie nicht? Zugegeben, er ist ein bißchen plump. Aber die Form ist nicht das, worauf es ankommt, sondern das, woraus er besteht. Es ist ein gepreßtes Zeug, das *guaraná* heißt und ein verflucht feines Getränk ergibt.«

»Das ist ein Getränk?« Tom drehte den Klumpen zweifelnd in den Händen herum.

»Viele, viele Gläser davon. Man schabt es mit einer Feile, die aus einer getrockneten Fischzunge besteht, um es zu pulverisieren, hat man mir gesagt. Meinerseits würde ich es mal mit einer Muskatnuß-Reibe versuchen.«

»Wär' doch eher schade drum«, sagte der junge Mann und steckte den Klumpen in die Tasche. »Auf dem Kaminsims würde es sich bestimmt gut machen. So etwas hat nicht jeder in Knowsley.«

»Schön, wie Sie wollen.«

»Ihr Zug geht in einer halben Stunde, Sir. Sie brennen sicher drauf, heimzukommen.«

»O ja, das stimmt wohl. Kann es gar nicht erwarten, die Hunde wiederzusehn.«

Auf dem Bahnhof fand Edward zu seiner eigenen Überraschung gleich sein Ticket, ein umfängliches Dokument, denn die Reise schloß auch die Bahnfahrt nach London ein. Der große Kabinenkoffer wanderte wohlbehalten in den Gepäckwagen; allerdings waren die lackierten Flächen nun nicht mehr so jungfräulich wie vor sechs Wochen, sondern hier und da zerkratzt und mit den Kreide-Hieroglyphen verziert, die nur Zollbeamte und Dienstmänner verstehen. Im Abteil brachte er zuerst seine Handkoffer und dann sich selbst unter. Unter dem Wagen hervor trieb eine Dampfwolke ans Fenster, die Tom Shannon in ein geduldig auf dem Bahnsteig wartendes Gespenst verwandelte. Plötzlich sprang Edward auf und hängte sich an den ledernen Fensterriemen. Mit einem Knall kam die Scheibe herunter, und der warme Dampf wallte herein.

»Hören Sie, Tom, eben fällt mir was Schreckliches ein. Tut mir furchtbar leid, aber ich glaube, ich hab allen gerade greifbaren Mammon einem sehr faulen Kunden namens Pyce gegeben. Sie haben nicht zufällig genug bei sich, daß es für eine Taxifahrt reicht? Ist mir wirklich peinlich. Ich werde gleich wieder flott, wenn ich in den Klub komme. Ich löse einen Scheck ein und schicke Ihnen das Geld gleich morgen früh, selbstverständlich. O Tom, Sie sind ein Engel! Wirklich sehr nobel.«

Als der Zug seine Rußfahne durch die kahle Winterlandschaft zog, verebbte die Erregung der Ankunft. Alles war genauso trostlos, wie er erwartet hatte. Er war wieder da. Vielleicht war er gar nicht fort gewesen. Vielleicht war er vor sechs Wochen oder vor sechs Minuten im Klub eingeschlafen, wie so oft, und dann würde ein betäubendes Rattern in sein Ohr dringen, wie von Rädern, die über Schwellen und Weichen rollten, und mit einem Mal würde er wach und bekäme auf einem silbernen Tablett den Tee gebracht. Panische Angst, irgendwo viel zu spät fortgegangen zu sein, packte ihn. Dringend redete man auf ihn ein, daß er nun wieder in eine Altmännerwelt zurückfinden und sich zu jener Fügsamkeit bequemen müsse, hinter der sich die absolute Gleichgültigkeit verbirgt. Und hinter dieser Welt kam noch eine andere, ein weitläufiger, stumpfsinniger Provinzbezirk, grau von Kirchen und Chorvereinen.

Aber es war kein Traum. Als sein Taxi ein paar Stunden später am St. James's vorfuhr, sah er den ihm bekannten Türsteher übers Pflaster herangeeilt kommen, einen großen Regenschirm aufgespannt in Bereitschaft. Als er müde Stock und Handschuhe zusammensuchte, beugte der Mann sich über den vorn festgeschnallten Koffer herein, um den Fahrer zu bezahlen. Dann ging auf seiner Seite die Tür auf, und kalte Luft wehte herein, zusammen mit einigen wirbelnden weißen Flocken. Passiv wie ein Invalide oder Bittsteller sah er zu, wie ein Ärmel, der immer länger zu werden schien, als griffe er aus einer anderen Welt nach ihm, sich langsam herabstreckte, schneebestäubt und mit Goldborte besetzt. Resigniert nahm er die weißbehandschuhte Hand und wurde ehrerbietig nach draußen gezogen.

»Willkommen daheim, Sir Edward! Willkommen daheim!«

Epilog

Edward Elgar lebte noch zehn Jahre, ohne etwas allzu Bedeutendes zu komponieren. Er machte jedoch Tonaufnahmen seiner eigenen Werke, deren historischer und künstlerischer Wert den Ermutigungen seiner Freunde gegen seine eigenen düsteren Voraussagen recht gab.

Von Zeit zu Zeit sah er in diesem letzten Jahrzehnt seine Notizen und Skizzen zu manchen Projekten durch – in der Hauptsache ein Klavierkonzert, eine Oper und eine dritte Symphonie. Ende 1932 gab ihm die BBC, vornehmlich auf Bernard Shaws Drängen, für 1000 Pfund die Symphonie in Auftrag. Im folgenden Jahr wechselten kurze Perioden, in denen das schöpferische Feuer wieder aufflackerte, mit solchen Zerstreuungen, wie sie ihm das eigensinnige Vergnügen bereitete, endlich doch noch ein Aeronaut zu werden. Ende Mai flog er nach Frankreich, um die Pariser Premiere seines Violinkonzerts mit Yehudi Menuhin zu dirigieren, eine Reise, die er mit einem Besuch bei dem sterbenden Frederick Delius in Grez-sur-Loing verband. Nach England zurückgekehrt, versuchte er es von neuem mit seiner Symphonie, die nur wenig vorankam. Die ersten Anzeichen von Krebs traten auf, doch machte ihm zu dieser Zeit eine andere Krankheit mehr Sorgen, die in Europa um sich griff. An Frank Schusters Schwester Adela hatte er schon geschrieben:

> *Ich bin ratlos im Hinblick auf die Ereignisse in Deutschland – was machen sie da? Heute morgen steht in der Zeitung, daß der große Dirigent Bruno Walter &, merkwürdiger noch, Einstein verbannt sind: Sind wir denn alle verrückt? Die Juden waren immer meine besten und liebsten Freunde – diese Nachrichten schmerzen unerträglich, & ich weiß nicht, was es wirklich zu bedeuten hat.*

Er starb im Februar 1934, nachdem er bis zuletzt an seiner Symphonie gearbeitet hatte. Am gleichen Tag wurde die *Hildebrand* verschrottet, die für 11000 Pfund an einen Mann in Monmouthshire verkauft worden war. Das Schiff war 1911 gebaut worden, im gleichen Jahr, in dem Elgars zweite Symphonie entstand, man könnte sagen, im Zenith seines Schaffens. Dank diesem seltsamen Zufall umfaßte die Lebensspanne des Schiffs genau die Niedergangsjahre der Amazonas-Kreuzfahrten ebenso wie die des schöpferischen und kalendarischen Lebens von Sir Edward Elgar.

Klett-Cotta
Die Originalausgabe erschien unter dem Titel »Gerontius«
im Verlag Macmillan, London

Printed in Austria
Schutzumschlag: Finken & Bumiller, Stuttgart
unter Verwendung eines Fotos von VCL-Bavaria Bildagentur
Gesetzt in der ITC Legacy Serif von Dörleman Satz, Lemförde
Auf säure- und holzfreiem Werkdruckpapier gedruckt
und gebunden von Wiener Verlag, Himberg
ISBN 3-608-93507-X